PRINCE CHARMING
by Julie Garwood
translation by Rieko Hosoda

モンタナの風をつかまえて

ジュリー・ガーウッド

細田利江子［訳］

ヴィレッジブックス

姉であり、庇護者《ひご》であり、友人でもある
マリリン・レジーナ・マーフィーに。

子どもの気持ちを知るには……

「一粒の砂に世界を
一輪の野の花に天国を見、
きみの手のひらに無限を
一瞬のうちに永遠をつかむ」
——ウィリアム・ブレイク『無垢《むく》のしるし』より

Prince Charming

モンタナの風をつかまえて

おもな登場人物

テイラー	本編の主人公
ルーカス・マイケル・ロス	モンタナの牧場主
ヴィクトリア	テイラーの友人
ハンター	ルーカスの友人
エスター・ステイプルトン	テイラーの祖母
マリアン	テイラーの姉
ジョージ	マリアンの夫
ジョーガンナ（ジョージー）	テイラーの姪
アレクザンドラ（アリー）	テイラーの姪
アンドルー	テイラーの大叔父
マルコム	ヘイヴンズマウンド伯爵。テイラーの叔父
ジェイン	マルコムの娘でテイラーの従姉妹
ウィリアム・メリットⅢ世	ジェインの夫。テイラーの元婚約者
ジョーダン	ルーカスの弟
ダグラス	ルーカスの弟
ケルシー	ルーカスの末弟
ジョン・コールダー	アメリカ陸軍の元少佐
ダニエル・デイヴィッド	シンシナシティの少年

1

「美徳は大胆であり、善良は恐れを知らないものだ」
――ウィリアム・シェイクスピア『尺には尺を』より

一八六八年イギリス、ロンドン

ハゲワシどもが、玄関の間に集まりつつあった。広間はすでにごった返し、食事室と上階の図書室も混み合っている。黒ずくめの捕食者たちはゆるやかな曲線を描く階段にもさらに列をなし、時折二、三人が油断なく周囲をうかがいつつ、揃って期待に胸をふくらませながらシャンパンのグラスをあおっていた。卑《いや》しく、下劣な連中だ。

彼らは親族の面々だった。

ヘイヴンズマウンド伯爵の友人も、かなりの人数が駆けつけていた。来たるべき不幸の際に弔意と励ましの言葉を伝えるためだ。

それから、祝杯をあげる。

深刻な状況を前にしてだれもがものものしく振る舞おうとしていたが、それもいっときだった。酒がまわるにつれ彼らは本音と笑顔をちらちらと見せ、ほどなくクリスタルのグラスが触れ合う音とともに、あからさまに声をあげて笑いはじめた。

一族の女家長であるレディ・エスター・ステイプルトンが、いよいよ死のうとしている。この一年のうちに、人騒がせに終わったことは二度あったが、ほとんどの者が今回の発作を三度目の正直と考えていた。女家長は年を取りすぎていて、そういつまでも期待を裏切りつづけることはできない。六十を過ぎたあの老体では。

レディ・ステイプルトンは、一生を蓄財に費やしてきた。その財産を親族が使えるように、いいかげんに死んでくれてもいいころだ。なにしろ彼女は、イギリス有数の富豪のひとりといわれている。それなのに、存命中のただひとりの息子が、イギリスでいちばん懐《ふところ》の寂しい男のひとりに数えられるのは不当なことだ――。女好きのその伯爵に与《くみ》する金貸したちは、伯爵に聞こえるところではすかさずそんなことをいいはなった。マルコムはヘイヴンズマウンドの伯爵さまだ。使いたいときに、使いたいだけ金を使ってしかるべきでしょう、と。

マルコムは目に余る浪費家で、おまけにうぶな娘にまで手をつける女たらしだったが、金貸したちはそうした欠点に眉をひそめなかった。むしろ、その反対だ。まっとうな銀行家は放蕩《ほうとう》者《もの》の伯爵にとっくに愛想を尽かしていたが、街角の金貸しはふたつ返事で金を用立て、顧客の浪費ぶりをほくほく顔で見守っていた。賭博《とばく》で大負けした伯爵に、目の玉の飛びでるような利子をつけて金を貸してやったのも彼らなら、伯爵が誘惑して捨てた娘の両親を黙らせるのに大金を払ってやったのも、いうまでもなく彼らだ。貸した金額はふくれあがる一方だが、辛抱強く待ったその努力は、もうじき十二分に報われる。

少なくとも、金貸したちはそう思っていた。

病身の執事にかわって仕事をこなしていた見習い執事のトマスは、金貸しをまたひとり玄関の外に押しだすと、躊躇《ちゅうちょ》なくドアをバタンと閉めた。金貸したちの厚顔《こうがん》ぶりにはあきれるばかりだ。もっと遠慮してしかるべきなのに、図々しいことこのうえない。

トマスは十二のころからこの屋敷に住みこみで奉公してきたが、これほど浅ましい光景を見たのははじめてだった。上階では親愛なる女主人、レディ・ステイプルトンが、すべての問題にめどをつけ、お気に入りの孫娘テイラーが最後の別れを告げに駆けつけるまで必死で持ちこたえようとしているのに、下階では当人の息子である伯爵がこれ以上ないほどちやほやされて、下品に笑いながら、際限なくしゃべりつづけている。その腕にくっついている娘のジェインが得意げな表情を浮かべているのは、父親が財産を継げば自分にも分け前が転がりこむとわかっているからだろう。

ひとつのさやのなかに、腐った豆がふた粒あるようなものだと、トマスは思った。そう、伯爵と娘は性格も欲しがるものも似ている。女主人の親族にそんな反感を抱いているからといって、トマスは自分のことを不届き者だとは思わなかった。なにしろ、当の女主人でさえ同じように思っているくらいだ。レディ・ステイプルトンがジェインを毒へビ呼ばわりしたことがあるが、まったくそのとおりだし、トマス自身もひそかに、もっとひどいあだ名をつけていた。ジェインは策略好きなたちの悪い女性で、だれかをずたずたに傷つけたときぐらいしか笑ったことがない。なんでも、ジェインは社交界に悪政を敷いていて、この世界に足を踏み入れたばかりの若者や娘のほとんどが、彼女を恐れているという。彼らが賢明にも口をつぐんでいるのでその噂《うわさ》の真偽はたしかめようがなかったが、確信を持っていえることがひとつだけあった。ジェインは他人の夢をうち砕くのをなにより楽しみにしている。

だが、今回はやりすぎだ。ジェインは、レディ・ステイプルトンがだれよりも高く買っている人物にあえて攻撃をしかけた。孫娘のレディ・テイラーを社交界から葬り去ろうとしたのだ。

トマスは低くうなった。だがもうすぐ、ジェインと彼女の悪名高い父親は、みずからの悪行の結果を思い知ることになる。

レディ・ステイプルトンは、健康がすぐれないのと家族を失ったのとで、なにが起こっているのか気にかけるどころではなかった。テイラーの姉マリアンが双子の赤ん坊を連れてボストンに移り住んで以来、すっかり気落ちし、衰えてしまっている。トマスが思うに、レディ・ステイプルトンがかろうじて持ちこたえているただひとつの理由は、わが子同様に育てた孫娘、テイラーが結婚して、落ち着くのを見届けたいからだった。

ジェインのせいでレディ・テイラーの結婚式は取りやめになったが、それでも不幸中の幸いといえる出来事はあった。レディ・ステイプルトンがとうとう意識を取り戻したのだ。これまで、レディ・ステイプルトンはジェインの所業を大目に見てきた。だが今回はそうはいかない。

いったい、テイラーはいまどこにいるんだ？　トマスは女主人の命が尽きる前に彼女が到着して、必要な書類に署名し、別れを告げられることを祈った。

彼はやきもきしながらしばらく歩きまわっていたが、ほどなく気持ちを切り替えると、図々しく階段に居座っていた客たちを奥の日光浴室に案内した。食べ物と酒があることをほのめかせば、おとなしくいうことを聞いてもらえるものだ。浅ましい客たちの最後の数人を部屋に押しこんでしまうと、ドアを閉めて、急いで玄関の間に戻った。

馬車が近づいてくる音が聞こえたのはそのときだった。窓に駆け寄った彼は、円形の馬車寄せのなかほどでまだ揺れている黒い馬車の紋章に真っ先に目をやると、安堵《あんど》のため息を漏らし、感謝の祈りをつぶやいた。テイラーがとうとう到着した。

トマスは広間をのぞいて、伯爵と娘がまだ友人たちに囲まれているのをたしかめると、ふたりが入口に背を向けているうちに急いでドアを閉めた。運がよければ、だれにも気づかれずにテイラーを二階に連れていける。

玄関のドアを開けると、馬車寄せに集まったお調子者たちのあいだを縫ってテイラーが近づいてくるのが見えた。彼女の注意を引こうと躍起《やっき》になっている有象無象《うぞうむぞう》にテイラーが目もくれないのを見て、トマスはうれしくなった。なかにはテイラーの手に名刺を押しつけ、自分こそはイギリスきっての投資顧問だ、あなたがもうじき相続する財産を三倍に増やしてみせる、あなたはただ遺産を預けるだけでいいのだと、図々しく売りこむ輩《やから》までいる。トマスは彼らの並べる嘘八百が腹立たしくてならなかった。手元にほうきがあったら、追い散らしてやるところだ。

「さあさあ、お嬢さまから離れてください！」トマスは玄関から飛びだすと、テイラーを守るように彼女の肘に手を添えて進み、肩越しに振り返って無礼な連中をにらみつけながら玄関に入った。

「こんなことはいいたくありませんが、ああいう連中はひとり残らず悪党ですよ」トマスはぶつぶついった。

その感想には、テイラーもまったく異存がなかった。「いまにも飛びかかりそうな顔をしていたわよ、トマス」

トマスはほほえんだ。「あのような連中と渡り合うほど自分をおとしめたら、セシルに張り飛ばされてしまいます」トマスは答えた。「セシルのような立派な執事になりたければ、粗暴な振る舞いは慎まなければ。執事たる者、つねに威厳を保ちませんと」

「ええ、もちろんそうよね」テイラーは応じた。「セシルの具合はどう？　先週、手紙を書いたばかりなんだけれど、まだ返事をもらっていないの。よくないのかしら？」

「いいえ、セシルでしたら心配はいりません。年は取っていますが、まだまだ矍鑠《かくしゃく》としたものです。レディ・ステイプルトンにお別れを告げたい一心で、病気までなおしてしまいました。奥さまがすでにセシルに暇を出されたことはご存じですか？　それはもうたっぷりと年金をいただけることになったそうです。死ぬまでなにひとつ不自由なく暮らせますよ」

「セシルは三十年ものあいだ、おばあさまに忠実に仕えた人よ」テイラーはいった。「たっぷりと年金をいただいて当然だわ。あなたはどうなの、トム？　これからどうするつもり？　マルコムがあなたをこのまま置いておくとは思えないわ」

「奥さまから新しいお仕事をいただきました。弟君のアンドルーさまのお世話をしてほしいとの仰せでして。つまり、ハイランドに移り住めということですが、なに、どうということはありません。奥さまを安心させるためなら、世界じゅうどこにでも参りますとも。それから、土地をひと区画と、月々の手当もいただけることになったのですが、もうご存じですね。お嬢さまがお口添えしてくださったのではありませんか？　お嬢さまはいつもトムのことに気を配ってくださいました――たとえわたしのほうが年上でも」

テイラーはほほえんだ。たしかにあれは自分の提案だが、祖母もあれほど他のことで手いっぱいになっていなければ同じことを考えたはずだ。

「年上ですって、トム？」テイラーはからかうようにいった。「わたしより、たった二年早く生まれただけじゃないの」

「それでも、年上は年上です」トマスはいいはった。「さあ、マントをお預かりしましょう。奥さまのお望みどおり、白いドレスをお召しになっていてようございました。よくお似合いです。ぶしつけながら、今日ほどお美しいお嬢さまは見たことがございません」

そういったとたん、トマスはテイラーに、最後に会った日を思い出させてしまうことに気づいた。もちろん、テイラーが忘れるわけはないが、あの屈辱的な事件をわざわざ蒸し返す必要はどこにもない。

だが、テイラーは以前より元気そうだった。六週間前の午後、レディ・ステイプルトンがテイラーを広間に呼び、あることを告げてからいままで、彼女を見かけた者はだれもいない。そのときドアに背中を押しつけ、だれも広間に入らないように見張りをしていたトマスは、テイラーがこれ以上ないほど打ちのめされるのを目の当たりにした。テイラーの名誉のためにいえば、彼女は涙も流さなければ泣きごともいわなかった。そんな振る舞いは、淑女《レディ》にあるまじきことだからだ。だが、表情こそ変わらなくても、テイラーが傷ついているのはひと目でわかった。髪を肩の後ろに押しやる手がわなわなと震え、顔色が降り積もったばかりの雪のように真っ白になる。祖母宛てに届いた卑劣な手紙を読み終わるころには、美しく澄みきっていたブルーの瞳はすっかり曇っていた。「知らせてくださってありがとうございます。おばあさまもおつらかったでしょうに」

「このささやかな事件の噂が立ち消えになるまで、ロンドンをしばらく離れたほうがいいわね。アンドルーが喜んであなたを迎えてくれるわ」

「お望みのままにいたしますわ、おばあさま」

テイラーはほどなく暇乞《いとまご》いをして上階の自室に戻ると、荷物をまとめて、一時間とたたないうちにスコットランドにある祖母の地所に旅立った。

そして、レディ・ステイプルトンは時間を無駄にせずに、お抱えの事務弁護士と相談を重ねた。

「お嬢さまの到着を、奥さまは心待ちにしておいでです」トマスはいった。「おととい、ある手紙を受け取られてから、それはもう気をもんでおいでで……。お嬢さまがいらっしゃらなければご決断できないことがおありなんでしょう」

トマスの声はいかにも気づかわしげだった。彼はテイラーが握りしめていた名刺に気づいてくず入れに捨てると、彼女につづいて玄関の間を横切った。

「おばあさまの具合はどう、トマス？　少しでも回復の兆《きざ》しはあって？」

トマスはテイラーの手をとると、安心させるように軽くたたいた。嘘をつけるものならつきたかったが、テイラーにはほんとうのことを知らせる必要がある。

「奥さまは日に日に衰えておいでです、お嬢さま。これまでのような回復は望めないでしょう。今夜はお別れを告げていただかなくてはなりません。奥さまのお望みは、あらゆることにけりをつけることです。このまま心配をおかけしておくわけにはまいりませんでしょう？」

テイラーはうなずいた。「ええ、そのとおりね」

彼女は涙をどうにかこらえた。孫娘の涙を見たら祖母はますます動揺するだろう。それに、泣いたところでどうにもならない。

「奥さまの計画に異存はおありでないのですね、レディ・テイラー？　お嬢さまに無理強いするようなことは、奥さまも……」トマスはそれ以上言葉にできなかった。

テイラーは笑顔を作った。「異存はないわ。おばあさまに喜んでいただくためならわたしだってなんでもすると、とっくにわかってくれてもいいはずだけれど。おばあさまが気にかけていらっしゃる最後の問題がわたしである以上、その義務を避けることはできないのよ、トマス」

そのとき、広間からどっと笑い声が聞こえた。テイラーはぎょっとして声のしたほうを振り向き、黒い服に身を包んだふたりの男が階段の下をうろついていることに気づいた。ふたりとも、シャンパンのグラスを手に持っている。テイラーはそこでようやく、屋敷が来客であふれかえっていることに気づいた。

「あの方たちは？」

「マルコムさまとジェインさまを祝福しようと待ちかまえているんです」テイラーが見る間に顔をこわばらせたのを見て、トマスは急いでうなずいた。「あの恥ずべき人には、欠点を埋め合わせるような取り柄がなにひとつないのね」

テイラーは最後までいわせなかった。

「どうやらそのようです、お嬢さま。亡きお父上は――どうか安らかに眠りたまわんことを――奥さまのすぐれたところをすべて受け継がれているようなお方だったと伺っておりますが、弟君のマルコムさまとそのお嬢さまときたら……」トマスは口をつぐんで、苛立たしげにため息を漏らした。それから、テイラーが広間のドアに手を伸ばすのを見て、慌てて首を振った。「マルコムさまとジェインさまが、揃ってなかにいらっしゃいます。あのふたりに見つかれば、ただではすまないでしょう。ここをうろついている連中をひとり残らず追いだしたいとお思いでしょうが、もう一刻の猶予もなりません。奥さまがお待ちです」

トマスが正しいことはテイラーも承知していた。まずは祖母に会うのが先だ。彼女は玄関の間に急いで引き返すと、トマスの腕につかまって階段をあがった。

踊り場で、トマスに向きなおった。「お医者さまはなんて？ またわたしたち全員を驚かせるような奇跡はありえないの？」

トマスは首を振った。「サー・エリオットは、もう時間の問題だとお考えです」彼はいった。「レディ・ステイプルトンの心臓が力尽きようとしているとマルコムさまにお伝えしたのも、サー・エリオットでした。だからこそだれも彼もが集まっているんです。奥さまはそのことを知ってたいそうご立腹でした。サー・エリオットの耳のなかでは、きっとまだお叱《しか》りの言葉が鳴り響いていますよ。あの方が心臓発作を起こさなかったのが不思議なくらいです」

祖母がエリオットのような大男を叱りつけているところを想像して、テイラーはほほえんだ。「おばあさまもたいした方ね」

「ええ、まったくです」トマスは応じた。「奥さまには、大の男を震えあがらせるだけの迫力がおありですよ。わたし自身、怖がることはないと自分に言い聞かせなくてはなりませんでした」

「おばあさまを怖がったことなんてないくせに」テイラーがいう。

トマスはにやりとした。「いつもお嬢さまがいらっしゃいましたから。憶えていますか？ お嬢さまがわたしを救いだしてお屋敷に連れ帰る道すがら、奥さまのお説教がどんなに恐しいか、くわしく話してくださいましたね」

テイラーはうなずいた。「憶えているわ。おばあさまはサー・エリオットを叱りつけるときも声を荒らげなかったでしょう？」

「むろんです。奥さまは、いついかなるときでもレディでいらっしゃいますから」トマスは胸を張った。「サー・エリオットは、雷を落とされたように小さくなっていました。新しい薬品工場に一ペニーたりともお金を出さないと脅されたときのサー・エリオットの表情ときたら、お見せしたかったですよ」

階段をのぼりきったテイラーは、トマスと並んで長い廊下を進んだ。「サー・エリオットはいま、おばあさまのところにいらっしゃるの?」

「いいえ。夜じゅうおそばに付き添ってらっしゃいましたが、つい先ほど着替えのために帰られました。あと一時間もすれば戻られますが、それだけあれば充分でしょう。いま、寝室の隣の居間にお客さま方がおいでです。奥さまのご指示で、だれにも見つからないように、奥の階段からこの階へお連れしました。なにもかも終わるまで、マルコムさまにはなにひとつ感づかれませんよ」

「おばあさまは、たしかに計画を実行するおつもりなのね?」

「ええ、間違いありません」トマスは答えた。「それから、ひとつよろしいでしょうか。お嬢さまが目に涙を浮かべてらっしゃると、奥さまがお困りになります」

「涙は見せないと約束するわ」

レディ・ステイプルトンが使っているつづき部屋は、廊下のいちばん奥にある。トマスが寝室のドアを開けると、テイラーはためらわずになかに入った。

室内は真夜中のように暗かった。テイラーは暗がりに目を凝らして、進むべき方向を見定めようとした。

寝室は広大だった。子どものころは、ハイドパークの広さの半分はあるように思えたものだ。四本の柱に囲まれた四角いベッドは、奥行きのある長い部屋の片側にあった。その反対側には三脚の安楽椅子と小さなサイドテーブルがふたつ、厚手のカーテンで目隠しした窓に向かって斜めに置いてある。テイラーは幼いころからこの部屋が大好きだった。子どものころはベッドに飛びあがっては、床のふかふかの絨毯《じゅうたん》目がけて際限なく宙返りを繰り返し、やかましい音を立てて祖母からしばしば注意されたものだ。

この部屋で、してはいけないことなどひとつもなかった。祖母の機嫌が悪くないときは、華やかなシルクのドレスやサテンの靴を借りて遊んだりもした。花飾りや羽根飾りのついたつば広の帽子をかぶり、山ほどある高価な首飾りを幾重にも首に掛け、肩まで届きそうな白い手袋をはめる。すっかりおしゃれしたら、祖母にお茶を淹《い》れ、この前出かけた架空のパーティのことで、突飛な話を作って聞かせるのだ。祖母はけっしてばかにせず、その遊びに上手に調子を合わせてくれた。きれいな扇子《せんす》を顔の前でぱたぱたと動かし、適当な頃合いで「まさか」とささやく。テイラーが思いついた噂話に、はっと息をのんでみせることもあった。噂の主は、たいてい流浪の民か、宮廷の女官たちだ。ときには祖母自身が奇抜な作り話を話して聞かせることすらあった。

テイラーはこの部屋と楽しい思い出の数々を大切にし、この部屋の主《あるじ》である年老いた女性をそれと同じくらい大切に思っていた。

「遅かったわね。まず謝ってもらいますよ」

祖母のかすれた声が部屋のなかにかすかなこだまを残した。テイラーは声のしたほうを振り向いて足を踏みだしたが、とたんに足載せ台につまずき、膝《ひざ》をつきそうになって危うく踏みとどまった。それから、障害物を慎重によけて進んだ。

「お待たせして申し訳ありませんでした、おばあさま」テイラーはいった。

「時間を無駄にするのはこれでおしまいよ、テイラー。座りなさい。話しておくことが山ほどあるの」

「椅子が見当たらないようですけれど……」

「明かりをつけてもらえるかしら、ジャネット。ろうそくを一本だけ」祖母は侍女に命じた。「あとはさがっていいわ。孫娘とふたりきりになりたいの」

テイラーはようやく安楽椅子が並べてある場所を見つけて真ん中の椅子に腰をおろすと、ドレスのしわを伸ばして、膝の上で両手を組んだ。祖母の姿は見えなかった。離れているうえにこの暗がりでは、ほとんどなにも見えない。それでも、姿勢をまっすぐに保ち、糊《のり》のきいたペチコートのように背筋を伸ばした。祖母は背中を丸めた人間を毛嫌いしているし、暗い場所でも猫並みに目が利く人だから、くつろぐわけにはいかない。

ベッド脇のテーブルに置かれたろうそくの明かりが、暗闇のなかで目印になった。祖母の侍女が目の前を横切るのが見えた――というより感じた。ドアが閉まる音を待って、テイラーは祖母に話しかけた。「どうしてこんなに暗くなさってるんですか、おばあさま？　今日はお日さまをご覧になりたくないのかしら？」

「ええ、そのとおりよ」祖母は答えた。「わたしはもう長くないでしょう、テイラー。神はそのことをご存じだし、悪魔も知っているわ。そのときになって、あたふたしたくないの。そんなのは、レディらしからぬ振る舞いですからね。でも……すんなりと召されるつもりはないわ。暗闇にいれば、なすべきことがすっかり終わるまで、死神に見つからずにすむでしょう。いざというときになって、あなたのほうに迷いがなければいいのだけれど」

テイラーは不意に矛先を向けられてどきりとしたが、すぐに気を取りなおした。「お言葉ですけれど、おばあさまにしっかりとしつけられた娘ですもの、覚悟はできていますわ」

祖母は鼻を鳴らした。「教えていないことが、まだ山ほどあるのよ。あなたは結婚というものがどんなものか、良き妻となるためにはどうすればいいのか、なにも知らない……その手の立ち入ったことを話さずじまいだったのが悔やまれるわ、テイラー。わたしたちのいる世界はとても閉鎖的で、上品だから……。でも、あなたのなかにはあふれんばかりの思いやりと愛情がある。そんな気質を抑えつけてしまわなくてよかった……。まあ、でも――」祖母はつづけた。「――いまさら持って生まれた性分を変えるわけにはいきませんからね。あなたはどうしようもない夢想家だわ、テイラー。大衆小説に夢中になって、荒くれ者に熱をあげたりして」

テイラーはほほえんだ。「荒くれ者でなく、〝山の男《マウンテンマン》（定住せずに暮らす罠猟師あるいは探検家。自由と孤独を愛する人物として描かれることが多い）〟ですわ。おばあさまも、物語を読んで差しあげると、喜んで耳を傾けてくださいましたけれど」

「わくわくしたことは認めますよ」祖母はつぶやいた。「ダニエル・クロケットとデイヴィー・ブーンの物語には、だれだって引きこまれるわ。頭の固い老婆でさえ」

祖母は西部の英雄であるふたりの名前を混同していた。彼らの物語にそれほど夢中ではなかったと思わせたくて、わざとそうしているのだ。「はい、おばあさま」祖母に同意を求められている気がして、テイラーは応じた。

「天国でその方たちに会えるかしら」

「きっと会えますわ」テイラーはいった。

「あなたは夢から目を覚ますのよ」

「そのつもりです、おばあさま」

「男性を、思いやりのある良き夫にしつけるやり方を教えておくべきだったわ」

「アンドルーおじさまから、必要なことはすべて教わりました」

祖母はまたもや鼻を鳴らした。「わたしの弟が、そういったことでなにを知っているというの？　長年、ハイランドで世捨て人も同然の暮らしをしてきたくせに……。アンドルーのいうことなんて、でたらめに決まっているわ」

テイラーはかぶりを振った。「いいえ、もっともなご忠告でしたわ、おばあさま。アンドルーおじさまは、なぜ一度も結婚なさらなかったんですか？」

「おおかた、あの人にがまんできる女性がひとりもいなかったからでしょうよ」祖母は答えた。「アンドルーが興味を持つことといったら、あのやたらと大きな馬ぐらいなものですからね」

「それから、銃もです」テイラーはいった。「おじさまは、いまも特許の取得に取り組んでらっしゃいますわ」

「そう、銃もだったわね」祖母は応じた。「聞かせてちょうだい、テイラー。アンドルーからどんな忠告をもらったの？」

「荒くれ男を良き夫に変えたければ、馬を訓練するのと同じようにすればいいと……。不安をおくびにも出さずに、きっぱりと接し、愛情はごくたまにしか見せない。そんなふうにすれば、半年もたたないうちにいうことを聞くようになって、妻を大切にし、お姫さま扱いしてくれるようになるとおっしゃいました」

「大切にしてくれなかったら？」

テイラーはほほえんだ。「そのときは、アメリカ製の拳銃を借りてきて、撃ち殺してやります」

祖母の笑顔は優しさにあふれていた。「あなたのおじいさまを撃ち殺してやりたいと思ったことが、一度か二度あったわ。でも、ほんとうに一度か二度だけよ」

それまで明るかった祖母の表情はたちまち曇り、彼女は感極まって声を震わせた。「あの双子にはあなたが必要なの。ああ、あなたのような年端もいかない娘に、そんなことが……」

テイラーはベッドに駆け寄った。「わたしなら大丈夫です。まだ子どもだと思われているようですけれど、このとおり、もうどこから見ても大人の女性ですわ。心配はいりません」

祖母は大きなため息をついた。「いいでしょう、心配はしないと約束するわ」彼女はつづけた。「あなたはこのわたしを愛して、尽くしてきてくれたのに、わたしときたら……。気づいていたかしら、わたしのほうから愛しているといったことは一度もなかった」

「気づいていました、おばあさま」

いっとき沈黙があった。それから、祖母は話題を変えた。「あなたの姉がなぜあんなにも躍起になってイギリスを離れようとしたのか……あなたがわけを話そうとしても、わたしは聞く耳を持たなかった。いまだからいうけれど、あれは、答えを聞くのが怖くてたまらなかったからなの。マリアンがイギリスを離れたのは、息子のせいだったんでしょう？　マルコムはあなたの姉になにをしたの？　心の準備ならできているわ……そうしたければ、話してもかまわないのよ」

テイラーは胸を締めつけられて、大きく息を吸いこんで答えた。「その話は気が進みません、おばあさま。過ぎたことです」

「まだ怖いのね。この話を持ちだしただけで、声が震えているわ」

「いいえ、もう怖いとは思いません」

「わたしはあなたを信じて、マリアンとあのろくでなしの夫が出国するのを助けた。そうだったわね？」

「はい、おばあさま」

「もう二度と会えないとわかっていたから、つらかったわ。マリアンの決断が正しいとはとても思えなかった。あの子が結婚した男ときたら……ジョージは、路上の物乞いとたいして変わらない男で、妻のことも少しも愛していなかった。金目当てだったに決まってるわ。でも、マリアンは聞く耳を持たなかった。そうでしょう？　だからわたしは、ふたりと縁を切ってしまった。いまだからわかるわ。残酷なことをしたと……」

「ジョージはろくでなしではありませんでした、おばあさま。ただ、仕事に向いていなかっただけです。マリアンとはたしかに金目当てで結婚したのかもしれませんが、おばあさまがマリアンの相続財産を没収なさったあとも、ジョージは妻を捨てませんでした。たぶん、少しは人を愛することを学んだんでしょう。ジョージはいつもマリアンを優しく気づかっていました。わたしたちのところに送られてきた手紙からは、父親として立派にやっていることが読み取れたじゃありませんか」

祖母はうなずいた。「ええ、たしかによくやっていると思いましたよ」不本意そうに認めてつづけた。「ふたりがイギリスを離れるために、まとまったお金を用立ててやるようにわたしを説き伏せたのはあなただった。わたしは、正しいことをしたのかしら？」

「もちろんですわ」

「マリアンは、なにがあったかわたしに打ち明けるつもりだったのかしら？　ああ、あの子が帰らぬ人となってから一年半たって、ようやくこんなことを訊くなんて――」

「マリアンはおばあさまには話さなかったはずです」テイラーは急いでいった。

「でも、あなたには打ち明けたのね」

「ええ。でも、それはわたしを守るためでした」

テイラーは平静を保とうと息を吸いこんだ。おぞましい記憶がよみがえって、手が震える。祖母に動揺を悟られないように、気をしっかり持ってふたたび口を開いた。「おばあさまが手を貸してくださったおかげで、マリアンとジョージはボストンで幸せに暮らせたんです。マリアンも安らかに眠りにつけたはずですわ」

「マリアンの娘たちをイギリスに連れ戻していたら、その子たちは安全だったかしら？」

「いいえ」テイラーは間髪入れずに答えた。それから、声をやわらげてつづけた。「あの子たちは父親の祖国で育てられるべきです。それがジョージとマリアンふたりの希望でした」――そして、マルコムの庇護を受けないこと。

「子どもたちもコレラで死んでしまったと思う？　それなら、いまごろ知らせが届いているはずだわ。そうでしょう？」

「ええ、そのとおりですわ。子どもたちは元気にしているはずです」テイラーはできるかぎりきっぱりと答えて、そのとおりであることをひそかに祈った。子守係だったバートルスミス夫人からの悲しい知らせを読むかぎり、ジョージの死因はコレラかどうかはっきりわからない。ジョージの死後、医者が感染を恐れて家に寄りつかなくなってしまったので、ほんとうのところはだれにもわからずじまいだった。ジョージが重病に臥《ふ》せっているあいだ、バートルスミス夫人は子どもたちをできるかぎり近づけないようにして、感染を防ぐために最善を尽くしたという。神はまずマリアン、それからジョージを召された。このうえ、二歳のふたりの幼子まで召されるはずはない。そんなことは、考えただけで心が痛んだ。

「あなたを信頼していますよ、テイラー」祖母の声には疲れがにじみ出ていた。

「ありがとうございます、おばあさま」

「わたしは、あなたが子どもだったころに守ってあげたかしら？」

「ええ、もちろんです」テイラーは声をうわずらせた。「子どものころから、いつも守ってくださいました」

しばらく沈黙の時間が流れて、祖母はふたたび口を開いた。「イギリスを離れる覚悟はできているの？」

「覚悟はできています」

「ボストンはまったく違う世界よ。……子どもたちには、わたしのことで素敵な思い出話を聞かせてちょうだい。作り話でもかまわないわ。ひいおばあさまのことを懐かしく思い出してもらいたいの」

「わかりました、おばあさま」

テイラーは涙をこらえようと、両手を見つめて何度か深呼吸した。

祖母は孫娘の動揺に気づいていないように、ボストンの銀行に送金した金について、あらためて説明した。なすべきことを話し終わるころには、その声は弱々しくなっていた。

「サー・エリオットが戻りしだい、またもやわたしが奇跡的に持ちなおしたと発表してもらいます。あの人は愚かだけれど、だれの側につけば得をするか心得ている人だわ。あなたは今夜の舞踏会に顔を出して、なにもかも順調だというふりをするのよ。声を立てて笑って、にこやかにほほえんで、わたしの回復を祝うの……真夜中の十二時まで。そうすれば、あなたが夜明けとともに旅立つことはだれにも気づかれないでしょう。だれにも」

「でも、おばあさまの具合がよろしくないなら、わたしがおそばにいるものだと思っていました」

「そんなことはしなくて結構よ」祖母は厳しい口調でいった。「わたしが死ぬまでに、かならずイギリスを離れなさい。わたしにはアンドルーが付き添ってくれるわ。だからひとりきりにはならない。あなたが出発したことをマルコムたちが知るのは、船が出航したあとになる。さあ、いうとおりにしてちょうだい、テイラー。あなたのなすべきことは、この年寄りを心残りひとつ残さず逝《い》かせることなの」

「わかりました、おばあさま」テイラーは声を詰まらせた。

「泣いているの?」

「いいえ」

「涙は願いさげですよ」

「はい、おばあさま」

祖母は満足そうにため息をついた。「さあ、あとは書類に署名してもらうだけだわ。最後の儀式として見届けさせてもらいますからね。それで、思い残すことはなにもないわ」

「おばあさまは亡くなりません」

「だれしも、望むものがいつも手に入るわけではないんですよ。憶えておきなさい」

「はい……おばあさま」

「トマスに、居間でお待たせしている方々をお通しするようにいってちょうだい。それから、わたしのそばに来て。あなたが署名をするのを見届けて、立会人の署名をしますから」

テイラーは立ちあがった。「そのことで、お心変わりはないんですね？」

「ありませんよ」祖母は答えた。「あなたはどうなの？」

祖母の言葉には挑むような響きがあった。テイラーはどうにかほほえんだ。「はい、決心は変わりません」祖母と同じくらい、きっぱりと答えた。

「それなら急ぎなさい、テイラー。残り時間がどんどん少なくなっているわ。わかってるんでしょうね、これは時間との闘いなのよ」

テイラーは居間につづくドアに向かいかけて、寝室のなかほどで急に立ち止まった。「おばあさま？」

「なにかしら？」

「トマスがお客さまを連れてくる前に……もう二度とおばあさまとふたりきりになれないのでしたら……」

それ以上いえなかった。いう必要もなかった。祖母は彼女がいおうとしていたことをわかってくれた。

大きなため息の音が響いた。「仕方がないわね」祖母は不機嫌そうにいった。

「ありがとうございます」

「早くいってしまいなさい、テイラー」

「はい」テイラーはいった。「愛しています、おばあさま。心の底から」

 彼は自分のしたことが信じられなかった。もう少しでうまくいくはずが……。むかむかして首を振った。自分の弟に、もうひとりの弟の自由を買わせるとは、まともな所業とは思えない。人でなしの……犬にも劣る畜生が……。

ルーカス・マイケル・ロスは、滾《たぎ》る怒りを無理やり抑えつけた。もうすんだことだ。弟はいまや自由の身で、新たな人生に踏みだそうとしている。それさえ確実ならいい。一族の財産を受け継ぐあの人でなしの異母兄は、いずれ報いを受けるだろう。イギリスにいるあの男が没落しようがわが世の春を謳歌《おうか》しようが、知ったことではない。

だが、怒りは消えそうもなかった。ルーカスは広大な舞踏室のアルコーヴのそばで柱にもたれ、大理石の床の上でくるくると踊る男女に目をやった。彼の左右には弟たちの友人、モリスとハンプトンがいる。ふたりとも爵位持ちだが、なんの爵位かルーカスには思い出せなかった。ふたりはいま、アメリカ資本主義がもたらした危機と利益について、熱心に議論を交わしている。

今夜はイギリスで過ごす最後の夜だが、ルーカスはそのひとときをゆっくり味わうどころか、さっさと終わりにしたいと思っていた。この殺伐《さつばつ》とした国に、格別な思い入れなどみじんもない。アメリカの大自然で暮らす身には、こんな場所に居をかまえる人間の気がしれなかった。彼にしてみれば、この国では住民のほとんどが政府の要人かその銅像と同じくらい尊大でもったいぶっていて、あらゆるものが彼らの呼吸する空気と同じくらい息苦しい。彼は密集した建物や、果てしなくつづく工場の煙突や、ロンドンの空一面に垂れこめる暗い灰色の帳《とばり》がいやでたまらなかったし、けばけばしい女性たちや気取った男たちも嫌いだった。ロンドンにいるときは、かごのなかに閉じこめられているような気分になる。頭に浮かぶのは、子どものころにシンシナティ郊外の祭りで見た、踊るクマの出し物だった。男物のズボンをはき、後ろ足で立ちあがったまま、首につけた重たい鎖を操る人間のまわりをぴょんぴょん跳びはねていたクマ。

ダンスフロアをくるくるまわる男女を見ていると、あのときのクマが思い浮かんだ。繰り返し練習することによって身についた、抑制された不自然な動きだ。女性のドレスは色合いこそさまざまだが、仕立て方やスタイルはまったく同じだった。男たちも同じように、そろいもそろってばかげた黒い正装に身を包んでいる。あきれたことに、靴さえ寸分も違《たが》わない。ここではだれもが、閉鎖的な社会の決まりごとに縛りつけられているのだ。そう思うと、彼らが少し気の毒になった。ここにいる人々は本物の冒険も、自由も、広々とした場所も知らない。なにが足りないのか気づくこともないまま死んでいくのだ。

「浮かない顔だな、ルーカス」

ルーカスの左右にいたイギリス人のうち、年長のモリスが話しかけてきた。彼はルーカスを見あげて答えを待った。

ルーカスはダンスフロアに顎《あご》をしゃくった。「ここには、群れからはぐれた人間がいないと思っていた」彼は柔らかなケンタッキー訛《なま》りで答えた。

モリスは意味を取りかねて首を振ったが、ハンプトンは察しよくうなずいた。「ルーカスは、踊っている連中のことをいってるんだ」

「というと?」モリスはなおも尋ねた。

「女性たちがどれほど似たり寄ったりか気づかないか? ひとり残らず髪を頭の後ろに引っつめて、ほぼ例外なく、あらゆる方向に張りだしたあのくだらない衣装に身を包んでいる。そのドレスだって区別がつかない」ハンプトンはつづけた。「スカートの下に隠された針金のきてれつな仕掛けで、腰まわりをあんな妙ちくりんな形にして……。男だってたいして変わりはしない。だれもが似たような格好をしている」

ハンプトンはルーカスにいった。「上品なしつけと教育が、われわれの個性を奪ってしまったんだ」

「ルーカスだって、わたしたちと同じように正装しているじゃないか」モリスは生え際が後退しかけたずんぐりとした小男で、分厚い眼鏡をかけ、あらゆることに一家言を持っている。彼は親友の意見にいちいち難癖をつけ、反論することを至上の義務と心得ていた。「きみがにわかにけちをつけはじめた服装は、舞踏会ではふさわしいとされている。この服でなければなにを着ろというんだ? ブーツにバックスキンの半ズボンか?」

「そうすれば、さぞやせいせいするだろうな」ハンプトンはいい返すと、モリスに反撃される前にルーカスに向きなおって話題を変えた。「どうしてもモンタナに戻るつもりか？」

「そのつもりだ」ルーカスはようやくほほえみを浮かべた。

「ということは、ここでの用事はすべて終わったんだな？」

「ほとんどは」ルーカスは答えた。

「明日出発するんだろう？」

「そうだ」

「もういくらも時間がないのに、どうやって終わらせるんだ？」ハンプトンは尋ねた。

ルーカスは肩をすくめた。「ちょっとした用事がひとつ残っているだけだ」

「ケルシーを連れて帰るのか？」

「ロンドンに戻ったのは、ケルシーのためだ」ルーカスは答えた。「ケルシーはもうふたりの兄と一緒にボストンに向かっている。一昨日出発した」

ケルシーは、三人いる彼の異母弟のいちばん末の弟で、もうじき十二歳だ。上のふたり、ジョーダンとダグラスはすでに、モンタナ準州の谷あいで開拓者としての経験を積んでいる。最後にイギリスを訪れたときケルシーはまだ幼かったから、イギリスに残してこなくてはならなかった。ルーカスのはからいで、ケルシーはふさわしい教育を受けてきたが、精神面ではほとんど顧みられなかったに等しい。一族の財産を相続したいまいましい異母兄のところにいたからだ。

過酷な西部で子どものケルシーが生きのびられるかどうかはこの際関係なかった。これ以上イギリスにとどまったら、それこそ命が危ない。

「ジョーダンとダグラスが、もうしばらくロンドンにいられたらよかったんだが」モリスがいった。「あのふたりなら、今夜の催しを楽しんだはずだ。知り合いが大勢来ている」

「ふたりとも、ケルシーを連れて早く出発したがったんだ」

ルーカスたちは、弟を一刻も早くイギリスから連れだそうと決めていた。人でなしの相続人が後見人を指定する書類に署名すると、彼らは即座に船の切符を予約した。いつなんどき相続人の気が変わって、ケルシーと引き替えにする金額を釣りあげるかわからないからだ。

ルーカスの胸にふたたび怒りがよみがえった。早くイギリスを離れたくてたまらない。南北戦争のさなかに掃除道具入れのような狭い牢屋《ろうや》に囚《とら》われて以来、狭いところは反吐《へど》が出る。あのときはどうかしてしまうと思ったものだ。だが、苦しみはそれで終わらず、その後も、思い出すだけで冷たい汗が吹きだすほどの残虐行為をくぐり抜けて生きのびなくてはならなかった。あのときの戦争で、彼はたしかに変わった。いまだに兵舎には近づけないくらいだ。うっかり近づこうものなら、喉が締めつけられて息が苦しくなり、あのときのおぞましい感覚が体の奥底からせりあがってくる。ロンドンの街が頭のなかでたちまち監獄に変わり、逃げだすことしか考えられなくなる。

ルーカスは懐中時計を取りだすと、パチリと蓋《ふた》を開けて時間をたしかめた。午前零時まで、あと二十分。これならどうにか持ちこたえられそうだ。真夜中まではここにいるという約束になっている。もう二十分とどまったところで、死にはしない。

「きみの住む土地に行けたらな……」ハンプトンが不意につぶやいた。

モリスはぎょっとして、眼鏡越しに親友をにらみつけた。「冗談はよせ。責任というものがあるじゃないか。爵位や領地はどうでもいいのか？　本気でいっているとは思えないな。まともな頭の持ち主なら、この国と、この国で享受できるものを投げだすわけがない」

モリスはハンプトンの言葉を祖国に対するこのうえない背信行為とみなして、目を怒らせて説教をはじめた。ルーカスは聞いていなかった。たったいま、いまいましい相続人が広間を横切るのが見えたからだ。その男、ウィリアム・メリット三世は嫡子だった。ルーカスは三歳年下の庶子にすぎない。彼らの父親は若かりしころアメリカを訪れ、滞在中にうぶな田舎娘をのぼせあがらせてベッドに連れこんだ。彼は愛を誓い、ケンタッキーでひと月過ごすあいだ毎晩娘とベッドを共にしたあとで、イギリスで妻と息子が待っていることを打ち明けた。その息子ウィリアムは、まさに父親そっくりの男だ。自分のことしか考えない、身勝手きわまりない極悪人で、家族の絆《きずな》や価値にはなんの意味もないと考えている。そんな男が、嫡子として生まれたばかりに領地と爵位、その他もろもろの財産を相続するのだ。あいにく父親は、ウィリアムと同腹の弟たちにはなんの準備もしていなかったし、ウィリアムにも弟たちと富を分かち合うつもりは毛頭なかった。ジョーダンとダグラスとケルシーは、ただのけ者にされただけではない。寒空の下に放りだされたのだ。

最初にルーカスの居どころを突きとめ、アメリカに渡って第二の人生を踏みだしたいと助けを求めてきたのはジョーダンだった。ルーカスははじめ関わり合いになりたくないと思った。ジョーダンたちは赤の他人も同然だし、彼らが属する上流社会も彼の世界とはまるで違う。たとえ父親が同じでも、弟たちにはなんの親近感も持てなかった。家族という概念にも、まるでなじめない。

だが、相手は助けを求めていた。

ルーカスはジョーダンに背を向けることができなかったし、背を向けられないわけも考えなかった。ほどなくダグラスまで来て、なおさら後に引けなくなった。そしてイギリスに渡ってケルシーの境遇を目の当たりにした彼は、末の弟を囚《とら》われの身から救いだすのは自分の義務だと悟った。

ルーカスが支払ったのは、彼自身の自由に匹敵するほどの金額だった。

ワルツの演奏がクレッシェンドで終了するのと同時に、モリスの説教は終わった。楽団員たちは立ちあがり、拍手喝采《かっさい》する人々に深々と一礼した。

だが、拍手はいきなり途絶えた。ダンスフロアにとどまっていた男女が舞踏室の入口を振り返り、しーっというささやきが広がる。ルーカスは人々の変化に気づいて、魔法のように全員の注意を引きつけたものをたしかめようとした。モリスに肘でこづかれたのはそのときだった。

「イギリスにあるものすべてが腐っているわけじゃない」モリスはいった。「あれを見ろ、ルーカス。イギリスがすぐれている証拠がお出ましだぞ」

まるで、女王陛下その人が現れたような熱のこもった言い方だった。

「ハンプトン、ルーカスに見えるように、そこをどいてくれないか」モリスがいった。

「ルーカスなら、ここにいるだれよりも頭ひとつ分は背が高いじゃないか」ハンプトンはぶつぶついった。「余裕で見えるさ。ああ、彼女だ」彼は賛嘆の念を隠しきれずにささやいた。

「堂々としたものだな。まったく、頭がさがる」

「きみのいう〝はぐれ者〟の登場だ、ルーカス」モリスは誇らしげにいった。

その女性は、舞踏室の入口にある踏み段のいちばん上に立っていた。ハンプトンとモリスは大げさにいったのではなかった。この世のものとは思えないほど美しい女性だ。襟《えり》ぐりが控えめに開いたロイヤルブルーのイヴニングドレスは体にぴったりした形ではないが、それでも女性らしい柔らかな曲線とクリームのような白い肌は隠しようがない。

彼女は付き添いもなくひとりで、かすかな笑みをたたえ、自分のせいで舞踏室が静まりかえったことを少しも意に介していないようだった。流行の妙な角度に張りだしたドレスを着ていないことも気にならないらしい。髪も引っつめではなく、柔らかく波打つ金色の長い髪をほっそりした肩に垂らしている。

だからこそ居合わせた男たち全員の注目を集めたのだろう。非の打ちどころのない、目の覚めるような女性だ。

その美しさに、ルーカスもすっかり目を奪われていた。思わずまばたきしたが、彼女は消えない。瞳の色は見えないが、見るまでもなくブルーだとわかる……間違いなく宵闇の色と同じ、濃いブルーだ。ルーカスは不意に息を吸いこめなくなった。胸が苦しい。心臓も激しく脈打っている。まるでうぶな学生だった。なんというざまだ。

「まさに〝はぐれ者〟だ」ハンプトンは友人に同意した。「侯爵が見えるか？　舞踏室の真向かいにいるだろう。これほど離れていても、あの瞳に欲望をむきだしにしているのがわかる。新妻も気づいただろう。ほら、夫をあんなににらみつけている。これは見逃せないぞ。腹黒い男が、いよいよ正義の裁きを受けるときが来たんだ。おっと失礼、ルーカス。きみの腹違いの兄を、こんなふうにあしざまにいうべきではなかった」

「べつに、家族とは思っていない」ルーカスは吐き捨てるようにいった。「あの男はとっくの昔に、おれたちとは縁を切っている。それから、きみのいうとおりだ、ハンプトン」彼はつづけた。「正義の裁きは、すでにくだされている。きみが思っているより、もっといろいろな意味で」

ハンプトンは怪訝《けげん》そうに見返した。「ずいぶんと思わせぶりないいぐさだな、ルーカス。ぼくたちの知らないことで、いったいなにを知っているんだ？」

「あの〝屈辱的な事件〟については、ルーカスも一部始終を知っていると思うが」モリスが口を挟んだ。彼はルーカスが肯定も否定もしないうちに、ささやかな情報ひとつでも落としがあってはならじと、事件の顛末《てんまつ》を逐一話しはじめた。

「ブルーのドレスで魅惑的なほほえみを浮かべているあの美しい女性は、きみの腹違いの兄と婚約していた。きみ自身も、そのあたりの事情はよく承知しているだろう」モリスはつづけた。「ウィリアムは、彼女のすべてを手に入れるはずだった。言葉巧みに誘惑されて、うぶな娘の目にあの男は魅力的に映ったんだろう。だが、結婚式のわずか二週間前に、ウィリアムは彼女の従姉妹《いとこ》ジェインと駆け落ちした。すでに式には五百人以上が招待されていたから、もちろんその全員に中止を知らせなくてはならない。その年最大の催しになるはずだった盛大な結婚式をだ。そんなふうに間際で取りやめざるをえなくなった屈辱が想像できるか？」

ハンプトンがうなずいた。「ジェインがウィリアムにべったりくっついているのが見えるか？まったく、なんてざまだ。ウィリアムはみだらな考えを隠そうともしていない。あの男がよだれを垂らしても、ぼくは驚かないな。ジェインは、あの男が捨てた女性とは似ても似つかないのに。そうだろう？」

ルーカスはにこりともせずにつぶやいた。「あの人でなしが」

ハンプトンはつづけた。「ぼくはウィリアム・メリットを軽蔑《けいべつ》する。やつは狡猾《こうかつ》で腹黒い男だ。父を侮辱して、公の場で自分の頭のよさをひけらかした」

「やつが血を分けた兄弟にどんな仕打ちをしたか、考えてもみろ」モリスがいう。

「ジョーダンとダグラスは、あいつに亡き者にされたようなものだな？」

「そのとおり」モリスは応じた。「だが、ウィリアムはちゃんとふさわしい報いを受けている。死ぬまでみじめな思いを味わうさ。なにしろ、花嫁のジェインはウィリアムに負けず劣らず腹黒い女だからな。背筋の寒くなるような組み合わせじゃないか？　噂によると、ジェインはもうやつの子どもを身ごもっているとか。それがほんとうなら、その子どもが気の毒だが」

「ありえる話だ」ハンプトンがいった。「ふたりでおおっぴらにいちゃついていたからな。だが、ジェインはじきに後悔することになる。ウィリアムが相続した遺産は、もうそれほど残っていないはずだから」

「そうなのか？」ルーカスが口を挟んだ。

ハンプトンはうなずいた。「じきにわかることだが、ウィリアムはいま、物乞い並みに素寒貧《すかんぴん》なんだ。賭博で手元の金を使い果たし、銀行家に地所を押さえられている。おおかた、レディ・ステイプルトンが亡くなってジェインにたっぷり遺産が転がりこむのを当てにしているんだろうが、レディ・ステイプルトンは死の床から、またもや奇跡的に回復したようだからな」

楽団が演奏を再開して人々が現実に引き戻されると、舞踏室の入口に現れた女性はドレスをつまんで踏み段をおりた。ルーカスは目をそらせなくて、彼女のほうに一歩踏みだした。それから立ち止まって、ふたたび懐中時計を取りだして見た。

残り時間は、あと十分。それぐらいなら持ちこたえられる。あと十分で、自由の身になれるのだ。彼はほうっと息をつくと、そのときを思って口元をほころばせた。

テイラーもほほえんでいた。祖母にいわれたとおり、舞踏室の入口に立ったときからほほえみを顔に貼りつけている。ああ、どうか、不愉快なことになりませんように。

笑顔で楽しむこと——それがつらくてたまらなかった。そんなふうに自分を偽っていると、気分が悪くなる。胃も燃えるように熱くなった気がした。

しっかりしなくては。将来に目を向けなさいと、祖母の声がする。あの双子には、あなたが必要なの。

年若い独り身の男たちがいっせいに駆け寄ってきたが、彼女は無視した。そしてここで落ち合うはずの男性はどこかと舞踏室を見まわしているうちに、従姉妹のジェインを見つけた。ウィリアムもいる。どちらとも目を合わせないようにしたが、心臓がどきどきする。ああ、あのふたりが近づいてきたらどうしよう。なんていおうかしら？　お祝いをいう？　そんなことをしたら、きっと具合が悪くなってしまう。ふたりが舞踏会に来ているとは思いもしなかった。取るに足りないことで頭を悩ませる余裕はなかったから。皮肉なことに、祖母は午後になってからずいぶん持ちなおしていた。別れを告げたときには、ほんとうにまた回復しそうな気がしたくらいだ。

どこでいつ会ったか思い出せない若い男が、ダンスフロアまで付き添わせてほしいと気負いこんで申しでたが、丁寧にことわった。その男がすごすごと背を向けると、聞きおぼえのある甲高い笑い声がした。ジェインが歪んだ笑みを浮かべ、若い娘が身をひるがえして出口に急いでいる。サー・コナンの末娘で、わずか十五歳のレディ・キャサリンだ。

結婚しても、ジェインの性格は変わっていない。キャサリンの打ちひしがれた表情からして、ジェインの毒牙《どくが》にかけられたのだろう。

テイラーは不意に、やりきれない思いでいっぱいになった。親戚たちのなかには、だれかを傷つけるのが楽しくてたまらないという者がほかにもいる。彼女たちの意地悪にはもううんざりだった。でも、こんな状況では闘う手だても思いつかない。いまはまったく無力な気がした。

イギリスの上流社会には、いつもなじめないものを感じてきた。だから、いつも空想にふけり、大衆小説を読みふけっていたのかもしれない。そう、祖母にいわれたように、自分は夢想家だ。でも、夢を見るのがそれほど悪いこととは思えない。現実の世界にはよく幻滅させられたし、ちょくちょく夢見ることもできなければ、とても耐えられるものではないから。本を読むのは、まさに現実逃避だった。

とりわけ好んだのは、波瀾万丈《はらんばんじょう》な物語だった。おかげで理想的な男性といったら、本で読んだ勇敢な英雄しか思いつかない。お気に入りは、ダニエル・ブーンとデイヴィー・クロケット。ふたりが死んでもう何十年もたつのに、彼らの胸躍る伝説は、いまも物書きと読者を引きつけている。

祖母は孫娘が現実に目を向けることを望んだ。実際には、英雄などひとりもいないと思っていたから。

取り乱したレディ・キャサリンがテイラーにぶつかりそうになったのはそのときだった。残酷な人々から逃れることしか頭にないように見える。

テイラーは動揺したキャサリンの腕をつかんだ。「落ち着いて、キャサリン」

「どうか、その手を離してください」

キャサリンの頬はすでに涙に濡れていたが、テイラーは離さなかった。「泣くのをやめなさい」彼女はいった。「どこにも行ってはだめ。このまま逃げても、公の場に出るのがいよいよつらくなるだけだわ。そんなふうになったら、ジェインの思うつぼよ」

「なにがあったか、あなたはご存じないから……」キャサリンは泣き声でいった。「あの人……みんなにいいふらしたんです。わたしが……」

テイラーはなだめるように、キャサリンの腕をつかんだ手に少し力を込めた。「どんな意地悪をいわれようと関係ないわよ。無視して聞き流せば、だれも本気にはしないわ」

キャサリンはドレスの袖《そで》からハンカチを取りだして、涙を拭いた。「さっきは身の置きどころがないくらい恥ずかしくて……」彼女はささやいた。「あんなふうに槍玉《やりだま》に挙げられるなんて、わたしがなにをしたというのかしら」

「あなたが若くて、とてもきれいなお嬢さんだからよ」テイラーはいった。「それで目をつけられたの。あなたの過《あやま》ちは、ジェインに近づきすぎたことね。でもキャサリン、わたしがそうだったように、あなたもいずれは乗り越えるわ。ジェインだってもう、新たな獲物を探しているはずよ。あの人は、意地悪を楽しんでいるの。悪趣味きわまりないわ。そう思わない？」

キャサリンは弱々しくほほえんだ。「おっしゃるとおりですわ、レディ・テイラー。ほんとうに意地の悪い方です。さっきなんて……レディ・テイラー、あなたがいま身につけているサファイアは、自分のものだなんていうんです」

「そんなことを？」

キャサリンはうなずいた。「それから、レディ・ステイプルトンはもう耄碌《もうろく》しているとか

――」

テイラーはさえぎった。「祖母のことをジェインがなんといおうと興味はないわ」

キャサリンはテイラーの背後をちらりと見てささやいた。「ジェインがこちらを見ています」

テイラーは振り向かなかった。ああ、もうしばらくだけがまんすれば、この不愉快な場所から抜けだせる。

「キャサリン、ひとつお願いがあるの」

「なんなりとおっしゃってください」キャサリンは即座に応じた。

「わたしのサファイアを身につけてちょうだい」

「いま……なんて？」

テイラーはうなじに手を伸ばして首飾りの留め具をはずすと、耳飾りもはずした。

キャサリンが目を丸くしているのがおかしくて、テイラーはほほえみを漏らした。

「まさか本気でおっしゃっているのではないでしょう、レディ・テイラー。大変な値打ちの品物ですのに、わたしがこのようなものを身につけていたら、ジェインが大騒ぎするに決まってます」

「ジェインは悔しがるでしょうね」テイラーはふたたび、余裕の笑みを浮かべた。

キャサリンは吹きだし、その笑い声は舞踏室に響きわたった。それまでの憂《う》さを吹き飛ばすような、心から楽しそうな声だ。テイラー自身も、不意に気持ちが明るくなったような気がした。

彼女はキャサリンにサファイアをつけてやると、ふたたび口を開いた。

「物に支配されてはだめ。なにがあろうと、富よりも自尊心と品格を大切にするのよ。さもなければ、ジェインのようになってしまうわ」テイラーはいった。「そんなふうにはなりたくないでしょう？」

「ええ、もちろんです」キャサリンは身震いして答えた。「物には支配されないと約束します。少なくとも、そうなるように努力しますわ。こんな首飾りをつけると、どこかのお姫さまになったような気がしますけれど……そんなふうに感じてもかまわないでしょうか？」

テイラーは笑った。「ええ、それぐらいはいいのよ。喜んでもらえてうれしいわ」

「父に頼んで、間違いなく安全な場所に保管してもらうようにします。明日、わたしが直接お返しに参上しますから」

テイラーは首を振った。「明日返していただく必要はないわ」彼女はいった。「このサファイアは、あなたのものよ。わたしにはもう、こんな装飾品は二度と必要ないの」

キャサリンはいまにも卒倒しそうだった。「でも……そんな……」

「これは、あなたへの贈り物なの」

キャサリンはわっと泣きだした。

「泣かせるつもりじゃなかったのよ」テイラーはいった。「あなたはサファイアがなくてもきれいだわ。さあ、ぴったりのダンスのお相手を探してあげるから、涙を拭いてちょうだい」

彼女はミルトン・トンプソンに目をとめて、彼を手招きした。ミルトンはすぐさま駆けつけ、キャサリンを瞬《また》く間にダンスフロアに連れだした。

キャサリンは輝くばかりに美しかった。くすくす笑い、ミルトンと見つめ合って、ふたたび十五の娘らしく振る舞っている。

テイラーは満足したが、その気持ちは長くはつづかなかった。わたしの相手はどこ？　彼女は舞踏室をぐるりとまわることにした。もちろん従姉妹のいる場所は大きく迂回《うかい》して、ここにいるはずの男性が見つからなければそのまま姿を消してしまうつもりだった。程よく遅れて到着し、程よく早めに退出するのが粋というもの。ひと晩でこれだけ笑顔を振りまけば充分だし、少しのあいだしか舞踏会に顔を出さなかったとしても祖母には知られるはずもない。むしろ、これだけがんばればよしとしてくれるはずだ。

だが、テイラーはどこにも行かないうちに、三人の気の置けない友人たちに呼びとめられた。アリソンとジェニファーとコンスタンスは、ミス・ロリソン女学校時代からの付き合いだ。そのうちアリソンは、自分がひとつ年上だという理由で、ほかのふたりよりはるかに洗練されていると思っている。

そのアリソンが、先頭に立ってテイラーに近づいてきた。暗めのブロンドにはしばみ色の瞳の、大柄な体がいささか不格好な娘だ。

「まあテイラー、今夜はいちだんときれいだこと」彼女はいった。「あなたと並んだら、わたしなんて引き立て役になってしまうわ」

テイラーはほほえんだ。アリソンはだれにでも、「まあ」をつけて話しかける。そうするほうが上品だと思っているのだ。「だれと並んでも、あなたは引き立て役にはならないわ」テイラーはアリソンがそういってもらいたがっていることを察して応じた。

「きょうは素敵でしょう？　新しいドレスなの」アリソンは説明しはじめた。「このために、父は大枚をはたいたのよ。たとえ破産しようとも、今年のシーズンでわたしを結婚させると父は息巻いているわ」

友人の率直な物言いが、テイラーにはかえって新鮮だった。「あなたなら、ここにいるどんな紳士でもよりどりみどりよ」

「それが、これはと思う方がちらりとも振り向いてくれないの」アリソンは打ち明けた。

「その方の注意を引くようなことは、ひととおりやってみたのよ」ジェニファーが横からいった。彼女は結いあげた髪からこぼれ落ちた茶色の巻き毛をピンで留めなおしてつづけた。「こうなったら、あの方の目の前で気絶してみたらどうかしら」

「アリソンを抱きとめるなんて無理よ」コンスタンスがいった。「後れ毛はそのままにしておきなさいよ、ジェニファー。よけいにみっともなくなるじゃないの。それから眼鏡をかけないと、眉をひそめてばかりいたら、しわができるわよ」

ジェニファーはコンスタンスの忠告を無視した。「あの男性から結婚を申しこまれたら、アリソンのお父さまは心臓発作を起こしてしまうわ」

コンスタンスはうなずいた。短い巻き毛が、頭の動きに合わせて揺れ動く。「評判の問題児なの」彼女はテイラーにいった。

「問題児？ まあ、あの方はれっきとした大人の男性よ」アリソンが口を挟む。

「でも、悪名高い人じゃないの」コンスタンスはいい返した。「テイラー、こんなピンクのドレスではくたびれて見えるかしら？ ジェニファーから、赤毛のそばかす顔ではどんな色合いのピンクも似合わないといわれたの。でも、この生地は大のお気に入りで――」

「そのドレス、似合ってるわよ」テイラーはいった。

「たしかに悪名高い人だわ」アリソンがいった。「だからこそ惹かれるのよ」

「メリンダから聞いたんだけれど、あの方はこの一週間だけでも、毎晩違う女性をベッドに連れこんでいるそうよ」とコンスタンス。「信じられる？ 狙いをつけた女性は例外なくものにしてしまうんですって。それほど――」

「魅惑的な方？」アリソンがかわりにいった。

コンスタンスはたちまち赤くなった。「ある種の粗野な魅力があることは認めるわ。あの方は、とても……大柄だから。それに、とにかく瞳が素敵なの。暗い、暗い茶色で」

「どなたのことをいっているの？」テイラーは興味を引かれて尋ねた。

「それが、まだ名前もわからないの」アリソンが答えた。「とにかく、今夜ここにいらっしゃる方よ。是が非でも紹介してもらうわ。罪深いほど魅力的な方なの」彼女はいったん口をつぐむと、顔の前で扇子をぱたぱたとあおいだ。「胸がどきどきするわ」

テイラーは、ジェニファーから憐《あわ》れみとしかいいようのないまなざしで見られていることに気づいた。「どうかしたの、ジェニファー？」テイラーは尋ねた。

「ああ、テイラー、今夜ここに来るなんて、あなたってほんとうに勇気があるのね」

アリソンは扇子の端でジェニファーの肩をぴしりとたたいた。「もう、ジェニファーったら、あの件は蒸し返さないと申し合わせたはずでしょう」

「まったく」コンスタンスが重ねていった。「無神経にもほどがあるわ。テイラー、つらかったわね」

「いいのよ。わたしはほんとうに――」

テイラーはそれ以上いわせてもらえなかった。「噂によると、ジェインは身ごもっているそうじゃないの」ジェニファーがささやいた。「あなたに求婚しておきながら、あの男はジェインとみだらな関係をつづけていたのよ」

「わざわざそんなことをいう必要がどこにあるの？」アリソンがいった。

「テイラーには知る権利があるわ」ジェニファーがいい返す。

「わたしたちも知らなかったの」コンスタンスが横からいった。「知っていたらあなたに伝えていたわ、テイラー。あんな人でなしとはぜったいに結婚させなかった」

「その話は、ほんとうに――」

またもや途中でさえぎられた。「知ってのとおり、あの男はここにいるわ」ジェニファーが一同にいった。「テイラーが入ってきたとたんに、ジェインがあの男の腕をつかむのが見えたの。いまもぴったりくっついているわ。ウィリアム・メリットは、縛り首にされて当然の男よ」

「あの人の話は、ほんとうにしたくないの」テイラーはいった。

「ええ、そうでしょうね」アリソンがいった。「いいこと、あんなふうに捨てられたのがどんなに幸運なことか、わかる日がきっと来るから」

「今夜は、わたしたち三人がそばについているわ」コンスタンスは胸を張った。「心ない言葉を口にする人がいたら、わたしがやりこめてあげる。きっとよ、テイラー」

「ありがとう」テイラーは礼をいった。「でも、わたしはそれほどやわじゃないの。だから、そんな気づかいは無用よ。自分の問題は自分で解決するから」

「もちろん、あなたならできるわ」アリソンが同情を込めていった。

「あの男のことが、まだ忘れられないの?」ジェニファーが尋ねた。

「いいえ。むしろ――」テイラーはいいかけた。

「もちろん忘れられないに決まってるわ。憎たらしくて」コンスタンスがいう。

「いいえ、わたしは――」

「愛と憎しみは背中合わせだもの」ジェニファーがいった。「テイラーはいま、世の中の男性全員を憎んでいるはずよ。とりわけ、ウィリアム・メリットを」

「だれかを憎んだところで、なにも変わりは――」

「でも、憎いはずだわ」とコンスタンス。

テイラーは、とうとう会話の主導権を取って話題を変えることにした。「実は重要なことを知らせたくて、あなたたち全員に長い手紙を書いたの」

「どうして？」アリソンが尋ねた。

「重要なことって？　なんなの？」

テイラーはかぶりを振った。「明日まで待っててちょうだい。午後には手紙が届くわ」

「いま聞かせて」ジェニファーが食いさがった。

「ずいぶん謎めいた言い方をするのね」コンスタンスがいう。

「べつに、謎かけをするつもりはないのよ」テイラーは説明した。「でも、ときには、口でいうより紙に書いて知らせるほうが簡単なことも――」

「この場でいってしまいなさいよ、テイラー」アリソンがせっついた。

「まさか、このまま放っておくつもりじゃないでしょうね」とコンスタンス。

「どこか遠くに行ってしまうの？」ジェニファーがそういって、コンスタンスに向きなおった。「そういうときは、かならず書き置きを残すものでしょう」

テイラーは手紙の話を持ちだしたことを後悔した。「あなたたちが驚くようなことよ」

「それなら、なおのこと話してちょうだい」アリソンがいった。「打ち明けてくれるまでは、この舞踏室から出さないわよ。そのお知らせとやらを聞かないかぎり、夜も眠れないわ」

テイラーはなおも首を振った。アリソンはあきらめそうもない。だがそのとき、コンスタンスがダンスフロアで踊っているレディ・キャサリンに目をとめ、なぜテイラーの首飾りをしているのかと尋ねた。

テイラーはじっくりと時間をかけて、サファイアを譲った理由を説明した。

ルーカスは舞踏室の反対側から彼女を見ていた。彼は男性たちに取り囲まれて、アメリカでの生活について質問責めにされているところだった。偏見をむきだしにした妙ちくりんな質問もあれば、腹の立つ質問もある。イギリス人はみな、インディアンの話に興味津々らしい。あからさまに大勢殺したのかと訊いてくる者さえいる。

ルーカスはそこまでひどくない質問に辛抱強く答えながら、ちょくちょく懐中時計をたしかめた。失礼だと思われてもかまわない。真夜中の十二時になれば、ここから出られるのだ。彼はもう一度時計を見て、残すところあと数分しかないことをたしかめると、ふたたび質問に答えた。そして、自分の牧場は山あいにあり、スー族とクロー族にことわって彼らと土地を共有しているのだと話していたとき、人でなしのウィリアムが新妻の手を振りきってテイラーのところに向かうのが見えた。そのあとを妻が追いかけている。

テイラーもウィリアムに気づいた。彼女ははじめ、逃げるつもりでスカートをつかんだが、思いなおして手を離し、一歩も引かない覚悟を固めてふたたび背筋を伸ばした。

友人たちも含めて、だれにも動揺を悟られてはならない。テイラーは心にそう誓うと、顔がひび割れそうなほどにっこりとほほえんだ。〝屈辱的な事件〟――結婚式の中止が決まったときに、だれもがそう噂したことはわかっていた。レディ・テイラーは今夜はいたたまれなくて小さくなっているはず。そう思っている人々は、がっかりすることになる。

アリソンがなにやら話しかけてきたが、テイラーの耳には少しも入らなかった。ただ友人を傷つけたくなかったので、興味津々なふりをして、話が途切れるたびにうなずき、とにかくほほえみつづけた。アリソンが悲しい話ではなく、楽しい話をしていてくれたらいいのだけれど。

ウィリアムたちはどんどん近づいてきた。ウィリアムはダンスフロアで踊る男女のあいだを縫うように進み、ジェインは懸命に夫に追いすがろうとしている。

その従姉妹の表情を見なければ、心の動揺を抑えこめたかもしれない。ジェインは怒りのあまり青ざめていた。虫の居どころがいいときは少々意地悪になるだけだけれど、怒りに駆られたジェインを相手にまわすなんて……考えただけでぞっとする。

テイラーは気分が悪くなりそうだった。ああ、とても無理。いっそ逃げだしてしまいたい。従姉妹に礼儀正しく接するほど強くはないし、そうしたいとも思わなかった。正確には、従姉妹でなく、いとこたちだ。元婚約者のウィリアムが、その従姉妹と結婚して親戚になってしまったから。

ああ、ほんとうに、気分が悪くなりそう。

ルーカスはテイラーの瞳に狼狽《ろうばい》の色が浮かぶのを見て、インディアンの話を途中で切りあげると、周囲の男たちをかき分けて舞踏室を横切りはじめた。モリスとハンプトンがあとにつづく。

「テイラー、いったいどうしたの?」アリソンが驚いて声をかけた。

「やたらと息を吸いこんでるようだけれど」コンスタンスは眉をひそめて、呼吸がおかしくなったテイラーをまじまじと見た。

「どうしたのかしら？」ジェニファーがいう。

テイラーは気持ちを落ち着けようとした。「そろそろお暇するわ」

「いま来たばかりじゃないの」とジェニファー。

「ええ、でも、ほんとうに……」

「まあ……あの方が来るわ」

アリソンは慌てて、ドレスの袖のしわを伸ばしはじめた。

コンスタンスはアリソンの周囲にさっと目を走らせると、はっと息をのんでテイラーに向きなおった。「あの方が来るまで待って」彼女はささやいた。「母は罪深い男性だと決めつけていたけれど、あの方にはほれぼれするような訛りがあるの」

「どうして知ってるの？」ジェニファーが尋ねた。

「ハンプトンと話しているのを聞いたのよ」コンスタンスは答えた。

「人の話を立ち聞きしたのね」ジェニファーが咎《とが》めるようにいう。

コンスタンスはにこにこしてうなずいた。「そうよ」

テイラーはそろそろとあとずさりしながら、肩越しに振り向いて、出口までの距離を推しはかった。あと三十フィートはある。あの踏み段までたどり着けたら、あとは――。

「テイラー、とにかくあの方と話さなくてはだめよ」アリソンがいいはった。

「三人とも、正気でいってるの？　あの人と話すつもりなんてないわ。そもそも、ウィリアム・メリットに魅力的なところなんてあるはずないんだから」

テイラーの剣幕に、友人たちは揃って彼女を見返した。

「ウィリアム？　ウィリアムの話なんてだれもしてないわ」コンスタンスがいった。

「テイラー、あとずさりしないで、戻りなさいよ」アリソンがいう。

「まあ、ウィリアムもこっちに来るわ」とジェニファー。「だからテイラーがこそこそ逃げようとしたのね」

「こそこそ逃げたりなんかしていないわ」テイラーはいい返した。もちろん大嘘だったが、臆病な振る舞いを認めるくらいなら死んだほうがましだ。「ただ、いざこざを避けたいだけなの。それじゃ、わたしはこれで――」

コンスタンスが彼女の腕をつかんだ。「逃げてはだめよ」彼女はささやいた。「そんなことをしたら、憐れな女に見えるだけだわ、テイラー。そうはさせるもんですか。あんな人はひたすら無視すればいいの。アリソン、あの方にぽかんと見とれるのはやめてもらえないかしら？」

「ぜひとも紹介してもらわなくちゃ」アリソンはふたたびそういって、顔の前でせわしなく扇子を動かした。

「モリスなら紹介してくれるかもしれないわね」ジェニファーはアリソンの扇子が当たらないように少しあとずさると、ほうっとため息をついていった。「なんて見目麗しい方かしら……そうじゃなくて？」

アリソンはうなずいた。「男性には〝見目麗しい〟でなく〝ハンサム〟という表現を使うものだけれど、あの方の場合は両方当てはまると思うわ。それになんて大柄なのかしら……見ただけで怖《お》じ気《け》づいてしまいそう」

テイラーは、腕をつかんでいるコンスタンスの手を根気よくはがそうとしていた。その手がようやくはずれ、スカートをつかんで一目散に逃げだそうとしたまさにそのとき、友人たちが噂していた男が目に入った。

ぴたりと動きを止めて、目をわずかに見開いた。不意に頭がくらくらして、息が苦しくなった。

彼は、これまで会っただれよりもハンサムな男性だった。ひときわ目立つ長身で、体つきは引き締まってたくましい。幅広い肩に、漆黒《しっこく》の髪。肌は褐色で、太陽の下で長い時間を過ごしているのだとわかる。そして、暗く豊かなチョコレート色の瞳が、たまらなく素敵だった。目尻の小じわは、まぶしい太陽にしじゅう目を細めているせいでできたのだろうか。

でも、よく笑う人には見えなかった。暗く人気《ひとけ》のない街角では出くわしたくない人。死ぬまで一緒に暮らしたいとは思えない人……ああ、わたしはなんということをしてしまったのかしら？

テイラーはアリソンの扇子をさっとひったくると、友人になにもいわれないうちに顔の前で乱暴に動かしはじめた。さっきから暑くてたまらない。

あの人の足元で気絶したら？　そうなっても、彼ならそのまま跨《また》いで出口に行ってしまいそうだった。テイラーは首を振った。冗談抜きで、気持ちを落ち着けなくては。顔が赤くなっているのがわかる。ばかね、恥ずかしいことなんてひとつもないはずなのに。きっと暑さのせい。まるで、煉獄《れんごく》の炎のなかにいるよう。

彼が例の悪名高い人なのかしら？　ああ、どうかそうではありませんように。落ち着いたらすぐに、なぜコンスタンスのお母さまがあの人を気に入らないのか訊いてみよう。こんなことなら、さっきの話をもっとちゃんと聞いていればよかった。コンスタンスは、この一週間で彼が毎晩違う女性とベッドを共にしていたといわなかったかしら？　そのこともたしかめなくては。それ以外にも、訊いてみたいことが山ほどある。あの謎めいた男性のすべてを、にわかに知りたくてたまらなくなってしまった。

でも、いろいろと質問するには少し手遅れじゃない？　ああ、頭がどうかしてしまいそう。いまはまともに考えることができない。きっと、なにもかもあの人のせい。彼がまっすぐこちらを見ているから。どきりとするような、突き刺すようなあのまなざしで見つめられたら、狼狽してしまうのも無理はない。

礼儀作法などどこかに吹き飛んでしまった。見つめずにはいられない。口をぽかんと開けていたとしても、元に戻せるとは思えなかった。でも、大丈夫。扇子があれば顔のほとんどを隠せる。

アリソンに扇子をひったくられたのはそのときだった。ドレスを引き裂かれてさらし者にされたような気がしたが、すぐに気を取りなおして肩をそびやかし、笑顔を貼りつけ、レディらしい振る舞いを思い出そうとした。

たしかに彼はハンサムだった。見ているだけで息苦しくなる。素直にため息をつきたかったが、そうする勇気がなかった。

彼を見て、奇妙な反応をしてしまう理由はわかっていた。憧れのマウンテンマンを思わせる風貌だからだ。まるで、あの大衆小説から抜けだしてきたよう。デイヴィー・クロケットとダニエル・ブーンにまつわる小説を読みあさった結果、ふたりはもう、よく知っている親戚のような存在になっていた。大人になる前は、そんな冒険好きな男性と結婚したらどうなるだろうと、しじゅう夢見たものだ。小説には、インディアン――もしくは〝野蛮人〟と書いてあった――は人を殺し、その頭の皮を剝《は》いで、勇敢さの証《あかし》とするとあったけれど、ブーンとクロケットは数えきれないほどのインディアンと戦いながらも頭の皮は剝がされず、むしろ彼らの友人となった。

鳥肌の立つほど凄《すご》みのあるあの人なら、インディアンからも恐れられるだろう。あの鋭い視線に射すくめられたら、髪の毛まで逆立ってしまいそうな気がする。たしかにハンサムだけれど、それ以上に感じるのは危険な雰囲気と、みなぎる迫力。あの人に怖いものがあるとは思えないし、つけいる隙があるとも思えない。その姿を見ただけで、防戦一方では満足できない人だとわかる。

守るのは土地だけではない。この人なら、子どもたちも守ってくれる。

肝心なことは、それだけでしょう？　あの人の悪い噂や、彼を見て奇妙な反応をしてしまうことが、なんだというの？　目的を考えれば、彼ほど適任な人はいない。

テイラーはため息を漏らし、友人たちもこだまのようにため息をついた。三人とも同じように、彼を見てうっとりしている。

ウィリアムとルーカスはそれぞれ違う方向から舞踏室を横切り、同時にテイラーの前にたどり着いた。わずか三フィートほどの距離を置いて、ウィリアムが彼女の左側に、ルーカスが右側にいる。

先に口を開いたのはウィリアムだった。彼は苛立たしげにいった。「テイラー、ふたりきりで話がしたい」

「この人とふたりきりにならないで」ジェインが夫の背後から嚙《か》みつくようにいった。

テイラーはふたりを無視したまま、頭を反らして、冷静に考える力をすっかり奪ってしまった男性をひたと見つめた。怯《おび》える必要はないと自分にいい聞かせる。おばあさまの暗い部屋で引き合わされたときは気づかなかった。こんなに美しい瞳は見たことがない。

「前に会ったときより、ずいぶん背が高い気がするわ」

ささやくようにいわれて、ルーカスはほほえんだ。いい声だ。柔らかくかすれた、魅惑的な声。

「きみも、前に会ったときよりずいぶんきれいだ」

コンスタンスのいったとおりだとテイラーは思った。彼の話し方には、なんともいえない訛りがある。

周囲は大騒ぎになった。テイラーとルーカスを除くだれもが、いっせいにしゃべっている。

コンスタンスとジェニファーは、テイラーと彼がいつ会ったのか知りたがり、アリソンは彼を紹介してとせっついてきた。ウィリアムは妻と口論し、ハンプトンとモリスはテイラーとルーカスが知り合いだったのか、だとしたらどうやって知り合ったのかと、口やかましくいい合っている。あの〝屈辱的な事件〟の傷を癒すために、テイラーはここ数週間ほどスコットランドに滞在していたし、ロンドンに呼び戻されてからこの舞踏会に出るまでは、病床のレディ・ステイプルトンに付き添っていた。いったい、ルーカスと知り合う時間がどこにあったというんだ？

その喧騒《けんそう》をよそに、テイラーの気持ちはふわりと軽くなった。胸を締めつけていたものは消え去った。もうすぐ自由になるのだ。この舞踏室から一歩踏みだせば、堅苦しい上流社会につきものの決まりごとや義務にさよならできる。

イギリスには二度と戻らないつもりだった。もう二度と叔父のマルコムに会わずにすむし、あの目も見ないですむ。マルコムが犯した残酷な行為について知らないふりもしないですむし、あの男と礼儀正しい会話もせずにすむのだ。それに、マルコムの犯した罪に比べたらまったく取るに足りないことだけれど、ジェインの存在や意地悪に苦しめられることもなければ、屈辱を味わわされていたたまれない思いをすることもない。

またもやため息が漏れた。自由はすぐそこにある。

「そろそろ真夜中でしょうか？」

テイラーの口をついて出たその言葉には、はやる心がありありと表れていた。ルーカスは短くうなずいた。「そろそろ行こう」

だれもがテイラーを引きとめにかかった。「行くって？　テイラー、どこに行くつもりなの？」コンスタンスが問いつめた。

「あの方と一緒に行くの？」ジェニファーがルーカスのほうに手を振りながら尋ねる。「まさか、そんなこと……そうでしょう？　そんなことをしたら、なんて思われるか」

「きみたちはいったい、いつ、どこで知り合ったんだ？」ハンプトンが口を挟んだ。

「会ったことはないはずだ」モリスが頑《かたく》なにいいはる。

「その男から離れろ！」ウィリアムが声を張りあげた。怒りのあまり、左右の首筋の血管が浮き出て、顔色が赤くまだらになっている。「わたしと一緒に来るんだ、テイラー。きみと内々に話したいことがある。きみが言葉を交わしたこのごろつきは――」

アリソンがさえぎった。「おだまりなさい、ウィリアム。ねえテイラー、この方を紹介していただけないかしら」

ウィリアムはかまわずテイラーの腕をつかもうとしたが、ルーカスのひとことで手を止めた。静かだが、ぞっとするほど凄みがある。

「おれがおまえなら、彼女には触れない」

ウィリアムは一喝されたようにさっとあとずさった。反射的にそうしたのだろうが、それでもウィリアムがルーカスを恐れていることは明らかだった。

ジェインははっと息をのんだ。「ウィリアム、テイラーを引きとめておいて。お父さまを呼んでくるわ。お父さまならどうすればいいかおわかりでしょうから」彼女はルーカスをにらみつけた。「主人には脅しが利くかもしれないけれど、お父さまはそうはいかないわ。なんといっても、テイラーの後見人ですからね」

ルーカスはハエを無視するようになんの反応も見せず、ジェインのほうを見もしなかった。テイラーは彼に倣《なら》って、ジェインのほうを見ないでいった。「あなたのお父さまはわたしの後見人ではないわ」

「じきにそうなるわ」ジェインは得意げにいった。「あのおばあさんが亡くなったらすぐにね。そうなったら後悔するわよ、テイラー。あなたがこれ以上わたしたちに恥をかかせる前に、お父さまがあなたをどこかに閉じこめてくださるわ。だって、あなたにお目付役が必要なことはだれだって知ってることだもの」

真っ先に救いの手を差しのべたのは、モリスとハンプトンだった。「きみも恥を知らない人だな、ジェイン・メリット」ハンプトンは猛然とまくし立てると、声を落としてつづけた。「きみとウィリアムが、このシーズンのどの催しにも招待されていない理由を考えたことはないのか？　きみたちはふたりとも、招待客のリストから消されているんだ」

「きみが今夜招待された唯一の理由は、少なくとも駆け落ちをする一週間前に招待状を受け取っていたからだ」モリスが噛みつくようにいった。「テイラーの婚約者だった男を相手にふしだらな女さながらに振る舞っているが、教えてくれないか。きみはほんとうにウィリアムの子どもを身ごもっているのか？　それとも、それはウィリアムを罠《わな》にはめるためにでっちあげた作り話なのか？」

「よくもそんな！」ジェインは夫を振り向かせようと肩をたたいた。「ウィリアム、妻の名誉を守ってくれないの？」

ウィリアムはひとこともいわなかった。テイラーから目をそらそうともしない。

「レディ・テイラーにおかしなところなどひとつもない。彼女にお目付役が必要だと思っているなら、きみのほうこそどうかしている。どういうつもりだ、ジェイン？」モリスは怒りもあらわにまくしたてた。「きみとウィリアムなら似合いの夫婦だ。ふたりにふさわしい報いがあらんことを」

いい合いはすぐさまどなり合いになり、それから押し合いになった。だれがなんと罵《ののし》っているのか、テイラーにはもうわからなかった。アリソンは彼女を振り向かせようとまたもや腕を引っぱっているし、コンスタンスはわけを訊こうと、しつこく肩をつついている。ジェニファーはもっと穏やかに話すようにと全員にいって、騒ぎを鎮めようとしていた。

テイラーはいくらもたたないうちにうんざりした。あなたとはどこにも行かないと左側にいるウィリアムにいおうとしたが、その前にまたアリソンに腕を引っぱられて、彼女に目を戻した。コンスタンスも負けじとばかりに後ろからつついてくる。

頭がくらくらした。テイラーは付き添い役の男性の反応をたしかめようと、彼を見あげて驚いた。

退屈そうにしている。ウィリアムからあんなにひどいことをいわれて、どうして平気でいられるのだろう。ウィリアムがなおも罵っている途中で、彼は懐中時計をパチンと開けて時刻をたしかめた。

ウィリアムが「このろくでなし《バスタード》」（「バスタード」には庶子の意もある）といったのはそのときだった。アリソンとジェニファーとコンスタンスがほとんど同時にはっと息をのみ、テイラーはルーカスがいい返すのを待った。だが、いくら待ってもなにも起こらない。なにもいい返さないつもりだ。

ウィリアムが侮辱の言葉をもう一度口にしたので、テイラーはさっと振り向いてアリソンの扇子をひったくった。それからウィリアムに向きなおり、間髪入れずに扇子で顔を引っぱたいた。

「ありがとう」そういって、アリソンに扇子を返した。

アリソンはぽかんと口を開け、テイラーは肩をすぼめた。騒ぎを起こすなどレディとしてもってのほかの振る舞いだが、ときにはその肩書きをかなぐり捨てなくてはならないこともある。

ウィリアムは、彼女が堪忍袋の緒を切らしたことをまだ理解していなかった。「わたしの話を聞くんだ」彼はいった。「そうすればわかる。この男はろくでなしの——」

テイラーはふたたびアリソンの扇子をつかむと、さっと振り返った。

「あとひとことでも侮辱の言葉を口にしたら、その目をえぐりだすわよ」

「いったいどうしたの？」アリソンがささやいた。

テイラーは友人に扇子を放ると、付き添い役の男性に向きなおった。

「もう行ってもかまわないかしら？」

切羽詰まった口調になったが、気にしなかった。彼はほほえみを浮かべて応じた。「ああ、もう真夜中だ」

テイラーはほうっとため息をついた。彼はモリスとハンプトンにうなずくと、出口に向かった。そしてテイラーのそばを通りすぎながら、立ち止まらずに彼女の手をつかみ、そのまま歩きつづけた。大股で、断固とした歩き方だ。テイラーはあらがわずに、くるりと向きを変えて、そのまま引っぱられた。その顔にはほほえみさえ浮かんでいた。

ハンプトンに大声で呼ばれて、ルーカスは踏み段のいちばん上で立ち止まった。「彼女はきみといれば安全なのか？」

それは侮辱にも等しい問いかけだったが、ルーカスは気づかわしげな響きも聞きとった。ルーカス・ロスをよく知らない人間には、もっともな疑問だ。

彼は振り向いて答えた。「ああ、安全だ」

アリソンが慌てて進みでた。「テイラー、帰る前にその方を紹介してもらえないかしら？」

「ええ、いいわよ」テイラーは答えた。「この方は……」

テイラーの頭のなかはにわかに空っぽになった。そういえば、名前を思い出せない。頭にかっと血がのぼって、笑うべきか、泣きくずれるべきかわからなくなった。結局、ジェインのいうとおりだったのだろうか。レディ・テイラーはどうかしてしまって、お目付役が必要なのかもしれない。

答えようと口を開いた。

「どうしたの？」アリソンは両手を腰に当てて、苛立たしげに答えを急《せ》かした。「その方はなんというお名前なの？」

「そうよ」コンスタンスが横からいった。「ちゃんと紹介してちょうだい」

テイラーは助けを求めて付き添い役を見あげたが、彼はひとことも発しなかった。ただ彼女を見おろして待っている。

どうして名前を思い出せないのかしら？　彼女は息を吸いこむと、首を振って友人たちに向きなおった。

彼の名は思い出せないけれど、何者かは憶えている。

「わたしの夫よ」

2

「真実はいくら考えても真実に変わりないのですから」
――ウィリアム・シェイクスピア『尺には尺を』より

アリソンとジェニファーとコンスタンスの三人は、納得するどころではなかった。三人とも揃って言葉を失い、それから交互にわめきはじめた。ハンプトンとモリスはふたりともぱっと顔を輝かせ、揃って歓声をあげた。ウィリアムは抗議の吠え声をあげたが、ジェインよりひと呼吸遅れたので、彼女がわめいた下品な悪態を一部しか隠せなかった。

ルーカスは騒ぎを無視すると、執事からテイラーのマントを受け取り、さっと彼女の肩に掛け、手をつかんで屋敷の外に出た。テイラーは走らなくてはならなかった。友人たちに手を振ることもできない。石段でつまずかないように、空いているほうの手でドレスをつかむのがやっとだった。

彼は円形の馬車寄せに出て待たせてあった馬車を呼ぶと、テイラーの手を離して彼女を見おろした。

テイラーはすぐさま身だしなみを整えた。髪を肩の後ろに撫でつけ、マントを整え、ポケットから手袋を取りだす。

ルーカスはテイラーの手が震えて、手袋をはめるのに手間取っていることに気づいた。見るからに動揺している。少し怖じ気づいているのだろうか。さっき友人たちと元婚約者があんなふうに騒ぎ立てたせいかもしれない。それとも、自分にもいくらか責任があるのだろうか。彼は震えているわけを尋ねようとして思いなおした。おそらく、動揺を悟られたくないはずだ。

彼女がどんな女性なのかは見当もつかなかった。上品でしとやかだが、いまは間違いなくぴりぴりしている。女学生のように顔を赤らめて、こちらを見ようともしない。

この女性がモンタナの辺境にいるところを想像して、声をあげて笑いそうになった。おそらく五分と持たないだろう。見た目で人を判断するべきではないが、それでも間違っているとは思えない。彼女は優雅かつ繊細な陶器の置物のように目で見て楽しむ存在であって、間違っても手で触れるものではない。置物が簡単に粉々に砕けるように、このふわふわした格好をした女性もそうなるだろう。そう、彼女には無理だ。幸い、無理かどうか試すようなことにはならないはずだが。

そう思ったところで、彼女がくだらない紙の扇子でウィリアム・メリットの顔を引っぱたいた光景がよみがえった。あのときの彼女は、臆病ではなかった……。つじつまが合わなくなって、ルーカスは眉をひそめた。

テイラーはようやく勇気をかき集めて彼を見あげた。頬がほてっているのがわかる。思っていることがこんなにすぐ顔に出なければいいのに。きっと、間抜けな女だと思われただろう。

その当人がまさにそんな気持ちでいることは神のみぞ知る。穴があったら入りたいくらいだ。彼にはちゃんと謝ろうと決めていた。名前を思い出せないことを正直に打ち明けなくてはならない。

けれども、彼が眉をひそめていることに気づいたとたんに、謝ろうと思ったことを忘れてしまった。きっと、ふたりの秘密をしゃべってしまったことに腹を立てているのだ。いわれなくてもわかる。

「どうか、気を悪くしないでください。わたしたちが結婚していることを公にしてしまったことはお詫びします。さっきはとにかく、かっとしてしまって。ウィリアムからあなたがおとしめられるのを見て、あなたがいい返すのを待っていたんですが……。あなたはいつも紳士らしく振る舞うようにしつけられてきたんでしょうけれど、時と場合によっては礼儀作法を無視しなくてはならない状況もあるんです。自分を守るすべを身につけたらいかがですか？　気高く振る舞うより、みずからの名誉を守るほうが重要でしょう。そうじゃありません？」

テイラーは答えをじっと待ったが、彼は口を閉じているばかりだった。きっと賛成しかねるのだろうと見当をつけて、苛立ちを隠すために小さくため息をついた。「いま申しあげたことをよく考えてください。そのほうが正しいと、いずれわかっていただけますから」

ルーカスはあっけにとられていた。あきれてものもいえない。生まれてこの方、紳士といわれたことなど一度もなかった。わざわざ名誉を守ろうとしてくれた人間ももちろんいない。笑える話だが、屈辱的でもある。彼女の真剣な表情からして、一言一句本気でいったのは明らかだった。面倒だが、ここで誤りを正すべきだろうか？　それとも適当な時を待つ？

馬車寄せに並ぶ馬車のあいだを通り抜けて、待たせてあった馬車がようやく目の前に来た。

馬車が停止してまだ揺れているうちに、ルーカスはテイラーのためにドアを開けようとしたが、ウィリアムの怒声とテイラーの小さな叫び声を聞きつけて立ち止まった。

「テイラー、待つんだ！」

「もう、今度はなに？」

テイラーはポーチの階段を振り返った。ウィリアムが石段を一段おきに飛びおりてくる。

ルーカスの忍耐はそろそろ限界に近づいていた。「馬車に乗るんだ、テイラー」彼は苛立たしげにいった。「あの男はおれが相手をする」

テイラーはその言葉を無視した。「ほんとうに放っておいてほしいわ。ここはわたしにまかせて。あなたに闘ってもらうわけにはいかないんです。これはわたしの闘いなの。あの人とわたしが結婚するはずだったことはご存じ？」彼女はぶるっと大げさに身震いしてつづけた。「いまでは想像もできないわ。悲惨な人生を歩まずにすんで、一時間ごとに神さまに感謝しているくらいよ」

ルーカスはテイラーのむっとしている顔を見おろして口元をほころばせた。「一時間ごとに？」

「ええ」テイラーはうなずいた。

ウィリアムが近づいてきた。「自分を守ることを忘れないで」テイラーは小声でいった。

「きみの振る舞いは公平さを欠いているんじゃないか、テイラー」ウィリアムはテイラーの目の前で立ち止まった。「ジェインと結婚することになったわけを説明しようにも、きみはその機会を与えてくれなかった。それぐらいはしてくれたっていいだろう。わたしが特別な存在だったことを思えば——」

「あなたのためになにかする筋合いなんてひとつもないわ、ウィリアム。わたしのすることに口だししないでちょうだい。いうことはそれだけよ」

ウィリアムはかまわずつづけた。「きみとふたりで、以前のような付き合いをつづけてもいいんだ。わかるだろう。わたしが結婚していることは忘れて」

テイラーはすっと息を吸いこんだ拍子によろめいてルーカスの腕につかまった。ルーカスは彼女の大げさな反応を見ておかしくなったが、笑いをこらえて、ウィリアムを見据えたままテイラーにいった。「おれが話をつける。いいな」

テイラーはかぶりを振った。

「明日の朝、ジェインが起きだす前にきみを訪ねる」ウィリアムは当然のことのようにつづけた。「静かな場所で、ふたりきりで話そう。きみに納得してもらいたいんだ。傷つけたことはわかっている。だからといって、結婚したなどと嘘をつく必要はないだろう。そんなくだらない話をでっちあげるなんて、いったいなにを考えているんだ?」

あまりのいいぐさに、テイラーは彼をにらみつけることしかできなかった。ああ、この人をどうして素敵だと思っていたの? こんな人のどこに惹かれたのかしら? 黒い髪と緑の瞳は、もう魅力的でもなんでもない。以前は素敵だと思っていた男性が、いまは言葉巧みな悪魔にしか見えなかった。なんて愚かだったのかしら。ウィリアム・メリットに魅力なんてひとつもない。むしろいやでたまらなかった。ウィリアムには、いちばん大事なこと——高潔さと、誠実さと、品位のすべてが欠けている。

「これからも付き合おうだなんて、よくもいえたものね。あんな……あんなことがあったというのに……」怒りのあまり、言葉がつづかなくなった。ここで醜態をさらすわけにはいかない。それに、自分がどれほど侮辱的な言葉を口にしたのか、ウィリアムに理解できるはずもなかった。この人は本気で、わたしが愛人になることをちらとでも考えると思っているのかしら？　そう思っただけで、胸がむかむかした。

テイラーは首を振ると、さっと身をひるがえして馬車のドアの掛け金に手を伸ばした。だがそれより早くルーカスがドアを開け、彼女の肘を支えて馬車に乗りこませると、あとから馬車に乗りこもうとした。

ウィリアムが一歩踏みだした。「そんな男に送らせるんじゃない」彼はテイラーに聞こえるように声を張りあげた。「知ってのとおり、その男はとんでもない悪評にまみれたろくでなしだ」

テイラーがかっとしてドアをぐいと押し開いたので、ルーカスはぶつからないように慌てて受け止めなくてはならなかった。

「わたしの夫を侮辱しないでもらえるかしら。さっさとわたしの前から消えてちょうだい、ウィリアム。二度とわたしに話しかけないで。あなたみたいな卑劣な人とは、今後いっさい関わりたくないの」

ウィリアムにふさわしい痛烈な言葉を浴びせて、テイラーは取っ手をつかんでドアを閉めた。

彼女がなおもぶつぶついう声を聞きながら、ルーカスはウィリアムを見て、鈍い男だと思った。まだわからないらしい。ルーカスは馬車の側面にもたれると、腕組みをして、ウィリアムのつぎの出方を待った。

「きみは取り乱しているんだ、テイラー。気持ちはわかる。わたしに捨てられたと思いこんで、結婚したなどと嘘をついたんだろう。明日の朝いちばんに、ふたりで話し合おう。そうすればわたしを許す気になるはずだ」

テイラーはうんざりして、開いた窓からルーカスの肩を指でこづいた。

「なかに入って。馬車を出していただけるかしら」

「おれの出番はまだか？」ルーカスが尋ねた。「こいつをだまらせてみせる」

ウィリアムはルーカスをにらみつけ、ルーカスはにやりと笑い返した。

「あなたまで巻きこみたくないの」テイラーは窓越しにいった。

「きみがわが妻である以上、もう巻きこまれている」

ウィリアムが手負いの野獣さながらにわめき散らすのを聞いて、テイラーは豚みたいだと思った。耳障りなことこのうえない。

頭の鈍い男は、ようやく真実を理解したようだった。「ほんとうにこの男と結婚したのか？　まさか本気じゃないだろうな？　自分のしたことがわかっているのか？」

テイラーはふたたびドアを押し開いた。身を乗りだしてウィリアムに最後の手厳しいひとことを浴びせるつもりだったが、夫の表情を見て口をつぐんだ。瞳が……冷たい。たぶん、騒ぎになるのは避けたいはずだ。ポーチの石段にはすでに何組かの男女が集まって、ウィリアムの見苦しい行動をじっと見守っている。

ハンプトンとモリスが石段を駆けおりてきた。テイラーは彼らにほほえみかけると、座席に座りなおした。「そろそろ馬車を出していただけないかしら？」小声でいった。

「そうしよう」ルーカスは馬車に乗りこもうとしたが、ウィリアムのつぎの言葉で思いなおした。

「ふたりともいなくなるなら、いい厄介払いだ。この女がわたしのおさがりだとわかってどんな気分だ、弟よ？　人の食べ残しがふさわしいのは、おまえのようなろくでなしくらいだ」ウィリアムは毒づいた。

テイラーはあまりの言い草に唖然《あぜん》としたが、それから夫の表情に気づいてぞっとした。これほど激しい怒りを目の当たりにしたのははじめてだった。人を殺してもおかしくない。

「出番だ」

テイラーはその言い方にぞっとして激しく首を振ったが、夫は表情を変えなかった。

ウィリアムはルーカスの顔を見てはじめて、いいすぎたことに気づいた。本能的にあとずさって、逃げ道はないかと左右をきょろきょろと見たが、怒りで蒼白《そうはく》な顔をしたハンプトンと真っ赤な顔をしたモリスが、もう左右をふさいでいた。ふたりはさっきウィリアムがテイラーにいったことを聞きつけて、烈火のごとく怒っていた。

ルーカスは腹違いの兄の前に立ちはだかると、手を伸ばして首を片手でつかみ、半ば持ちあげるようにして顔を殴った。

それから、なおも体を持ちあげたまま凄んだ。「あんな侮辱をあと一度でも口にしたら、またこの国に戻って、今度こそ息の根を止めてやる」

ウィリアムはどさりと音を立てて地面に倒れた。

ルーカスはモリスとハンプトンに笑顔を向けると、穏やかそのものの声でいった。「この男が妻のことでまた無礼なことをいったら、かならず知らせてくれるな?」

「もちろん知らせるとも」モリスが勢いこんで応じた。

ハンプトンは見苦しい格好で起きあがろうとしているウィリアムに気をとられて、うわの空でうなずいた。

ルーカスは馬車に乗りこんでドアを閉めると、満足そうな笑みを浮かべてテイラーの向かいの座席にもたれた。

しまいに馬車が動きだすと、テイラーは彼とできるだけ距離を置こうとして、向かい側の座席の片隅に体をねじこまんばかりに押しつけた。馬車の狭さと夫の大柄な体軀《たいく》を考えればばかばかしいかぎりだが、いまは物事を論理的に考えられなかった。まだ気が動転している。気持ちを落ち着けるために二、三度深呼吸してみたが、たいして変わりなかった。でも、動揺は悟られたくない。

「いざこざを解決するのに、紳士はこぶしを使わないものでしょう。そうじゃありませんか?」テイラーは口を開いた。

謝罪の言葉が返ってくるのをしばらく待ったが、彼はひとこともいわなかった。テイラーはさらにいった。「あれでは鼻が折れたはずだわ。そのことで、なにもいうことはないんですか?」

「ああ、すっきりした」

「なんですって?」

ルーカスはテイラーが落ち着かなげに手をもみ絞るのを見つめた。このままでは手袋をねじ切ってしまいそうだ。彼女を見つめて、さっきいったことを繰り返した。「すっきりしたといったんだ。本心を偽ってほしくないだろう?」

「ええ、もちろん。では、少しも後悔していないと?」

「ああ、やつのことはずっと前から一発殴ってやりたいと思っていた」

「お気持ちはもっともですけれど、あんなふうにかっとなって……その結果どうなるか考える余裕があったら、あなただって——」

テイラーは彼に、野蛮な行動を多少なりとも後悔していることを認めさせるつもりだったが、彼は最後までいわせなかった。

「それがおれの結論だ」


「願いはかなう」彼は悠然といった。「それがおれの結論だ」

テイラーが大きなため息をついたので、彼は話題を変えることにした。「さっきは、おれの名前を思い出せなかったんだろう?」

おかしくてたまらないような口調だった。馬車のなかが暗すぎて彼の顔は見えなかったが、にやついているのは間違いない。

いつの日か、この状況を少しは笑って思い出せる日が来るだろうと、テイラーは思った。でも、いまは無理。それに、今夜は信じがたいことばかりだった。まず、大事なことを忘れてしまった。それから、ウィリアムが殴り倒された。おまけに、またびくびくしている。それはひとえに、この男性とふたりきりでいるから。ああ、まったく見ず知らずの人と結婚してしまった。

「ふだんはそれほど忘れっぽくないんです」テイラーはいった。「たしかにあなたの名前を思い出せませんでした。でもそれは、動揺していたからです」

「なぜ大勢の前で――」

テイラーは質問をさえぎった。「曲がりなりにも、あなたはわたしの夫ですから」

「法的には、きみの庇護者だ」そちらの響きのほうがずっとしっくりきたので、彼は訂正した。

テイラーは肩をすくめた。「あなたはわたしの庇護者になるために結婚した……そういう取り決めでしょう」

彼はため息をついた。「ああ」

いかにも腹立たしげな口調で、あまりうれしくなさそうだということしかわからなかった。テイラーは苛立ちを抑えた。彼が結婚に前向きでなかったことは、祖母から聞いて知っている。だから、傷ついたように感じるほうがおかしいのだ。あらためて考えてみると、この男性のことはほとんど知らない。それにまだ、彼に対する恐怖と闘っていて、よけいなことを気にする余裕はなかった。

いったいどうして、こんな人を紳士だと思ったのかしら？　テイラーは目の前にいる男に、自分の身は自分で守るように説教したことを思い出して、頬がほてるのを感じた。馬車のなかが暗くて、ほんとうによかった。

恐怖に負けないで。自由な女性なら打ち勝てるはずでしょう？

テイラーは咳払いした。「今夜ウィリアム・メリットと言葉を交わしたときのあなたの目……あの目を見て……」

「おれの目がどうかしたのか？」彼はテイラーが急におどおどしはじめたのを見て、怪訝そうに尋ねた。

「……不安になりました」かろうじていった。怖かったとはいえない。「ウィリアムがわたしをおとしめるようなことをいったから殴りつけたんでしょうけれど、わたしが侮辱される前から、あなたがウィリアムを嫌っていたような気がして……。ほんとうはどうなのかしら。以前からウィリアムを嫌っていたんですか？」

「反吐が出るほど」

これ以上嫌悪をあらわにした言葉をテイラーは知らなかった。彼女は、なぜかほほえんでいることに気づいた。神経をすり減らして、どうかしてしまったのだろうか。「だからわたしと結婚したんですか？　ウィリアムに仕返しするために？」

「いいや」彼は答えた。「まとまった金が是が非でも必要だったところに、きみの祖母、レディ・ステイプルトンから渡りに船の申し出を受けた。仕返しは後づけの動機だ。テイラー、この取り決めをどうするか、話し合ったほうがいいと思うんだが。これまでそんな時間がなかっただろう」

「話し合うことなんてありません。わたしは約束を実行するだけです。あなたが心配することはひとつもありませんから。あなたが結婚に前向きでなかったことはわかっています。そのこともあって、祖母はあなたに目をとめたんでしょう」

彼は納得できずに尋ねた。「結婚に前向きでないから、おれを選んだというのか？」

「ええ」テイラーの答えはそれだけだった。

「筋が通らない」

「わたしにとっては筋が通ることなんです」テイラーはいった。「わたしは自由になりたかった。あなたと結婚すれば、その夢が確実になるんです。わたしだって、結婚なんて願いさげでした。でも、一族の主になる日を心待ちにしている叔父のマルコムが、祖母が亡くなればわたしを都合のいい相手と結婚させることはわかりきっていましたから……。でもいまなら法的に保護されて、叔父の意向に従わなくてすみます」彼女はうなずいた。「もう、あなたの姓を名乗っているわけですから。ところで、お名前は？」

「ロスだ」彼は答えた。「ルーカス・ロスという」

テイラーは、その名を祖母の部屋で聞いたかどうかも思い出せなかったが、そのことを正直にいうつもりはなかった。そんなことをしたら、それこそ間抜けな女だと思われてしまう。「ええ、そうでした。ルーカス・ロス。ようやく思い出しました」さらりと嘘をついた。「いかにも……アメリカ風の名前じゃありません？」

彼女がなにをいいたいのか、ルーカスにはさっぱりわからなかった。なにからなにまで滑稽《こっけい》なことばかりだ。いらいらさせられるが、退屈しない花嫁ではある。考えてみると、彼女のことはなにひとつ知らない。わかっているのは、信じがたいほどきれいな女性ということだけだ。だが、そんなことは自分にとってなんの意味もない。

「意にそぐわない結婚を女性に強いるなど、時代遅れもいいところだ」彼はいった。

テイラーはレディらしからぬ音を立てて鼻を鳴らした。「アメリカではそうかもしれませんが、イギリスでは違います」彼女はいった。「地所や工場や信託財産がかかっている場合はなおさらですわ。ほかにも、あなたの知らない——知る必要なんていっさいない事情があるんですが、いまはこう申しあげておけば充分でしょう。あなたは約束を守る誠実な方だとわかっているから祖母に選ばれたんです。ボストンまで行けたら、なにも申しあげることはありません。あなただって、いまもそのおつもりなんでしょう？」

ルーカスは彼女の声に不安を聞きとった。「ああ、おれの気持ちは変わっていない」

「よかった」テイラーはほっとしたようにいった。

ルーカスは彼女のことをどう考えたらいいのかわからなかった。見たところはいかにも年若くて、うぶな娘に見える。その彼女をボストンまで無事に送り届け、そこでさる銀行家に引き合わせて別れるのが彼の務めだ。

それは、彼にとって申し分ない計画だった。「銀行家以外にきみの面倒を見てくれる人はいるのか？」

「面倒を見る？　自分の面倒ぐらい自分で見ますわ、ロスさん」

テイラーがむっとしたので、ルーカスはにやりとした。どうやら質問が気に障ったらしい。いまの彼女は、少しもびくついていなかった。今後のために、心にとめておいたほうがいい。レディ・テイラーは、怒ると怖がっていたことを忘れる。

彼女はたしかにルーカス・ロスを怖がっていた。舞踏室で彼女のほうに向かっていたとき目が合ってから、罠にはまったウサギのように怯えていたことを憶えている。だが、それと同時にほっとしていなかっただろうか？　いや、それではつじつまが合わない。

「ボストンに親戚がいるのかという意味だ」ルーカスはいった。

「ええ、います」テイラーはあえて、その親戚がわずか二歳だということは付けくわえなかった。彼にそんな詳細を知らせる必要はない。

「よかった」

ほっとしたようにいわれて、テイラーはむっとした。「アメリカの女性は、子どものように面倒を見てあげなくてはならないんですか?」

「なかにはそんな女性もいる」

「わたしは違います」テイラーはきっぱりといった。「ちゃんと自立していますから。もっとも、わたしを待っている親戚と銀行家のほかにも、ボストンの社交界になじむのに手助けしてくれる方が何人かいるはずですけれど。きっと、ふさわしい住まいも探してくれているはずです。お住まいはどちらですか、ロスさん?」

「敬語を使う必要はない。おれのことはルーカスと呼んでくれ」

「わたしはテイラーといいます」そういってから、彼がもう名前を知っていることを思い出した。「つまり、テイラーと呼んでもかまわないという意味ですけれど……。そういえばあなたは、アメリカの辺境に自分の牧場をお持ちでしたね」

彼女がふたたびおどおどした物言いに戻ったので、ルーカスは安心させてやりたいと思ったが、そのやり方がわからなかった。子馬と同じくらい臆病だ。これからもこんな具合なら、アメリカへの旅路はいつ果てるともしれないものになる。

「レディ・ステイプルトンは、くわしいことを教えてくれなかったのか?」

「ええ」テイラーは答えた。「時間がなかったものですから……。でも、おばあさまはあなたとかなりの時間を一緒に過ごされたはずだわ。おばあさまは何度もあなたに会った。そのうえで、あなたに頼もうと決めたんでしょう?」

「わたしは今夜スコットランドから戻ったばかりなんです。あなたはもうお屋敷で待っていたけれど、牧師さまがほかの用事で遅れていて……。そんなときにおばあさまを質問責めにしたら、お体に障るかもしれないでしょう」

「では、おれのことをなにひとつ知らずに結婚したのか？」

「おばあさまが、あなたなら大丈夫だとおっしゃったの」テイラーは答えた。「おばあさまから聞いていないかぎり、あなたもわたしのことはほとんど知らないはずよ。でも、ボストンに着いたらもう二度と会わないんだから、べつにかまわないでしょう？」

「そのとおりだ」

「そうだな」ルーカスは応じた。「おれもそう思う」それから彼は、テイラーのさっきの質問に答えることにした。「おれはモンタナ準州と呼ばれる場所に牧場を所有している。人里離れた渓谷のはずれで、ゴールドラッシュの時代が終わったいまは人家もまばらだ。近くにある唯一の町は、縦横それぞれ二ブロックしかない。きみが気に入るようなところじゃない」

「なぜそう思うの？」

「その町では、人付き合いといえば、日曜に雑貨店の前で、ローズウッドから届いた新聞をみんなで読むことぐらいしかないからだ。パーティや舞踏会はひとつもない。人付き合いより、生きていくことを考えなくてはならない土地なんだ」

「だからその土地に惹かれたの？」テイラーの問いにルーカスは答えなかった。「町の名前はなんて？」

「贖罪《リデンプション》だ」

テイラーは素敵な名前だと思った。「簡単にはたどり着けないところかしら？　まる一日歩いてもだれにも会わないようなところなの？」

妙なことを訊くものだと思ったが、ルーカスはなにもいわなかった。馬車が波止場の入口近くで止まったのはそのときだった。彼らが乗りこむ二千トンの外輪船、〈エメラルド号〉が、川のなかほどに係留されている。乗客はそこまで、小さな艀船《はしけぶね》で運ばれる仕組みだ。

テイラーはにわかに不安になった。もう夜中の一時をとっくに過ぎているのに、通りと歩道は活気にあふれている。行く手にひしめく馬車や幌《ほろ》馬車、郵便馬車が乗客や荷物や郵便物をおろしているせいで、ふたりが乗っている馬車はそれ以上進めなかった。

「わたしたちの荷物は、もう船まで運ばれたかしら？」テイラーは尋ねた。「それとも、ここで探さなくてはならないの？」

「荷物はもう、われわれの船室に運んである」

「われわれの船室？　べつべつではないの？」

テイラーはまたもや懸命に気持ちを落ち着けようとした。ルーカスがいまこちらを見ていなくてよかった。血の気が引いているのが自分でもわかる。頭がくらくらした。この人は、ベッドをともにするつもりでいるのかしら？　そんなとんでもない状況になるとは考えもしなかった。

ルーカスは馬車のドアの掛け金をはずすと、カーテンを開けて振り向いた。

「レディ・ステイプルトンから、同じ船室にいた記録を残さなくてはだめだといわれたんだ、テイラー。予約はひと部屋だけにするようにと。船着き場まで歩かないか?」

テイラーはいっそ走りたかったが、かわりにうなずくと、先に馬車から降りたルーカスに助けてもらいながら馬車を降りた。ルーカスは彼女がマントを置いてきたことに気づいて手を伸ばして取ると、床に落ちている手袋に気づいてそれも拾い、彼女にマントを着せてやった。テイラーは手袋をつけていなかったことに驚いたような表情を浮かべると、その手袋を慌ててポケットにしまいこんだ。

彼が意外なほど気づかってくれたので、気が楽になった。それほど乱暴な人ではないのかもしれない。

「あなたがこんなに背が高いことに、どうして気づかなかったのかしら?」

なんの気なしにそういった。

「きみはレディ・ステイプルトンのベッドの踏み段に立っていたが、おれは違った」

テイラーはその説明をろくに聞かずに、彼の笑顔にすっかり目を奪われていた。輝く白い歯がいやでも目につく。おまけに片方の頬にえくぼがあって、魅力的としかいいようがない。そんな不謹慎なことを考えて、小さくため息をついた。

ルーカスは自分を見あげているテイラーを見て怪訝に思った。顔を赤くして、まったくうぶな娘だ。しかもうわの空でぼんやりしている。

「なにを考えているんだ?」彼は尋ねた。

「あなたって、とてもハンサムなのね」テイラーは考えていたことをそのまま口にして、すぐさま後悔した。案の定、彼は怒った顔をしている。頬が燃えるように熱かった。ああ、もっと世慣れた娘だったらよかったのに。「でもわたし自身、男性を見る目はまったくないの」急いで付けくわえた。「そのことにはもう気づいていると思うけれど」

「なぜ?」

今度はテイラーがいらいらする番だった。「わたしはウィリアムと婚約していたのよ」

ルーカスは肩をすくめたが、テイラーにはその意味がわからなかった。「男性はひとり残らず憎たらしいと思っているくらい」

ルーカスは笑った。「だれかを憎むには、きみは若すぎる」

「あなたはいくつなの?」

「この世のすべてを憎むくらいには年を取っている」

ルーカスは話を切りあげると、テイラーの手をつかんで歩きだした。テイラーは駆け足でついていかなくてはならなかったが、つぎの曲がり角が混雑していたおかげで、息を切らさずにすんだ。

しっかり手をつかまれていると心が安らいだ。しばらくぶりに味わう感覚が、たとえようもなく心地よくてわくわくする。見通しは思っていたよりずっと明るそうだと、テイラーは思った。

ふたりは人混みのなかを縫うように進んだ。船着き場は明るく活気に満ちていた。衣装箱やトランクケースを山積みにした荷車が、何台も通りの真ん中に放置されている。品物を振りかざした行商人が値段を叫びながら行き交い、乗船券売り場の外では男女が身を寄せ合って列に並んでいた。八歳から八十歳くらいと、年齢もさまざまな掏摸《すり》が人混みのなかをすばやく動きまわっていたが、ルーカスがついているせいでだれひとりテイラーには近づかない。男たちは彼女をじろじろ見たが、手を触れる者はなかった。テイラーは何人かにじっと見つめられていることに気づいて、きちんとした装いが注目を集めるのだろうと思った。彼女は空いたほうの手で黒っぽいマントの前をかき合わせ、胸の前でしっかり押さえた。

ルーカスがその仕草に気づいた。「寒いのか？」

テイラーはかぶりを振った。「人目につかないようにしているの。旅をする格好ではないから」ルーカスがじっと見おろしていたので、彼女は説明した。

なにを着ようと変わるものかと、ルーカスは思った。彼女の背中に波打つ巻き毛は、大草原《プレーリー》にそよぐ小麦の茎《くき》のように混じりけのない金色で、いやでも目につく。くわえて、中肉中背なのに、王女のように威厳のあるあの雰囲気。彼自身もとっくに気づいていたが、テイラーは歩き方も魅惑的だった。そのほかにも、どうしても人目を引いてしまう理由は山ほどある。彼女は文句なく美しい。あの大きなブルーの瞳をまっすぐ向けられた男が、そのときしていたことを放ったらかしにしてまじまじと見つめ返すのも無理もない。たとえテイラーがぼろぼろの半ズボンにぶかぶかの男物のシャツを着ていたとしても、やはり物欲しそうな男の視線を集めるはずだ。

本人がそういっていたように、ルーカスもテイラーには人目を引いてほしくないと思った。なぜ彼女を自分だけのものだと思うのだろう。まったくわけのわからない反応だが、とにかくなにがあろうと守らなくてはならない気がする。まったく、ろくに知らない女性を妻にして、どうするつもりだ?

ルーカスが険しい表情で見おろしているのを見て、テイラーは思った。この人の気性は、お天気と同じくらいひねくれていて、予想がつかない。

「舞踏室から出たあとで、ドレスを着替えればよかった」それ以上ましな話題を思いつけずにいった。

「着替えても変わるものか」

彼はつっけんどんにいって、なおも険しい表情を浮かべていたが、その不機嫌の矛先が、どうやら鋼鉄製のつなぎ柱にもたれている若者たちに向けられているのを見て、テイラーはほっとした。

彼の機嫌が急に変わった理由を考えてみようとは思わなかった。なぜなら、角を曲がったとたんに、遠くにエメラルド号が見えたからだ。テイラーは息をのんだ。なんという威容だろう。月明かりを受けた船体は黄金色に輝いていて、この世のものとは思えないほど巨大だった。マージー川の泡立つ波がその船体にぶつかっていたが、船は少しも動いていない。山のようにどっしりしていて、日曜礼拝の牧師のように、来る者を歓迎しているように見える。

テイラーは茫然《ぼうぜん》として、その場に立ちすくんだまま、うっとりと見とれた。「美しいと思わない、ロスさん?」

ルーカスは彼女の感嘆しきった口調をほほえましく思った。船に目をやり、テイラーに向きなおった。「ああ、美しい船だ」

「少なくとも五千トンはあるわね」

「二千トン弱だ」ルーカスは訂正した。「ここは教会じゃないんだ、テイラー。声をひそめる必要はない」

テイラーは、そこで小声で話していたことに気づいてほほえんだ。「なんて迫力があるのかしら。そう思わない?」さっきより大きな声でいった。

ルーカスはその興奮に水を差さないことにした。もっと大きくて立派な船にも乗ったが、彼女のうれしそうな表情を見たらそんなことはいえない。

レディ・テイラーは、どうやらそう単純には割り切れない女性らしい。きわめて裕福な一族の出身だから、何不自由なく育てられたことはわかっている。それなのに、いまの彼女はまるで、はじめて都会に出た田舎娘だ。

テイラーは、彼がじっと見つめていることに気づいた。「わたし、ぼんやりしていたかしら、ロスさん?」

「少しだけ」

テイラーはほほえんだ。「あまり世慣れているとはいえないわね」

「イギリスの外には一度も出たことがないのか?」

「スコットランドなら何度も行ったことがあるわ」テイラーは答えた。「でも、海の向こうに行くのははじめてなの。楽しみだわ」

「船酔いにならないことを祈ろう」

「あら、大丈夫よ。こう見えても、体力には自信があるの」テイラーは胸を張った。「病気知らずなのよ」

疑わしげな目で見返されて、テイラーは話題を変えることにした。「祖父のテイラーと、義理の弟でわたしの大叔父に当たるアンドルーは、初代エメラルド号で航海したの。アンドルーは幼かったから冒険のことは忘れてしまったけれど、祖父は船上での生活や、近眼の悪名高い海賊、ブラック・ハリーとの思い出話を、たくさん聞かせてくれたわ。ブラック・ハリーのことはご存じかしら、ロスさん？」

ルーカスはかぶりを振った。「そのふたりは、きみが新しいエメラルド号に乗ることを知っているのか？」

「アンドルーおじさまには話したわ。喜んでくださった。テイラーおじいさまはもう十年以上前に亡くなってしまったけれど、きっとご存じのはずよ。笑われるかもしれないけれど、わたしはおじいさまが守ってくれていると思うの。だからわたしは、けがひとつしない」

ルーカスは、なんといったらいいのかわからなかった。自分は現実主義者だが、彼女は違うらしい。こんなおめでたいことを信じているようでは、西部で生きていけないだろう。だが、彼女の行き先は、モンタナではなくボストンだ。あそこなら文明化されているし、そこそこ安全でもある。もっとも現実には、幽霊でなく生きた庇護者が必要だと思うが。「叔父上は知っているだと？ つまり、その方はまだ存命なのか？」

「ぴんぴんしているわ」テイラーは答えた。「スコットランドの高地地方《ハイランド》で暮らしているの。一族のみんなからは変わり者だと思われてる」彼女は誇らしげにつづけた。「おばあさまは、わたしがアンドルーおじさまの影響を受けすぎないか、しょっちゅう心配していたものよ」

ふたりは桟橋に向かう人々に囲まれていた。荷馬車の郵便物がおろされないかぎり前に進めないのをいいことに、ルーカスは会話をつづけることにした。この女性には興味をかき立てられる。あの率直な物言いはどうだ。自分は一言一句慎重に言葉を選んでしゃべる主義で、自分や家族のことを知っている人間は少なければ少ないほどいいと思うのだが、テイラーは違うらしい。まるで、考えたことをひとつ残らず口にしているようだ。

「なぜ、その人の影響を受けたら心配なんだ？」

「なぜ？ それは、おじさまが変わり者だからよ」

「……ほう」ルーカスはそれよりましな台詞《せりふ》を思いつけなかった。

「おじさまは優秀な教師なの。ためになることをいろいろ教わったわ」

「たとえば？」

「グランドピアノの弾き方とか」

ルーカスは笑わなかった。「それは、ボストンの社交界で役に立つだろうな」

どことなく人を見くだしたような言い方だと思ったが、テイラーはつづけた。「おじさまはそのほかに、銃やライフルのことも教えてくださったのよ、ロスさん。おじさまは、銃の収集家として一目置かれているの。だから、たとえ辺境に住むことになっても、自分の身は自分で守れるわ」彼女はさらにいった。「おじさまがみっちり教えてくださったおかげで、射撃の腕もあがったのよ」

「人は撃てるか？」

テイラーはしばらくためらって答えた。「撃てると思うわ……状況によっては」

「状況？　どんな状況だ？」ルーカスは思わず笑みを漏らした。彼女が銃をかまえるところなど想像できない。もちろん、実際に撃つなど論外だ。

テイラーはばかにされているのだと思って、背筋をこわばらせた。

それから、あらたまった口調でいった。「人を撃つかどうかは場合によりけりよ。愛する人を守るためなら、人を傷つけることだっていとわない。そんなことはしたくないけれど」急いでつづけた。「でも、必要とあれば撃つわ。あなたは？　あなたはそんなとき、他人の命を奪える？」

ルーカスはためらうことなく答えた。「まばたきひとつせずに撃つ」

テイラーがどきりとしたのは、彼の言葉でなくその言い方だった。まるで天気の話でもしているような、当たり前だといわんばかりの口ぶりだ。テイラーは不安になって、訊かずにはいられなかった。「人を殺したことはある？」

ルーカスはあきれて天を仰いだ。「南北戦争で、おれは北軍の兵士だったんだ、テイラー。もちろん殺したさ」

「義務としてということね」テイラーはほっとした。「アメリカの戦争についてはひととおり本で読んだわ」

「きみは祖父から名前をもらったんだな」

彼が明らかに話題を変えたがっていたので、テイラーは喜んで話を合わせた。「ええ」

ルーカスはうなずいてその話題を終わりにすると、テイラーの手をさらにしっかりとつかんで、人混みをかき分けて進みはじめた。テイラーは行く手に気を配りつつも、エメラルド号から目を離さなかった。二度つまずき、二回目にルーカスが気づいて速度を緩めてくれた。人々が押し合いへし合いするほど混み合ってくると、彼はテイラーをしっかりと抱き寄せて進んだ。

テイラーが自分がしていることの重大さをようやく自覚したのは、エメラルド号に向かう艀船に乗りこみ、混み合う乗客のなかで彼と並んで立っているときだった。なぜこれまで疑問に思わなかったのだろう。いつもなら、なにか計画を実行に移すときはあれこれと心配で仕方がないのに、今回はなんの不安も感じなければ、考えなおすこともなく、結婚するようにという祖母の指示をすんなり受け入れていた。もうあとには戻れない。

これでいいのだと、テイラーは思った。もうじき祖国を離れるが、悲しいとは思わないし、後悔する気も起こらない。川岸を振り向こうとも思わなかった。ほかの娘たちは違う。ハンカチを目尻に押しあてている者やおおっぴらに泣きじゃくっている者とさまざまだ。だがテイラーの思いはまったく逆だった。声をあげて笑いたい。いまはこらえきれないくらいうれしくて、正しい決断をしたのだという自信でいっぱいだった。

ルーカスが、まだ肩を抱いていた。もう少し彼のぬくもりがほしくて、体をすり寄せた。彼の肩に頭をあずけたかった。この人が付き添ってくれたら安心だという気がする。まだ夫だという実感は湧かないけれど、どのみちすぐに別れる人なのだから、どう思おうと関係ない。

それから、双子たちのことを思った。もうすぐ、あのふたりをまた抱っこできる。あの子たちだとわかるかしら？　最後に会ったときは、まだハイハイもしていなかった。いまはもう、歩いておしゃべりもしているはずだ。そう思うと、いても立ってもいられない。彼女は目を閉じ、とうとう旅立てたことを神に感謝すると、これからはじまる新しい生活に向けて祈りを捧げた。

ボストンに着き次第、双子たちを引き取り、安全な場所を探そう。叔父のマルコムには想像もつかないところにふたりを隠そう。

ひらめいたのはそのときだった。リデンプション。いい響きじゃない？　もしかして、探している避難所はそこなのかしら。テイラーは小さなため息をついた。リデンプション……。

3

「情け深い振る舞いこそ、気高さのほんとうのしるしなのです」
――ウィリアム・シェイクスピア『タイタス・アンドロニカス』より

レディ・ヴィクトリア・ヘルミットは、自殺しようとしてしくじりかけていた。

当然といえば当然の成り行きだ。両親が予想したとおり、彼女はたしかに人生を台なしにしてしまった。ああ、両親がこのありさまを見たら、さんざん笑って、そら見たことかと口を歪めるだろう。わがままで役立たずな娘は、ことごとく両親の予想に違わない結果を招いた。大西洋に身投げしようと手すりに足をかけて乗り越えるときも、泣きやむこともできなかった。ヴィクトリアは両親がいうとおり――いやそれ以下だ。臆病者であることをまさに証明しようとしている。

事情を知らない者は、ヴィクトリアをなにひとつ不足のない娘と思っただろう。まず、容姿が恵まれている。暗めの赤褐色の髪に、アイルランドの若草のように鮮やかな緑の瞳は、母方の一族の特徴だ。祖母のアイスリーはアイルランドのクレア州の出身で、ヴィクトリアの高い頬骨と貴族的な顔立ちもその一族から受け継いだものだった。父方の祖父は北フランスの小さな田舎町で生まれ育った。母方の一族はフランス人の名前を発音するときはかならず下品な悪態をまくしたてたし、父方の一族はろくでなしで酒癖の悪いアイルランド人を同じくらい毛嫌いしていたので、不釣り合いなふたりは結婚すると、中間地帯であるイングランドに落ち着いた。

ヴィクトリアは、いまは亡き母方の祖父母からは溺愛《できあい》されていた。祖父は孫娘のシェイクスピア好きと芝居を見る目は自分譲りだとしじゅう自慢していたし、祖母も短気で情熱的な性格は自分譲りだといってはばからなかったものだ。

だが、両親は違った。ヴィクトリアは両親の恥であり、面汚しだった。彼女を見ただけでふたりともいやな顔をし、思いつくかぎりの言葉で娘を罵倒《ばとう》もした。そのなかで、ヴィクトリアの頭のなかに刻みこまれて何度も繰り返されているのが、『この子はいままでもそうだったけれど、これからもずっとばかなのよ』という言葉だった。

たしかにそのとおりだ。ヴィクトリアはおばかさん。彼女はそう思って低い嗚咽《おえつ》を漏らしたが、すぐさま口をつぐんで左右に目をやり、周囲に人気《ひとけ》がないことをたしかめた。時刻は真夜中の三時過ぎだ。エメラルド号の他の乗客はぐっすり寝こんでいるし、乗組員も他の場所にいる。

いましかない。エメラルド号は出航して三日目になるから、海はいちばん深いあたりだ。いまはひとりきりだから、行動を起こす潮時だった。

一方、船の反対側の階段をあがったところでは、ルーカスが、あの娘はなにをしでかそうとしているのだろうと訝《いぶか》っていた。

それから、彼は別の物音を聞きつけた。シルクの衣《きぬ》ずれの音だ。振り向くと、テイラーが階段をあがってくるところだった。彼女のほうから暗がりにいる彼は見えない。ルーカスはなにもいわずにテイラーを観察した。彼女が甲板に出てきたわけを知りたかった。

それから、むせび泣いている娘にふたたび気をとられた。甲板の上に置いてある大きな木箱を動かそうと悪戦苦闘している。

ヴィクトリアはさんざん泣いて体力を使い果たしていた。木箱を手すりまで動かすのにどれくらい時間がかかっただろう。足が鉛のように重たかったが、どうにか木箱によじのぼり、手すりをつかんだ。あとは片足を持ちあげれば手すりを乗り越えられる。彼女は両手でしっかりと手すりをつかみ、白いペチコートを降伏の白旗のようにはためかせた。木箱の上に立ったのはほんのいっときなのに、永遠のように思える。彼女はいまや、恐怖と敗北感とでおおっぴらにむせび泣いていた。ああ、できない。とても無理。

ヴィクトリアは木箱から這《は》いおりると、甲板にくずおれて、あたりはばかることなくすすり泣きはじめた。どうしよう？　どうしたらいいの？

「お邪魔してごめんなさい。できたらお力になれないかと思って……。あなた、大丈夫？」

小声で話しかけられて、ヴィクトリアは激しく首を横に振りながら暗がりに目を凝らした。

テイラーは両手を前で組み、できるかぎり平静を装って、月明かりのなかに進みでた。相手が怯えて早まった行動を取らないようにしなくてはならない。この女性がまた手すりを乗り越えようとしたら、今度は引きとめられそうもなかった。

彼女が手の甲で涙を拭い、何度か息を吸いこんで、多少とも落ち着きを取り戻そうとするのを見守った。頭のてっぺんからつま先まで震えている。その目に浮かぶ苦悩は胸を打った。姉のマリアンを除いて、これほどつらそうな人は見たことがない。マリアンは、叔父のマルコムが妹になにをするつもりなのか打ち明けたあの朝、まさにこんな顔をしていた。

その顔を頭から締めだして話しかけた。「いったい、どうしたの?」

「『生きるべきか、死ぬべきか』」

テイラーは聞き違えたのかと思った。「なんですって?」

「『生きるべきか、死ぬべきか』ですよ」ヴィクトリアはいらいらして繰り返した。「そのことを考えていたんです」

「この場でシェイクスピアを持ちだすつもり?」テイラーはあきれた。

ヴィクトリアはすぐさま苛立ちを引っこめた。彼女は疲れきって、打ちひしがれていた。

「シェイクスピアの台詞がふさわしいように思えたものですから」なんの感情もこもらない声でつづけた。「生きているのがいやになったのに、わたしには人生を終わらせるだけの勇気もありません。どうか放っておいてください。ひとりでいたいんです」

「あなたをひとりにはしないわ」テイラーはいった。「わたしで力になれることはないかしら」

「手すりを乗り越えるのを手伝ってください」

「またそんなことをいって」思ったより強い言い方になってしまったので、テイラーは首を振って自分を諫《いさ》めた。いまこの女性に必要なのは、お説教でなく心の支えだ。テイラーはさらに一歩踏みだした。「きつい言い方をするつもりはなかったの。どうか許してちょうだい。あなただって、本気で身投げするつもりはなかったのよね」大急ぎで付けくわえた。「人生を終わりにはしないと、あなたはたったいま、自分で決断したのよ。さっきは、手すりを乗り越えようとしたら引きとめるつもりだったの。たしかに、びっくりしたことは認めるわ。角を曲がって、手すりに危なっかしい格好で足をかけていたあなたを見たときは」テイラーはそのぞっとする光景を思い出して、腕をさすった。「あなた、お名前はなんていうの？」

「ヴィクトリアです」

「素敵なお名前ね」テイラーはそれ以外の言葉を思いつけなかった。両肩をつかんで、目を覚ますように揺さぶってやりたい衝動を抑えてつづけた。「わけを話してもらえないかしら。力になれるかもしれないわ」

テイラーがさらに一歩近づくと、ヴィクトリアは手すりに背中を押しつけた。追いつめられて餌食《えじき》にされるのを待つばかりの動物みたいだ。恐怖に目を見開き、両のこぶしを腕が震えるほど握りしめている。

「わたしの力になるなんて、どなただろうと無理です」

「事情を話してくれないと、助けになれるかどうかわからないわ」

「お話ししたら……きっとそそくさと船室に引き取られるに決まってますから」

「そんな……」テイラーはいった。「わたしを信じて、なにがあったか話してちょうだい」

ヴィクトリアは両手に顔をうずめて、ふたたびむせび泣きはじめた。テイラーはそれ以上見ていられなくなって、とうとう駆け寄って手を差しのべた。

「この手をつかむだけでいいのよ、ヴィクトリア。あとはわたしにまかせて」

ヴィクトリアはテイラーの本心をたしかめようと、彼女をじっと見あげた。そしてテイラーが拒絶されると思ったまさにそのとき、おずおずと手を差しのべてテイラーの手をつかんだ。テイラーはヴィクトリアを引っぱって立たせると、手すりから離れたところに連れていこうと肩を抱き寄せた。取り乱した彼女を海からできるかぎり引き離したかったが、周囲を海に取り巻かれている船の上では到底無理だ。

人のぬくもりと優しい慰めの言葉に飢えていたヴィクトリアは、テイラーの腕のなかに飛びこんで、危うく押し倒しそうになった。ヴィクトリアのほうが、一、二インチほど高い。肩に顔をうずめて泣きじゃくっている彼女を慰めるのは少々気恥ずかしかったが、やってやれないことはない。ひとまず、気持ちが落ち着くように背中を軽くたたいてやった。いまは涙を流したほうがいい。泣くことは、間違いなく癒しの第一段階なのだから。姉のマリアンはけっして泣かなかった。そんなふうにがまんしてしまうから、あんなに感情を表に出さない、自分に厳しい女性になってしまったのではないだろうか。

ヴィクトリアがずっと泣いているせいで、テイラーも悲しくなった。冷静でいようとしたが、胸をかきむしられるような苦しみを目の当たりにして、なにも感じないわけにはいかない。いくらもたたないうちに、テイラーの目も涙でかすんでいた。

ヴィクトリアはシェイクスピアの悲劇の台詞をふんだんに織り交ぜながら、つじつまの合わないことを止めどなくしゃべりつづけた。それが、やがてある男性を信頼し、心の底から愛して、結婚を申しこんでくれるものと思っていたのに捨てられたという話になってようやく、テイラーは彼女が苦しんでいるわけを理解した。

ヴィクトリアは身ごもっているのだ。

テイラーはかっとした。「まあ、そういうことだったの？　あなた、身ごもってるのね？　わたしはてっきり、なにか重罪を犯したのかと思ったわ」

「たしかに重罪です」ヴィクトリアは泣き声でいった。

テイラーはレディらしからぬ音を立てて鼻を鳴らした。「それは違うわ。嘘をついてあなたの無知につけこんだ男を殺したなら、それは重罪だけれど」彼女はため息をついてつづけた。「それに、もしそうしたって、それほどひどいこととは思えない」

「わたしはもうおしまいです」

テイラーは怒りを抑えた。ヴィクトリアはおそらく、もういやというほど責め立てられてきたはずだ。前向きな言葉を思いつくのにしばらくかかった。

「たしかに、これまでの人生は終わったわ。でも、別の人生がはじまるのよ。さあ、あそこに座って、まずは気持ちを落ち着けましょう」

ヴィクトリアは泣きつかれてぐったりしていた。テイラーは壁際にあるベンチに彼女を連れていった。

ヴィクトリアは腰をおろしてスカートを整えると、膝の上で両手を組み、力なくうなだれた。

ルーカスはひとまず危機が過ぎ去ったのを見て、ふたりの様子を見守れるところまで物陰づたいに動いた。

テイラーはじっとしていられずに、ヴィクトリアの前をうろうろしながら目先の問題を考えた。

「その方を、まだ愛してるの？」

「いいえ」ヴィクトリアはきっぱりと答えた。

テイラーはうなずいた。「よかった。どうせ、愛する価値もない人よ」さらに尋ねた。「アメリカに、身を寄せられるような親戚はいるの？」

「いいえ。もともとアメリカに行くつもりはなかったんですが、そうするしかなくて……。手持ちのお金は、乗船券を買うのでなくなってしまいました。着替えを持ってこられたのは、父が道ばたに捨てたからなんです」

「あなたはご両親に追いだされたの？」テイラーは愕然《がくぜん》とした。

ヴィクトリアはうなずいた。「両親を責めるわけにはいきません。ふたりの期待を裏切ったんですから」

「それは違うわ」テイラーはいった。「親なら娘を支えてしかるべきでしょう。わたしの祖母ならそうしたわ」

「わたしの祖母も、生きていたらそうしたはずです」ヴィクトリアがいった。

「あなたをこんなふうにした男性はどうしたの？　その人の子どもをあなたが身ごもっていることは知っているの？」

「ええ」

「それで？」テイラーは先を促した。

「関わり合いになりたくないと……」

「そんなふうに突き放すには、ちょっと遅すぎるんじゃない？」

「あの方は、レディ・マーガレット・キングズワースと結婚したがっていました。持参金がたっぷり手に入りますから」

テイラーは好奇心に駆られた。レディ・マーガレットなら知っている。その人でなしはだれなのだろう。

「いったい、その人は――」

「その方の名前は二度と口にしません！」ヴィクトリアは強い口調でいった。

テイラーは慌ててなだめた。「わたしも二度と訊かないわ。その人を愛していないのはたしかなのね？」

「いまとなっては、どこに惹かれたのか……」

ヽヽヽヽ
ウィリアムの忠告を心に留めておくべきでした。『ほどほどに愛しなさい、それが長つづきする愛というものだ。急ぎすぎるのは遅すぎるのと変わらない』というでしょう」

ああ、またシェイクスピア。そしてまた泣いている。テイラーはいらいらしないように自分にいい聞かせたが、そうするのは思いのほかむずかしかった。「過去は過去よ、ヴィクトリア。覆水盆に返らずだわ。これからは未来に目を向けないと」

「結婚してくれると、心底信じていたんです」

「『縛り首になったおかげで厄介な相手に引っかからずにすんだ連中はたくさんいる』」テイラーもシェイクスピアの台詞で返した。

ヴィクトリアははじめてほほえんだ。「ほんとうに、わたしをだましたあの人が縛り首になるところを見てみたいわ。でも……わたしが自分の意思でしたことですから」

「その人はあなたの無知につけこんだの。卑怯《ひきょう》な男よ」

「わたしも至らなかったんです」

自分の行動に責任を感じているヴィクトリアに、テイラーは敬意を抱かずにはいられなかった。自分を誘惑した人でなしはもとより、だれも責めていない。そのことをいおうとしたとき、ヴィクトリアが口を開いた。

「あなたのお名前は？」

「テイラーよ」

「テイラー？　レディ・テイラーですか？」

「わたしの名前を知っているの？」

「ええ、知らない人はいません」

「どうして？」テイラーは尋ねた。

「あの〝屈辱的な事件〟で……ああ、そんなぶしつけな話題を持ちだすなんて、わたしったら……」

テイラーは肩を落とした。レディ・テイラーの恥ずかしい噂は、イギリスじゅうに知れわたっているのかしら？「屈辱的とはいえないわ。わたしにとっては、喜ぶべきことだったのよ」ああ、ロンドンにいるあいだに何度自分にそういい聞かせただろう。

「その方をまだ愛しているんですか？」ヴィクトリアが尋ねた。

「愛したことなんてなかった」テイラーは正直にいった。「いまならわかるわ。わたし、その人の弟と結婚したの」ヴィクトリアが目を丸くしたのでうなずいた。「その方のことも、やはり愛しているわけではないのよ。少しずつ好感を抱きはじめたところではあるけれど……でも、男性だもの、たちの悪いところがあるかもしれない。男性はほとんどそうだもの。もっとも、堂々とした人ではあるの。その点ははっきりしているわ」

「もしかして、その方と恋に落ちるかもしれませんね」ヴィクトリアがいった。

ボストンに到着次第、その当人と別れることを考えて、テイラーはぞっとした。「そうかもしれないわね」ひとまず応じた。

「今夜あなたは、重大な決断をしたのよ」

「わたしが？　どんな決断をしたというんです？」

「あなたは、生きると決めたの」テイラーは答えた。「となれば、あとは簡単よ。間違いないわ」

納得のいかない顔をしているヴィクトリアに、テイラーはいずれ説明するといい、それから一生のうちにいちばんやってみたいことはなにかと尋ねた。あなたの夢や希望は？　世界じゅうのありとあらゆるものが手に入るとしたら、なにがほしい？

ヴィクトリアは質問に答えた。二時間近くもしゃべりつづけただろうか。テイラーはほとんど聞き役にまわった。心のなかにある不安を言葉にするうちに、ヴィクトリアはしだいに落ち着きを取り戻していった。未知の世界が怖い。それから、ひとりぼっちになることも。それがなにより怖くてたまらない。テイラーはヴィクトリアが思うよりも彼女の気持ちを理解していた。彼女自身、ひとりぼっちで……ふたりの幼子を引き取るのは怖くてたまらない。けれども、双子の安全を確保するためならなんでもする。ヴィクトリアも、赤ん坊が産まれたら同じようにするのではないかという気がした。

「そのことに、まず慣れなくてはね」テイラーはいった。

「そのこと？」ヴィクトリアが尋ねた。

「母親になることよ」テイラーは説明した。「賭《か》けてもいいわ。いくらもたたないうちに赤ちゃんがかわいくてたまらなくなるから」

「赤ちゃんのことはまだちゃんと考えていないんです。いまはとにかくみじめで、そこまで気がまわらなくて」

テイラーは彼女の手を軽くたたいた。「あなたは裏切られたのよ。落ちこんで当然だわ」

ヴィクトリアは大きなあくびを漏らして無作法を詫びると、テイラーにいった。「ずいぶんと冷えこんできましたね。さっき船長が、嵐になりそうだといっていました」

不意に一陣の風が甲板を吹き抜け、ヴィクトリアは身震いした。彼女に冷えこんできたといわれてはじめて、テイラーは寒さに気づいた。

「船室に戻ったほうがいいわ」テイラーはいった。

「そうしましょう」ヴィクトリアは立ちあがると、テイラーに向きなおった。「話を聞いてくださってありがとうございました。あなたってほんとうに親切なんですね」

テイラーはなんと応じていいのかわからなかった。ほめられると、ひどく居心地が悪くなる。物心ついてから、なにをしても、すんなりほめられたことはまずなかった。祖母からあることを期待されたら、しくじったときだけあれこれといわれたものだ。

彼女がなにかいうのをヴィクトリアが待っているようだったので、テイラーはうなずいて感謝の気持ちを表すだけにとどめた。それから咳払いすると、祖母そっくりのあらたまった口調でいった。「明日、二時に船内の図書室で会えないかしら。その時間はたいてい人がいなくなるの。ふたりきりでゆっくり計画を立てられるはずだわ」

「そうでしょうか？」

「たぶん」

「計画というのは……？」

テイラーは意外そうにいった。「もちろん、あなたの将来についての計画よ。あなたを慰めて、それでさよならすると思った？」

「でも、なにをどうしたらいいのか……」

「丁寧な話し方はやめてちょうだい。アメリカに行けば、爵位なんてなんの意味もないのよ」

「ほんとうに？」

「ええ、ほんとうよ。本に書いてあったもの、間違いないわ」

ヴィクトリアはうなずいた。「本気でわたしを助けてくださるつもりなの？」

「知らんぷりできると思う？」

ヴィクトリアはまたもやすすり泣きはじめた。もう一度慰める気分ではなかったので、テイラーはいった。「そんなに泣いたらくたびれてしまうわよ。わたしが見捨てると思っていたなんてひどいわ、ヴィクトリア」

「あなたのお荷物になりたくないし……」

テイラーはヴィクトリアの腕をとって階段に向かった。「そう思って当然よね。でも、お荷物なんかにはならないわ。わたしにはとんでもない癖があるの」彼女はいった。「どうやらわたしには、まわりにいる人全員が、なにをどうすればいいのかわかったつもりでいるようなところがあるの」

「ほかの人が、なにをどうすればいいのかわかったつもりでいることがとんでもない癖とは思えないけれど」ヴィクトリアがいった。

「〝ほかの人〟ではなくて、〝まわりにいる人全員〟よ。そして、その癖はとんでもない欠点でもあるの。祖母からは持病呼ばわりされたわ。他人の人生に立ち入るようなまねをしてはいけない、他人の人生を変えられると思うなんて、思いあがるにもほどがある。まったく傲慢《ごうまん》きわまりない……。そんなふうに何度も釘を刺されたものよ。おばあさまのいうとおりでなければいいんだけれど。約束するわ、ヴィクトリア、あなたの意に添わないことはしないって。でも、手を差しのべたい気持ちに偽りはないわ」

「ありがとう、テイラー」

「ひと晩ぐっすり眠って疲れがとれたら話し合いましょう」

「相談に乗っていただけるなら、こんなうれしいことはないわ」ヴィクトリアは少し考えてつづけた。「それじゃ、自分はどうなの？　どうするのがいちばんいいのか、いつもわかってるの？」

テイラーは肩を落とした。「そこがこの持病の厄介なところなの」彼女はいった。「自分のことでどうするのがいちばんいいのか、ほんとうにわかっていたことなんて一度もないんじゃないかしら。ほかのみんなと同じで」

テイラーの困惑ぶりがおかしくて、ヴィクトリアはほほえんだ。「わたしなら、あなたがどうすればいいのかわかるかもしれないわ」

テイラーはほほえみ返した。「そうかもね」

階段は人ひとりがやっと通れる幅しかなかったので、テイラーはヴィクトリアに先に行かせた。「あなたの居場所がわかるように、船室まで一緒に行くわ」

ヴィクトリアは階段をおりきったところで立ち止まると、生真面目な顔をしてテイラーを振り返った。「わたしたち、お友達になれるかしら？」

テイラーは迷わず答えた。「もうなってるわよ」

テイラーは自分がなにを引き受けたのか、充分すぎるほど承知していた。生半可な気持ちではいけない。ヴィクトリアが体力をつけて、自立できるようになるまで面倒を見よう。もちろん、赤ん坊も一緒に。

友人なら助け合って当然だ。けれどもテイラーの約束にはそれ以上の気持ちが込められていた。もっと、もっと重要なことだ。子どもたち――すべての子どもたちは、適当な大人に慈しまれて、守ってもらう権利がある。テイラーが思うに、それは規則でなく、聖なる掟《おきて》のようなものだった。ヴィクトリアと赤ん坊の安全を確保するためなら、なんでもしよう……。

どんな犠牲を払おうともやり抜く覚悟だった。これは選択ではない。義務だ。

崇高な決意は、この身とともに海の藻屑《もくず》と消えるだろう。自分はもとより、だれも助けられない。船はなすすべもなく沈んでしまうに決まっている。全員が大海の底で眠りにつくまで、あと数分もない。テイラーはできることなら床にひざまずき、これまで他人に悪意を抱いたことの許しを神に請いたかった。もちろん、叔父のマルコムは例外だ。自分の傲慢かつ偉ぶった振る舞いを心の底から悔いたら、天国の片隅に潜りこませてもらえるかもしれない。でも、小さな船を激しく翻弄《ほんろう》するこのハリケーン並みの暴風のなかでは、ひざまずくなんてとても無理。

テイラーはベッドの片隅で両肩を壁に押しつけて体を固定した。真夜中で船室が真っ暗でなければ、これほど怖くはなかったかもしれない。暗いのは嫌いだが、ランタンに火をともすと壁に燃え移ってしまいそうだから、暗闇のなかで目をぎゅっと閉じて枕を抱きしめた。トランクケースが片側の壁から反対側の壁に滑ってぶつかる音が聞こえる。とにかく祈って、恐怖と動揺と闘いながら嵐がおさまるのを待った。

姉のふたりの子どもはどうなるのだろう？　双子には母親が必要だ。自分が死んだらどうなるのか、想像もつかない。それから、ヴィクトリア……もし自分が死んで、ヴィクトリアが生き残ったら？　ヴィクトリアを助けると約束したけれど、自分がいなければ、ヴィクトリアはお金も家族もなしにアメリカでどうやって生きていけばいいのだろう。

ああ、なすべきことが多すぎる。こんなふうに死ぬわけにはいかないのに……。テイラーは嗚咽を漏らして、とうとう涙を流した。だれだろうと――自分はなんでも知っていると思いこんでいる傲慢で偉ぶった娘でさえ、こんなふうに死んでいいはずはない。ひとりきりで死にたくなかった。だれかにそばにいてほしい。

とりわけ、祖母にいてほしかった。

ドアがバタンと開いて、テイラーは飛びあがった。ルーカス・ロスが戸口をほとんどふさいで立っている。廊下の壁に革の入れ物で吊りさげられたランタンの光を全身に受けて、彼の姿はくっきりと浮かびあがっていた。

だれかを見て、これほどうれしいと思ったのははじめてだった。まるで神か、王子さまが現れたよう。彼は全身びしょ濡れだった。黒い髪が額に垂れ、白いシャツと黒いズボンが体にぴったりと張りついている。上腕と太腿《ふともも》の盛りあがった筋肉は、どんな敵も寄せつけそうにない。まさにいにしえの無敵の戦士。この堂々とした男性と結婚したのだ。彼はとても威厳があって、あらゆる動作がさりげない。大柄な男性なのにこのうえなく優雅なその動きに見とれているうちに、恐怖に苛まれた気持ちは安らいでいた。

彼が粋な礼服に身を包んでいたとしても、これほど魅力的だとは思わなかったろう。

「ひどい風だ」彼はこともなげにいうと、船室に一歩入った。「びしょ濡れになった」濡れたまま丸めた毛布を片隅に置いてある旅行鞄《かばん》の横に放ると、犬のように頭を振って雨を振り払った。水滴が弧を描いて飛び散る。

彼はテイラーを見てほほえんだ。ひと目見て、怯えているのだとわかった。頬に涙の跡があり、目を皿のように丸くしている。その視線はこちらに注がれているが、怯えているのは真夜中に船室に踏みこんだからではないとわかっていた。この船室は着替えの置き場所として使っていて、日中に何度か出入りしている。そう、テイラーが泣いていたのは自分のせいではない。嵐で気が動転しているのだ。

だからといって、テイラーの反応をなじるわけにはいかない。以前にも嵐に巻きこまれたことはあるが、これほど激しいのははじめてだった。冗談抜きで難破の危険がある。

だが、この緊迫した状況をどう思うか、テイラーと意見を分かち合うつもりはなかった。取り乱した女性を相手にするのだけは願いさげだ。だから意識してゆっくりと動き、できるかぎり平静を装って、あたかも時間はいくらでもあるかのように振る舞った。口笛まで鳴らして。

船がまた傾き、テイラーはベッドの上で体勢を変えた。

「暗いほうがいいのか？」

彼女が声を出せるようになるまでしばらくかかった。「いいえ」ささやくように答えると、明かりに照らされた場所に戻った。「ランタンに火をつけるときに火事を起こしてしまいそうだったから」

彼が背を向けて外に出ようとしたので、すばやくいった。「どこに行くの、ロスさん？」気が動転しているせいで声が震えたが、冷静になれそうもなかった。怯えきっていることを彼に知られたくない。間もなくふたりとも確実に死ぬというときにどう思われるか心配するのも滑稽きわまりない話だけれど、それでも臆病者だとは思われたくなかった。彼はまだ、妻のことをよく知らない。弱虫と結婚したのだと思われたまま水底に沈むのはいやだった。

「廊下からランタンを取ってくるだけだ」

そういい終わるころには、彼は船室に戻っていた。テイラーは彼がドアを閉め、反対側の壁から突きでた金属の鉤《かぎ》にランタンの紐《ひも》を結びつけるのを見守った。ランタンをしっかりと固定している彼の後ろを、トランクケースが滑っていく。船ががくりと沈みこんだ。テイラーは背中を壁に押しつけ、シーツにかかとをめりこませて踏んばったが、それでも脇に放りだされた。一方、彼は微動だにしなかった。体の均衡を取るのが感心するほどうまい。それに、この危機的な状況を、少しも気にしていないように見える。

テイラーは、わかりきったことを尋ねずにはいられなかった。「わたしたち、ハリケーンのさなかにいるのね？　船が沈むのは時間の問題なんでしょう」

ルーカスはたいしたことではないとばかりに肩をすくめた。それからのんびりとシャツを脱ぐと、滑ってきたトランクケースをよけて片隅に押しやり、その上に腰をおろして靴を脱ぎはじめた。

「あなたは心配じゃないの、ロスさん？」

「ちょっと風が強くなっただけだ、テイラー。いまはまだ、ハリケーンの季節じゃない。二、三時間もたてば吹きやむ」

テイラーは少しでも不安の影がないかと、彼をじっと見つめた。あくまで平然としている。

「少しも気にならないの？」答えを待たずにつづけた。「いままで、こんな嵐に巻きこまれたことは？」

「何度も」ルーカスはまた嘘をついた。

「よかった」テイラーは心からほっとしてため息をつくと、どうにかほほえんだ。

だが、せっかく取り戻した心の平静は、彼の不用意な行動でたちまちぶち壊されそうになった。あろうことか、ズボンを脱いでいる。

テイラーは目をぎゅっとつぶった。「ロスさん、どういうつもり？」

ルーカスは思わず苛立ちをあらわにした。「〝ロスさん〟と呼ぶのはやめてくれないか？」

ぴしりといわれて、テイラーは戸惑った。「そのほうがよければそうするわ」目を閉じたまま答えた。なにやら悪態をついているのが聞こえる。テイラーは眉をひそめて、不愉快そうにしていることに気づいてくれたらいいのにと思った。

ルーカスは服をぜんぶ脱いでしまうと、自分のトランクケースに近づいて、乾いたズボンを取りだした。ふだんは裸のまま寝ているが、この航海では甲板を寝場所にしているので、当然ながら裸というわけにはいかない。今夜もズボンくらいははかなくてはならないだろう。なぜなら、アメリカまで背負いこむ羽目になったこの娘が、なにかと上品ぶってすぐにびくつくからだ。

この調子では、こちらが同じベッドで寝るつもりでいることを知ったら、心臓発作を起こすんじゃないだろうか。

だが、彼女に触れるつもりはさらさらなかった。そんなことをすれば、単なる金銭的な取り決めにすぎなかったものがややこしくなるだけだ。妻だけはほしいと思わないし、その必要もない。それに、ひとたび花嫁に触れれば、彼女の名誉のためにも夫婦でありつづけなくてはならなくなる。そんなことになるなら、縛り首にされたほうがましだ。あるいは、牢獄に連れ戻されたほうがいい。

結婚にともなうおぞましいあれやこれやを考えていたせいで、船がまた傾いたことに気づかなかった。トランクケースが右足にぶつかる。ぶつくさいいながら不吉な考えを頭から振り払い、ズボンをはいた。

テイラーは彼の体つきに目を奪われていた。気づかれていないという確信があったので、うしろめたさはほとんどなかった。

ルーカス・ロスはしなやかに動く豹《ひょう》だ。太腿の後ろと肩の筋肉がうねっている。日焼けした肌。ウエストは引き締まり、肩幅は信じられないほど広い。ああ、完璧な男性とはこうしたものなのだ。気弱な女性なら、とっくに卒倒しているだろう。この人はそれほど素晴らしい。振り向いてくれたらいいのに。でも、その願いはかなわなかった。ルーカスはズボンの前を留めると、ベッドの傍らに来た。胸を覆う黒い胸毛が、ウエストに向かってVの字に先細りになっている。

船がまたがくんと揺れた。テイラーは夫の姿に気をとられて踏んばるのを忘れ、空中に放りだされたが、床に落ちる直前にルーカスに抱きとめられた。

テイラーの反応にルーカスは驚いた。笑っている。ヒステリーの発作でないことを神に祈った。

「なにがおかしい?」

テイラーは肩をすくめた。温かい。彼の首に両腕を巻きつけてそう思った。船がまたがくんと揺れる。このときを待っていた。テイラーは彼の肩に顔をうずめて、しがみついた。

「甲板に戻る気じゃないでしょうね? そんなことをしても、また濡れるだけだわ」

「甲板には戻らない」

テイラーは腕を緩めなかった。どこにも行かせない。ひとりでいるのは心細すぎる。彼は、嵐のなかの安全な避難所だった。

「床の上では眠れないわよ」思いきっていった。「トランクケースがこんなふうにぶつかり合っていたら、それどころではないでしょう」

「なにがいいたい？」

「一緒に寝て」

ルーカスは彼女を取り落としそうになった。テイラーが体を離してこちらを見あげている。くそ、こんなに魅力的な瞳は見たことがない。それから唇もだ。こんなブルーの瞳に見入って、誘うような唇になにをしたいか考えだしたら、男は道を踏みはずしかねない。

「わたしは上掛けの下に寝て、あなたは上に寝るの」ルーカスの表情に戸惑って、テイラーは急いでいった。恥知らずな女だと思われたくない。ただ現実的な提案をしているだけだ。

「理にかなったやり方だわ」テイラーはうなずいた。「それに、礼儀作法にものっとっているでしょう」

ルーカスはテイラーをベッドの真ん中に放った。テイラーはナイトガウンが膝までめくれたことに気づいて急いで引っぱりおろすと、上掛けの下にもぐった。それから、ルーカスが両手を腰に当てたまま、なんともいいようのない奇妙な表情で見おろしているのを横目で見ながら、壁に体を押しつけ、枕をふくらませて目を閉じた。

ルーカスは疲れていた。花嫁が夫を怖がらなくなった理由は知らないが、彼女の気が変わる前にベッドに潜りこんでしまったほうがいい。ランタンに近づいて火を消し、足元のトランクケースを押しやってベッドに戻った。

テイラーはベッドの片側にとどまろうとしたが、船が揺れているせいでなかなかうまくいかなかった。体が軽いから、どうしても転がってしまう。ルーカスが隣に横になると、彼の左側にぴったりとくっついてしまった。

船が揺れるたびにテイラーがぶつかってくるので、このままでは朝までに痣《あざ》だらけになりかねないと思った。テイラーはぶつかるたびにうめいている。うめいたあとは、謝罪の言葉だ。まるで生きた魚と寝ているようだった。ルーカスはほどなくしびれを切らすと、横を向いてテイラーのウエストに片腕をまわし、太腿で両脚を押さえつけて彼女を抱き寄せた。

テイラーは逆らわなかった。むしろ体が固定されて感謝していた。手を伸ばしてルーカスの頭をずらし、彼の肩の下に挟まっていた巻き毛を自分の反対側に押しやった。ベッドに入る前に編んでおけばよかった。でもあのときは、つぎの波で死ぬかもしれないのに習慣どおりにするのがばからしく思えたのだ。嵐がはじまると、すぐにヴィクトリアの部屋に行って無事をたしかめたが、自分の船室にどうにか戻るころには、まっすぐ歩くこともむずかしくなっていた。

もう大丈夫。テイラーは大きなあくびをした。奇妙なことに、いまは少しも怖くない。ルーカスの体のぬくもりに包まれて、すっかりくつろいだ気分になっていた。

「ロスさん?」答えはない。

「ルーカス?」

「なんだ?」

不機嫌そうな声だったが、気づかないふりをした。「眠れそう?」

「ああ」

彼の腕に触れないように腕組みした。

「わたしたちのどちらも船酔いしないなんて、妙じゃない?」

「もう寝るんだ、テイラー」

テイラーはしばらく黙りこんだ。いうことを聞いてくれそうだとルーカスは思ったが、甘かった。「もうくたくただわ」テイラーがささやいた。「でも、少しも眠くないの。妙じゃない?」ルーカスは答えなかった。「なにか話してくれたら、眠くなるかも」

「なぜおれが話したら眠くなるんだ?」

「退屈な話かもしれないでしょう」

ルーカスはにやりとした。おかしなことをいう。「よし、眠るまで話をしてやる。なにか聞きたいことはあるか?」

「リデンプションのことを話して」

町の名をテイラーが憶えていたので、ルーカスは意外に思った。人里離れた場所だという以外に、いったいなにを知りたいのだろう。

「リデンプションのことで、話すべきことは話したはずだ。きみが好きになりそうもない町さ。ボストンで開かれるパーティのことを考えたらどうだ? おれはさておき、きみならそれで心安らかに眠れるだろう」

それこそいちばん考えたくないことなのだけれど、とテイラーは思った。上流社会のあらたまった催しは嫌いだった。尊大で、偏見に満ちた人々の集まりに二度と顔を出さなくてすむと思うと、口元がほころんでしまう。ボストン社交界の一員になりたがっていると思われてもかまわない。年ごろの娘なら、ほぼ例外なく浮わついたことが好きなもの。でも、自分は違う。たぶん、祖母から一度ならずいわれたように、大叔父のアンドルーのような変わり者なのだ。

「あなたはリデンプションを嫌ってはいないんでしょう？」

「嫌ってはいないが、うんざりしかけているところだ」ルーカスはあくびして答えた。「日ごとに人が増えて、町が大きくなっている。別れを告げたらせいせいするだろう」

「別れを告げる？　どうしてリデンプションに別れを告げるの？」

「人が多いのは嫌いなんだ」

「あなたの弟さんたちはそこで暮らしてるんじゃないの？」

「牧場は、町から馬で一日かかる場所にある」

「それで？」

ルーカスは大きなため息を漏らした。テイラーは答えを引きだすまであきらめない。いらいらして歯嚙みしていると、今度は肩をつつかれた。「本気で弟さんたちを置いていくつもりなの？」

「ジョーダンとダグラスは、充分な数の牛と馬を所有している。もうおれの助けはいらない。

いちばん下のケルシーが落ち着くまでは手伝うが、あとは出ていくつもりだ。三人でうまくやれるさ」

テイラーはずいぶん突き放した考え方だと思ったが、なにもいわなかった。いまは口論するより答えが聞きたい。

「どこに行くつもりなの?」

「あるものを探しに行く」

「なにを探すの?」

「ある男を」

彼がてっきり金か銀でも探しに行くのだろうと思っていたテイラーは、意外に思った。ゴールドラッシュは世間一般では終わったとされているが、西部にはまだ鉱脈が残っていると本で読んだことがある。でも、ある男を捜すですって?

「その人を見つけたら?」

ルーカスはしばらく答えなかった。ほんとうのこと――その男の息の根を是が非でも止めるつもりでいることをそのまま伝えたら、やわな心の持ち主では到底耐えられない。だから、簡単に答えた。「その男がはじめたことを終わらせる」

「悪い人なの?」

「ああ」

テイラーはしばらく考えこんだ。彼の生き方はまったく違う。自分は悪人から逃げているのに、ルーカスは立ち向かおうとしている。勇敢だから？　それとも復讐ありきで生きているから？

そのことを突きとめることにした。「その人は――」

ルーカスはさえぎった。「目的を果たしたら、追っ手につかまりにくい山に戻るつもりだ」

テイラーは彼がこの話を切りあげたがっていることを察して、そのまま合わせることにした。辛抱するのは得意だ。いずれはなにもかもわかるときが来る。

「おばあさまから、あなたはケンタッキー生まれだと聞いたわ」

「そのとおりだ」

「なのに、北軍の一員として戦ったの？」

「ああ、ずっと前に北部に移り住んだ」

「モンタナに移る前に？」

「ああ」

「あの戦争は、正しかったと思う？」

「アメリカに住む男には、ひとり残らず自由に生きる権利がある」

「女性も子どもも、みんな同じよ」テイラーは口を挟んだ。「他人を所有するなんて、だれだろうと許されることではないわ……そうじゃない？」

「そのとおりだ」

「さっき、いずれは山に戻るつもりだといっていたけれど、あなたも完全に自由になりたいんじゃない？　風の向くままに生きたいんでしょう」
「ああ」
「寂しくないかしら？」
「そんなことはない」
「あなたって、人付き合いが嫌いなのね」
ルーカスはほほえまずにはいられなかった。気の毒だといわんばかりだ。「不憫《ふびん》に思っても
らわなくて結構だ。家族がほしいとは思わない」
手遅れよ、とテイラーは口を滑らせそうになった。もう家族ならいる。それに、この人が家
族を必要としていなくてもかまうものですか。とにかく、ふたりの子どもたちのことをいちば
んに考えなくては……ふたりはまだ、自力で生きていくことができないのだから。「それじ
ゃ、あらゆる人に背を向けるつもり？」つまり、わたしも含めて。わたしにも背を向ける
つもりなのね。ああ、この人が必要になったらどうすればいいの？　双子とヴィクトリアと彼
女の赤ちゃんと自分だけで、どうすればいいの？
うろたえたのは一瞬で、すぐに落ち着きを取り戻した。大丈夫、ひとりでやっていける。も
ともとルーカス・ロスのことは、これからの人生に必要でもなければ、そばにいてほしいとも
思っていなかった。考えてみると、ちょっと不安になったことさえばかみたいに思える。自分
は財力のある、自立した女性なのだ。
ジョージの訃報が届き、ボストンに行ってふたりの姪《めい》を育てなくてはならないことがわかっ

たときに頭に浮かんだのは、西部のどこかに小さな町を見つけて、ふたりと一緒にそこに住むという計画だった。そこで家政婦を雇い、姪たちがある程度大きくなったら、アメリカ一の家庭教師を雇ってふさわしい教育を受けさせる。ふたりが学ぶのにぴったりの学校もあるかもしれない。姪たちにはなにひとつ不自由な思いをさせないつもりだった。でもなにより重要なのは、ふたりの安全を確保することだ。叔父のマルコムにだけはぜったいに見つかってはならない。

テイラーは、最初に決めたことをもう一度考えていた。アメリカではあらゆる都市に電報局がある……それに、鉄道駅も。セントルイスやカンザスシティのような都会では簡単に見つかってしまうだろう。どちらの街も、安心していられるほどイギリスから遠くはないし、マルコムが追っ手を差し向けようと決めたらたどり着くのがむずかしい場所でもない。

彼女は小さなため息をついて、かろうじて聞き取れる声で尋ねた。「これまで、わけもなくなにかを恐ろしいと思ったことはある？　身も細るくらいに」

ルーカスの答えを待たずにつづけた。「そんな思いをしたことが一度あるわ。子どものころ、父がうちに連れ帰ってきた鷹《たか》がどういうわけか怖くてたまらなかったの。その鳥がかごに入っていても、家畜小屋にいられなかった。そのうち庭に出るのも怖くなって、しまいには自分の部屋に隠れていたわ」

ルーカスは幼いテイラーの怖がりように好奇心をかき立てられた。「なぜそんなに怖かったんだ？」

「叔父のマルコムから、鷹はブルーの瞳が好きだといわれたの。いまでもぞっとするわ。鷹の鉤爪がどんなに鋭いか知ってる？」

「きみの叔父上は、意地の悪い冗談をいうんだな」

「叔父のことも怖かった。鷹と同じくらいに」テイラーはふたたびささやいた。

「叔父上のことも？　わけもなく怖かったのか？」

「いいえ。怖がる理由ならあったわ。……都会では人を捜しだすのは簡単でしょう？　いまのように電報がふつうに使われていて、ほぼ全国に鉄道が走っている時代には、だれかを捜しだすなんてあきれるくらい簡単なことだわ……本気で捜しているなら。そうよね？」

「そうだな」急に話題が変わったので、ルーカスはけげんに思った。「なぜそんなことを訊くんだ？」

テイラーはほんとうのことを話す気になれなかった。もしかしたら考えすぎかもしれない。母親の遺産を受け継いだが最後、マルコムは双子のことなど二度と顧みなくなるに決まっている。追っ手を差し向ける理由はひとつもない。

それでも、マルコムがそうすることはわかっていた。

「なんでもないの」彼女はルーカスにいった。

「そのほかに、わけもなく怖いものは？」

「眠っているあいだに人が入ってくるんじゃないかと、寝室のドアに毎晩かんぬきを掛けていたことがあるわ」

「べつに、もっともなことに思えるが」

「そうかもしれない」テイラーはいった。「でも、わたしの場合は防壁として、さらに重たいオーク材の化粧台をドアの前まで動かしていたの」

「眠っているあいだに、だれが入ってくると思っていたんだ?」

「ある人よ」テイラーはそれ以上問いつめられる前に話題を変えた。「もし山に戻ったとして――」

「〝もし〟でなく、もう決めたことだ、テイラー」

「――弟さんたちがあなたに来てもらいたいときはどうするの?」

「弟たちはどこを捜せばいいか知っている。ひと月やそこら捜せばすむ話だ」

「そんなに時間がかかるなら、緊急の場合はいい顔をしないでしょうね」

「弟たちならうまくやれる」

「わたしなら、あなたを捜そうとは思わないわ」

「そうだろうな」

テイラーが鼻を鳴らしたので、ルーカスはにやりとした。気の短い娘だ。怒りっぽい性格を隠そうとしているが、うまくいっていない。こちらの腕をがっちりとつかんでいるうえに、爪までめりこませている。おまけに、そのことにも気づいていないらしい。だいたい、弟たちのかわりになぜここまで腹を立てているのだろう。まるで、家族を捨てたといわんばかりだ。彼女はわかっていない。手助けを求められたときに、弟たちとはある約束をした。約束はなんとしても守るつもりだし、自分にできることは十二分にしてやるつもりだ。

この娘にルーカス・ロスの生きざまのなにがわかる？　彼女は生まれたときから甘やかされ、大切に守られてきた。さもなければ、いまごろ生きていなかったはずだ。たとえば、大きなネズミだらけで、ぞっとするような叫び声が響きわたる窓なしの狭い部屋に閉じこめられたらどんな感じか、彼女は知るはずもない。

わかってもらおうとは思わなかった。戦争の話をするつもりはない。どう思われようと関係ないからだ。

ルーカスはそれが偽りであることにすぐ気づいた。どうしたことか、彼女にどう思われるかが、たしかに重要になっている。なんでまたそんなことに？　きっと疲れているせいだ。疲れがたまると、頭が鈍ってくる。

嵐は相変わらず猛然と荒れくるっていた。船を捨てる警鐘がいつ鳴り響いてもおかしくない。

こんな状況ではなすすべもないが、そのことで気をもむつもりはなかった。船が沈没したら、テイラーをつかまえていちばん近い海岸まで泳ぐまでだ。あるいは、その途中で力尽きるか。

テイラーに対しても、なすすべはなかった。彼女は驚くほどなめらかで、柔らかい。それに、いいにおいもした。バラのようなにおいだ。思わずキスしたくなるようなあの肌に触れたら、男はすっかり気をとられて、彼女の首筋に顔をうずめ、かぐわしい香りを吸いこみながら眠ることしか考えられなくなる。

それも偽りだ。ほんとうは彼女と愛を交わしたい。自分自身を彼女のなかにうずめて……。

「弟さんたちは、あなたが行ってしまうことを了解しているの?」

ルーカスは考えごとを邪魔されて感謝した。失礼といっていい質問をされたことは気にならなかった。彼女には理解できないだけだ。テイラーからいわれるまで、ジョーダンとダグラスとケルシーのことを家族と思ったことは一度もなかった。あの三人は、腹違いの弟にすぎない。ひとりきりで生きてきた時間が長すぎて、家族という考えにはまったくなじめなかった。

「怒っているのか」ルーカスは大あくびしながらいった。

「それは、少しは怒るわよ」テイラーはいった。「あなたの弟さんのことにまで首を突っこむのはよけいなお世話だとわかっているわ。でも――」

ルーカスはしまいまでいわせなかった。「そのとおりだ。弟たちの問題はきみの知ったことじゃない。もう寝ろ」

「家族に対する責任問題なのに、話を切りあげるつもり?」

ルーカスはその問いかけに沈黙で答えた。

ふたりの話は妙な成り行きになったが、いいこともあった。ルーカス・ロスを無責任だとなじっているせいで、テイラーはいまの状況を気にする時間も、余裕もなくしている。それならそれで結構だろう。テイラーが怯えずにすむなら、少々屈辱的なことをいわれようと自分は平気だ。縁起でもないことをあれこれ考えてほしくない。ふたりの行く末を神がどれほど気にかけているかは、当の神でなければわからないのだから。

ばらばらになるまで、船はあとどれくらい衝撃に耐えられるだろう。

「テイラー、泳げるか？」

「ええ、なぜそんなことを訊くの？」

「なんとなく」

「あなたは？」

「泳げる」

だいぶ間があってから、テイラーは質問の意図を理解した。「ボストンまでは泳げる？」

そんな距離を泳げるわけがない。ボストンまではあと二日——船がこの嵐と容赦ない波のせいで航路をはずれていれば、おそらくもっとかかる。「もちろん泳げるさ」ルーカスはにこりともせずに答えた。この嘘で、テイラーが恐怖に囚われないでくれたらいいのだが。

「ロスさん？」

ルーカスはそう呼ばれるとむかむかした。「今度はなんだ？」

「わたしは、それほどだまされやすくないのよ」

ルーカスは暗闇のなかでほほえんだ。テイラーは盛大にあくびした。「眠っているうちに溺《おぼ》れるかしら」

「溺れはしない」

「そうね、わたしたちは溺れない」

無言のまま数分が過ぎ、テイラーは今度こそ眠ったようだった。ルーカスは彼女に少しだけ近づかずにはいられなかった。頭もずらして、彼女の首の付け根におさめる。それから目を閉じ、みだらな考えを頭から締めだそうと悪戦苦闘したが、どうにもならなかった。背を向ければいいことはわかっているが、できない。頭にあれこれ思い浮かぶことは、いつもなら抑えこめるはずだった。テイラーはたしかに魅力的だ。吸いこまれそうな瞳に、誘うような唇。しかるべきところが硬くなって彼女をほしいと思うのは、男としてまったく当たり前の反応だろう。しかも同じベッドに寝ていて、彼女は薄手の白いナイトガウンしか着ていない。だが、暗闇のなかでは、どんな女性でも同じじゃないか？　テイラーは、少しも特別ではない。

……そんなのは嘘っぱちだ。彼女には平凡なところなどなにひとつない。歯を食いしばって、無理やりテイラーに背を向けた。そして、彼女がぶつかってくるのを背中で受け止めながら目をつぶり、なんとか眠ろうとした。

テイラーは彼がなにを考えているのだろうと訝っていた。急に背を向けたりして、嵐のせいで落ち着かないのかしら？　傲慢で誇り高い人だから、不安を表に出したくないのかもしれない。こんな危機的な状況でも見栄を優先させるなんて、まさに男性のやりそうなことだ。でも、ほとんどの男性がするように、物事をじっくり考えようとするあの姿勢はわからなくもない。少なくとも、ルーカス・ロスは、それほどわかりにくい人ではなかった。見たとおりの人で……表裏がない。ぶっきらぼうといっていいほど率直だけれど、ある意味憎めない性格といえないかしら？　もっとも、あの考え方にはうなずけない部分もある……自分は山奥に姿を消して、弟たちだけで自活させるというのは、あまり兄らしい行動とはいえない。そうでしょう？　自分の気持ちをありのままにさらけだす彼の一面には感服しないわけにはいかないけれど。

なんの魂胆もなさそうな人だとテイラーは思った。そこがなにより魅力的だ。それに、彼は〝マウンテンマン〟になりたがっている。その夢を咎めるわけにはいかない。自分がなんの責任もない男性だったら、まさに同じことをしたはずだから。ルーカスも、ダニエル・ブーンやデイヴィー・クロケットの物語を読んだことがあるのかしら？

でも、おあいにくさま。男だろうと女だろうと夢を追う権利はあるけれど、ルーカスが山で暮らす夢はかなわない。少なくとも、かなりの年月がたつまで……双子たちが成長して、自立できるようになるまでは。

〝リデンプションに行こう。その決断は、前ぶれもなくテイラーの脳裏にひらめいた。それが正しい道だと心の声がする。人里離れた小さな町は、完璧な隠れ場所だ。ヴィクトリアが一緒に来たければ歓迎しよう。

ただし、その計画にはひとつだけ欠点があった。正直になるのは癪《しゃく》だったが、朝が来るまでに大海の底に沈んでいるかもしれないことを考えると、弱みを認めてもいいような気がした。

ルーカス・ロスが必要だ。

4

「まことの恋の道はけっして平坦ではない」
――ウィリアム・シェイクスピア『夏の夜の夢』より

ルーカスは、早くテイラーから離れたくてたまらなかった。彼女の体が頭から離れない。最悪だったのは、嵐がいちばん吹き荒れた夜だった。あの夜は目覚めると、テイラーに重なるようにして、首の付け根に鼻をすりつけていた。どうやってそうなったのか、さっぱり記憶がない。わかっているのは、この女性がほしいということだけだった。それも、これまで経験したことがないほど強く。眠っているあいだに警戒が緩んで、飢えを満たそうと、本能的に手を伸ばしたのだ。その欲望は、苦しいだけではなかった。怖くてたまらない。ナイトガウンを脱がせて死ぬほど怯えさせる前に目を覚ましたのは幸いだった。彼女は危険が迫っていたことなど夢にも知らない。疲れきっているのか、無意識にかぶさっているあいだじゅう眠りつづけていた。目を覚ましたのは、こちらが自制心を奮い起こし、ごろりと転がって体を離したときだ。だが、彼女は図々しくくっついてきて、また寝てしまった。まったく、人を信じるにもほどがある。

大西洋を渡る航海の残りを、欲望と闘って過ごした。ボストンで船をおりるころには、人食い鬼かいやらしい好色漢に身を落とした気分だった。そうならずにすんだのは、ひとえに自制心のたまものだ。テイラーは嵐がおさまってからも、毎晩船室で一緒に寝ることを望んだ。もちろん正面きってそういったわけではない。そう、彼女は一時間近くもまわりくどい話をしながら、こちらの言い分を聞いたこともないほどばかげた思いつきにし、自分の考えを説明し終えるころには、このままふたりで一緒に寝るしかないという結論を引きだしていた。あなたのために、わざわざそうしてあげるのだといって。

要するに、ひとりきりでは怖いが、そのことをどうしても認めたくないということらしい。一緒にいてくれれば安心ということだから、ある意味ほめ言葉ともいえるが、その当人が彼女をぞっとさせるようなことばかり考えているのだから、こんな皮肉なことはなかった。

エメラルド号で過ごした最後の夜はとりわけ厄介だった。その夜はテイラーが間違いなく寝静まったと確信できるまで甲板で待ち、できるかぎり足音を忍ばせて船室に入った。嵐の翌日からは床の上に毛布を敷いて寝ている、そのことを居心地悪いとは思わない。何年も野外で過ごして、どこでも眠れるすべは身についている。そう、問題は硬い床でなく、テイラーだった。彼女は椅子に腰掛け、白いナイトガウンの上にローブを羽織り、くだらないサテンの小さなリボンがついた白い部屋履きを履いていた。髪を梳《と》かしている。ハミングもしている。それは、思わず見とれてしまうような光景だった。どれほどの時間、彼女を見つめて立ちつくしていたのだろう。テイラーが振り向いてほほえんだので、眉をひそめてくるりと背を向けた。それから、走りたいのをこらえて廊下に踏みだした。

「どこに行くの?」テイラーは傍らに置いてあったトランクケースの上にブラシを置くと、急いで立ちあがった。

ルーカスは振り向かずに答えた。「甲板だ」

「行かないで。あなたに話があるの」

ドアノブに手を伸ばした。「寝るんだ、テイラー。明日話そう」

「いま話したいの」

歯を食いしばった。責め苦を逃れるすべはないらしい。もう一度テイラーに向きなおり、紙のように薄いナイトガウンとローブ姿の彼女を見て、なんとも思っていないふりをしなくてはならないのだ。

彼はすでに、ガウンの下がどうなっているのか思い浮かべようとしていた。「くそ」

「なにかいった?」

振り向いて、腕組みして戸口にもたれかかった。それから、船が揺れそうなほど大きなため息をついた。

「なんの話だ?」

「わたしたちのことよ」

テイラーは彼のぶっきらぼうな態度にひるむまいと、懸命にほほえみを浮かべた。彼といい合いたくない。というより、いざこざはなんだろうと嫌いだった。どちらかといえばもめごとを仲裁するほうが多くて、みんなで仲良く暮らせればいいのにといっては、祖母からかなわぬ望みといわれたものだ。でも大人になってからは、もっと現実的になっている。いまはとにかく、ルーカスに歩み寄ってもらいたかった。

「なにかあなたを怒らせるようなことをいったかしら?」

「いいや」

どぎまぎしていることを悟られないように、平然といった。「ほんとうに?」

「ほんとうだ」

テイラーは信じなかった。「船旅のあいだじゅう、あなたはほとんどわたしを避けていたわ。会話は五分とつづかないし……。だから、もしかしてあなたの気に障るようなことを――」

ルーカスは途中でさえぎった。「もう遅いから寝るんだ、テイラー。明日、おれたちはもう――」

今度はテイラーが彼をさえぎった。「明日、船をおりるんでしょう。それまでに今後のことを話し合わないと……。赤の他人がいるところで、そういう内々の話はしたくないの」

テイラーは落ち着かなげに両手をもみ絞っていた。顔も赤くなっている。そんなふうに困惑させているのは自分のせいだとわかっていたので、ルーカスはうしろめたくなった。たしかにテイラーと距離を置くために、できるかぎりのことをしてきた。わけを説明するつもりはない。ほんとうのことをいえば、もっと気まずくなるからだ。

思うに、ルーカス・ロスの第一の取り柄は逃げも隠れもしないところだが、そのことをテイラーに知られることはけっしてないだろう。彼は戸口から体を離すと、テイラーがたったいま立ちあがった椅子に腰をおろした。それから長い脚を伸ばし、椅子の背にもたれて彼女を見つめた。

テイラーはベッドに腰をおろすと、膝の上で両手を組み、ルーカスをじっと見つめた。たとえひと晩かかろうとも答えを引きだすつもりだった。思うに、自分の第一の取り柄は逃げも隠れもしないところだ。その証拠に、たとえ盛大にいい合うことになろうと、ルーカス・ロスと対決しようと決めている。そうなることを考えただけで気分が悪くなるけれど。

ルーカスは、美しい妻がみじめな表情を浮かべているのを見てますますうしろめたくなり、真実を半分だけ明かすことにした。「これまできみのことを、できるかぎり避けてきたつもりだ」まったく、とんでもない試練だった。ふたりが乗船しているエメラルド号は、イギリスを出港してから日ごとに小さくなっているように思える。「そうするのは、簡単ではなかった」

そういって、うなずいた。

「簡単ではなかった?」

「そうだ」

「どうして?」

「いいか、テイラー。おれはレディ・ステイプルトンに、きみの面倒を見ると約束した。きみを守り、だれにもわずらわされることのないように気を配るのと同時に、きみと距離を置くように気を遣ってきたつもりだ。まったく、厄介な仕事だった」

テイラーが落ち着きなく髪をかきあげた。男の気をそそる仕草だ。まったく魅惑的な女性だが、自分ではそのことに気づいてもいない。ルーカスは、自分が聖人の境地に近づいているような気がした。

「どうしてわたしを避けなくてはならないのか、まだ説明してもらってないわ」テイラーがいった。

彼女が蜂蜜を見つけたクマのようにあきらめないので、唯一残された手段に訴えることにした。嘘をつくしかない。「おれに好意を抱いてほしくない」

にこりともせずに嘘をついて、ようやく自信を取り戻せた気がした。

テイラーは彼を見て眉をひそめた。「あなた、本気？　それともからかってるの？」そして、ルーカスが答える間もなくさらにいった。「図らずも、わたしはあなたの妻なのよ」

また髪をかきあげている。その髪に手を差し入れたときのなめらかな手触りが、ありありと感じられるような気がした。その香りも、それから……。

テイラーを見ないですむように目を閉じた。自分がいやでたまらない。これでは動物並みだ。

「声を荒らげたりしてごめんなさい」テイラーは深々と息を吸いこむと、肩の力を抜いた。

癇癪《かんしゃく》を起こしても、得るものはなにもない。ルーカス・ロスから本音を引きだすのは、並大抵のことではなさそうだった。それに、ひどくいらいらさせられる。彼のいうことは少しも筋が通らなかった。けれども、そのことを指摘してもいい顔をするとは思えない。だから、違う角度から歩み寄ることにした。

「あなたは結婚を望んでいなかったのよね」

「そんなことをするくらいなら、縛り首にされたほうがましだ」

こんな言い方をされたら、侮辱されたと思うか、少なくとも傷ついてしまうものだが、テイラーは違った。ルーカスの率直な物言いが新鮮で、声にこそ出さなかったが、ほほえまずにはいられなかった。

ルーカスは目を開け、テイラーがほほえんでいるのを見て驚いた。そして、気がつくとほほえみ返していた。

「おたがい、ずいぶん厄介なことに巻きこまれたものだな」

「どういう意味かしら」

ルーカスは説明しようとは思わなかった。彼は前かがみになって靴と靴下を脱いだ。それから立ちあがってシャツのボタンをはずしながら、これみよがしに大きなあくびをした。

テイラーはひとこともいわずに、ベッドの脇に腰掛けたまま夫を見つめた。なんて癪に障る人。祖母は、ルーカス・ロスのことは徹底的に調べて、当人とも何度かじっくり話し合ったといっていた。ルーカスはきっと、祖母の質問すべてに答えたのだ。あの祖母のことだから、ほとんど訊問《じんもん》に近いような訊き方だったろう。テイラーはほうっとため息をつくと、祖母のそんなところが自分にも受け継がれていればよかったのにと思った。少々手厳しいくらいのほうが、ときには有利になれるものだ。

ルーカスは妻にまったく注意を払わずにシャツを脱ぎ、丸めておいた毛布を広げ、明かりを消して、その上に横になった。その間に合わせの寝床は、ベッドの反対側にしつらえてある。眠っているときでも、テイラーとはできるかぎり離れていたかった。彼女に重なるようにして目を覚ますような状況には二度と陥りたくない。

テイラーは話し合うのをあきらめたのか、ローブを脱いでベッドに入り、枕をたたいて整え、上掛けのしわがなくなるまで引っぱると、しまいにいった。「おやすみなさい、ロスさん」

ルーカスはかちんときた。もちろん、わざと〝ロスさん〟といったのだ。どうやら、腹を立てているらしい。ぶつくさいいながらわざとらしく枕をたたき、怒っていることを気づかせようとしている。

考えていることがまるきり筒抜けだった。感情を隠すすべをまるで身につけていない。こんなに器量よしで世間知らずな娘がボストンに着いたら、いくらもたたないうちに金目当ての男たちに食いものにされるだろう。そう思うと、たちまちおもしろくなくなった。テイラーが他の男と一緒にいるなど、考えるだに腹が立つ……。だが、それがどうした？　テイラーとの結婚が合法的に解消されれば、彼女がだれと一緒になろうと関係ないじゃないか？

「眠ってる？」暗闇のなかでテイラーのささやく声が聞こえた。

無視したが、テイラーはあきらめなかった。今度はもっと大きな声で、同じ質問を繰り返した。

ルーカスはあきらめた。「なんの用だ？」

テイラーは横向きになって、暗闇のなかにいる彼を探した。「ふたりで銀行家に会う予定があることを念押ししておこうと思っただけよ。ボストンのホテルに着いたら日取りを決めるようにするわ。それまでは、一緒にいてくれるんでしょうね」

「そのつもりだ」

「つまり、ボストンにあと一日か二日、余分に滞在するということだけれど」

「わかっている」

テイラーはしばらく口をきかなかった。だが、もう間違いなく眠ったとルーカスが確信したとき、小声で呼ぶ声がした。

「今度はなんだ？」

テイラーは彼の苛立ちに気づかないふりをした。「あなたは、わたしのために将来をあきらめてくれたのね。尊い犠牲だわ」

「べつに尊くないさ、テイラー」

テイラーは反論しなかった。「ひとつ、約束してもらえるかしら？」

「約束したら、眠らせてくれるのか？」

「ええ」

「いいとも。なにを約束してほしいんだ？」

「さよならをいわずにいなくなったりしないでしょうね」その声には、不安がありありと表れていた。

「約束しよう。おれがさよならをいわずに姿を消すことはない」

「ありがとう」

テイラーは目を閉じ、寝る前の祈りの言葉をつぶやいた。ルーカスも目を閉じ、頭のなかで暴れまわるみだらな考えをことごとく打ち消そうとした。結婚などまっぴらだと思っていた理由を並べ立ててみる。まず第一に、自由のためだ。自分はさすらい人で、家庭向きの男ではない。結婚するのは首に縄をかけられるようなものだろう。そんな目には遭いたくないし、必要でもない。

そのとき、ある考えが浮かんだ。さっきテイラーは、あなたはわたしのために将来をあきらめたといっていた。だがテイラーと別れたあとはだれとも結婚しないつもりだから、そんなことをいわれる筋合いはない。そもそもテイラーとも、崇高な理由から結婚したわけではなかった。弟のケルシーの自由を買う金が必要だったから結婚したのだ。

テイラーの動機はなんだったのだろう？　そこで、ロンドンでの最後の夜に、テイラーが首飾りをはずして人にやったのを見て、好奇心をかき立てられたことを思い出した。どれだけ金がかかるか気にもせずに新しい首飾りを買えるほど裕福なのだろうか？

それもおかしな話だった。しばらく一緒に過ごして、テイラーのことでいくつか気づいたことがある。たとえば、服の扱い方がそうだ。テイラーは自分でするのは慣れているといって、脱いだものをきちんとたたみ、トランクケースにしまっていた。おまけに、ロンドンを離れるときに侍女を連れていきたいともいわなかった。もちろん、そんなことをいいだされたら却下するつもりだったが。

エメラルド号では金を払えば雑用を頼むこともできるが、テイラーはそれも頼まなかった。船室も、だれにも掃除させずに自分できれいにしているくらいだ。裕福で甘やかされて育った娘にしては解せない行動だった。

「テイラー?」

「なにかしら?」

「ロンドンでの最後の夜に、なぜ首飾りをあの娘に譲ったんだ?」

テイラーは怪訝に思った。いまごろなにを考えているのかしら。あくびをこらえて答えた。

「あげたら喜ぶと思ったからよ」

ルーカスはそんないいかげんな答えを信じるつもりはなかった。「それから?」

「わたしにはもう必要ないとわかっていたから」

ルーカスは眉をひそめてしばらく考えた。「ボストンのレディは、高価な首飾りを身につけないのか?」

「なかには身につける方もいると思うけれど」

今度はテイラーが巧みに追及をかわす番だった。ルーカスはいらいらしたがあきらめなかった。「レディ・ステイプルトンから聞いた話では、結婚することできみは相続財産をマルコムに奪われずにすむそうだが」

「ええ、そのとおりよ。おばあさまはほかになんて？」

「きみの用心棒になれと」

「わたしならひとりで大丈夫よ」

テイラーがむっとしたので、ルーカスはほほえんだ。この広い世界で、悪しきものすべてに立ち向かえると思うなど世間知らずにもほどがある。

ルーカスは両手を頭の下に入れると、天井を見あげていうべきことを考えた。「しかし、おれと結婚した理由は財産のことだけじゃないんだろう？」

「努力の末に築きあげた財産だもの。おばあさまはむやみと浪費されたくなかったのよ。わたしだって同じ気持ちだわ」

「それなら、なぜ首飾りを人にやったんだ？　高価な品じゃないか。正真正銘、本物の宝石だったんだろう？」

「ええ」

「それなら、なぜ……」

「さっき説明したとおりよ」テイラーはいいはった。「あんなつまらないものは、もう必要ないの」

また最初に戻ってしまった。のらりくらりと答えることにかけては自分と同じくらいうまいと、ルーカスは認めざるをえなかった。

「しかし、そうはいっても――」

テイラーは彼をさえぎった。「もうくたくたなの、ロスさん。そろそろ眠らせてちょうだい」そしてくるりと壁のほうを向き、目をつぶって、わざとらしく大きなあくびを漏らした。

これであきらめてくれたらいいのだけれど、とテイラーは思った。いいかげんに質問責めはやめにして、眠ってもらいたい。もちろん、いずれは双子のことを打ち明けなくてはならないけれど、そうするのは遅ければ遅いほどいいという気がした。いまはまだ、説明する理由はひとつもない。彼は少々頑固な性格だし、リデンプションまでついていくつもりだと知ったら、思いとどまらせようとするかもしれないから。

思わずため息が出た。そう、この人なら止めようとするに決まっているし、そんなふうに思って当然だ。レディ・テイラーはボストンのとある応接間でお茶を飲み、愚かな小娘のように振る舞うのがお似合いで、リデンプションの住民になるなどとんでもない。たしか、きみが好きになりそうもない町だといわなかったかしら？

そのとき上掛けがめくれて、考えていたことはほとんど消し飛んだ。体の向きを変えて、はっとした。ルーカスがこちらを見おろしている。船室のなかは暗かったが、眉をひそめているのはわかった。

「どうしたの？」

彼が腰をおろしたのでどこうとしたが、太腿にナイトガウンを挟まれてしまった。引っぱって抜こうとすると、今度は両肩に手を置かれた。

「おれを見るんだ」

ぶっきらぼうで、いかにも不機嫌そうな声。テイラーも負けずににらみ返した。「ロスさん、あなたって、ちょっとしたことで不機嫌になるのね」

「訊きたいことがある」

「いいわよ。なにかしら？」

「なぜおれと結婚した？」

ルーカスの目を見ることができずに、喉を見て答えた。「自分の相続財産を守るためよ」

「それから？」

またため息が出た。まるで、毛糸の玉を追いかける猫だ。疑問がすっかり解決するまであきらめそうもない。「叔父のマルコムが最初に見つけた放蕩《ほうとう》息子と結婚させられるのを防ぐ目的もあるわ」

ルーカスは納得しなかった。「そのほかに、どんな目的があったんだ？」

「〝より大きな幸せ〟のためよ。さあ、あなたの知りたいことにはぜんぶ答えたわ」

「〝より大きな幸せ〟というと？」

テイラーはかぶりを振った。「わたしのベッドに座らないでもらえるかしら」できるかぎり威厳を込めていった。「失礼でしょう。わたしは上掛けの下で寝て、あなたは上で寝る。ベッドで寝るならそうしてちょうだい」

「おれたちは夫婦だ」ルーカスがぴしりといった。「失礼もなにもあるか」

テイラーはなにかいい返そうとしたが、すぐに口を閉じた。頭のなかが真っ白になってしまった。ルーカスをじっと見つめて、彼の出方を待った。

この人を怖がることはない。肝心のことを思い出して、ようやく呼吸を取り戻した。

いったい、どれくらい見つめ合っていたのだろう。どうやらルーカスは、なにかの決心をしたようだった。その険しい表情からして、愉快なことでないのはたしかだ。

「きみはおれの妻だ、テイラー」

テイラーはその言い方が気に入らなかった。「それは、夫としての権利を……行使したいということ?」

その信じられないといわんばかりの反応が苛立たしくて、ルーカスは彼女の首を絞めるのと同時にキスしたくなった。

そして、テイラーに近づきすぎてしまったことに気づいた。両の肩に置いた手に、ぬくもりを感じる。頭のなかにあるのは、その下の肌に触れることだけだった。彼女を味わい、貪《むさぼ》りたい。一度だけ、一度キスするだけでいい。それで満足だ。

くそ、また自分を偽っている。一度のキスでは足りない。彼女のすべてがほしい。「いいや、夫としての権利を行使したいわけじゃない」

怒ったようにいわれて、テイラーは傷ついてしまった。なにも、そんなにぎょっとすることはないのに。それに、そんなふうにいわれたら安心できそうなものなのに、そういう気持ちになれないのはなぜなの? 体を許す覚悟はしていないし、そのつもりもないけれど、少しは心惹かれてもらいたい。妻なら、夫から魅力的だと思われたいものでしょう? 少なくともきれいだと思われたい。

けれども彼は、妻に触れるなど、考えるだにおぞましいといわんばかりだ。そんなことで傷つくなんてばかみたいだと思いながらも、気持ちは落ちこんでいた。たぶん、疲れているせいだ。男性にはねつけられてこんなにも自信をなくしてしまうのは、きっとそのせい。

そう、今夜は神経質になりすぎているのだ。そして、ルーカス・ロスが、無神経で鈍感だけ。「わたしだって、ときには魅力的だと思われることもあるのよ」

思わず口走って、テイラーはため息をついた。「でも、あなたはわたしのことがあまり好きではないんでしょう、ルーカス？」

「好きだとも」

テイラーが信じたようには見えなかったので、ルーカスは自分の立場を説明しようとした。

「なぜおれがきみに手を出さないか、わかっているのか？」

「もちろんよ」テイラーは答えた。「わたしがほしくないからでしょう。どんな間抜けだってわかるわ」

「きみがほしくないとはいっていない」

「いいえ、いったわ」

「おれは、きみがほしい」

テイラーは目を剥《む》いた。それから、彼を見てかぶりを振った。ルーカスはなぜこんなことをいう羽目になったのかわからなかったが、いおうとしていたことをとにかくいってしまうことにした。

「そう、きみがほしいと思っている」ルーカスはつぶやくと、こう付けくわえた。「ただ、結婚したくないだけだ」

「あれもこれもというわけにはいかないのよ、ルーカス」

「どういう意味だ?」

テイラーはなんといっていいのかわからなかった。ただ、ルーカスが自分に惹かれているとわかって、気分が少しよくなっていた。

それから、遠まわしに侮辱されたことに気づいた。「わたしの額に、侮辱してとでも書いてあるの?」彼女は嚙みつくようにいった。「一度目は、ウィリアム・メリットに愛人にならないかとほのめかされたときだった。そして今度はあなたが、わたしがほしいといいながら、結婚したくないという。そういうことでしょう?」

ルーカスは、ウィリアム・メリットのような男とひとくくりにされたくないといおうとして、ぎくりとした。テイラーが手を伸ばして触れている。

巻き毛がひと房ルーカスの額にかかっているのが、テイラーはずっと気になっていた。彼女は両肩に置かれた手を無意識のうちに押しのけ、その後れ毛を元どおりに撫でつけた。

ルーカスが殴りつけられたようにぱっと身を引いたので、テイラーは自分がしたことにようやく気づいた。

「おばあさまがいっていたわ。男性は、できることなら岩とでもつがおうとするって」テイラーがとんでもないことをいいだしたので、今度はルーカスが目を見開いた。「なぜだかわかる?」

ルーカスは、答えてはいけないと自分にいい聞かせた。この成り行きでは、おもしろくもない話に決まっている。だが、好奇心を抑えきれなかった。「いいや。なぜだ?」

「男性は頭では考えない。かわりに――」

ルーカスは最後までいわさずに、テイラーの口をふさいだ。「いいかげんにしないか、テイラー。そんな話をするもんじゃない」

「わたしはただ、祖母が男性について説明してくれたことをいおうとしただけよ」ルーカスが手を離すと、テイラーはすかさず小声でいった。「でも、ほんとうなんでしょう? 男性の頭のなかでは、欲望がつねに優先されるのよね?」

「みながみなそういうわけじゃない」

「あなたはどうなの?」

ルーカスはテイラーをじろりとにらみつけると、両手で彼女の顔を挟んで、ゆっくりと顔を近づけた。「おれは違う。いいかテイラー、きみといると気が散ってしょうがないが、とにかく家庭を持つつもりはないんだ。どんなに魅力的な提案だろうと、それは変わらない」

「だから、夜の夜中にわたしのベッドに座ってお説教しているの? 結婚の意思がないことをわざわざいうために? そんなことはとっくにわかりきっていることだと思ったけれど、ルーカス」

「そのほかに、おれと一緒なら安全だといっておきたかった。きみに惹かれているのはたしかだが、この状況に乗じるつもりはない」

「立派な心がけね」

「そうとも」

テイラーはうなずいた。とげとげしい声。すっかり機嫌を損ねて、むっつりしている。彼の気持ちをやわらげようといった。「わたしに気を遣うことはないわ」

ルーカスはかぶりを振った。「べつに、気を遣ってるわけじゃない」

「わたしに惹かれてしまうことについては、楽にしてあげられると思うんだけれど」

「どうするんだ?」

「触れてほしいかと、わたしに訊いてみて」

「おれに触れてほしいか?」

「そんなことをされるくらいなら、縛り首にされたほうがましよ」

ルーカスは一瞬あっけにとられたが、すぐさまにんまりした。言い方は真面目そのものだが、茶目っ気たっぷりに目をきらめかせて、からかっているのだとわかる。こんなふうに鮮やかに切り返すテイラーを好きになりかけていた。生意気で、頭の回転の速い娘だ。

「からかっているのか?」

テイラーがまた目を見開いて、あの表情で見つめ返している。この魅力にはあらがえなくて当然だ。

「そうよ」

ルーカスは笑った。気分はもうすっきりしている。彼はテイラーを見て首を振ると、前かがみになって額にかすめるようなキスをした。

それから、鼻筋にも。それは夜に子どもを寝かしつけるような感じで、テイラーにはどれもキスとは思えなかった。ルーカスにきちんとキスされたらどんな気分だろう。不意に湧きあがった好奇心が、彼女のなかの慎重な部分をいっとき押さえこんだ。気がつくと、ルーカスの顔を両手で挟み、伸びあがっていた。唇でそっとかすめるように触れてみる。ふたりの唇はほんのいっとき羽根のように軽く触れ合っただけだったが、とても素敵だと思った。指先にあるざらついた肌の感触もいい。無精ひげが一日分伸びているせいで、とても荒々しい風貌に見える。

テイラーは満足してルーカスから手を離し、ふたたび横になった。

ルーカスもつづいて横になった。彼はテイラーの顎を片手でつかむと、自分のほうに向けた。「あんなことをして、いったいどういうつもりだ?」

テイラーは慌てて言い訳した。「ただのキスよ、ルーカス」

ルーカスは首を振った。「いいや、テイラー。これがキスだ」

彼はしっかりと唇をふさいで、完全に主導権を奪った。テイラーはなにかいおうと口を開きかけたが、彼はその隙を逃さなかった。舌でさっと口のなかを愛撫されて、頭のなかは空っぽになった。彼を押しのけたいのか、引き寄せたいのかわからない。いったい、舌でなにをしているの？　こんなふうにキスするなんて聞いたこともない。なんてなまめかしくて、熱いキス。ああ、ぞくぞくする。

手探りしてルーカスの首に両腕を巻きつけ、しっかりと抱きついて優しく貪られるにまかせた。だがじきに受け身のままではいられなくなって、積極的にキスを返しはじめた。はじめはゆっくりと、しだいに大胆に舌をからませる。キスはみだらになり、彼女とルーカスのあいだに燃えあがった炎は、ふたりの混ざり合ったにおいと同じくらいますます彼らをかき立てた。

ルーカスはいくら貪っても足りないような気がした。薄いナイトガウンを隔てて、テイラーの乳房が胸に押しつけられている。彼はわれを忘れてテイラーを抱き寄せた。うなじに両手をまわし、もっと深く舌を差し入れられるように彼女の頭を傾け、唇を斜めに重ねて何度も貪る。体が欲望にうち震えていた。何度でも味わいたい。テイラーが喉の奥から漏らすすすり泣きのような音が、自制心をうち砕こうとしていた。

やめたくない。そう思っていることに気づいて、はっとして唇を離した。テイラーの体を離すにはもっと時間がかかった。彼女の両手を押しやり、そっとベッドに押し戻した。

ルーカスは息を切らしていたが、テイラーはそもそも息をしているかどうかもわからなかった。頭がまだぼんやりしている。唇にはまだ彼の味が、唇の熱さが残っていた。

ルーカスの心臓はまだ、胸郭を激しくたたいていた。燃えあがった炎がなかなか消えなかったが、テイラーは助けてくれなかった。彼女は目をうるませ、唇をバラ色に腫《は》らしたまま、困惑した表情を浮かべている。いまなら触れるのは簡単だ。

「きみといると危険だ」

気持ちのやり場がなくて、ルーカスはむっとしていった。それから立ちあがると、ブーツとシャツとぐるぐる巻きにした毛布をつかみ、足音を荒らげて外に出た。危険を冒すわけにはいかない。テイラーのなかに自分自身をしっかりとうずめたいという欲望に駆り立てられて、もう少しで屈服しそうだった。それができないなら、彼女から離れるしかない。バケツに冷たい水を汲《く》んで、頭からかぶるつもりだった。

彼がドアを閉めると、テイラーは全身を震わせてわっと泣きだした。

たったいましたことが恥ずかしくてたまらなかった。ルーカスを挑発してキスさせるなんて、いったいなにを考えていたの？　罪深い振る舞いに首を振った。いまなら冷静になれる。あんなに心を惑わすことをつづけるわけにはいかない。そんなことをしたら、いとも簡単に目的を見失ってしまう。

いまはもう、自分の判断が信じられなかった。ウィリアム・メリットと恋に落ちたと思いこんで、ばかを見たのを忘れたの？　ルーカスは違うかもしれないけれど、所詮は男性だから、愛がどうの、約束がどうのといったことになると、やはり信用できない。

けれども、ルーカスははじめから正直で、妻がほしいとは思わない、必要でもないと明言していた。そんな彼に報いるかわりに、なんということをしてしまったのだろう。彼の気を引いたりして。

ただただ恥ずかしかった。ルーカスが逃げだすのも無理はない。

テイラーは大きくうめくと、寝返りを打って上掛けを頭の上まで引っぱりあげた。明日の朝いちばんでルーカスに謝り、妻の好奇心にはもう付き合わなくていいと伝えよう……。

それからほどなく眠りに落ちた。そして、ルーカスの夢を見た。

ルーカスはテイラーが出てくる悪夢を見て、冷や汗をかいて目を覚ました。ぞっとするような夢の余韻《よいん》が、まだ頭のなかに残っている。テイラーが洞窟《どうくつ》のなかに取り残された。あとを追って洞窟に入ったが、彼女のほうに手を伸ばしたところで、岩の壁と天井がふたりの周囲に崩れ落ちてきた。周囲はたちまち土埃《つちぼこり》に包まれ、息ができず、動くこともできない。生きているうちにテイラーを外に出さなくては……ほかの仲間たちのように死なせるわけにはいかない。

ルーカスは夢のなかで、ふたつの悪夢を混同していた。ひとつは現実にあったことで、ひとつは妄想だ。洞窟のなかでなぜかテイラーと一緒にいた人々は、ルーカスが苦楽をともにした仲間たちで、上官が仕掛けた死の罠に彼と同様に誘いこまれた兵士たちだった。ジョン・コールダー少佐は自分ひとりが助かりたいがために、部下たちを裏切った。動機は、コールダーが臆病風に吹かれただけではない。そこには欲望もあった。キリストを裏切ったユダのように、コールダーはその裏切り行為でたっぷりともうけた。ユダがもらった銀貨三十枚よりはるかに多い金額だ。コールダーは、部隊が護送していた大量の金《きん》をわがものにした。

コールダーの息のかかった連中がルーカスたち九人全員の背中を撃ち抜いたと誤って報告したおかげで、ルーカスはただひとり生き永らえた。だがコールダーは疑り深く、戦争が終わってからだれかに真実を嗅ぎつけられないように、用意周到な男がすることをした。証拠となる遺体を洞窟ごと埋めさせたのだ。

怒りの叫びが喉の奥からせりあがってきて、ルーカスは目を覚ました。額から汗が噴きだしている。息も苦しかった。すぐにわれに返ったが、しばらく甲板を歩きまわるまで胸苦しさは楽にならなかった。

戦争の悪夢を見るのは慣れていた。だが、その夢のさなかにテイラーが出てくるとなると、話はまったく違ってくる。いったい、どうしてあんな夢を見るんだ？　テイラーのことなら心配はいらないし、いまも無事だとわかっている。だが、念のために様子を見に行かずにはいられなかった。

船室に入ったとき、テイラーはぴくりとも動かなかった。仰向けの姿勢で、頭のまわりに後光が差しているように、金色の髪を広げて眠っている。まるで天使だ。穏やかで、安らかそのもの。大方、午後のお茶とハンサムな求婚者の夢でも見ているのだろう。そう思うと、テイラーがうらやましいような気がした。自分が見る夢は、いつも邪悪なものに満ちている。テイラーは、あらゆる点でまったくの対極にあった。だからこそ惹かれるのかもしれない。ぬくもりと日の光を長いこと奪われていた男にとって、テイラーはまさにそのふたつを体現する存在だった。

ルーカスはベッドの傍らに立ち、しばらくテイラーを見つめた。この場を離れられそうもない。もしテイラーがルーカス・ロスの過去を知ったら、顔を見るのさえいやになるだろう。戦争と名誉という名目で、彼は生きのびるために人にはいえないようなことをしてきた。

ルーカスはかぶりを振った。もう誘惑にあらがいたくない。清らかで邪気のない彼女に背を向けるには、彼は無力すぎた。ルーカスは抵抗すら試みずに腰をおろすと、ブーツと靴下を脱ぎ、彼女の隣に横たわった。テイラーが体をすり寄せてくる。彼は横向きになって彼女を抱き寄せ、首の付け根に顔をうずめて目を閉じた。

そして、数分とたたないうちに眠りに落ちた。

神はやはり慈悲深い。悪魔は彼に寄りつかなかった。

5

「本心でない言葉が天に届くはずはない」
――ウィリアム・シェイクスピア『ハムレット』より

てきぱき身仕度するのは、テイラーが得意とするところではなかった。彼女が甲板にあがってくるのを一時間以上待たされたせいで、ルーカスはゆうべのことをじっくりと考えていた。テイラーのベッドに潜りこむなど、いったいなにを考えていたのだろう？　彼女を抱き寄せたりして、なにが不安でそうしたんだ？　あれほどぐっすり眠ったのはいつのことだったか、記憶にもないくらいだった。腹が立つし、まったくわけがわからない。

ルーカスはため息をついた。あのとき目が覚めてよかった。テイラーのいいにおいのする温かくて柔らかな体の上に折り重なるようにして眠っていたことを思い出して、すぐさまその想像を打ち消した。テイラーは目を覚ましていなかった。重要なのはそこのところだ。

早く船をおりたかった。しまいにしびれを切らして、船室に行ってテイラーを引っぱってこようと思ったちょうどそのとき、テイラーが急ぎ足で階段をあがってきた。

彼女は落ち着きなく、不安げで、そしてきれいだった。着ているのは襟ぐりがあまり開いていない薄いピンクのドレスだ。彼女の肌を引き立てる色で、身ごろの部分に小さな白いバラの蕾《つぼみ》が一面に刺繍《ししゅう》されている。ルーカスは、これほど女らしい女性は見たことがないと思った。

そして、クマのうなり声のようなため息をついて、彼女をにらみつけた。

テイラーはほほえみ返した。遅くなったせいでルーカスが怒っているのだろうと思った彼女は、甲板を見まわしながら待たせたことを謝った。ヴィクトリアが見当たらない。すでに乗客のほとんどは下船しているので、待っているとしたら、きっと荷物を受け取るところだ。ヴィクトリアがもう船室にいないことは確認ずみだった。

「早くアメリカの土を踏みたくてたまらないわ」テイラーはいった。

「ふざけるのもたいがいにしたらどうだ」ルーカスは彼女の腕をがっちりとつかんで歩きだした。

あからさまな当てつけだったが、テイラーは皮肉を無視して港に目をやった。

街の稜線《りょうせん》はロンドンに似ているが、それより規模が大きい。テイラーはふたつの都市の明白な違いにすぐさま気づいた。ロンドンでは、灰色の帳《とばり》が街の上空を覆っているが、ボストンの空には一点の曇りもない。少なくとも彼女にはそう思えた。

荷物のところに着くまで、ルーカスとひとことも口をきかなかった。新たな祖国の眺めと喧《けん》騒《そう》にただただ圧倒されて、考えがひとつもまとまらない。目を閉じて英語とは似ても似つかない言葉に耳を傾け、その人がどこの国から来たのか当ててみようとしたが、種々雑多な異国の言葉がじきに混ざり合ってしまい、ゲームはあきらめるしかなかった。それから彼女は、あらゆる場所を見ようとした。見るべきもの、探検すべきところがここにはたくさんある。それはもう、数えきれないほど……。

「テイラー、聞いてくれないか」

テイラーはようやくルーカスを見あげた。「素敵なところじゃない、ルーカス？」

彼女の弾んだ声を聞いて、ルーカスはほほえんだ。「ボストンが？」

「アメリカが、よ」

ルーカスはうなずいた。「きみはまだほんとうのアメリカを見ていない。だが、ボストンは気に入るだろう。いろいろな国から人が集まっているところだから」彼は付けくわえた。「ロンドンにもよく似ている」

「ボストンならもう気に入ってるわ。でも、ロンドンに似ていたらいやになると思うけれど」

テイラーはそういうと、周囲の雑踏に目を向けた。

ルーカスは彼女をじっと見つめていたことに気づいてうんざりした。これでは、恋に落ちたうぶな少年と変わらない。くそ、テイラーのせいだ。

たしかに彼女は魅力的だった。キスしてといわんばかりのほほえみを浮かべて、あれはきっと、わざと誘っているのだ。髪をかきあげ、さっと頭を後ろに振るあの仕草も、魅惑的なブルーの瞳でこちらを見あげる信頼しきった表情も、人の注意を完全に引きつけるための手管に決まっている。

「荷物を受け取らなくていいの？」

テイラーの声がして、ルーカスは目先のことに無理やり意識を戻した。

「ここにいてくれないか」テイラーにいった。「すぐに戻る」

テイラーがうなずくのと同時に、彼は歩きだした。荷物の引換券はテイラーに預けたままだ。彼はテイラーの祖母、レディ・ステイプルトンの明確な指示に従って、ボストンの中心街にほど近い〈ハミルトン・ハウス〉というホテルの部屋を予約していた。ハミルトンはアメリカでも指折りのホテルで、規模こそ小さいものの、あの〈ステイツ・ホテル〉と同等の水準であることは間違いない。テイラーの祖母はふたつのホテルの宣伝用小冊子に隅から隅まで目を通すと、ハミルトン・ハウスのほうが高級だという結論に達した。いわく、ステイツ・ホテルの利用者には商売人や勤め人が多すぎる、孫娘を〝そこいらの労働者〟と一緒くたにされたくない。ルーカスに異論はなかった。レディ・ステイプルトンが希望するホテルにテイラーを連れていき、銀行家との話し合いがすむまであと一日か二日この町にとどまって、それからモンタナに戻る。

彼はハミルトン・ハウスのポーターをともなって数分とたたないうちにテイラーのところに戻ったが、危ないところだった。ホテルからの使いで荷物を運びに来たという男に、テイラーが荷物の引換券を渡そうとしている。

ルーカスが泥棒の手から引換券をひったくると、男は一目散に逃げだした。テイラーは彼の乱暴な行為に目を剝いていたが、ルーカスから引換券を渡されたポーターが帽子にホテルのバッジをつけているのに、いましがた彼女が荷物を預けようとした男がそんな目印をなにひとつ身につけていなかったことに気づいて、自分のばかさかげんにぞっとした。

「荷物を盗まれるところだったのね」

ルーカスはうなずいた。テイラーはそのままでは気がすまなくて、スカートをつかんで泥棒を追いかけようとしたが、ルーカスに引きとめられた。

「どこに行くつもりだ？」

「こそ泥をつかまえるのよ！」テイラーは声を荒らげた。「だれか、警察を呼ぶべきだわ」

ルーカスは苛立ちをあらわにしてテイラーの手をがっちりとつかむと、公共の乗り物が列をなしているほうに向きなおった。

「なにもしないつもり？」テイラーが食ってかかった。

「もう姿が見えないじゃないか、テイラー。この混雑で見つけるのは無理だ」

「あの人の顔を憶えてるわ」

ルーカスは笑わなかった。彼女は本気らしい。「つかまえたらどうするつもりだったんだ？」

テイラーはそこまで考えていなかった。「その男をつかまえて、大声で助けを呼ぶわ」

ルーカスはあきれて天を仰いだ。どうやら自分の愚かさをのみこみかけているようだが、この調子では、そのことを認めるより墓に入るのが先だろう。

「きみが叫んでいるあいだ、そいつがおとなしく突っ立っていなかったらどうするつもりだ？」

「殴りつけるわ」

それが虚勢にすぎないことはふたりともわかっていた。「そろそろどんな結果を招くか考えてみたらどうだ?」

ルーカスはもう、テイラーにほとんど注意を払っていなかった。客待ちをしていた馬車の前まで来ると立ち止まって、御者に行き先を告げた。

それから彼女のために馬車のドアを開けようとして、ようやくテイラーが手を振りほどこうとしていることに気づいた。

「さあ、乗るんだ」

「まだここを離れるわけにはいかないわ。お友達を待っているの。一緒にホテルに行く約束になっているのよ。荷物を受け取るところで落ち合うはずだったの。もうしばらく待ってもらえないかしら、ルーカス。わたしが捜してくるわ」

「この混雑で見つかるものか」

「いたわ、あそこよ!」テイラーはヴィクトリアの名を呼んだが、彼女には聞こえないようだった。ルーカスが手を離してくれないので、テイラーは一計を案じた。

「ヴィクトリアを連れてきて」

ルーカスは手を離すと、人混みを振り向いた。「どの女性だ?」

返事はなかった。手を離したとたんにテイラーが駆けだしたので、ルーカスは悪態をついてあとを追った。だが、テイラーほど人混みをすいすいと縫って進めない。仕方なく何人か男を押しのけて、テイラーに追いついた。彼女は赤毛の女性に後ろから声をかけているところだった。

浮かべている。

「ああ、よかった、テイラー。もう行ってしまったのかと……」彼女は早口につづけた。「どこで落ち合うことにしたのか思い出せなかったの」

　ヴィクトリアは取り乱しているのを悟られまいとした。さっきまで怖くてたまらなかったが、いまは気持ちが悪くて、吐き気を催しそうだった。置き去りにされていないことがわかって安堵のあまり泣きたいくらいだったが、そんな情けないことをするわけにはいかない。

　テイラーはヴィクトリアがすっかり動揺しているのを見て、急いでなだめた。「わたしも待ち合わせの場所で混乱してしまったの。甲板に荷物が集めてあって、そこで落ち合うものと思っていたのよ。でも、もうすんだことだわ」早口につづけた。「あなたを置き去りにするもんですか。それに、なにかあって落ち合えなかったとしても、わたしのホテルの名前を知っていたでしょう。だから、ホテルまでは自力でたどり着けたはずだわ」

　ヴィクトリアはうなずいたが、御者に払うお金にも事欠いていることまではいえなかった。でも、もしテイラーに会えなかったとしても、ふだんの彼女なら、テイラーのいうとおり、機転を利かせてなんとかしていただろう。でも、それはこんなにも気持ちが不安定になっていなければの話。この一週間はひたすら忍耐を試されているようなものだった。なにもかもが劇的に変わってしまったせいで、ほとんど一時間ごとに泣いていたような気がする。

「ふだんはこんなに涙もろくないんだけれど……」

ヴィクトリアはそういうなり、わっと泣きだした。テイラーはレースをあしらったハンカチを袖口から取りだしてヴィクトリアに手渡すと、その手を握った。それからルーカスを振り返り、友人を簡単に紹介した。

「ヴィクトリアは親友なの」

「なんで泣いているんだ?」

テイラーは、ヴィクトリアがせっかく気丈に振る舞おうとしているときにそんなぶしつけな質問をしたルーカスをにらみつけた。「ヴィクトリアはいま、大変なの。喪に服しているのよ」

「……わたしが?」ヴィクトリアが小声で尋ねた。

テイラーはうなずいた。「ええ、そうよ」

彼女はルーカスを振り返った。「愛するご主人を亡くして、喪に服しているところなの」

ルーカスはそれ以上なにも訊かなかった。この娘ならよく知っている。テイラーが彼女を助けたあの夜にふたりが話したことも、ひとつ残らず。あのとき、早まったことをしでかそうとしていた娘を木箱から引きずりおろして、どうしたのか問いただそうとしたとき、テイラーがしゃしゃりでてきたのだ。だからそのまま暗がりにとどまった。わざと立ち聞きしたのではない。テイラーに危険がないことをたしかめたかっただけだ。

ヴィクトリアが未婚で身ごもっていると聞いたときは心を動かされた。同情したし、もちろん気の毒だとも思った。となると、生きていくのは簡単ではないだろう。彼自身の母親がそうだった。

ルーカスは、ヴィクトリアに手を差しのべたテイラーに感心せずにはいられなかった。「ヴィクトリアがボストンで身を落ち着けるのに手を貸すつもりか？」

「そのつもりよ」テイラーは答えた。

ルーカスはにやりとした。テイラーはどう受け取ればいいのかわからなくて、ひとまずほほえみ返した。

「そろそろ行かない？　馬車がいなくなってしまうわ」

ルーカスに異論はなかった。彼がテイラーの左手とヴィクトリアの右手をつかみ、馬車に向かってさっさと歩きはじめたので、ヴィクトリアは花飾り付きのボンネットを飛ばされないように、慌てて左手で押さえつけなくてはならなかった。

テイラーはスカートを踏みつけないようにするので精いっぱいだった。「火事場から逃げだしているわけじゃないのよ、ロスさん」

ルーカスは歩みを緩めると、御者に行き先を告げ、ドアを開けてヴィクトリアに向きなおった。

「荷物はもう届けさせてあるのか？」

「引換券をテイラーに預けました」

ヴィクトリアが下を向いたまま答えるのを見て、頼りない娘だとルーカスは思った。テイラーひとりを頼りに、どうやって生きのびるつもりなのだろう。彼はひそかに、明日会う銀行家に相談することにした。テイラー名義の信託財産はかなりの金額にのぼるはずだから、銀行家はテイラーのみならず、その友人にもなにかとよくしてくれるだろう。それに、テイラーにはボストンに親戚が何人かいる。そのうちひとりかふたりくらいはふたりに気を配ってくれるはずだ。

妻——ルーカスは信じられない思いで首を振った。もし半年前に、おまえはいずれ結婚するだろうとだれかからいわれたら、笑いとばして、そんな縁起でもないことを予言した人間に一発食らわせていただろう。

「早くして、ロスさん」

テイラーは馬車に乗せてもらおうと、ルーカスの脇をこづいた。どのみちヴィクトリアは連れていくのだから、そのしかめ面もどうにかしてもらいたい。

彼がむっとしているのは、同行者がひとり増えたせいだろうとテイラーは思った。ルーカスは計画が変わるのをいやがる。いま以上に自分の将来が変わってしまうことを知ったら、どう思うか——考えるまでもなく、気に入らないに決まっている。彼が頑固なのはわかっていた。いま以上にひどい石頭でなければいいのだけれど。

ルーカスはヴィクトリアに笑顔で向きなおると、彼女がボンネットを脱ぐのを待って馬車に乗せてやった。テイラーは、ルーカスがヴィクトリアにとてもがまん強く接していることに気づいた。まるでヴィクトリアが高級な陶磁器で、細心の注意を払う必要があるといわんばかりだ。馬車に乗せるときは大げさなほど気を配り、ヴィクトリアがスカートを整えているときはボンネットまで持ってやる。そしてヴィクトリアが落ち着くと、テイラーに向きなおって、今度は放りこむようにして馬車に乗せた。

テイラーはヴィクトリアの隣に座りたかったが、ルーカスの考えは違った。テイラーが体勢を立てなおすころには隣にどっかりと座って、大柄な体で彼女を座席の隅に押しつけた。これでは身動きがとれない。

テイラーは不愉快に思っていることを眉をひそめて知らせたが、無駄だった。ルーカスはまったく気づかない様子で、窓の外を見て考えごとにふけっている。

ヴィクトリアが声をあげた。「見て、テイラー、モリソンのコーヒーハウスよ。ロンドンのお店と造りがそっくりね」彼女は興奮していった。「タイラーの靴屋もあるわ」

テイラーは身を乗りだして窓の外を見た。「イギリスのお店がたくさんあるのね……。残念だわ。そう思わない？」

「なんで残念なんだ？」ルーカスが聞きつけて、口を挟んだ。

テイラーは、ほんとうのこと――イギリスを思い出させるものはなにひとつ見たくない――をいいたくなかった。ルーカスに打ち明けたところで、わかってもらえないに決まっている。だから、少しごまかして答えた。

「なにもかも違うほうがいいもの」

「あら、いくつか同じお店がある以外はほとんど違うわ」ヴィクトリアがいった。「慣れるのにしばらくかかりそうね。アメリカはとても広大だというし」

テイラーはうなずいた。ヴィクトリアの話に集中しようとしたが、落ち着かなくてそれどころではなかった。胸がわくわくして、とてもじっと座っていられない。頭のなかは、双子のことでいっぱいだった。ふたりがここにいる……この活気ある街に。銀行家との話し合いが終わって、ルーカスがリデンプションに向けて出発したら、すぐに双子と子守係のバートルスミス夫人に会いに行こう。手伝いの人を雇って、これからの季節に必要な子ども服も買わなくてはならないから、少なくともあと一週間はこの街にとどまる必要がある。

いますぐ姪たちに会いに行きたかった。うまくやれば、ルーカスに気づかれずにすむ。一時間だけ、と自分にいい聞かせた。馬車を雇って、気づかれる前にホテルに戻ればいい。バートルスミス夫人も喜んでくれるだろう。まず今後の計画を説明して、荷造りの手伝いをしてくれる人を雇ったらどうか訊いてみよう。テイラーはいても立ってもいられない気持ちで、思わずルーカスの手をつかんだ。

ルーカスはどきりとしたが、テイラーのうきうきした顔を見てほほえんだ。

「ボストンが気に入ったようだな」

「ほんとうに素敵なところね」

テイラーは街を見て有頂天になっているのではなさそうだと、ルーカスは思った。なにかほかのことを楽しみにしている。たぶん、親戚や友人たちと再会することを考えているのだろう。それからたぶん、どこに住むかも。テイラーならおそらく、金持ちや有力者が住んでいるビーコンヒルを選ぶだろう。彼女にぴったりだし、本人も気に入るはずだ。その点は間違いない。

ヴィクトリアは街並みを見ながら途切れることなくしゃべりつづけていた。テイラーはうわの空でときどきうなずいている。

ルーカスは、しまいにテイラーの脇をこづいた。「なにを考えてるんだ？」

「親戚のことよ」テイラーは答えた。

ルーカスはほほえんだ。「そうだろうと思った」

「それから……」

「それから？」

テイラーはため息をついた。「〝より大きな幸せ〟のことを」

ルーカスはなんのことかわからずに口をつぐんだ。ヴィクトリアが尋ねた。「ボストンのこと？」

テイラーはかぶりを振って口を開きかけたが、ルーカスの手をつかんでいたことにはじめて気づいて、慌てて手を離した。

「ぶしつけなことをしてごめんなさい」

ばかげた謝罪の言葉にルーカスがいらいらして首を振ったので、テイラーはなにかいわれる前に窓の外に目をそらした。ヴィクトリアは驚いてテイラーをじっと見ていたが、埒《らち》が明かないのでルーカスに向きなおった。ルーカスは説明しようとしたが、思いなおして口をつぐんだ。

「もうすぐ日が沈んでしまうわ」テイラーががっかりしたようにいった。

「あと三十分もすれば暗くなる」ルーカスがいった。「なにかまずいことでもあるのか?」

「ええ」

「なにが?」

「親戚に会いに行きたかったんだけれど」テイラーは答えた。「明日まで待たなくてはならないわね」

「夜にも出かける人間はいるが」ルーカスがいった。

「暗くなったら寝てしまうもの」

テイラーはそれ以上なにもいわずに、窓の外に目を戻した。ルーカスは、その親戚が体の弱った老人なのだろうと思った。さもなければ、宵の口に寝てしまうはずがない。

ヴィクトリアは、ルーカスとテイラーを交互に見ていた。なぜそんなに他人行儀に振る舞っているのか聞いてみたかったが、あまり礼儀にかなったこととは思えなかったので、結局そっとしておくことにした。会話はそこで途切れ、馬車はほどなく目的地に到着した。

一見して、ハミルトン・ハウスはひどくがっかりする外観だった。ルーカスが馬車の支払いをすませているあいだ、ヴィクトリアとテイラーは歩道に立ち、巨大な御影石《みかげいし》造りの建物を見あげた。ヴィクトリアはかなり陰気なところねとささやくにとどめたが、テイラーは殺風景にもほどがあるわと、きっぱりいいはなった。

ルーカスは、テイラーの感想をおもしろがっているようだった。声が大きいとたしなめながらも、にやにやしている。テイラーはどう解釈すればいいのかわからなかった。それから彼女は、ふたたびルーカスがヴィクトリアにとても気を配っていることに気づいたが、嫉妬《しっと》は感じなかった。むしろうれしいくらいだ。ルーカスは、その気になれば紳士になれる。

ヴィクトリアはボンネットをかぶるのにさんざん手間取り、サテンのリボンを完璧な蝶《ちょう》結びにするのに三度もやりなおしていた。テイラーはかわりに結んでやりたくてじりじりしたが、ルーカスは時間はたっぷりあるとばかりに後ろで両手を組み、ヴィクトリアがリボンを結び終わるまでじっと待った。それから彼が腕を差しだしたので、ヴィクトリアはその腕に手をまわしてにっこりした。

ふたりがさっさと歩きだしたので、テイラーはあとから建物に入った。ルーカスがヴィクトリアに気をとられていたので、ずらりと並ぶ小売店を遠慮なくのぞいて歩いた。正面にはホテルの受付に通じるダブルドアがあり、その前で大勢の男性が煙草《たばこ》をくゆらせていた。ほとんどが背広姿だが、なかには鹿革の上着を着ている者もいる。そのうち数人からじろじろ見られて、テイラーはひどく落ち着かない気分になった。ドアマンがドアを押さえてくれたので、頭をぐいと反らして入口を通り抜けた。

妻がいることをルーカスが思い出したのはそのときだった。彼は振り向いてテイラーの手をつかむと、自分のほうに引き寄せた。テイラーはわけがわからなかった。さっきまでヴィクトリアににこにこしていたのに、今度はこちらを見ている人々をにらみつけている。ヴィクトリアはなにがおかしいのか、ほほえみを浮かべていた。ルーカスの様子を見て、吹きだしそうな顔をしている。

テイラーはルーカスの機嫌がなおるまで放っておくことにして、ヴィクトリアとホテルについて意見を交わした。このホテルの所有者が、外側より内側にお金をかけているのは明らかだ。テイラーはヴィクトリアに、壮大ねとささやいた。床は黒と白の大理石のチェッカー模様で、広々とした空間は巨大な白い柱に囲まれている。

なにもかもがぴかぴかに磨きあげられていた。広大なホールに置いてある長椅子すべてにバッファローの毛皮が掛けてあるのを見て、テイラーはそこに座って毛皮に触れてみたいと思った。

ヴィクトリアがささやいた。「女性がひとりも見当たらないことに気づいた?」

「ええ、気づいたわ」テイラーは応じた。

「付き添いのいない女性向けに、別の出入口があるんだ」ルーカスが説明した。「だが、きみたちにはおれがついているから、ここにいてなんの問題もない。到着の手続きをしてヴィクトリアの部屋を手配するから、荷物のそばで待っていてくれないか」

ルーカスは念を押すようにテイラーにわざとらしく眉をひそめると、フロントに向かった。

荷物はすぐ見つかった。ピラミッドのように、ホールの真ん中に積みあげてある。

テイラーは周囲の混雑ぶりにいささかめんくらっていた。ホールを行き来している男性だけでも、少なくとも二百人はいるのではないだろうか。さらにそれよりもっとたくさんの男性が長椅子に腰をおろして新聞を読み、そこここで集まって立ち話をしている。そのわいわいという騒音で、話をするのもむずかしかった。

ヴィクトリアは質問を繰り返さなくてはならなかった。「満室だったらどうしましょうか？」

「そのときは、わたしと一緒に寝ればいいわ」

「ご主人はどうするの？」

「あら、きっと別の部屋を予約しているわよ」

「結婚しているのに？」

「そうよ」テイラーはヴィクトリアの手を軽くたたいた。「大事な体なんだから、細かいことをいちいち気にしてはだめよ。どこかに座ったほうがいいわ。なんだか疲れてるみたい。あの長椅子に座りましょう」

ヴィクトリアはうなずくと、血色をよくするために頬をつねって、テイラーと一緒に空いている長椅子に向かった。

ふたりは隣り合って腰をおろした。テイラーは指先で毛皮を撫でて、ヴィクトリアにほほえんだ。「これで、バッファローに腰掛けたって自慢できるわね」

ヴィクトリアは弱々しくほほえんだ。両手を膝の上で組み、床に目を落としている。

「心配なのね」

「ええ」ヴィクトリアは正直にいった。「わたしが結婚していただなんて、ご主人にいわないほうがよかったんじゃないかしら。嘘をつきつづけたら、ロンドンからここに移り住んだ人と、いずればったり顔を合わせることに……」

テイラーはたちまち申し訳ない気持ちになった。「ごめんなさい。面倒なことになってしまったことは謝るわ。ただ、ひとつ聞いてもらいたいことがあるの。わたしがこれからいうことは、ロスさんには黙っておいてもらえるかしら?」

「ええ」

「わたし、ボストンに住むつもりはさらさらないの。あなたもここにとどまらなくていいのよ、ヴィクトリア。よさそうな街ならいくらでもあるわ」

ヴィクトリアは目を丸くした。「でも、ご主人は、たしか――」

「ええ、主人はわたしがボストンにとどまるものと思っているわ。でも、いまはまだ、ほんとうのことは伏せておきたいの」

「わからないわ。あなたがいなくなったら、ご主人は気づくでしょう?」

「これには込みいった事情があるの」テイラーはいった。「ひと晩ぐっすり眠って疲れがとれたら、あらためてこの話をしましょう。大丈夫よ、約束するわ。ああ、ボストンってわくわくするところね。じっとしていられないくらい」

テイラーはそこで、円盤を投げようとしている古代ギリシャ戦士の美しい大理石像に目をとめた。高さが少なくとも九フィートはありそうな石像だ。彼女は立ちあがると、ヴィクトリアにすぐに戻るからといって、ホールを横切って石像に近づいた。

男性がひとり、またひとりと、彼女の気を引こうと声をかけてきた。テイラーは彼らを無視したが、石像の前に着くころには、彼女と言葉を交わそうと気負いこんでいる男たちに取り囲まれていた。

彼らはみなアメリカ人だった。そして、それだけの理由でテイラーはほどなくつんつんしていられなくなり、笑顔を浮かべていた。本で読んだとおり、アメリカ人はとても開けっぴろげで、人なつこい。ある男性から、「ハロー」のかわりに「ハウディ《やあ》」と話しかけられたときは、こんなに親しみのこもった言葉は聞いたことがないと思った。彼女はたちまち立ち話に夢中になり、あっという間に礼儀作法を忘れて、自己紹介をし、イギリスのロンドンから到着したばかりであることを説明した。どこに住んでいるのかと尋ねると、だれもがいっせいに答えようとする。ボストンの中心に住んでいて、会合のためにホテルに来たと答えた男は、鼻をつまんだようなおかしなしゃべり方だった。ひとりはオハイオ盆地に住んでいるといい、別のふたりはミズーリから来たという。またほかの三人は従兄弟《いとこ》同士で、テキサス州に住んでいるといっていたが、彼らの訛りがまた魅力的だった。

その後は熾烈《しれつ》なやりとりになった。だれもが自分の地元こそいちばんと、ほら話をでっちあげてほかの男たちの地元をやりこめようとする。テイラーは笑いをこらえきれなくなった。なんて楽しくて、気のいい人たちなのかしら。みんな自分の地元を誇りにしていて、イギリスから来た娘に、自分たちと同じくらいアメリカを好きになってほしいと思っている。

テイラーはヴィクトリアに引き合わせようと、新しい友人たちについてくるようにいおうとした。彼らの雰囲気が一変したのはそのときだった。さっきまで笑ったり、ふざけたりしていたのが、親友を亡くしてしまったように静まりかえっている。何人かは心配で仕方がないように眉をひそめていた。テイラーの真ん前にいる男性たちは、もう彼女を見ずに、背後にいるなにかをまじまじと見ている。ボストン在住といっていた男性は、あとずさりまでしていた。

　意味深長な沈黙だった。テイラーは男たちの態度を豹変させたものがなんなのか、いやむしろだれなのかを知っているような気がして、そろそろと振り向いた。

　予想は当たった。ルーカスが真後ろに立っている。その場所にいることはなんとなくわかっていたが、こんな顔をしていたのは意外だった。なにも知らない女性なら恐怖のあまり髪が逆立ってしまいそうな恐ろしい形相で、その迫力たるや、アメリカ人たちが笑いを引っこめるのも無理はない。何人かを撃ち殺しかねない顔をしている。

　この人に威圧感や恐怖は感じないと、テイラーは急いで自分にいい聞かせた。ただ……落ち着かないだけ。人混みのなかで妻を探す羽目になったせいで怒っていることはわかっている。だから、単純に居なおることにした。

　両手を組み合わせると、笑顔を貼りつけていった。「ああ、やっと来てくれたのね、ロスさん。新しいお友達を紹介するつもりで待っていたのよ」

　ルーカスは、そんな嘘を聞き入れるつもりはなかった。彼は首を振っていった。「テイラー、荷物のところで待つように念を押したはずだ。もし――」

　テイラーは説教に耳を傾けるつもりはなかった。いきなり彼の手をつかんで意表を突き、夫を紹介しようと聴衆に向きなおったが、そうする前に最年長のテキサス男が口を開いた。

「この雌《めす》の子馬《フィリー》はあんたのか？」彼は間延びしたしゃべり方でルーカスに尋ねた。

テイラーは侮辱されたのかわからなかった。アメリカでは女性をよく馬にたとえるのかテキサス男に訊こうと口を開きかけたところで、ルーカスが両肩に手を置いて、ぎゅっと力を入れた。

その意味は明らかだった。おとなしくしていろということだ。人前でこんなにも高圧的な態度に出るなんて、あとでふたりきりになったときに見ていなさい。彼女はルーカスをしたたかに蹴飛ばしてやるところを思い浮かべた。そんなレディらしからぬことはしでかすわけがないけれど、想像するのは自由だ。

「おれの妻だ」ルーカスはきっぱりと宣言した。〝妻〟というときに顔をしかめなかったのは自分でも意外だと、あとから思った。むしろ、しっくりくるような気がする。なんの違和感もない。

「指輪をしてないじゃないか」テイラーを疑わしげにじろじろ見ていた別のテキサス男が横からいった。ルーカスとテイラーが、ふたりで芝居を打っているといわんばかりの口調だ。テイラーはわけがわからなかった。

「指輪をしていようがいまいが、彼女はとにかくロス夫人だ」ルーカスがいった。

「ロスだと？　おい、彼女はロスと名乗らなかったぞ」最初に口をきいたテキサス男がいった。

テイラーは目を見開いた。自分の迂闊《うかつ》さに笑いだしたい気分だった。「うっかりしていたわ」思わず口が滑った。「結婚したばかりなものだから」急いで付けくわえた。

アメリカ人たちは信じたようには見えなかった。テイラーはため息をつくと、肩をすくめてルーカスの手から逃れ、彼と並んだ。聴衆から目は離さなかった。

「みなさん、主人のルーカス・ロスです」

それから起こったことに、テイラーは驚きを隠せなかった。最年長のテキサス男がルーカスを見て眉根を寄せ、畏怖と尊敬の念が入り混じっているとしか思えない声でささやいた。「モンタナのルーカス・ロスか?」

ルーカスは短くうなずくと、あとずさりはじめた。テイラーは彼を見あげて、さっきと表情がまったく違うことに気づいた。警戒するような表情を浮かべて、ひどくそわそわしている。テイラーは彼の様子がなぜこんなにも変わったのか興味を引かれた。助けが必要ないという気もする。でも、なにから助ければいいのかわからない。

「あのルーカス・ロスか?」オハイオ盆地から来たという男が、信じられないとばかりにいった。

ルーカスはため息をついて答えた。「ああ」

テイラーは大の男が息をのむのをはじめて見た。その瞬間から、彼女は忘れ去られたも同然になった。男たちがわっと押し寄せてきて、危うく石像に押しつけられてぺしゃんこになってしまうところだった。男たちはルーカスを取り巻いていちどきにしゃべりはじめ、握手を求めて背中をたたいた。

なかでもいちばん崇敬の念をあらわにしているのはテキサス男たちだった。「こいつはおったまげた」いちばん年長の男はそう繰り返した。

ルーカス・ロスがハミルトン・ハウスのロビーにいるという噂《うわさ》はただでウィスキーが飲めるという話と同じくらいあっという間に広まり、数分とたたないうちにロビーにいた男たちのほとんどが崇拝者の輪に加わっていた。だれもが彼を見ようと躍起になっている。

テイラーは啞然《あぜん》としていた。〝英雄〟とか〝伝説〟といった言葉が何度も聞こえる。ボストン在住の男が戦争がどうとかいいながらルーカスをほめたたえていたので、ルーカスは南北戦争のときにその名を知られるようになったのだろうと思った。この国を二分した戦いについては手に入るかぎりの資料を読んだから、南軍と北軍おのおのの大義名分や戦争の結果はもちろん詳細に知っている。けれども、ルーカス・ロスという人物についてなにか読んだ記憶はいっさいなかった。

ルーカスが熱烈な崇拝者たちに囲まれて、かれこれ十五分以上たっただろうか。彼はロビーのなかでいちばん長身だったから、見失わずにいるのはたやすかった。ときどき振り向いて、妻がまだいることをたしかめている。

彼は、注目を集めて居心地悪そうにしていた。それに、だれかに背後にまわられるのもいやがっている。テイラーがそう思ったのは、ルーカスが大理石の彫像を背にするようにそろそろと動いていたからだった。大衆小説に登場するガンマンたちのように、背中を守ろうとしている。

そこで、別の考えが頭をよぎった。まさか、ルーカスはならず者のガンマンなの？　それで有名になったのかしら？　だがテイラーは、すぐにその思いつきを打ち消した。いいえ、そんなはずはない。気むずかしくてぶっきらぼうな人だけれど、人殺しをするような人ではない。

　彼女の祖母はルーカスの経歴を徹底的に調べさせた。祖母にはその情報を孫娘に伝える余裕はなかったし、そうするつもりもなかったようだが、ルーカスが誠実で勇敢な人物でなければ、彼との結婚をすすめはしなかったはずだ。

　それに、ガンマンはほぼ例外なくもめごとを好むという、だれもが認める事実がある。たとえば、〝ウォルカム分岐駅での〝気短かエディ〟の逸話がそうだ。エディはとにかく血気にはやった男だった。新しい町に着いたら十分以内にだれかを撃ち殺すことを自慢にしていたくらいだ。そう、ガンマンはもめごとを求めている。〝気短かエディ〟はその一例だけれど、大衆小説には少なくともあと百人はそうしたガンマンが登場した。

　でも、ルーカスはまったく正反対だ。彼は孤独と広大な空間を求めている。以前に、縦横それぞれ二ブロックしかないところに人が増えてきたから、リデンプションではもう暮らしたくないとはっきりいっていた。狭い場所に押しこめられるのが嫌いなのだ。

　ルーカスは人混みも嫌っているようだった。顔を見ればわかる。いまこちらを見ている彼の顔は、こんなに注目を集める羽目になったのはおまえのせいだといわんばかりだ。

　そんなことをいわれる筋合いはないとテイラーは思った。彼を伝説の人物にしたのはほかの人々だし、そもそも自分は有名人だとひとことといってくれたら、みんなに紹介したりはしなかった。自業自得だ。

それでも、やましい気持ちはあった。テイラーはため息をつくと、男たちをかき分けてルーカスの前に出た。それから彼の手をとり、いますぐ出発しなければ重要な打ち合わせに遅れてしまうと、聞こえよがしにいった。

「新婚旅行で打ち合わせはまずいだろう」テキサス男のひとりが、のんびりといった。

「新婚なのか？」新たにくわわった男が尋ねた。

人混みのなかからだれかがいった。「こいつはおったまげた」テイラーはその〝おったまげた〟という表現をふたたび耳にして、アメリカの俗語をいつか自分でも使ってみようと記憶に刻みつけた。

「とうとうロスも首に縄を掛けられたってわけだ」

それからひとしきり、心のこもった祝福の言葉がつづき、ルーカスはさらに背中をたたかれた。そのうちだれかの狙いがはずれて、テイラーは背中をまともにたたかれたが、ルーカスがつかまえていてくれたので吹っ飛ばされずにすんだ。ルーカスはその男に眉をひそめて彼女の手を握りなおすと、人混みをかき分けて歩きはじめた。

男たちはようやく彼らを解放した。ルーカスに引っぱられてロビーのなかほどまで来たところで、テイラーは抗議した。「その手を緩めて、顔をしかめるのもやめてもらえないかしら。仲の悪い夫婦だと思われるわ」

ルーカスが無視したので、テイラーは彼を見あげて、しかめ面を負けじとにらみ返した。

「あなたって、とても気むずかしいのね」他人に聞かれないように、小声でいった。

「以前はそうじゃなかった」

「人当たりがよかったというの?」

「そのとおりだ」

テイラーは危うく鼻を鳴らしそうになった。「いつの話?」

「結婚する前の話だ」

テイラーは怒らないようにと自分にいい聞かせた。「つまり、さっきの騒ぎはわたしのせいだというのね?」ルーカスに答える時間を与えずにつづけた。「あなたが有名人だとあらかじめわかってたら、紹介なんてしなかったわよ」

「なぜあの連中と話なんかしたんだ?」

「え?」

ルーカスはため息をついた。「テイラー、レディ・ステイプルトンから、見知らぬ相手と話をするのは危険なことだと教わらなかったか?」低い声でいった。

「危険なことはひとつもなかったわ」テイラーはいい返した。「ホテルのロビーの真ん中でわたしをたぶらかそうとする人なんているはずがないでしょう」

「ほう? なぜだ?」

ルーカスは答えを聞いたうえで、世間知らずな彼女にたっぷり説教するつもりだった。あの混雑では、テイラーをつかまえて、だれにも気づかれないうちに外に引きずりだすこともできたはずだ。この娘は都会ならではの危険を知らないのか? どうやらそうらしい。それならわかるようにしてやる。

テイラーが目を見開いて、無邪気なまなざしで彼を見あげていた。ルーカスは、結局は道理を持ちだすかわりに脅すことにした。

「なぜきみをたぶらかそうとする人間がいないのか、説明してもらおう」ルーカスはたっぷりと凄みをきかせたつもりでいった。

テイラーは彼の目をまっすぐ見返して答えた。「あなたがそうさせないから」

ルーカスは怒りを忘れた。彼女が即座に、ごく当たり前のようにいいきったその答えは、彼の胸にたまった鬱憤《うっぷん》を突き抜けて心の奥底までとどいた。ルーカスは言葉を失った。どうして人をここまで信じられるんだ？　自分はそんな信頼に値する男だろうか。

「たしかに、おれがいれば、だれにも指一本触れさせない」ルーカスは、気がつくとそうつぶやいていた。

テイラーがほほえんだので、ルーカスはうめいた。キスしたくてたまらない。

だが、彼女のつぎの言葉で気が変わった。「この広大な国では、女性がひとりで旅しても、だれにもわずらわされる心配はないそうね」

ルーカスはまた説教したくなった。「あのな、テイラー……」ばかげた考えを正そうと、口を開いた。

「本に書いてあったことだから、ほんとうよ。リヴィングストン夫人のアメリカ旅行記は、とても参考になったわ。あの方は、下心のある人に一度もわずらわされなかった」

「その女性は、年寄りでしわくちゃだったんじゃないのか？」

「だとしたらなんだというの？」

ルーカスは真っ青な瞳をしばらく見つめた。「だとしたら、まったく話が違ってくる」ぶすっとしていった。

テイラーはそろそろいい合いを切りあげることにした。「心配しないでちょうだい。見知らぬ人の誘いには乗らないから」

「夫はどうなんだ？」

6

「愛情を示さない人は愛していないのだわ」

――ウィリアム・シェイクスピア『ヴェローナの二紳士』より

男性が考えることはひねくれている。テイラーは、ルーカスのいったことを理解するのにしばらくかかった。彼女は腹を立てなかった。少しむっとしただけだ。

「あなたに誘われる心配なんて少しもしていないわ、ロスさん。そうでしょう?」

「テイラー」ルーカスは警告するような口調でいった。

「なにかしら?」

「すぐに戻る。どこにも行くなよ」

ルーカスは肩をぎゅっとつかみ、テイラーがイエスというとようやく手を離した。それからフロントに戻って鍵を渡すと、前かがみになってその従業員と言葉を交わし、ほどなく戻ってきた。

「きみとおれは同じ部屋に泊まる」

テイラーは目を見開いた。ルーカスは、少しもうれしくなさそうな顔をしている。テイラーは首を振った。「自分の部屋が取れなかったの？」

「鍵を返した」

「どうして？」

「きみが野次馬を引き寄せるからだ」

「どういう意味？」

「なんでもない。それにおれたちはもう結婚していて、同じベッドで寝ていることだし」

「でも、ロスさん……」

「口答えはなしだ」

ルーカスはテイラーの手をつかむと、しかめ面のまま、ヴィクトリアのいる長椅子に向かった。そして長椅子の前に来るとテイラーの手を離し、ヴィクトリアに笑顔を向けて彼女を立たせた。

「さあ、きみの部屋まで行こうか」夏のそよ風のように涼しげな声でいった。

「それじゃ、わたしの部屋が取れたんですね？」ヴィクトリアがいった。「ロビーにこんなに人があふれているので、きっと満室だろうと……」

彼女が宿泊できるか気をもんでいたのは明らかだった。テイラーはうしろめたくなった。そばにいてなだめていれば、ヴィクトリアがこんなに不安になることはなかったのに。いまは精神的に不安定なときだから、安らげる環境と休息が必要だ。かわいそうに、ヴィクトリアは疲れきっている。

テイラーは友人に近づいて謝った。「わたしが迂闊《うかつ》だったわ。あなたのそばにいてあげればよかった。ごめんなさい、ヴィクトリア」

「わたしなら大丈夫よ」ヴィクトリアはそんなふうに気づかわれて、居心地悪そうに応じた。

「男性が何人か、付き添おうとしてくださったんだけれど、おことわりしたの。さっきはどうしたの？　どうして大勢の方が集まっていたの？」

「ポーターが待っているぞ」ルーカスがいった。「テイラーがあとで説明する。さあ、行こうか」

ルーカスは見るからにじりじりしていた。ちらちらと後ろを振り返りながら、回廊につづく階段に向かっている。崇拝者たちから早く逃げだしたいのだ。

彼らの部屋は四階だった。ヴィクトリアの部屋は曲がりくねった廊下の突き当たりで、ルーカスとテイラーの部屋は反対側の突き当たりだ。ルーカスはヴィクトリアの荷ほどきを手伝うテイラーを残してポーターと一緒に自分の部屋に行き、手荷物が運びこまれるのを確認した。大きな荷物は、出発するまでホテルの地下室に預かってもらう手はずになっている。

ヴィクトリアの部屋の壁が薄いレモンイエローに塗られているのを見て、テイラーはとても気持ちの安らぐ色だと思った。広々とした部屋ではないが、上品な内装だ。家具は焦茶色のチェリー材で、ぴかぴかに磨きあげられている。衣装簞笥《いしようだんす》の精密な装飾には、手を触れずにはいられなかった。この繊細な枝葉を彫りこむのに、いったい何カ月かかったのだろう。

テイラーがドレスをつぎつぎと簞笥に掛けているあいだ、ヴィクトリアは窓辺に近づいて外を見た。

「ボストンがこんなに都会だなんて思わなかった」彼女はいった。「ロンドンに少しも引けをとらないわ。そう思わない？」

「そうね」テイラーは応じた。「下に洗濯室があるの。なにか洗濯してほしいものや、アイロンをかけてほしいものがあったら、一日以内に仕上げて届けてくれるそうよ。おばあさまがホテルの小冊子に目を通して教えてくれたんだけれど、アメリカの高級ホテルにはたいてい蒸気洗濯室があるんですって。だからスーツ姿の男性は、着替えのシャツを一枚持っていればすんでしまう。どういう仕組みかわかる？」彼女はつづけた。「洗濯物は、回転する機械で洗うの。蒸気で動く機械で、水は〝遠心力〟とかいうのを利用して飛ばすんですって。そして、シャツは熱風を当てて乾かす。ほんとうよ、それであっという間に洗って、乾かして、アイロンをかけてしまうの。すごいと思わない？」

ヴィクトリアがうんともすんともいわないので、テイラーは振り返った。ヴィクトリアはダブルベッドの脇に腰掛け、膝の上で手を組み、胸に顎がつきそうなほどうなだれている。

テイラーは即座に手を止めて、ヴィクトリアの前に来た。

「なにか心配ごとでもあるの？」

「いいえ」

ヴィクトリアは消え入りそうな声で答えた。テイラーは心配になって眉をひそめた。

「具合が悪いの？」不安を隠しきれずに尋ねた。

「そうじゃないの」

テイラーはヴィクトリアをじっと見つめた。落ちこんでいることがあるなら、自分から打ち明けてほしかった。ちゃんとしたレディなら、あれこれ詮索《せんさく》したりしないものだ。根掘り葉掘り訊くようなことはけっしてしない。祖母にいわせれば、それはモーゼの十戒のつぎに来る戒《いまし》めだった。

「夕食まで眠ったらどうかしら」

「そうするわ」

「おなかは空いてない？」

「ええ」

テイラーはほかにもいいたいのをこらえてヴィクトリアの隣に腰をおろすと、両手を膝の上で組み、親友が心配ごとを打ち明けてくれるのを待った。

船の上で、ふたりはかなりの時間を――午後はほとんど欠かさず一緒に過ごした。年配の旅行客が遊戯室につどって煙草をくゆらせ、過去の船旅の話をしながらチェスやバックギャモンを楽しみ、もっと若くて体力を持てあましている男性たちが甲板でシャッフルボード（円盤を棒で押して得点を競う競技。船旅の娯楽として流行した）などという騒がしいゲームに興じているあいだ、ふたりは船の図書室に閉じこもって、世の中のありとあらゆる問題についてあれこれと話し合ったものだ。おかげで、世界じゅうの重要な問題のほとんどと、自分たちの問題のいくつかは解決した。ヴィクトリアはテイラーに家族のことをなにもかも話し、名前だけはぜったいに明かさないといいはりながらも彼女を裏切った男のことを少しだけ打ち明け、将来の夢や希望までも語った。テイラーは自分のことはまったく話さなかったが、アメリカの西部に関する本で読んだ話をいくつも話して聞かせた。彼女が親友に打ち明けた唯一の夢は、いつの日か本物の〝マウンテンマン〟にめぐり会うことだった。

ハリケーンに遭遇したせいで、船旅は当初の予定より長引いた。船の上で過ごした時間は十二日におよんだが、そのあいだずっと、ヴィクトリアは内に閉じこもることもなければ寡黙になることもなかった。テイラーはヴィクトリアが秘密をすべて打ち明けてくれたものと思っていたが、ここに来て彼女の急な変化を見て不安になった。たぶん、隠してはおけない秘密がまだあるのだ。

無言のまま、長い時間が過ぎた。テイラーはそろそろ潮時だと思って、暗い顔をしているヴィクトリアの手を軽くたたいた。

「まだなにか、話していないことがあるの？　いま悩んでいるのはそのこと？」

「そうじゃないの」

テイラーはほうっとため息をついた。「わたしにひと仕事させるつもりなんでしょう？」

ヴィクトリアがようやく顔をあげた。テイラーは彼女が涙を浮かべていることに気づいた。

「ひと仕事って？」ヴィクトリアは訊かずにいられなくて尋ねた。

「悩みを打ち明けるまで、わたしにしつこく問いつめさせるつもりなんだわ」

ヴィクトリアはテイラーが大げさに困ったふりをしているのを見て、弱々しくほほえんだ。

「つまり、しつこく問いつめるのは嫌いなのね」

「嫌いどころか、大好きよ」テイラーは正直にいった。「ただ、ふつうはそこまで踏みこまないわ。さあ、お願いよ、悩みごとを話して。力になりたいの」

ヴィクトリアはわっと泣きだした。『心が重いので、舌も身軽には動きません』彼女はつぶやいた。

テイラーはうんざりして天を仰いだ。ヴィクトリアは友人の反応に気づかない様子で、じっと両手を見つめている。

またシェイクスピア。おかしな癖《くせ》だとテイラーは思った。心が取り乱してしまうたびに、有名な劇作家の詩的な台詞《せりふ》をそらんじて、自分は殻に閉じこもってしまう。

「要するに、いいにくいことなのね」テイラーはその台詞を翻訳した。「そうなんでしょう?」

ヴィクトリアはうなずいた。

「いってしまいなさいよ。黙っていたのでは、問題は解決しないわ」

「ここのホテル代を払えないの」

「ええ、そうでしょうね」テイラーはいった。「そんなことは承知のうえよ。だからわたしが——」

ヴィクトリアがさえぎった。「まるで、貧乏人になったみたい。イギリスにいたころは、ほしいものがなんでも買えたのに。両親は、ロンドンのあらゆるおしゃれなお店でつけで払っていたものよ。ああ、それがいまや素寒貧《すかんぴん》になって」

ヴィクトリアは途中から泣き声になった。テイラーはその手を優しくたたくと、立ちあがって部屋のなかを歩きまわりはじめた。そしてしばらく考えたあげく、いちばん理にかなっていると思われる解決策を口にした。

「あなたが素寒貧なのは、今日までよ」

ヴィクトリアはぱっと顔をあげると、テイラーが手渡したハンカチで涙を拭って尋ねた。

「今日は素寒貧で明日はそうではないって、どういうこと？」

「おばあさまがよくいっていたわ。他人の気持ちを推しはかるには、その人の身になって考えるのがいちばんだって。まあ、それでも――」

「身ごもるわけにはいかないわね」ヴィクトリアはてっきりそのことかと思って、テイラーが答える前にうなずいた。

だが意外なことに、テイラーはかぶりを振った。

「そんなことをいおうとしたんじゃないの」彼女は説明した。「まあ、実際には、わたしもいつかは身ごもるんでしょうけど……その、見方を変えて、身ごもりたくなかった理由をほんのしばらくのあいだだけでも忘れてみたら――」

「そうしたら、どうなるの？」テイラーがためらっていたので、ヴィクトリアはつづきを促した。

テイラーは、いま感じている気持ちをなかなか言葉にできなかった。「これは祝福されるべきことだわ」彼女はしまいにいった。「そして、奇跡でもある。まさにそうよ。あなたのおなかのなかには、尊い命が宿っているの。そのことを考えてみて、ヴィクトリア。汚れを知らない、新たな命を授かったことを。あなたがうらやましいわ」

ヴィクトリアはおなかに手をやった。「実は、赤ちゃんを抱いたこともないの」

「あなたなら素晴らしい母親になれるわ」テイラーはいった。

「子どもを授かりたいと、あなたなら気軽にいえるわよね。あなたは結婚しているし……なぜわたしが素晴らしい母親になると思うの？」

「それは、あなたが優しくて、愛情にあふれていて、思いやりがある人だからよ」

ヴィクトリアは顔を赤らめた。「お世辞はやめてちょうだい。そんな人に祭りあげられたら、あとで困るわ」

テイラーはほほえんだ。ヴィクトリアの気分が少し明るくなったのを見て、彼女はお金のことに話を戻すことにした。

「さっきわたしがいおうとしたのは、こういうことよ」テイラーはふたたび口を切った。「貧乏人のような思いはしたくないでしょう？　だから明日、おばあさまがお金を任せている銀行家に会ったときに、まとまったお金をあなたの口座に移すようにするわね。そうしたら、午後にはすっかり自立した女性になれるわ」

ヴィクトリアはテイラーが説明し終える前からかぶりを振っていた。「施しを受けるわけにはいかないわ。そんなことをするなんて、おかしいわよ」彼女は猛然と反対した。

ヴィクトリアはふたたび目に涙を浮かべていた。さっきまで笑っていたのに、どうしてすぐに泣けるのか、テイラーには不思議でならなかった。たぶん、身ごもって気持ちが不安定になっているせいだ。もしそうなら、一時的なものだろう。

テイラー自身は、感情を表に出さないように祖母からしつけられて育った。人前で声を立てて笑うのはレディらしからぬ振る舞いだし、どんな状況だろうとめそめそ泣いたりすれば、かならず眉をひそめられたものだ。けれども、いま手を差しのべている女性は、その神聖な決まりごとをしょっちゅう破っている。「助けると約束したはずよ」はじめて会ったときにいったことを、もう一度繰り返した。

「もうとっくに助けてくれたわ」ヴィクトリアはいった。「かけがえのない友人に、これ以上甘えるわけには……」

ヴィクトリアは頑《かたく》なだった。テイラーは、シェイクスピアを引用して説得することを思いついた。シェイクスピアの気のきいた台詞なら、いくらでも頭のなかにためこんでいる。ただ、使える台詞をあいにくひとつも思いつけない。そこで、単純にでっちあげることにした。

「『ことわるより、受け取るほうがはるかにいい』」いかにも重々しい口調でいった。「シェイクスピアよ」

ヴィクトリアが怪訝な顔をしたので、きっぱりとうなずいた。

「そんな台詞はないはずだけれど」

テイラーはあきらめた。「シェイクスピアがもっと長生きしていたら、きっとそういったわ」

ヴィクトリアはかぶりを振ってふんと鼻まで鳴らした。テイラーはすぐに作戦を変更した。

「お金は赤ちゃんのためよ」そういう形ならいやとはいえないはずだ。

「働き口を探すわ。わたし、丈夫だし、とても気が利くほうなの」

「そして、身ごもっている」テイラーはいった。「大事な体に障るようなことをさせるわけにはいかないわ」ヴィクトリアが口を開きかけたので、手をあげて制した。「あなたが故意に赤ちゃんを傷つけたりしないことはわかってる。でも毎日長時間働いたら、間違いなくくたくたになるでしょう。いまのあなたに必要なのは、たっぷり休養をとることなの。それは赤ちゃんも同じ。いいえ、ヴィクトリア、なんといおうとわたしの気持ちは変わらない。お金を受け取るのよ。祖母がいたら、きっと同じようにいうと思うわ」

ヴィクトリアはひとこともいえずにテイラーをじっと見つめた。テイラーの気前の良さには胸を打たれたが、それと同時に戸惑ってもいた。テイラーのような人ははじめてだ。面倒見がよくて、思いやりがあって、優しい。彼女は、いちばん困っているときに天から舞い降りてきて、翼で包みこんでくれた天使だった。

いいえ、テイラーはれっきとした人間よ。そう思ったところで、ヴィクトリアは友人であり恩人でもある女性のことをほとんどなにも知らないことに気づいた。

「船の上で、何時間も一緒に過ごしたわね」

テイラーは話が急に変わったので面くらった。「ええ、そうだったわね」

「わたしは、自分のことをなにもかも打ち明けたわ。そうでしょう？」

テイラーはうなずいた。「いったい――」

ヴィクトリアはさえぎった。「船旅のあいだは自分のことばかり考えていたわ」彼女は正直にいった。「自分のことで余裕がなかったものだから、いまのいままで、あなたがほとんど身の上話をしていないことに気づかなかった。でもたったいま、あなたがとても秘密めいた人だということに気づいたの」

「秘密にしているんじゃないわ」テイラーは訂正した。「ただ……自分をあまりさらけださないだけよ」

「わたしたち、友達じゃないの?」

「もちろん、友達よ」

「『友人なら、相手の欠点を耐え忍ぶべきなのに』」

「悩んでいるとき、どうしていつもシェイクスピアを引用するの?」テイラーは尋ねた。

ヴィクトリアは肩をすくめた。「子どものころから、シェイクスピアは心の慰めだったの。お芝居に夢中になっているときは、悩みごとを忘れたものよ。うちにいたときに、とても……つらい時期があったの。あなたもそうでしょう、テイラー」

「わたしは違うわ」

ヴィクトリアはほほえんだ。「ダニエル・ブーンやデイヴィー・クロケットの物語がそうでしょう。ふたりはあなたの友達だった。あなたも、子どものころつらい思いをしたんじゃない?」

テイラーはかぶりを振った。「話の矛先をそらす気なの、ヴィクトリア?」

「わたしを信頼してる?」

テイラーはほとんど間を置かずに答えた。「信頼してるわ」

「それなら、どうしてこんなに――」

「え？」

「――あなたに背を向けられているような気がするのかしら？」

テイラーは肩を落とすと、ベッドに戻って、ふたたびヴィクトリアの隣に腰をおろした。

「そんなふうに思っていたなんて……悪かったわ」彼女はいった。「わたし自身や家族のことで、踏みこんだ話をするのはとてもむずかしいことなの」

「生まれ育った環境が複雑だったの？」

「そうかもしれない」テイラーは答えた。

ヴィクトリアはため息を漏らした。「友人なら、秘密を分かち合うものよ。あなたは、秘密や心配ごとをひとつも打ち明けてくれないのね。そういうことがひとつもないの？」

テイラーはおかしな質問をされて吹きだしそうになった。「あら、心配ごとくらいあるわよ」正直にいった。「それも、数えきれないくらい」

ヴィクトリアはテイラーの手を握った。「わたしも、あなたの心配ごとのひとつかしら？」

「そんなことないわよ」テイラーは答えた。「わたしは友達がほしくてたまらなかった。そんなときに、あなたが現れたの。まるで……なにかのめぐり合わせみたいに。なんて、ずいぶん大げさだけれど」

ヴィクトリアはほほえんだ。「わたしは、天使があなたを遣わしてくださったんだと思ったわ。ばかげた考えかもしれないけれど、そうとしか思えなかったの。あなたはどこからともなく現れて、わたしに救いの手を差しのべてくれた」

テイラーは居心地が悪くなって、急いで話題を元に戻した。

「お金のことだけれど、真面目な話、いまこの場で解決したほうがいいわ」

「その前に、ひとつ質問に答えて」

「なにかしら?」

「あなただったら、わたしからお金を受け取る? 正直に答えて、テイラー。あなただったらどうする?」

「子どもたちを守るためならなんだってするわ。なんでも」

テイラーはきっぱりといいきったが、ヴィクトリアはまだ納得していなかった。「わたしに都合のいいようにいっているだけじゃないの? あなたなら、ほんとうに施しを受ける?」

「必要なら、施しを乞うことだってするわ」テイラーは苛立たしげにため息をつくと、髪をかきあげた。「いいこと、ヴィクトリア、わたしはすでに、信じられないことをひとつやってのけたのよ。ある目的のために、まったく見ず知らずの人と結婚するという……」

「なんですって?」

テイラーは立ちあがると、歩きまわってしばらく考えた。「話せば長くなるわ」しまいにいった。「明日、なにもかも説明するわね。約束よ。どうか、これだけはわかってちょうだい。あなたには、この迷宮のような世界をなりふりかまわず生きのびなくてはならない特別な理由がひとつある。そしてわたしには、そうした特別な理由がふたつあるの。でもいまは疲れて、説明する気力もないわ。あなただって同じくらいくたびれてるはずよ。今日はなにもせずに夕食をいただいて、早く寝ましょう。明日、銀行家との話し合いが終わったら、ひとつ残らず質問に答えるから。いいわね？」

テイラーがまったく見ず知らずの男と結婚したと聞いて、ヴィクトリアはぽかんとしていた。〝ロスさん〟と呼びかけて当然だ。となると、ほかにもつじつまの合うことがある。でも、テイラーがどうしてそんな結婚をしたのか、肝心なことがまだわからない。明日になるのを待つまでもなく、その理由を知りたかった。

ヴィクトリアはようやくいった。「そうね、明日になったら話しましょう。でもひとつだけ質問してもかまわないかしら」

「いいわよ」テイラーはうなずいた。

「不安になったことはない？　自分でもばかげた質問だと思うわ。ただ、どうなのかと思って」ヴィクトリアはそういって、テイラーの表情に気づいた。とても悲しそうな顔をしている。「あなたはいつも自信にあふれているわ。実際、あなたがいると心強いもの。いつも、なにをすべきかちゃんと心得ているみたい……いまから二十年後でも」

テイラーは不意にどうしようもない疲れを感じた。神経がすり減ってしまったような気がする。ほんのわずかの時間でいいから、気を緩めたい。

誘惑にはあらがえなかった。「不安になったことはないかですって？　それはもう、不安よ。怖くなって震えてしまうこともあるくらい」

テイラーは声を震わせていた。秘密を分かち合えないわけがあることを悟って、ヴィクトリアはたちまちうしろめたくなった。

「あなたのいうとおりね」ヴィクトリアはいった。「あなたもわたしもくたくたみたい。話のつづきは明日にしましょう」

テイラーはこくりとうなずいた。「それじゃ、お金のことは？」

「喜んで援助をお受けするわ」

「ありがとう」

「お礼をいうのはわたしのほうよ」ヴィクトリアは立ちあがると、テイラーにほほえんだ。ほっそりした肩に世界じゅうの重荷を背負いこんでいるように見える彼女を、なんとか元気づけてやりたかった。

「またダニエル・ブーンの話を聞かせて」

ヴィクトリアにせがまれて、テイラーの表情はぱっと明るくなった。すぐさまお気に入りの逸話を語りだし、話はつぎからつぎへとはずんで、しまいにおなかの虫が音をあげだしてようやく、すっかり遅い時刻になっていることに気づいた。

「ロスさんがわたしたちを待ちあぐねて、いらいらしているんじゃないかしら」テイラーはそういって、にっこりした。「明日はデイヴィー・クロケットの話を同じくらい語ってあげるわ。彼もそれは勇敢な人なの」

「そうしてちょうだい」ヴィクトリアはうなずいた。「あなたの話が終わったら、今度はわたしがウィリアムの有名な戯曲のなかから、お気に入りの一節をそらんじてあげる」

テイラーは笑った。「わたしたちって、ふたりとも変わってるわね」彼女はいった。「さあ、おなかがすいたでしょう。わたしはぺこぺこ。赤ちゃんにも滋養のあるものが必要だわ。きっとドレスを着替えるどころではないわね。ロスさんを呼んでくるわ」

ドアに向かいかけたテイラーに、ヴィクトリアがなんの気なしにいった。

「お金のことを話し合ったとき、あなたは、『子どもたちを守るためならなんだってする』といったわね。憶えてる？」

テイラーは振り向いた。「ええ、憶えてるわ」

「わたしの子どもはきっとひとりよ。ふたりだなんて想像できない」ヴィクトリアはおかしそうにいった。「わたしの一族に双子が生まれたためしなんてないもの」

テイラーはほほえんだ。「わたしの一族にはいるわ」

「そうなの？」

「ジョーガンナとアレクザンドラよ」テイラーはいった。「双子なの」

「どなたのお子さん？」

「わたしよ」

ヴィクトリアは目を丸くした。声にして訊き返すのに、座らなくてはならなかった。「あなたの？」

「そうよ」テイラーは答えた。

「あなたに、双子が？」

テイラーはほほえんだ。ノックの音がしたが、テイラーとヴィクトリアのどちらも動かなかった。「たったいまいったことは、もうしばらく秘密にしておかなくてはならないの。わけは明日話すわ」

彼女はヴィクトリアがうなずくのを待って、ドアに向かった。

「ロスさんは双子のことを知っているの？」

「まだ知らないわ」

「まさか」

「そのまさかよ」

「ロスさんとあなたの子どもなの？」

テイラーはドアノブに手を伸ばして答えた。「そういうことになるわ」ヴィクトリアにいった。「わたしがあの人を必要としたらの話だけれど」

ドアを開けると、ルーカスがじりじりして待っていた。彼の大きな体には、いつまでたってもなじめない。ドアを開けるのにどれだけかかるんだという顔をして戸口にもたれかかっているのに、まだ真上から見おろされているような気がする。

でも、彼の変わりようを見たらたじろぐどころではなかった。黒い上着に、黒いズボン。その下に着ているシャツが真っ白でぴんとしているのは、話に聞く洗濯設備のめざましい働きのたまものだろう。その白さが、彼の日焼けした肌をいっそう際立たせている。

彼の目を見る前に、上から下までさっと目を走らせた。靴は磨かれ、ズボンは見るからにぴったりしていて、離れていた一時間のうちにさらに肩幅が広くなったように思える。髪の毛が濡れているから、入浴したのだろう。見た目だけでなく、においも素敵だ。

テイラーは小さなため息を漏らすと、しまいにルーカスの目を見た。そして、彼のいちばんの魅力は目の色だと思った。ベルベットのような焦茶色で、かすかに金色がかっている。ほほえむと、その瞳がきらめくようだった。

ルーカスなら素晴らしい父親になるだろう。ああ、この人が双子たちを好きになってくれたらどんなにいいか。でも、そうならなかったら？　子どもを受けつけない人だったら？　そう思うとぞっとする。

ルーカスはそんなテイラーを見て、業を煮やしていた。そろそろ観察は終わったのか、妻は夫をそんなふうに好奇心むきだしでじろじろ見るものじゃないといおうとしたとき、彼女の笑顔が消え、その瞳にただならぬ表情が浮かんでいることに気づいて口をつぐんだ。

そんなテイラーを見ていると、どういうわけか抱き寄せて、なにもかもうまくいくといってやりたくなった。

テイラーを守りたい。いつも安らかに過ごせるようにしてやりたい。

一緒に年を取りたい。

立てつづけにそんな考えが浮かんで、ルーカスはぎょっとした。首に掛けられた縄が締まった気がする。一生縛りつけられてたまるか。彼は戸口から離れて、人生をひっくり返そうとした女性をにらみつけた。

そのころにはテイラーも自分を取り戻していた。彼女は不機嫌な夫に無理やり笑顔を浮かべると、たったいま彼の苛立ちに気づいたように尋ねた。「どうしたの、そんな顔をして？　なにかよくない知らせでもあったの？」

「いいや」

「そんなにかりかりして食事したら、消化によくないわよ。すぐに機嫌をなおしたほうがいいわ」

ルーカスは彼女の首を絞めてやりたくなった。「テイラー、いま何時かわかってるのか？」

テイラーが首を振ったので、ルーカスはいった。「もう二時間以上待った」

「あなたが？」

「そのとおりだ」噛みつくように答えた。「いったい、なにをしていたんだ？」

テイラーは肩をすくめると、彼を見あげたまま尋ねた。「ずいぶん待ったの？」

たったいまそういわなかったか？　いったいどうしたんだ？　すぐに詫びの言葉のひとつやふたついうものと思っていたが、心ここにあらずとしか思えない様子でこちらを見あげている。

彼はテイラーの目を覚まさせることにした。それに、謝罪もしてほしい。それがすんだら、なんであれ待たされるのは大嫌いなことを説明して、今後はてきぱき動くようにいい聞かせるつもりだった。

「ロスさん?」

「なんだ?」これ以上ないくらいつっけんどんな口調で応じた。テイラーは、〝ロスさん〟という呼び方がいやがられることを重々承知で、その堅苦しい呼びかけをつづけるつもりだ。ルーカスと呼ぶようにもう一度念を押すくらいなら、死んだほうがましだった。

テイラーはそれから、しばらくなにもいわなかった。謝罪の言葉を探しているのだろうか。おそらく、過《あやま》ちを認めるのが嫌いなのだ。自分も、物心ついてからこの方、他人に謝ったことは一度もない。だから、少しやりやすくしてやることにした。

「すまないと思ってるんだろう?」

「え?」

「待たせてすまないと思っているはずだ。こんなことは二度としないことだな。荷ほどきが終わったなら、夕食を食べに行こう。腹が減ったし、一時間以内に人と会う約束もある……」

彼の説教を、テイラーは少しも聞いていなかった。頭のなかは、ルーカスに訊かなくてはならないことでいっぱいだった。そうよ、どうしていままで訊かなかったのかしら? テイラーはすぐに、いろいろあったせいでそれどころではなかったのだと思いなおした。それに、そのことなら祖母がルーカスに尋ねたはずだ。

ルーカスが話し終えると、テイラーは間髪入れずに口を挟んだ。

「なんだ?」ルーカスは、たったいまお手本として並べた謝罪の言葉に、彼女がひとこと付け足したいのだろうと思った。

「あなた、子どもは好き?」

7

「簡潔こそは機智の要」

——ウィリアム・シェイクスピア『ハムレット』より

「いや、べつに」

とたんにテイラーががっかりしたので、ルーカスは面くらった。身ごもっているのはテイラーでなく、ヴィクトリアのほうだが。

「どうして好きではないの？」テイラーがさらに尋ねた。

ルーカスはいらだちをどうにか抑えると、あからさまにため息をついて首を振り、テイラーにどくように合図して、部屋のなかに入った。それからヴィクトリアに、食事室に行く仕度はできたかと優しく尋ねた。

ルーカスは丁重そのものだった。「このホテルには、食事室が二カ所ある」彼は説明した。「〝一般女性用〟は家族連れやその来客向けで、もう一方は商用の男性のみが利用するところだ。どちらの食事も文句なくうまいと聞いている。さあ、行こうか」

ヴィクトリアはルーカスに優しくされて顔を赤くすると、彼に付き添われて廊下に出た。テイラーは部屋の鍵をつかむと、ふたりのあとから部屋を出て戸締まりをした。

夕食は目がまわるようだった。テイラーは行き来するアメリカ人を観察するのに忙しくて、七品からなるコース料理に口をつけるどころではなかった。食事室は鉄道駅並みに混雑していて、広間に通じるスウィングドアがしじゅう開閉している。おまけに、とても騒がしい。見たところ、アメリカ人にはものすごい速さで食べ物をのみこむ奇妙な習慣があるようだった。はじめて祭りに出かけた田舎娘は、きっとこんな気分だろう。まわりにいる全員をいちどに観察しようとして、楽しいけれどくたびれてしまった。

ほどなく、アメリカ人はだれもがとても人なつこいことがわかった。見ず知らずの男性でさえ親しげに挨拶してきて、会話に引きこもうとする。けれども、そんなときはルーカスがじろりとひとにらみして、話好きの男を追い払った。ルーカスはふたりの知り合いと偶然会ってしばらく話しこんでいたが、テイラーまでもが、ロンドンから来た従姉妹《いとこ》の従姉妹にばったり出くわしたのは驚きだった。テイラーはその唐突な出会いをさらりと受け流したが、ヴィクトリアはそうはいかない。ニューヨークから来たというその娘から、去年スミザーズ家の舞踏会でお会いしたといって挨拶されると、ヴィクトリアはたちまち血の気を失ってしまった。その娘はさらに、ボストンにどれくらい滞在するのかと尋ね、ヴィクトリアが答える前に、近いうちにぜひまた会いましょうといった。ロンドンに戻ったらあなたのご両親を訪ねて、ボストンであなたに会ったことをお話ししたいから、と。

部屋に戻るとき、ヴィクトリアはすっかり意気消沈していた。テイラーはひと晩ぐっすり眠れば大丈夫だろうと思いながら、ルーカスとふたりでヴィクトリアを部屋まで送った。そして別れぎわに友人を抱きしめ、明日朝食を一緒に食べられるように、できたら八時までに仕度してほしいといった。

ルーカスが人と会う約束があると言っていたので、テイラーはもう行ったらどうかと声をかけた。自分の部屋なら、ドアに番号が振ってあるからわかる。けれどもルーカスは聞く耳を持たずに、テイラーがドアに鍵とかんぬきを掛けたことをたしかめてから行くといって譲らなかった。

それからふたりは、ホテルのなかが安全か否かについて、かなり激しくいい合った。しっかりした従業員が目を光らせているから大丈夫だというのがテイラーの言い分で、ひとりきりでいる女性に飛びかかろうと、悪人がありとあらゆる暗がりで手ぐすね引いているというのがルーカスの言い分だ。

その議論は、ルーカスが部屋のドアを開けたときに終わった。テイラーは思わずなかに駆けこみ、立ち止まって小さな感嘆の声を漏らした。「ああ、ロスさん……なんて素敵な部屋なのかしら。そうじゃない?」

ルーカスはテイラーの驚きようを見てほほえんだ。それと同時に、彼女の反応を少々意外に思った。幼いころからボストンのどこよりもはるかに優雅な環境で過ごしてきた彼女なら、贅《ぜい》沢《たく》に慣れているだけでなく、こんな部屋で当然だと思っているはずだ。

ルーカスはそのことを口にせずにいられなかった。「このぐらい当たり前だと思ってたんじゃなかったのか」

部屋に見とれていたテイラーはかぶりを振ると、彼のほうを見ずに答えた。「わたしはね、ロスさん、何事も当たり前だと思わないようにしているの」

ルーカスはドアを閉めると、そこにもたれて腕組みをした。約束の時間に遅れていることは承知のうえだが、テイラーから離れたくない。ふたりきりになるのは久しぶりだ。もうしばらくだけ一緒にいたかった。

テイラーを見ているのが好きだった。あらゆる表情に嘘偽りがなく、たまらないほどさわやかだ。彼女から理不尽なことをいわれてかっかしているときでも、心のどこかでその頑固で純粋な部分を楽しむ自分がいる。

それに、テイラーの前向きな態度も好きだった。思えば、ロンドンにいたときに手をつかんで舞踏室から連れだして以来、テイラーが不満を口にしたことは一度もない。あの猛烈な嵐で命が脅かされている最中にも、思いやりを忘れず、明るく振る舞っていた。唯一不安をあらわにしたのは、友人のヴィクトリアのことだけだ。

ルーカスはため息をついた。テイラーは、考えていたのとは大違いの女性らしい。

テイラーはちらりとも振り向かなかった。あちこち見てまわるのに夢中で、見つめられていることに少しも気づいていない。

彼女は賛嘆の念を込めて、その部屋のすべてがヴェルサイユ宮殿と同じくらい優雅だとつぶやいた。淡いブルーの絨毯はふかふかで、歩くと足が沈みこんでしまいそうな気がする。靴をさっさと脱いで裸足《はだし》で部屋を歩きまわりたかったが、そんなことをするのはレディらしくないと、仕方なく自分を抑えた。

すぐ目の前は、くつろぐ場所になっていた。青いクッションを配した金色のブロケード張りのソファがドアの向かいに置いてある。テイラーはすぐさま座り心地を試して岩のように硬いことに気づいたが、それでもとても素敵だと思った。ソファの前には、ぴかぴかに磨きあげられた木のローテーブルが置いてある。テイラーはそこにも指を滑らさずにはいられなかった。「目をつぶっても、このチェリー材の光沢がわかるわ」そんなことはありえないとわかっていたが、べつにおかしいとは思わなかった。ルーカスもなにもいわなかったから、彼もおかしいとは思わなかったのだろう。

ソファの左右には、淡いブルーの安楽椅子が向かい合わせに置いてあり、テイラーはその座り心地も試さずにはいられなかった。とても快適だ。

その奥、部屋の左側には、大きさも形もまったく同じ衣装簞笥が二棹《さお》あった。その並びの壁のいちばん奥に、洗面室に通じるドアがある。部屋の右側には、カーテンを開けてあるアーチ越しにベッドのあるアルコーヴが見えた。巨大なベッドで、天蓋《てんがい》はない。ベッドカバーは金色で、ヘッドボードに青と金色の枕が並べてある。そこは明らかに、親密な男女のためにしつらえられた寝室だった。これほど甘い空想をかき立てられる部屋があるだろうか。カーテンを引いたら、完全にふたりきりになれる。

ヴィクトリアなら気に入るだろう。彼女には、こんなふうに優雅で、豪華なものがふさわしい。テイラーは、ルーカスがボストンを出発したらすぐに、ヴィクトリアと部屋を取り替えることにした。西部で必要なものをいろいろと買うのに、あと一週間はボストンにとどまる必要がある。それに、ヴィクトリアがふさわしい家を買うとなると、ひとりでは困ることもあるかもしれない。テイラーは、友人が落ち着くまではどこにも行かないつもりだった。

「荷ほどきを手伝おうか？」

ルーカスに声をかけられて、テイラーはびっくりした。アメリカ人の男性は、女性の仕事を平気でするのかしら？

「ありがとう、どうぞお気づかいなく」テイラーは答えた。「四、五日分を荷ほどきするだけだから、ひとりで大丈夫よ。あなたはどれくらいボストンにとどまるつもり？」

「明後日出発する。だがその前に、きみとじっくり話がしたい。いくつか知りたいことがある」

「ええ、もちろんかまわないわ」

ルーカスは怪訝そうに彼女を見た。「家を買うまで、このホテルにとどまるものと思っていたが」

テイラーはなにもいわずに、寝室に姿を消した。ルーカスがアーチのところまで行くと、テイラーがベッドの端に座っていた。

彼女はうれしそうにほほえんでいた。「これ以上ないくらいふかふかなんだもの」わけを訊かれて答えた。

ルーカスはうなずいた。「なぜ四、五日分しか荷ほどきしないんだ？」

「そのほうが楽だからよ」テイラーは曖昧《あいまい》に答えただけで話題を変えた。「約束に遅れるんじゃない？」

「彼女なら、少々待たされても気にしない」

彼女？　テイラーは肩をすぼめた。ルーカスが、女性と会う約束を？　笑顔はもう消えていた。でも、不安になることはない。女性と会うのに、まっとうな理由はいくらでもある。事実関係もわからないのに、くだらない結論に飛びつくわけにはいかない。

「仕事に関わることなの？」テイラーは尋ねた。

「いいや」

ルーカスは饒舌《じょうぜつ》なほうではないから、くわしい話を聞きだすには、せっつかなくてはならない。

「なんの用？」彼女は急いでつけくわえた。「ただ、好奇心で訊いているだけなんだけれど」

「正確には、とくにこれといった用事はないんだ」ルーカスは答えた。「とにかく、八時にロビーで会うことになっている。なぜだ？」

テイラーはおもむろに肩をすくめた。「ただ、なにをしに行くのかと思って」できるかぎりさりげなく答えた。「ほかにもだれか来るの？」

「いいや」

「それだけ？」テイラーは思ったよりきつい口調でいった。

不意に、ルーカスを蹴飛ばしたくなった。頭のなかでは可能性がかなり絞られてきている。ただ、女性と逢い引きするのにわざわざ妻にいう理由がわからない。

むきになってはだめだと自分にいい聞かせた。ルーカスがだれと会うのか、どうして会うのか、そんなことは知ったことではない。そう思っているそばから、不意に目の前にいる鈍感な大男がどうしようもないほど憎たらしくなった。

ルーカスの目に、テイラーはいっとき雷に打たれたように映った。いったい、どうしたのだろう。さっきまでにこにこしていたのに、今度は目を剝いて怒っている。

きっと、機嫌を損ねるようなことをしたのだろう。人と会う話をするまでは上機嫌そのものだったから、きっと外出されるのがおもしろくないのだ。

「なにかまずいことでもあるのか？」

「ないわよ」

ないわけがないだろう。ルーカスはテイラーがなにかいうのをさらに待ったが、彼女が黙りこくったままなので原因を突きとめるのはあきらめることにした。

「その方と会うんじゃ、遅くなるわね」

「ベルという女性だ」

「ベル……」テイラーはその名を小声で繰り返した。いうべきことをなにも思いつけない。まるで、胸がつぶれてしまったみたいに打ちひしがれて、みじめな気分だった。

それから、驚くようなことではないと自分にいい聞かせた。男性は、浮気をするものだ。なにしろ婚約者がまさしくそうだった。不朽の愛を誓いながら、従姉妹のジェインと寝ていたのだから。

祖母はこういっていた。愛に振りまわされてずたずたに傷つくようなことにさえならければ、男性を愛するのは少しもかまわない。ただ、その男性をどうしても信頼したいなら、そうする前に何年もともに過ごし、その結果を考慮して、それから全面的に忠誠を誓うか考える必要がある。

祖母はまた、男性の欲望について警告した。男性には例外なく、自分では制御できない欲望がある。けれども、その会話をたまたま聞いていた大叔父のアンドルーが、すぐさま反論した。それは偏見だ。男のほとんどは、みずからの欲望を難なく制御している。動物的な本能に駆られて行動するような輩《やから》は、ほんのひと握りにすぎない、と。それから激しい議論がはじまった。祖母は男性が脳みそでなく股間《こかん》に支配されているといいはり、アンドルーがそれに反論する。アンドルーは姉に、脳みそが乾ききったプルーンみたいになっているからそんな考えになるんだ、それもひとえに、最初の夫に死なれてから一度も再婚しようとしなかったせいだとまくしたてた。

それでも、ふたりの意見が一致したことがひとつだけあった――男はみな、若いころはカラスムギをまき散らす。残念なことに、祖母も大叔父も、そのことについてはそれ以上くわしく説明してくれなかったので、テイラーはカラスムギと男女の営みになんの関係があるのか想像しなくてはならなかった。

けれども、いまのテイラーには、ほかの男性がどう行動しようと関係なかった。肝心なのは、ルーカスの行動だ。いまは新婚旅行の最中で、そんなときにほかの女性と会うなど不届きわまりない。名ばかりの結婚だろうと、知ったことではなかった。

けれども、そこまでいうのは恥ずかしい。

「テイラー、少し休んだほうがいい。だいぶ疲れているようだ。明日の朝また話そう」

テイラーは思わず息をのんだ。「今夜、よそに泊まるの？」

「いいや。おれが戻るころには、きみは眠っているから」

「そんなに遅くなるの？」

ルーカスは肩をすくめた。ベルのことだからわからない。母の昔なじみはおしゃべり好きだ。それから、酒も。そう、ベルは酒が強い。いつでも、どんな男にも酒では負けないと豪語しているが、それはほんとうだ。最後に会ったあとで、ひどい二日酔いに悩まされたことはいまでもありありと憶えている。だが、同じ過ちは繰り返さない。今夜はブランデー一杯までだ。

「おやすみ、テイラー」ルーカスはそういってドアに向かった。

「楽しんできて」

「そうする」

テイラーは、もう彼を蹴飛ばしたいとは思わなかった。それでは優しすぎる。

ベッドから飛びおりて、ルーカスに走って追いついた。そして、真っ先に頭に浮かんだことを口にした。「もう出かけるの？　疲れてない？」

「いいや」ルーカスは肩越しに振り返って答えた。「おれが出たら、しっかり鍵をかけてくれないか。おれなら鍵を持っているから」

ルーカスがドアを開けようとしたので、テイラーは急いでドアと彼のあいだに体を割りこませた。

「どれくらいで戻ってくるの？」

「しばらくしたら」

「そんな――」

「そんな、なんだ？」

テイラーが肩をすくめたので、ルーカスはむっとした。「いったい、どうしたんだ？」彼は苛立ちをあらわにした。

「なんでもない」テイラーは嘘をついた。「それじゃ、行ってらっしゃい。楽しんできて」

「まず、そこをどいてくれないか」

テイラーははじめ従うつもりで横に動いたが、彼がふたたびドアノブに手を伸ばしたところで、さっと元に戻り、今度は両腕を広げてドアに張りついた。どうしてなのか自分でもわからないが、そうしなければ気がすまなかった。

ルーカスがどうかしたのかといわんばかりに見おろしていた。実際、そのとおりかもしれない。自分でもわけがわからなかった。

「行く前に、ひとつ質問に答えて」

「なんだ？」

「今夜、麦をまき散らすつもり？」

「なんだって？」

「カラスムギよ」テイラーはさらにいった。「今夜、まき散らすつもりなの？」ルーカスは彼女の口からそんな言葉を聞いてぎょっとしたが、すぐにぴんと来た。テイラーは嫉妬しているのだ。彼はとっさのことに言葉を失い、一歩あとずさってテイラーをまじまじと見た。

テイラーはルーカスがぎょっとするのを見て、たちまち顔を赤らめた。ルーカスの反応からして、そんなことは考えてもいなかったらしい。

テイラーはほうっとため息をついた。濁った水のなかに踏みこみすぎてしまった。このまま問いつめて白黒はっきりさせたほうがいいのかしら？　それとも祖母がよくいっていたように、自分で蒔《ま》いた種は自分で刈り取ったほうがいいのかしら？

「ロスさん――」

「妬《や》いているのか？」同時にルーカスも口を開いた。

「まさか、そんなこと」

「嘘つけ」ルーカスはほほえまずにいられなかった。

テイラーはかっとして肩をそびやかした。笑われるのは癪だ。

「テイラー、ベルのことなら喜んで説明しよう」

「べつに、その方のことは気にしていないわ」テイラーは答えた。「あなたが暇なときになにをしようと、わたしの知ったことではないもの」

ルーカスがかちんときたのはテイラーの言葉ではなく、その言い方だった。まったく、頑固な女だ。彼はテイラーをこのままやきもきさせておくことにした。明日の朝になったら誤解を解いてやろう。ただし、そのときになってもまだガミガミいうなら話は別だが。

「そこをどいてくれないのか？」

「どくわよ」

テイラーは動かなかった。ルーカスは彼女をつまみあげてベッドに放り、そこでじっとしていろといってやりたかったが、手を伸ばすとテイラーに押しのけられた。

「結婚は、身ごもるようなものよ」テイラーがいった。

ルーカスは思わずのけぞった。だが、この先なにをいわれようと、これほどどぎょっとさせられることはないはずだと思いなおした。こんな筋の通らないことをいう女には、ついぞお目にかかったことがない。声をあげて笑いたかったが、できなかった。テイラーはとても傷つきやすい。若いし、経験もない。さらにいうなら魅力的で美人で、まともな男なら一生そばに置いておきたいと思うような女性だ。

「どうして、結婚が身ごもるようなものなんだ？」思わず尋ねた。

「身ごもっているか、身ごもっていないか、どちらかしかないからよ」テイラーはごく当たり前のことのようにいいきった。

「テイラー――」

彼女はさえぎった。「その中間はないの。結婚を無効とする書類にちゃんと署名するまで、わたしたちはふたりとも、たがいの誓いを尊重するべきだわ。たがいに……」

「誠実?」テイラーが口をつぐんだので、ルーカスは助け舟を出した。

「そう、たがいに誠実であるべきよ。そのほうが礼儀にもかなっている」

テイラーは恥ずかしくてたまらないのを悟られないように顔を伏せた。それから両のこぶしを握りしめていることに気づいて、すぐに緩めた。

ルーカスは彼女の頭のてっぺんを見おろしていた。テイラーには見えないから、安心して笑顔になれる。

「つまり、禁欲生活を貫けというのか?」

「わたしはそうするつもりよ」

「それとこれとはまったく違う話だ」

「どうして違うの?」

ルーカスは即答できなかった。どういうわけか、自分の言い分がとても奇妙に聞こえる。

「女性にも同じ欲望がある」彼は説明した。「だが、女性はそうしたいと思う前に相手を愛さなくてはならないんだ。男は違う」

ルーカスにとっては、それは完全に筋の通った意見だったが、テイラーはそうはとらなかった。彼女はかぶりを振った。「要するにあなたがいいたいのは、たいていの女性は貞操観念から自制するけれど、あなたを含むたいていの男性は、そばを通りかかるあらゆるものに発情するというのね」

「まあ、そういうことだ」ルーカスはテイラーをかっかさせたくてそう答えた。

テイラーは懸命に自分を抑えた。ルーカスとのいい合いだけは避けたい。もういいたいことは充分にいったし、その意見を受け入れるかどうかは、あとはルーカス次第だ。

もし彼が、祖母が警告していたような男性で、ウィリアム・メリットのように山羊並みの道徳観念しか持たない人なら、そういう人だと早くわかったほうがいい。なぜなら自分が、恋に落ちようとしている女性特有のあらゆる兆候を示しはじめているからだ。ルーカスがそばに来るときまって息苦しくなるし、しじゅうキスしてもらいたい気がするし、もう少し魅力を感じてほしいとも思っている。ああ、だから彼の魅力と容姿に無関心ではいられないのだ。

頭のなかで、警鐘が鳴り響いていた。ルーカスのことを好きになりすぎてしまったのは間違いない。すぐに歯止めをかけなくては。一方的な恋は危険なだけで、その先には絶望しかないのだから。

それに、こんな鈍感な人は、結婚するより縛り首にされたほうがいい。

ベルだなんて。その名前も、その人も嫌いだ。テイラーはルーカスに、逢い引きに行く前に少し考えさせることにした。

「あなたがさっきいったように、レディは衝動的な欲望に駆られることはないの。そんなみだらな衝動に悩まされるのは、下品でふしだらな女性だけよ」ベルみたいな、とテイラーは心のなかでいい添えた。

それからその場を離れようとしたが、ルーカスに両手で頭を挟まれて動けなくなった。まだいいたいことがあるらしい。

「そうかな?」彼はいった。

テイラーは目をあげて、ええそうよ、早く行かないと遅れるわよといってやるつもりだったが、彼の優しさにあふれた瞳を見たとたんに、いおうとしていたことはどこかに消し飛んでしまった。この瞳を見ていたいということしか考えられない。

ああ、なんて美しいのかしら。

ルーカスも、まさに同じことを考えていた。テイラーからじっと見つめられるたびに、喉を締めつけられたような気分になる。神秘的で、モンタナの空のように青く澄みきった瞳だ。

そう、テイラーはたしかに魅力的だ。だが、年を取ったロバ並みに頑固で、公職を退いた政治家並みに他人の意見に耳を貸さない。たとえば男女の欲求についてなにひとつ知らないくせに、その道の権威のように偉そうな口をきく。

この女性から目をそらせそうになかった。いいかげんに部屋を出なければいけないことはわかっている。ベルはもう、ウィスキーをぐいぐいあおっているころだろう。だが、かまうものか。

この小柄な女性にキスしたい。それからどうするか決めよう。彼はテイラーの顎を片手で包みこんだ。頭を少し上向け、そろそろと顔を近づける。かすめるようにキスすると、テイラーは驚いてぱっと離れようとした。彼女を離さずにふたたび唇を重ねて、じっくりとキスした。テイラーは小さな歓びのため息を漏らして、上着の前をつかんだ。彼にはそれだけで充分だった。今度はさっきまでとはまったく違うやり方で唇を重ねた。身を焦がすようなキス。彼の唇は硬く、熱く濡れ、テイラーの唇は柔らかく、ひたむきだった。ルーカスはまだ足りずに、顎を包みこむ手に力を込めて口を開かせ、テイラーが屈服すると舌を滑りこませて彼女を味わった。ああ、なんて味だ。

情熱の炎は瞬く間に燃えあがった。テイラーは少しも受け身ではなく、彼のウエストに両腕を巻きつけ、背中に爪を立てた。そしてシャツの下の肌の熱さを、彼の力強さを感じた。彼の筋肉はなめらかで、鋼《はがね》のように硬い。その体と口から発散される熱に、すっかり圧倒されていた。触れるのをやめないでほしい。

ルーカスはテイラーの味に酔いしれていた。テイラーは少しも尻込みせずに、舌で対等に応戦してくる。うめき声を漏らしてふたたび舌を差し入れると、今度は舌を吸われた。体をしっかりとつかまえて引っぱりあげると、熱くなった部分を感じて、彼女は本能的に腰をぴったりと押しつけた。

唇を斜めに重ねて、何度もテイラーを貪った。どれくらい抱き合っていたのだろう。テイラーは彼の体に手を這《は》わせて、キスをやめないでと伝えていた。唇が同じくらい熱く濡れているのがいとおしい。舌を積極的に使うところも好きだった。

彼はテイラーをさらに味わい、においに酔いしれた。キスでこんなに欲望をかき立てられたのははじめてだった。

テイラーが喉の奥から漏らすすすり泣きのような声は、彼を限界まで押しやった。ここでやめなくてはまずい。彼はすでに、テイラーの裸体を頭に思い浮かべていた。両脚をからめ、乳房をすりつけてくる彼女のなかにすっかり自分をうずめたらどんな心地だろう。

彼のくぐもった声はうなり声に変わった。テイラーから無理やり唇を引きはがして欲望を抑えようとした。ぜいぜいと荒い息をつき、目をしっかりつぶって額をドアに押しつける。とにかくテイラーの体を離さなくてはならない。

だが、すんなりとは応じてくれなかった。あのたまらない愛撫をなおもつづけている。彼女は震えていた。

欲望がないなどと、よくもいえたものだ。

テイラーは、これほどなにかに突き動かされたのははじめてだと思った。船が沈没しそうだったときと同じくらい体が震えている。あのとき震えたのは恐怖のせいだった。でも、いまは情熱のせい。

ああ、ふしだらな女みたいに振る舞ってしまった。テイラーはだらりと両手を垂らし、彼にもたれて体をこわばらせたまま、どうにか呼吸を落ち着けようとした。

ルーカスは彼女の変化に気づいて、今度はなにを考えているのかと訝《いぶか》った。

テイラーはまた彼の胸に抱き寄せられて、われを忘れるようなキスをしてほしいと思った。

でもルーカスは、レディらしさを取り戻す間も与えず、今度は体をかがめて、耳たぶを噛みはじめた。そんなことをされたら不愉快なはずなのに、気持ちがいい。温かなものがさざなみとなって背筋を駆け抜け、彼の甘い息が肌をくすぐった。またもや自制心がなくなっていくのがわかる。

「なにをしているの？」

「きみにキスしている」

そう、それはわかりきっている。どうしてと訊きたかったが、口から出たのは歓びのため息だけだった。

「やめてほしいか？」

ルーカスがかすれた声で尋ねた。

もちろんやめてほしい。そのとき、ルーカスがどこに行ってだれと会おうとしているのか思い出した。このけだもの。妻にキスしていたかと思うと、今度はほかの女性のところに行ってしまうなんて。

「どうなんだ？」

テイラーは彼のウエストに両腕をまわした。「わからない」

ルーカスのせいでまともに考えられなかった。いま彼は、熱い唇を開いて首筋に這わせている。テイラーは彼がもっと探索しやすいように頭を傾けた。

「いいにおいだ。花のようなにおいがする」

石鹸《せっけん》よ、といいたかった。香り付きの。けれども、その言葉も口にできなかった。

彼のせいで、頭のなかがとろけてしまっている。

「アメリカの農場では、雌牛《めうし》は〝ベル〟と呼ばれるんだ」

彼は首筋に唇をつけたままほほえんだ。まるで、さっきいったことが聞こえていないみたいに。テイラーはいった。「その話なら、リヴィングストン夫人の旅行記で読んだわ。ちゃんと出版された本に書いてあるんだから、ほんとうのことなんでしょう。アメリカの農場では、雌牛は〝ベル〟と呼ばれる」こんな話を睦《むつ》み合いの最中にするなんて。

ルーカスは彼女の額にキスした。「このままキスをつづけてほしいんだろう、テイラー？」

なんて傲慢な人。でも、そのとおりだ。自分を偽れるほど器用ではない。「ええ」

「おれがなにを考えているかわかるか？」

テイラーはまたため息をつきたくなった。低くかすれた、ゆったりした話し方がたまらなく素敵だ。

「なにを考えてるの？」テイラーは息を弾ませて尋ねた。

「きみ自身、衝動的なものを少しは感じたはずだ。どういうことかわかるか？」

女性も男性と同じく欲望がある。ルーカスは、自分が正しかったと認めさせたいのだ。

「ええ、どういうことかわかるわ」

テイラーは肩を落とすと、ルーカスから離れようとしたが、ルーカスはその手をつかんで彼女のウエストに両腕を巻きつけた。

「なにを学んだのか、聞かせてもらおうか」ルーカスは早く負けを認めさせようとせっついた。

「わたしって、ふしだらな女なのね。さあ、これで満足？　ベルが待ちくたびれてしまうわよ」

「おれが行くまで、酒を飲んで待ってる」

「楽しい方みたいね」

「楽しいとも」ルーカスはいった。「それから、きみはふしだらな女じゃない」

テイラーは彼を押しやって逃れると、振り向いて両手に腰を当てた。「もちろんよ」彼女はいった。「でも、あなたといると、ふだんなら思いもつかないことをしたくなってしまう。あなたに触れられると……そう、あなたがそばにいるときだけふしだらになってしまうの。だから、おたがい距離を置いたほうがいいのよ。さあ、また恥をさらす前に出ていって」

テイラーが泣きそうにしているのを見て、ルーカスはからかったことを後ろめたく思った。だが、それと同時におおいに満足もしていた。意識していようといなかろうと、テイラーが口にしたのは、思わずにやりとしたくなるような言葉だった。触れられるといつもの自分ではなくなってしまう。男にとって、これ以上のほめ言葉があるだろうか。

とはいえ、いまはテイラーをなだめる言葉をかけなくてはいけない気がした。自分はテイラーの夫だ。夫なら妻が動揺しているときになだめてやるものだろう？　夫婦でいるのがしばらくのあいだだけだとしても。

「妻なら、夫の前でふしだらに振る舞ってもかまわないさ」

テイラーは危うく鼻を鳴らしそうになってこらえたが、表情はそうはいかなかった。「でも、あなたは結婚するくらいなら縛り首にされたほうがましなんでしょう?」

ルーカスはテイラーに見とれていた。瞳に炎がめらめらと燃えあがっている。こんな瞳を見たら、気の弱い男はすぐに自分のしたことを後悔するだろう。だが、自分は違う。「そのとおりだ」

テイラーは苛立たしげに髪をかきあげた。「さっさと行ったらどうなの」

そのほうがいい。ルーカスはドアに近づくと、ノブをまわそうとして手を止めた。鍵が入っているかたしかめようと右手でベストのポケットを探り、空だったのでもう一方のポケットを探った。

テイラーは、踵《きびす》を返して衣装簞笥に向かう彼の一挙手一投足を見ていた。感情を抑えるのがやっとだった。もう自分の気持ちがわからない。取り乱すようなことはひとつもないはずなのに、なぜだか泣きたい気分だった。

ルーカスはその日最初に着ていた上着のポケットを探して、鍵を見つけた。彼は衣装簞笥の扉を閉めると、テイラーに向きなおった。

「子どものころ、ベルに食べさせてもらった……母が死んでから。ベルと母は親しかった」

なぜこんな話をはじめたのか、ルーカス自身にもわからなかった。たぶん、テイラーに気をもませたくないからだろう。それに、酷《ひど》い男だと思われたくなかった。

テイラーは心底ほっとした。ベルは雌牛ではなく、家族も同然の友人だった。ルーカスがほんとうのことを打ち明けてくれたので、今度は自分の番だとテイラーは思った。「さっきは、やきもちを焼いたの」思いきっていった。「その点は、あなたのいったとおりよ」

正直にいわれて、ルーカスはうれしくなった。テイラーのこわばった口調からして、過ちを認めるのはつらいことなのだろう。彼女が生真面目そのものの顔をしていたので、ルーカスは笑顔を見せずに、短くうなずいただけで目をそらした。

テイラーは、後味の悪いままルーカスに行ってほしくなかった。楽しいやりとりをいくつかでも交わせば、気分もよくなるかもしれない。しかめ面の彼を見たベルに、幸せな結婚をしていないのだと思われても困る。

ああ、そんなふうに考えるなんて、ほんとうにどうしたのかしら。でも、たとえ死ぬほどつらくても、ルーカスには笑顔で出かけてもらわなくては。

テイラーは懸命に頭を絞ると、ルーカスがドアを開けたまさにそのとき、ぴったりの話題を思いついた。

「この先、結婚の無効を申し立てるべきか、それとも離婚を申し立てるべきか、まだ決心がつかないの」

「さっき、結婚の無効を申し立てるといってたじゃないか」

「わたしが？　そんなことをいったかしら。離婚を申し立てるほうが簡単に認められそうな気がするんだけれど」

「なぜ?」

「そのほうが、もっともな理由をいろいろと思いつけるからよ」ルーカスが食いついたので、テイラーはしめたとばかりにつづけた。「わたし、その理由も検討したの。もう、ぜんぶ空でいえるくらいに。ただ、どれかひとつに絞るとなると――」

ルーカスはにやりとした。「離婚を申し立てる理由をそんなにいろいろ考えたのか?」

テイラーはうなずいた。「たとえば、妻に対する扶養義務の放棄は、当然だけれど理由に使えないわ。それほど長いあいだ一緒に暮らしていないから」だんだんと調子づいて、熱っぽくつづけた。「それから、過度の飲酒を離婚の理由として考えたけれど、一緒にいるとき、あなたは一度もお酒に手をつけなかったから、これもすぐに候補からはずさなくてはならなかった。それから、あなたから繰り返し暴力を振るわれたと訴えることも考えたけれど、真っ赤な嘘になるし、第一そんなことまで持ちだしたら少しもいい気がしないでしょう。あなたには世間体があるし、わたしの場合は世間体はともかく、自尊心があるもの。妻を殴るような男性と結婚するわけがないわ。そんなことをしたと嘘をつきたくないの」

「男は女と違って、自尊心がどうのと、くだらないことは気にしない」ルーカスがいった。

「たいていの男性は気にするけれど」

「おれは気にしないからな」

ルーカスがこれほど傲慢な言い方をしなければ、離婚を申し立てる際のほんとうの理由をすんなり明かしていただろう。けれども、こんなうぬぼれを野放しにしておくわけにはいかない。それはテイラーにしてみれば、挑発されているようなものだった。

するとあなたは自尊心にかかわることでも気にしないというのね。それはどうかしら。

「きみは嘘をつくのが嫌いなんだな」

「ええ、嫌いよ」テイラーは答えた。「意外そうな口ぶりだけれど」

「意外だとも。世の中に正直な女性がいるとは――」彼はにやりとした。「――驚きだ」

テイラーはいい返した。「あなたはまっとうな女性に会ったことがないのよ。そうなんでしょう？」

ルーカスは肩をすくめた。「御託はもういい」彼はいった。「まだ実行に移してもいないことで、いちいちおれの時間をとらないでくれないか。結婚の無効を申請するときにどんな理由を申し立てるのか、それだけ聞かせてもらおう」

「ええ、そうするわ」テイラーはにこやかな笑みを貼りつけると、結婚の無効と離婚の申請の微妙な違いについて説明しながら、彼をドアのほうに優しく押しやり、おやすみなさいといって戸口にもたれた。それから、ルーカスが廊下を歩いていくのを見守り、彼が好奇心を抑えきれなくなるのを待った。

ルーカスは廊下のなかほどで、踵を返し、大きな声を出さなくてもすむところまで戻って、いらいらしていることに気づいた。テイラーがどんな理由を申し立てるつもりかまだ聞いていなかった。ルーカスは廊下のなかほどで尋ねた。「酔っぱらいでも暴力夫でもないなら、なんといって申し立てるつもりだ？」

テイラーはいよいよにっこりとほほえむと、ドアを閉めながら、楽しそうに答えた。「夫が役立たず《インポテンツ》だと申し立てるの」

8

「運命は時として、思いがけない助け舟をもたらす」

――ウィリアム・シェイクスピア『シンベリン』より

テイラーのせいで、ルーカスはさんざんな夜を過ごした。

頭に浮かぶのは、テイラーの許しがたいひとことだけだった。役立たず《インポテンツ》だと。法廷に居合わせた全員が目を通す申立書にそんなでたらめを書かれるくらいなら、死んだほうがましだ。

ようやく落ち着いて考えられるようになるまで、一時間以上はかかっかしただろう。彼は瞳を意味ありげにきらめかせたテイラーの顔を思い浮かべながら、彼女との会話を少なくとも十回は思い返し、しまいにあれははったりだと結論した。自尊心。まず、その言葉が頭のなかに浮かんだ。それから、自分のいった台詞――男は女と違って、自尊心にかかわることで頭を悩まさない。そんな言い方だったろうか？　テイラーの瞳がきらりと光ったのはそのときだった。そう、テイラーははったりをかましたのだ。そうすることで、ルーカス・ロスにしっぺ返しをくらわせた。

彼は苦笑を漏らした。利口な娘だ。

「そろそろそのしかめっ面を引っこめて、楽しんだらどうなの」

そういったのは、昔なじみのベルだった。ルーカスは素直に考えごとを頭のなかから払いのけ、母の友人に注意を向けた。

ベルはこの十年でかなり老けこみ、見るからに衰えていた。昔は大柄で、がっしりした体つきをしていたものだ。いまも彼と肩を並べるほどの長身だが、肌と姿勢に長年の苦労が現れている。辺境の生活は過酷だから、女性が老けこむのは早い。ベルも例外ではなかった。ボストンに戻る前に未開の西部で三十年暮らした彼女は、厳しい天候に肌を痛めつけられ、日々の労働で背中も丸くなっていた。

ルーカスは、彼女の髪が焦茶色だったことを憶えていた。その髪が、いまは白くなっている。だが瞳は昔と変わらない。温かくて、優しい瞳だ。彼女がいまだに男を引きつけることは、隣に相方のウィンストン・チャンピル氏が座っていることからも明らかだった。年配のその男は体の大きさがベルの半分くらいしかないが、彼女を見あげるその目にはつねに愛情がこもっている。

ベルはこれまでに、三人の夫に先立たれていた。おそらくウィンストンが四人目だろう。

ふたりは紳士用の談話室にいた。その場所に女性は立ち入り禁止のはずだが、ベルは少しも気にしていない。接客係はことを荒立てたくなくて、ホテルの支配人を呼びに行き、ルーカスがふたりの向かいに腰をおろしたときに、支配人がベルの傍らに来て耳打ちした。だがベルがなにやらささやき返すと、支配人は顔を赤くして、慌てて談話室から出ていった。

ベルがなんといったか、ルーカスは知りたいとも思わなかった。テイラーのことをすっかり頭から追いだしてしまうと、彼は故郷の知らせに耳を傾けた。ルーカスが生まれたのは、ケンタッキー州のケリントンという入植地だった。彼は独り立ちできるほど成長すると、さっさとその町を離れて二度と戻らなかったが、結婚式や家族の集いのためにときどき帰るベルによると、ケリントンはここ二十年で見違えるほど大きくなったという。何度か結婚したせいで、ベルの親戚は山ほど増えていた。ベルは帰郷するたびに、そのひとりひとりを、愛情を込めて抱きしめる。

ベルの〝近況報告〟が終わるころには、真夜中の一時を過ぎていた。ベルはとっくに船を漕いでいるウィンストンにおかしそうに目をやると、ルーカスに向きなおってにっこりした。「こんなにくたびれ果てて」連れ合いを起こさないように、小声でいった。「あたしよりゆうに十歳は若いくせに、ついてこられないんだから。結局、どんなに若いのを選ぼうと関係ないのよ、ルーカス。どんなに若くても、あたしが相手ではへたばってしまう」彼女は最後のひとことを自慢げにいった。

ルーカスはほほえんだ。「結婚するのか?」

「まあ、そうなるだろうね」ベルはそれから、ため息をついた。「夜は寒いけど、この人がいれば暖かいから。たぶん、これまでの三人よりつづくんじゃないかねえ。あんたはどう? だれかいい人を見つけて腰を落ち着ける気はないの?」

ルーカスは椅子の背にもたれてグラスに手を伸ばした。ここに来てから、彼はブランデーをちびちび飲んでいるだけだった。ふだんも大酒をあおることはけっしてない。彼が気にしているのは味ではなく、飲んだあとのことだった。いつも頭がきちんと働くようにしておきたい。ルーカスは個人的な話をするような人間ではなかった。だが彼とベルは古なじみで、ルーカスにとってベルは母親のようなものであり、実際に彼の母が死んだときには面倒も見てもらった。いちばん家族というものに近くて、ケンタッキー時代につながる唯一の存在でもある。

「実は結婚したんだ、ベル」

それがほんとうのことだとベルが納得するまで数分かかった。青天の霹靂《へきれき》の知らせからベルが立ちなおるまでさらに数分。名ばかりの結婚だと打ち明けると、ベルは驚きあきれて、首を振って大笑いした。

「まさか」ベルはその言葉を何度も繰り返した。

それから、そんなことになった経緯を彼女が聞きたがったので、ルーカスはほぼ一部始終を話して聞かせた。イギリスに渡った理由から、いちばん下の弟ケルシーのこと、ウィリアム・メリットが急に心変わりして、ケルシーを手放すのと引き替えに大金を要求してきたこと。

話し終えるころには、ベルは絞首刑を言いわたす判事のように険しい顔をしていた。

「その子はいま、どこにいるの?」ベルは尋ねた。

「ジョーダンとダグラスと一緒に、うちの牧場に向かっているところだ。途中、デンバーに一週間かそこら滞在する。ジョーダンの話では、ケルシーによさそうな寄宿学校があるらしい。やつの眼鏡にかなえば、ケルシーは今度の秋から——」

「その、あんたの上の弟……そのふたりも、まだリデンプションの近くの牧場で働いてるの?」

ルーカスはうなずいた。「町から馬で一日かかるところだ」彼はいった。「その牧場を、三人に譲ろうと思っている。たぶん、あいつらは牧場を三等分して、いずれは結婚もして、それから――」

「いつまでも幸せに暮らす?」

ルーカスはほほえんだ。「たぶん。上のふたりは、いま喧嘩《けんか》しているんだ。ダグラスは平坦な土地で農業をやりたがっているんだが、ジョーダンはそこを牧草地にして、もっと牛を増やしたがっている。ふたりともよく働いているよ、ベル。自分の土地となったらもっとはりきるだろう」

「あんたと花嫁はどうなるの?」

「おれは山に戻るつもりだ。彼女はボストンで暮らすことになる。辺鄙《へんぴ》な土地では暮らしたことがないんだ、ベル。ひよわな娘さ」

「いざとなればたくましくなるわよ」

ルーカスはかぶりを振った。「テイラーはお嬢さま育ちの、本物のレディだからな」彼はつづけた。「貴族の娘で、うちの仕事など一度もしたことがないに決まっている。そんな娘が辺鄙な土地で……」

ルーカスは、くたびれて老けこんでしまうのを見たくないといおうとして、かろうじて言葉をのみこんだ。「彼女にはもっとふさわしい人生があるはずだ」

「その人は実家から財産を分けてもらってるの？」

「ああ」

「それなら、ふつうの女性となんら変わりはないけどねえ」ベルはいった。「だって、お金があるなら、必要なお手伝いを雇えるだろう」

「辺境では無理だ」ルーカスはいった。「モンタナで女性は珍しいんだ。他人のために働いてくれるような女性はいない」

「いまだって、ボーズマンには女性が十四人も住んでるじゃないか」ベルは譲らなかった。

「あの土地には、じきにもっとたくさん入植するよ」

ルーカスはベルに、どこでそんな情報を仕入れたのか訊かなかった。ベルのところには、いつもさまざまな情報が集まってくる。それも、たいていはほんとうのことだ。

「ボーズマンの近くには住みたくない」

「そんなことは関係ない」ベルはつづけた。「なんなら、男を雇っても……どうしてそんなふうに首を振るんだい？」

「テイラーのそばに別の男を近づけるなんて、とんでもない」

ベルはにんまりした。「つまり、よその男にその人のまわりをうろつかれたくないんだね。これはおもしろくなってきた」

ルーカスは、にわかにきまりが悪くなったのを肩をすくめてごまかそうとした。結婚したことをいわなければよかったと思ったが、もう遅い。

「あのねえ、自分の話が矛盾していることに気づかないのかい?」ベルが尋ねた。「たったいまあんたは、花嫁によその男が近づくのはがまんがならないといった。でもほんの五分前には、花嫁をひとりボストンに残して、自分は山に戻るといったんだよ」

「それは、まあ——」

「矛盾しているだろう?」

ルーカスはため息をついた。ベルのいうとおり、たしかに矛盾している。ベルは彼を見て首を振った。「まだそのことをちゃんと考えてないんだね?」

いいや、さんざん考えたとも、とルーカスは思った。今回の結婚は単純な取り決めで、短い期間にかぎられていたはずだ。だがテイラーのせいで、ややこしいことになってしまった。彼女に惹かれるとは思っていなかったし、彼女を見るたびに動物的な所有欲に駆られるとは予想もしていなかった。

「もちろん、あんたが結婚に踏みきった理由は理解できる。弟の自由を手に入れるお金と引き替えに、その人を守ることになったんだろう。弟の名前は?」

「ケルシーだ」

ベルはうなずいた。「マコーワンという若者を憶えてるかい? あんたは、囚われの身だったその子を救いだすために、ふたりのごろつきを始末した。それから、アイルランド人の女の子も。あの子はなんといったかね?」

「もう昔の話だ、ベル。それに、おれの結婚とはなんの関係もない」

「あたしはただ、あんたはだれかを守らずにはいられない人間だといいたいんだよ」

「そして、自由を求めずにはいられない」

ベルはくっくっと笑った。「それから、もうひとつ矛盾がある。あんたは結婚しているといったけれど、ほんとうは違うという。そんな関係を、どれくらいつづけるつもりなんだい？」

「テイラーと話をして、どれくらい夫婦でいたいかたしかめなけりゃならない。結婚の無効か離婚を申し立てるという話はしているんだ。テイラーにとってはどちらでもいいことだが」

「あんたはどうしたいの？」

「無効の申し立てをしたい」ルーカスは答えた。「そのほうが世間体は悪くないだろうから」

ベルは信じられないとばかりに鼻を鳴らした。「その人が貴族の娘なら、社交界の一員でもあるわけだろう。いずれにしてもつまはじきにされるよ。そのことは承知しているのかい？」

「テイラーはかまわないらしい」

「それもおかしな話だね」ベルはいった。「レディならたいていは気にするものだけど」

そのとおりだとルーカスは思った。女ならだれだって気にするだろう。それなのに、テイラーはなぜ気にならないんだ？　ここに来る前、テイラーは離婚を法廷に申し立てるのに法的に認められそうな理由をいくつか並べ立て、くどくどとまわりくどい説明をしながら、世間体など気にしないといっていた。

ベルはグラスを飲み干すと、おかわりを注ぐようにルーカスに合図して身を乗りだした。

それから、テイラーのことでルーカスを質問責めにした。テイラーがどんな格好をしているか、なにを食べるか、なにを飲むか、日ごろの行動はどうか、他人をどんなふうに扱うか、自分はどんなふうに扱われたがっているか。

矛盾はさらに積み重なった。テイラーは裕福な名家の出身だが、ボストンへの船旅では、少しも箱入り娘らしくなかった。

「それに、自分のことはたいてい自分でしていた」ルーカスは打ち明けた。

「まるでつじつまが合わないね」ベルはしまいにいった。「あたしが思うに、たしかなことはひとつ。その人には、あんたと結婚する別の理由があったんだ。世間体よりもっと重要ななにかが」

〝より大きな幸せ〟だ。以前に結婚したほんとうの理由を聞きだそうとしたときに、相続財産を叔父から守ることだけが理由ではないとテイラーが認めたことがあった。そのほかに、〝より大きな幸せ〟のために結婚したのだと。より大きな幸せとはいったいなんだ?

ルーカスは、そろそろその意味を突きとめる潮時だと思った。

結婚する前に、テイラーの過去を調べてみようと思わなかったのは事実だった。そう、そんなことは気にならなかったし、テイラーの容姿に至ってはどうでもいいと思っていた。あのときはすっかり動転していて、それどころではなかったのだ。絶望。そう、絶望しきっていた。ケルシーをウィリアムから引き離すためならなんだってしただろう。ケルシーが虐待されてすっかり痩《や》せ衰えているのを見たときは、ウィリアムを殺すことさえ考えた。だがそのとき、テイラーの祖母が手を差しのべて、監獄に放りこまれることなく問題を解決する案を提示してくれた。だからその金を迷わず受け取り、取引に応じた。それが、いまはどうだ？

ベルが手を伸ばして、テーブルの向かいで寝ていた連れ合いを起こした。ふたりはほどなく帰り仕度をし、ルーカスはロビーのドアまでふたりを見送った。

「明日セントルイスに出発するのでなければ、あんたの花嫁にぜひとも会って、いくつか質問したかったんだけどねえ」

ルーカスはほほえんだ。秘密を白状させようと、ベルがテイラーを脅すさまが目に浮かぶ。たしかにベルは年配で人生経験豊かな女性だが、テイラーのほうが少しばかり賢い。きっと、脅されてもびくともしないだろう。

ベルにおやすみのキスをして階段をあがった。テイラーを問いただしたいのはやまやまだが、明日まで待たなくてはならない。テイラーはもうぐっすり眠っている――はずだし、今夜はもう長々と話し合う気にはなれなかった。おたがい休養が必要だ。体が重くて、消耗している気がした。都会にいるせいだ。都会では、ふだんの自分ではいられない。礼儀作法に気を配らなくてはならないし、銃を身につけることもできない。まるきり素裸で、無防備になった気がする。それに、都会には、清々《すがすが》しい空気がない。テイラーとヴィクトリアはここの空気がきれいだと思っているようだが、ふたりはこれ以上ましな空気を知らないのだ。ボストンはロンドンほど息苦しくないが、それでもひどい。都会はどこでもそうだ。あの無数の煙突からしじゅう吐きだされる煤《すす》が、体の内側にたまっていくような気がする。ボストンはもう、ほかの都会と同じくらい人も犯罪も多くなってしまった。こんなごみごみしたところに住んで満足するのは、山や大平原を見たことのない人間だけだろう。彼らはなにも知らないで生きているのだ。こんな喧騒のなかで人々が暮らす理由は、それしか思いつかない。

忍耐にはかぎりがある。都会はいやというほど堪能した。そろそろうちに帰る潮時だ。

できるかぎり静かに鍵をまわして部屋に入り、すぐにテイラーに気づいた。ドアの真向かいの長椅子で眠っている。窓から差しこむ月の光に照らされて、髪と肩が金色に輝いていた。まるで天使だ。金色の髪はクッションの上に広がり、両手はウエストの上で慎み深く組み合わせている。白いローブが毛布がわりだった。

彼女を見つめたまま、長いあいだ立ちつくしていた。それから無理やり体を動かしてドアを閉め、鍵をかけて、アルコーヴに向かった。途中で上着を脱ぎ捨ててベッドの上掛けをめくり、テイラーのところに戻る。寝る場所を交換するつもりだった。テイラーはベッドで、自分は長椅子で寝る。

これまでは並んで眠っていたが、今夜同じベッドで寝たら自分を抑えられる自信がなかった。テイラーがほしくてたまらない。この部屋に踏みこんだ瞬間から、欲望に苛まれていた。

いいや、違う。舞踏室の向かいに彼女を見つけたあの瞬間から、テイラーがほしかったのだ。その欲望は花嫁に一歩一歩近づくにつれ高まり、テイラーがようやく夫に気づいたときには、彼女を抱えあげて肩にかつぎ、いちばん手近なベッドを探したい衝動に駆られていた。そう、自分は最初からテイラーを求めていた。そしていま、紳士らしく振る舞いつづけることがとうとう不可能になりつつある。

だが、約束は約束だ。テイラーの祖母には、花嫁を守ると約束した。彼女をものにしていいとはひとこともいわれていない。

テイラーが長椅子の上で寝返りを打った拍子に、現実に引き戻された。邪魔なテーブルを押しやり、片膝をついてテイラーに手を伸ばしてはじめて、彼女が紙切れを握りしめていることに気づいた。電報のようだ。見ると、テイラーのまつげに涙がついていた。頬もまだ濡れている。にわかに心配になった。泣きつかれて眠るくらいなら、なんであれ、打ちのめされるような知らせだ。

テイラーが紙切れをしっかりと握りしめていたので、電報を読もうと、そっと指を開いた。内容の見当はおおよそついているが、確認したい。

紙も濡れていた。電報を持ったまま泣いたのだろう。そろそろと電報を開いて文面に目を通した。

レディ・ステイプルトンが亡くなった。

テイラーは胸を引き裂かれる思いだったろう。ルーカスは頭《こうべ》を垂れ、目を閉じた。ふだんは祈りの言葉など口にしないが、何年も前にベルから教わった祈りの言葉をいつの間にかつぶやいていた。ごく一部しか憶えていないが、神はちゃんと聞いてくださる。

いまは悲しみでいっぱいだった。レディ・ステイプルトンとは知り合って間もないが、彼女のことは忘れようにも忘れられない。意思が強くて、自分の意見をしっかりと持っている情熱的な女性。〝優雅〟という言葉はまさに彼女のためにある。たしかにきわめて頑固な老婦人だったが、彼女の決意と、孫娘の安全を確保するためならなんでもしようというあの意志の強さには心を動かされた。

ルーカスは目を開け、テイラーが自分を見ていたことに気づいた。ふたりとも、ひとことも口をきかなかった。電報をテーブルに置き、テイラーに手を差しのべる。テイラーはあらがわなかった。彼女を抱きあげてアルコーヴに運び、ベッドの真ん中に横たえて、傍らで服を脱いだ。テイラーは目を閉じ、背中を向けて、毛布のなかで丸くなった。

彼女が自分の殻に閉じこもるのをやめさせたかった。いまは悲しみをさらけだして、思いきり泣きじゃくることが必要だ……死を悼《いた》むのはそれからでいい。

ベッドに入って、テイラーを抱き寄せた。テイラーはいっとき抵抗したが、やがて彼のウエストに両腕をまわし、首の付け根に顔をうずめて、体をわななかせはじめた。彼は両手で背中を撫でながら、慰めになりそうな言葉をささやきつづけるしかなかった。

それから、テイラーをしっかりと抱き寄せ、確実に眠ったとわかってもなお抱きしめつづけた。

二度と離したくなかった。

目を開いたとき、ルーカスはまたテイラーの上に体を重ねていた。時計は午前四時を指そうとしている。ここがどこで、なにをしていたのか、なかなか思い出せなかった。テイラーの首筋に鼻をすりつけ、太腿のあいだに膝《ひざ》を割りこませようとして、自分がしていることに気づいた。すでにナイトガウンを腰までたくしあげている。その下は、なにも身につけていない。テイラーは抵抗しなかった。両脚をからめ、首に両腕を巻きつけている。テイラーも、同じようにみだらな夢を見ているのだろうとぼんやり思った。その証拠に、まったく同じように首筋にキスしてくる。

やめたくなかった。片手をガウンの下に滑りこませて肌を愛撫し、片方の乳房の下側を包みこんだ。親指が乳首をかすめるとテイラーが耳元で低くうめいて、腕に力を込めてきた。彼女を味わいたい。探索は荒っぽくなり、今度は首の後ろをつかんでテイラーにこちらを向かせた。唇を重ねて、抗議の声をあげても外に漏れないようにする。舌を探りあてて貪《むさぼ》りながら両手で首筋を撫でさすり、それから下に滑らせて両の乳房を包みこんだ。テイラーの体が発散する熱に彼は駆り立てられていた。かすかな、それでいてあらがいがたい花のような香りに酔いしれるうちに、その清潔な女らしいにおいにもっと近づくことしか考えられなくなった。シルクのようになめらかな肌だ。隅々まで味わいたい。両手を下に動かしてくびれをたしかめ、さらに下に動いて、彼女の中心に手を滑りこませた。テイラーは背中を弓なりにして低くうめいた。

それから彼女は震えはじめた。彼は重ねていた唇を離して、ズボンのボタンをはずした。彼女のなかにしっかりと自分自身をうずめたくて、硬くなったものがずきずきと疼《うず》いている。欲望で息づかいが荒くなっていた。服を脱ぎながらもキスせずにはいられない。だが、彼女の頬を伝う涙に気づいたところで、現実に引き戻された。

いったい、なにをしていたんだ？　ルーカスは冷水を浴びせられたような気がした。激しく脈打つ心臓を抑えようと、震えながら何度か息を吸いこむ。最初に浮かんだ考えは気持ちのいいものではなかった。自分は、テイラーの弱みにつけこもうとしたのだ。いまの彼女は、おそらくまともに考えることもできない。祖母が亡くなった知らせを受け取ったばかりで、必要なのは快楽でなく、慰めなのに。

ナイトガウンを引っぱりおろし、力を振りしぼってどうにか横に転がったが、テイラーも一緒に転がってきた。彼女は両腕を首に巻きつけたまま、唇を喉になまめかしく這わせて、無言で戻るようにせがんだ。

ルーカスは首からテイラーの腕をはずして、彼女を元の場所に戻そうとした。だが離れてくれない。今度はウエストに両腕を巻きつけて、しゃにむにしがみついてくる。

テイラーが我に返ったのはそのときだった。ルーカスに愛してほしい。不意にそう思っていることに気づいて、体をこわばらせた。ああ、なにをしていたの？

彼女は不意に、みじめなまでの孤独感に苛まれた。おばあさまが亡くなった。テイラーが考えられるのはそれだけだった。祖母なしの人生など考えられない。ひとりきりで、この先どうしろというのだろう？　祖母は心のよりどころだった。辺境で暮らしてどうにもならない問題が持ちあがったら、祖母に手紙を書いて意見を――そして愛を求めようと思っていた。祖母はどうしたらいいか教えてくれただろう。たとえその意見が受け入れがたいものでも、気づかってくれる人がいることで心が温まったはずだ。祖母はあらゆる意味で母親だった。大叔父のアンドルーはまだ健在だが、こちらは少しも父親らしくない。変わり者の憎めない世捨て人で、テイラーが子どものころは遊び相手のようなものだったし、いまでは親友でもある。辺境でやっていけるかどうか、ひと月ほど芝土の家で暮らして試してみたらどうかとすすめてくれたのも大叔父だった。そう、手紙なら大叔父にも送れるけれど、祖母に送るのとはまったく違う。

母親がわりだった祖母が恋しかった。つらくてたまらない。心の準備はできていると思っていた。それなのに耐えられなくなって、ルーカスを故意に誘惑するようなことをしてしまった。彼に慰めてもらうことで――たとえ偽りだろうと愛してもらうことで、胸が張り裂けそうなこの痛みをやわらげてもらいたかったから。

「わたしが……ほしくないの、ルーカス？」

ルーカスはそんなことをわざわざ訊かれたことが信じられなくて、あまり紳士的とはいえないやり方で答えた――仰向けになり、テイラーの手をつかんで、荒っぽく股間に置いた。言葉は必要ない。テイラーは予想どおり、火傷《やけど》したようにさっと手を引っこめた。

テイラーは彼から離れて起きあがった。「それなら、なぜやめたの？」

ルーカスは頭の下に両手を入れて十まで数えた。ズボンを脱ぎ捨てて思いどおりにしたい衝動を抑えるので必死だった。

「わたしはやめてほしくなかった」

ルーカスはうめいて歯を食いしばった。額に汗が浮いているのがわかる。

暗闇で、テイラーには彼の表情がほとんど見えなかった。彼女は頬を伝う涙を手の甲で拭った。恥ずかしくて、みじめだった。どこかに隠れて思いきり泣きたい。そして、ああ、祖母にもう一度会いたい。

テイラーはそれ以上なにもいわずにベッドの端まで体をずらすと、上掛けを引っぱりあげてそのなかで丸まり、目を閉じて、声をあげて泣きたい衝動と闘った。

しばらく静寂があり、ルーカスはもう寝ただろうとテイラーは思った。アルコーヴを出て居間に戻り、長椅子の上で眠りたかった。いまにも心がばらばらに壊れてしまいそうな気がする。ルーカスの前で取り乱した姿を見せるほど屈辱的なことはなかった。泣いた姿は祖母にすら何年も見せたことがない。祖母が見たらぎょっとして、孫娘の行動を恥ずかしく思うだろう。ルーカスも、感情の歯止めがきかない女は軽蔑《けいべつ》するに決まっている。取り乱しているところを見られるなんて、考えただけでも恥ずかしかった。

この部屋から出なくては。上掛けを押しのけて起きあがり、ベッドの下に足をおろした。だが、立ちあがる前にルーカスにつかまった。稲妻のように素速い動きで、抵抗する間もない。たちまちベッドの上に引き戻され、ウエストに両腕をまわされてぎゅっと抱き寄せられた。彼のものが背中にぴったりと押しつけられて、頭の上には彼の顎がある。どこにも行かせないつもりだ。

「テイラー？」

彼女は答えなかったが、ルーカスはあきらめなかった。「おれに愛してほしいと思っているようだが、それは間違っている」

テイラーは彼から逃れようとしたが、ルーカスは彼女を締めつけた。「愛してほしかったんだろう?」

黙っていると、ルーカスがまた締めつけてきた。

「ええ、そのとおりよ」仕方なく答えた。

「そんなことをしたら、朝には後悔することになる」

しばらく考えていった。「そうかもしれない」

彼をなだめるための言葉だったが、ほんとうの気持ちは違った。今夜は、かつてないほどルーカスがほしくてたまらなかったが、それと同時に、そんなふうに思ってしまう自分が怖くてたまらなかった。感情と行動には、しっかり歯止めをかけておく必要がある。そうまで気をつけるようになったのは、恐怖のせいだった。それと、マリアンから教わったことのせい。マリアンは妹をマルコムの欲望から守ってくれただけでなく、妹がいかなる男性の毒牙にもかけられないように、精神的にも肉体的にも、考えられるかぎりの予防線を張ることを教えてくれた。でも、ルーカス・ロスが現れてからは、どうやって身を守ればいいのかわからなくなってしまった。

ルーカスと出会うまでは、まったくそつなくやってきた。ウィリアム・メリットと婚約して結婚式の計画が進行しているあいだも、彼にまったく心を許さなかったくらいだ。それから裏切られてひどく傷ついたが、ほんとうはウィリアムを失ったことより、恥をかいて噂《うわさ》になるほうがつらかった。ウィリアムが結局、疑っていたとおりの男性だったことにもたいして驚きはなかった。

でも、ルーカスはこれまで出会ったどの男性とも違う。優しくて、面倒見がよくて、思いやりがあって、ああ、そんなことはやめてほしいとどれだけ思ったことか。ルーカスは、張りめぐらした防壁を難なくうち砕いてしまう。しじゅう警戒していないと、彼に心を盗まれてしまいそうだった。

「テイラー？」ルーカスの声はしわがれていた。

「なにかしら？」テイラーはささやき返した。

「おれがきみをものにするのは、きみがおれのことしか考えていないときだ」

ルーカスは彼女の頭のてっぺんを顎《あご》で優しく撫でた。「今夜のきみは、レディ・ステイプルトンのことを考えていた。それはかまわない」彼は付けくわえた。「大切な人を亡くしたんだから」

テイラーはかぶりを振った。「おばあさまから、悲しまないようにいわれていたの」彼女はルーカスの腕のなかで向きを変えると、彼の胸に頬をつけた。「喪服も着ないと約束させられたわ。過去ではなく、未来に目を向けられるように」

テイラーがにわかに嗚咽を漏らしたので、ルーカスは彼女の背中をさすって抱き寄せた。

「ほかにはなにをいわれた？」

「いつまでも忘れないでほしいと……」テイラーは止めどなく涙を流した。「子どもたちに、楽しい思い出話を話して聞かせるようにいわれたわ」

ルーカスは、彼女がこの先授かる子どもたちのことをいっているのだろうと思った。「忘れないさ」

その言葉はテイラーには聞こえていないようだった。彼女はいまやおおっぴらにむせび泣き、そのあいだじゅう自分の見苦しい振る舞いを詫びつづけた。

「好きなだけ泣いたらいい」

テイラーはその言葉に同意できなかったが、嗚咽が止まらなくて、なにもいえなかった。どれくらい泣きつづけただろう。それから、しゃっくりがはじまった。ルーカスの服をぐっしょり濡らして、とてもレディとはいえない音を立てて、ぶざまなことこのうえない。

ルーカスは気にしていないようだった。彼は立ちあがると、ハンカチを見つけてベッドに戻り、テイラーに渡した。それから、テイラーが顔を拭ったハンカチをナイトスタンドに放り、ふたたび彼女を抱き寄せた。優しくされて、テイラーはいっそう泣きじゃくった。しばらくして、彼はいった。

「もう大丈夫だ」

その言葉を、ルーカスは何度繰り返しただろう。少しも大丈夫じゃないとテイラーは思った。祖母は二度と帰らない。自分はいまやひとりきりで、二歳の双子の身の安全は自分ひとりの肩にのしかかっている。ルーカス・ロスは、なにが大丈夫でなにがそうでないのか、少しも知らない。

いまは消耗しきって、反論する気も起きなかった。ルーカスにしがみついて慰めてもらっているうちに、泣き疲れてうとうとした。ここなら安全で、守られている気がする。彼にしがみついている手を二度と離したくなかった。

9

「運命の女神は知っているのだ。
人生が台なしになったときにわれわれがなじることを」
――ウィリアム・シェイクスピア『アントニーとクレオパトラ』より

テイラーは寝過ごした。心配になって八時半に様子を見に来たヴィクトリアは、ドアを開けたルーカスに早口に尋ねた。具合でも悪いの？　それとも三十分前に女性専用の食事室で一緒に食事するはずだったことを忘れているのかしら？

ルーカスはヴィクトリアにテイラーの祖母が亡くなったことを伝えなかった。彼は妻を揺さぶって起こすと、ヴィクトリアを朝食に連れていった。空腹ではなかったので、ソーセージと魚を少しと、ビスケットとグレイビーソース、シナモンを振りかけた焼きリンゴに、ポーチドエッグ、ポテトを頼んだ。ヴィクトリアはドライビスケットをひと切れと、絞りたてのリンゴジュースが朝食だ。

彼女はその日落ち着かなかった。ほかの客が気になるのか、混雑している食事室のあちこちにしじゅうちらちらと目をやっている。ルーカスは落ち着かせようと、家族のことを訊こうとしたが、ヴィクトリアの目が涙にかすむのを見て過ちに気づいた。それならと、ボストンでのこれからの生活に話題を振ったが、ヴィクトリアはいっそうそわそわするばかりだった。

　そのとき、食事室の反対側から甲高い笑い声がして、ヴィクトリアは文字どおり飛びあがった。それからぎゅっと眉をひそめて、肩越しに声のしたほうを振り返った。

「どうした？」ルーカスは尋ねた。

　ヴィクトリアが答える前にテイラーがテーブルに現れたので、ルーカスはすぐさま立ちあがって椅子を引いてやった。テイラーは彼を見もせずに礼をいい、腰をおろした。

　彼女はそのまま目を伏せていた。気まずいことでもあるのか、頬がかすかに赤くなっている。ルーカスはその様子を見て、ゆうべあんなふうに体に触れたせいだろうと思った。

　テイラーは黒一色に装っていた。ルーカスはその色が好きになれなかったし、喪服を着ないようにという祖母の指示を彼女があえて無視したことも気にくわなかった。

　テイラーの髪はうなじのところでひとつにまとめてあった。そんなふうに飾り気のない髪型にすると、非の打ちどころのない顔立ちがいよいよ際立って見える。ルーカスはテイラーが息をのむような美人であることをあらためて意識して、妻を見ている男がいないかと、思わず周囲を見まわした。テイラーは自分のものだ。だれだろうと、下心をむきだしにして彼女をじろじろ見る男は許さないつもりだった。

　だが、ばかげた振る舞いだとすぐに思いなおした。彼は自分の矛盾した行動にかぶりを振ると、うなるようにしていった。

「テイラー、なにか食べるんだ。ヴィクトリア、悩みごとを話してもらおう」

テイラーは空腹ではないといいはった。コップ一杯の牛乳を飲んでおなかがいっぱいだという、食事が終わったしるしにナプキンをたたんだ。相変わらず彼のほうを見ようとしない。ルーカスはふたりの連れの態度に業を煮やして、まずはテイラーが気にしていることを突きとめて、それからヴィクトリアの問題を片づけることにした。手はじめにテイラーの手に自分の手を重ねて、こちらを見るように低い声でいった。

テイラーはなかなかいうとおりにしなかった。ルーカスはしんぼう強く待ち、テイラーがしまいに彼を見たところで口を開いた。「なにも恥ずかしがることはない。ゆうべは気に病むようなことはなにもなかったじゃないか」

それから、どのみち結婚しているんだから、少々キスと愛撫を交わしたところで、むしゃくしゃすることもなければ気まずく思うこともないといおうとした。

だが、その筋の通った言い分を口にする暇はなかった。テイラーは信じられないとばかりに彼を見返していった。「あなたの前で泣いてしまったのよ。もちろん気まずいし、恥ずかしいに決まってるでしょう」頬がますます赤くなっている。「あんなことはもう二度としないと約束するわ。ふだんのわたしは、とても冷静な人間なの」

ルーカスはなにかいい返そうとして思いなおした。いつの間にか、ヴィクトリアがきょろきょろするのをやめている。さっきから会話を聞いていたらしく、見るからにむっとしているが、その怒りの矛先はどうやらこちらに向いているらしい。

なにを怒っているんだと問いつめてやりたかったが、ヴィクトリアを気づかって声をやわらげた。「どうかしたのか？」

「テイラーを泣かせたの？」

思わずため息が出た。まるで、妻の人格を踏みにじったといわんばかりだ。

「いいや」彼は答えた。「彼女が取り乱すようなことがあっただけだ」レディ・ステイプルトンの話をするかどうかはテイラーに任せることにした。

「ヴィクトリア、食事はすんだかしら？」テイラーが話題を変えようと口を挟んだ。

ヴィクトリアは友人には目もくれず、ひとことといってやるといわんばかりにしばらくルーカスをにらみつけていた。しまいにルーカスが席を立とうとすると、彼を引きとめた。

「奥さまをもっとよくご存じだったら、けっして泣いたりしない方だとおわかりのはずですわ、ロスさん」

「そうかな」

ヴィクトリアはうなずくと、声を震わせてつづけた。「テイラーは朝食になにも食べません。いつも牛乳を一杯飲むだけです。それもご存じなかったんですか？」

ルーカスは笑いだしたい気分だった。ヴィクトリアがテイラーのためにぷんぷん怒っている。どうやら、テイラーのことでこちらが知らないことをいろいろ知っているらしい。

「テイラーは、芝土の家で暮らして――」

ヴィクトリアがさらにいおうとするのをテイラーはさえぎった。辺境で暮らす練習をしていたことを、ルーカスにはひとつも知られたくない。そんなことをしたら、答えたくないことをいろいろと質問される羽目になる。

「銀行家の――」テイラーはいった。「――シャーマンさんとサマーズさんという方に、十時に会うことになっているの。ここからほんの数ブロックのところにある銀行よ。歩いていってもかまわないでしょう、ルーカス?」

ルーカスはヴィクトリアから目を離さずにうなずいた。「テイラーがどこで暮らしていたって?」

ヴィクトリアは顔を赤らめた。「気にしないでください」そういって、テイラーに向きなおった。「まだ時間があるなら、相談したいことがあるんだけれど」

「ええ、いいわよ」テイラーは話題が変わってほっとした。

「わたし、ボストンでは暮らせそうもなくて……」

ヴィクトリアはそういってしまうと、テーブルに目を落とした。

「それならそれで、かまわないわよ」

ヴィクトリアはぱっと顔をあげた。「なにもいわないの?」

テイラーは友人の驚いた顔にほほえんだ。「もちろんよ。自分にできることとできないことは、あなた自身がだれよりもわかっていることだもの、ヴィクトリア」

ヴィクトリアはささやいた。「もう、昔なじみと何度か顔を合わせているの」

ルーカスはその説明を聞いて、テイラーが泣いたことを恥じているのと同じくらいわけがわからないと思った。「昔なじみと顔を合わせるのが、なにか問題なのか？」

「そうよ」ヴィクトリアとテイラーは同時に答えた。

ルーカスは理解するのをあきらめると、ナプキンをテーブルに放って立ちあがった。「先に失礼する。テイラー、銀行に行く前に服を着替えるんだ」

テイラーが反論する間もなく、ルーカスは彼女に背を向けて食事室を出た。ヴィクトリアが尋ねた。

「なぜ黒い服を着ているの？」

「祖母の喪に服しているの」テイラーは答えた。「ゆうべ大叔父のアンドルーから訃報《ふほう》を受け取って……。祖母が亡くなったのは四日前よ。わたしの居場所をすぐには突きとめられなくて、時間がかかったらしいの」

テイラーはまったくなんでもないことのように話そうとしたが、うまくいかなかった。ひととおり説明し終えるころには、ふたたび泣きそうになっていた。

ヴィクトリアが少しもためらわずにわっと泣きだすのを見て、テイラーは祖母が見たらあきれるだろうと思った。でも、ヴィクトリアは友人として、このうえなく誠実な人だ。祖母は誠実であることは人として二番目に大切なことだといっていた。その順位は愛より高く、いちばん大切なこと――勇気――より、ほんの少し低いだけだと。

テイラーはふたたび泣きそうになったが、ほかの客たちを見て落ち着きを取り戻した。何人かの男女が、泣いているヴィクトリアに気づいて興味深げにちらちらと視線を送ってくる。テイラーは彼らのぶしつけで下品な振る舞いにむっとして、ぴんと背筋を伸ばすと、しっしっというように片手を大きく振り、思いきり顔をしかめて見せた。

ヴィクトリアはナプキンで涙を拭ったが、無駄だった。涙は後から後からあふれてくる。

「『簡潔で正直な言葉は、悲しみの耳にも届くもの』」ヴィクトリアはある台詞を小声でそらんじた。

「ウィリアム？」その台詞を書いたのがシェイクスピアだと、テイラーは十二分に承知していたが、あえて尋ねた。

「ええ」ヴィクトリアは答えた。「ウィリアムのいうとおりだわ。簡潔な言葉ほど伝わるものなの。だからあなたには、おばあさまを亡くしてお気の毒とだけいっておくわね。おばあさまが母親のような存在だったことは知ってるわ。きっと胸が張り裂けそうな思いを……」

ヴィクトリアはむせび泣きはじめて、それ以上つづけられなかった。テイラーは友人が愁嘆場を繰り広げても少しも恥ずかしいとは思わなかった。むしろ、ヴィクトリアの反応には頭のさがる思いだし、彼女の慰めの言葉も胸に響いている。テイラーは何度か深呼吸して、気持ちを落ち着けた。

「あなたはかけがえのない友人だわ」声を出しても震えないことがわかると、テイラーはささやいた。「あなたと出会えて、ほんとうによかった」

「わたしもよ」ヴィクトリアの声はナプキンで鼻を押さえているせいでくぐもっていた。「『当事者でなければ悲しみは我慢できるものだ』」彼女は付けくわえた。「あなたが傷ついているのはわかってるから」

テイラーはまた泣いてしまいそうだったので答えなかった。聖なる誓いを破って人前で泣いたりしたら、祖母の思い出を汚すことになる。そんなことをするくらいなら、死んだほうがましだった。

『泣くことで悲しみはやわらぐものだ』」ヴィクトリアはまた引用した。

おばあさまはその台詞に賛成しないだろう、とテイラーは思った。彼女は明るくいった。

「それじゃあなたは、シェイクスピアがそう書いたから、議論の余地はないというの？」

ヴィクトリアはようやくほほえんだ。「そのとおりよ。なにしろシェイクスピアは、その道の権威なんだから」

「わたしがなにをしようと思っているかわかる？」

「なに？」

「いちばん近い書店に行って、ウィリアム・シェイクスピアの作品をひとつ残らず買いこむの。もちろん、これまでにも読んだことはあるけれど、あなたのように一言一句まで憶えてはいないもの。きっとひと月かふた月したら、議論であなたに勝つためにシェイクスピアをうまく引用できるようになるわ」

ヴィクトリアは大喜びだった。からかわれていることに気づいていない。「それなら、わたしの本を貸してあげるわ」勢いこんでいった。

テイラーは礼をいうと、給仕のひとりを呼んでお茶を頼んだ。食事室はもう、内緒話ができるくらい空いている。

「ボストンやその近くに住みたくないなら、どこに住みたいの？」彼女は尋ねた。

「あなたのところに」ヴィクトリアは思わずいって、顔を赤らめた。「あなたが受け入れてくれたらの話よ」それから、急いで付けくわえた。「それに、ロスさんがかまわなければだけれど」

「あなたが一緒ならうれしいわ」テイラーはいうべきことを整理しようと、いったん口をつぐんだ。

ヴィクトリアはその沈黙を誤解して肩を落とした。「でも、素敵な思いつきとはいえないわよね。わかるわ。身ごもった女なんて重荷でしょうし、それに――」

テイラーはさえぎった。「最後までいわせて。この世のだれよりも、あなたに一緒に来てもらいたいと思ってる。あなたは家族も同然だもの」

「でも、やはり問題があるのね？」

テイラーはうなずいた。給仕が来て、花柄のティーポットとソーサーとカップを二客テーブルに置き、お辞儀してさがった。

テイラーはお茶を淹《い》れて話をつづけた。「あなたが身の振り方を決めるのは、わたしの話を聞いてからよ。わたしがどこに行くのか、なぜそこに行くのか理解してほしいの。ひととおり説明したら――」

「双子のこと？」ヴィクトリアが口を挟んだ。

「ええ」テイラーは答えた。「ジョーガンナとアレグザンドラは姉の娘よ。もう二歳半になるわ。マリアン……姉は、ボストンに移り住んでほどなく亡くなってしまった。その後は夫のジョージが子どもたちを育てていたんだけれど、そのジョージもひと月ほど前に亡くなってしまったの。ジョージには頼れるような親族がひとりもいなかったから、子どもたちはいまのところ、子守のバートルスミス夫人が世話をしているはずよ」

『悲しみは、ただ独りではやってこない。かならず大勢で来るものだ』

テイラーはうなずいた。その点、シェイクスピアは正しい。悲しみは、大勢で来る。

「ふたりをイギリスに連れ帰るつもりなの？」

「いいえ」テイラーは答えた。「むしろ、イギリスからできるかぎり離れたところに連れていくつもりよ。姉は叔父のマルコムを恐れていたわ。そうするだけの理由が姉にはあったの」彼女はつづけた。「姉は、娘たちをあの人でなしに近づけないようにしていたわ。それがイギリスからボストンに移り住んだ主な理由といっていいくらい。夫のジョージはアメリカ人で、姉の決断にはなんの異論もなかった」

「あなたもその叔父さまが怖いの？」ヴィクトリアが尋ねた。

テイラーは、ヴィクトリアには包み隠さず話さなくてはならない気がした。「ええ、怖いわ。とにかく邪悪な人なの」

「子どもたちにもなにかするつもりかしら？」

「ええ、いずれは」

「たとえばどんなことを?」

テイラーはかぶりを振った。「マルコムの話をするだけでむかむかするわ。話を戻すけれどジョージが亡くなったうえにおばあさままで亡くなったとなると、後見人の問題が生じてくるの。マルコムはふたりを引き取るために、自分が後見人に選任されるよう法廷に申し立てるでしょう。でも、そんなことになるぐらいなら、わたしが殺してやるつもりよ。マルコムに引き取られるぐらいなら、悪魔といたほうがまし。あの人が双子のことをすっかり忘れていてくれたらいいんだけれど……。ジョージが亡くなったことはマルコムに知らせてないの。それにおばあさまも双子にはまったく遺産を遺さないはずだから、もしかしたら取り越し苦労かもしれない。でも、危険を冒すわけにはいかないでしょう。つまり、わたしは行方をくらまさなくてはならないの、ヴィクトリア。わからない? 双子が大きくなって自立するまで、責任を持って育てるつもりよ。マリアンはずっとわたしを守ってくれたわ。今度は、わたしがマリアンの娘たちを守る番」

「わたしには、とても行方をくらませるとは思えないけれど……」ヴィクトリアがいった。「このところ、世界はすっかり狭くなったわ。いまでは電報があるし、ロンドンからアメリカまで、蒸気船で二週間弱しかかからないでしょう。アメリカには鉄道網が張りめぐらされていて――」

「そういったことはぜんぶ考えずみよ」テイラーはいった。「はじめは、双子をボストンから離れた街に連れていこうと思ったんだけれど、考えが変わったわ。マルコムが目もくれない場所がひとつあるの。西部の辺境よ。ロスさんから、リデンプションという町の話を聞いたわ。一マイル歩いてもだれにも出くわさないような辺鄙な場所にあるんですって。そこなら身を隠せると思うの」

「それじゃ、……マルコムが捜しに来ると思っているのね？」

テイラーはうなずいた。「心配のしすぎだとは思わないわ」彼女はいった。「マルコムはわたしを傷つけたがってる。ほんとうに悪意に満ちた、執念深い男なの。マルコムの左目のまわりには十字の傷跡があって、そのけがをしたときに危うく失明するところだったの。わたしがその傷をつけたのよ、ヴィクトリア。わずか十歳のときに……。いっそ見えなくなればよかったのに。マルコムは鏡を見るたびに、わたしのしたことを思い出すでしょう……そうなった理由も。だから、わたしを捜しだそうとするに決まってるわ。祖母の財産と地所を手に入れて……わたしに手をかける日を指折り数えているはずよ」

ヴィクトリアはぶるっと身震いした。彼女はテイラーがまだ伏せていることをおぼろげながら理解して、遠まわしに尋ねた。

「双子が男の子だったら、マリアンはそれほどまでに躍起になって逃げようとしたかしら？」

「いいえ」

ヴィクトリアはため息をついた。「マルコムは見栄を気にする男なの？」

「そうね」

ヴィクトリアはほほえんだ。「よかった。その傷跡はもしかして、見苦しい？」

「ええ」

「結構なことだわ」

テイラーはうなずいた。ここまでいえば充分だ。ヴィクトリアは身ごもっているけれど、まだ世の中の汚れを知らない。男性のなかに歪んだ嗜好《しこう》を持つ者がいることなど、自分でも信じられないくらいなのに、ヴィクトリアに理解できるわけがない。ありのままを話せば、仰天してしまうだけだ。

「それにしても、皮肉なものね」テイラーはいった。「わたしのいちばんの夢は、いつか大自然のなかで暮らすことだったの。大叔父のアンドルーおじさまはその思いつきに乗り気で、新しい知識を仕入れては、わたしが訪れるたびに教えてくれたわ。わたしの夢を信じて、せっせと準備させてくれたの。まるでゲームをしているようだった」

「芝土の家を建てて、あなたをそこで寝起きさせるとか?」ヴィクトリアが尋ねた。

「ええ」テイラーはほほえんだ。「アンドルーおじさまの召使いは、わたしのことをおじさまと同じくらい変わり者だと思ってたわ。でも、いいじゃない。ただのゲームなんだから」

「たぶん、あなたはずっと前から、いつの日かアメリカの辺境で暮らすことを心のどこかで見越していたのよ。双子のことがあって込み入った状況になってしまったけれど、だからこそ西部の小さな町で暮らそうと思ったのね」

「たしかに、いずれは山奥に住もうと思っていたわ。ダニエル・ブーンの物語をはじめて読んだときから――」

「引きこまれた？」

「そう、引きこまれたの」

「わたし、あなたを助けるためならなんだってするわ」ヴィクトリアはいった。「正直に答えて。わたしがついてくると知ったら、ルーカスはなんて――」

「ルーカスはマルコムや双子のことはなにひとつ知らないの。あなたもなにも話さないと約束して」

「なにをいうの、テイラー。考えてもみなさいよ。リデンプションで暮らして、ルーカスが気づかないわけがないでしょう？」

テイラーは笑った。「もちろん気づくわよ。でも、そのころにはもう手遅れというわけ。でも、いま計画に気づいたらやめさせようとするでしょう。ルーカスは、わたしが辺境で生きていけるとは思っていないわ。ボストンのパーティに着ていくドレスのことを考えていればいいと思ってる。こんなおかしなことってあると思う？」

ヴィクトリアはほほえんだ。テイラーのことならもう知っているからわかる。彼女がつまらないものにうつつを抜かすと思っているなら、大間違いだ。

「わたしもあなたと一緒に行方をくらましたいわ。いいえ、止めないで聞いてちょうだい。わたしは若くて、丈夫で、そこそこ知恵もあるわ。辺境でもうまくやっていけるわよ」

「赤ちゃんはどうするの？　芝土の小屋で出産するかもしれないのよ」

「ほかの女性はそうしているわ」ヴィクトリアはいい返した。

「このことについては、もっと話し合う必要がありそうね」テイラーはいった。「たぶん、赤ちゃんが産まれてからわたしたちに加わったほうがいいんじゃないかしら。そのほうがずっと安全だもの」

ヴィクトリアは両手を組み合わせた。「それじゃ、いつになるかわからないけれど、わたしもリデンプションに住んでいいのね？」

「自分がやろうとしていることがわかってるの？」

「ええ」

テイラーはため息をつくと、うなずいた。「それじゃ、乾杯をしなくてはね」彼女はティーカップを取りあげると、ヴィクトリアがカップを持ちあげるのを待ってささやいた。「辺境と、わたしたちの新しい人生に」

ふたりはカップを合わせた。「そして自由に」ヴィクトリアがいった。

「――テイラー、約束に遅れるぞ」

ルーカスの声がして、テイラーは彼が食事室に戻ってきたことにはじめて気づいた。

彼の不機嫌そうな顔を見て、テイラーは夫をなだめようと作り笑いを浮かべた。「時間ならまだたっぷりあるわ」

「早く用事をすませたいんだ」ルーカスはテイラーの腕をつかむと、引きずるようにして立たせた。「そんなに時間はかからないんだろう？　昼の十二時に、人と会うことになっているんだ。約束をふいにしたくない。いい雄馬《おすうま》を売ってくれそうなんでな」

「銀行の用事は、一時間もかからないはずよ」テイラーは答えた。「ヴィクトリア、銀行から帰りしだいあなたの部屋に行くわ。午後は買い物に出かけましょうよ。ロスさんもいかが？」

ルーカスはふたりにつづいて廊下に出た。ふたりと買い物に出かけることを想像して、彼は顔をしかめた。

「予定がある」彼はテイラーにいった。

「午後のあいだじゅう？」

「夜までかかる」彼はいった。「相手の農場はボストンの郊外にあるんだ。そこに行くだけで二、三時間かかる。ホテルに戻れるのは八時過ぎだろう」

「どうしてそんなにむしゃくしゃしているの？」

「待たされるのは嫌いなんだ」

「わたしもよ」テイラーはいやがらせのように朗らかに応じた。

「買い物はやめておいたほうがいいと思うわ、テイラー」ヴィクトリアが横からいった。「あなたは喪中だもの」

「テイラーは喪に服さないことになっているんだ」ルーカスがいった。「祖母に約束させられたらしい」

「教会を見つけて、祖母のためにろうそくをお供えするわ」テイラーはいった。

「それがいいわね」ヴィクトリアはうなずいた。

テイラーは、ほんとうは真っ先に双子に会いたかった。時間がかぎられている以上、あらゆることをすみやかに片づけておかなくてはならない。

ルーカスが昼から夜まで出かけると聞いて、テイラーはそのあいだに双子を訪ねることにした。ホテルを出てもルーカスには気づかれないから、急ぐ必要もない。うまくいけば、一緒に来てもらえるようにバートルスミス夫人を説得できるかもしれない。まず無理だろうが、訊いてみなければわからないこともある。

バートルスミス夫人がついてきてくれるとしても、旅立つまで具体的なことはなにも明かさないつもりだった。ほんとうの目的地を知っている人間は、少なければ少ないほどいい。

階段をのぼりきったところで、テイラーとルーカスはヴィクトリアと別れた。ルーカスは追いつけないほど速足で歩いていたが、こんな上品なホテルで走るわけにもいかない。

「もっとゆっくり歩くか、手を離してもらえないかしら」

ルーカスは即座にテイラーの手を離した。そしてさっさと歩いて部屋の鍵を開け、そこで彼女を待った。

「〝糖蜜のようにのろい〟という表現を聞いたことはあるか?」

「いいえ」テイラーはそういって寝室に入った。

「きみのことだ」

テイラーは手厳しい言葉を無視すると、アルコーヴの寝室に入って、銀行に持っていく書類を取りだした。質問することを山ほど書きだしたものだ。そのどれひとつとして忘れたくなかった。行方をくらます前に——それからルーカスが山に戻る前に、なにもかもきちんとしておかなくてはならない。

　書類をまとめて折りたたむと、今度は手袋を探そうとした。ルーカスが行く手を阻んだ。

「いったはずだ、テイラー。そのドレスを着替えてくれないか」

「ふさわしい服装だけれど」

「レディ・ステイプルトンに約束したんだろう」ルーカスはテイラーの衣装簞笥に近づいてドアを開けると、ドレスをかき分けはじめた。テイラーが黒いドレスを着ていることが、なぜこんなにも腹立たしいのだろう？　とにかく、約束したのなら守るべきだ。とりわけ、いまわの際の約束は尊重しなくてはならない。

　彼は一着のドレスをつかんで、テイラーに向きなおった。「さあ、これを着るんだ。急がないと、約束に遅れる」

　テイラーはルーカスが選んだドレスを見て、吹きだしそうになった。「赤？　わたしに赤いドレスを着ろというの？」

「べつに、かまわないじゃないか」

　テイラーは笑った。「それはイヴニングドレスよ。まったくそぐわないわ」

「おれがいいといってるんだ」ルーカスはいいはった。「きみのおばあさまも気に入るさ」

　ルーカスがドレスを持って近づいてきた。銀行家に会うのにベルベットのイヴニングドレスを着ろだなんて、どうかしているとしか思えない。

「そのドレスはサイズが合わないの」テイラーは嘘をついた。

「これを着るんだ」ルーカスは繰り返した。

「おばあさまが許さないわ」

テイラーは腕組みをして両脚を踏んばった。ここは譲れない。ぜったいに。

ルーカスが顎をこわばらせているのを見て、テイラーは彼も譲るつもりがないことを悟った。これでは膠着《こうちゃく》状態だ。だがつぎの言葉で、形勢はルーカスに傾いた。

「もちろん、おばあさまは許してくださる。これは、天国のまばゆい色なんだ、テイラー。間違いない。さあ、早く着替えるんだ。約束に遅れるぞ」

テイラーは、彼の言葉にしびれたように立っていた。ルーカスはまったくとんでもない人だ。天国のまばゆい色。それは間違いなく、彼がこれまでいってくれたなかでいちばん感動的な言葉だった。色や、ドレスのことではない。祖母は天国に行ったと彼が信じていることに、彼女はじんとした。

「ルーカス・ロス、あなたってほんとうに素晴らしい人ね。おばあさまがはじめてあなたの話をしてくれたとき、あなたのことを〝白馬の王子〟といったのよ。そのことは知ってる?」

ルーカスは妻にしびれを切らしかけていた。またわけのわからないことを。テイラーの声は夏のそよ風のように柔らかく、心地よいものに変わっていた。いったい、この変わりようはなんだ？　さっきまで、年配の女教師みたいに眉をひそめて首を横に振っていたくせに、いまでは涙を流してキスしかねない。なにが原因でそうなったのかわからないが、〝素晴らしい人〟がどうこうという考えは正しておく必要がある。

「テイラー、おれは白馬の王子でもなければ素晴らしい人間でもない。きみのためにひと肌脱いでいるひとりの紳士にすぎない」彼は付けくわえた。「まったく、そんなふりもいつまでつづけられるんだか」

テイラーは信じなかった。「あら、そうなの？ それじゃ教えてちょうだい。もし紳士らしくしなくてすむなら、いまこの瞬間、あなたはどうするかしら？」

「つまり、本音ではどうしたいかという意味か？」

「そうよ」

ルーカスはにやりとした。「きみを裸にする」

テイラーはドレスと同じくらいさっと顔を赤らめた。ルーカスは笑った。「ほんとうのことをいってほしかったんだろう？」

「ええ、そうよ」テイラーはまだどぎまぎしていた。「そのドレスを着るわ。それからコートも」黒いコートよ、とテイラーはひそかに付けくわえた。頭から足首まで、すっぽりと体を覆うコートだ。銀行のなかがどれほど暑くても脱ぐつもりはなかった。

彼女はルーカスからドレスを引ったくると、アルコーヴに向かった。「このドレス、胸元がとんでもなく開いているのよ」彼女はいった。「よく、見えてしまうことがあるの」

ルーカスは彼女の肩をつかんで、ドレスを引ったくった。

結局、テイラーは白いブラウスと紺のスカートという組み合わせを選んだ。あざやかな色のリボンを髪に結ぶころには、ルーカスはいらいらして部屋のなかを歩きまわっていた。

いろいろあったが、ふたりは約束の時間の五分前に到着した。ルーカスはすかさず、自分の提案どおりに馬車に乗らなければ遅れていたといった。

銀行の入口で待っていたハリー・シャーマン氏に案内されて、ふたりはピーター・サマーズ氏の待つ頭取の執務室に入った。シャーマンはサマーズより年配で、長年テイラーの祖母の助言者であり、親友でもあった人物だ。六十にそろそろ手が届く年齢だが、五年前、二十年間連れ添った妻に先立たれてきっかりひと月後に、イギリスを離れると宣言した。本人いわく、冒険がしたいのと、ボストン支店の開設に尽力したいというのがその理由だ。彼のことをきわめて保守的な男だと思っていたテイラーの祖母は驚いたが、すぐにその決断を支援し、ボストン支店に莫大な金を預けることで経営が軌道に乗るのを助けた。ふたりは友人として、少なくとも二週間おきに手紙も交わしていた。

テイラーは祖母の言葉を思い返した。シャーマンには仕事の才があり、サマーズには人を引きつける魅力がある。たしかにそのとおりだ。サマーズからほめ言葉をこれでもかと浴びせられて、テイラーは苦笑した。油のように舌先がなめらかで、ロンドンのしゃれ男のように口がうまい。彼女自身、サマーズに見覚えはなかったが、彼は会ったことがあるといいはった。そのときまだ幼かったテイラーは祖母のスカートにしがみついていて、どんなに笑わそうとしてもにこりともしなかったという。

「あなたはとてもおもしろいお嬢さんでした」サマーズはいった。「それに、少しばかり変わっていましたな。そのときはあなたの叔父上のマルコムも同席していたんですが、叔父上が席をはずすと、あなたはたちまちおばあさまのスカートから手を離して、つぎからつぎへといたずらをはじめたものです。おばあさまはとても寛大で、あなたが珍しいものを探して机のなかをごそごそやっても、好きに振る舞わせていた。だが、叔父上が戻ってくると、あなたは飛びあがって、おばあさまのスカートの後ろにいっさんに駆け戻っていた。それを何度繰り返したか……。なにしろ、叔父上は十分おきくらいに出入りしていました。おそらく、ウィスキーで少々喉を潤していたんでしょうが」

「そんなところでしょう」テイラーは応じた。「祖母は同席している者がお酒のたぐいを口にすることを許しませんでしたから」

サマーズは、滑稽《こっけい》な思い出をつぎからつぎへと話題にした。それも、マルコムに対してテイラーがおかしな反応をしていたという話ばかりだ。

テイラーは笑わなかった。それを見たルーカスは、テイラーが叔父を少しもよく思っていないことにサマーズがいつ気づくのだろうともどかしく思った。テイラーは子どものころ、マルコムを恐れていたのだ。話を聞いていればわかる。意外なのは、テイラーがいまだにその叔父を恐れていることだった。彼女の瞳と握りしめた両のこぶしからして、恐怖に近い感情を抱いているのは明らかだ。

ルーカスがそろそろ話題を変えようとしたちょうどそのとき、サマーズはロンドンからの船旅は快適だったかと尋ねて、シャーマンも会話に加わった。ふたりがテイラーをちやほやするあいだ、ルーカスは彼女の後ろで成り行きを見守った。このふたりに悪気はなさそうだ。だが、彼はテイラーをじろじろ見るサマーズの目つきが気に入らなかった。

ハリー・シャーマンは、テイラーがふたたびサマーズとの会話にふつうに受け答えするようになったのを見ると、ルーカスに合図して部屋の奥に誘った。それから低い声で、テイラーが祖母の死を知っているか尋ねた。

「テイラーの大叔父のアンドルーが、電報で知らせてくれました」ルーカスは答えた。

シャーマンはほっとした表情を浮かべた。「ここで知らせなくてすんでよかった。おふたりは母と娘さながらで、とても固い絆《きずな》で結ばれていましたからな。わたし自身、受け入れられずにいるのです。寂しくなる」

テイラーが椅子に座るのを横目で見ながら、シャーマンは彼女が祖母の遺書を検討できる状態かルーカスに尋ねた。「レディ・ステイプルトンは、遺書に何カ所か変更をくわえています。レディ・テイラー自身、すべてはご存知ないと思いますが……。あの遺書は大変な騒ぎを巻き起こすでしょう。間違いなく厄介なことになります」

一時間後、すべての説明を受けたテイラーは、めまいを覚えていた。

ルーカスは、テイラーの具合が悪くなったのだろうと思った。手袋と同じくらい蒼白《そうはく》な顔をして、いまにも気を失いそうだ。サマーズはテイラーの署名に立ち会う人間を捜しに出かけ、シャーマンは依頼人の変わりようを見て水を取りに行った。彼は、悲しみが原因だろう、いまレディ・ステイプルトンの遺言について話し合うのはやはり無理だったのだ、とルーカスにいった。

ルーカスはテイラーの隣に腰をおろすと、だれもいなくなるのを待って、彼女の手をとった。

「大丈夫か？」

テイラーは答えなかった。両手を見つめて、一心になにかを考えている。

ルーカスは彼女の手を握りしめたが、テイラーがなんの反応も示さなかったので、今度は彼女の顎をつかんで、そっと自分のほうを向かせた。

テイラーは目に涙を浮かべていた。体も震えている。悲しみをこらえているのではない。恐怖と闘っているのだ。目を見ればわかる。

「ああ、ルーカス、わたしはどうすればいいの？」テイラーは彼の手をつかんでぎゅっと握りしめた。

ルーカスは驚いた。「レディ・ステイプルトンが大金を慈善団体に寄付したことで取り乱しているのか、テイラー？」彼はテイラーが口を開く前に自分で答えた。「いいや、違うはずだ。おそらく、レディ・ステイプルトンが財産をそんなふうに分けたことをいっているんだろう。だが、それでもきみは相当な額を受け取るはずだ。そうじゃないのか？」

「おばあさまはこんなことをなさるべきではなかった。わからない？　こうなったら、あの男が追いかけてくるわ。わたしを追う以外に選択の余地はないんだから。お金のためならなんだってする男なの」

彼女は膝の上に視線を戻した。気持ちを落ち着けなくてはならないことはわかっていた。ルーカスはきっと、正気をなくしたと思っただろう。

「だいぶ落ち着いたわ」彼女は嘘をついた。どうにかほほえみを浮かべて、ルーカスを見あげた。彼は心配そうに眉をひそめている。「ごめんなさい、くどくど愚痴をこぼしたりして。ただ、ひどく意外だったものだから。ほんとうに、もう大丈夫よ」

ルーカスはそんなことではだまされなかった。「さっきおれに質問しただろう、『わたしはどうすればいいの?』と。きみは結婚しているんだぞ、テイラー。だから、質問するなら『わたしたちはどうすればいいの?』だ。わかったか?」

ぶっきらぼうな声。彼はまた〝白馬の王子〟になりきっている。

白馬の王子。ああ、ルーカスになんということをしてしまったのだろう。彼にはもっとふさわしい人生がある。望みもしない結婚をして、マルコムのような親族を背負いこむなんて間違っている。

テイラーは手をぎゅっと握られて、彼が答えを待っていたことに気づいた。「ええ、わかったわ」彼をなだめるためにうなずいた。「わたしたちはどうすればいいの?」

ルーカスがうなったので、テイラーは彼が納得したのだろうと思った。「あなたってとても魅力的な人ね、ルーカス・ロス」

彼はあくまで話題を変えないつもりで、喉の奥からそんなうなり声を出していても。

「なにをどうすればいいのか話してくれないか。問題がわからなければ、手の差しのべようがない」

「ええ、もちろん」

ルーカスはしばらく待ってようやく、テイラーがひとこともいうつもりがないことを悟った。彼はテイラーの弱みを突くことにした。「さっききみは、金のために男が追いかけてくるといった。それは、叔父のマルコムのことじゃないのか?」

テイラーは彼を見て、そろそろとうなずいた。

「だが結婚している以上、その男はきみの相続財産に手をつけられないはずだ」

「それはわかってるわ」

テイラーが立ちあがろうとしたので、ルーカスは引きとめた。

「急ぐんじゃない」彼は言った。「なぜ取り乱したのか話すんだ」

サマーズとシャーマンが戻ってきて、テイラーは答えずにすんだ。シャーマンが水を注いだコップを差しだしたので、テイラーが受け取れるようにルーカスは彼女の手を離さなくてはならなかった。テイラーはその機を逃さずに立ちあがって水をひと口飲むと、コップをシャーマンに返して礼をいい、部屋を横切って窓辺にたたずんだ。そして両手をウエストのあたりで組み、眼下の通りをせわしなく行き来する通行人を見つめた。

サマーズは自分の机に戻ると、椅子を回転させて依頼人を見あげた。「さあ、いくつか書類に署名していただきましょう。あなたのお金を使うのに必要な署名です」

テイラーは振り向いた。「署名を拒んだら、どうなります?」

サマーズはからかっているのかといわんばかりの表情を浮かべた。金額の多少にかかわらず、金の受け取りをあえて拒むような人間がこの世にいるわけがない。

「あなたが署名しようとしまいと、実質的にはなんの問題もないんですが」彼はつづけた。「これは銀行に記録を残すための、まったく形式的な書類にすぎません。あなたの資産は、信託財産として維持され、当面引きだす予定がなければ、そのままたっぷりと利子がついて増えていくことになる」

「もう一度、詳細を説明していただけませんか——遺産が具体的にどのように分割されたのか」

「先ほど申し上げたとおり、遺産の三分の二は慈善団体に寄付されます」サマーズが答えた。

テイラーは苛立たしげに髪をかきあげた。「ええ、ええ、慈善団体に寄付されるのはわかります。でも、マルコムは……叔父は残りを相続しないとさっきおっしゃいましたね。わからないわ。つまり、祖母は自分の息子になにも遺さなかったということですか？」

「順を追って説明しましょう」シャーマンはテイラーがひどく不安になっているのを感じ取って、彼女をなだめようとした。

「慈善団体に寄付しても、残る三分の一は相当な金額です。あなたの大叔父のアンドルーはかなりの取り分を手にするうえ、スコットランドの地名がついた称号で呼ばれるようになる。そして残りの財産は、あなたと子どもたちで分けるんです」

テイラーは目を閉じた。「おばあさまは具体的な名前を挙げられましたか？　それとも、ただ〝子どもたち〟と?」

「そのあたりは明確に指定されています。ジョーガンナとアレグザンドラ・ヘンソンはそれぞれ、遺産の残りの三分の一を受け取る、とある」サマーズはルーカスに向きなおった。「ふたりは双子で、レディ・ステイプルトンの曾孫に当たるんです」

「ロンドンで、遺言状はもう読みあげられたんですか?」

「火曜に読みあげられることになっています」サマーズが答えた。

「明日ですよ」シャーマンが同時にいう。

「おばあさまは、実の息子とその家族になにも遺していないんですか?」テイラーは尋ねた。

「そうですね」サマーズが答えた。「雀の涙といったところでしょう」

「それほどひどくないぞ」シャーマンが横からいった。「マルコムは毎月少しばかりの年金をもらえることになっています。多くはないが、慎ましく暮らせば充分やっていける金額でしょう。それからレディ・ステイプルトンは、マルコムの妻ロリーンにきっかり百ポンド遺していますが、それはレディ・ステイプルトンによれば、マルコムと結婚してから当人の体重が増えた分だとか。なかなか皮肉の効いたユーモアですな」彼はまたルーカスを見ていった。「レディ・ステイプルトンはロリーンがあまり好きではなかったんです。愚痴ばかりこぼしているといって」

「ジェインはどうなんです?」テイラーが尋ねた。「おばあさまは、ジェインにもなにも遺していないんですか?」

「ジェインも、母親と同じ金額を受け取ることになっています」シャーマンが答えた。「きっかり百ポンドで、一シリングの余分もありません」

テイラーは首を振った。彼女の胸は不安に押しつぶされそうだった。「マルコムは母親のしたことを知ったら、海のこちら側まで聞こえるような声でわめきちらすでしょうね。怒りくるうに決まってるわ」

マルコムのことを知っているシャーマンはうなずいた。「マルコムはきっと、ただではすまさないでしょう。わたし自身、レディ・ステイプルトンに警告したんですが、聞く耳を持ってもらえませんでな。遺言につけいる隙がないように、弁護士にしっかり念を押していました」

「マルコムの土地はどうなるんですか？」テイラーは尋ねた。

「ご存じのとおり、マルコムはすでに自分の地所を抵当に入れていますが、レディ・ステイプルトンは息子の莫大な借金を残らず清算しました。およそ五万ポンドと少々払って」

室内でその数字に啞然《あぜん》としているのは、ルーカスだけのようだった。どうしたらそんなに莫大な借金ができるのだろう？　つけでなにを買ったというんだ？

その疑問に、期せずしてテイラーが答えた。「あの人は、これからも賭博《とばく》をやめないでしょう」

「レディ・ステイプルトンは、息子の悪癖を重々承知のうえで、新たにやりなおす機会を最後に一度だけ与えることにしたんです。マルコムがまた借金をためこむ生活を選ぶなら、なにか別の返済方法を考えなくてはならない。もう母親の財産には頼れませんから」

「ええ、叔父は別の方法を探します」テイラーはささやいた。「とても悪知恵の働く人ですから」

「まあまあ、取り越し苦労でしょう」サマーズがいった。

テイラーが肩を落としているのを見て、シャーマンがいった。「あなたのいいたいことはわかります。ひと月とたたないうちに、マルコムはあなたに金の無心をするか、借金を申しこむでしょう」彼はサマーズに向きなおって説明した。「マルコムは身持ちの悪い男でな。このまま黙ってはいないはずだ」

「わたしを追ってくるわ」

「そうなっても関係ないでしょう」サマーズはいいはった。「たとえ相続財産の一部をマルコムに譲りたくても、あなたは譲ることができません。レディ・ステイプルトンの指示はその点、きわめて厳密でしてな。あなたが使わない分はそのまま、子どもたちの信託財産となる」

「もし、わたしが死んだら？」テイラーは尋ねた。

ルーカスが口を開いた。「きみは死なない」

「でも、万が一死んだらどうなるんですか？」テイラーはシャーマンを見て質問を繰り返した。

「それでも、マルコムは金をわがものにできません。あなたが死んで得するのは、ご夫君だけだ」シャーマンは笑顔を浮かべた。「しかし、いまの断固とした口ぶりからして、ご夫君はあなたが健《すこ》やかに過ごすためなんでもするでしょう。だから、自分が死んだときの話などしないことです。マルコムはあなたに手出しできない。もう、あの男を怖がることはないんです。わたし自身、あなたがマルコムを恐れていたことは憶えている。しかし、いまのあなたは結婚している大人の女性だ。子どものころのことは忘れなさい。それに、イギリスは海の向こうじゃありませんか」

「ええ、そうですね」テイラーは作り笑いを浮かべて、シャーマンの助言に納得したふりをした。

それから、一同はなすべきことに取りかかった。テイラーは必要な書類に署名し、立会人にも署名してもらうと、ふたつの口座を開いた。ひとつはルーカスとの共同名義で、利用するのにふたりの署名が必要な口座。もうひとつは、ヴィクトリア名義の口座だ。

シャーマンが必要な書類を用意してホテルに行き、ヴィクトリアに署名してもらうことになった。「ずいぶんと気前のいいことをなさいますな」テイラーが手袋をはめ、ルーカスにコートを着せてもらっているときに、シャーマンはいった。

「祖母ならわかってくれます」

ホテルまでテイラーは歩きたがったが、ルーカスは時間がないといって馬車を呼びとめると、テイラーを先に乗せて、自分はその向かいに腰をおろした。

彼はまわりくどいことはせずに、ずばりと尋ねた。「なぜ、叔父を恐れているんだ?」

テイラーは手加減せずに答えた。「あの人がヘビだからよ」

「それから?」

「わたし、ヘビは嫌いなの」

ルーカスは苦笑した。テイラーは口がうまい。そして、それ以上に答えを避けるのがうまい。知りたいことを聞きだすころには、こちらがどうかしてしまいそうだ。

「いつボストンを出発するつもり？」

ルーカスは、テイラーを放っておいても大丈夫だと確信が持てるまではどこにも行かないつもりだった。それがいつになるかは、神のみぞ知る。早く出発したいのはやまやまだが、テイラーを置いていくことを考えると気分が悪くなった。つまり、こういうことだ。テイラーなしではどこにも行きたくない。

ルーカスは即座にその考えを打ち消そうとした。もうひとりの自分がいいはっていることなど受け入れたくない。彼は内心蒼白になり、身震いしていた。そうとも、永遠の軛《くびき》につながるようなことは少しも考えたくない。

それでも、真実は頭のなかから消えなかった。

テイラーはそんなこととは露知らず、彼がまた、〝きみと結婚するくらいなら縛り首にされたほうがましだ〟といわんばかりのあのまなざしでにらみ返しているのを見て、このままではクマのようにうなりだしても不思議はないと思った。

そこで、ふっと思いついた。「モンタナにクマはいる？」

ルーカスはあっけにとられた。いったいどこからそんな疑問が湧いてくるんだ？　「ああ」

「いるだろうとは思っていたんだけれど、たしかめたかったの。いちばん多いのはどんな種類？」

「クロクマだ」ルーカスは答えた。「それと、ヒグマだろう」

「ハイイログマは？」

「それもいる」

「ハイイログマは、恐ろしく賢いのよ」

「ほう？」

テイラーはうなずいた。「猟師を襲うことで知られているわ。ぐるっとまわりこんで、あとをつけるの。それに、たちの悪い動物でもある。ダニエル・ブーンは十歳になるまでに、少なくとも十頭は仕留めたそうよ」

ルーカスはあきれた。まったく、ものを知らないにもほどがある。「ほう？」

「あなたは、口を開けば〝ほう？〟というのね。ほんとうは、わたしの話をひとことも信じていないんでしょう、ロスさん？」

ルーカスはあえて答えなかった。馬車がホテルの前で止まると、彼はテイラーを助けおろし、代金を払って、彼女を引きずるようにしてロビーを通り抜けた。

「部屋までひとりで行けるわ、ロスさん。手を離して」

「どこに行こうと、きみは人を集める」ルーカスはなおも彼女を引っぱって歩いた。

テイラーは鼻を鳴らした。「人気者はわたしじゃなくて、あなたのほうでしょう」

ルーカスは階段を一段おきにのぼった。ふたりの部屋がある階に着くころには、テイラーは息せき切っていた。「あなた、あだ名で、呼ばれることは?」

「ルーカスだ」彼はいった。「友人からはルーカスと呼ばれる。だから、妻であるきみもそう呼ぶんだ。いいな?」

部屋の前に来て、ルーカスが鍵を取りだそうとポケットを探っているあいだ、テイラーはぐったりと壁にもたれた。扇子《せんす》を持っていたら使うところだ。こんなに走ったのは数年ぶりだった。

「あなたをルーカスと呼び捨てにするなんて、失礼極まりないことだわ。でも、あなたがどうしてもというなら――」

「なぜだ?」

ルーカスは鍵穴に鍵を差しこむと、手を止めてテイラーを振り返り、そこではじめて彼女が息を切らしていることに気づいた。きっちりと引っつめてあった髪からこぼれ落ちた巻き毛が、耳の前でふわふわ揺れている。まったく女らしい姿で、キスせずにはいられない。

ふたりの距離はほんの数インチしかなかった。テイラーは、彼から目をそらせそうもないと思った。なんて魅力的な笑顔。さっきと違って、焦茶色の瞳がぬくもりをたたえている。浮わついた女性なら、じっと見つめられただけでとろけてしまうような瞳。でも、自分は違う……。彼女はほうっとため息を漏らした。

「質問に答える気はあるのか?」

もう一度その質問を繰り返されて、テイラーはようやく我に返った。「辺境では、身分の差を明確にするために、妻は夫を〝さん〟づけで呼び、召使いを名前で呼ぶの。礼儀にかなったことだわ」

ルーカスは、その話を信じたようには見えなかった。その証拠に、彼はいった。

「だれがそんなことを?」

「リヴィングストン夫人よ」テイラーは答えた。「旅行記に書いてあったの」

「聞くまでもないことだったな」

「それから、ついでにいわせてもらうけれど、結婚していようといまいと、男性は女性の前で汚い言葉をけっして口にするべきではないと思うの。第一、無作法でしょう、ロスさん。それに、とても失礼なことだわ」

「ほう、そうかな?」

その言葉はテイラーの神経を逆なでした。「ええ、そうよ」

ルーカスはドアを開けて、彼女が通れるように押さえた。だがテイラーがなかに入ろうとしたところで、肩をつかんで自分のほうを向かせた。

彼はかがんで、顔を近づけていった。「はっきりさせようじゃないか。きみが〝ロスさん〟と呼びかけるとき、ほんとうにおれを怒らせるためでなく、敬意を示すためにいっているのか? ほんとうに?」

テイラーがうなずくと、ルーカスはほほえんだ。まだ手を離してくれない。ついさっきまで急いでいたくせに、急にいくらでも時間があるように振る舞っている。目をそらせたらいいのにと、テイラーは心底思った。この二十四時間で、ルーカスの肌がさらに濃い褐色になったように見えるのは気のせい？　この人は、自分がどれほどハンサムかわかっているのかしら？

「たぶん、帰りは遅くなる」

ルーカスが右手を伸ばして、首筋にかかる後れ毛を耳にかけてくれた。両腕がぞくぞくする。彼の腕のなかに倒れこまないようにしながら、その瞳をのぞきこまずにはいられなかった。

ルーカスのまなざしは、彼女の唇に注がれていた。「先に寝ていてくれないか」

「ヴィクトリアの部屋で過ごすつもりよ」テイラーはいった。もちろんでまかせだったが、バートルスミス夫人の住まいまでどれくらいかかるか見当がつかなかったし、双子たちとどれくらい一緒にいられるかどうかもわからなかったので、安全策のつもりでそういっておくことにした。捜しまわってほしくない。「いろいろ相談したいことがあるんですって。だから、ヴィクトリアのところに夜中までいると思うわ。もっと遅くなるかも」

ルーカスはテイラーの言葉にほとんど注意を払わずに、キスしたい一心で、テイラーの話が終わるのをじりじり待っていた。

テイラーが息を継いだのをきっかけに、ルーカスはさらに頭をかがめた。テイラーはそこでようやく、キスされるかもしれないと思った。彼の唇がもう目と鼻の先にある。

廊下の先でドアがバタンと閉まる音がして、男性の笑い声が聞こえた。つづいて、女性の声。ルーカスがかけた魔法は解け、テイラーは不意に、自分がどこにいて、なにをしていたのか思い出した。そして、自分のレディらしからぬ行動にぞっとした。

彼女は盗みの現場を見られたようにルーカスを押しのけ、その勢いで後ろの壁にぶつかった。そして慌てて部屋に入り、肩越しに行ってらっしゃいといってドアを閉めた。

ルーカスはあっけにとられていた。鼻先でドアを閉めることはないだろう。いったい、どうしたんだ？

「だから女は……」ぶつぶつと独りごちた。女性のすることは、まるで筋が通らない。首を振って歩きだしたが、階段の手前で立ち止まった。

ノックの音がしたのは、テイラーが椅子にどさりと座って大きなため息をついたときだった。彼女はヴィクトリアが来たものと思って立ちあがると、スカートをなおして、急いでドアに向かった。キスしてもらえなかったせいでこんなにむしゃくしゃした気分でいることを悟られないように、笑顔を貼りつけてドアを開けた。

ルーカスが戸口をふさぐようにして立っていた。まるでずっと前からそこで手持ちぶさたにしていたように、両脚を交差させ、腕組みをしてドアの枠にもたれている。そして、思いきり眉をひそめていた。

「なにか忘れたの、ロスさん？」

「ああ」ルーカスはゆっくりと応じると、テイラーが息をのむ間もないほどすばやい動きで、右手でうなじをつかんで体を引きあげた。髪に指を差し入れた拍子にピンがあちこちに飛び散り、豊かな巻き毛が背中になだれ落ちる。彼は上向いたテイラーの顔を両手でそっと挟み、唇が触れ合いそうなところまで顔を近づけた。

「キスするのを忘れた」

「そんな……」

テイラーの言葉は彼の開いた唇に塞がれ、うめき声に変わった。彼は所有欲をむきだしにして唇をふさぎ、声を巧みに封じこめ、貪欲《どんよく》にキスした。テイラーはくずおれないように彼の上着をつかんだが、彼の舌がみだらにからんできたときは、本気で体がとろけてしまうと思った。膝から力が抜けて、心臓がどきどきする。体はかっとほてって震えていた。彼のウエストを探りあててしがみつき、体をゆだねる。体が情熱的に反応するのを止めようとは思わなかった。ここでやめてほしくない。もう一度口を開いて、舌と舌を戦わせるような熱いキスがしたい。

彼女の奔放な反応に心を揺さぶられて、ルーカスは応じるしかなかった。テイラーに求められたら、自分を抑えることなどできない。唇を斜めに重ねて貪るたびにキスは長引き、罪深いまでにみだらになった。体が硬く、熱くなっている。それでもまだ足りない。テイラーの背骨に沿って両手を滑らせ、愛撫し、尻に手をかけてつま先立たせた。体と体がなまめかしくこすれて、テイラーは本能的に、彼のいきり立ったものを両脚のあいだにあてがって、落ち着きなく体を動かした。

ルーカスは欲望で燃えるように昂《たかぶ》っていた。もうやめなくては。いますぐテイラーから体を引き離さなければ、廊下で彼女をものにしてしまう。ああ、なんて味だ……。もう少しで自制心を失いそうなのに、テイラーはぴったりと体を押しつけてくる。たとえようもなく柔らかくて、女らしくて、キスがうまい。

ルーカスはいきなり体を離すと、テイラーの手をはがしはじめた。早く離れないと、ほんとうにまずい。だがそこで彼女を見るという過ちを犯し、その目に情熱の炎を見て危うく闘いに負けそうになった。容赦なく攻められてバラ色に充血した唇を見たら、もう一度味わうことしか考えられなくなる。

ルーカスは板挟みになって歯を食いしばった。だがテイラーが困惑しきっていることに気づいて、誇らしい気もした。いまのキスで、テイラーも同じくらい動揺しているのだ。もう行くからドアを閉めてさがってくれといいたいが、テイラーがすんなり——処女を失わないようにすばやく動いてくれるとは思えなかった。

ベッドに連れていって、愛を交わしたい。その思いをぎりぎりのところでこらえていることに、テイラーはおそらく気づいていないはずだ。まだ無知で経験がないから、身の危険をまるで理解していない。だが、自分は承知している。体が硬くなって痛いほど疼いていることも、テイラーがその美しいブルーの瞳で見あげるのをやめなければどうなるのかも。

とにかく離れろ。それだけを考えて、テイラーの両肩をつかんで押しやり、踵を返してドアを後ろ手に閉めた。

テイラーはドアを見つめたまま取り残された。「なんてこと……」不意に座りたくなった。扇子もいる。にわかに暑くなった気がした。

だがいちばん手近な椅子に座ろうとしたとたん、またもやノックの音がした。

ああ、またひとしきりキスするなんて無理。それでもノックに応じるためにドアに駆け寄った。

ノックの主はヴィクトリアだった。テイラーはどうにか落胆を隠して友人を招き入れ、窓辺の椅子に案内した。

「具合でも悪いの、テイラー？」ヴィクトリアが心配そうにいった。

「いいえ、大丈夫よ。どうして？」

「顔が真っ赤だから」

無理もない。テイラーはそれ以上気まずいことを訊かれたくなかったので、話題を変えることにした。「今日の午後は買い物に行けなくなったわ」彼女はいった。「シャーマンさんが、四時にロビーであなたに会いたいんですって。いくつか書類に署名してもらわないといけないの、ヴィクトリア」

「どうして？」

「あなた名義の口座を開くっていったでしょう。もちろん、お金を引きだすのに署名が必要なのよ」

ヴィクトリアはいった。「あらためてお礼をいうわ。あなたって、ほんとうに……親切なのね」

テイラーはうなずいてその話を切りあげると、これからしようと思っていることを説明した。「まず、シャーマンさんにお願いすることを書きだしておくわね。あなたからシャーマンさんに渡してもらえるかしら。姪《めい》たちに会いに行くのはそれからにするわ。ほんとうは昨日会いたかったんだけれど、ロスさんが出かけるころには、子どもたちが寝ている時間になっていたものだから……。早くふたりを抱きしめたいわ。買い物はふたりに会って、必要な服のサイズを測ってからにしたほうがいいと思うの。これからは厚手の冬物がたくさんいるでしょうから」

「まだ春にもなっていないけれど」ヴィクトリアがいった。

「先のことを考えなくてはだめよ」テイラーはいった。「辺境ではほしいものがなんでも手に入るとはかぎらないから、できるかぎり準備しておきたいの。あなたも、必要なものを書きだしておいたほうがいいんじゃないかしら」

ヴィクトリアはうなずいた。「わたしにも、あなたの意気込みが乗り移ったみたい。〝贖罪《リデンプション》〟は、わたしにとっても新天地を意味する名前よ。そこに行けばわたしも安心だわ。ずいぶん矛盾しているけれど、猛獣がいようと、厳しい環境だろうと、敵意のあるインディアンやそのほかなにがいようと、テイラー、ほんとうに新しい生活が待ちきれないの。昼食がすんだら、すぐに部屋に戻って、必要なものを書きだすようにするわね。それじゃ、食事室に行きましょうか？　わたしはビスケットで充分。昼間もつわりのせいで食欲がないの」

一時間ほどかけて昼食をすませると、テイラーは目的地までの経路を説明した。ミズーリ州ではほとんど船で川をのぼると聞いて、ヴィクトリアは驚いた。

「買い物をするときに、地図も忘れないようにしなくてはね」テイラーはいった。

「ひとつ訊いてもかまわないかしら？ あなたの大叔父にあたるアンドルーおじさま……その方は、おばあさまの弟君なんでしょう？」

「そうよ」

「その方は、あなたが双子を自力で育てるつもりでいることをご存じなの？」

テイラーは肩をすくめた。「さあ、どうかしら。おじさまは忘れっぽいたちなの」

「姉の曾孫を忘れるかしら？」

「ありえるわ」

「おじさまも、西部についての大衆小説をぜんぶ読まれたの？」

テイラーはほほえんだ。「ええ、おじさまも未開の地にまつわる物語に、わたしと同じくらい夢中になっていたわ。そこで暮らせるかどうか、ふたりでよくいい合いをしたものよ。いつの日か暮らしてみせるとわたしがいうと、おまえにそんな根性はないといわれたわ」

「だから、おじさまは芝土の家を建てたの？」

「そうよ。開拓者が泥と芝土で家を造った話を読んで、召使いたちに造らせたの。屋敷の前庭の真ん中で、おじさまがじきじきに指図していたわ。まさかほんとうにそこに住めといわれるとは思わなかった」テイラーは笑った。「それで、ひと月近くそこで寝起きしたの。はじめはひどかった。雨が降るたびに泥が垂れてきて――」

ヴィクトリアはさえぎった。「つまり、屋根が泥で作られていたということ？」

テイラーはうなずいた。「屋根全体が芝土で作られていたの。床は土間で、雨が降るとぬかるみになったわ。窓は覆いのないただの四角い穴ぼこがひとつ。そこから、いろいろなものが飛びこんでくるの」

「ぞっとするわ」ヴィクトリアがいった。「わたしたちも、芝土の家に住むことになるのかしら?」

「そんなことにはならないわよ」テイラーはきっぱりといった。「でも、そこしか住む場所がないなら、しばらくはそうするしかないわね。わたし、芝土から家を建てるやり方も覚えたのよ。思えば、あのときの経験からいろいろなことを学んだわ。しばらくしたら、それほどひどいとは思わなくなった。六月が終わるころには、屋根にピンクや紫や赤い花がたくさん咲いて、それはきれいな花畑になったわ。その花が屋根の端から蔦《つた》のように垂れさがって、離れたところから見ると息をのむほど美しいの。家のなかは花瓶のなかにいるようなものだったけれど」

「木の床と本物の屋根がある家でいつか暮らせたらいいわね。でも、花瓶のなかで暮らすことになっても愚痴はこぼさない。ひとこともいわないと約束するわ」

「あなたは愚痴をこぼさなくていいの」テイラーはいった。「わたしがふたり分こぼすから」

ふたりは今後のことをさらに話し合うと、ヴィクトリアは必要なものを書きだす作業に、テイラーはシャーマン宛てに手紙を書く作業に取りかかった。西部に旅立つ前に、なにもかもきちんと準備しておかなくてはならない。テイラーは時間をかけてシャーマン宛てに満足のいく手紙を書きあげると、署名をして、二枚目の紙に手を伸ばした。今度は、できるかぎり簡潔明瞭に書かなくてはならない。裁判の際に有効な証拠となるためには、だれが見ても理解できるようにしておく必要がある。漠然とした指示や説明は、ひとつとしてあってはならない。

テイラーはため息を漏らした。楽しい仕事ではない。ふと、ロンドンの華やかな舞踏会のさなかにいる自分を思い浮かべて、危うく吹きだしそうになった。人生がこんなにも変わってしまうなんて……。彼女はまたため息をつくと、過去を頭から追いだし、目先のことに気持ちを集中した。そしてペンを取り、インク壺につけて、遺言状をしたためはじめた。

10

「てっぺんから落ちるのと同じくらいひどく不安だ」
――ウィリアム・シェイクスピア『シンベリン』より

ルーカスはテイラーを待っているうちに眠りこんでしまった。ヴィクトリアの部屋に行ってテイラーをベッドまで引きずってくることも考えたが、結局やめておくことにした。テイラーはいまが何時か知っているはずだし、彼女が真夜中まで友人と過ごそうと知ったことではない。

だが、やはり気になった。テイラーには休養が必要だ。それに、隣で眠ってほしかった。寄り添うように眠るテイラーが好きだし、彼女を両腕に抱いてかぐわしい香りを吸いこみながら眠るのも好きだ。さらにテイラーと一緒に眠ると、肉体的な休息以上にいいことがあった。

眠っているときはいつも無防備になる。これまでは、稲妻が光れば雷鳴が響くように、夜に起こることはわかりきっていた。毎夜同じ悪夢につかまり、ばらばらに引き裂かれるような思いに苛まれる。目が覚めるといつも喉元まで叫び声がせりあがり、心臓が破裂しそうなほど苦しかった。

違う夢を見ることは一度もなかった。いつも前の夜に見たのと同じ夢だ——テイラーとめぐり会うまでは。なぜだかわからないが、テイラーはいまや、彼だけのまじない師《シャーマン》のような存在になっていた。彼女と寝ているときは、夢のなかにいかなる悪魔も忍びこまない。おめでたい男なら、テイラーの善良さと純粋な魂が悪夢を寄せつけないのだと思うところだ。

ルーカスはそんな考えを振り払おうと首を振ったが、うまくいかなかった。女性にそんな力があると思うのは間抜けだけだ。テイラーを避けるようにしなければ、なにもかも手に入るのではないかと勘違いしてしまいかねない。へたをしたらほかの男たちのように、家族に囲まれ、愛されながら年を取ろうと考えるようになるかもしれない。

いや、自分はそんなたわごとを夢見るほどばかではない。そう思って、疲れたため息をついた。もしかすると、ハンターが正しかったのだろうか。ルーカス・ロスが生きながらえたことには、なにか理由があるのかもしれない。ハンターは、戦争が終わってからルーカスが秘密を打ち明けたただひとりの男だった。仲間の兵士たちが殺されたときのことを、ハンターはなにもかも知っている。ほかの兵士たちにはひとり残らず、その帰還を待ち望んでいる家族がいたが、ルーカスにはだれもいなかった。部隊のなかで、いちばん価値のない男。庶子《バスタード》として生まれ、ろくでなし《バスタード》に似合いの人生を歩んできた。そんな男が生き残るべきではなかったのに。

それでも、彼ひとりが生き残った。ハンターは、それには理由があるはずだ、いずれ神が教えてくださるといった。いずれ理由が明らかになるというのは、たしかにそのとおりだろう。

しかし、神が教えてくれるとは思えなかった。神の存在そのものは信じているが、神の論理は想像もつかない。くわえて彼の頭の片隅には、神はルーカス・ロスのことなどすっかり忘れているという子ども時代の思いこみがまだ根強く残っていた。

実の母が愛してくれなかったのに、神が愛してくれるわけがない。

ルーカスは、そのことはもう考えないようにした。過去は過去だ。やりなおすことはできない。それはそうと、テイラーはいったいどうしたんだ？　もう真夜中の十二時を過ぎている。彼女にはしっかり眠って、朝にはすっきりしていてもらいたい。心配している理由はそれだけだと自分にいい聞かせた。ふたりで、これからのことをぜひともじっくり話し合わなくてはならない。テイラーの今後を見定めもしないで、ボストンに彼女をただ置いていくわけにはいかない。テイラーはこの街に親戚がいるといっていたが、どこにいるのだろう？　なぜ港に出迎えに来なかったんだ？　いったんそう思うと、つぎからつぎへと疑問が湧きあがった。テイラーの親戚に会って、彼女を任せて大丈夫かたしかめる必要がある。

早くボストンを離れたくてたまらなかった。建物の壁がせまってくるような気がするし、テイラーと一緒にいればいるほど、別れるのがむずかしくなってしまう。彼女のせいで、どうかしてしまいそうだった。実現不可能な夢を植えつけられてしまう。叶わぬ夢を。

そんなことを考えるうちに、靴を脱ぎ、上着も脱いだ格好で、ベッドの上で眠りこんでしまった。

鍵が鍵穴に差しこまれる音が聞こえて、ルーカスは眠りから覚めた。目は閉じたままだ。それからすぐにドアがバタンと閉まったので、眉をひそめた。もう少し気を配ってくれてもよさそうなものだ。そこで、少しもテイラーらしくないことに気づいた。

おかしい。起きあがってベッドの下に脚をおろすのと同時に、テイラーがアルコーヴに飛びこんできた。その顔をひと目見て、彼はただごとでないことを悟った。ヴィクトリアになにかあったのだろうか。

テイラーは彼に質問させなかった。「銃を持ってる？」

ルーカスは驚きを隠せなかった。「ああ。なぜだ？」

「一緒に来てもらいたいの。急いで、ルーカス。靴を履いて銃を探して。わたしのは手荷物のトランクケースに入ってる。衣装箱に入れないでよかった」

テイラーは身をひるがえして衣装簞笥に駆け寄ると、トランクケースのいちばん下から武器を取りだした。その横に弾薬を入れた小箱がある。テイラーは立ちあがったが、慌てていたせいで拳銃を取り落としてしまった。急いで拳銃を拾いあげてコートのポケットに突っこみ、今度は弾薬の箱に手を伸ばしたが、彼女はそれも取り落とした。弾がそこらじゅうに飛び散る。

テイラーはまた膝をついて片手でひとつかみ拾いあげると、もう一方のポケットに押しこんだ。絨毯《じゅうたん》の上に散乱した残りの弾と、開いたままのトランクケースには目もくれない。

ルーカスはその様子をアルコーヴを出たところで見守っていた。テイラーがぶつぶつつぶやいているが、よく聞き取れない。害虫がどうのといっているが……。

「テイラー、なにがあった？」

「靴を履いて」テイラーはふたたび強い口調でいった。「とにかく急いでちょうだい」

ルーカスは説明してもらうまで一歩も動かないつもりだった。テイラーはなにかに怯えて、すっかり動転している。彼女をいったん落ち着かせて、取り乱した原因を突きとめるのが先だ。どのみち、だれかにひどいことをされたのなら銃はいらない。その男を、素手で殺してやる。

ルーカスはテイラーをつかまえて問いただしたい一心で彼女に近づいたが、テイラーはその手を避けてアルコーヴに逃げこんだ。あくまでもいうとおりにさせるつもりだ。

テイラーはベッドの足元に落ちていた上着をさっと拾いあげて彼に放った。「ぼけっと突っ立ってないで、銃を探して……二丁いるかも。どこにあの子たちを隠したか、あいつから聞きださないと……。あなたならできるわ。取り逃がすわけにはいかないの……あの子たちに二度と会えなくなってしまう」

テイラーは泣き声でつっかえながらいった。こんなのははじめてだとルーカスは思った。いつものテイラーじゃない。瞳に恐怖を浮かべて腕を引っぱり、半泣きで頼みこんだかと思えば金切り声で命令してくる。

テイラーは膝をついて、彼に靴を履かせようとした。ルーカスはその手をつかんで引っぱりあげた。

「落ち着いてくれないか、テイラー」彼はいった。「なぜ二度と会えなくなるんだ?」

あくまで穏やかにいったつもりだったが、テイラーはわめき返した。「わたしの子どもたちよ! あいつが子どもたちを隠したの。お願いだから助けて。助けてくれたらなんでもするわ」

ルーカスは両腕でテイラーを抱きしめた。「いいか、きみのことは助ける。わかったな？　さあ、落ち着いてくれないか。これじゃわけがわからない」それから、怒りをこらえきれずにいった。「きみに子どもはいないはずだ」

「いいえ、いるのよ！」テイラーは叫んだ。「年端もいかない子どもがふたり……その子たちが連れ去られたの。姉が……姉が亡くなって、わたしが……ああ、どうか信じて。途中でなにもかも説明するわ。あの男が逃げてしまう。そんな危険は冒せないの」

テイラーは泣きわめきながらルーカスのシャツを引き裂いていた。ルーカスはようやく一刻の猶予《ゆうよ》もならないことを悟ると、時間を無駄にせずに拳銃を取りだし、弾倉が装塡《そうてん》されていることをたしかめ、ガンベルトをウエストに巻いた。ふつうの上着では銃を隠せないので、衣装簞笥から雨天用の黒いダスターコートを出して羽織った。コートの丈は膝下まであるから、ホテルのロビーを通るときにだれにも銃を見られずにすむ。

テイラーが靴を持って追いかけてきた。ルーカスはドアを出たところで靴を履くと、テイラーの手をつかんで階段をおりはじめた。

「馬車に乗ったら、ちゃんと説明するんだ」

その声は、彼の外見と同じくらい凄《すご》みがあった。黒いコートの襟《えり》を立てて、顔の下半分を隠している。

無法者のガンマンそのもののようなルーカスを見て、テイラーの胸には希望の光がともった。ルーカスの冷酷な瞳と容赦ない表情が頼もしい。

なにより、彼は味方だ。いまは冷酷で、容赦ない行動が必要だった。彼の意志はともかく、ルーカスはたったいま、彼女にかわって復讐者となった。

「もっと急いで」

そういったものの彼女はすでに、ルーカスに追いつくために走っていた。まだ気が動転して、自分がなにをいっているのかもわからない。とにかく恐ろしくて、ルーカスに泣くのはやめろといわれるまで泣いていることにも気づかなかった。

ルーカスはホテルを出るまで、それ以外にはひとことも口をきかなかった。テイラーはホテルの前で待っていた御者に住所を告げた。

「フォートヒル？　お乗せできませんや」御者がいった。「とにかく物騒なんで」彼はルーカスに向かっておどおどとうなずいた。

もう一度頼んでことわられると、ルーカスの顎の筋肉がぴくりと動いた。テイラーが代金の三倍を払うといっても御者が首を縦に振らないので、ルーカスはさっと手を伸ばして御者の上着をつかみ、御者席から引きずりおろさんばかりにぐいと引き寄せた。

「おまえが手綱を握るか、おれが握るか、どちらかだ。いずれにしろ、あと十秒きっかりで出発する。テイラー、馬車に乗りこむんだ」

御者は自分の置かれた状況を早々と悟った。「そいじゃ、お……お連れしまさあ」しどろもどろにいった。「しかし、そこに着いたら、あとは待ちませんから」

ルーカスは、なにもいわなかった。これ以上時間を無駄にできない。彼は馬車に乗りこみ、テイラーの向かいに座った。

テイラーは拳銃を取りだしていた。コルトだ。ショーケースから出したばかりのように、染みひとつなく輝いている。買ってあっただけで、使ったことがないのだろう。

彼女の膝の上には弾が置いてあった。ルーカスが見ている前で、彼女は弾倉を開け、手際よく弾を込めて弾倉を戻すと、拳銃をポケットにしまって両手を組んだ。

ルーカスは目を剝いた。拳銃を持っているだけでも驚きだが、あの銃の扱いはなんだ？　弾を込め終わるのに三十秒とかからなかった……それも、あんなに激しく震える手で。

「撃ち方は知っているのか？」

「ええ」

「アンドルーから教わったんだな？　ピアノの弾き方と銃の撃ち方を教わったといったのは、冗談ではなかったわけだ。いま思い出した」

「ええ、ほんとうよ。アンドルーおじさまは銃の収集家で、分解して組みなおすのが趣味なの。六連発銃は扱いにくいけれど、でも――」

テイラーは、自分は狙いがとても正確だから、早撃ちでなくても大丈夫だというつもりだった。大叔父のアンドルーからは、ワシのように目がいいとほめられたものだ。それにアンドルーは、いかに早く撃つかは重要ではないといっていた。男は一対一の決闘を好むから早撃ちでなくてはならないが、女は正確に撃てさえすればいいと。だが、ルーカスは彼女の言葉をさえぎった。

「その銃をよこすんだ、テイラー。しまいに事故で命を落とすぞ。きみが弾を込めた銃を持ち歩く必要はない」

「もう少し急ぐようにいってもらえないかしら？」

ルーカスは窓から首を出して指示を飛ばすと、座りなおして両脚を組み、腕組みをした。ロを開いたとき、彼の声と瞳には怒りがこもっていた。

「つまり、今夜はヴィクトリアの部屋でなくフォートヒルにいたということか」

「ええ」

テイラーが正直に認めることはわかっていたが、それでもかっとした。

「だれと一緒だった？」

「わたしひとりよ」

それも予期した答えだったが、彼女の喉を絞めたくてたまらなくなった。テイラーはこの街でもっとも治安の悪い地域をうろついていたのだ。ソドムやゴモラにいるところを想像するほうがまだたやすい。

「自分がどんな危険を冒していたか、わかっているのか？」

ルーカスは声を荒らげなかった。テイラーの知るかぎり、彼がわめいたことは一度もない。その必要がないのだと、テイラーは思った。あの剃刀《かみそり》のように切れ味鋭い声には、どなるのと同じくらい効果がある。テイラーは思わず体をすくめそうになって、どうにか自分を抑えた。

「さあ、説明するんだ、テイラー」ルーカスはいった。「もう隠しごとは一切なしだ」

テイラーはどこから説明したらいいのか、ルーカスにどこまで話せばいいのかわからなかった。まだ取り乱していて、考えがまとまらない。

彼女は両手をしっかりと組み合わせると、話が長くなることをことわって話しはじめた。

「今夜は、姉の子どもたちに会いに行ったの。姉のマリアンが亡くなって一年半になるわ。姉は長いこと病に体をむしばまれていたんだけれど、ボストンを襲った季節外れの寒さで……」

「それで？」テイラーがなにもいわないので、ルーカスはつづきを促した。

「マリアンは体が丈夫なほうではなかった。風邪を引いて、肺を病んでしまったの。それからひと月後にマリアンは天に召されて、子どもたちは夫のジョージが育てていた」

「それから？」テイラーがふたたび黙りこんだので、ルーカスはいった。

「数週間前、ジョージが病気になったの。あの地域では今度はコレラが流行していたというか、たぶんジョージが亡くなったのはそれが原因だったんでしょう。でも、はっきりしたことはわからない。バートルスミス夫人が手紙で知らせてくれたの」

「バートルスミス夫人とは？」

「姪たちの子守よ。わたしがボストンに到着するまで、子どもたちのそばにいると約束してくれたわ」

「つづけてくれないか」テイラーがまたも口をつぐんだので、ルーカスは声をかけた。

「手紙に書いてあった住所を訪ねてみたんだけれど、バートルスミス夫人はその家にいなかった。応対に出た女性はとても親身になってくれたわ。バートルスミス夫人や子どもたちになにがあったかその方は知らなかったけれど、わたしにお茶を淹《い》れてから、そこらじゅうを捜しまわって、ヘンリーとパール・ウェストリーという夫婦の住所を探しだしてくれたの。ジョージに雇われていた夫婦で、パールは料理をして、ヘンリーのほうはうちの雑用をこなしていたらしいわ。ジョージが亡くなってから、ふたりは新しく家を借りたその女性に雇ってもらおうとしたんだけれど、ふたりともウィスキーのにおいがしたものだから、ことわったんですって。そうしたらパール・ウェストリーが、気が変わったら連絡してほしいといって、自分の名前と住所を紙に書いて残していったの」

「それで、その夫婦者を訪ねたわけか」

テイラーはうなずいた。「子どもたちがそこにいるとは思わなかった。ただ、バートルスミス夫人がふたりをどこに連れていったか、ウェストリー夫妻が知っているかもしれないと思ったの」

「そこが、フォートヒルだった？」

「ええ。ボストンの町なかを走っているうちは明るかったんだけれど、書いてある住所に着くころには暗くなってしまって……。御者に置き去りにされなくてよかった。早く用をすませるようにといって、わたしが戻ってくるまで待ってくれたの。入口のドアをノックすると、ヘンリー・ウェストリーが出たわ。そして、バートルスミス夫人は亡くなったと……でも、いつ、どうしてそうなったかは話してくれなかった。奥さんのパールもうちにいたわ。別の部屋に隠れて、わたしを追い払えと夫にわめき散らして……。ふたりとも、酔っ払っていたの。パール・ウェストリーはろれつがまわらなくて、なにかに怯えているようだったけれど、ヘンリーは違った。ヘンリーは……横柄で、憎々しげで、どうせなにもできやしない、もう手遅れだと奥さんにわめき返していたわ。ふてぶてしいことこのうえなかった」

「その家には入ったのか？」

「いいえ。ポーチにあがっただけよ」

「家に入らないだけの分別があってよかった」

「正確にはあばら屋よ」テイラーはふたたびぞっとして声を震わせた。「ヘンリーとパールはふたりとも、子どものことなんて聞いたこともないようなふりをしていたけれど、嘘に決まってるわ」

「そのうちでほかの人間の声を聞いたり、姿を見かけたりしなかったか？」

テイラーはかぶりを振った。「二階にだれかいたかも……でも、声は聞こえなかった」

テイラーは泣きはじめた。夫の前でそんな弱さを見せたくなかったが、どうにもならなかった。

ルーカスはハンカチを探そうとしてテイラーに手をつかまれた。

「わたしは、よけいな心配はしないたちなの、ルーカス。パールの声は怯えていたわ。ヘンリーが居なおっているのもわかった。ふたりは姪たちがどこにいるのか知っているのよ。あなたならほんとうのことを聞きだせるでしょう？　姪たちを捜しだせるはずだわ」

「ああ、捜しだすとも」ルーカスは優しくささやいた。「バートルスミス夫人が子どもたちを連れて、きみの親戚のところに身を寄せていることは考えられないのか?」

テイラーはかぶりを振った。「どうしてパールとヘンリーはふたりのことをまったく知らないふりをしたのかしら? ふたりとも、ジョージに雇われて働いていたんだから、もちろん知っているはずだわ。きっと、なにかを隠しているのよ。子どもたちになにかあったら……ひどい目に遭わされるかもしれない。それとも――」

「やめるんだ」ルーカスはいった。「ありもしないことを想像するんじゃない。冷静になるんだ」

「ええ、そうよね」テイラーはうなずいた。「冷静にならなくては……。あなたのいうとおりにするわ。とにかく力を貸してちょうだい」

テイラーはふたたび背筋を伸ばして両手を膝の上で組んだ。なんとか気持ちを落ち着けようとしたが、できそうもない。

「ドアに鍵をかけて、馬車のなかにいてほしい」ルーカスはいった。

テイラーは反論しなかったが、こそこそ隠れてルーカスひとりにウェストリー夫妻と対決させるつもりは毛頭なかった。ふたりはよこしまで、なにをしでかすか予想もつかないたぐいの人々だ。助けが必要になるかもしれないのに、ここにいたのでは話にならない。

テイラーは、嘘はつきたくなかったので黙っていた。それから窓の外に目をやり、みすぼらしい家並みを見て、ウェストリーの家が近いことを悟った。空気もすえたようなにおいに変わっている。たしかにこのあたりだ。テイラーはこれから起こることを思って、両手を握りしめて祈りはじめた。

「レディ・ステイプルトンは、マリアンの夫が亡くなったことを知っていたのか？」

「ええ」テイラーは答えた。「手紙が届いたときに、すぐに知らせたわ」

「それからどうした？」

「おばあさまがその後の計画を考えて、またバートルスミス夫人に手紙を送ったわ」

「その後の計画というと？」

「あなたよ」

ルーカスが面くらっているのはしかめ面を見ればわかったが、テイラーは説明しなかった。子どもたちが見つかればなにもかもわかることだ。

「わたしが子どもだったころ、マリアンが守ってくれたの。まさにわたしの守護天使だった。マリアンの娘たちを守るためなら、なんだってするわ。ふたりの安全をはかるのは、わたしの義務なの」

「マリアンが、なにから守ってくれたんだ？」

「ヘビよ」

「マルコムか」ルーカスは、銀行を出るときにテイラーが叔父をヘビ呼ばわりしていたことを思い出した。

「ええ」テイラーはささやいた。「マルコムよ」彼女は下劣な叔父のことなど話したくなかった。いまは子どもたちのことだけを考えたい。

「両親がふたりとも死んだとなると、子どもたちはどうなるんだ？　父方の親戚が引き取ってくれるのか？　それとも、きみがイギリスに連れて帰るのか？」

テイラーはその問いに直接には答えなかった。「あのふたりには、母親のように愛し、健やかに育ててくれる庇護者《ひご》が必要だわ。世界じゅうのいかなるヘビにも襲われないように安全を確保してもらうのはふたりの権利なのよ、ルーカス」そして、そうするのはわたしの義務でもある。

イギリスに連れて帰るのかですって？　まさか、とんでもない。テイラーは叫びたかった。イギリスから、できるだけ離れた場所に行くつもりよ。

ルーカスにはそこまで話さなかった。ええ、辺境には危険がひそんでいることくらいわかってる。幼い子どもには不向きだということも。ルーカスは知らないけれど、ありそうなことはぜんぶ考えた。でも、何度考えてもたどり着く結論は同じ――双子はイギリスに連れ帰ってマルコムの執念深い視線にさらされるより、辺境で生きていくほうが幸せなはずだ。年を取っても、あの男の欲望が衰えていないことはわかりきっている。ヘビはしなびて死ぬ日までヘビのままだ。テイラーの父より年下のマルコムは、まだ五十手前で、乱行にふける日々をたっぷりと残している。

馬車は速度を落とした。テイラーはふたたび窓の外を見て、見覚えのある場所かたしかめようとした。明るい月の光のおかげで、看板の字が読める。家というよりあばら屋といったほうがいい建物が、ひしめくように建ち並んでいた。通りに人気《ひとけ》はない。もう遅いせいもあるが、小雨が降りだして、三月の風が荒れくるいだしていた。

ウェストリーの家が見えてきた。一階と二階のどちらの窓にも明かりがともっている。テイラーは二階の薄い窓ガラス越しに人影を見た。だれかがいらいらと行き来している。

テイラーは安堵《あんど》のあまり泣きそうになった。ふたりはまだ、逃げだしていない。「まだいるわ」彼女はいった。「見て。二階の窓に女の人が見えるでしょう。行ったり来たりしている」まるでネズミみたいに。

「荷造りしているのかもしれない」ルーカスはそういうと、ドアを開けてテイラーを優しく押し戻した。「なにを見ようと、なにが聞こえようと、なかにいるんだ。約束してくれるな」

「ええ、なかにいるわ」テイラーは応じたが、急いで付けくわえた。「わたしが必要になるまでは」

外に出ようとしたルーカスを彼女は引きとめた。「気をつけて」

ルーカスはうなずくと、馬車から降りて後ろ手にドアを閉めた。テイラーは窓から首を出した。「わたしなら、あの御者は信頼しないわ」彼女はささやいた。「あなたが家のなかにいるうちにここを離れるに決まってる」

「やつはどこにも行かない」ルーカスは首を伸ばしてテイラーにかすめるようなキスをすると、むすっとしている御者に近づいた。

「おれが戻るまで、妻は馬車で待つ」

御者はかぶりを振った。「なら、奥さんも降ろしてくだせえ。こんなところで、だれも待ちたかありませんや。物騒すぎますさあ」

ルーカスはよく聞こえなかったような顔をして、御者に耳を近づけるように手招きした。

「目が覚めたら、おれたちをホテルまで乗せていくんだ」

御者はその意味を考える間もなく、一発顎を殴られて、ぐったりと座席に伸びた。

馬車の座席から御者は見えなかったので、テイラーはルーカスがここで待つように御者を説き伏せたのだろうと思った。ルーカスが通りを横切り、階段をのぼるのが見える。彼は崩れ落ちそうなポーチを通ってドアの前に来たが、ノックはしなかった。鍵がかかっているとわかると、肩からぶつかってドアを破り、家のなかに姿を消した。

テイラーは祈りはじめた。なかなか出てこない。永遠の時間がたったような気がした。ドアの取っ手に二度手を伸ばしかけて、そのたびに自分を抑えた。ここにいると約束した以上、銃声が聞こえないかぎり約束は守るつもりだった。もちろん、ルーカスが手ぶらで戻ってきたときはそのかぎりではない。子どもたちの行方がつかめなかったときは、今度は自分で突きとめるつもりだった。テイラーはポケットから拳銃を取りだして膝の上に載せた。手が震えているのは怯えているせいかしら。それとも怒りのせい？

なにかがぶつかって、ガラスがガシャンと割れる音がした。テイラーはルーカスの頭に花瓶が振りおろされた光景を思い浮かべてじっとしていられなくなり、ドアを開けて歩道に飛びおりた。だが二、三歩踏みだしたところで、開いたままの戸口からルーカスが出てきた。

彼がぴんぴんしているところを見てはじめて、どれほど心配していたのかわかった。

「ああ、神さま、感謝します」テイラーはつぶやいた。

それから御者のうめき声が聞こえたので、テイラーは彼の具合が悪いのだろうと思った。

「もうじき出発するわ、御者さん」テイラーは御者を振り向かずにルーカスをひたと見つめて、よい知らせか悪い知らせか、表情から読み取ろうとした。なにもわからない。

ルーカスが歩道におりたちょうどそのとき、戸口に人影が現れた。男だ。月明かりに照らされた顔を見て、紛れもなくヘンリー・ウェストリーだとわかった。ルーカスに鼻を殴られたのだろう。鼻から流れる血が口と顎を赤く染めている。ヘンリーは左手の甲で血をぬぐうと、右手を後ろにやって、憎悪に満ちた目でルーカスをにらみつけた。彼の右手が動いた瞬間、その手に拳銃が握られているのが見えた。それから数秒のあいだは、なにもかもがゆっくりと動いた。ヘンリーが銃をかまえる。狙いは間違いなくルーカスで、後ろから撃つつもりだ。

警告を発する時間もなかった。テイラーはルーカスがさっと振り向くのと同時に拳銃をかまえた。テイラーが撃つよりも一瞬早く、ルーカスが発砲した。彼女の弾はヘンリーの左肩にあたり、ルーカスはもっと正確に右手の拳銃をはじき飛ばした。

その銃声で、御者はぱっと目を覚まして椅子に座りなおした。彼が手綱をぴしりと鳴らして全速力で馬を出そうとしたとき、ルーカスは馬車に追いつき、ドアをバタンと開け、テイラーを文字どおり放りこんで自分も飛びこんだ。ドアは勝手に閉まり、馬車は二輪走行で曲がり角を曲がった。

テイラーはルーカスの向かいで体を起こした。気持ちが昂って、まだ拳銃を手に持っていることにも気づかなかった。銃口がルーカスのほうを向いている。ルーカスは手を伸ばすと、馬車が跳ねて撃たれる前にその銃を取りあげた。テイラーはひとこともいわなかった。ルーカスは銃をポケットにしまうと、クッションにもたれてため息を長々と漏らした。

「どうしてわかったの?」テイラーはささやいた。

「なにが?」

「撃たれるとどうしてわかったの? さっきは、警告する時間もなかった……でも、あなたはわかってたのね。本能的なものなの? 後ろに気配を感じたの?」

ルーカスはかぶりを振った。「きみが警告してくれた」

「どうやって?」

「さっきはきみを見ていた。表情を見ればわかる」彼は答えた。「そして、きみが片手をあげたとき——」

テイラーは最後までいわせなかった。「わたしが撃つ前に、あなたが撃った」

「そのとおり」

「殺してやればよかった」

「やろうと思えばできたはずだ。だが、きみは殺さなかった。単純なことだ、テイラー。きみは殺さないほうを選んだ」

「あなたと同じように」テイラーは応じた。

「そうだな」ルーカスはいった。「だが、理由はまったく違う」彼はテイラーが質問する間もなくつづけた。「きみが殺さなかったのは、おそらく道徳心からだ。おれは当局と関わり合いになりたくなかったから、やつを生かした。殺せば厄介なことになる。ボストンは辺境とは違うからな」

「どんなふうに？」

「モンタナでは、人を殺すのに理由はいらない。あの土地はまだ……単純なんだ」

「つまり、無法地帯というわけね」

ルーカスはかぶりを振った。「いや、法が存在しないわけじゃない。こことは違うだけだ。たいていの場合は公正だが、そうでないときもある」

ルーカスはここに来てわかったことをどうやってテイラーに告げたらいいのか迷っていた。真実を知ったら、テイラーは悲しむだろう。その苦しみをやわらげる方法がわからない。

「このにおい、嫌いよ」テイラーがいきなりいった。

「なんのにおいだ？」

「銃のにおい。撃ったあとのにおいがいやなの。手と服に染みついて、何時間も残るわ。石鹸をつけても取れない。嫌いなの」

ルーカスは肩をすくめた。「そいつは気づかなかった」それはほんとうだった。

テイラーは深々と息を吸いこむと、張りつめた声でささやいた。「なにかわかった？」

「ああ」ルーカスは身を乗りだして、テイラーの両手をつかんだ。「子どもたちの面倒は子守りが見ていた」

「バートルスミス夫人ね？」

ルーカスはうなずいた。「彼女は亡くなったそうだ」彼はつづけた。「原因は、コレラじゃない。ウェストリーの女房によると、発作を起こして、床に倒れたときには死んでいたそうだ。以前から、心臓の具合がよくなかったらしい」

「子どもたちは？」

「ウェストリーは、めぼしいものはないかと家じゅう探しまわって、あらゆるものを売り飛ばした。そして、双子をうちに連れて帰った」

「そう……」テイラーは彼の手を握りしめた。

ルーカスは、彼女の苦悩を見ていることができなかった。「いいか、テイラー。おれたちでふたりを捜そう。おれのいっていることがわかるな？　ふたりを捜しだすんだ」

「ああ、まさか……」テイラーは彼がすべてを話していないことに気づいて、不意に怖くてたまらなくなった。

「ふたりはもう、ウェストリーのところにはいなかった」

「まだ生きているの？」

「ああ」ルーカスがきっぱりといったので、テイラーは気を取りなおした。

「それなら、どこにいるの？　子どもたちになにがあったの？」

ルーカスはテイラーの手を離して、彼女を膝の上に乗せて抱きしめた。ただ慰めるつもりでそうしたのではなかった。あの夫婦がしたことを告げるときに、テイラーの表情を見たくない。

「ふたりを捜しだそう」彼はまたいった。

「教えて、ルーカス。子どもたちはどこなの？　あの夫婦はなにをしたの？」

ルーカスは遠まわしにいえなかった。

「ふたりは売り飛ばされた」

11

「とにかくいまの世の中ときたら、
ワシも羽根を休めない高みでミソサザイが餌をあさっている」
——ウィリアム・シェイクスピア『リチャード三世』より

テイラーは長いあいだひとことも口をきかなかったが、ほんとうは、あまりのことに愕然《がくぜん》としているだけだった。それから、これまで一度も感じたことがないほどの激しい怒りが湧きあがり、彼女の理性を、心を、魂をむしばんだ。あまりの怒りに体がこわばるほどだった。ヘンリーとパール・ウェストリーを殺してやりたい。その憤怒に駆られているあいだは、冷酷非情な殺人者になれそうな気がした。あんな邪悪なけだものは世界から抹殺して、彼らにふさわしい地獄に送りこんでやればいい。

だが、しまいには理性がまさった。悪魔はふたりの魂を手に入れて喜ぶだろうが、そのときは自分自身の魂も引き渡すことになる。人殺しは神の定めた大罪だ。良心などなければよかったのにとテイラーは思った。ウェストリーたちに同じ苦しみを味わわせてやりたい。でも、死罪判決をくだす判事にも陪審員にもなれそうもないことはわかっていた。

いまはルーカスの首に両腕を巻きつけ、彼の胸にもたれて慰めてもらいたかった。彼の強さを拠りどころにできたらどんなにいいだろう。ふっとそんな思いが湧きあがって、ぎくりとして彼を押しやり、向かいの席に戻った。どうか落ち着きを取り戻すきっかけがつかめますように。そう祈りながらスカートをなおした。

「いまは強くならなくては……泣くのはあとでもできるもの」

その言葉をつぶやいたことに気づいたのは、ルーカスの声を聞いたときだった。

「ふたりは取り返す」

ルーカスの確信に満ちた声が心強かった。テイラーは子どもたちが虐待されないことを祈った。ふたりが無事でいますように。どうか、無事でいますように。

彼女はルーカスが話していることに気づいて、彼の話に集中しようとした。知り合いに電報を打つですって？　どうして？　彼女は身を乗りだして、ルーカスにもう一度話してくれるように頼んだ。

「双子はシンシナティに連れていかれた」ルーカスは説明を繰り返した。「そこに買い手がいるらしい」双子を待っている買い手だ。

「どれくらい前だったの？」

「二日前だ」

「それなら、もうどこにいるのかわからないわ」

ルーカスは首を振った。「シンシナティは列車で三十時間近くかかる街だ、テイラー。運がよければ、おれの知り合いが待ち伏せしてくれる」

「でも、子どもたちを連れ去った一味が列車を使わなかったとしたら？」

「その場合は、もっと時間がかかる」

「そうね」

「ホテルに戻ったら、すぐにハンターという男に電報を打つつもりだ」

「その人はシンシナティにいるの？」

「いいや。だが、近くにいる」

「ほんとうにつかまるかしら」

ルーカスはうなずいた。「双子が列車に乗っていないなら、ますますハンターが必要になる。アメリカで二番目に追跡がうまい男だからな」

「いちばんはだれなの？」テイラーはその男も雇ってほしいと思いながらたずねた。その道の玄人《くろうと》は多ければ多いほど、子どもたちを無事に見つけだせる可能性は高くなる。

「おれだ」

テイラーは安堵のため息をついた。「あなたが電報を打ちに行っているあいだに、列車の時刻表を手に入れて、コンシェルジュに乗車券を手配してもらうわね。出発は早ければ早いほどいいわ」

ルーカスは、ボストンで待つようにテイラーを説得しても無駄だと心得ていた。シンシナティがただの通過点かもしれないことは充分にありえる。双子はもうそこにいるかもしれないのだ。ウェストリーは二日前といった……四十八時間前だ。そう、ふたりはもうシンシナティに到着して、いずこともしれない場所に向かっているかもしれない。もしふたりがケンタッキーの丘陵地帯かオハイオ盆地の先にある荒野に向かっているなら、シンシナティで待機するようにテイラーを説得しよう。都会なら比較的安全だし、たいして不自由もなく暮らせる。時間があれば、彼女の世話をする人間を雇うつもりだった。

「……きみひとりを残すわけにはいかない」

「なんですって？」

「なんでもない」

「ルーカス、わたしも一緒に行くわ。ふたりで捜すのよ。足手まといにはならないから」

「なにもいってないだろう」ルーカスはいい返した。「一緒に来ればいい」

「ありがとう」

テイラーは目を閉じた。急に寒気を感じて、彼女はいった。「どうしてこんな悪が世の中にはびこるのかしら」

ルーカスは彼女をじっと見つめて答えた。「それは、善なるものがあるからさ」

テイラーは目を開けて彼を見た。「わからないわ。表があれば裏があるといいたいの？」

「そんなところだ」

テイラーはかぶりを振った。「いまは善なるものなんてひとつも見えない」

「おれは違う」ルーカスはぶっきらぼうにいった。「おれには見える」

テイラーはまだわからないようだった。ルーカスはテイラーを称賛する言葉を口にしたとたんに、落ち着かない気分になった。しばらく沈黙がつづいた。

「ヴィクトリアはどうするつもりだ？」ルーカスがしまいに口を開いた。

「今夜部屋に行って、なにもかも説明するわ」

ふたりはふたたび黙りこんだ。ルーカスは今後の段取りをあれこれと考え、テイラーは双子たちのために一心に祈りを捧げた。

「ルーカス？」

「なんだ？」

「この件があなたに関係ないことはわかってるわ。双子を守るのはわたしであって、あなたではない。それなのに手を貸してくれてどんなに感謝しているか……。そのことを伝えたかったの」ルーカスが口を開く前に、テイラーは言葉を継いだ。「無理やり巻きこんで、ほんとうにごめんなさい。わたしと結婚したときに、こんなことになるとは思ってなかったでしょう？最低でも埋め合わせはさせてちょうだい。この件が解決したら、すぐに――」

ルーカスは彼女をさえぎった。「報酬を払うといったら、首を絞めるぞ」

ルーカスがむっとしたので、テイラーはほほえんだ。いま必要なのは戦ってくれる戦士だ。ルーカスはまさにそんな人だった。

「ごめんなさい」彼女はいった。「侮辱するつもりはなかったの。感謝しているのよ」ルーカスの顔に感謝の言葉は聞きたくないと書いてあったので、彼女は話題を変えた。「子どもは大人の所有物ではないわ」

「ああ、そのとおりだ」

「でも、大人はたいていそう思ってる。子どもにはなんの権利もないと……でも、そんなことはないでしょう？」

ルーカスはうなずいた。「両親から愛されて、守ってもらう権利があるはずだ」

「ええ」テイラーはささやいた。

それから、さらに話題を変えた。「ヘンリーとパール・ウェストリーは、当局にわたしたちのことを訴えるかしら？」

「なんの咎《とが》で？」

「障害よ」テイラーは答えた。「ふたりで、ヘンリーを撃ったでしょう」

ルーカスは鼻を鳴らした。「ややこしいことになるから、訴えるようなまねはしないだろう。きみは当局に通報したいのか？」

「いいえ」テイラーは答えた。「当局を巻きこんでもいいことはなにもないわ。ジョージーとアリーが連れ去られた以上、一から説明して書類を書いている余裕はないでしょう……あなたがそうしたほうがいいと思うのなら別だけれど」

ルーカスはもともと、バッジをつけた人間を信頼する気になれなかった。バッジは身に余る権力を意味する。経験上知っていることだが、権力を手にするのは、喉が渇いた男が海の水を飲むようなものだ。ひと口飲めばもっとほしくなり、そのうちいくら飲んでも足りなくなる。権力はその人間を高めるのではなく、しばしば破滅させてしまう。

「当局を巻きこむと、なにかと面倒になる。それに、双子を捜しているあいだじゅう当局にぴったりくっつかれるのはどうも虫が好かない。ところで、おれの質問にも答えてくれないか」

「なにかしら?」

「ヴィクトリアはきみの姪たちのことを知っているのか?」

「ええ」

「なぜおれに話さなかった?」

テイラーは答えなかった。「おれのことは信頼しているのか?」

テイラーはしばらく口を開かなかった。「……信頼していると思うわ」それから、もっと力を込めていった。「ええ、信頼してるわよ。おばあさまからもそうするようにいわれたの」

「そうするようにいわれなかったら?」

「あなたは男性よ、ルーカス」

「どういう意味だ?」

「男性はたいてい信頼できない。ヴィクトリアもわたしも、その事実を身をもって学んだの。でも、あなたはほかの男性と違う。とくに、あなたの腹違いの兄とは大違いだわ。いまなら、ウィリアムは腑《ふ》抜《ぬ》けだとわかる。あなたは正反対よ。あなたなら子どもたちを見つけてくれるわね? もう一度いって。信じているわ」

話が飛んでも、ルーカスはたじろがなかった。彼はもう一度テイラーに約束した。

「子どもたちはひどい目に遭わされていないかしら?」

テイラーのつらそうな言葉にルーカスは胸を打たれた。彼は思ったよりぶっきらぼうに答えた。「そんなことを考えるんじゃない。ふたりを取り戻すことだけを考えるんだ。さもないと気持ちが持たない」

テイラーは彼の言葉に素直に従い、恐ろしい考えが頭に浮かぶたびに打ち消して、これからの旅で必要なものを頭のなかで数えあげた。

ホテルに到着すると、テイラーはロビーを急ぎ足で通り抜けてコンシェルジュを捜したが、そこで渡された時刻表を見て悲鳴をあげそうになった。

列車はついさっき発車したばかりで、つぎのボストン発の列車は明日の朝十時までない。使いの者がふたりの乗車券を買うために駅に走り、ホテルの支配人はシンシナティの姉妹ホテルに予約を入れ、急いで電報を打つ手配をした。テイラーはヴィクトリア用に、ふたつ目の部屋も確保してもらった。

そうした手続きをしているあいだに、テイラーの気持ちは落ち着いていった。それから急いで部屋にあがり、荷物をまとめて、ホテルに預けた荷物の引換券を見つけると、その券を持ってヴィクトリアの部屋に向かった。ドアをノックしたのは真夜中の二時前だった。

ヴィクトリアは起こされて目を開けているのがやっとの様子だったが、テイラーがことの次第を話すと冷水を浴びせられたようにはっきりと目を覚まし、テイラーの苦しみに同情して目に涙を浮かべた。

「かわいそうな子どもたち」ヴィクトリアはささやいた。「わたしも一緒に行くわ」彼女は迷わずいった。「わたしにできることならなんでもするから」

テイラーはヴィクトリアを心から信頼していたので、友人がついてこないとはちらりとも考えていなかった。彼女はヴィクトリアに荷物の引換券を渡すと、列車の座席が取れしだいルーカスと自分のあとからシンシナティに向かうようにいった。ヴィクトリアのために部屋を予約する電報を打ったことも説明した。ヴィクトリアに荷物の手配を任せて、あとから来てもらうつもりだった。

「ふたりがまだ、シンシナティにいてくれたらいいんだけれど」テイラーはいった。「たぶん、西に向かっていると思うの。見つけやすい場所にいてくれることを祈るわ。人がたくさんいるニューヨークに連れていかれたら、見つけるのがむずかしくなってしまうから」

「ほかにわたしにできることはないかしら?」

「明日銀行に行って、できるだけたくさんのお金をおろして持ってきてほしいの。明日の朝、出発する前に受取に署名をしておくわね。シャーマンさんにもサマーズさんにも、行き先をいわないでちょうだい」

「ええ、わかったわ」ヴィクトリアはテイラーを抱きしめて幸運を祈ると、ボストンでテイラーが買い物をする予定だったことを思い出した。

「買うものの一覧をちょうだい」ヴィクトリアはいった。「ボストンにもう一日いるあいだに、あなたのほしいものも買いそろえておくから」

「ええ、そうね。明日の朝、書きとめたものを渡すわ」テイラーは部屋を出ようとして振り向いた。「荷物をわたしたちの部屋に移してちょうだい」

「どうして?」

「ここよりいい部屋よ」テイラーはドアを開けて廊下に出た。「あなたにふさわしいわ、ヴィクトリア。もともとルーカスが出発したら、あなたと部屋を取り替えるつもりだったの。明日の夜はあの部屋で眠ってくれたらうれしいわ」

「そのときまでに、双子が見つかっているといいわね」

テイラーはかぶりを振った。「ルーカスの話では、シンシナティまで三十時間近くかかるそうよ。到着するころにはあなたも列車に乗りこんでいるはずだから、電報で知らせるわけにはいかないの。あなたが新しい情報を知るのは、シンシナティに到着してからになるわ。気をつけてね」

「少しは眠るのよ」ヴィクトリアは部屋に戻るテイラーにいった。

テイラーは親切な助言を聞き入れるふりをした。とても眠れるとは思えなかったが、ヴィクトリアに気をもませたくない。

しばらくして、ルーカスが戻ってきた。彼はドアに鍵をかけ、そこにもたれてポケットからテイラーの銃を出し、弾を抜くと、テーブルに銃と弾を置いて荷造りをはじめた。五分とかからずに作業は終わった。

「ベッドに入るんだ、テイラー。明日は長い一日になる」

ルーカスはそういいながら服を脱いで洗面室に向かった。テイラーは首を振った。「まだよ」彼女は窓辺に近づき、そこにたたずんで夜の闇を見つめた。

ルーカスはなにもいわなかった。ひとりきりで気持ちを落ち着ける時間がしばらく必要なのだろうと思い、彼女をそっとして、ズボンをはいたまま上掛けの上に横になった。

それから一時間後に目を覚ましたが、まぶたを開く前からテイラーがベッドにいないことはわかっていた。彼女は窓辺の場所にそのままいた。両手を組んで、体をふたつに折り曲げている。顔は見えないし、なんの音も聞こえないが、泣いているのはわかった。

ルーカスは胸を締めつけられる思いで、ベッドを出て静かに彼女に近づいた。ひとこともいわずに、ただ彼女を抱きあげてアルコーヴに運んで、ベッドの傍らで服を脱がせた。テイラーはなにもいわない。自分ではなにもせず、シュミーズ姿になるまでただそこに立って、されるがままになっていた。ルーカスは彼女のシルクのような肌を無視しようとした。片手が胸の膨らみをかすめたときは、もうしばらく触れていたいと思ったが、身勝手な欲望には屈しなかった。

今夜テイラーにみだらな思いを抱くのは間違っている。いまなら抱かせてくれるだろうし、進んで愛撫を受け入れてくれるかもしれない。しかし朝が来れば後悔するはずだ。彼女の弱みにつけこむことはできない。

まったく、自分がこれほど紳士らしいとは思わなかった。

この心優しい華奢《きやしや》な花嫁は、ここ数カ月のあいだにひどい苦しみを味わってきた。愛していると信じ、結婚するはずだった男に裏切られ、実の娘のように育ててくれた女性に死なれ、その喪に服する時間をろくに与えられないまま、今度は姉の子どもたちを見失い、もう二度と会えないかもしれないと思っている。必要とあらば、彼女は一生双子を捜しつづけるだろう。みずからの責任と家族としての義務を、なによりも優先する女性だから。

彼女の態度に、ルーカスは胸を打たれた。テイラーは、母親の役目を引き受けるつもりだろう。ほかの親戚に助けてもらいながら、姪たちを育てるつもりだ。

テイラーは、〝わたしの子どもたち〟といっていた。将来どうするつもりなのかはわからない。とにかく、いまを乗りきることだ。

テイラーの子どもたち。そのふたりを取り戻すためなら、地獄にでも行くつもりだった。

今度は悪に勝たせない。

ルーカスはシンシナティに向かう列車のなかで、ひそかにその誓いを何度も繰り返した。神に祈りを捧げているのか、神に挑戦しているのかわからないが、ひとつだけたしかなことがある。子どもたちは取り返す。

駅で、ハンターがふたりを出迎えた。ルーカスは彼の格好を見て、ついている——あるいは、神が味方してくれたとまで思った。追跡でくたびれ果てている。黄褐色のシャツとズボンが土埃まみれだ。ルーカスのとよく似たガンベルトを腰に巻きつけているが、ふたりの格好は西部では少し風変わりだとみなされている。ガンマンやマウンテンマンは、拳銃をポケットに突っこむか、ズボンのベルトに差すのがふつうだった。

ハンターは、ルーカスと同じくらい長身だった。ただし痩せぎすで、髪は漆黒《しっこく》、瞳は茶色だ。彼はその特徴を、クロー族の祖母から受け継いだ。気性も祖母に似て、ふだんは穏やかそのもので、めったに怒りをあらわにしない。くわえて、たいていの人間は守ろうとも思わないほど厳しい道徳規範を信条にしている。

ルーカスと同じように、ハンターは村八分にされて育った。ルーカスの場合は、私生児で孤児だったから。ハンターの場合は、混血だったから。ふたりは子どものころ、孤独と必要にせまられて親しくなり、過酷な生活を何年もともにするうちにいよいよ絆を深めた。ハンターはルーカスより前に山のなかの孤独な生活に戻り、ルーカスは戦争が終わると彼に合流した。ふたりはたがいに忠実だった。相手の命を危ういところで救ったことも一度や二度ではない。ハンターは、ルーカスが背中を向けていられるただひとりの男であり、ルーカスは、年々孤独を深めつつあるハンターが言葉を交わす数少ない男のひとりだった。

テイラーはその凄みのある男をひと目見るなり、たじろいでルーカスにすり寄った。こわもてで近寄りがたい、たしかに願ってもない人だ。

ルーカスがテイラーを紹介すると、ハンターは帽子を少し持ちあげた。「はじめまして」それから、ルーカスに目を戻した。

「可能性がいくつかある」

ルーカスはうなずくと、テイラーの肘をつかんで歩きだそうとしたが、テイラーは夫の親友に感謝の気持ちを伝えるまでは一歩も動かないつもりだった。

「ルーカスから、あなたはめったに山のお宅を離れないと伺いました、ハンターさん。こんなことを申しあげるなんてくだらないと思われるかもしれませんけれど、用事があってあなたがシンシナティのすぐ近くにいらしていたのは、神のお導きだと思うんです。ちょうど必要なときに、強くて、賢くて、勘の鋭い方を、神がよこしてくださったとしか思えません。とにかく、手を差しのべてくださったことに感謝します」

ハンターはあっけにとられて、しばらくなにもいえなかった。こんなにも早く、少しもためらわずに受け入れられたことが信じられなかった。テイラーはすぐに言葉を継いだ。

「ルーカスの話では、あなたはアメリカで二番目に追跡が上手だそうですね」

彼女はルーカスに押しやられて前に出た。ハンターはふたりに歩調を合わせた。

「二番目？　いちばんはだれです？」ハンターは尋ねた。

テイラーは笑顔で彼を見あげた。「ルーカスです。本人がそういっていました」

ハンターは彼女がからかっているのか本気なのかわからなかったので、ひとまず誤りを正すことにした。「ルーカスは順番を逆にしている。やつは二番です」彼はうなずいた。

ルーカスはハンターにいった。「テイラーをホテルに連れていって、それから――」

テイラーはさえぎった。「わたしも一緒に行くわ」

ルーカスはかぶりを振った。「きみは少し眠ったほうがいい。立っているのがやっとのはずだ。おれは列車のなかで眠ったが、きみは眠らなかった」

「ルーカス、わたしなら大丈夫。ほんとうよ」

「ひどい顔をしているじゃないか。いま休まなかったら、具合が悪くなるぞ」

放っておけばいい合いはもっとつづいただろうが、ハンターが議論の余地のないことを指摘した。

「あなたがいると足手まといになる」

「……そういうことなら、ホテルで待つことにするわ」テイラーはすぐに折れた。

あとに残るのは身を切られるようにつらかったが、彼らの言い分はもっともだった。ふたりが向かうのは女性を寄せつけない土地だ。そのこと自体はなんとも思わないが、そうなればルーカスが妻に気を配るあまり、双子を捜しだすという目先の仕事に集中できなくなってしまう。

今回はルーカスに拳銃を忘れないでとわざわざいう必要はなかった。ルーカスとハンターは彼女がホテルにチェックインするのを手伝ったが、片時たりとも時間を無駄にしなかった。ルーカスはベッドに彼女のトランクケースを放ると、ガンベルトを取りだして拳銃に弾を込め、ドアに向かいながらベルトをつけた。行ってくるともいわなかった。

テイラーは一時間以上ものあいだ落ち着きなく動きまわったあげく、ふだんと同じように過ごすことにした。入浴して髪を洗い、荷ほどきして、ローブ姿でベッドに横たわる。ほんの一、二分休んで服を着るつもりだった。

それから、たっぷり四、五時間眠った。目が覚めたときはどこにいるのかわからなくて、思い出すのにしばらくかかった。寝起きに混乱した理由のひとつは、いまいる部屋がボストンのホテルの部屋とほとんど変わらないからだった。

ホテルの所有者は、まったく同じホテルを建てることにしたのだろう。ソファと安楽椅子の位置も同じだし、寝室がアルコーヴになっていることも変わらない。壁際に衣装簞笥がふたつ並んでいるのも同じだ。ただ、部屋の色合いはいくらか違っていて、この部屋は白をアクセントに薄い金色で統一されていた。それに、衣装簞笥の左側にはドアがひとつでなくふたつある。ひとつ目は洗面室に通じるドアで、ふたつ目はヴィクトリアのために予約した部屋に通じるドアだった。部屋そのものはそれほど広くないが、中心にはロイヤルブルーのカバーで覆われた天蓋付きの大きなベッドがあり、残りの空間は椅子と化粧台と衣装簞笥が占めている。アルコーヴの寝室に比べたらひそやかな感じはしないが、この部屋にはこの部屋の魅力があった。優雅な内装で、ほんとうに素敵な部屋だ。

テイラーは予約したふたつ目の部屋がすぐ隣だったのでうれしくなった。ヴィクトリアも気に入るだろう。到着するころにはきっとへとへとのはずだ。到着時間を電報で知らせるように頼んでおけばよかったけれど、あのときはそんなことまで考える余裕がなかった。

不意におなかが鳴った。もう長いことなにも食べていなかったが、食べ物のことを考えただけで気分が悪くなった。心配でなにかを食べる気にはとてもなれなかったので、また部屋のなかを歩きまわって祈りを捧げた。一分が一時間にも思える。何度時刻をたしかめたかわからなかった。いまは夜の八時過ぎで、ルーカスとハンターが出かけてからもう七時間がたっている。ふたりが今夜帰ってくるかどうかもわからなかった。

歩きまわるのに疲れると、窓枠にもたれて漆黒の闇を見つめた。重たい雨雲が月を隠していて、なにも見えない。

ルーカスとハンターさんは、いまどこにいるのかしら？　子どもたちはまだ見つからないの？

可能性はいくつかある。ハンターさんは、駅でルーカスにそういわなかった？　ああ、どうしてあのとき詳しいことを訊かなかったの？　それは、臆病なネズミみたいに振る舞っていたから。あの人にすっかり圧倒されていたから……。いいえ、いまはくよくよせずに、ふたりが子どもたちを見つけた可能性を考えよう。まさにいま、子どもたちを抱いてホテルに向かっているところかもしれない。

彼女は集中しようとしたが、子どもたちが戻ってくるとは思えなかった。

数時間後にルーカスとハンターが戻ってきたが、ふたりは手ぶらだった。

テイラーはふたりをドアの外に押しだして、捜索をつづけるようにいってやりたかったが、どうにか自分を抑えた。ルーカスもハンターも疲れ果てている。

「またすぐに出かけるの？」

「しばらくしたら」ルーカスは答えると、ハンターに声をかけた。「向こうにベッドがある」

ハンターはうなずくと、隣の部屋に姿を消した。テイラーはアルコーヴに向かうルーカスに追いすがった。

「なにかわかった？　手がかりはなかったの？」

ルーカスはガンベルトをはずしてベッドの柱に掛けると、シャツを脱ぎはじめた。テイラーは彼のそばに来た。服から火薬のにおいがする。

「銃を使ったのね」

ルーカスは聞こえないふりをしていった。「ハンターと、明日の朝また一からやりなおす。調べることがいくつか残っているんだ」

「まだシンシナティにいると思う？」

彼女が手をもみ絞っていることにルーカスは気づいた。懸命に気持ちを落ち着けようとしているが、うまくいっていない。これまで調べた手がかりは、どれも袋小路に突き当たった。子どもたちがこの街にいるかどうかはわからないままだ。そんな暗い知らせを伝えようとは思わなかった。「おれたちが見つける」それだけいった。

テイラーはベッドの端に腰をおろし、ルーカスはアルコーヴを出て洗面室に向かった。しばらくして戻ってきた彼はさっぱりして石鹸のにおいを漂わせていたが、火薬のにおいはまだ残っていた。テイラーはなぜかそのにおいを少しもいやだと思わなかった。でも、銃を撃ったことはたしかだ。

「人を殺したの？」

ルーカスは見るからにむっとして、ぶっきらぼうに答えた。「いいや」

テイラーはひるまなかった。「でも、銃を撃ったんでしょう」

「ああ」

「どうして?」

「少しばかり注意を引くためだ」

テイラーはそういう中途半端な答えは嫌いだといおうとして思いなおした。ルーカスが疲れているときにいい合いたくない。彼には休息をとって、また子どもたちの捜索に戻ってもらう必要がある。

「あきらめないでくれるわね?」思わずいって、両手を握りしめて答えを待った。ルーカスは彼女を見おろしていた。その質問は気に入らないと顔に書いてある。テイラーはすぐにその理由を悟った。

「またあなたを侮辱してしまったかしら?」

ルーカスはうなずいた。

「ごめんなさい」小声で謝った。

ルーカスは機嫌をなおしたようには見えなかった。テイラーはため息をつくと、彼が眠れるようにベッドからおりた。

ほんとうは、ルーカスを信じたかった。ルーカス・ロスを遣わしてくださったことを、ひざまずいて神に感謝したいくらいだ。彼がいなければどうしていただろうと、テイラーは思った。ルーカスはまさに〝白馬の王子〟だ。祖母はそのことをずっと知っていたのだろうか。

不意に胸がいっぱいになって泣きたくなった。でも、泣けばルーカスをわずらわせてしまう。ここ数日、彼にかけてきた迷惑を思えば、気をもませるようなことだけはしたくなかった。いまはよけいなことを考えずに、休んでもらわなくてはならない。

落ち着かなくてとても眠れる気分ではなかったので、ルーカスが眠れるように居間に行くことにした。だが、一、二歩踏みだしたとたんに彼に抱きとめられて、ベッドに一緒に座らされた。ルーカスは彼女を抱いたまま倒して、仰向けにした。

それから、彼女をつぶしてしまわないように体をずらすと、肘をついて体を起こした。

「おれが捜索をあきらめるとは思わないが、心配だ。そうなんだな？」

「あなたがあきらめないというなら信じるわ」

ルーカスはテイラーの額にかかる髪をそっと押しやった。「これからなにをするかわかるか？」

「きみが眠れるように物語を聞かせよう」

テイラーは首を振った。

どういう風の吹きまわしかしらと、テイラーは思った。さっきとうって変わって、ルーカスはこのうえなく優しい。「もう休まなくてはだめよ、ルーカス。わたしの不安をやわらげる必要はないわ」

ルーカスは顔を近づけてキスをした。それからごろりと横に転がってテイラーの顔が真横にくるように彼女を引っぱりあげると、耳元に口を寄せてささやいた。「昔々……」

それは、たったひとつの宝物をインディアンに盗まれた少年の物語だった。その宝物は古びてなまくらになった果物ナイフで、だれが見ても役に立ちそうにない代物だったが、少年にとっては唯一の所持品で、狩りに使う大切なものだった。

テイラーは横になったまま彼に向きなおった。なぜ少年がそのナイフを持っていたのか、なぜそれが唯一の所持品だったのか聞いてみたかったが、ルーカスは彼女の唇を撫でてなにもいわせなかった。それから、あくびをして語りつづけた。少年はナイフを取り返そうと、インディアンたちが冬を越す場所まで泥棒を追跡した。テイラーは、少年が移動した距離は眉唾だと思った。ルーカスの話によれば、少年はケンタッキー辺境の丘陵地帯から、遠くオハイオ盆地までインディアンを追いかけたことになる。作り話としか思えなかった。使いものにならないナイフを盗んだ相手を、一年半もかけて追跡するような人間はいない。経験のない、年端もいかない少年ならなおさらだ。

けれどもルーカスは話し上手で、テイラーは物語にぐいぐい引きこまれた。旅の途中で起こった、勇気を試される出来事の数々。クロクマに追いかけられて少年が木の上に逃げたくだりでは大笑いした。

「クマだって木にのぼれるわ」テイラーはいった。ルーカスは、架空の少年をどうやって窮地から抜けださせるつもりだろう。

ルーカスは詳しくは語らず、ただ少年は追跡をつづけるためにクマを殺さなくてはならなかったといった。

テイラーはなにもいわなかった。がっかりしたことを顔に出したら、話をしてくれた彼に失礼だ。彼女は少年が最後に宝物を見つけるところで物語は終わるだろうと思っていたが、結末は違った。ルーカスはただ、少年はインディアンを見つけたといって物語を締めくくった。

テイラーは、ナイフは結局見つからなかったのだろうと思った。この物語の要は、少年の勇敢な行動だ。もっとも、自分はこんな作り話を信じるほど世間知らずではないけれど。それから、ルーカスがあくびするのを見て、彼が疲れきっていることを思い出した。ルーカスは顔を近づけておやすみのキスをした。キスは長引き、しまいに唇を離したときには、テイラーはもっとほしくて身震いしていた。

ルーカスはそのまま、彼女をふたたび引っぱりあげて目を閉じた。テイラーのにおいを嗅ぎながら眠るのが好きだった。彼女を抱いて眠ることも好きだ。両腕をしっかりとテイラーのウエストに巻きつけると、テイラーの背中は腕のなかに、彼女の尻は股間におさまった。文句なしにぴったりだ。そう思ったのを最後に、ルーカスは眠りに落ちた。

テイラーはほとんど動けなかった。ルーカスのぬくもりと、力強さに包まれている。力を抜いて、体をゆだねずにはいられなかった。少しだけ横になろう……ほんの数分だけ。

テイラーは一時間後に目を覚ました。ルーカスを起こさないように、ベッドから抜けだして居間に行った。なぜだかわからないが、ハンターが隣の部屋にいるかたしかめなくてはならない気がした。

彼女は物音を立てないようにして隣の部屋に入った。ハンターはベッドカバーの上で、うつぶせのままぐっすり眠っている。背が高いので、ルーカスのようにベッドに斜めに横たわっていた。裸足で上半身裸のまま、片手は脇に伸ばし、もう片方の手は枕の下に入れている。テイラーはにわかに寒気を感じた。窓のひとつが開いていて、カーテンがはためくほど強い風が吹きこんでいる。きっと、ここまで寒くなるとは思っていなかったのだろう。吐く息が白くなりそうなほど冷えこんでいる。彼女はできるかぎり足音を忍ばせて窓辺に近づき、窓を半分ほど閉めた。それから自分の部屋に戻り、衣装簞笥のいちばん上の棚から毛布を一枚おろすと、急いでハンターの部屋に戻り、体全体に掛けてやった。毛布をたくしこむときに、ハンターの背中に傷跡がいくつかあることに気づいて、どうしてこんな傷を負ったのかしらと思った。枕の下に入れた手がかすかに動いたが、目は覚ましていない。テイラーは震えながら毛布をたくしこんでしまうと、ルーカスにまた暖めてもらおうと自分の部屋に戻った。

テイラーが部屋を出ると、ハンターはすぐさま枕の下に忍ばせてある銃に手を戻した。テイラーが部屋に踏みこんだ瞬間に目は覚めて、彼女があれこれと世話を焼いているあいだもずっと起きていた。テイラーのささやかな思いやりに胸を打たれた。なんときめ細やかで温かい心づかいだろう。

だが、とんでもなく愚かだ。さっき彼女は、頭を吹き飛ばされてもおかしくなかった。そう思って、ハンターはため息を漏らした。いいや、誤って撃つはずはない。テイラーがこの部屋にいたあいだじゅう、彼女だとわかっていた。はじめにシルクの衣ずれの音が聞こえたし、部屋に入ってきた彼女が毛布を掛けようとかがんだときにはかすかな花の香りがして、毛布をたくしこむその手つきも優しくて女らしかったから。

ハンターは自分の反応に顔をしかめることができなかった。この心地よさは消えそうもない。いまは……心が癒されるのをどうしようもなかった。ちょっと親切にされただけなのに、ほほえみを浮かべてしまいそうだ。はじめての体験だった。まさか自分が世話を焼かれるとは。

こいつはたまげた……。ハンターは心のなかでほほえみながら眠りに落ちた。

テイラーは夜中に、ルーカスの下になっていることに気づいた。ルーカスには、寝返りを打って妻に覆いかぶさり、その首筋に鼻をすりつけて眠るという奇妙な癖がある。テイラーは重たくて息をするのがやっとだったが、体をつねってどいてもらおうとは思わなかった。ほんとうは、彼にぴったりとかぶさられるのが好きだった。

彼女は目を閉じ、ルーカスがほんとうは承知のうえでそうしているのだと思うことにした。それから両腕を彼のウエストにしっかりと巻きつけて眠りに落ちた。

朝はすぐやってきた。テイラーは枕を抱きしめたまま目を覚ました。ベッドにいるのは自分だけだ。あたりがしんと静まりかえっていたので、ルーカスとハンターはもう出発したのだとわかった。

そのまましばらくベッドを出ずに、その日にすることを考えた。まず列車の時刻表を調べて、ヴィクトリアがいつ到着するか見当をつけなくてはならない。順調に用事が片づいているなら、ヴィクトリアはおそらく午後四時の列車で到着するはずだ。

テイラーの思いはしばしば双子に向かった。大切に扱われているかしら？　ふたりが痛めつけられていたら……。充分に食べているかしら？　暖かくしているかしら？　ああ、テイラーは、ふたりが見つかるまで守ってくださいますようにと神に祈りを捧げて、不吉な考えを振り払った。おぞましい可能性を数えあげていては心が持たない。だから、楽しいことをなにかしら考えようとした。

ルーカスの物語なら、気が紛れそうだった。ルーカスがあんなとんでもないほら話をしたのは、妻を試すためか、どんな話でも信じる田舎娘だと思い違いしているせいに決まっている。

自分はそこまで世間知らずではないと、ルーカスが戻ってきたらいおう。まったく、少年がクマの襲撃を生きのび、うなりをあげて吹き荒れる嵐をくぐり抜け、木を地面から引っこ抜いて谷向こうに放るなんて。そんな作り話まで思いつくなんてどうかしている。そうそう、少年は溺《おぼ》れかけたこともあった。そして間に合わせの筏《いかだ》で……なんの動物と一緒になったといったかしら？　テイラーはしばらく考えて、にっこりした。ヤマネコだ。その野獣は生きのびるのに必死で、少年を襲うどころではなかった。

そんなことを信じると思っているなら、今度は土を金だといいだすんじゃないかしら。

とはいえ、あの物語は単なる勇敢な少年の話ではなかった。世の中にはけっしてあきらめない人間もいるということを、たとえ話で伝えたかったのだ。

テイラーは枕を脇に放ると、ベッドからおりた。ベッド脇のテーブルにナイフを見つけたのはそのときだった。なぜそんなものがあるのだろう。

しばらくして、はっと思い当たった。希望が胸のなかに広がるのを感じながら、テイラーはナイフをじっと見つめた。手にとってみなくてもわかる。少年が狩りに使っていた、なまくらな果物ナイフだ。

もちろん、その少年はルーカスだった。波瀾万丈の物語に仕立てるために——そして印象に残るようにあちこち誇張されていたけれど、そんなことは関係ない。ルーカスはゆうべの質問に答えてくれたのだ。

彼はけっしてあきらめない。

12

「凶報は、それを伝える者にも禍《わざわい》をもたらす」
——ウィリアム・シェイクスピア『アントニーとクレオパトラ』より

ヴィクトリアは四時の列車に乗っていなかった。テイラーはすべての乗客がいなくなるまで駅で待ったが、落胆しても心配はしていなかった。これほど早く到着するには、ボストンですべての用事をよほど手際よくすませなくてはならない。たぶん、ヴィクトリアが到着するのは明日だ。

駅で待っているあいだに三人の男が声をかけてきた。紳士らしく振る舞うように諭すとひとりは引きさがったが、あとのふたりはそれほど簡単ではなかった。あからさまにいやな顔をしても、びくともしない。彼らが駅の外までついてくるのを見て、テイラーははじめて不安を覚えた。通行人の群れにまぎれて歩きながら、あとをつけられているのか何度も振り返ってたしかめた。

ふたりはたしかについてきた。まぎれもなくテイラーが目当てだ。汚らしい服に、薄汚れた顔。ふたりのうち背の高いほうは黒っぽいつば広帽を目深にかぶり、しょっちゅう舌なめずりをしていた。背の低いほうはにやにやしているばかりだ。テイラーは逃げ道を探してきょろきょろした。

すでに、安全な駅を離れるという愚かな過ちを犯していた。駅前には馬車がずらりと待機していたのに、なぜそのどれかに飛び乗らなかったのだろう。隠れみのにしていた通行人は途中で半分以上が沿道の建物に入ってしまい、交差点で数人が左に折れ、それ以上の人数が右に曲がって、そのまままっすぐ進むのは年老いた夫婦だけになってしまった。

テイラーは彼らについていくことにした。脇道に入ろうとは思わなかった。まず間違いなく迷子になるし、その脇道が袋小路になっていることも大いにありえるからだ。

ごろつきたちが距離を詰めているのはわかった。スカートをつかんで急ぎ足で通りを渡り、年配の夫婦が自分とごろつきたちのあいだにいるように気を配った。行く手に商店が何軒か見えて、テイラーは少し気を取りなおした。あの店のどれかに入って、助けを求めよう。

銃を持ってこなかったのは迂闊だった。シンシナティは紳士淑女が住む洗練された都会だから、そんな護身用の道具が必要になるとはちらりとも考えなかった。

テイラーは後ろにいる田舎者がどれくらい離れているか見定めようと振り向いて、目隠しになっていた年配の夫婦が、たったいま通り過ぎた角で姿を消してしまったことに気づいた。あとを追うわけにもいかない。不意に通りでひとりきりになってしまった。ごろつきのひとりが低く笑う声が聞こえて、気分が悪くなった。

もちろん怖かったが、それ以上にむかむかと怒りがつのった。あんな連中の餌食《えじき》になってたまるものですか。いざとなったらわめき散らして嚙《か》みつき、蹴《け》飛《と》ばしてやる。騒ぎを聞きつけて、人が大勢集まるまで。

こんなときに、警官はどこに行ったのかしら？

テイラーはさらに焦った。ほんとうに必要なのは、神のささやかな奇跡だ。込みいったことはなにも必要ない。ただ、かろうじてそれとわかる程度の、ちっぽけな奇跡。どうか神さま、どうか……。

彼女の願いはすぐに聞きとどけられた。一ブロックも行かないところで、銃器店の看板が旗印のように揺れ動いている。

店の前まで来た彼女は、ショーウィンドウに飾られている六連発銃を見て思った。発明者のコルト氏に幸いあれ。そして、安堵のため息をついて店に飛びこんだ。

ドアに吊りさげてあった呼び鈴が、店の主人に来客を知らせた。見たところ、店内には彼しかいない。テイラーは挨拶がわりにほほえむと、通路を足早に進んで店の奥のカウンターに行った。

店主は、一見してどきりとする容姿をしていた。火事に遭ったのだろうか、顔と首と手にひどい火傷の跡がある。眉毛もまったくない。そんな具合だから年齢の見当はつかないが、茶色のふさふさとした髪が灰色を帯びているので、少なくとも四十は過ぎていそうだった。金縁の分厚い眼鏡が鼻先にずり落ちるのを、しじゅう押しあげている。

店主は自分の容姿を気にしているらしく、テイラーが近づいて早口に話しかけると下を向いて、カウンターに向かってなにかご用でしょうかとつぶやいた。

「ええ、ありがとう」テイラーは応じた。「その奥の棚にあるコルトを見せていただきたいの。もしかして、弾も装塡されているのかしら？」

店主は銃をカウンターに置くと、背後から弾薬が入っている小箱を取り、銃の横に並べた。

「売り物の銃には、弾を込めてはならないことになってまして」彼は説明した。

テイラーは弾薬の箱を開けて、弾倉に弾を込めはじめた。

「なにをなさるんです？」店主は慌てて尋ねた。

彼がちらりと目をあげたので、テイラーはにっこりとほほえみ返した。事情を説明しようとしたちょうどそのとき、後ろで呼び鈴が鳴った。

「……弾を込められたようですが……」店主はつっかえながらいった。

テイラーはうなずいた。「ええ、そうよ。それもぎりぎりで間に合ったわ。ちょっといいかしら」

テイラーは店主の答えを待たずに振り向いた。ふたりのごろつきが木の床をきしませて近づいてくる。

彼らはテイラーが銃をかまえていることに気づいてぴたりと立ち止まった。

「弾は入ってねえだろ、エルウィン」背の低いほうは相棒にいうと、テイラーに向かっていやらしい笑みを浮かべた。かなりの歯が抜けている。紛れもなく、テイラーが出会ったなかで最低の男だ。

「おれたちをはったりで追い払おうとしてやがるんだ、ウィルバーン」背の高いほうがいった。

エルウィンと呼ばれたその男は店内を見まわすと、相棒の脇腹をこづいた。「いい銃がいっぺえあるじゃねえか」といってせせら笑った。

ウィルバーンはうなずいた。「店員は、おめえだけか？」店主にどら声で尋ねた。

「ちげえねえ」エルウィンがいう。

店主がカウンターの下に手を伸ばそうとしているのを見て、ウィルバーンがわめいた。「そのまま動くんじゃねえ」彼は相棒に向きなおった。「めぼしいやつをぶんどろうぜ。奥に物置があるだろう。そこでこのあまを順番にやってもいい」

エルウィンがまたせせら笑ったので、テイラーは撃ち殺してやりたくなった。

「えらいことだ」彼女の後ろで、店主がつぶやいた。

テイラーはごろつきから目をそらさずに店主をなだめようとした。「大丈夫よ、心配はいらないわ」

「おめえは大丈夫じゃねえぞ、このあまっこが」エルウィンはウィルバーンの脇腹をこづいて含み笑いを漏らした。帽子を目深にかぶっているので目は見えないが、どうせ醜いに決まっている。

ふたりが一歩踏みだしたので、テイラーは撃鉄を起こした。エルウィンは立ち止まると、にやりとして帽子を押しあげ、さらに一歩進んだ。

テイラーはその帽子を吹き飛ばした。

銃声はエルウィンのわめき声を消し、店内に響きわたった。窓ガラスがびりびり震えている。テイラーの弾丸はエルウィンの背後のドアに突き刺さっていた。

エルウィンが腰を抜かさんばかりにしているのを見て、テイラーは当然の反応だと思った。

「やられたのか、エルウィン？」ウィルバーンは眉をひそめて相棒を眺めまわした。

エルウィンはかぶりを振った。「かすり傷ひとつついちゃいねえ」

「こいつははったりじゃねえぞ」ウィルバーンがささやく。

エルウィンは顔を赤くしてさらに踏みだした。テイラーはそのブーツの先に風穴を開けた。つぎに、ウィルバーンが前に出た。テイラーは頭に来て彼のブーツにも風穴を開けた。ウィルバーンは飛びすさって五本の指がまだあるかもぞもぞ動かしてたしかめると、ブーツを台なしにした彼女をにらみつけた。

「ちげえねえ」彼は相棒にいった。「ふたりでいっぺんに飛びかかるしかねえな」

テイラーはうんざりして大きなため息をついた。「ふたりとも、ほんとうにばかね。そうじゃない？」店主に向けていった。

後ろから店主の忍び笑いが聞こえた。「ええ、まったくそのとおりで」

エルウィンは熟したトマトのように顔を真っ赤にすると、ポケットに手を伸ばそうとした。

テイラーはまた撃鉄を起こした。

「ふたりであの銃をもぎ取ろうぜ」ウィルバーンがいう。

エルウィンはかぶりを振った。「勝手にやれよ」ぼそぼそいった。「あの女がどこに狙いをつけているか見えねえのか？　おれのあそこを狙ってやがる。こいつはまともじゃねえぞ、ウィルバーン。なにをしでかすか、わかったもんじゃねえ。今度は狙いをはずさねえかもしれねえしな」

ふたりはさらにいくつか言葉を交わすと、あとずさりはじめた。

「この落とし前はかならずつけてやる」エルウィンがいった。

「おぼえてろよ」とウィルバーン。

店主が主導権を取ったのはそのときだった。彼は棚の下に隠してあったライフルをさっと取りあげて声を張りあげた。

「変なまねをしたら体のど真ん中に風穴が開くぞ。さあ、壁際に行って、両手をあげるんだ。こちらに見えるようにな」

テイラーは店主を振り返った。「この銃はおいくらかしら？　気に入ったわ」

店主はかぶりを振った。「お代はいりません。強盗に押し入られて、殺されてもおかしくないところを助けてくださったんだ。恩に着ますよ、お嬢さん。お名前とご住所を教えていただければ、うちで登録しておきます。コルトは製造番号ごとに所有者を登録するんですよ。銃と所有者が一致するように」

「わたしは、テイラー・ロスよ」テイラーは答えた。「いまはシンシナティ・ハミルトン・ハウスに滞在しているの。贈り物に心から感謝するわ」

店主は、こそこそと壁に手をつくふたりのごろつきにライフルを向けた。テイラーは拳銃をコートのポケットにしまうと、ふたりを遠巻きに避けて出入口に向かった。

「このふたりがしばらくここにいるように見張っていただけるかしら？　あとをつけられたくないの」

「ご心配にはおよびません、お嬢さん。店の者が戻ってきたら、当局に突きだしてやります」

「それじゃ、失礼するわね。ご機嫌よう」テイラーはドアを開けながらいった。

「お嬢さん」店主が引きとめた。

テイラーは戸口で立ち止まった。「なにかしら？」

「どこであんな撃ち方を教わったんです？」

「スコットランドよ」

テイラーがドアを閉める前に、店主がさらにいうのが聞こえた。「こいつはたまげた」

テイラーはホテルまで歩いて帰った。途中でカトリックの教会に立ち寄り、祖母のためにろうそくを供えた。それから信徒席に一時間近くとどまり、祈りを捧げて、祖母にいろいろなことを話した。教会を出るころには気持ちも落ち着いていた。祈りを捧げたせいか、ポケットに護身用の拳銃が入っているせいかはわからなかったが。

シンシナティ・ハミルトン・ハウスに到着すると夕食の時間になっていた。食欲はまったくないが、なにか口に入れなくてはならない。長いこと食べずにいたせいで、胃がむかむかする。

食事室に行って片隅のテーブルに着き、スープとビスケットをふたきれ、それと紅茶を頼んだ。給仕はもっとしっかりした食事をすすめたが、彼女は丁寧にことわり、ビスケットをひときれかじると、もうひときれはまたむかむかしたときのために部屋に持ち帰ることにした。野菜のスープはほとんど口をつけなかったが、紅茶はおいしかった。

慎ましい食事を終えると気分はよくなったが、長くはつづかなかった。入浴をすませてナイトガウンに着替えるころには疲れ果てて、ルーカスを待ちながら長椅子で眠ってしまった。

目を覚ましたのは翌朝だった。ベッドで目覚めたので、ルーカスが運んでくれたのだろう。昨日着ていたシャツが椅子に掛けてあるので、彼は着替えもしていったらしい。

まだ子どもたちを捜しているのだ。なぜこんなに時間がかかるのかしら？ テイラーはつとめて弱気にならないようにした。着替えをすませると、書き物机に向かって、自分にできることを書きだしてみることにした。

子どもたちを捜す人手は多ければ多いほどいい。そう思って、彼女は地元の新聞に出す広告の文章を書き、それから私立探偵を何人か雇うことを考えた。シンシナティで生まれ育ち、この街で起こる出来事につねに聞き耳を立てている彼らなら、双子のことを耳にしたかもしれない。ホテルの支配人に訊けば、優秀な探偵を何人か紹介してもらえるかも。

双子たちの情報に多額の礼金をはずむと記した紙を街じゅうに貼ってまわることも考えた。ふたりがまだ、この街にいるなら……。

その日はじりじりと過ぎていった。テイラーは書きだしたことをルーカスに見せることにした。納得のいく理由で止められないかぎり、朝刊に広告を出すことにしよう。ルーカスやハンターにも、なにか案があるかもしれない。

なにもしないでいると、頭がどうかしてしまいそうだった。いらいらと歩きまわり、祈りを捧げても、時間はなかなか進んでくれない。ああ、ヴィクトリアがいてくれたら。いまは話を聞いてくれるだれかが必要だった。ヴィクトリアなら親身になって、この苦しみを分かち合ってくれるのに。

ヴィクトリアが四時の列車に乗っていますように。テイラーは三時半に、衣装簞笥からコートを出した。もちろん駅に行くためだ。ただし、今度は拳銃を忘れずに持っていく。

拳銃に弾を込めなおして、ポケットに入れた。そしてコートを着たとき、ドアが開いて、ハンターとルーカスがなかに入ってきた。彼女は胸を躍らせたが、ふたりの顔を見てはっとした。ふたりとも、落胆をにじませている。

「見つからなかったのね」

ルーカスはうなずくと、ドアを後ろ手に閉めてもたれた。「まだだ」ルーカスは彼女の打ちひしがれた表情を見て、曖昧に答えた。

テイラーは、あきらめないでと声をかけたかったが、ルーカスにまた侮辱と受け取られるのはわかっていたので言葉をのみこんだ。

「少し眠ったほうがいいわ」彼女はいった。「眠れば頭もすっきりするでしょう。おなかは空いてない？　テーブルにビスケットがひときれあるわ」

そういったそばから、それで足りるわけがないことに気づいた。「ちゃんとおなかにたまるものを探してくるわね」

それから、彼の友人に向きなおった。ハンターは衣装簞笥にもたれて彼女をじっと見ていた。

「あなたはどうする？」

「あとでなにか食べる」ハンターは答えた。

テイラーはうなずいた。心配のあまり両手をもみ絞り、いまにも泣きくずれそうにしている彼女を見て、ハンターはどうするのかと、ルーカスに目をやった。

これでは話にならない。ルーカスはくたびれ果てている。ハンターは首を振った。「おれにはついてこられないようだな」

「だれがついてこられなかったというんだ？」ルーカスはいい返した。

ハンターは鼻を鳴らすと、テイラーに向きなおった。「ひとつ有望な手がかりがある。詳しい情報を待っているところだ」

「有望かもしれない手がかりだ」ルーカスはテイラーが期待を抱く前に釘を刺した。彼女がまたうちひしがれるところは見たくない。

「じきにわかる」ハンターが横からいった。

「――どこに行くつもりだったんだ？」ルーカスは、妻がコートを着ようとしていたことにようやく気づいた。

テイラーは、それで用事を思い出した。「ヴィクトリアが四時の列車で到着するのか、駅にたしかめに行くつもりだったの」説明しながら、コートの袖《そで》に腕を通した。

ハンターは部屋を横切りかけて、ルーカスに向きなおった。「テイラーのコートのポケットに銃が入っている。いつもそうなのか？」

テイラーは彼の真向かいにいたので、かわって答えることにした。「シンシナティは思っていたよりはるかに物騒なところね。昨日は危ないところだったのよ。ところで、どうしてポケットに銃が入っているとわかったの？」

「ふくらみでわかった」ハンターは答えた。

テイラーは鋭いわねと彼にいうと、ポケットから銃を出して見せた。「ある方から、贈り物としていただいたの」

ルーカスはまだぐったりとドアにもたれていて、ふたりのやりとりを気にするどころではなかった。熱い湯につかって、温かい食事で腹を満たしたい。八時間たっぷり眠りたいが、そんな贅沢をする余裕がないことはわかっていた。いまは一刻を争うときだ。手がかりはまだ新しい。テイラーの姪たちを見つけたいなら、迅速に行動する必要がある。

彼の勘が、ふたりはまだシンシナティにいると告げていた。ハンターも同じ考えだ。ハンターは、まだそれほど酒の入っていない酔っぱらいから、ボーダー兄弟が小さい女の子ふたりを連れているのを二日前に間違いなく見たと聞かされていた。

ボーダー兄弟——その名を聞いただけで、ルーカスの体に緊張が走った。悪魔のように凶悪で、ジャッカルのように悪賢く、ガラガラヘビのようにあくどいふたり組だ。ルーカスは彼らを早くつかまえたくてたまらなかった。ふたりは以前、売春婦を何人か抱えていたが、弟にナイフで女を切り刻む趣味があったせいでほどなくその商売を切りあげる羽目になった。それからふたりは、別の実入りのいい商売をはじめた。取引の対象はありとあらゆるものにおよんでいるが、ふたりがとりわけ力を入れているのは子どもの売買だという。ハンターが聞いたところでは、彼らは孤児を好んで扱うという話だった。孤児なら面倒がないからだ。運のいい子どもは、農場の働き手を欲しがっている開拓地の夫婦者に売られる。だが、見目よい子どもはそれほど幸運ではない。なぜなら、世の中には——なんといっていただろう？——異常な嗜好の男がいるからだ。

そう、ボーダー兄弟には緩慢で苦痛に満ちた死がふさわしい。ルーカスは、その罰をくだす人間は自分だと思っていた。だが、ハンターが許さないだろう。ハンターはすでに、ふたりの皮を生きたまま剝ぐのは自分だと宣言している。

ナイフであれ素手であれ、とにかくボーダー兄弟が彼らに息の根を止められるのは確実だった。正義は果たされる。

ルーカスはドアから体を離すと、凝った肩をまわし、テイラーに目を向けた。ここ数日、この街の暗い掃きだめのような場所を昼夜を問わず歩きまわらなくてはならなかったせいで、心を清めたくてたまらなかった。こんなときこそテイラーが必要だ。彼女はぬくもりと、明るさと、美しさの象徴だった。けだものどもとはあとで対決する。いまはとにかく、あの香りに包まれ、魔法の手で癒されたい。暗闇にあまりにも長いあいだ身を置いていた男にとって、テイラーは太陽のようにありがたい存在だった。

ハンターも彼女に惹かれていると、ルーカスは思った。ハンターが女性とこれほど長々と話をするのははじめて見た。それも、ずいぶんと盛りあがっている。ルーカスはハンターの行動に嫉妬は感じなかったし、苛立ちも感じなかった。ハンターなら大丈夫だ。おたがい似たもの同士だから、ハンターが求めているものもわかっていた。

テイラーはハンターがほほえんでいるのをふつうのことだと思っている。この男がちらりとでもほほえむことがどれほど珍しいことか、彼女は知らない。

ハンターはいまにも吹きだしそうな顔をしていた。テイラーは横から身を乗りだして、今日手に入れた銃と旧型との違いをひとつひとつ説明しているところだった。

ハンターがさっきからちらちらと視線を送っていたので、ルーカスはふたりに近づいた。いったい、なにがそんなにおかしいのだろう。

「――製造番号は登録されているの」テイラーはさらに説明した。「組みあげる前に、それぞれの部品にも同じ番号が刻まれることは知ってる？　銃の一部でも見つかれば、番号がわかるのよ」

ハンターはうなずいた。「何発撃ったって？」

「三発よ」テイラーは答えた。「反動がないから、そのぶん狙いを調整する必要がないの。旧型に比べたら、格段に進歩してるわ。あなたもそのうち試してみて」

ハンターは銃をルーカスに渡した。「軽くなっている」

「弾は入っているのか？」

ハンターはにやりとした。「昨日の大立ちまわりのすぐあとだから、入っているはずだ」

「ゆうべ手入れをして、けさ弾を込めなおしたわ」テイラーはルーカスにいった。持ち物の手入れをきちんとする人間だと彼にわかってほしかった。

それから銃を取り戻そうとしたが、ルーカスは渡さなかった。「きみには必要ない」

ハンターがまたにやにやしていた。なにか裏があるようだが、いまはくたびれていて知りたいとも思わない。ルーカスの頭に浮かんだことはひとつだけだった。ハンターがこれほど笑顔でいたことは、長い付き合いのあいだに一度もなかった。

「さっきの話を聞いていなかったのか？」ハンターが尋ねた。

「そうらしい」ルーカスは答えた。

「テイラーには銃が必要だ」

「こいつは、きみが持っていた銃じゃないな」ルーカスははじめて銃の微妙な違いに気づいた。「最新式だ。どこで手に入れた？」

「わたしがハンターに話したことを、なにも聞いてなかったの？」

「ああ」

テイラーはため息をついた。かわいそうに、ルーカスは人の話にも集中できないほどくたびれ果てているのだ。「少し眠らなくてはだめよ、ロスさん。銃を返してちょうだい。もちろん、銃器店で手に入れたのよ。ああ、急がないと列車の到着時刻に遅れてしまうわ」

「時間ならまだたっぷりある」ルーカスはまた〝ロスさん〟と呼ばれて顔をしかめると、手のなかのぴかぴかのコルトに目を戻した。

「いい銃だ」彼はいった。「なぜ買った？」

「いただいたのよ」

「なぜ？」

「なぜって、なにが？」テイラーはとぼけた。

ルーカスはどうにかこらえた。「なぜ、〝いただいた〟んだ？」

嚙みつくような言い方も、あれこれ詮索されていることもテイラーはなんとも思わなかったが、彼が隠れた動機を明らかにしようとしている法廷弁護士のように思えて、反射的に背筋をこわばらせた。自分は被告ではなく、ルーカスの妻だ。けれども、すぐにむきになったことが恥ずかしくなった。ルーカスはくたくたになっているのだから、もっといたわってあげなくてはならない。

ひとまず強盗未遂事件の詳細は語らないことにした。話せばルーカスがまたかっかするのは目に見えている。「たいしたことじゃないの」彼女はいった。「ずいぶん疲れているようよ。ベッドの用意をしておくわね」

ルーカスは疲れきっていたが、それでも動作はすばやかった。彼はテイラーがアルコーヴのほうに踏みだす前にその腕をつかんだ。

「なぜ〝いただいた〟んだ？」

テイラーはため息をついた。「お店のご主人が……感謝のしるしだといってくださったの」

「なぜだ？」

ルーカスの口元がこわばっていたので、知りたいことをぜんぶ聞きだすまでは手を離さないつもりだとわかった。

「お店でちょっとしたいざこざがあって、つまらない強盗がささやかな騒ぎを引き起こしたの」テイラーは肩をすくめた。「それだけよ」

「エルウィンとウィルバーンだ」

ハンターが口を挟んだ。金貨の山に裸でもぐりこんだ山賊のようににんまりしている。

「ロスさんに、くわしい話はしないつもりでいたのよ」テイラーは眉をひそめたが、ハンターはかまわず彼女にウィンクした。

テイラーはハンターの答えを待たずに、首を振ってつづけた。「あなたなら裏切らないと思ったんだけれど」

「おれが？」ハンターが尋ねた。

テイラーはうなずくと、ルーカスを指さしていった。「だって、わたしはあの人の妻だもの」

「ウェレンとエルバーンというのはだれだ？」ルーカスが、さっさとだれか答えろといわんばかりに尋ねた。

「エルウィンとウィルバーンだ」ハンターは満面の笑顔でルーカスの間違いを正した。

「説明するんだ、テイラー」

「気に障る話かも」

心配するのは少々遅かった。ルーカスはすでにかっかしている。

「そのふたりが、昨日駅からテイラーのあとをつけてきたそうだ。テイラーは奇跡を願い、その願いは聞きとどけられた」

「ほう?」ルーカスの声はやけに穏やかだった。

ハンターはつづきを話さずにはいられなかった。「たまたま銃器店があったんだ」

ルーカスはうなずいた。「なるほどな」

「まぶたがぴくついてるぞ」

ルーカスはハンターの言葉を無視してテイラーを見た。テイラーは、なにもなかったといわんばかりに、にこやかにほほえみ返した。

「それから?」彼はつづきを促した。

「それ以上は、ほんとうにたいして話すことはないの」

ハンターはかまわず、ルーカスにありのままを話した。

テイラーの予想どおり、ルーカスは冷静ではいられなかった。彼につかまれた腕が痛くなってきたので、テイラーはその手をつねって力を抜いてもらわなくてはならなかった。そして、一部始終を話さなくてはおさまらないおしゃべりな友人が話し終わるころには、ルーカスは顎《あご》をこわばらせ、左まぶたをぴくぴくと引きつらせていた。

テイラーはその表情に見とれた。

「ひとつ間違えばどうなるか考えなかったのか？」

その質問が来ることはわかっていた。「そんなに疲れていなかったら、わたしが頭を働かせて厄介な状況を切り抜けたことがわかるはずよ」

まぶたのぴくつきが激しくなった。そう、ほめてもらってしかるべきだ。でも、ルーカスはそうは思わなかった。彼はテイラーを長椅子まで引っぱっていくと、そこに座らせ、その前に恐ろしい形相でそびえ立った。

彼は声こそ荒らげなかったが、テイラーにはそのほうがこたえた。ルーカスはひとつ間違えばどうなっていたか、生々しい描写を交え、微に入り細にわたって語って聞かせた。彼女が耐え忍ばなくてはならなかったかもしれないありとあらゆる恐怖を並べ終わるころには、テイラーの顔は真っ白になっていた。もちろんしまいには殺されて、遺体は人里離れた田舎道に埋められただろう……。

紳士らしからぬ心理作戦がようやく終わるころには、テイラーはいくつか愚かな過ちを認めていた。

「きみは、ひとりきりで外出するべきじゃなかった」

「ええ、そうね」テイラーはうつむいていった。

反省しているようだとルーカスは思った。これからは、少しは従順になってくれるかもしれない。そう思ったところで、即座に怪しいと思った。これまで一緒に過ごしてわかったことだが、テイラーはひどく強情で頑固な女だ。それが従順だと？　ありえない。

疲れのせいで、怒りはいっそうつのった。大げさに反応していることは承知のうえだ。テイラーがあんな危険にさらされたことを思うと、怒りで体が震えてくる……怖くてたまらない。彼女の身に万一のことがあったら、どうしたらいいのだろう。

「おれはレディ・ステイプルトンに、きみを守ると約束した。きみが新しい住まいに落ち着くまで……いったい、どこに住むつもりだ？　姪たちは、父方の親戚の家に連れていくのか？　イギリスに連れ帰るつもりはないんだろう？　ボストンはどうだ？」

テイラーが肩をすくめたので、ルーカスは彼女の喉を絞めたくなった。そのあとでキスしたい。彼はかぶりを振った。

「おれは聖人じゃない」

テイラーは彼を見ずにいった。「そうね、あなたは少しも聖人らしくないわ」

「いったい、いつまで――」

ルーカスは黙りこんだ。

「――わたしに縛りつけられるのか？」テイラーは小さな声でいった。

いいや、そんなことを訊こうとしたんじゃないと、ルーカスは思った。最後までいう前に口をつぐんだのは幸いだった。ほんとうは、いつまで指をくわえていなくてはならないんだといいたかった。彼女の前で去勢された男のふりをするのはほんとうにこたえる。この体は石でできているわけではないのだ。テイラーにはそのことがわからないのだろうか？　ルーカスはため息をついた。もちろんわからない。テイラーは頭こそ切れるが、男女のこととなると、まるで……処女のようにものを知らない。

まったく、なにを考えているんだ？　いまは付き添いもなしにあちこち出かけてはいけないことをわかってもらおうとしているのに、まさにその説教をしている最中に、彼女と愛を交わすことを考えてしまうとは……。自分がいやでたまらなくなる。

室内の空気は耐えがたいまでに張りつめていた。ハンターはすでに、気を遣って隣の部屋に引きあげている。ルーカスは不意に、この部屋にほかにも人が大勢いたらよかったのにと思った。つぎつぎと疑問が浮かんで頭のなかを駆けめぐっている。彼は不意に、昔見かけたバラクーダになった気がした。桟橋《さんばし》で釣りをしていた年老いた漁師が、辛抱強く魚と対決するのを見守っていたときのことだ。老人は釣り糸をたっぷりと使ってバラクーダが疲れるまでさんざん暴れさせると、しまいに落ち着き払って釣り糸を巻き取り、魚を釣りあげていた。

ルーカスはその記憶を押しやって、テイラーを見つめた。顎が胸につくほどうつむいているので、顔は見えない。落ちこんでいるのだろうか。さっき傷つけてしまったのだとしたら、どうすればいいのだろう？

テイラーがさっと背筋を伸ばして彼を見あげたのはそのときだった。ルーカスはその顔をひと目見るなり、傷つけたと思ったのは間違いだったことを悟った。涙のかけらもない。その反対だ。いまにも夫を殺しそうな顔をしている。

ルーカスは一瞬どきりとしたが、すぐに心からほっとした。なぜだか笑いだしたい気分だった。彼女といると、どうかしてしまいそうだ。あの素晴らしく魅力的なブルーの瞳が、この目をとらえて離さない。この心までも。

長いあいだ無言で見つめ合うあいだに、ルーカスは現実と向き合っていた。以前から、もしそうなるときは血の気が引いたような心地がするものと思っていた。だが、違う。いまは青ざめもしなければよろめきもしていない。なぜなら、その事実が少しもおぞましいものではなかったからだ。むしろ、このうえなくすっきりした気分だった。

釣り糸にかかった自分が巻きあげられていくのがわかる。疑問は消えていた。答えはずっと、目の前にあったのだ。いまならわかる。これまでわからなかったのは、すべての兆候を頑なに否定していたせいだ。

この女性を愛している。

テイラーは怒りを抑えこんでいたが、無神経で間抜けな夫がにやにやしはじめたのを見て気が変わった。ついさっき、あんな身も蓋《ふた》もない質問をしておいて、今度は薄笑いを浮かべるなんて。

「質問があるなら、喜んで答えるわ」怒りに震えた声でいった。「あなたがわたしにおさらばできるのは、子どもたちが見つかったときよ。単純明快でしょう。ふたりを見つけたら、あとは出ていけばいいの」

テイラーはやにわに立ちあがると、両手を腰に当てて彼をにらみつけた。「そのときは、どこへなりとも行きなさいよ、ロスさん。あなたがそうしたいなら」

ハンターが戸口からテイラーを見ていた。彼女が少しも周囲に注意を払わないので、ハンターはにやにやしていた。それどころか、声をあげて笑いたいくらいだ。まったく、あんなにかっかして、魅力的なことこのうえない。ルーカスは彼女と結婚してどれほど幸運かわかっているのだろうか。美しいだけでなく、威勢もいい。まさにぐっとくる。

列車の到着時間がせまっていたので、テイラーの友人を迎えに行こうかと申してでるつもりだった。だが、ロス夫人が夫をこっぴどくやりこめるさまを見逃すわけにはいかない。

テイラーはルーカスをひたと見据えていた。自分がどんな気持ちか、どうしてそんな気持ちになるのか、ルーカスに思い知らせなくては気がすまなかった。いいたいことが山ほどある。

「わたしたちがそれぞれどうしたいかなんて、そんなことはどうでもいいの」彼女は声を押し殺してつづけた。「あなたもわたしも、まずは子どもたちのことを第一に考えるべきよ。大人なら当然のことだわ」

それから彼女は、いまの状況を説明するのにうってつけの過去の事件を思い出した。

「昔、男の子が大人の女性に殴られるのを見たことがあるの。祖母の地所で催されたお祭りでの出来事よ。殴られたはずみで、男の子は吹っ飛んだわ。ぬかるみに落ちて、首を折らなくてすんだのは奇跡だった」

ルーカスはなんの反応も見せずに話のつづきを待った。

「たくさんの人がその暴力行為を見ていたけれど、なんとかしようとした人はひとりもいなかった。その子はたった十二歳だったの。だれかが助けてあげるべきよ。それほど情け容赦ない仕打ちだった」

「そこで、きみはなんとかしようとしたんだな」

「そのとおり。その女性は、祖母に雇われていたの。二度と男の子を殴らないと約束させたわ。また手をあげるようなことがあったら、祖母に暇を出してもらうと脅してやった」

「そのとき、いくつだった？」

「十歳よ」

「そんな年で――」

「わたしの年齢はどうでもいいの」テイラーはさえぎってつづけた。「その女性はこういったわ。この子は遠い親戚から無理やり押しつけられて養う羽目になった。望んで養い親になったわけではないし、もちろん愛してもいないと……。だから、その子を安全な場所に移すことにしたの。後先のことなんてどうでもよかった」

「それで、どうしたんだ？」

「その子をうちに連れ帰ったわ」

ルーカスはほほえんだ。テイラーならそうしたはずだ。たとえ十歳でも、テイラーがそれ以外のことをするとは思えない。

「いつかその彼に会いたいものだな」

「もう会ってるわ、ロスさん。わたしたちが結婚する準備を整えてくれたのはそのトマスなのよ。なにひとつ問題が生じないように気を配ってくれたわ。いい仕事ぶりだった」

ルーカスは若い男を思い出した。「レディ・ステイプルトンの執事だった男か」

「そのとおりよ。ロスさん、この出来事の話をした理由は、あなたが不都合をこうむろうと、わたしというお荷物を背負いこむことになろうと関係ないことをわかってもらうためだったの。あなたとわたし、そしてハンターさんも、みな責任は同じ。無垢《むく》な子どもたちを守るのは、大人であるわたしたちの務めであり、聖なる義務だわ。でも、あなたが見つけてくれなければ、子どもたちを守ってあげることもできない」

「かならず見つけだすと約束したはずだ。それなのに、おれが見捨てるというのか？」

ルーカスの苛立ちはわかったが、テイラーはかまわずいった。「だってさっき、いつまでわたしに縛りつけられるのか訊こうとしたじゃないの」

「違う」ルーカスは訂正した。「それはきみの思い込みだ。すぐ結論に飛びつくんじゃない」

ルーカスはテイラーの目の前にあるテーブルに足がつくまで進みでた。「それから、おれにああしろこうしろと指図するのはやめるんだな。子どもたちのことで、おれたちはもめてるわけじゃない。おれもハンターも、なすべきことは心得ている。おれたちが逃げだすように見えるか？」

テイラーはかぶりを振った。「いつまでわたしに縛りつけられるのか訊こうとしたわけじゃないのね」

「ああ」

テイラーは自分の行動が恥ずかしくなった。頬が熱くなるのがわかる。ルーカスにお説教して、侮辱までしたのだから、ただ謝るだけではすまない気がした。

「あなたに報酬を支払うわ」思わず口走った。

「なんだって？」ルーカスは聞き違いかと思った。たったいま〝聖なる義務〟といいきったことをしたら金を受け取れといったように聞こえたが、わざと人を侮辱するようなことをまたぞろ口にするわけがない。

「ほしいものはなんでもあげるといっているの」テイラーは早口にいうと、こくりとうなずいた。

ルーカスのまぶたがまたぴくつきはじめたのを見て、テイラーは戸惑った。「怒らせるつもりはなかったの。現実的な話をしているだけよ。報酬があろうとなかろうと、あなたが子どもたちを見つけてくれることはわかってる。ほんとうに、むっとする必要はひとつもないのよ」

「むっと……するだと？」

「現実的な問題で気分を害するなんて、いかにも男性らしいわね。いまのは忘れてちょうだい」

「もう手遅れだ」

テイラーはため息をついた。ルーカスの自尊心を傷つけてしまった。埋め合わせをしなくては……。でも、問題は単純なのに、答えが見つからない。どうすれば機嫌をなおしてくれるのかしら。

いまはなにをいってもへそを曲げられるような気がした。そこで、ちょっとぴりぴりしすぎなんじゃないといおうとしたとき、ルーカスが口を開いた。

「きみの申し出を受けよう」

彼の豹変《ひょうへん》ぶりに驚いたのはテイラーだけではなかった。ハンターはあっけにとられて眉をつりあげた。

「わたしの申し出を受けるですって？」

「ああ、そのとおりだ」ルーカスは答えた。「おれがほしいものはなんでもくれるといったな」

「ええ」テイラーは急いで付けくわえた。「子どもたちを見つけたらの話よ」

「もちろんだ」

ルーカスはにんまりすると、ハンターに向きなおった。「一緒に駅に行こうか？　帰りになにか食べてもいい」

ハンターは時刻をたしかめて答えた。「約束は六時だぞ」

「それまでには戻れる」

ルーカスがドアに向かって歩きだしたので、テイラーはテーブルをまわりこんであとを追いかけ、彼の腕をつかまえた。

「ほしいものがあるの？」

「ああ、あるとも」

ハンターがドアを開けて廊下に出た。つづいて行こうとするルーカスを、テイラーはまたつかまえた。

「なにがほしいか教えてちょうだい」

ルーカスは振り返った。テイラーがどんな顔をするか見てみたい。

「おれがほしいのは――」彼はかがんでしっかりとキスをした。「――初夜だ」

13

「望んで叶う恋はよいものだけれど、望まずに叶う恋はなおよいものよ」
——ウィリアム・シェイクスピア『十二夜』より

テイラーは茫然《ぼうぜん》とした。われに返ったときには、ルーカスはドアを出て廊下を歩きだしていた。彼女は駆けだし、蝶番《ちょうつがい》が壊れそうなほどの勢いでドアを開け、彼に呼びかけた。

「正気でいってるの?」

ルーカスは振り返りもせずに、気に障るほど愉快そうに答えた。「正気も正気、大真面目だ」

テイラーはぐったりとドアにもたれかかった。ほかのドアが三つ開いて、男性がふたりと女性がひとり、何事かと廊下に首を突きだしている。ルーカスとハンターは階段をおりてしまったので、ひとりで事態を収拾しなくてはならない。テイラーははじめ、ひとこと謝ろうかと思ったが、思いなおして急いで部屋に引っこみ、ドアを閉めた。

それからいちばん近くにあった椅子にへなへなと座りこみ、ルーカスのとんでもない要望について考えようとした。それとも、あれは要求だったのかしら? 彼女はため息をついた。たしかに要求のように聞こえた。

親密な関係になったらややこしくなることがわからないのかしら？　そんなことは考えたくもなかった。まったく、なにを考えているのかしら？　結婚が本意ではなかったことを忘れてしまったの？

「はったりよ」しまいにつぶやくと、気持ちが落ち着いた。ルーカス・ロスと初夜をともにしたが最後、なにもかもがこんがらがってしまう。

だって、そうでしょう？

呼吸が苦しかった。ズボンをはいていないルーカスとベッドをともにすることを思うと、鼓動が一気に速まった。はったりに決まっている。テイラーは繰り返しつぶやいた。ルーカスも厄介なこと――夫婦の誓いに縛られること――は願いさげのはず。

ふざけて人をこんな気持ちにさせるなんて、なんて失礼な人。テイラーはルーカスのことを無理やり頭から追いだした。いまはそれ以外に考えなくてはならないことがある。

たとえば、ヴィクトリアのこと。ハンターが隣の部屋をとってしまったので、ヴィクトリアには別の部屋を確保する必要がある。テイラーは部屋にぶらさがっている呼び鈴の紐《ひも》を引っぱった。部屋で呼び鈴の紐を引くと、下の階でその番号札をつけた釘が上下する仕組みになっている。おかげで十分とたたないうちに、ホテルの従業員が現れた。

ルーカスとハンターがホテルに戻ったのは、その一時間後だった。ハンターの話では、列車は四時間遅れで到着するという。ふたりは食べ物を少しばかり口に放りこむと、双子の手がかりを知っているかもしれない男に先に会いに行くといった。ルーカスはハンターか自分のどちらかがヴィクトリアを迎えに行くと請け合うと、テイラーをわざわざにらみつけて、部屋にいるようにと念を押した。

テイラーはアルコーヴに行こうとする彼に追いすがって、自分も一緒に行けないかと尋ねたが、ルーカスに正気かといわれて説得をあきらめた。

ルーカスはマネーベルトを探した。これから会う男は、知り合いを売るのと引き替えに見返りを要求するはずだ。それは言い値で払うつもりだった。彼は金を見つけるとその半分をポケットに突っこみ、テイラーに向きなおって、思わずほほえみそうになった。不機嫌そのものの顔をしている。彼はもう一度だめだというと、声をやわらげて、女性が居合わせたらその男が遠慮してしゃべらなくなるかもしれないからだと説明した。

見えすいた言い訳だったが、ルーカスは気にしなかった。とにかく、ふたりが戻るまでは部屋にいてもらう。そうでなければ気が気ではなくなってしまうことは、テイラーにはいわなかった。

ほどなくルーカスは部屋を出た。ハンターはそのあとから部屋を出ようとしたが、振り返って、ふたりが戻るまでかんぬきを掛けておくように釘を刺した。「どんな理由だろうと、だれもなかに入れないでくれないか」

「ええ、もちろん」

ハンターは歩きかけて、またもや立ち止まった。「やつもいろいろと大変なんだ。心配させないでほしい」

「あなたも心配性ね、ハンターさん。だれもなかには入れないわ。誓って」

ハンターはドアを閉めると、かんぬきが閉まる音をたしかめて部屋を離れた。

階段でルーカスが待っていた。相手の男とは、ロビーで会うことになっている。ふたりはその男がもたらす情報に望みをかけていた。

男の名は、モリス・ピーターソン。根は悪い人間ではなく、ルーカスやハンターと同じくらい人身売買の仕事を嫌っていて、ボーダー兄弟を憎んでいる。兄弟に不利な情報を売って金をもらうのはやぶさかではないが、どのみち危険を冒すことに変わりはない。秘密を漏らしたことがばれれば、ボーダー兄弟に間違いなく喉を掻き切られるからだ。

ルーカスは彼の言い値を現金で支払った。彼らはロビーの片隅で立ったまま話をした。周囲は混み合っていて、だれも彼らに注意を払わないが、モリスはそれでもルーカスの大柄な体の陰に隠れたがった。

「そいつの名は――」モリスはささやいた。「――ボイドという。ヒッコリー通りの角の酒場で、毎晩飲んでいる男だ。場所はわかるか？」

「場所はこちらで探す」ハンターが答えた。「ボイドはなにを知ってるんだ？」

「ゆうべ、やつを見かけたんだが」モリスは小声でつづけた。「これから金が入ると自慢していた。いつもの二倍の金だと。それからやつは、せせら笑った……なにかの秘密を知っているような、そんな笑い方だ。おおかたそれが、あんたたちのいう双子のことじゃないか」

「ふだんはいつごろから飲みだすんだ？」

「暗くなってからだ」モリスは答えた。

「ほかには?」

モリスは首を振ると、ルーカスから渡された金をポケットに突っこみ、その場をあとにした。

「またいんちきな情報かもしれない」ハンターがいった。

「そうだな」ルーカスは応じた。「だが……今回は違う気がする」

ハンターはにやりとした。「おれもそう思う。こいつは勘だが、ボイドはボーダー兄弟とつながっている」

ルーカスがいった。「まだ六時過ぎだ。おれは部屋に戻って、一時間寝る。駅に行ってヴィクトリアをホテルに連れてきたら、ふたりでボイドを捜しに行こう」

「ヴィクトリアならおれが迎えに行く。おれが戻るまで眠ったらいい」

「おまえはどうなんだ? 疲れてないのか?」

「おまえと違って、列車で三十時間近く過ごしていないからな。そのヴィクトリアという娘の容姿は?」

「赤毛にグリーンの瞳だ」

「駅に行く前に、酒場を探しておく。そのほうが時間の節約になるからな」

ふたりは正反対の方向に分かれた。ルーカスは部屋に戻り、シャツと靴を脱ぎながらわかったことをテイラーに伝えると、五分後にはベッドカバーの上でぐっすり眠りこんでいた。

ハンターは目当ての酒場を見つけると、後戻りして駅に戻ったが、そのころにはもう到着した列車の乗客全員が降車し終わっていた。ハンターは御者のひとりにコインを放って待つようにいうと、ヴィクトリアを探した。

赤毛にグリーンの瞳なら簡単に見つかりそうなものだが、それでも危うく見過ごすところだった。ヴィクトリアは巨大なトランクケースを三つ重ねた陰にいた。トランクの横からスカートの端がはみだしていなければ、列車に乗っていなかったものと勘違いして帰っていたかもしれない。

もうほとんど人気のない駅で、ヴィクトリアは荷車を探しに行ったポーターに忘れられていないことを祈っているところだった。くたくただから、トランクにぐったりともたれて待つしかない。

気持ちが悪くてくらくらする。きっと、青リンゴを食べたのがいけなかったのだ。でもあのときはおなかが空いてむかむかしていたから、リンゴを食べればおなかが落ち着くと思って食べてしまった。

結果はその逆だった。いまにも吐きそうな気がする。少しでも動いたらますますひどくなりそうだったので、ヴィクトリアはできるだけ動かずに、醜態をさらさずにすむことを祈った。レディが人前で、食べたものを戻すわけにはいかない。

「ヴィクトリア・ヘルミット?」

ヴィクトリアは名前を呼ばれて振り返り、それから息をのんであとずさった。最初に感じたのは恐怖だった。なんて恐ろしげな人。だが、その顔にほほえみが浮かぶと、男はとたんにハンサムになった。色黒の、荒々しい顔つきだ。髪は漆黒。目の色は茶色で、まなざしは鋭い。服はしわくちゃで、無精ひげも伸び放題。

いったい、何者なの？

男は彼女の名前を繰り返した。ヴィクトリアはうなずいたような気がしたが、自信はなかった。喉の奥のほうで、苦い味がする。彼女は大きく息を吸いこんで姿勢を保とうとした。

ハンターは、彼女が怖がっているのだと思った。大きなグリーンの瞳が魅力的な娘だ。燃えるように赤い髪が、波打って広がっている。顔のまわりの巻き毛からヘアピンがぶらさがり、うなじで髪をまとめていた青と白のチェックのリボンはほどけて背中に垂れていた。

「おれはハンターという」男は彼女にいった。「ルーカス・ロスの知り合いだ。ホテルまできみに付き添う。このトランクは、ぜんぶきみのか？」

ヴィクトリアは答えることができなかった。喉が羊皮紙のようにカサカサする。つばをのみこんで、声を出そうとした。また苦い味がする。ああ、いまにも戻してしまいそう。なんとか吐き気を抑えようと、立てつづけに息を吸いこんだ。

ハンターは、彼女の苦労を知る由もなかった。自分がそばにいると、たいていの女性は落ち着きをなくしてしまう。おそらくこの大柄な体と、しかめ面のせいだ。だが、彼女はそわそわするどころか、ガーゴイルが現れたといわんばかりにこちらを見あげている。

そこまで怖がることはないんじゃないか？

ハンターは辛抱するように自分にいい聞かせて、もう一度名乗った。夏のそよ風のように穏やかな声で話しかけたつもりだったが、相手は目を見開いて必死の形相になっている。

「おれはハンターという」もう一度繰り返した。

「わたしは……」

彼女がぐっと言葉をのみこんだのを見て、ハンターは背中をたたいてやりたくなったが、かろうじてこらえた。ここで触れたら、気絶するか、下手をしたらわめきだすかもしれない。

「うん？」ハンターはできるかぎり優しくつづきを促した。さりげなく見えるように、両手も後ろで組んだ。

彼女は左を見て、それから右を見た。間違いなく逃げ道を探している。

「別々の馬車でホテルに行くほうがよければ、そうしようか？」

彼女は激しく首を振った。それから、また必死で息を吸いこみはじめたので、ハンターはとうとうしびれを切らした。

「いいか、おれはただルーカスに頼まれて来ただけだ。きみがいやなら――」

いきなり腕をつかまれて、ハンターはいおうとしたことを忘れてしまった。

それからほどなく、彼女が奇妙な行動に出た理由がわかったが、すでに手遅れだった。

「気持ちわる……」

そして彼女は戻した。ハンターのお気に入りのブーツの上に。

ハンターはルーカスの部屋のドアをたたくと、ブーツを脱いでドアの脇に置いた。

テイラーがドアを開けた。ヴィクトリアは彼女を見たとたんに、わっと泣きだした。

ルーカスはシャツのボタンを留めていた。アルコーヴから出ると、ちょうどヴィクトリアがテイラーの腕のなかに飛びこむところだった。

「なにがあったの？　どうしてそんなに取り乱してるの、ヴィクトリア？」テイラーはヴィクトリアを抱きしめながら、その原因を作ったと思われる男をヴィクトリアの肩越しににらみつけた。

ハンターはむっとしてにらみ返した。テイラーはそこで、彼がブーツを履いていないことに気づいた。

「気持ちが悪くて……」ヴィクトリアがいった。

「ブーツはどうした？」ルーカスはハンターに尋ねた。

ハンターは大またに部屋に入った。「べつに、どうでもいいだろう」

「疲れているだけよ」テイラーはヴィクトリアにいった。「お風呂に入って昼寝したらすっきりするわ。さあ、お部屋に行きましょう。荷ほどきを手伝うわ」

ハンターは部屋の真ん中からヴィクトリアをにらみつけていた。テイラーがヴィクトリアを隣の部屋に連れていくと、彼はルーカスに向きなおった。

「なにがあった？」ルーカスが尋ねた。

「あの女に自己紹介した」

「それから？」

「おれに向かって吐きやがった」

ルーカスはにやにやした。ほんとうは声をあげて笑いたかったが、そんなことをすれば殺されてしまう。彼は咳きこみながらそっぽを向くと、シャツをズボンにたくしこんだ。

「頼みごとはもういっさい願いさげだからな」ハンターは嚙みつくようにいった。

テイラーの笑い声が響きわたった。どうやら、ヴィクトリアがなにをやらかしたか打ち明けたらしい。ヴィクトリアの笑い声も聞こえた。

「笑いごとじゃない」ハンターはぶつぶついった。

「間違いない。おまえは女性に好かれるたぐいの男だ」ルーカスはハンターがいらいらするのがおかしくてたまらなかった。

「御者からは四倍の代金をふっかけられた」

「なぜ？」

「あの女が馬車のなかでも戻したからだ。どうしようもなかった」

ルーカスは吹きだした。ハンターがヴィクトリアを落ち着かせようとして、途方に暮れているところが目に浮かぶ。たしかにお手上げだろう。ハンターも彼自身も、かよわいご婦人の相手をした経験は、一度もないのだから。ルーカスはヴィクトリアを迎えに行ったのが自分でなくてよかったと、胸を撫でおろした。

「具合が悪くなったのはおれのせいじゃない」ハンターはいった。「ヴィクトリアの話では、列車が揺れたせいで気分が悪くなったそうだ。くそ、風呂に入らないと。隣に着替えを取りに行ったら、騒がれるだろうな」

「おまえの荷物なら、テイラーが新しい部屋に運んでくれた。同じ階で、ここから三番目の部屋だ。鍵はテーブルの上にある」

ハンターは驚きを隠せなかった。「こんな高級ホテルなのに、おれの部屋がとれたのか?」

その問いには別の意味があった。ハンターはどんな偏見も気にしないし、差別されても騒ぎ立てない。以前に彼はルーカスに話したことがある。自分が立ちあがって権利を主張する必要はない、おまえがかわりにやってくれる、と。

「宿帳に記名するとき、おまえはいなかったじゃないか。テイラーが自分の名前でとってくれたんだ」ルーカスは答えた。

ハンターが頼んだら、ホテル側はけっして部屋を提供しなかっただろう。要求を聞き入れるように、ルーカスがだれかの腕をねじりあげなくてはならなかったはずだ。だがテイラーがそれと知らずに動いてくれたおかげで、騒ぎを起こさずにすんだ。

ハンターは、そのことについてはもうなにも訊かずに、話題を変えた。

「いつ出かける?」

「おまえの仕度ができしだいだ」

ハンターは鍵を取りあげて部屋を出た。

三十分後にハンターがルーカスの部屋に戻ってくると、ブーツが待ち受けていた。新品同様に見える。

　ブーツを履き終わったところで、テイラーが部屋に入ってきた。

「きれいにしてもらうように手配してくれてありがとう、テイラー。そんな時間はないと思ったんだが」

「テイラーがきれいにしたんだ」ルーカスはアルコーヴの入口にもたれて、妻を見つめた。テイラーの顔が赤いような気がする。

「大丈夫か、テイラー？」彼は声をかけた。

　テイラーは床に目を落とした。「ええ」

　おどおどするなどテイラーらしくなかった。なにかある。ルーカスはガンベルトを腰に巻くと、二丁の拳銃に弾が完全に装塡されていることをたしかめた。この儀式で、ずいぶん気持ちが落ち着く。それから、テイラーにそばに来るようにいった。

　テイラーは気が進まない足取りで来た。ルーカスは彼女の手をとると、アルコーヴに連れていった。

「おれの目を見るんだ」

　テイラーはその命令にしまいに従った。「なぜ一緒に行きたいといわないんだ？」

　テイラーは驚いて目を見開いた。「かまわないの？」

　ルーカスはかぶりを振った。「いいや。ただ、なにも訊かれないのは妙だと思っただけだ。どうかしたのか？」

テイラーはその問いを無視した。「一緒に行く必要があるの。子どもたちが見つかったら、わたしがその場にいてあげないと……。きっと怯《おび》えているわ、ルーカス。ふたりにはわたしが必要なのよ」

もっともな言い分だった。ルーカスはうなずいた。「わかった。子どもたちを見つけたら、きみを迎えに戻ってくる」

「ありがとう」

「まだ、なにを悩んでいるのか聞いていない」

テイラーはため息をついた。「あれははったりだったの？　わたしはそうだとばかり思っていたわ。でも、本人にたしかめなくてはなんともいえないと思って」

「おれははったりなどいわない」

「そう……わかった」

「テイラー？」

テイラーが部屋を出ようとしたので、ルーカスは彼女の両肩をつかんで引き止めた。

「なにかしら？」

「なんの話だ？」

「あなたの新婚初夜の話よ」

ルーカスはほほえむと、頭をかがめてさっとキスした。「おい、い、おれたちの新婚初夜だ」

テイラーは憤懣《ふんまん》やるかたない表情でいった。「そんなことをしたら、どんなに厄介なことになるか――」

ルーカスの唇がつづきを押しとどめた。優しいキスではなかった。所有欲をむきだしにして圧倒してくる。舌を差しこまれて、テイラーはとろけそうだった。ほんのいっときでもいい、なにもかもが雨上がりの空のように清らかで美しいふりをして、このまま流されることができたら。

彼に求められているのはわかっていた。愛されたい。でもルーカスは、そんなことをするくらいなら縛り首にされたほうがましだといっていたはず。

彼を押しやって体を離した。「あなたは……われを忘れているのよ、ロスさん」つっかえながらいった。顔を赤くして、まっとうに振る舞おうと涙ぐましい努力をしながら。

ルーカスはその言葉を無視すると、彼女をふたたび抱き寄せて長く激しいキスをした。ようやく唇を離したときには、テイラーはまともに考えることすらできなくなっていた。

ルーカスは彼女をベッドに座らせて出ていった。テイラーの目を覚まさせたのは口笛の音だった。ルーカスが人を食ったように口笛を吹いて、のんびりと部屋を出ていく。

テイラーは乱れていた髪をなおすと、ほうっとため息をついて、ヴィクトリアの様子をたしかめに行った。

ヴィクトリアはぐっすり眠っていた。テイラーは毛布をたくしこんでやると、風邪を引かないように窓を閉め、忍び足で部屋を出た。そこでようやく、ルーカスに相談しようと思って忘れていたことに気づいた。新聞広告を出したり私立探偵を雇ったりすることをルーカスがどう思うか、これでは明日にならなければわからない。藁《わら》にもすがりたいいまの状況で反対されるとは思えないけれど、捜索の段取りを彼がつけている以上は、まず当人に伺いを立てるのが筋だ。

テイラーはその紙を取りだして、二度と忘れないようにテーブルの上に置いた。

それから、椅子に腰をおろした。それは、双子たちがいなくなったことがわかった夜にはじめた儀式だった。ルーカスが双子の捜索に出かけるたびに、テイラーは彼の無事を祈った。それから子どもたちが見つかるようにと祈り、ハンターが捜索に加わると、彼の名も祈りにくわえた。

長くは座っていられなかった。そわそわと歩きまわるのも儀式になっている。ルーカスとハンターが無事に戻ってくるまで、気をもみ、祈りながら、うろうろするだけの儀式。

たぶん、今夜は手ぶらでは戻らない。

ハンターとルーカスはいま、ボイドという男の親友になろうとしていた。なにしろ、ハンターがウィスキー代を払っている。ふたりはボイドと一緒に酒場の片隅の丸テーブルに座っていた。ボイドが母親さえ裏切れるほどへべれけになるまで飲ませるのが目的だ。

一時間後、ハンターが双子を買うかもしれないとほのめかして金を見せると、ボイドはすぐさましゃべりだした。ボーダー兄弟のもうけ話は、すなわち自分のもうけ話なのだろう。

ボイドは不愉快きわまりない男だった。悪魔のような連中とはそうしたものだ。良心のかけらもない。ボイドはまた、ひどく醜い男だった。あばた面のうえに、目が隠れるほどまぶたが垂れさがっているせいで、なにかを見ようとするたびに顔を歪めている。おまけに、ハンターが金のことに触れるたびに唇をすぼめていた。欲望の味をたしかめるようないやな癖だ。ルーカスはほとんど口を開かなかった。声を出せば怪しまれる。向かいに座っている男に対する怒りが、体の内側で燃えさかっていた。人の形をしたけだものが、幼い子どもの体がどれだけいいか平然と語っている。

殺してやりたいくらいだ。

ハンターの仕事ぶりを認めないわけにはいかない。この人でなしに同じくらい憎悪を抱いているはずだが、おくびにも出さずにいる。

「なんでこんな大金を手に入れたんだ?」ボイドがハンターに尋ねた。「おめえさん、混血だろ?」

ハンターはふたつ目の質問を無視して、最初の質問に嘘で答えた。「金《きん》さ」

「ひと山当てたのか?」

ハンターがうなずくと、ボイドはにんまりした。「そいつあ、でかかったんだろうな」

「ボーダー兄弟はどうなんだ?」ハンターは話を本題に戻そうとして尋ねた。

「買い手はもうついてる」ボイドはいった。「ふたりとも、話を反故《ほご》にしねえように念を押されてるはずだ。なにしろ、相手は女だからな」

「女だと?」ハンターは驚きを隠しきれずに訊き返した。

ボイドはルーカスを訝しげに見た。「あんたの知り合いは、口数の少ねえ男だな」

ハンターはその問いには答えなかった。「女の買い手がついてるのか?」

ボイドはうなずいた。「自分とこの売春宿にほしいんだと。少なくとも、ボーダーたちにはそういってる。あんた、ほんとに三倍の金を払うつもりか?」

「金ならある」ハンターは答えた。「少しくらい使ってもいいだろう。その双子がほんとうに値打ちものなら、まずは見せてもらいたい」

「双子のことを教えてやったのはおれだ。分け前はくれるんだろうな?」

「そうするといったはずだ」

「ふたりが双子でなかったらどうする?」ボイドが尋ねた。「実は、はっきりしてねえらしい」彼はウィスキーをぐいとあおると、大きなげっぷを漏らし、袖で口を拭った。「おれもまだ見てねえんだ。ボーダーたちからは、双子と一緒にそいつらの兄貴を手に入れたと聞いている。兄貴のほうは混血だと。となると、双子もそうかもしれねえ。もしそうなら、ふたりとも五セント玉一枚の値段もつかねえことになる」

ハンターはルーカスに目くばせした。ルーカスにはわかったはずだ。この男を殺してやりたい。もう顔も見たくないし、話も聞きたくなかった。ハンターはナイフに手を伸ばした。

ルーカスがかぶりを振って彼にいった。「まだだ」

「なにがまだなんだ?」ボイドが口を挟んだ。

「その双子だが、いまどこにいる?」ルーカスは怒りを隠そうともしなかった。ボイドは気づいていない。ルーカスがたったいまテーブルに置いた札束に、すっかり目を奪われている。

ボイドは唇をすぼめて札束に手を伸ばそうとしたが、ハンターがその指のあいだにナイフを突き立てて押しとどめた。

「そう急ぐな」ボイドがわめき終わると、ハンターはいった。

「先に居場所を教えろ」ルーカスはうわべだけは気前よく、ボイドのグラスにウィスキーを注いだ。

ボイドはハンターをにらみつけると、グラスを飲み干し、じっと札束を見つめた。明らかにふたりの要求を天秤《てんびん》に掛けている。ボイドはしまいに双子の居場所をいった。

「どうして知ったか、いわないでくれるな?」

ハンターは無反応だった。ルーカスをひたと見据えて、ボイドを殺す合図が出るのを待っている。

ルーカスはまたもやお預けをくらわせた。「ボイドにはおれたちと一緒に行ってもらう。居場所が嘘なら殺していい」

「嘘でなかったら?」

ボイドがやりとりを聞いていたので、ルーカスは嘘をついた。「また同じ金額をやる」

「ここにあるんで充分だ」ボイドはろれつのまわらない舌でいった。「あんたたちとはどこにも行かかねえ」

ルーカスはボイドの首をつかみたいのをどうにかこらえると、声を押し殺していった。「相棒はナイフを使うのが好きでな」彼はハンターに顎をしゃくった。「ナイフの腕なら天下一品だ」

ハンターは片眉をつりあげてにやりとした。「まあな」ルーカスに持ちあげられてまんざらでもないふりをした。

ボイドは真っ青になったが、ルーカスは天気の話でもするようにつづけた。「人間の皮を剝《は》ぐのが好きなんだ。生きたまま剝ぐんだよな？」

ハンターはうなずいた。「死んでいたらおもしろくないだろう。それで、おい、結局どうするんだ？」

ルーカスがたたみかけた。「どうする？」

ボイドはぶるぶる震えながら、助けを求めて周囲におどおどと目をやったが、だれひとり見向きもしない。「おれは、白人だぞ」ボイドは必死でいった。

ハンターはにやりとした。「なんだっていいさ」

ルーカスはうなずいた。「さっき、おれの相棒に向かって混血だといったな。つまり、野蛮人だといいたいんだろう？」

ボイドはうなずき、それから激しく首を横に振った。それからどうしたものか決めかねて、鼻を鳴らした。「おれを連れていけるもんか。この場所からおらあ動かねえからな。ここは人も多い。なにかあったら証言してくれる」彼は苦しまぎれに笑った。

五分後、ボイドは目に涙を浮かべて気絶したまま、ルーカスとハンターに引きずられていた。

ふたりは二ブロック歩いて、目ざす路地を見つけた。ふたりは縛りあげて猿ぐつわを噛ませたボイドを、積みあげた木箱の陰に転がした。ボイドの気が変わって、ボーダー兄弟に危険を知らさないともかぎらない。また、ルーカスがハンターに辛抱強くいい聞かせたように、ボーダー兄弟が双子をよそに移していたら、また役に立つかもしれないからだ。それに、ルーカスとハンターのどちらも、冷酷非情な殺人鬼ではないという、いわずもがなの事実があった。

「殺してやりたいのはやまやまだが、手はくださない」ルーカスがいった。

ハンターは、わかりきったことをわざわざいわれたくなかった。「ここがモンタナなら――」

「それでも人殺しには変わらない」ルーカスはいった。「この件の決着がついたら、ボイドが仲間を売ったことを町じゅうに広めよう。それでこいつの人生は台なしになる」

ハンターは機嫌をなおすと、ルーカスと並んで表通りを歩きだした。しばらくして、ハンターが口を開いた。

「おれが生きたまま人間の皮を剝ぐのが好きだって？」

ルーカスはにやりとした。「とどめのひとことになると思った」

ハンターは笑ってうなずいた。「そうだな。あのひとことで、勝手に思いこんでくれた」

「もともと無知なやつの妄想をふくらませてやったまでだ」

ボイドの話はそこで終わり、ふたりは来た道を二回引き返したあげく、目当ての家を見つけた。スラム街の真ん中で、みすぼらしい家が建ち並ぶ一角だ。壊れた手すりから洗濯物がたれさがり、窓ガラスは割れるかなくなっていて、悲惨な生活を物語るような声がそこらじゅうから聞こえてくる。大人の罵声《ばせい》に、赤ん坊の泣き声。朽ちかけた建物は灰色で、周囲の地面はごみや汚物で覆われ、耐えがたい悪臭を放っていた。

「おそらく、双子はここにいる」ハンターがいった。

「おれもそう思う」ルーカスがいった。「これから、テイラーを連れてくる」

「なぜ?」

「双子がテイラーの姪か、確実にわかるのは当人だけだ」それが説得力のない理由であることは、ふたりとも承知していた。

ハンターはあきれて天を仰いだ。「ボーダー兄弟が何組の双子を隠していると思ってるんだ? いいかルーカス、だれだろうと、とにかく子どもは助けだす」

ルーカスはうなずいた。「わかっている。だが、テイラーにはおれたちと一緒に行く権利がある。本人にもそう約束した」

ハンターはあきらめた。「おれはあそこで待つ」彼はめざす建物の玄関と裏口の両方を見張れるように、建物のあいだの暗がりに身をひそめた。ボーダー兄弟が万一子どもたちを移そうとしたときの用心だ。

ルーカスは三ブロック離れた場所で馬車を拾った。ホテルに到着すると、馬車を待たせて、テイラーを迎えに階段をのぼった。

ドアを開けたテイラーは、彼の暗い表情を見て身がまえた。

ルーカスは彼女の質問をさえぎった。「コートを着るんだ」

テイラーはどこに行くのか尋ねもせずに衣装簞笥《いしょうだんす》に走ると、コートをつかんでルーカスのところに戻り、ポケットにまだ銃が入っていることをたしかめた。

ルーカスはこれまでの経緯をごく簡単に説明した。ボイドのことはくわしく話さなかった。時間を無駄にしたくない。

テイラーは緊張と不安とで両手をしっかりと組み合わせていた。

「その双子に、兄がいるといったわね」

「そういう話だ」

ふたりは馬車に乗りこんだ。馬車が動きだすと、テイラーはふたたび口を開いた。

「兄がいるなら、姉の子どもたちではないわ」

「戻るか？」

「とんでもない」テイラーは声を荒らげた。「そんなことをいうなんて、わたしを侮辱するつもり？　もちろん、その子たちを人でなしから救いだすのよ。姪たちを捜すのはそれからだわ」

ルーカスはその言葉を聞いてうれしくなった。「建物に踏みこんだら、おれとハンターのあいだにいてほしい」

「わかったわ」

「おれのいったとおりに行動するんだ。いいな」

ルーカスの指示はなおもつづいた。テイラーは彼がこんなにも厳しく、怒ったように話すわけを理解していた。妻の身を案じているのだ。心配するあまり、ルーカスの声音はとげとげしくなっていたが、テイラーはかえって安らぎを感じていた。

ルーカスが指示を並べ終わるころには、馬車はぼろアパートのすぐそばまで近づいていた。テイラーが心配でいても立ってもいられない様子だったので、ルーカスは前向きなことを考えさせることにした。

「来週には、ジョージの親族の家に双子を連れていけるさ。家族同士が再会するんだ。楽しみじゃないか、テイラー」ルーカスは希望の光をともしたつもりだったが、テイラーはかぶりを振った。彼女はルーカスのいっていることにほとんど注意を払わず、窓の外の悲惨な光景にじっと見入っていた。キャベツをゆでるにおいと汚物のにおいで、吐き気を催しそうだ。

「ジョージの親族に会ったことはあるのか？」ルーカスが尋ねた。

テイラーがうわの空だったので、彼は質問を繰り返さなくてはならなかった。「双子の父親の親族に会ったことはあるのか？」

テイラーは、どうしてそんな奇妙な質問をされるのか理解できなかった。

「いいえ、ジョージは孤児だったの。親族はひとりもいないわ。あら、ハンターよ。こちらに向かって歩いてくるわ」

テイラーは馬車が止まる前にドアを開けた。ルーカスは御者に代金を払うと、ここで待って

「ええ」

いてくれるならたっぷりチップをはずむといった。御者ははじめ危険だからとしぶっていたが、しまいには金で納得し、御者席の下からライフルを取りだして膝《ひざ》の上に載せ、三十分だけ待つと約束した。

テイラーはハンターと並んでルーカスが通りを横切ってくるのを待ち、彼が来ると近づいて手をとった。もう一方の手はポケットに入れて銃をつかんでいる。

三人は無言で、ぼろアパートの壊れそうな階段をのぼった。ルーカスが先に建物に踏みこみ、テイラーがつづいた。ハンターがその真後ろにつく。

目ざす部屋は三階のいちばん奥にある。床板がきしんだが、それ以上にあちこちの部屋から騒がしい音がしていて、跳びはねて進んでも気づかれそうになかった。ドアも壁もぺらぺらだ。

探していた番号の部屋まで来ると、ルーカスはテイラーに、壁際までさがるように合図した。相手が発砲してきたときに、流れ弾に当たらないようにするためだ。

ハンターはすでに銃を取りだしていた。ルーカスも自分の銃を取りだし、相棒にうなずいて、肩からドアにぶつかって部屋に飛びこんだ。ハンターがすぐあとにつづく。

寝椅子の上で寝ていた二十歳ぐらいの若者が目を覚ましたが、そのときにはハンターが六連発銃をこめかみに押しつけていた。

その若者よりふたまわりほど年上の女が、キッチンから居間に飛びだしてきた。オレンジ色の髪をした厚化粧の女で、透けるようなナイトガウンしか身につけていないのに体を隠そうともしない。女はハンターを見て、ぎざぎざの爪で引っかこうと飛びかかってきたが、ハンターが二丁目の銃を出してかまえるとぴたりと立ち止まった。

女は作戦を変更して、両手を腰に当ててナイトガウンの生地がぴったりと肌に張りつくようにし、体を見せつけて胸を突きだした。「あたしはシャーリーン。あそこの部屋で仕事をしてる。その銃をしまったらどう、シュガー？　たっぷり楽しませてあげるよ。たったの一ドルでいい。口まで使ってほしいなら二ドル。あたしだってそれくらいの価値はあるだろ、チャーリー？」

寝椅子の男は、恐怖でものもいえずにいた。うなずきもしない。

「まさか、レディは撃たないよね、シュガー？」シャーリーンは猫なで声でいった。

ハンターは無表情に答えた。「おれが見ているのはレディじゃない」

シャーリーンは目を細くして受け流した。憎悪で顔を赤くしている。「あんた、まずいところに来たね」彼女はいった。「ここは、ボーダー兄弟が仕切ってるとこなの」ふたたびせせら笑いながら、彼女はつづけた。「押しこみに入られたら、ふたりともいい顔をしないだろうね。さんざん切り刻まれるよ。いまのうちに出ていったほうが身のためだ」

ハンターはなんの反応も示さずに、彼女を見つめてつぎの出方を待った。一方、ルーカスはすでにアパートを見まわっていた。居間のほかに、寝室がふたつある。ひとつ目にはだれもいない。寝具がしわくちゃで汚れているところからして、あの女が仕事をする部屋なのだろう。ふたつ目の寝室のドアには鍵がかかっていたので、ドアを破ろうと肩をぶつけた。子どもの泣き声が聞こえたのはそのときだった。弱々しい声だが、間違いない。ルーカスはあとずさった。戸口のそばにいたら、ドアを破ったときにけがをさせてしまうかもしれない。

鍵がいる。

「ボーダー兄弟って聞いたことがあるだろ」シャーリーンがいうのが聞こえた。「ビリーとサイラスのことはだれだって知ってる」彼女は鼻を鳴らした。「知らないなら、あんた、よそ者だね、シュガー。さもなきゃ、ここに強盗に入ることがどんなに危険で間抜けなことか知ってるはず――」

「部屋の鍵をよこせ」

いきなり背後から命令されて、シャーリーンは飛びあがって振り向いた。それまで、目の前にいる男以外にだれかいるとは思ってもみなかったらしい。

その男は、チャーリーに銃を突きつけている男よりはるかに恐ろしかった。物音を立てずに影のように動くのは、法を破ることに慣れている男だけだ。シャーリーンは一歩あとずさって、恐怖を隠そうとした。

テイラーが入ってきたのはそのときだった。ハンターはドアを閉めるように声をかけ、テイラーはいわれたとおりにして向きなおった。

彼女は薄物しか着ていない女をちらりとしか見なかった。嫌悪感を伝えるにはそれで充分だ。それから長椅子の上に横になっている男に目を移して、彼がしようとしていることに気づいた。ハンターとルーカスが自分のほうを見ていたので、彼女はルーカスを見たままハンターにいった。「その人、銃を取ろうとしているわ。たぶんクッションの下よ」

ハンターはにやりとした。「わかっている」

テイラーは怪訝《けげん》に思った。わかっているなら、どうして止めないの？

ルーカスにはわかっていた。ハンターは、その害虫のような男を始末するきっかけを待っているのだ。

「撃つなよ」彼はハンターに声をかけた。

ハンターは残念そうに眉をしかめて、ため息を漏らした。それから手のなかで銃をくるりとまわすと、男がそれと気づく前にこめかみを殴りつけた。殺しはしなかったが、正気を取り戻したら、ひどい痛みで死んでしまいたくなるはずだ。

ハンターは気絶した男を床に引きずりおろすと、クッションの下に手を差し入れ、隠してあった拳銃を見つけてベルトに突っこんだ。

シャーリーンは不意に、見知らぬ男女の目的がただの押しこみではないことを悟った。彼女の目は、いまやテイラーに釘づけになっていた。居間を横切って鍵のかかった寝室に近づくその姿は、まるで天使だ。だからこそ、テイラーの凄《すご》みのきいた言葉は彼女をいっそう震えあがらせた。

「この人は女性を殺さないかもしれないけれど、わたしは違う。五秒数えるから、鍵をよこしなさい」テイラーのまなざしは凍りつくようだった。シャーリーンは、逆らおうとはちらりとも思わなかった。青い氷のように冷酷な目をした天使に、殺されるかもしれない……。

シャーリーンは窓辺に積みあげてあった箱に飛びつき、いちばん上の箱から鍵を取りだした。

「ひとつ……」

「あのちびたちを連れてきたのはあたしじゃない……あたしはここで仕事してるだけ……ビリーとサイラスがしたことに、あたしはなんの関係もないの」

ルーカスはその鍵を引ったくると、ハンターに女から目を離さないように合図し、鍵を開けに行った。テイラーには最初に行かせなかった。子どもたち以外にだれもいないことをたしかめなくてはならない。

寝室のなかは暗くて、どこになにがあるのかわからなかった。ルーカスは動いているものがないかさっと部屋を見まわして、ランプのひとつに火をともした。

部屋の奥に、小さな女の子がふたりいた。ルーカスは不意に、安堵で胸がいっぱいになるのを感じ、それから怒りを覚えた。

ふたりはクローゼットの前の床ですやすやと眠っていた。しっかりと抱き合っている。ひとりは眠りながらしくしくと泣いていた。その顎の下にもうひとりが顔をうずめている。

ふたりとも愛らしい少女だった。いや、幼い子どもだ。まだ小さくて、おそらく三歳にもなっていない。顔が見えるほうの子どもは、巻き毛の髪や肌の色合いがテイラーそっくりだった。ふたりとも、色の薄い金髪だ。テイラーの娘といっても通るくらい彼女によく似ている。間違いなくテイラーの子どもたちだ。

彼はテイラーに手招きして銃をしまうと、離れて見守るために戸口にあとずさった。自分がいたら双子は怖がるに決まっている。まずテイラーを見てもらいたかった。

「あの人の子どもなんだね？」シャーリーンがハンターに尋ねるのが聞こえた。

テイラーはシャーリーンのいうことが聞こえなかったように寝室に駆けこむと、ふたりを見つけてぴたりと立ち止まった。それから口を押さえて、聞く者の胸を引き裂きそうなほど切ないうめき声を漏らし、双子をじっと見つめて、ゆっくりと近づいた。

いまはもう、安堵と喜びで気絶しそうだった。彼女が涙を流しながら床に膝をつき、頭を垂れ、両手を胸の前でしっかりと組み合わせるのを見たルーカスは、祈りを捧げているのだろうと思った。

それから彼女は手を伸ばして、ふたりをそっと揺すって起こした。「おうちに帰る時間よ」彼女はささやいた。

双子のひとりが目を開き、起きあがって眠たげな目をこすった。テイラーを怪訝そうに見あげている。少し心細そうにしているだけだ。テイラーが頬を撫でてほほえみかけると、子どもは親指を口に突っこんで身を乗りだした。テイラーは子どもをそっと抱きあげて膝に乗せ、優しくあやした。子どもがしまいに安心すると、テイラーはもうひとりに手を伸ばした。

双子のもうひとりは泣きながら目を覚ましたが、テイラーを見て、見覚えがある人を見つけたようにすぐ泣きやんだ。もちろん、憶えているわけがない。最後に会ったのは、双子たちがまだハイハイもしていなかったころだ。だが、ふたり目はテイラーに両腕を差しだした。テイラーはその子も膝の上に抱きあげると、ふたりをしっかりと抱きしめた。涙は止まらなかった。ティラーは双子を揺すり、なにもかもうまくいくわ、うちに連れ帰ってあげるとささやきつづけた。

双子のひとりはそのまま眠った。もうひとりはおとなしくしていたが、しばらくするともぞもぞ動きはじめた。そして体をよじってテイラーの顔を見ると、しゃぶっていた親指を口から出して、テイラーの髪に手を伸ばした。

「ママ?」

「そうよ」

「あたしとアリーのママ?」

「ええ」

ジョーガンナが知りたいのはそれだけだった。彼女はテイラーにもたれると、ふたたび親指をしゃぶって目を閉じた。

ルーカスが近づいてきて、テイラーの隣にしゃがみこんだ。「ふたりとも、大丈夫か?」小声で尋ねた。

「そう思うわ」テイラーは答えた。双子はしわくちゃのブルーの普段着を着て、服だけでなく、足と腕も汚れている。ちゃんと世話をしてもらっていたわけではなさそうだが、幸い、痛めつけられたあとはひとつも見当たらない。

「ふたりを連れていくわ」

ルーカスも異存はなかった。ただ、ひとつ納得のいかないことがある。彼は頭をかがめてベッドの下をたしかめ、立ちあがった。ボイドがいっていた〝兄貴〟はどこだ?

彼は双子のひとりを抱きあげた。子どもは彼の肩に頭をつけたまま眠っている。テイラーはもうひとりも彼に渡して立ちあがった。

ルーカスは、ここにいるはずの男の子がどこに連れていかれたのか、シャーリーンに訊いてみようと思った。三人とも見つけだすまでは心が安まりそうもない。居間に戻ると、ハンターが指を三本立てて目くばせした。ルーカスは首を振ったが、テイラーに引きとめられた。

「待って」テイラーはささやくと、寝室に戻った。なにかが腑《ふ》に落ちない。

「どうした?」あとから来たルーカスが、双子を起こさないように小声で尋ねた。

テイラーは首を振ると、居間に戻ろうとして立ち止まった。「ふたりはどうしてクローゼットの前で眠っていたのかしら?」

ルーカスが考える間もなく、テイラーはクローゼットに駆け寄って開けようとした。鍵がかかっている。

「女を連れてこい」ルーカスはハンターに呼びかけた。

すぐにシャーリーンが戸口に現れた。後ろにハンターがいる。

「どうして鍵がかかっているの?」テイラーは、ふしだらな格好をしたシャーリーンを見ずにいった。

「べつに」シャーリーンは答えた。「理由なんてないけど」それから、急いで付けくわえた。

「あんたの子どもの服はそっちじゃなくて、玄関脇の箱のなかにあるんだ。こっちだよ」彼女は踵《きびす》を返したが、ハンターが行く手を阻んだ。

「クローゼットの戸を開けて」テイラーはいった。

「なんのために？　さっき説明したけど」シャーリーンはぶつぶついった。「あんたがほしがるようなものは、なにもないよ」

シャーリーンは動揺を隠そうと、またもやべらべらとしゃべりはじめた。「ビリーとサイラスは、双子を親なしだと思ってたんだ。あの金髪の巻き毛と大きなブルーの瞳じゃあ、あんたの子どもに違いないね。生き写しじゃないの？　でも、ビリーとサイラスは取り戻そうとするだろうねえ。もう買い手がついてるから。あたしなら、とっととずらかるけど」

「鍵を開けなさい」テイラーは命令した。

シャーリーンは肩をすくめた。「あたし、鍵がどこにあるか知らないんだ」腕組みをして、テイラーをにらみつけた。

「この女を殺してほしいか？」

ハンターがいった。感情のまったくこもっていない言葉を聞いて、シャーリーンははっとしてハンターを見あげると、またテイラーに目を戻した。息を詰めて彼女の答えを待っている。

シャーリーンはハンターのウィンクに気づかなかったが、テイラーは見ていた。シャーリーンに揺さぶりをかけるためのはったりだ。テイラーはシャーリーンをもっと焦らせたくて、いっとき間を置いてからハンターを見た。

「ええ、お願いするわ」それは、慇懃《いんぎん》な給仕にお茶のおかわりを頼むような、丁寧な言い方だった。

シャーリーンの厚く塗りたくった顔が、見る間に青ざめた。ハンターに首の後ろをつかまれて、シャーリーンは叫んだ。「寝室の鍵と同じだよ！　いま抜いてくるから！」

ハンターはシャーリーンにその場にいるように命令すると、鍵穴から鍵を抜いた。ボーダー兄弟が来るときに備えて玄関を見張っておきたかったので、戸口から動かずにテイラーに鍵を放った。

テイラーは鍵をつかむと、振り向いてクローゼットを開けた。はじめに少しだけ開け、それから取っ手を引こうとしたとき、扉がバタンと開いた。

ドアが当たって、テイラーは後ろによろめいた。取っ手が側頭部にぶつかる。そのまま壁に倒れこんだが、どうにか体勢を立てなおし、またぶつけられないようにドアを押さえた。

ルーカスはテイラーにじっとしていろと叫び、ハンターはクローゼットの開口部に銃の狙いを定めた。なかは真っ暗でなにも見えない。彼は慎重だった。クローゼットのなかに銃をかまえただれかが隠れているかもしれない。

ルーカスも同じことを考えていた。彼は双子を抱いたまま、開口部から見えない場所まで動いて背を向けた。発砲されたときに、身をもって双子を守るつもりだった。

テイラーが前に動こうとしたので、ルーカスは鋭い声で止まれといった。それからハンターを見て短くうなずいた。

ハンターは安全な角度からクローゼットに近づこうと、一歩脇に動いた。それから前に進もうとして立ち止まった。

自分の目が信じられなかった。七歳、いや六歳にも満たない小さな少年が目にもとまらぬ速さで飛びだし、部屋の真ん中で立ち止まると、きょろきょろと必死であたりを見まわしている。その顔はハンターとルーカスには見えたが、後ろにいたテイラーには見えなかった。

少年の髪は焦茶色で、ほっそりした肩に届くほど伸びていた。怯えきって、同じ色の瞳を大きく見開いている。顔をこわばらせて、いまにもはじかれたように動きだしそうだった。

数秒のあいだ、だれも言葉を発しなかった。ルーカスはその少年がこれまで体験したことを思って、震えるほど激しい怒りに駆られた。どれだけ長いあいだクローゼットに閉じこめられていたのだろう。動物でさえそんな扱いは受けない。

ハンターも同じくらい怒りに体を震わせていた。少年に、かつての自分の姿が重なる。胸を衝く痛みが苦い汁となって喉の奥にこみあげ、復讐の炎がかっと燃えあがった。

テイラーは少年を見て目を丸くし、壁に寄りかかって呼吸を取り戻そうとした。それから、いたいけな子どもにここまで非道な行為がなされていることに愕然として、涙があふれそうになった。こんなことをした人間には、だれかが罰をくださなくては……。

復讐に駆られたのはいっときだった。少年は見るからに怯えきっている。とにかくなだめなくてはと、テイラーは少年に近づこうとした。

少年はテイラーにまったく注意を払っていなかった。彼はルーカスが双子を抱いていることに気づくと、怒りの叫びをあげて頭を低くし、突進した。

ハンターは銃をしまうと、少年がルーカスの腰に頭突きする直前につかまえた。

少年がわめき散らしながら嚙みついてきたので、ハンターは彼の腰を両手で押さえて持ちあげた。それから少年が銃を取ろうとしていることに気づいて、すばやくその手をつかんだ。

暴れるんじゃないといっても少年が聞く耳を持たないので、ハンターは困惑した。傷つけるつもりはないが、当人はそう思っていないらしい。そこで、助けを求めてテイラーを見た。

テイラーは駆け寄っていった。「その子をおろして」

「そいつはね、ちびの悪たれだよ」シャーリーンがいった。「見てのとおり、混血でね。双子を守るつもりでいるのさ。だから、ビリーとサイラスがクローゼットに閉じこめたんだ。なにしろ、双子にだれも近づけようとしない……」

テイラーにきっとにらまれて、シャーリーンは口をつぐんだ。

「その子がいうんだ、自分はふたりの兄貴だって……」シャーリーンは押し殺した声でいった。「もちろん嘘っぱちさ。見ればわかるだろ」彼女は鼻を鳴らした。

「この子は、ふたりの兄よ」テイラーはきっぱりといった。

少年はハンターの腕のなかでぴたりと動くのをやめ、テイラーを見あげた。

テイラーはうなずいた。少年はわけがわからないまま、ハンターが手を離したとたんにテイラーのそばをすり抜けて双子のところに行こうとした。

テイラーはその手をつかんで脇に引き寄せると、少年の額にかかる焦茶色の髪を優しくかきあげた。少年は彼女を見ようともせずに、ルーカスをにらみつけている。

「さあ、帰りましょう」テイラーはいった。

少年は、彼女をちらりと見あげた。「あの子たちは連れていかせないからな。ぼくが許さない」

テイラーは少年が震えているのを感じ取って、そっと抱き寄せて耳元でささやいた。体を離すと、少年は目に涙を浮かべて彼女を見あげた。

テイラーが手を差しのべると、少年はその手をつかんだ。まだ信頼しきっていないことは目を見ればわかる。テイラーはゆっくりとうなずいて、たったいまいったことは本気だと無言で伝えた。

少年がさらにしっかりと手を握りしめたので、テイラーは泣きたくなった。

「あなたの靴は?」テイラーは声を震わせて尋ねた。

「靴はない。捨てられたんだ」

テイラーは表情を変えなかった。「明日買ってあげるわ」

少年は目を見開いた。

テイラーは彼にほほえむと、ハンターに向きなおった。この子を裸足で歩かせたくない。

「そろそろ行きましょう。この子を抱っこしてもらえるかしら?」

ハンターはうなずいた。テイラーがハンターのところに行こうとすると、少年はあとずさった。ハンターが怖いのだ……ルーカスも。ふたりの大男を怯えたまなざしで交互に見ている。

テイラーはふたりを紹介するつもりはなかった。シャーリーンはボーダー兄弟に、憶えているかぎりのことをしゃべるだろう。名前を知られたら、後先厄介なことになる。

テイラーは少年をふたたび抱き寄せて、耳元に口を近づけた。ささやき終わったときには、少年は笑顔になっていた。

ルーカスとハンターは、ふたりとも怪訝に思った。たいした変わりようだ。テイラーはなんといったのだろう？

少年はテイラーの手を離して、意気揚々と部屋を横切った。ルーカスのそばを通りすぎるときは、彼を見あげてにんまりした。ハンターのこともう怖くないらしい。少年はハンターのそばに来ると、彼の手をつかみ、目を見開いて、畏敬《いけい》の念を込めて彼を見あげた。

テイラーはルーカスを見た。ルーカスは片眉をつりあげて少年を指さした。テイラーはただほほえんで、帰りましょうともう一度いった。

シャーリーンが部屋の出口までついてきた。一同の最後にいたルーカスは、長椅子のそばで伸びていた男が低いうめき声を漏らすのを見て、双子を片腕で抱きなおすと、手を伸ばして男の顎を殴りつけた。男はまたぐったりし、ルーカスは何事もなかったように出口に向かった。

テイラーはシャーリーンとしばらくふたりきりで話したいといったが、ルーカスは首を振った。テイラーはシャーリーンに向きなおった。「あなたには、一生監獄で過ごしてもらうわ」

「あたしはなにも――」

テイラーはしまいまでいわせなかった。「あなたはなにが起きているのか知っていた。子どもたちを助けることもできたのに、なにもしなかった」

シャーリーンが身をひるがえして寝室に駆け戻ったので、テイラーは出口を離れた。

「また来るからな」

ルーカスの言葉は脅しでなく、紛れもない予告だった。

彼らは裏階段を使った。テイラーはコートのポケットに忍ばせた銃を握りしめて、先に立って進んだ。

その後はなにごともなかった。建物の正面に出て通りを横切りながら、テイラーは双子のひとりを抱こうとした。双子は外のひんやりした空気で目を覚ましていた。ジョーガンナはルーカスから体を離して彼をじっと見ている。アレクザンドラも彼を見ているが、そこまであからさまではない。ふたりとも親指をしゃぶっているのは同じだが、ジョーガンナは音を立てて吸い、アレクザンドラは少しも音を立てなかった。

「このままでいい」ルーカスはテイラーにいった。「おれの腕につかまるんだ」

ハンターが彼女の隣に来た。テイラーは抱かれている少年の腕を軽くたたくと、双子の片方の腕を優しく撫でてやった。

にわかに冷えこんできたので、テイラーは馬車に急いだ。さもないと、子どもたちが風邪をひいてしまう。

ハンターはボーダー兄弟に見つからないように、この場所を急いで離れたかった。子どもを抱いたまま人を殺したくない。

ルーカスはまったくべつのことを考えていた――双子の父親のことだ。テイラーによれば、ジョージは孤児で、親戚はひとりもいなかった。当たり前だ。孤児に親戚などいるわけがない。

それを、テイラーははじめから承知していた。〝より大きな幸せ〟――そのために結婚したといっていた。より大きな幸せ。謎めいた言葉の意味が、ようやくわかった。レディ・ステイプルトンの計画だ。子どもは好き？　テイラーからそう訊かれた。そう、より大きな幸せのためには必要なことだ。

「まったく……」

ルーカスのつぶやきを聞いたのは双子だけだった。ジョーガンナはしゃぶっていた親指を出してにっこりし、アレクザンドラは親指をしゃぶったままおずおずとほほえみかけている。

ほどなく彼らは馬車のところまで戻った。テイラーが最初に乗りこみ、ハンターが少年を先に乗せてテイラーの隣に座った。

ルーカスからジョーガンナとアレクザンドラを順番に渡されて、テイラーはふたりを膝の上に乗せた。

テイラーは少年も抱き寄せると、クッションにもたれて目を閉じ、満足してため息を漏らした。

ハンターとルーカスは、馬車の外でもめていた。ぼろアパートでボーダーたちが戻るのを待つというハンターの意見に、ルーカスはなんの異存もなかった。ただ、ハンターひとりにやらせたくない。テイラーと子どもたちを放っておくわけにはいかない以上、ハンターもホテルまで来るべきだというのが彼の言い分だった。四人がホテルで落ち着いたら、ここに戻ってきて、一緒にボーダーたちと対決する。

テイラーがいい合いを終わらせた。「早く暖かいところに行かないと、子どもたちがこごえてしまうわ。さあ乗って、ふたりとも」

こうして、全員が馬車に乗った。月明かりで、馬車のなかでもたがいの顔が見える。ルーカスはテイラーをじっと見つめた。

「テイラー？」

険しい口調でいった。テイラーは気づかないふりをして笑顔を向けた。心底満足そうだ。

「なにかしら？」

ルーカスは双子を交互に見比べた。ほとんど見分けがつかない。それから彼は、しかめ面でふたたびテイラーを見た。

「ひとつ教えてもらおう」

「いいわよ」

ルーカスは双子に顎をしゃくった。「どちらが〝より大きな〟で、どちらが〝幸せ〟なんだ？」

14

「ああ、命あるうちに真実を話して、悪魔に思い知らせるのだ」
――ウィリアム・シェイクスピア『ヘンリー四世』より

双子がおずおずしていたのはいっときだった。ひんやりした夜の空気に当たったせいで元気を取り戻したらしく、ふたりはルーカスとハンターによじのぼりながら、とどまることなくしゃべりつづけた。

ルーカスとハンターはふたりとも、自分のことを所帯向きだとはこれっぽっちも思っていなかった。小さい子どもと過ごしたことは一度もないし、第一、こんな華奢《きゃしゃ》なものを抱っこするとぎくしゃくしてしまう。

だが、双子は少しも物怖《ものお》じしていなかった。アヒルが水に入るように、ふたりの大男になんの違和感も抱いていない。

テイラーは少年と向き合っていた。名前を尋ねると少年は、ほんとうの名前はない、あったとしても憶えていないと答えて、もじもじしながら、これまで人に呼ばれたあらゆる呼び名をぼそぼそ並べて、しまいに肩をすくめた。

「スニークでいいんじゃないかな。たいていそう呼ばれてたから」

テイラーはぎょっとしたが、顔には出さないようにした。少年にきまり悪い思いを味わわせたくない。彼が並べたのは、下品きわまりない呼び名ばかりだった。もちろん、まだ幼いからその意味は知る由《よし》もない。それが不幸中の幸《さいわ》いだった。

ルーカスとハンターはふたりのやりとりに耳を傾けていた。少年が呼び名を並べると、ルーカスは激しい怒りに駆られ、ハンターはだれかを殺したくなった。

「その言葉は二度と口にしてはだめよ」テイラーは少年にいうと、優しくささやいた。「そんなふうに呼ばれたことは忘れてちょうだい」

「それじゃ、ぼくのことをなんて呼ぶの?」少年は心配そうだった。

ルーカスとハンターは山賊のように恐ろしい顔をしていて、役に立ってくれなかった。ふたりが不機嫌なのは自分のせいだと少年に思ってほしくない。テイラーはふたりをきっとにらみつけると、少年に向きなおった。

「お母さまかお父さまになんと呼ばれていたか、憶えてないの?」

「母さんは死んじゃった。顔を思い出そうとしても思い出せないんだ。父さんはいなかったよ」

そこで、ハンターが身を乗りだした。彼は怖がることはないと少年にいうと、母親が死んでからどうしたのか尋ねた。

少年は肩をすくめた。「ストーリーの店の裏にあった木箱で寝てた」

「ほかに親戚はいなかったのか?」

少年はかぶりを振った。それから、胸を張ってにんまりした。「おじさんのことは怖くないよ。だって、この人がいってたもん。おじさんたちは……」

ハンターはルーカスをちらりと見た。「なんといったんだ?」ルーカスが尋ねた。

「あれだって」少年は小さい声でいった。

「ちゃんと話してくれないか」ルーカスは興味をかき立てられていた。少年は尊敬の目で彼を見ている。そのわけが知りたかった。

「ふたりとも怖い顔をしているけど、心配はいらないって。怖い顔をしてなきゃならないんだっていわれた」

少年はテイラーを見てにっこりし、テイラーはうなずいた。

「おれたちが、怖い顔をしてなきゃならないだと?」ハンターは繰り返した。

「なぜだ?」ルーカスが尋ねた。

少年は答えた。「いろんな姿で存在するからでしょ」

まるで、もう知っているはずだといわんばかりの言い方だった。

ルーカスとハンターは、どういうことかとテイラーを見た。テイラーはなにもいわずに、にっこりとほほえみ返した。

ルーカスは、なぞなぞの答えを知りたがった。「なにがいろんな姿で存在するんだ?」

ハンターは肩をすくめた。「おれたちが怖い顔をしていなければならない理由というのが、まだわからないんだが」

少年はささやくように答えた。「おじさんたちは、ぼくの守護天使だから」

「〝神さまが遣わされた天使〟よ」テイラーは少年だけに聞こえる声で訂正した。

テイラーは恥ずかしくて、ルーカスやハンターと目を合わせることができなかった。彼女は少年をそっとたたいて、少年の名前に話を戻そうとした。

ルーカスは笑いがこみあげるのをごまかそうと咳払いした。ハンターは首を振った。「おれたちは天使じゃない」

少年はぱっと顔を輝かせた。「そういうはずだけど、ほんとうだっていわれた」

「よく聞くんだ、それは――」ルーカスがいいかけた。

テイラーはさえぎった。「いい名前をふたつ思いついたわ。ダニエルとデイヴィー……いまは正式にデイヴィッドといわせてもらうけれど。そう、ダニエルとデイヴィッドよ」

ルーカスは座席にもたれた。「またはじまった」

テイラーは即座に反論した。「だって、ふたつとも勇敢で、誇り高い名前でしょう?」

ルーカスはうなずいたが、ハンターはきょとんとしていた。彼はまだ、テイラーがマウンテンマンとその伝説に熱をあげていることを知らない。

「ダニエルとデイヴィッド……」少年はその名をためしに口にしてみた。

「そう」テイラーはいった。「どちらにするか、じっくり考えてから決めるのよ。一生あなたについてまわる、重要なことだから。わたしも手伝うわ」

「どうやって?」少年が尋ねた。

「今夜寝る前に、ふたりの勇敢な男性の話を聞かせてあげる。デイヴィー・クロケットと、ダニエル・ブーンの話を」

「それじゃ、ぼくはデイヴィッド・クロケットか、デイヴィー・クロケットか、ダニエル・ブーンになるの?」

「デイヴィッドかダニエルよ」テイラーは訂正した。「デイヴィーより、デイヴィッドのほうがきちんとした名前なの。姓はロスよ」

「そうなの?」

テイラーはほほえんだ。「ええ」

「その人たち、ぼくが名前を借りたりしたら怒らないかな?」

「怒りっこないわ。ふたりとも、もう亡くなってるから大丈夫」

ふたりが有名で、本がいくつも出版されるほど尊敬されている人物であることをテイラーが説明すると、少年はたちまち夢中になった。それは、テイラーにとっては願ってもない反応だった。この子にも伝説のマウンテンマンを好きになってもらいたい。なにより、少年がもうもじもじしていないことがうれしかった。

「家族というのは、血のつながりではないの」テイラーはいった。「たがいに固い絆《きずな》で結ばれていることが大切なのよ」

少年はよくわからないようだった。テイラーはそれ以上説明しなかったが、心のなかでは、それこそいちばん重要なことだと思っていた。

だれもがベッドに入るまでに二時間かかった。デイヴィッド・ダニエルは入浴をすませると、髪を短く切ってもらった。お風呂で遊んでいるあいだに、彼と双子の服は洗濯されて戻ってきた。テイラーが膝をついて双子の体を洗っていると、ヴィクトリアが助けを求めてドアをノックした。またもや嘔吐《おうと》がはじまったという。

ハンターもルーカスもヴィクトリアのそばに寄りたがらなかったので、テイラーはふたりに双子の体を洗う仕事を任せて、溺れることがないように念を押し、布を絞ってヴィクトリアが使っているほうの洗面室に急いだ。

二歳児の双子は元気いっぱいで、嵐のようにしゃべりまくった。ルーカスはひとりを泡だらけにして過《あやま》ちに気づいた。水のなかに潜ってしまうと見えない。その子は口から水を飛ばし、笑いながら水から飛びだしてきた。石鹸《せっけん》のせいで、ふたりとも油を塗った子豚のようにつかみどころがない。ふたりを浴槽から出すころには、ルーカスもハンターもびしょ濡れになっていた。

それから体をタオルで拭いてやり、きれいになった下着を着せて、ヴィクトリアのベッドに座らせた。

双子は一瞬たりともじっとしていなかった。少しも疲れを見せない。一方で、ルーカスとハンターはくたびれ果てていた。ふたりが途方に暮れ、うんざりして長椅子に並んで座ると、双子は彼らによじのぼった。

アレクザンドラもそれなりにしゃべるが、ジョーガンナのほうがいっそうおしゃべりだった。ふたりとも質問をつぎつぎと繰りだし、答えてもらえないと、ひたすら「なんで」「なんで」「なんで」と繰り返す。

ふたりはたがいに、ジョージーとアリーと呼び合っていた。ハンターはまだ見分けられずにいたが、ルーカスはもう見分けるこつをのみこんでいた。

彼らが双子を見ているあいだ、テイラーはヴィクトリアが使っていた隣の部屋にもうひとつ寝台用の長椅子を運びこませ、同じ階にヴィクトリア用の部屋をもうひとつ確保した。ヴィクトリアの具合がよくなるころには、彼女の荷物はハンターの隣の部屋に運ばれていた。

デイヴィッド・ダニエルはルーカスの下着を着て、新しく運びこまれた長椅子に横になった。テイラーが毛布をたくしこみ、デイヴィー・クロケットの物語とダニエル・ブーンの物語をしておやすみのキスをするころには、少年はぐっすり眠っていた。

双子も静かになりつつあった。いまは大の男ふたりに挟まれて、眠たげな目で親指をしゃぶっている。ルーカスとハンターの話し声が子守歌がわりだった。

「あの子に、姓はロスだというのを聞いたか?」ハンターは小声で尋ねた。

「そういっていたな」ルーカスはジョージーの足が股間にめりこむ前に受け止めた。

「テイラーは、承知のうえでそういったんだろうか」

ルーカスはあくびした。「そうらしい」

「あの子には、面倒を見てくれる人間がひとりもいない」ハンターはいった。「だが、このふたりはどうなんだ？　ふたりを待っている親戚か、引き取りたがっている人間はいないのか？」

ルーカスが答えようとしたとき、テイラーが部屋に入ってきた。

テイラーが来たのは、寝る場所をどうするか相談するためだった。ルーカスは耳をそば立ててテイラーに向きなおった。

テイラーの案は、自分が双子と一緒に大きなベッドで寝たほうがいいというものだった。その隣には、デイヴィッド・ダニエルが寝ている長椅子がある。

ルーカスは断固として反対だった。テイラーは自分と一緒に寝る。それで決まりだ。

「部屋を仕切るドアを開けておけばいい」

「双子のどちらかが目を覚まして泣きだしたら？」テイラーは尋ねた。

「そうなっても、ちゃんと聞こえる」ルーカスは請け合った。

ハンターはにやりとした。「おれも気がつくだろう。まだ幼いが、テイラー、あのふたりのやかましさといったらないぞ。体を洗っていたときの声が聞こえなかったか？　ロビーまで届きそうな騒ぎだった」

テイラーは疑わしげだった。ハンターはあきらめてルーカスを振り返り、用事があることを思い出させた。ルーカスはちゃんと憶えているといって立ちあがると、双子のひとりをテイラーに渡し、別れのキスをした。

「どこに行くの？　もう十時過ぎよ」

ルーカスは答えなかった。ハンターはふたり目をテイラーに渡すと、その鼻をつまんで、もうひとりにウィンクした。それからルーカスにつづいてドアに向かった。

「ロスさん、どこに行くのか教えてもらえないかしら？」

「ドアに鍵をかけるんだ、テイラー。だれが来ても開けるなよ」

テイラーはもぞもぞ動く双子を抱っこしていたので、追いすがって問いつめることができなかった。

双子をベッドに寝かせて毛布をたくしこんでやると、忍び足で部屋を抜けだした。だが自分の部屋のアルコーヴに着いて振り返ると、双子がすぐ後ろにいた。

双子がしまいに寝つくまで、同じことが三回繰り返された。アリーが眠ると、ジョージーもすぐに眠りに落ちた。

それからいくらもたたないうちに、ヴィクトリアが部屋に来た。テイラーが入浴しているあいだに、テイラーはナイトガウンとローブを着ると、長椅子の隣に置いてある椅子に座って髪を梳《と》かしながら、それまでの情報交換をした。テイラーは一部始終を話し、とりわけシャーリーンと長椅子に寝そべっていた人でなしのことをくわしく語って聞かせた。ヴィクトリアは案の定、怒りをあらわにした。

「どうして当局に知らせなかったの？」彼女は尋ねた。

「肝心なのは、姪たちをそこから連れだすことだからよ」テイラーはつづけた。「それに、わたしはデイヴィッド・ダニエルも手放さないつもりなの。実の母親でないなら、当局がよそに連れていくかもしれないでしょう。そんな危険は冒せないわ」

「罪深い連中は、その報いを受けるべきだわ」ヴィクトリアはいった。「それで、ボーダー兄弟はどうしたの？　ふたりは楽しい運命をたどるかしら？」

テイラーはかぶりを振った。「逮捕されたら、ふたりは裁判にかけられる。そうなったら、新聞に書き立てられるわ。もちろん双子のことやわたしの名前も出るでしょう」

「マルコムね」ヴィクトリアはささやいた。「あの人のことが心配なんでしょう？」

テイラーはうなずいた。

「シンシナティは、ロンドンからとても離れたところよ、テイラー」

「ええ、たしかにそうね。ヴィクトリア、あなたならどうする？」

ヴィクトリアは即答できなかった。「ルーカスはなんて？」

「ルーカスには、マルコムのことをまだくわしく話していないの」

「それはわかってる」ヴィクトリアはいった。「でも、ボーダー兄弟のことは？　ルーカスは、ふたりが報いを受けなくてもいいと思っているの？」

テイラーは居ずまいを正すと、ブラシを膝に落としてささやいた。「ルーカスとハンターは、アパートに戻ったわ」

「どうして？」

「ボーダー兄弟を待ち伏せするためよ」テイラーは答えた。「ああ、大変なことになるわ」

「ルーカスなら大丈夫よ。ハンターもそう。この件はもう、あなたの手を離れたの。あのふたりなら、きっとボーダー兄弟を当局に突きだしてくれるわ」

テイラーは、ルーカスやハンターが警察を巻きこむとは思えなかった。自分たちだけで決着をつけるつもりだ。ふたりとも、そんな目をしていた。

「ボーダー兄弟は、今夜戻らないかもしれない」ヴィクトリアがいった。「あなたの取り越し苦労じゃないかしら」

「明後日にはシンシナティを離れないといけないから、必要なものを買う時間が一日しかないわ」

ヴィクトリアは急に話が変わって面くらった。「……ええ、そうね。あなたが書きだしてくれたものはぜんぶ買ったけれど」

「子どもたちに、靴が必要よ」

「明日買いましょう。テイラー、ルーカスになんていうつもりなの？」

「ルーカスは約束を果たしてくれたわ」テイラーは答えた。「たぶん、明日には出発するでしょう。本人にもそうしてというつもりよ」

ヴィクトリアはあきれて天を仰いだ。「三人の子どもを抱えて途方に暮れるあなたを、ルーカスがほんとうに置いていくと思う？　わたしはそうは思わない。そんなふうに思うなんて、自分を欺《あざむ》くにもほどがあるわ」

テイラーは肩を落とすと、小声でいった。「あの人はこんなふうになることを少しも望んでいなかった。結婚すらしたくなかったのに」

「結婚は本意ではなかったかもしれないけれど、ルーカスがあなたに惹かれているのはたしかよ。そんなにぎょっとしないで、テイラー。あのまなざしに気づいてないの？」

「それは、〝法律違反でなければその首を絞めてやる〟といわんばかりのあのまなざしのこと？」

ヴィクトリアはほほえんだ。「そんなまなざしを何度か見たことは認めるわ。人を雇う話はどうするの？　料理人と子守とメイドをひとりずつ雇いたいといってたでしょう。そんな時間があるかしら？」

テイラーはかぶりを振った。「広告を出す時間がないわ。当面は、わたしたちだけでやっていくしかないわね。たぶん、リデンプションでよさそうな人が見つかるんじゃないかしら」

その見こみは少しも当てにならなかった。二ブロック四方の町に、料理人として働いてくれる人がいるわけがない。

ヴィクトリアも同じような考えだった。「実は、お料理の作り方がたくさん載っている本を一冊買ったの」彼女はいった。「それほどむずかしくはなさそうよ」

ふたりはさらに、今後ぶつかりそうな問題について話し合い、シンシナティで買っておくものを書きだした。そして真夜中になるころ、ヴィクトリアは子どもたちを朝食に連れていくのを手伝うといって、自分の部屋に戻った。

テイラーはボーダー兄弟のことが気になって、寝るどころではなかった。彼女はやられたらやり返すたぐいの女性ではなかったが、ボーダーたちの商売を終わらせることは自分の義務だと考えていた。なんとかしなければ、ほかの子どもたちにまた危険がおよぶことになる。うまい計画を思いついた。

ルーカスはほどなく戻ってきた。テイラーが机に向かって、熱心になにかを書いている。彼のほうをほとんど見ようともしない。

テイラーを見ていると、心が洗われる気がする。いまならじろじろ見てもなんとも思われない。そう思って、彼はほほえんだ。礼儀作法を心得た男になるつもりはなかった。かまうものか。ついさっきまでいたところは、街の掃きだめだった。まさにこの世の地獄だ。あの薄汚れた場所でボーダー兄弟を見たときは、悪魔だと思った。

だが、いまはようやく天国までたどり着いた気分だった。テイラー。波打つ金髪に魅力的なブルーの瞳。しかめ面さえ愛おしい。

体が震えるほど彼女がほしかったが、そうするかわりに入浴した。居間に戻ると、テイラーはなおもなにかを書く作業に没頭していた。

彼の体は、まだテイラーを欲していた。今夜彼女に触れてはならない理由を十以上挙げてみる。最後に思いついた理由が、いちばんたよりなかった。もう真夜中過ぎだ。テイラーはくたびれている。睡眠が必要だ。

そんなことは関係ない。部屋を横切るころには、ルーカスはこれからなにが起こるか悟っていた。必要なのは、妻の同意を得ることだけだ。

「なにをしているんだ？」ルーカスは尋ねた。

テイラーはペンを置いて彼を見あげた。「広告の文章を書いていたの。ビリーとサイラス・ボーダー兄弟の逮捕および有罪判決につながる情報を提供してくれた人に、五千ドル払うと」

ルーカスはかぶりを振った。「やつらの仲間なら、ずっと少ない金額であの兄弟を売るはずだ」

「それはわたしも考えたわ」テイラーはいった。「銀行にそのお金を預けて、当局のどなたかに支払いをお任せするつもりよ。それで一生逃げまわる羽目になれば、いい気味だわ」

「やつらは、もう二度と面倒を起こさない」

テイラーはさっと立ちあがった。「なにがあったの？」

ルーカスは肩をすくめた。ビリーとサイラスが死んだことは話さないつもりだった。今夜あったことを知ったら、テイラーは怯えてしまうかもしれない。心優しい彼女には理解できないだろう。あれは、公正な戦いだった。わざわざそうなるようにしたのだ。しまいにサイラスがハンターを背後から撃とうとしたので、彼がサイラスを撃ち、ハンターはビリーを撃った。問答無用で殺すこともできたが、ハンターはビリーが銃を抜くのを待って、その黒い心臓の真ん中を撃ち抜いた。

ルーカスは、もう人間のくずどもの話はしたくなかったし、思い出したくもなかった。

「ふたりはいなくなった」

「この街を出たということ？」

ルーカスはその答えをしばらく考えなくてはならなかった。この街は出ただろう。おそらく、ふたりの魂はもう地獄に行き、体はハンターが埋めた場所で腐りはじめている。

「そんなところだ」

テイラーは両手を腰に当てた。「今夜なにがあったか、正確に教えて」

「ハンターとおれが片をつけた。それだけわかっていれば充分だろう、テイラー。疲れたか？」

「いいえ。でも――」

「よかった。もうベッドに入ろう」

ルーカスはテイラーの手をつかんで、アルコーヴに引っぱった。裸足《はだし》で、シャツを着ていない。

彼の背中は広くて傷ひとつなく、しっかりと日焼けしていた。その肌が温かいことはもう知っている。テイラーはその考えを打ち消そうとした。息が苦しい。

ルーカスはベッドの横で立ち止まって振り向いた。ズボンのボタンを留めていない。その開いたところに、黒い毛が渦巻いているのが見えた。

テイラーの頬はかっと熱くなった。最初に頭に浮かんだことをいった。「そんな格好でうろうろするのはやめて。風邪を引くわ。寒くないの？」

ルーカスがローブの結び目に手を伸ばした。「いいや。むしろ、暑いくらいだ」

ローブを脱がされると、体のなかがかっと熱くなった。

「疲れたでしょう」だしぬけにいった。「少しも」

ルーカスは首を振った。

テイラーは眉をひそめて彼を見あげた。「わたしは疲れていないし、あなたも疲れていないなら、どうしてベッドに入るの？」

ルーカスはテイラーに自分で答えを考えさせて、入口のカーテンを閉めた。それが終わると、アルコーヴはふたりだけのひそやかな空間になった。

テイラーはベッドに腰をおろすと、部屋履きを脱いでふたたび立ちあがった。

それから子どもたちの様子を見に行こうとしたが、ルーカスのそばを通りすぎるときに引きとめられた。「もうおれがたしかめた。三人一緒に、ベッドでぐっすり眠っている」

テイラーはうなずくと、ベッドに入って枕を整え、上掛けを引っぱりあげて、ルーカスにほほえんだ。

ルーカスもベッドに入った。「明かりを消すのを忘れているわ」テイラーはささやいた。

「忘れたわけじゃない」

ルーカスは、妻が燃えあがるところを見たかった。満たされたときの瞳をのぞきこみたい。だが、そのことを当人にいうのは賢いやり方とは思えなかった。テイラーは、もう充分にぴりぴりしている。両手をしっかりと組み合わせているのがその証拠だ。

頭をかがめてキスしようとすると、テイラーは顔をそむけた。「ロンドンでの舞踏会を憶えてる？」

ルーカスは不意を突かれて体を引いた。「ああ、憶えているとも。おれたちが結婚した日だ」

「あのとき、あなたの腹違いの兄がはったりで、わたしと親密な仲だったとあなたにいったでしょう。憶えてるかしら?」

ルーカスは眉をひそめた。どうしていまごろそんなことを持ちだすのか見当もつかないが、最後まで付き合わなくてはならないことはわかる。「ああ、それも憶えている」

テイラーは彼に向きなおった。「あれは嘘よ」彼女はささやいた。「あの人は、わたしの体に指一本触れてないわ。そんなことをした男性はひとりもいない。それだけは知っていてほしかったの」

ルーカスは優しくほほえんだ。自分は処女だといおうとして、顔を赤らめているテイラーがいとしかった。「そんなことはわかっている」彼はささやきかえした。

「そう、よかった……」テイラーは、長いため息をつくようにいった。

ルーカスは彼女のウエストに腕をまわして、耳たぶをそっと噛みはじめた。

「なにをしてるの、ロスさん?」

「〝厄介なこと〟さ」

ルーカスが含み笑いを漏らしながら、濡れた唇を喉に滑らせてきた。息が苦しい。そんなばかげたことはやめてほしいと思いながらも、彼がもっと探索できるように首を傾けた。ほんとうは笑うようなことではないはずなのに。いま愛を交わしたら、ほんとうに厄介なことになる。裁判所に結婚の無効を申請しても、まず認めてもらえない。そうでしょう? そもそも、認めてほしいと思ってるの? それじゃ離婚は? どちらかを望んでいるの? まったく、もうとっくに厄介なことになっている。

真実に顔をぴしゃりとたたかれたのはそのときだった。厄介な状況を作りだしている原因は、ルーカスでなく自分だ。それはひとえに、彼に恋をしてしまったから。

テイラーは不意に、自分がいやでたまらなくなった。まだ懲りていないの？　また傷つかなくてはわからないの？　男性は、信頼できない――ルーカスを除いて、と心の奥底でささやく声がした。ルーカスなら信頼できる。でも、だからどうだというの？　それに、結婚していることを自覚するたびに吐き気を催してしまいそうな人を、どうして愛せるの？

テイラーはルーカスに向きなおった。両手を横におろして、なにもしないでというつもりだった。彼のことはほしくもないし、必要でもない。威厳を保って、感情を込めてそういえば、自分でもそんなふうに思えそうな気がした。

「ロスさん？」

ルーカスは彼女の顎に手を添えて上を向かせた。彼の唇がすぐそこにある。「なんだ？」彼の声はひどくしわがれていた。

テイラーは不意に彼のキスがほしくてたまらなくなった。一度だけ。一度だけキスしてもらったら、それで終わりにしてといおう。

「一度だけよ」彼女はささやいた。

ルーカスの唇がかすめた。「一度だけ、なにをするんだ？」

テイラーはいおうとしていたことを忘れた。ルーカスの瞳がこんなにも美しいせいだ。彼のひたむきで熱っぽいまなざしは、あらゆる考えをなすすべもなく奪ってしまう。彼を見つめ返すしかない。

キスしてくれたらいいのに。そう思ったところで、質問されたことを思い出した。「一度だけキスして」また忘れてしまう前にいった。

ルーカスはテイラーを仰向けに横たえて、その上にかぶさった。テイラーをつぶさないように両肘をついて体を支え、彼女の瞳をのぞきこんだ。

「それから?」彼は尋ねた。

「それからって?」

テイラーが集中できずにいるのを、ルーカスは楽しんでいた。彼女を戸惑わせていることはわかっていた。硬くなっているものを感じているのだろう、顔を赤くしている。彼の下半身は、テイラーの太腿のあいだにあった。ナイトガウンが腰のあたりまでたくしあがっている。テイラーはガウンをおろそうとしながら、つとめて身動きしないようにしていた。そう、感じているのだ。テイラーの体が熱くなっているのを感じて、ますます体が硬くなる。欲望が痛みと混ざり合い、彼女のなかに自分をしっかりうずめたいという衝動で体が疼《うず》いていた。

「一度だけキスして」テイラーはささやいた。「それから——」

ルーカスの唇がその言葉を封じ、すっかりわがものにした。彼の唇は、体のほかの部分と同じくらい硬くて熱い。テイラーは喉の奥で低くうめくと、彼のウエストに両腕を巻きつけ、ウエストバンドに爪を突き立てた。ルーカスがうなり声で応える。これほど気持ちを昂らせる声は聞いたことがなかった。

彼のにおい、味、指先に感じる熱い肌の感触、すべてが好きだった。女性ひとりくらい簡単に押しつぶせるくらい力が強いのに、その力強さは抑えて、触れるときはたとえようもなく優しい。その力に包まれていると、心が安らいだ。

彼は口で、舌で、両手で求めてきた。くるおしい愛撫に身をまかせていると、この世でもっとも大切なものになったような気がする。奔放でみだらな女性になったような気もした。そして、力がある。彼はあらゆる愛撫に反応した。指先で肩をかすめただけでうめいている。彼の下で体を動かすと、キスはますます激しくなり、さらにしっかりと抱き寄せられた。

ルーカスがもっとほしかった。彼は背中にまわしてあった手をはずすと、ナイトガウンの袖を引っぱり、もう一度つかまるようにとしわがれた声でいった。唇が離れたのでなにかいおうとすると、もう一度キスされた。じらされるのがもどかしい。このままいつまでもキスしていたかった。しまいに唇を離されたときには、荒い息づかいでしがみついていた。

ルーカスの様子もたいして変わらなかった。たったいま山道を駆けのぼったようにぜいぜいと息をついている。

まるで、日だまりを漂っているような心地だった。心配ごとなど、ただのひとつも思いつかない。欲望に身をまかせていると、この世に不安なことはなにもないという気分になる。ルーカスのおかげだ。一度キスしただけで、のぼせあがってしまう。

ルーカスの探索はまだ終わっていなかった。彼の唇が首筋からとくとくと脈打つ喉元にしばらくとどまり、それからさらに下に動いていく。ため息が漏れて、目を閉じてされるにまかせた。

ルーカスはゆっくりやろうと決めていた。一緒に絶頂のひとときを味わいたいが、なにより怯えさせたくない。テイラーのナイトガウンはもう脱がせたが、自分はまだズボンをはいたままだ。テイラーは自分が素裸になっていることにいつ気づくのだろう。早いよりは遅いほうがいい。彼女には、欲望で同じくらいわれを忘れてもらいたかった。やめてといわれればやめるつもりだが、そんなことは考えたくもない。体はもう燃えるように熱くなっている。願いはただひとつ、彼女に締めつけられるのを感じながら達することだけだった。テイラーはきつくて、熱く濡れているだろう。ここ数週間ずっと想像してきたように。

切なくなって、思わず低くうめいた。

これほど柔らかくてなめらかな肌に触れたのははじめてだった。隅々まで余さず味わいたい。それに、なんともいえないいいにおいがする。彼はテイラーの首の付け根に顔をうずめて甘やかなにおいを吸いこみながら、少しずつ体を下にずらした。

胸と胸が重なり合うと、テイラーははっとあえいで、両腕を彼の首に巻きつけてさらに自分に近づけた。密生した黒い胸毛が乳房をくすぐる。彼の熱い肌を感じて、乳首が固くなった。体の奥から熱いものが一気に広がる。乳房の重苦しい感触をなんとかしてほしくて、ルーカスの体の下で落ち着かなげに動いた。

ルーカスは彼女が求めているものをわかってくれているようだった。肩から両手を滑らせ、それぞれの手で左右の乳房を包みこむと、親指の腹でゆっくりと敏感な乳首を撫ではじめた。

テイラーは小さく叫び、彼の肩胛骨《けんこうこつ》に爪を突き立てた。ルーカスは低くうなると、さらに下に動き、胸の谷間にキスの雨を降らせた。テイラーの肌は敏感そのものだった。一日分伸びた彼の無精ひげのちくちくとした感触が、このうえなく気持ちいい。このままではベッドから落ちてしまいそうだった。彼女は体を反らして、やめないでと無言でせがんだ。

これ以上気持ちいいことはないと思ったのに、彼の口が片方の乳首をくわえて吸いはじめると、呼吸すらできなくなった。強烈な快感になすすべもない。このままでは間違いなく死んでしまうと思ったとき、ルーカスが離れた。

彼はベッドからおりて振り向き、テイラーと長いあいだ見つめ合った。テイラーの瞳は陶然としてブルーがぼやけ、唇は腫《は》れぼったくなり、肌も赤みを帯びている。これほど魅惑的な女性がいるだろうか。

なにがあろうと、ふたりの愛の営みは素晴らしいものになるだろう。だが、ルーカスはテイラーのために完璧な夜にしてやりたかった。そう、テイラーだけのために。彼女にも、同じくらい激しく求めてほしい。処女とベッドをともにしたことがないから、相手がそんな気持ちになるまでどれくらいかかるのかよくわからないが、とにかく燃えあがらせて、その情熱を感じてもらいたかった。

あとは、テイラーの準備が整うまで待つだけだ。ルーカスは震える手でズボンのボタンをはずした。

テイラーは彼の顔から目をそらせなかった。焼けつくようなまなざしで見つめられて、心臓がますます激しく脈打っている。体じゅうのあらゆる細胞が彼に反応していた。夜の空気は寒いくらいだが、体のなかに広がっていた温かいものが下におりて、女性の中心があるところに集まろうとしている。ナイトガウンも毛布もまとっていなくて、恥ずかしくて当たり前なのに、そうは思わなかった。しわくちゃのシーツに仰向けに横たわり、少しもはにかむことなく夫を見あげた。

たしかに、未知のものは怖い。だから、はじめはルーカスの顎より下を見なかった。ルーカスの裸体なら見たことはあるが、あのときは後ろからだった。前からは見たことがない。

そのうち、好奇心がまさった。テイラーは視線をそろそろとルーカスのウエストまでおろした。黒い毛がズボンのV字型の開口部から飛びだしている。それからルーカスは前かがみになって彼女の視線をさえぎり、ズボンを脱いだ。

そして、ふたたびベッドに入った。テイラーは両脚を閉じておこうとしたが、ルーカスが許さなかった。太腿のあいだに膝を入れて、テイラーが逃れる前にふたたびかぶさり、両腕で彼女を抱いてしっかりと固定した。硬くなったものが骨盤に当たるのを感じて、テイラーのなかで喜びと不安がせめぎ合っていた。とても大きなものだ。口のなかがからからになった。彼女は体をこわばらせたまま、左右に置いた手を握りしめ、目をぎゅっと閉じて、来たるべき痛みを待った。

しばらく待ったが、ルーカスはまだ動かなかった。彼の体に温められて、テイラーは少しずつ力を抜き、ふたたび息を吸いこんで目を開いた。

ルーカスが両肘で体を支えて、じっと見おろしていた。彼は自分自身をティラーに押しつけて、信じがたいほど高まる欲望に歯を食いしばって耐えていた。

　だが、ティラーは彼のまなざしを見て、優しいとしか思わなかった。そして急に胸がいっぱいになって、手を伸ばして彼の頬を撫でた。その手のひらにキスされて、にわかに震えるほど彼がほしくなった。もう一度、唇に激しくキスしてほしい。舌を使って、それから……。

「いいのよ……」

　ティラーはそこまでささやくと、あとは瞳をのぞきこんでわかってもらおうとした。

　ルーカスは頭をかがめて彼女の額にキスした。「なにをしていいというんだ？」ひどくざらついた声を聞いて、ティラーはますます彼がほしくなった。

「キスしていいのよ」息を弾ませていった。

　ルーカスは唇を斜めにふさぎ、ティラーは唇を開いて応じた。彼の舌がなかを探り、味わい、快感を与えてくれる。ティラーは彼の首の後ろに両手を伸ばし、なめらかな髪に手を潜りこませた。彼と離れたくない。ティラーは思わず舌で応じて、自分だけでなく彼も驚かせた。

　それからキスはいよいよよくおしくなり、ふたりは激しく求め合った。

　ルーカスの手がふたりのあいだに入ってきた。乳房を愛撫して、さらに下へ。へそのまわりを円を描くようにたどられて、ティラーは本能的に体を動かして応えた。

　それからキスで唇をふさいだまま、ルーカスは手をもっと下に滑らせて、いちばん触れたかった場所を探りあてた。彼の指は太腿の付け根にある柔らかな茂みに分け入り、純潔を守るなめらかな花びらをたどって、敏感な花芯を愛撫しはじめた。

テイラーは声を出せるものならわめいていただろうが、そうするかわりに低いすすり泣きを漏らした。彼の魔法のような指の動きに合わせて、みだらに体を動かさずにはいられない。わけがわからなくなった。体を弓なりに反らしてさらに求め、爪を肩に突き立て、彼の名を低い声でつぶやく。

テイラーの奔放な反応を目の当たりにして、ルーカスも自制心をなくした。彼はいまや荒々しく動いて、テイラーの髪をつかんで上を向かせ、唇をふさぎ、舌を差しこむのと同時に彼女の硬い鞘《さや》を指で貫いた。濡れている。われを忘れて、テイラーの悲鳴を口で受け止めた。痛いのはわかっていた。

指を抜くと、ふたたびめまいのするようなキスをしてなだめようとした。それから、テイラーがそれと気づく前に体を下にずらして、今度は彼女の中心にキスをし、舌と唇で愛撫した。くらくらする味だ。テイラーは身をよじり、つらく甘い責め苦をやめるように懇願した。ルーカスはやめなかった。舌で彼女を駆り立て、耐えきれないほど燃えあがったテイラーから早くしてと懇願されてはじめて、完全にわがものにしようと体を元の位置に戻した。テイラーの太腿のあいだに膝をついたが、すぐには入らず、両手をとって、いきり立ったものに導いた。テイラーは低い声を漏らした。彼の喉の奥から漏れるしわがれた音は生々しい歓びに満ちていて、まるで全能の力を与えられたような気がする。さらに彼の男性自身をさすり、握りしめた。指先で先端部分に軽く触れると、少し湿っている。そこに頭を近づけて、口で味わった。

ルーカスは危うく、その場でいってしまいそうになった。柔らかな唇が彼自身を包みこみ、ちろちろと舌先で先端をかすめている。だが、いまはテイラーの口のなかで達するわけにはいかない。たとえ、そうすることで死ぬような思いを味わおうと、テイラーを満たすのが先だ。

ルーカスの動きはもっと荒々しく、衝動的になった。彼はテイラーを押し倒して仰向けにすると、腰を持ちあげ、挿入する前に自分を見るようにテイラーにいった。

「おれたちはもう家族だ、テイラー。きみはおれの家族だ。いいな?」

テイラーは彼の体に両腕をまわして引き寄せようとした。「愛して、ルーカス。お願い……」

それでも、ルーカスはためらっていた。「いいのよ」テイラーがいう。

「痛い思いをさせて、すまない……すまない……」

ルーカスはテイラーに、長く激しいキスをした。それから舌をからませて、そろそろと彼女の硬い鞘に入った。だめだ。優しくしたいのにできない。体が早く根元まで入れろとせっついている。その原初の本能の前では、なすすべもなかった。さっきいいのよといわれたときから、抑えはきかなくなっている。

彼はひと突きしてテイラーの処女の防壁を破り、とうとう自分自身をうずめ、彼女の悲鳴を口で受け止めた。それから、そんなことができるとは思えなかったが、さらに深々と沈めた。テイラーにすっかり包みこまれていた。信じられないほどきつい。あまりの快感に、死んでしまいそうだった。

テイラーは焼けつくような痛みに貫かれて、ルーカスに体を引き裂かれたのだと本気で思った。痛くて涙が出てくる。それでも、短いあいだに痛みはやわらいでいた。鈍い違和感が残ったが、ルーカスのキスで涙を拭われ、きれいだと優しい言葉をささやかれると、あらゆる痛みはすぐに薄れてしまった。

ルーカスはテイラーが慣れる時間を置こうとしたが、その決意は数秒でうち砕かれた。テイラーが落ち着かなげに体を動かし、肩を撫でている。さざなみのように打ち寄せてくる快感を味わいながら、ゆっくりと体を引き、ふたたび突き戻した。愛の営みはしだいに力強さを増し、速まっていった。テイラーのなかに自分自身を沈めるたびに、歓びが深まっていく。彼はなにもかも忘れて、テイラーを絶頂に導き、自分ものぼりつめることだけに集中した。テイラーの両腕はしっかりと首に巻きついている。両脚を腰にからませてやると、テイラーも一緒に動きはじめた。ルーカスが引くとテイラーが体を反らせる。愛の美しい儀式はしだいに荒々しくなり、ふたりは夢中で、完璧に調和して動いた。ルーカスの突きはさらに激しさを増していった。絶頂は近い。テイラーにも一緒にのぼりつめてほしくて、つながり合った体のあいだに手を伸ばし、彼女のなめらかな襞《ひだ》のあいだにある花芯を愛撫した。テイラーは体を巻きつけ、彼の名を叫んでいる。しまいに彼女がわなないて砕け散ってはじめて、ルーカスはみずからを解き放った。

絶頂の快感は強烈で、天国に行ったかと思うほどだった。彼はテイラーの首の付け根に頭をつけ、喉の奥で低くうなった。心臓が激しく脈打っている。立てつづけに息を深々と吸いこんだ。自分が弱くなったような、それと同時に強くなったような気がする。矛盾しているが、つじつまを合わせたいとは思わない。なぜなら、これまで、頭のなかで思い描いてきた空想より、現実のほうがはるかにいいとわかったからだ。

テイラーが、完璧にしてくれた。

テイラーは、星まで届いたように思った。いまはふわふわと地上に降りてくるところだ。こんな激しい情熱があるとは思わなかった。すっかり圧倒されて、茫然としている。夫にしがみつき、その力強い腕に抱かれて、信じきって身をゆだねた。鼓動が落ち着いてくると、彼女は深々と息を吸いこんだ。

ふたりは満たされ、くたくたになって、長いあいだ抱き合ったまま、たがいの鼓動に聞き入った。最初に力を振りしぼって動いたのはルーカスだった。大きくうめいてごろりと仰向けになったが、テイラーを離せなくて、彼女と一緒に転がった。目を閉じているテイラーを見つめずにはいられなかった。なんと美しい女性だろう。まつげがこれほど長いことにこれまで気づかなかったのは、魅惑的なブルーの瞳に気をとられていたせいだ。染みひとつない肌は、えもいわれぬ金色を帯びている。そう、文字どおり非の打ちどころがない。ふっくらとした唇を見ると気になって、なにかせずにはいられなくなってしまう。親指でしっとりした唇を撫で、顔を上向かせてキスをし、彼女の味と柔らかさをふたたび堪能した。

唇が離れると、テイラーは目を開けてルーカスを見た。彼の優しさに心が揺さぶられて、涙がぽろぽろと頬を伝った。愛の営みは素晴らしいと、ルーカスも思ってくれたかしら？　同じように感動してくれたかしら？

祖母はこの営みを〝交わり〟といっていた。あのときはそのまま信じたけれど、いまならほんとうのことがわかる。あれは、ただの〝交わり〟などではない。ルーカスと愛し合うのは、純粋で、喜びにあふれて、心が満たされる行為だ。こんな素晴らしい体験は、間違いなくはじめてだった。大切な思い出として、いつまでも思い返すことになる……。

ルーカスは涙に気づいて、たちまち気づかわしげな表情になった。「まだ痛むか？」

テイラーはかぶりを振ると、ルーカスにすり寄り、目を閉じてささやいた。「美しかった」

ルーカスは誇らしい気持ちでテイラーをしっかりと抱きしめた。「そうだな」それから、大きなあくびをして付けくわえた。「完璧だった」

ルーカスはほどなく、ほほえみを浮かべて眠りに落ちた。

テイラーはまだ快楽の余韻のなかをしばらく漂っていたが、しまいに現実に戻った。新たな心配ごとがつぎからつぎへと浮かんでくる。その根幹にあるのは、彼に恋をしてしまったというはっきりした自覚だった。弱みを作ってしまったことが怖くてたまらない。三人の子どもたちを抱えた身で、感情に左右される余裕はないというのに。

強くならなくては。テイラーはその決意を心のなかで何度も繰り返しながら、ベッドから出て洗面室に向かった。ベッドに戻ると、ルーカスに触れずにすむようにベッドの端に横になり、ルーカスにいつまでも抱きついていたいという衝動と闘った。ああ、彼にもたれて、重荷を少しでも分かち合えたら。どうすればいい母親になれるのか、見当もつかなかった。母親として当たり前のことがおそらくなにひとつ身についていないし、子どものころに赤ん坊を抱いたことも一度もない。経験のなさを想像でおぎなううちに、なにかとんでもない間違いをしでかして、姪たちの人生を台なしにしてしまうかもしれない。それはデイヴィッド・ダニエルについても同じだった。ただ癒してやるだけでは足りない。あの子には、自分は価値ある人間だと自覚してもらわなくては……。そうした自尊心を、女手ひとつではぐくめるかしら？　それにはどうすればいいの？

　ルーカスにもたれて彼の強さをいくらか分けてもらいたいけれど、それはできない。三人の子どもたち全員をルーカスにまかせるのは簡単だ。彼は高潔で、子どもたちに背を向けられない人だから。そんなことを頼むわけにはいかない。ルーカスはもともと、家族を持つことはもちろん、結婚することさえ望んでいなかった。彼は一匹狼《いっぴきおおかみ》で、自由気ままに生きることを望んでいる。それに、もう充分に――充分すぎるほど責任は果たしてもらっている。ボストンに到着したときに立ち去ることもできたのに、彼はとどまって姪たちを捜すのを手伝ってくれた。ほかの男性ならあきらめるか、当局に問題の解決をゆだねるところを、粘り強く捜してくれたのだ。白馬の王子のように高潔な人。だからといって、その親切に甘えるのは間違っている。これからは、自分ひとりでなんとかしなくてはならない。子どもたちを育てるのは、こちらの責任なのだから。

　ルーカスの近くで暮らしたいと思うのは間違いかしら？　〝贖罪《リデンプション》〟。それは安全地帯を意味する言葉だった。そしてルーカスは、心の拠りどころになっている。彼を罠《わな》に陥れたくない。

そう、もちろんそんなことはできない。でも、いちばん考えなくてはならないのは子どもたちのことだ。もし女の手に余るような問題が生じたら、ルーカスに助けを求められるようにしておきたかった。ルーカスには好きなように山で暮らしてもらってかまわない。妻を残していくことは特に珍しくもないことだ。ダニエル・ブーンは、数年も家を空けることがあったが、本で読んだかぎりでは、ブーンの妻は愚痴ひとつこぼさなかったという。ふたりのあいだには子どもがたくさん生まれているから、ダニエルはときどきうちに帰っていたのだろう。

離婚――それは苦い味のする言葉だった。そう、ダニエル・ブーンは妻を置いて出かけたけれど、かならず戻ってきた。妻が必要だったから。

でも、ルーカスは違う。テイラーは目を閉じ、涙をこらえた。白馬の王子を自由の身に戻さなくてはならない。

ルーカスは、またテイラーの上になったまま目を覚ました。夜明けより少し前で、ふだんなら起きだす時間だが、けさはなかなか頭がはっきりしなかった。みだらな夢を見ていたのだろうと思って、テイラーの首筋に鼻をすりつけたが、テイラーに触れて夢を夢と思えなくなった。なにも着ていない。自分もだ。両手で彼女の乳房を包みこむと、乳首が真珠のように固くなった。体をずらしてそのひとつを口に含むと、テイラーは小さくうめき、両脚を彼の脚にからめて落ち着かなげに動きはじめた。もう片方の乳房にキスして乳首を吸いながら、両手を体の脇のくびれに滑らせる。テイラーの腹は平らで、肌はシルクのようになめらかだ。さらに腰から太腿の外側へと指先を滑らせ、太腿の付け根の湿った茂みに移る。そこで敏感な花芯の周囲を繰り返し円を描くように指でなぞり、テイラーがうめいて身をよじりだしてはじめて、いちばん感じやすい部分を愛撫した。テイラーが体を弓なりにして、歓びの声を漏らしている。そのまま、彼女が濡れて、早く来てとすすり泣くような声でせがみだすまで、甘い責め苦をつづけた。

テイラーがすっかり目を覚ましているかどうかはわからなかった。そんなことはどうでもいい。両脚のあいだに体を入れると、彼女がいきり立ったものに触れてきた。ここでひとつになれなければ死んでしまう。あのきつい壁に包みこまれ、最後まで絞り取られたくて、体が燃えるように熱くなっていた。

彼はテイラーをしっかりと抱くと、唇をふさいで一気に貫いた。そして自分自身をすっかりおさめ、ずきずきするような激しい快感が広がるのを感じてようやく、テイラーを痛めつけていることに気づいた。それまでは自分の欲望に目がくらんで、微妙な変化を読みとるどころではなかった。

テイラーが肩をつねって、痛いといっている。

ルーカスは即座に動きを止めた。テイラーが逃れようとしたせいで広がる信じがたいほどの快感に、いっとき歯を食いしばって耐えた。離れることはできそうもないが、離れなくてはならない。いったい、なにを考えていたんだ？　もちろん痛いに決まっている。テイラーは処女だった。はじめての夜から、まだ一日もたっていない。

彼は大きく息を吸いこむと、頭と体が少しでもいうことを聞くことを祈りながら、テイラーのなかにあるものを引き抜こうとした。だがテイラーは両脚を彼の腰に巻きつけ、引き戻した。

ルーカスは彼女の肩に顔をうずめた。「なにもしないでほしいなら、離してくれ」

この状況では、理にかなった言い分だと思った。テイラーは両腕を彼の首にまわして、耳たぶにキスした。

「ルーカス……」そのささやきは、ルーカスには誘うように聞こえた。

テイラーは、両手を彼の肩に滑らせた。曖昧《あいまい》な意思表示をしていることはわかっていた。さっきと違うのは、ルーカスがなんでもいうとおりにしてくれるとわかったせいだ。ふたたび彼が入ってきたときは、痛かったが快感もあった。キスと愛撫で、痛みはすぐに忘れられることもわかっている。

「離れてほしくないの」彼女はささやいた。「わたしがほしいのは……ほしいのは、ただ……」

ルーカスがなかで動いた。時間をかけてじっくりと突かれて、テイラーはため息を漏らした。「これか?」ルーカスがいう。

「ええ」

ルーカスは彼女の唇をふさいで、めまいのするようなキスをした。今度こそじっくりやろうと決めていた。たとえ死ぬような思いをしようと、優しくする。

その誓いはいくらも持たなかった。いったん彼が動きだすと、テイラーは速度を速めた。痛みはわれを忘れるような快感に置きかわっている。彼女は、心臓が止まり、甘い死を迎えるのだと本気で思った。

テイラーの奔放な反応に、ルーカスは心を揺さぶられた。彼女は同じくらい濡れた唇で貪欲《どんよく》に貪《むさぼ》り、負けじと好奇心をむきだしにして体を探索してくる。テイラーは先に絶頂を迎えて彼の名を叫び、ルーカスは締めつけられるのを感じながらみずからを解き放った。ふたりは快感のさざなみに繰り返し洗われながら、しっかりと抱き合った。

ルーカスは彼女の上にぐったりと倒れこんだ。愛の営みのにおいが空気を満たしている。ルーカスは満ち足りた気持ちだった。まだ彼女のなかに入ったままだ。引き抜くことができない。ベッドから出て、冷たい水で濡らした布を妻に持ってきてやるのが紳士というものだろう。模範的な夫がみなするように、侍女の役目を果たさなくては。

あと一分だけ、と彼は思った。そうしたら起きよう。あと一分だけ……。

ほどなく、ルーカスはいびきをかいて眠りこんだ。

テイラーは満たされて動くこともできなかった。もう起きなくては……ベッドから出て、体を洗って新しいナイトガウンを着よう。双子やデイヴィッド・ダニエルがいつ起きるかわからないし、一糸まとわぬ姿でルーカスとベッドにいるところを見られるわけにはいかない。そう、もう起きなくては……あと一分たったら。彼女は夫に体をすり寄せて、大きなあくびをした。あと一分だけ……。

15

「悲しみはうつるものとみえる」

——ウィリアム・シェイクスピア『ジュリアス・シーザー』より

「ママが、はだか」

ふたごのどちらかの声がして、テイラーはぱっと起きあがった。ジョージーだ。ふたりのうち、物怖じしないほうの。

それから、ハンターのよく響く声がした。「ほう?」

テイラーは死にたくなった。低くうめいて、上掛けで胸を隠した。ルーカスは腹這《はらば》いになって眠っていたが、居間の会話を聞きつけて目を覚まし、首を伸ばしてアルコーヴの入口を見た。ありがたいことに、カーテンはまだ閉まっている。

「おじさんも、はだか」

アリーが負けじとばかりに、その由々しい事実をしゃべった。

ハンターは笑った。「そろそろ時間だ」わざわざ充分すぎるほど大きな声でルーカスに呼びかけた。

テイラーが顔を真っ赤にするのを見て、ルーカスは笑いをこらえた。テイラーはこんなことになったのはあなたのせいよといわんばかりに彼をにらみつけている。ルーカスはそれでも笑おうとは思わなかった。そんなことをすれば、テイラーはますますかっかするだけだ。彼はあくびをして受け流すと、彼女の背筋を指先でなぞった。

テイラーがさっとベッドからおりようとしたので、ルーカスは彼女をつかまえて隣に引き寄せた。

「ズボンをはいて」テイラーはいった。「ああ、ハンターに合わせる顔がないわ」

「まずやることがある」ルーカスは彼女に覆いかぶさってキスをした。テイラーは逆らったが、それも数秒で、すぐに両腕を首に巻きつけてキスし返してきた。なかなか離してくれないのがうれしかったが、ルーカスはもう一度キスをしてベッドからおり、ズボンをはいた。

居間に行くと、ハンターのいいたいことがわかった。窓から差しこんでくる日差しの明るさからして、そろそろ八時くらいだ。

「あのぼうずが部屋に入れてくれた」ハンターはルーカスに訊かれる前に説明した。ハンターは長椅子に座って、双子がよじのぼってくるのを辛抱強くがまんしている。「まず、だれがノックしているのかちゃんと訊いてきた。しっかりしたやつだ」ハンターは感心した様子で付けくわえた。

「あの子はどこにいる?」ルーカスは尋ねた。

「いま着替えている。このふたりは少し手伝ってやらないと」ハンターは双子に顎をしゃくった。「テイラーはもう起きているのか？」

ルーカスがうなずくと、ハンターはにやりとした。「おまえ、所帯持ちに見えるぞ」

「ヴィクトリアの様子は見に行ったのか？」ルーカスはわざと話題を変えた。

ハンターはたちまち不機嫌になって顔をしかめた。「具合が悪くないかたしかめようとした。ほんとうだ。もうこの話はいいだろう」

ルーカスは笑いを嚙み殺した。「今度はどうなった？」

「ドアを開けるなり吐き気を催して、おれの鼻先で閉めやがった。いったい、どうしたんだ？」

さっきから長椅子の上で跳びはねていたアリーが、窓にぶつかって頭を割らないか心配になるくらい勢いよく跳びはじめた。ルーカスはアリーをつかまえると、おとなしくするようにい聞かせて床におろそうとしたが、アリーはじたばたして彼にしがみついた。そこでアリーを抱っこしてハンターに向きなおったが、今度はジョージーが黙っていない。ハンターの膝からおりてルーカスに駆け寄り、両手をあげて偉そうに命令した。

「抱っこ」

ルーカスはかがんで、もう一方の腕でジョージーも抱きあげた。アリーが胸毛を引っぱりだしたので、やめるように注意した。ジョージーは無精ひげに興味を持ち、触ってうれしそうに声をあげた。

「顔に書いてあるぞ」ルーカスはハンターにいった。

「書いてあるって、なにが？」ハンターは尋ねた。

「折り入って話があるんだろう」

ハンターはうなずいた。「実はけさ、賞金稼ぎ数人とばったり出くわして、意外な話を聞かされた。コールダーがカンザスシティの郊外で目撃されたそうだ。民警団と一緒に追跡したが、逃げられたらしい」

「どういうことだ？　民警団だと？　おれがイギリスに行くとき、コールダーはまたもや昇進したところだった。それが、いまやお尋ね者だというのか？　おれが留守にしているあいだになにがあった？」

ルーカスはこれまで、殺したいほど憎んでいる男の動向をつねに把握するようにしていた。コールダーを生かしているただひとつの理由は、あの人でなしが盗んだ金《きん》のためだ。コールダーをつけねらえば、いずれは金の隠し場所にたどりつける。当局を動かすには、その証拠が――コールダーが八人の勇敢な男たちになにをしたのか、世間に知らしめるための証拠が必要だった。

ルーカスの貯えは、自分のかわりにコールダーの動向を見張れないときに調べてくれる人間に支払うことで、ほとんど底を突いていた。だが、忍耐もそろそろ限界だ。ルーカスはイギリスに出発する前に、アメリカに戻ったら、あの男を狩りをするように追いつめて殺そうと決心していた。証拠などくそくらえだ。

「おれが思うに、あの変わり者の捜査官は、おまえの話を信じたらしいぞ」

「トラヴィスか？」

「金《きん》の話をしたんだろう」

「ああ」

「悪いやつじゃないといっていたな」

ルーカスはうなずいた。トラヴィスはいいやつだ。こちらの話に耳を傾け、上官に対する一方的な告発だったにもかかわらず、自分の権限で記録を書き替えてくれた。おかげで、それまで脱走兵と記載されていた八名は、ただの行方不明者となった。遺体が埋めてある場所なら憶えている。ルーカスは遺族のところに遺体を送り届けるべきだと思ったが、トラヴィスはそのままそっとしておくことを望んでいた。その問題は、まだ解決していない。

「コールダーが、ようやく金《きん》を取りに行ったんだな?」

「トラヴィスが追跡した」とハンター。

「くそ」

ルーカスは、双子がその悪態をまねして繰り返していることにも気づかなかった。

「つまり、コールダーはトラヴィスの手をすり抜けたんだな」ルーカスはつぶやいた。

「そのとおりだ」ハンターは答えた。「手助けしてくれる人間が何人かいたらしい。トラヴィスは一発撃たれたが、たいしたけがじゃない」

「金《きん》はどうなった?」ルーカスは尋ねた。

「コールダーが回収した」

ルーカスはため息をついた。まずアリーが、それからジョージーがそのまねをした。

「賞金稼ぎの連中は、おれにコールダーの追跡を手伝ってもらいたがっている」ハンターはいった。「かなりの報酬らしい。コールダーは西に向かったとやつらは見ている」

「違うとはいわなかったのか？」ルーカスは尋ねた。

「ああ」

ルーカスはうなずいた。「コールダーは北に向かったはずだ。弟のところに隠れるつもりだろう」

「シカゴだな」ハンターも同感だった。ふたりとも、コールダーの弟がシカゴに住んでいることは知っている。

「そうとも。コールダーは間違いなくシカゴにいる」

テイラーは部屋に入ってきてルーカスの言葉を聞きつけ、ふたりが関係ない話をしていたのでほっとした。うつむいてローブの腰紐を締めなおすふりをして、ルーカスに近づいた。

彼女は双子に順々におはようのキスをすると、きゃっきゃっと笑うふたりにほほえみ、ルーカスにコールダーとはだれなのか尋ねた。

「ただの知り合いだ」彼は嘘をついた。「それより、ヴィクトリアの具合がよくないそうだ。様子を見に行ったほうがいい」

「また気分が悪いらしい」ハンターが急いでいう。

ふたりが話題を変えようとしていたので、テイラーはひとまず彼らに合わせたが、いずれはコールダーという人物のことを突きとめようと思った。その名を口にしただけであんな容赦ないまなざしになるくらいだから、ただの知り合いであるわけがない。

彼女はルーカスに双子をまかせて、デイヴィッド・ダニエルがなにをしているのか、隣の部屋にたしかめに行った。

デイヴィッド・ダニエルは、感心なことにベッドをととのえようとしていた。テイラーは彼に心を込めておはようのキスをすると、その仕事を手伝った。けさの彼は無口で、とてもおごそかに振る舞っていた。テイラーはベッドの端に腰をおろすと、近くに座らせた。

「なにか気がかりなことでもあるの、デイヴィッド?」

「今日はダニエルなんだ」

テイラーはほほえんだ。「わかったわ、ダニエル。さあ、なにが気がかりなのか教えてちょうだい」

ダニエルは、その小さな胸にたくさんの心配ごとを秘めていた。そのほとんどは双子のことで、なかでも最大の悩みは食事に関することだった。ふたりはまだ小さいから、ちょくちょく食べさせてあげなきゃならない。でも、ふたりとも靴を持っていないのに、外になにかを食べに行くわけにはいかないでしょ? だれにも笑われたくないんだ。

テイラーは、朝食は部屋で食べると説明した。「これから銀行に行かなくてはならないけれど、そのあいだはヴィクトリアが一緒にいてくれる。戻ったら、みんなで買い物に出かけて、いちばん最初に靴を買いましょう」

ダニエルがまだ心配そうだったので、テイラーは尋ねた。「まだなにか訊きたいことがあるの？」

ダニエルはテイラーの手をつかんで、視線を床に落とした。「あなたをなんて呼べばいいの？」

「なんて呼びたい？」

「ジョージーはママって呼んでる。女の人を見ると、だれにでもママって呼びかけるんだ」ダニエルはつづけた。「きっとごっちゃになってるんだよ。アリーもけさ、あなたをママって呼んでた。アリーもごっちゃになってるんだ」

「ふたりにはママって呼んでほしいわ」テイラーはいった。

「それなら、ぼくもそう呼ばなきゃ」ダニエルは思わずいった。「そうしたら、ふたりとも迷わないですむでしょ？　ふたりがママって呼んでるのに、ぼくが違う呼び方をしたら……」

その切ない口調に、テイラーは胸を衝かれた。「あなたにも、ママって呼んでほしかったのよ」

「そんな年なの？　母親になるような年に見えないけど」

ダニエルの心配にはきりがない。テイラーはほほえんだ。「ええ、充分年を取っているのよ。それでいいかしら？」

ダニエルはかぶりを振った。「でも、やっぱりママって呼べないや。ぼく、もう七歳だからね。ママって呼ぶのは小さい子でしょ。ぼくは〝母さん〟って呼ばなきゃ」

テイラーはダニエルの肩を抱き寄せた。「それじゃ、〝母さん〟にしましょう」

　それは、その日最後の安らかなひとときだった。彼女がひとりで銀行に出かけるというと、ルーカスは首を振って一緒に行くといいはった。

　テイラーは急いで着替えた。スタンドカラーのまわりにレースが施された白いブラウスに、飾り気のない黒のプリーツスカート。それから髪を梳かし、うなじでまとめてリボンを結んだ。

　つんとすました女教師のような格好だったが、ルーカスはどきりとして、テイラーの着ているものを引き裂いて愛を交わしたい衝動を必死で抑えた。しとやかな彼女がどんな情熱をその身に秘めているか知っているのは自分だけだ。何層もの布の下になめらかな、金色がかった肌が隠れていることも……。

　給仕が朝食を運んできたとき、ちょうどヴィクトリアが戸口に現れた。頬をバラ色に染め、ほほえみを浮かべて、晴れ晴れした顔をしている。どうやら、つわりの症状は過ぎ去ったようだった。

　ジョージーはヴィクトリアにママと呼びかけて手を差しのべ、抱っこをせがんだ。ヴィクトリアはジョージーを抱っこすると、自分はヴィクトリアだといって、テイラーを指さしてささやいた。「あなたのママはあの人よ」

　彼女はジョージーを長椅子におろした。ハンターが窓辺に立っている。ヴィクトリアが彼にほほえみかけると、ハンターは眉をひそめた。彼女はハンターにお茶を注いでやるつもりだったが、やめることにした。

ヴィクトリアは喜んで、留守中の子守を引き受けた。ルーカスはハンターがさっさと部屋から出ていこうとするのを引きとめ、この部屋にとどまるようにいった。そしてハンターからじろりとにらまれているのに気づかないふりをして、テイラーのためにドアを開け、かっかしている友人を残して自分も部屋を出た。

ルーカスはテイラーと一緒に銀行には入らず、入口の外で待った。こんな天気のいい日に、日差しを浴びずにいるのはもったいないからだ。テイラーはひとりになれてほっとした。大金を引きだすのをルーカスに見られたら、あれこれ質問責めにされるのは目に見えている。それは、辺境に行くための旅費だった。

金を受け取るのに、ボストンの銀行から確認の電信が届くのを三十分ほど待たなくてはならなかった。それから銀行員は記録のためにテイラーのホテルの住所を書きとめ、しまいに真新しい紙幣の入った分厚い封筒を彼女に渡した。

テイラーはコートのポケットに封筒を押しこむと、ホテルまで送り届けてもらう必要はないと心配顔の銀行員にいって外に出た。

ルーカスは心ここにあらずといった様子で、ホテルまでほとんど口をきかなかった。だがホテルのロビーに通じるドアの手前で、彼はテイラーに向きなおった。

「折り入って、話がある」

「わたしに？」

「ほかにだれがいるというんだ?」

テイラーは、彼の激しい口調に目を見開いた。「いいわよ。今夜でもかまわないかしら、ロスさん」

「そうさせてもらおう、ロス夫人」

ルーカスは短くうなずくと、テイラーの手をつかんでロビーに入った。

「なにを話し合うの?」テイラーは階段をのぼりながら尋ねた。

ルーカスはわかりきったことを訊かれてあきれた。「子どもたちや、シンシナティや、おれたちの結婚についてだ。テイラー、自分がなにを背負いこんだか、多少なりともわかっているのか?」ルーカスは、その問いをするのが少々遅かったことに気づいた。「ふたりでどうするか考えないと——」

テイラーは彼をさえぎった。「そんなに心配してはだめよ、ロスさん。気苦労で老けてしまうわ」

回廊がたくさんの人で混雑していたので、つぎの階段までは人混みを縫って歩かなくてはならなかった。テイラーはポケットの封筒にずっと手をかけていた。掏摸《すり》に隙を見せるわけにはいかない。ここにいる人々はみんなまっとうに見えるけれど、ずる賢い泥棒が紛れこんでいるかもしれない。

ルーカスは三階に向かう階段をのぼりはじめて、ようやく口を開いた。「おれは協力的だったろう?」

「ええ、それはもう」テイラーはルーカスに追いつこうとして、息を切らして階段を駆けあがっていた。ルーカスはまるで暴徒の群れから逃げているように、階段を一段おきにのぼってい る。

「もっとゆっくりのぼって」テイラーはいった。「あなたは非の打ちどころのない紳士だった……たいていは。このままでは……ついていけないわ」

「おれ自身、いつまでもこのままではいられない」

「それならゆっくり歩いてよ、もう」

そこでようやく、ルーカスは会話がずれていることに気づいた。「おれは、いつまでも紳士ではいられないといってるんだ。性に合わない」

テイラーには、彼が本気でいっているとは思えなかった。「つまり、弁解しなければ優しくできないの？」

「弁解してるわけじゃない」ルーカスはつぶやいた。「とにかく、いつまでもこのままではいられないといっているんだ」

「つまり、なにもかも――」

「そうだ」

テイラーは口元がほころぶのを見られないように下を向いた。いまの言葉を本気にしているように見せかけておこう。もちろん本気にはしていないけれど、ルーカスには気づかれたくない。当人があんなに大真面目なのだから。

「優しくするのが好きでないなら、なぜそうしたの?」

ルーカスはその答えを用意していた。「レディ・ステイプルトンから金を受け取るかわりに、きみの面倒を見ると約束したからだ。条件はほかにもある。それも含めて、ひとつ残らず約束は果たした」

「たとえばどんな条件があったか、教えてもらえないかしら」

ふたりは部屋の前まで来た。どちらもドアノブに手を伸ばさない。

「船の上では、きみと同じ船室で寝起きすること。あれは、レディ・ステイプルトンが指定した条件のひとつだった」

テイラーはかぶりを振った。「あなたの話では、おばあさまは船室をひと部屋予約するように指示されただけだった。あなたとわたしが同じベッドで寝ることは望んでいなかったはずだわ」

ルーカスは鼻を鳴らした。テイラーは彼のぶしつけな態度に腕組みして応じた。ルーカスは来るなら来いという雰囲気になっている。それはテイラーも望むところだった。

「紳士らしく振る舞うことも、おばあさまの指定した条件だったというの?」

「そのとおりだ」

「ボストンのホテルで、わたしと同じ部屋に泊まるのも?」テイラーはさらに尋ねた。「このホテルでも?」

「いいや」

「それじゃ、なぜそうしたの？」

ルーカスはつじつまの合う答えをさっぱり思いつけなかった。

「おれがどこで寝ようと、そんなことは関係ない。おれが気にしているのは、過去でなく未来なんだ」

ルーカスは、変わらなくてはならないことをテイラーにわかってもらいたかった。夫と妻の関係になった以上、妻は多少のことは大目に見てしかるべきだろう。子どもたちがあらゆる恩恵を享受できるように都会に住む決意を固めたと知ったら、テイラーも夫の不機嫌を我慢する気になるはずだ。

それに、夫のことを少しは愛せるように努力したらどうだ？

ルーカスは、そういったもろもろを今夜すべて説明するつもりだった。まず、テイラーひとりに子どもたちを押しつけるつもりはないという話からはじめて。「ふたりで、具体的なことを詰める必要がある。子どもたちが寝たら話し合おう」

テイラーはまだ、さっき彼がいったことが引っかかっていて、話を聞いていなかった。「なぜあなたはボストンにとどまったの？」彼女は尋ねた。「艀《はしけ》が港に着きしだい、さっさといなくなることもできたはずだわ」

「船だ」ルーカスは訂正した。

「え？」

「艀でなく、船だ。ボストンにおれがとどまったのは、きみがそうすることを望んだからだ。

そうだろう？　署名する書類があった。そのあとでは、双子を捜さなくてはならなかった。忘れたのか？」

「そんなに嫌みな言い方をすることはないでしょう、ロスさん。あなたが気をもんでいることは見え見えよ。その理由もね」

「なんだと？」

ルーカスの左まぶたが、ぴくりと動いた。またぴくり。癇癪《かんしゃく》を起こしかけている。テイラーは気にしなかった。「ええ、あなたがなにを心配しているか、それぐらいわかるわ。一緒に寝て、わたしたちは……男女の仲になったから」

「そのせいで、おれが心配しているというのか？」

テイラーはうなずいた。ルーカスはかぶりを振った。心配しているだと？　まさか。いま感じている感情には、安堵という言葉がはるかにふさわしい。テイラーはもうルーカス・ロスのものだ。彼女が妻になりたいかどうかは関係ない。いまさら後戻りはできないのだ。結婚の無効など申し立てるつもりはない。テイラーが〝離婚〟という言葉をこれからもしつこく口にするつもりなら、歯を食いしばりすぎて歯の一本くらい折れてしまうかもしれないが。

彼のまぶたのぴくつきは頬まで広がっていた。テイラーは、彼が怒る理由がわからなかった。さっきは、ルーカス自身も知っていることをいっただけなのに。「わたしたちが深い仲になったら厄介なことになるといったはずよ。でも、あなたは聞かなかったでしょう？　そして、いまでは後悔している。逃げ道を断たれて、罠にはめられた気分になっている。モンタナの山に帰りたいと思っているんでしょう」

ルーカスは、どこをどう間違えてそんな話になってしまったのだろうと思った。テイラーはなにもかも間違っている。そこでふと、ただ不安を口にしているだけかもしれないと思った。捨てられると思っているのだろうか？　それがいかにとんでもない勘違いか知らせて、不安になっていることも認めさせることにした。

「そんなに山に帰りたがっているなら、そうしない理由はなんだ？」

「子どもたちがいるからよ」テイラーは即座に答えた。「あの子たちを見つけたばかりでしょう？　責任を感じているし、わたしが気をもんでいるんじゃないかと、少しうしろめたく感じているんだわ」

ハンターがドアを開けた。テイラーは邪魔が入ってほっとすると、急いでなかに入った。

「話のつづきは今夜だ」

「お望みなら」

ルーカスはテイラーをつかまえると、耳元に口を寄せた。「ところで、ロス夫人、おれはこれまでの人生でうしろめたく思ったことなど一度もない」

テイラーは、信じられないという目で彼を見返した。

それから、子どもたちを買い物に連れていくための仕度に取りかかった。テイラーは、ジョージーを誤ってアリーと呼び、五分後にもう一度同じ間違いをした。彼女は、双子をなかなか見分けられないことを懸命に隠していた。デイヴィッド・ダニエルも、ルーカスも、苦もなく見分けている。それは、恥ずかしいだけでなく、屈辱的なことでもあった。母親なら、子どもを見分けて当たり前だ。双子を長椅子に座らせ、その前に膝をついて、いくらかでも違うところがないかとじっと見比べてみたが、ひとつも見つけられなかった。なにからなにまでそっくりだ。すみれ色の瞳は同じ色合いだし、ブロンドの巻き毛は同じ場所で分かれているし、ぽっちゃりした頬の形もまるで変わらない。

　ふたりの違いは性格だった。ジョージーのほうが外向的だ。なんに対しても物怖じすることがない。テイラーはジョージーを見て、あれこれ指図してみんなを引っぱるたぐいの気性だとほほえましく思った。一方アリーは、すでに平和主義者のレディの片鱗《へんりん》を見せはじめている。けれどもジョージーには負けたくないらしく、だれかの注意を引きたいときには同じくらい声を張りあげていた。

　ふたりとも、ボーダー兄弟にとらわれていたことで、悪い影響は受けていないようだった。テイラーはそのことを意外に思いながらも胸を撫でおろした。

　彼女はダニエルがシャツをたくしこむのを手伝いながら、双子を守ってくれて心から感謝しているといった。

「妹たちには、だれにも手出しさせないよ」ダニエルは胸を張っていった。

「あなたがいてくれてよかった」

「ふたりがちゃんと食べさせてもらえるようにしたのもぼくなんだ」ダニエルはいった。「ふたりとも、とても怖がってた。夜はたいていいそうだったよ。いまも怖がってるんだ」アリーに聞かれないように声をひそめた。アリーはダニエルのベッドによじのぼろうとしている。「みんな寝ちゃってから、ふたりともぼくのベッドにもぐりこんできたよ。ジョージーはぼくの手を握らなきゃ眠れなかった」

「あなたはふたりの守護天使よ」テイラーはいった。

ダニエルはかぶりを振った。「たぶん、〝救い手〟だよ。ハンターやルーカスみたいな」

わずか七歳の子どもが、大人のように振る舞うことを強いられてきたのだ。テイラーはひそかに、リデンプションに到着して自分たちの家をかまえたら、ダニエルが普通の男の子らしく振る舞えるように導こうと心に誓った。ダニエルが背負いこんでいるのは、大の男にも背負いきれないほどの重荷だ。たしかに表面上は、ダニエルは母親が息子に望む性質をすべて兼ねそなえている。控えめで、思いやりがあって、礼儀正しく、ちょっとしたことすべてに感謝し、母親を喜ばせようと一生懸命になるのはどれも素晴らしいことだけれど、七歳の子どもがすることとはとても思えない。ダニエルが大声で叫んだり、怒ったり、ときには駄々をこねたりする声を聞いてみたかった。

時間ならある。ダニエルは母親を信頼できるようになるまで、警戒を緩めないだろう。でも、母親の愛が一時的なものでないとわかれば、きっとまた笑顔を取り戻してくれる。

テイラーは心配ごとは置いて、双子の身仕度に取りかかった。全員の準備ができるまでに、たっぷり一時間かかった。ルーカスは馬車を今日一日借り切ってくれた。贅沢《ぜいたく》だけれど、気がきいている。

ダニエルに約束したとおり、彼らはまず靴を買いに行き、子どもたちはそれぞれ三足ずつ靴を買ってもらった。そのうち二足は、もっと成長してから履くための大きめの靴だ。男性用雑貨店に子ども用と大人用の既製服が置いてあったので、ダニエルが買う服は簡単に決まった。その店一軒で、身につけるものはひとそろい揃った。

だが、双子のほうはそうはいかなかった。そもそも既製の服がない。店員からは、マダム・メゾンのしゃれた店をすすめられた。好きな布地を選べるばかりか、採寸してくれる仕立屋も大勢いるという。

マダム・メゾン本人が双子を採寸し、テイラーはモンタナ準州リデンプションの局留め扱いで送り届けてもらうことにして、双子の身につけるもの一式を注文した。それからマダムを脇に連れていき、双子たちに着せるものがまったくないことを相談した。何着か、服をすぐに仕立てていただくことはできないかしら？

マダムは火事でなにもかも焼けてしまったという話を鵜呑《うの》みにして、すっかり双子たちに同情すると、いい話があるといって別の提案をした。マダムに連れられてテイラーが奥の部屋で見たのは、資金にあまり余裕のない顧客に売るための中古の衣類だった。テイラーは中古の衣類を買うのになんの抵抗もなかった。服であることに変わりはないし、マダムの話では、すべてほとんど着られたことのない、質のいいものばかりだという。

彼らは店の奥で二時間費やし、双子たちの着るものを買いこんで店を出た。ヴィクトリアはすでに赤ん坊の着るもの一式を仕立てる布地を購入ずみだったが、愛らしいベビードレスと柔らかなおくるみを見て、ひとそろい買わずにはいられなかった。テイラーも、ダニエルに足りないものなどないのに、シャツを三枚とズボンを三本、格好のいいベルトを二本、がまんできずに買いこんだ。

それから彼らは家族向けのレストランで昼食をすませると、本と地図を買いに行った。テイラーは子どもたちがぐずることなくついてきたごほうびに、ひとつずつおもちゃを選ばせることにした。ダニエルは小さな木の馬を、ジョージーとアリーはふたりとも赤ん坊の布人形を選んだ。

全体として、楽しく、充実した一日だった。ひとつ不都合があったとすれば、ハンセンのリネン屋で、テイラーがジョージーにカウンターにのぼってはいけないといったとき、ジョージーが床の上でひっくり返って、全力で癇癪を爆発させたことぐらいだろう。テイラーは、こんな騒ぎを目の当たりにするのははじめてだった。ジョージーは宙を蹴り、野次馬が集まるほどやかましい声で、火がついたように泣きわめいている。そのありさまに少しも動じていないのは、アリーだけだった。アリーはヴィクトリアの膝の上で、ジョージーのおおげさな振る舞いを眺めているうちに眠ってしまった。テイラーは乱暴者に変貌した天使をどうなだめたものかと、途方に暮れてしまった。きっと疲れているのだ。とにかく昼寝させなくては。

お節介な見知らぬ女性が、お尻を思いきりぶてばいいのよと声をかけてきたが、ぶつことで問題が解決するとは思えなかった。じたばたしているジョージーをまたぎ、急いで買い物の支払いをすませ、泣き叫ぶ子どもをさっと抱きあげ、馬車の待つ外に出た。ジョージーは疲れ果てて、馬車が動きだすとすぐに眠ってしまった。

テイラーは、二歳の子どもから貴重なことを学んだ。子どもにものの道理をいい聞かせても、わかってもらえるとはかぎらない。

夕方、彼女とヴィクトリアは子どもたちを連れて、ホテルの食事室で夕食を食べた。ダニエルは食事のあいだじゅうずうっとしていて、ほとんどテイラーが食べさせなくてはならなかった。双子はありがたいことにおとなしかった。おなかは空いているが、口に入れるよりドレスにこぼすほうが多くて、嘆かわしいことこのうえない。テイラーは明日から、食器の正しい使い方をふたりに練習させることにした。今夜は眠そうで、なにをいっても耳に入りそうにない。

部屋に戻るとき、ふたりが抱っこをせがんだので、ヴィクトリアがジョージーを抱き、テイラーがアリーを抱いた。ダニエルはテイラーの手につかまる。全員が疲れ果てて、足を引きずっていた。

ヴィクトリアが子どもたちの寝仕度を手伝うといってくれたが、見るからにくたくただったので、テイラーは部屋に戻るようにいった。

「おやすみなさい、ヴィクトリア。明日も長い一日になるわ」

「それじゃ、明日出発するの？」

「時間までに仕度が整ったらね」

「今夜のうちに荷造りしたほうがいいかしら？」

「眠いのはおたがいさまよ。明日にしましょう」

テイラーはふと下を見て、ダニエルが青い顔をしていることに気づいた。彼女は即座にその理由を理解した。「ダニエル、どこだろうと、あなたも来るのよ。あなたも、あなたの妹たちも、置き去りにはしないわ。これからはいつも一緒よ」

「約束できる？」

テイラーは、ダニエルの真剣な表情に胸を打たれた。「ええ、約束するわ」

ダニエルはうなずくと、小さな声で尋ねた。「どこに行くの？」

テイラーは列車に乗るとだけ答えた。

ダニエルはぱっと表情を輝かせた。テイラーは部屋の鍵を渡して、彼に開けさせた。ヴィクトリアはジョージーをテイラーに渡したが、すぐには立ち去らなかった。

「今日、ハンターさんとロスさんはどこに出かけたの？」

「わたしも知らないの」テイラーは答えた。「あちらにはあちらの用事があるのよ」

「またハンターさんに会うことはある？」

「あると思うわ」テイラーは答えた。「ハンターとルーカスは昔からの付き合いなの。ハンターの家もリデンプションの近くにあるんじゃないかしら。どうして？　また会いたいの？」

ヴィクトリアは肩をすくめた。「わたしにはふたことみことしかものをいわないわ。わたしを見るときは、きまってしかめ面になる。気づいてた？」

テイラーはほほえんだ。「あの人に向かって、まともに吐き戻してしまったんだもの。用心しているだけだと思うわ。それに、『口数の少ない男性はいい人』なのよ」

ヴィクトリアは笑った。「その点、シェイクスピアが正しいとは思えないわ」

彼女は部屋に行こうとして振り返った。「ハンターさんには、わたしは既婚で、夫を亡くしたばかりだといってあるの。赤ちゃんのことは話していない」

ダニエルは、鍵を上下逆さまに差しこもうとしていた。テイラーはちゃんとした向きにしてやると、ヴィクトリアに向きなおった。ジョージーが肩にもたれ、アリーは彼女の髪をいじくっている。

「どうして赤ちゃんのことを話さなかったの？」

「わたしが話すことにはまったく興味がなさそうなんだもの。ほんとうに失礼なんだから」

テイラーがハンターの弁護をする間もなく、ヴィクトリアは足早に歩き去った。ダニエルがようやく鍵を開けて部屋に飛びこみ、テイラーはあとにつづいた。

双子はいまにも眠ってしまいそうだった。ふたりとも親指をしゃぶって、目をこすっている。テイラーはふたりをベッドに横たえ、めいめいに買ったばかりの布の人形を渡し、毛布を掛けてやった。

ダニエルはベッドのそばの窓際の椅子に、木の馬を置いた。毛布にくるまって、テイラーの話を待っている。テイラーは、お話をふたつ語って聞かせた。ダニエル・ブーンとデイヴィー・クロケットは、それぞれ同じくらい少年の興味を集めることになるだろう。

テイラーは毛布をたくしこもうとして、ダニエルが買ったばかりのブーツを履いたままでいることに気づいた。ダニエルにブーツを脱いでベッドの脇に置いておくようにいって、一時間後に様子を見に戻ると、ダニエルはブーツを抱きしめたまま、ぐっすり眠っていた。

テイラーは、ダニエルをしばらく見つめた。それから、ボーダー兄弟に路上から連れ去られる前にこの少年がどんな生活をしていたのか想像しようとした。

ルーカスが小声で呼ぶ声がした。振り向くと、いつからそこにいたのか、彼が戸口にもたれてこちらを見ていた。テイラーは彼に近づいた。シルクの衣《きぬ》ずれの音だけが室内に響いた。

「具合でも悪いのか?」ルーカスが尋ねた。

「いいえ、なんでもないの。この子を捜している人がいないかと思って」

「それはないだろう」ルーカスは答えた。「この子は家族をひとりも憶えていないし、長いあいだ路上で暮らしていたんだ。親族のだれかが捜しているなら、とっくの昔に見つけているさ。だが、当局にこの子がきみと一緒にいることは知らせておいていいかもしれない」

「当局にこの子は渡さないわ」

「知らせたら、そうなるかもしれないと思っているんだな?」

テイラーがうなずいたので、ルーカスはため息をついた。なんといえばいいのだろう。「いいか、冷たい風に吹かれて、大勢の子どもが路上をうろついているのに、当局がたったひとりを――」

「そんなに多いの?」

「多すぎるくらいだ」ルーカスは声を落とした。

ふたりは小声で話していたが、双子のひとりが寝言をいって寝返りを打った。ルーカスは子どもたちを起こしたくなかったので、テイラーの手をつかんで自分たちの部屋に行き、アルコーヴに入った。

テイラーは入浴をすませて、薄いブルーのナイトガウンとローブを着ていた。彼女はルーカスの後ろの髪が濡れていることに気づいた。入浴はすませたようだが、黒いズボンに白いシャツと、昼間の格好をしている。その襟が首の後ろでめくれかけているのを見て、テイラーはなおしてやりたくなった。

ベッドの横に来たところで、ルーカスが振り返った。そのひたむきな瞳の色に、テイラーはうっとりと見入った。そんなふうに見つめられると、息ができなくなる。

ルーカスは彼女をじっと見おろしていたが、やがて首を振った。「だめだ。居間に戻って話そう。子どもたちを起こしたくなかったんだが、ここではまともな話ができない」

「どうして？」

「ベッドが近すぎる」

「まあ……」

ふたりのどちらも動かなかった。ルーカスはテイラーの手をまだ握っていた。離せるとは思えなかった。

「おれは、明日出発する」

テイラーはいきなりずきりと痛みを感じた。ルーカスがいつか行ってしまうことは承知していた。それを前提に計画も立ててある。それならなぜ、胸が張り裂けてしまうような気がするのだろう。

ルーカスは質問されるのを待ったが、しばらく見つめ合ったあげく、テイラーがなにも訊かないつもりでいることを悟った。もともとテイラーにはあまりくわしく話さないつもりだった。話すとしても、断片的なことだけだ。これ以上彼女の心労の種を増やしたくなかった。

これまでの人生で、だれかに心配してもらったことなど一度もなかった。それがテイラーとめぐり会って変わった。双子を捜しているときは、ホテルを出ていくたびに気をつけるようにいわれた。双子が発見されるか否かがこの手にかかっていたからだろうが、テイラーの気づかいには別の理由もある。彼女は心を開きつつある。いずれは愛してくれるようになるかもしれない。家族……たがいを思いやるのも家族ならではだ。いまでは自分の行動をテイラーに説明する義務がある。その逆もまたしかり。

テイラーはたしかに気にかけてくれている。夫に感謝して、恩まで感じている。だが、まだ足りない。

「ハンターがきみとヴィクトリアと子どもたちのそばにとどまる」

「とどまる必要はないわ。わたしたちなら大丈夫よ」

「ハンターはとどまる」

ルーカスはテイラーが納得するのを待った。テイラーはしぶしぶうなずいた。彼はつづけた。「どれくらいかかるかわからない。三週間かかるかもしれない。そうなったら、ハンターがもっと居心地のいい場所を探してくれる。子連れではホテルにいつまでもいられないからな。子どもたちには、走りまわって遊べる場所が必要だ」

「何時に出発するの？」

「早朝だ」

テイラーは彼につかまれていた手を引き抜くと、ローブの紐をほどきはじめた。ルーカスはたちまち集中できなくなった。ゆっくりと脱いだローブがベッドに落ちる。

無理やり話に意識を戻した。「なにか必要なことがあったら……なにをしている？」

「シャツのボタンをはずしているの」テイラーは、声が震えているのを悟られないように祈った。今夜は怖じ気づいたり、恥ずかしがったりしたくない。

「自分でできる」

「わかってる。わたしがしたいの」

ふたりはささやきかわしていた。ルーカスの声はぶっきらぼうになっていたが、テイラーは素敵だと思った。顔が赤くなったのを見られないようにうつむき、指先を彼の胸に滑らせた。

ルーカスは、このまま蝶のような指先で愛撫されたら、なにも考えられなくなりそうだと思った。テイラーの手をつかんで、優しい責め苦をやめさせた。

「おれがどこに行くか、知りたくないのか？」

「あなたは話したい？」テイラーは彼につかまれていた手を引き抜くと、今度はズボンのボタンをはずそうと手を伸ばした。

ルーカスは大きく息を吸いこんだ。「テイラー、話があるんだ。居間へ行って――」

彼はいおうとしていたことを忘れた。テイラーの指がズボンのベルトに滑りこんでくる。ルーカスは下を見て、テイラーがゆっくりとボタンをはずしていくのを見つめた。

テイラーは、自分の大胆な行動が信じられなかった。いまは彼の妻で、夫に触れても少しもおかしくないのだといい聞かせなくてはならなかった。それに、明日ルーカスは行ってしまう。今度彼に触れるのは、ずっと先になるかもしれない。

ルーカスの感触が好きだった。硬い腹に、熱い肌。ボタンをもうひとつはずして、茂みのなかに手を伸ばし、彼のいきり立ったものを包みこんだ。

「やめるんだ」ルーカスはいった。「痛い思いをさせたくない」

彼は死ぬ思いでテイラーにいい聞かせ、両脇に垂らしたこぶしを握りしめた。彼女に触れずにいるのは、意志の力のたまものだった。自分は狼ではない。欲望くらい抑えこめる。

テイラーはズボンから手を引き抜いた。「痛くてもかまわない」彼女はささやいた。「あなたは明日行ってしまうのよ。今夜しかないの、ルーカス」

なにも見捨てるわけじゃない。ちゃんと戻ってくる。テイラーはさっき話したことを聞いていなかったのか？「たった三週間だ。もしかしたら二週間で戻れるかもしれない」そういったつもりだったが、喉が締まっていて、ちゃんといえたかわからなかった。心臓の音が耳のなかでがんがん鳴り響いている。

話し合おうと考えていたことなどどこかに行ってしまった。テイラーがナイトガウンを脱いだせいだ。まったく、彼女は魅力的だった。見るたびに、美しさに目を奪われてしまう。どこもかしこも金色だ。胸は豊かにふくらみ、乳首はバラ色の真珠のよう。ウエストはほっそりとくびれて、腰まわりは緩やかに広がり、両脚はすらりと美しく伸びている。

ルーカスは、その脚が体に巻きつけられたところを思い描くと、たまらず自分の服を脱ぎ捨て、テイラーをかき抱き、貪るようにキスした。彼女の感触以外はどうでもよかった。周囲の世界やあらゆる問題は消え、あるのはテイラーだけになった。

愛の営みはひたむきで荒々しく、ふたりは飽くことなく求め合った。愛撫でテイラーの準備が整ったことをたしかめると、ルーカスは太腿のあいだに入って深々と自分自身を沈めた。突くたびに頭がくらくらする。テイラーの情熱は彼を圧倒した。彼女の歓びの声にわれを忘れて、ますます荒々しく求めた。テイラーが体をこわばらせ、締めつけ、名前をささやく。ルーカスは彼女につづいて絶頂に達し、長い焼けつくようなキスで唇をふさいで、みずからを解き放った。

その後の余韻も満足のいくものだった。テイラーを腕に抱き、彼女の首筋に顔をうずめて鼓動を聞くと、心がたとえようもなく安らいだ。

「ルーカス、重いわ」

そういわれて即座に、テイラーを抱いたままごろりと横になった。テイラーは彼の顎の下に頭をうずめて、ひそかに涙を流していた。

「男性はだれしも、夢をあきらめるべきではないわ」

ルーカスは、テイラーが彼に意見を求めているのか、思っていることをただ口にしただけなのかわからなかった。「なんでそんなことをいうんだ？」

「考えごとを口にしただけよ。たとえ責任ある男性だろうと、夢を追いかけるべきだと思わない？」

「なにがいいたい？」

「今夜は疲れてるの」テイラーはささやいた。「まともに受け取らないで」

「戻ったら、きみに話がある」

「あなた、シカゴに行くんでしょう？」

「なんでわかった？」

「ハンターが、あなたの捜している男がシカゴにいるといっていたわ」

「そのとおりだ」

「なんていう人なの？」

「だれだっていいだろう」

「あなたが狩ろうとしているのは、その人なのね」

「どうしてそんなことを？」

「船の上であなたは、ある人を狩ってから山に戻るつもりだといっていたわ。そのとき、悪い人なのかとあなたに尋ねたでしょう」

テイラーの記憶のよさにルーカスは舌を巻いた。彼はため息をついていった。「そして、おれは悪い男だと答えた」

「殺したいと思っているのね」

ルーカスはほんとうのことを告げるべきか、嘘をいうべきかわからなかった。テイラーがいった。「あなたには責任があるのよ」

「ああ、わかっている」彼は、コールダーに殺された八人のことを考えていた。生き残ったのは……銃を撃てるのは自分しかいない。ほかの者たちは、みな永遠に口を閉ざされてしまった。彼らの声が聞こえるのはルーカスだけだ。正義を……復讐を。そう、彼はジョン・コールダーを殺すつもりだった。あの男の最期を見届けたい。法律は、彼や八人の仲間の願いをかなえてくれなかった。

ルーカスは目を閉じた。未来に目を向ける前に、過去に決着をつけなくてはならない。彼は誓いを立てていた。いまさらそれを破ることはできない。それが責任というものだ。

16

「恋は目で見るものでなく心で見るもの」
――ウィリアム・シェイクスピア『夏の夜の夢』より

テイラーは出発をもう一日遅らせようかと真剣に考えていた。買いこんだものの荷造りに、思ったより時間がかかってしまった。双子がありとあらゆるものに興味を持つので、なにをするにも十倍の時間がかかってしまう。ジョージーはテイラーが買ったトランクケースのひとつをうちに見立てて遊び、アリーは動かないものすべての上で跳びはねた。テイラーはどうにか辛抱して荷造りに取り組んでいたが、昼時にはその日のうちにぜんぶ終わらせるのは無理だと悟って、子どもたちに食べさせ、双子を昼寝させて、ふたたび荷造りに戻った。ダニエルは今日はデイヴィッドになり、仕事を手伝ってくれた。

テイラーは、ルーカスのことを考えないようにした。朝のうちに二回ほど、わけもなく涙がこみあげてきて、癪に障る事実を認めないわけにはいかなくなった。ルーカスが恋しい。ああ、彼が狩ろうとしていた男のことをちゃんと聞いておけばよかった。くわしいことがわかれば、これほど気をもまずにすんだかもしれない。ルーカスはたぶん、指名手配されている男を追っているのだろう。つまり、危険な相手だ。そのことを考えれば考えるほど、心配でたまらなくなった。

そのうえ、心配に輪をかける出来事があった。ボストンのハリー・シャーマンから電報が届き、マルコムがレディ・ステイプルトンの遺言を無効にするよう裁判所に申し立てたことがわかった。その理由はこともあろうに、母親であるレディ・ステイプルトンが心神喪失となったうえに、ひどく圧力をかけられていたというものだ。シャーマンの電報にはまた、裁判所の決定がくだるまで、イギリスの口座は凍結されるとあった。だがマルコムの弁護士が動いてアメリカの銀行口座も凍結されるまでには、少々時間がかかりそうだという。

電報が届いたときに、ちょうどヴィクトリアが部屋に来た。ヴィクトリアはその知らせに驚いたが、テイラーは顔色ひとつ変えなかった。マルコムなら、指のあいだから金が滑り落ちていくのを、ありとあらゆる手段を使って阻止しようとするに決まっている。シャーマンがここシンシナティでの居場所をどうやって調べたのかわからなかったが、すぐに思い出した。シンシナティの銀行で小切手に署名をして信託財産の一部を引きだしたときに、ホテルの住所を書いたからだ。

こちらの居場所は、稲妻の速さで伝わるだろう。そう思ったテイラーがヴィクトリアと明日出発することで同意したまさにそのとき、二通目の電報が届いた。その内容を読んで、テイラーはぞっとした。マルコムが追跡をはじめた。ロンドンの裁判所に申請していた双子の養育権が認められて、マルコムは武装した男をよこして双子を捜しだし、イギリスに連れ戻して手元に置くつもりだという。

「ジョージーとアリーのことをどうして知ったのかしら？」ヴィクトリアが尋ねた。「あなたも、ふたりの父親が亡くなったことをマルコムに気づかれずにすむかもしれないといっていたじゃないの」

「だれかに調べさせたんでしょう」テイラーは手が震えるのをどうにもできなかった。「おばあさまは遺書で、双子の名前を挙げてらしたの。ジョージーとアリーに渡る遺産は、相当な額になるわ。マルコムは、ふたりの後見人になれば遺産を好きなようにできると思ったんでしょう。ああ、法律的なことがもっとわかればいいのに……。アメリカの当局は、マルコムに協力するのかしら？　アメリカの裁判所が、イギリスの裁判所の判断に準じて判断をくだすようなことがあるのかしら？」

「リデンプションに着いたら調べましょう」ヴィクトリアがいった。「わたしのほうは、あと十五分もあれば出発できるわ」

テイラーとヴィクトリアと子どもたちは、三十分後にホテルを引き払った。ハンター宛ての手紙を預け、駅で切符を買い、それほど待たずにモンタナ行きの列車に乗りこんだ。

ハンターは一日かけて貸家を探し歩いて夜遅くホテルに戻り、そこではじめてテイラーたちが出発したことを知らされた。彼は、テイラーの手紙を読みなおさなくてはとても信じる気になれなかった。手紙には、世話になった感謝の言葉が記してあった。くわえて、ホテルの部屋代なら払ってある、リデンプションで新しい家に落ち着いたら、ぜひ夕食に招待したいとある。

ハンターは、テイラーがとうとう正気をなくしたのだと思った。すぐさま荷造りし、ホテルの従業員にルーカス宛ての書き置きを預けて、つぎの列車をつかまえるために駅に走った。

彼の胸にはむらむらと怒りがこみあげていた。テイラーもヴィクトリアもどうかしている。いったいなにを考えているんだ？　ひとしきりふたりに毒づくと、真の原因に矛先を向けた。ルーカス、友情にもほどがある。ふたりのいかれた女のあとを追うなど論外だ。あと一度でもあの赤毛の女に吐かれたら、おまえを撃ち殺さなくては気がすまない。

真夜中に列車に乗るころには、ハンターはかっかして、そもそもルーカス・ロスと知り合いになるべきではなかったという結論に達していた。もう一度やりなおせるなら、あのなまくらで使えない果物ナイフだけは盗まない。

テイラーたちがリデンプションに到着するまで、まるまる八週間かかった。一行はまずアイオワ州のスーシティまで列車で行き、子どもたちが走りまわって遊べるように――また最後の買いだしをするために、そこに二日間滞在した。最初に買わなくてはならないのは幌馬車だったが、品揃えが豊富だったこともあって、少しも時間がかからずに気に入った幌馬車を手に入れることができた。けれども、四頭の健康な馬を買うのはそれほどすんなりとはいかなかった。どの馬にするか、テイラーはじっくり考えて決めた。値段はとんでもなく高かったが、フォートベントンまで行けば、もっと法外な値段をふっかけられる。

ハンターが一行に追いついたのは、彼らが〈ミッドナイト・ブルー〉号という川船に乗りこもうとしているときだった。この船を選んだのは、人間と幌馬車の両方を運べるからだ。料金はなんと、百二十五ドル。引き返すように説得するハンターに、テイラーはにこにこしてそういった。

テイラーから子どもたちをリデンプションで育てるつもりだといわれて、ハンターの頬は引きつった。それから彼は、テイラーとヴィクトリアと三人の子どもたちを駅まで引きずっていこうとした。

ハンターは、テイラーがいくら払っていようとかまわなかった。金などどぶに捨ててしまえといったくらいだ。ルーカスが追いついたら、そんなものはいらなくなる。死人に現金は必要ない。

テイラーは彼の脅しに動じなかった。「わたしたちに手を貸すか、放っておくか、どちらかにして」彼女はいった。「でも、一緒に来てくれたら、こんなにうれしいことはないわ。ねえ、ヴィクトリア？」

ヴィクトリアが鼻を鳴らしたので、ハンターの顔は怒りで赤くなった。ヴィクトリアは彼につかつかと近づき、ふくらみが目立つようになってきたおなかの上で腕組みをした。「どちらだろうと関係ないわ。いずれにしろ、わたしたちはリデンプションに行くつもりよ」

テイラーはハンターが一緒に来てくれますようにと祈った。ハンターの助けは間違いなく必要だ。彼の強さも。だからヴィクトリアがハンターをにらむのをやめるように、彼女の脇をこづいた。

ヴィクトリアは引かなかった。「そうね、あなたがいてくれたらうれしいわ。どのみち――」

「どのみち来てもらうけれど、だろう？」ハンターは噛みつくようにいった。

ヴィクトリアはうなずいた。ハンターは引き際を心得ていた。彼はあきらめたように両手をあげると、自分の船室を確保しに行った。

その夜遅く、テイラーと子どもたちが眠ってしまってから、ヴィクトリアは新鮮な空気を吸いに甲板に出た。彼女がドアを開け閉めする音を聞きつけて、向かいの部屋にいたハンターはすぐにあとを追った。彼女が厄介なことに巻きこまれないように目を光らせるつもりだった。彼女は美人だから人目を引く。甲板で寝て食べ物を持ちこむことにすればだれでも二十五ドルで乗りこめる船だから、川船で町から町へと荒稼ぎしながら旅する前科者が、ヴィクトリアを見ていいカモだと思うだろう。ヴィクトリアは根っからのレディだから、酔っぱらいをうまくやりすごすこともできないはずだ。放っておけば、かならず厄介なことになる。それにヴィクトリアは、テイラーの親友だ。つまり、彼女もなにをやらかすかわからない。ルーカスが追いつくまでは、目を光らせておく必要がある。

ヴィクトリアは手すりにもたれて星空を見あげていた。その手すりの端の甲板に腰をおろして、ふたりの男がヴィクトリアをじろじろ見ながら葉巻をくゆらせている。ヴィクトリアは見られていることに気づいていない。片方の男が立ちあがろうとしたので、ハンターはヴィクトリアとふたりのあいだに入った。男はまた腰をおろした。

彼らがじろじろ見るのも無理はなかった。今夜のヴィクトリアにははっとさせられる。ピンをぜんぶはずして、波打つ髪を背中に垂らした彼女は美しかった。ハンターは、女嫌いだったはずだと自分にいい聞かせたが、効果はなかった。あの豊かな、燃えるような巻き毛に指を滑りこませたい。

「ひとりで甲板にあがるんじゃない、ヴィクトリア」少し脅すつもりで、わざと凄みをきかせて声をかけた。

「こんなにたくさんの星を見たことがある、ハンターさん？」

「あるとも」ハンターはほころびかけた口元を引き締めた。「いつからおれを怖がらなくなった？」

ヴィクトリアは彼を見ずに答えた。「あなたがわたしを少し怖がっていることがわかってからよ」

ハンターは手すりにもたれて夜空を見あげた。「そいつは違う。きみのことなど少しも怖いと思わない」

ヴィクトリアはいい返さなかった。素敵な夜を、口喧嘩《くちげんか》で台なしにすることはない。彼女は手すりに肘をついて、夜の景色を眺めた。

「船長さんに聞いたけれど、この船は一日に百マイル進むそうね」

「毎朝着岸して、燃料の薪《まき》を積みこまなくちゃならない。この船の大きさからして、一日に二十五から三十コード（薪の体積の単位。一コードは一二八立方フィート）は必要だろう」

「薪を積みこむあいだ、下船して脚を伸ばせるかしら?」

「ああ」ハンターは答えた。「赤ん坊は、いつ産まれるんだ?」

ヴィクトリアは目を見開いた。おなかの膨らみに気づかれたのだ。「九月よ」

それから長いあいだ、ふたりは口をきかなかったが、気まずい沈黙ではなかった。ハンターは体重をもう片方の足に移した。腕と腕が触れ合ったが、ヴィクトリアは動かなかった。

「きみのご主人は、亡くなる前にきみが身ごもっていることを知っていたのか?」

「ええ」

「きみは、この先どんな困難が待ち受けているかわかっているのか? 辺境で子どもを産むのは大変だぞ、ヴィクトリア。必要なときに医者も呼べない。自力でやり遂げなくてはならないし、厄介なことになっても、なんとかしてやれる者はだれもいない」

「わたしを脅かすつもり?」

「まだ引き返せる」ハンターはなおもいった。「都会にいたほうが幸せだといってるんだ」

ハンターは、本気で心配しているようだった。ヴィクトリアは夫がいたと嘘をついたことをうしろめたく感じた。ハンターは親切で、誠実な人だ。彼がルーカスを助けて双子を捜すのを見ていたからわかる。そんな人を欺くなんて。

嘘をついたのは、ハンターに悪く思われたくないから。そう思うと、ますますうしろめたくなった。それに、彼に対する自分の反応にも戸惑っていた。彼からいわれることが、思った以上に気になる。あんなにも頼もしい人だから心惹かれるのだ。これまでは、いつも自分に自信がなかった。でも、ハンターはあの茶色い瞳で、渋い表情で、いつも堂々としている……あたりを威圧するくらいに。彼の髪は肩まで届くほど長くて、黒豹《くろひょう》のように真っ黒い。あのしなやかな身のこなしも、まさに黒豹の動きだ。

ヴィクトリアは、ハンターにいわれてはじめて、彼をじっと見あげていたことに気づいた。彼女は謝っていった。「ロスさんから、あなたのおばあさまはインディアンだと聞いたわ」

「そのとおりだ」

「そのときから疑問に思っていたんだけれど――」

「なんだ?」

「インディアンは、みんなあなたみたいにハンサムなのかしら」

ヴィクトリアはその言葉を口にしたとたんに恥ずかしくなった。未婚で身重の身ならなおさら、愚かな女学生みたいに軽々しい口をきいてはならないと、きちんとわきまえているはずなのに。「べつに、あなたを陥れる気はないの」急いで付けくわえた。「あなたならきっと、これまでにもたくさんの女性からそんなことをいわれて――」

「きみのご主人はハンサムだったのか?」

ハンターは、なぜヴィクトリアの死んだ夫がこんなにも気になるのかわからなかった。そんな質問をすべきではないことはわかっている。ヴィクトリアはまだ喪に服しているのに、つらい記憶を呼び覚ますようなことをしてしまった。

「ハンサムではなかったわ」ヴィクトリアは答えた。「でも、ウ、ウ、ウ、ウィリアムによれば、『恋は盲目』だから」

「そういわれたのか？」ハンターは亡くなった夫がウィリアムというのだろうと思った。「それはどうかな」

「もちろん、ほんとうのことよ。ウィリアムがちゃんと書いてるわ」

ハンターは肩をすくめた。それから、ヴィクトリアが尋ねた。「あなたは、人からどう思われるか気になる？」

「いいや」

「わたしは気になるわ」ヴィクトリアはいった。「ときどきだけれど。それも、ある特定の人からどう思われるか気になるの」そして、嘘をついてしまう。ヴィクトリアはそう思って、ため息をついた。ハンターに結婚していたなどと話さなければよかった。

『後ろめたくなってくじけてしまう』」シェイクスピアの気に入りの台詞《せりふ》のひとつをささやいた。

「なんだって？」

ヴィクトリアはその台詞を繰り返して付けくわえた。「わたしでなく、ウィリアムの言葉よ」

ハンターは、ヴィクトリアが結婚していた相手は立派な学者かなにかに違いないと思った。それほど長くは連れ添っていないはずだ。ヴィクトリアはまだ若い。だが、夫のことは愛していた。そうでなければ、夫がいったことをいちいち憶えていたりするはずがない。ヴィクトリアのそばにいればいるほど、そのイギリス人の言葉がつぎつぎと飛びだしてくる。

「きみが喪に服していようと関係ない」彼は注意するつもりでいった。「男はきみのまわりに寄ってくる。きみをめぐって取り合いになるさ」

「結婚はしないつもりよ」

「二度と？」

「ええ、そうよ」ヴィクトリアは思わずいった。「二度としないわ」

その口調があんまり激しかったので、ハンターは反論したくなった。だれかを心底愛していたからといって、これから二度と人を愛せないことにはならない。

「これからきみの行くところには、女性がめったにいない」彼はいった。「というより、人がいないんだ。きっと寂しくなって、一年とたたずに結婚するさ。賭《か》けてもいい」

ヴィクトリアはレディらしからぬ音を立てると、話題を変えた。「リデンプションに、女性はあまりいないの？」

「町なかにはいない」ハンターは答えた。「だが、一日馬で行ったところにふたりいる」

彼はからかっているようには見えなかった。「ふたりだけ？」ヴィクトリアは尋ねた。

「ブラウリーばあさんと妹のアリス・ブラウリーだ。ふたりとも、そろそろ六十になる」

「入植者はどうなの？」

「入植者がどうかしたのか？」

ヴィクトリアはため息をついた。なにが彼の気に障ったのかわからなかった。しばらく機嫌よくしていたのに、また虫の居どころがどんどん悪くなっている。

「そんなところに行ったら命を失うことになるかもしれない」

「そうかもしれないわね」ヴィクトリアはいった。「それが、なにかあなたに関係あるの?」

「関係はない」

ヴィクトリアは手すりから離れて背筋を伸ばした。「わたしは強い女よ、ハンターさん。あなたをがっかりさせてしまうかもしれないわ」

彼女はハンターを残して、船室に戻った。

その後は、お定まりの毎日が過ぎていった。毎朝、ミッドナイト・ブルー号は一日分の薪を積みこまなくてはならないが、丸太を切って川岸に積みあげている商売熱心な家族がいるので、たいていは彼らから必要量の丸太を買うことになる。日中は、男性の乗客も手伝いを頼まれて、丸太を切ったり運んだりする。

船が着岸しているあいだは、子どもたちも川岸で遊んでいいことになっていたが、数日後にハンターが待ったをかけた。テイラーにいった理由は、ひとこと——ヘビがいる。テイラーはすぐさま子どもたちを船に戻した。

ハンターはふたりの女性に目を配るので手いっぱいだった。ふたりともきれいすぎて、犬にノミが引き寄せられるように人目を引く。幸い、テイラーは夕食を食べるころにはくたびれ果てて子どもたちと一緒にベッドに行ってしまうからいいが、ヴィクトリアは厄介だ。夜になると落ち着きがなくなって、甲板にあがりたがる。ハンターは毎度ヴィクトリアについていったが、しまいには口論になるのが常だった。ヴィクトリアは怒って船室に戻ったが、望むところだ。ウィリアムがいったという気のきいた言葉の数々にはもううんざりだった。ハンターにしてみれば、ウィリアムという男はもったいぶった鼻持ちならない男だ。美辞麗句は気にくわない。いいたいことがあれば、素直にいえばいい。

日がさんさんと降りそそぐ月曜の午後、ハンターは船長に翌朝下船する旨を告げると、テイラーに荷物をまとめておくようにいった。

「フォートベントンはまだ先だけれど」

テイラーが冗談をいっているのではないとハンターが気づくまでにしばらくかかった。彼はかっとしていった。「はるばるフォートベントンまで行って、そこから幌馬車でリデンプションに行くつもりだったのか？」

テイラーは自分のトランクケースに飛びついて地図を取りだし、ハンターの鼻先に突きつけた。「わたしの地図によれば、フォートベントンまで行って、そこから戻らなくてはならないの」

ハンターはその地図を引ったくってさっと見た。だれだか知らないが、この地図は酔っ払った人間が書いたのだろう。ミズーリ川沿いにはいくつも交易市場《フォート》があるが、そのうちひとつしか記入されていない。

「百マイルも戻る気でいたのか？」

「いいえ、もちろんそんなつもりはないわ。でも、ちゃんとした道がなければ、多少は……。ということは、近道があるの？」

ハンターは背を向けてドアに向きなおった。これ以上ここにいたら、怒鳴り散らしてしまう。この女は、自分がどこに行くのかも知らないのだ。

「仕度しておいてくれ」ドアに向かいながら、ぶっきらぼうにつぶやいた。

翌朝、テイラーが子どもたちに目を配っているあいだに、ミッドナイト・ブルー号の乗組員はテイラーたち一行の馬と幌馬車、トランクケース、衣装箱、旅行鞄をおろしてくれた。ハンターはジリージャンクションでよさそうな幌馬車を買うと、荷物を二台に分けた。彼はテイラーが選んだ馬にいい顔をしなかったが、その町で売りに出ている馬を見て、すでに買ってある馬で行くしかないと決断した。これから進む道を考えれば、雄牛のほうがまだ役に立つのだが。

リデンプションまでは幌馬車で一週間かかった。その間の景色は素晴らしく、そこらじゅうが春の色彩にあふれていた。みずみずしい緑の草地に、あざやかなピンク、赤、紫、オレンジ、白の花々が咲き乱れている。テイラーは大自然の美しさに圧倒されて、休憩のたびに見たことのない花を集めた。夕食の時間には、ハンターがその名前を教えてくれた。ハナミズキにヤナギトウワタ、アルニカ、ミゾホオズキ、そのほか彼自身も名前がわからなくて、ただ野の花と呼んでいる花々。

周囲に地味なものなどひとつもなかった。まさに極彩色だ。テイラーは、神の楽園に踏みこんだような気がした。道を曲がるたびに、見たことのない素晴らしい景色が現れる。なにもかもが美しくて、感動のあまり涙が湧きあがってささやき声しか出てこないこともあった。

子どもたちは動物を見つけては驚いていた。大きくて滑稽《こっけい》な耳を持つミュールジカ。ジョージーは白い尾の雌ジカを追いかけ、ダニエルはあと少しでその雌ジカが連れていた子ジカに触れそうだったと胸を張った。

テイラーは空気の変化にも感動した。このうえなく清々しくて明るい空気にめまいがした。心が洗われる気がする。リデンプションは見たこともない町だが、彼女はすでに〝うち〟と呼ぶようになっていた。

もちろん、困ったこともあった。テイラーは最初の日に白い手袋をはめて手綱を握っていたが、それでも指の皮がすりむけてしまった。そこで翌朝は、ハンターが持っていた使い古しの作業用手袋をはめてみた。ぶかぶかで、茶色の地味な手袋だ。だが、テイラーはその手袋が気に入った。

その朝、テイラーがジョージーをハンターの幌馬車に乗せるまでは、ダニエルは愛らしくて素直な子どもだった。だがアリーがテイラーの隣に座って手綱をかわりに持ちたがると、ダニエルは妹たちが離れたせいで、びっくりするような癇癪を起こした。それでもテイラーが割り振りを変えないので、ダニエルはますます怒りくるい、裸足で車輪を蹴りつけて、遠くにいるハイイログマさえ震えあがりそうな叫び声をあげた。テイラーはダニエルを膝に抱きあげてなだめ、ヴィクトリアは脚をさすってやった。ダニエルの望みはなだめられることでなく、自分のやり方を通すことだったが、しまいにテイラーの幌馬車の後ろにおさまり、たっぷり一時間はだれとも口をきかなかった。

テイラーはひそかにダニエルの行動をほほえましく思った。あんなわがままがいえるほど気が緩んでいるのだ。非の打ちどころのない小さな紳士の仮面にひびが入って、ほんとうの子どもの顔が表に出ようとしている。ダニエルがふつうの七歳の子どもと同じくらい憎たらしくなったら、こんなうれしいことはなかった。

二日目が終わるころには、ハンターはジョージーにうんざりしていた。テイラーたちの周到なたくらみに彼がようやく気づいたのは四日目だった。ジョージーは彼の隣に体をねじこみ、赤ん坊の人形を膝に乗せ、幌馬車が動きはじめたときから昼の休憩までしゃべりつづけるので、毎度そのころには、猿ぐつわを嚙《か》ませたくなる。だが午後になると、ジョージーはテイラーの幌馬車に移り、アリーと一緒に長い昼寝をするのだ。

ヴィクトリアとテイラーは夜が好きだった。目的地まで、また一日だけ近づいたことになるからだ。ふたりは一緒に、ハンターが熾《おこ》してくれた火を使って夕食をこしらえた。料理は初心者だから、作るのは簡単なものだけだ。テイラーは毎晩フライパンでパンビスケットを作った。イチゴのジャムを載せれば、まあまあいける味だ。ヴィクトリアはハンターがつかまえた魚の切り身を焼いた。たいていはマスで、これが信じられないほどおいしい。それに買っておいたリンゴや、調理が簡単な食べ物が加わった。

ダニエルとジョージーは、テイラーが目の前に置いたものをなんでも平らげた。だがアリーは神経質で、皿の上で食べ物と食べ物がくっつくと、もう食べようとしない。ビスケットがたまたま魚のすぐ近くに並べてあると、どちらも食べなくなってしまう。アリーはまた、自分が食べるリンゴにもうるさかった。テイラーははじめて双子にリンゴを食べさせてやったときとそっくり同じようにして、リンゴの皮を剝《む》き、芯を取りのぞいて、四つに切り分けてやらなくてはならなかった。そのうえ指がべたべたしたりしたら、もう大変だ。ふだんはおとなしいのに、アリーは手を洗って拭いてやるまで泣きわめくのをやめなかった。

一行にはそれぞれ、奇妙な癖があった。ヴィクトリアはいつも日が暮れたとたんに元気いっぱいになるし、ダニエルはいまだにブーツを抱いて寝るといいはるし、ジョージーは寝るまでしゃべりつづける。そのおしゃべりはやがて、ジョージー自身の子守歌になった。

ハンターは夜になると、決まって不機嫌になった。まだ引き返せると説得しても、テイラーとヴィクトリアは頑として首を縦に振らない。

テイラーは、一日が終わるころにはいつも体の痛みに悩まされた。肩と背中の筋肉が燃えているようだ。それなのに、ハンターがリデンプションで暮らすなど、どうかしているとしか思えないという説教を繰り返すので、目的地に到着する前の夜には、とうとう堪忍袋の緒が切れてしまった。彼女はハンターにいった。もう間違いなく二十は年を取ったような気がする、ひどい顔をしていることもわかっている、頭のてっぺんからつま先まで痛くてたまらないと。そう、見かけや痛みはどうしようもないけれど、ハンターを黙らせることはできる。面と向かってどうかしているというのをやめないつもりなら、いっそ彼が正しいことを思い知らせてもいい。

けれども、いまは疲れていて、脅し文句になりそうな言葉はなにひとつ思いつけなかった。

それに、いったところで信じてはくれない。彼女はハンターに背を向けて幌馬車に戻った。体が痛くて泣きたいくらいだが、そうする元気もない。

ハンターはいいすぎたと思ったのだろう。翌朝は明け方になっても、テイラーを揺さぶって起こさなかった。テイラーもヴィクトリアも九時まで寝過ごして、ジョージーの笑い声で目を覚ました。

ヴィクトリアはそのまま顔を洗って着替えはじめたが、テイラーはローブを着て子どもたちを探しに出た。見つけるのは簡単だ。ジョージーの声のするほうに行けばいい。

ハンターが、子どもたち三人を小川に連れだしていた。川岸に腰をおろし、ライフルを脇に置いて、子どもたちを見守っている。ダニエルは靴下とズボンをはき終わったところで、ブーツを履こうと悪戦苦闘していた。

「毎朝ブーツを履く前に、かならず逆さにしてよく振るんだぞ」ハンターがいった。

「どうして？」ダニエルが尋ねた。

「夜のうちに妙なものが入りこんでいることがある」

テイラーは木の下をくぐって近づき、双子を見つけて目を丸くした。ふたりとも真っ裸で、びしょ濡れだ。アリーは浅瀬に座りこんで人形のモップのような髪の毛を梳かし、ジョージーは跳びはねて水をそこらじゅうに撥ねとばしている。

川の水は空気のように透きとおっていた。ハンターは水深が数インチしかない、洞穴のように穿《うが》たれた場所を選んでいた。その下流は木々に挟まれていて、ずっと深くなっている。

双子はどちらも震えていなかった。おそらく、それほど冷たい水ではないのだろう。テイラーは不意に、ふたりの仲間に加わりたくなった。髪を洗って、馬と古びた革のにおいでなく、石鹸《せっけん》のバラの香りをまといたい。

木立にいる彼女を最初に見つけたのはアリーだった。

「ママ！　お人形を洗ってるの」

テイラーはほほえんで近づいた。「ここから見えるわ」大声でいった。

「おはよう、母さん」

テイラーは息子を振り返った。「おはよう、ダニエル。よく眠れた？」

「今日はデイヴィッドになるんだ」彼はいった。「よく眠れたんじゃないかな。寝坊しちゃった」

テイラーは川辺に近づいた。ジョージーが水をかけてくる。ジョージーだと思ったのは、ぺちゃくちゃしゃべりながら水をかけてくるからだ。

テイラーは靴を蹴り脱いだ。足が水に触れても止まらず、そのままずんずん水に入ったので、双子たちは大喜びした。ハンターは意外な成り行きに大笑いした。ジョージーが即座にその笑い方をまねる。

ナイトガウンとローブ姿のテイラーが流れのなかほどに腰をおろすと、デイヴィッドもほほえんだ。

ヴィクトリアが木立のなかを歩いてきて、騒ぎの元を見つけた。彼女はテイラーを見て吹きだした。

テイラーが双子たちと遊んでいるあいだに、ヴィクトリアは幌馬車から石鹸とタオルを取ってきた。彼女はアリーの髪を、テイラーはジョージーの髪を洗った。デイヴィッドはもう髪は洗ったといって、自分のブーツをきれいにする作業に没頭した。

双子がきれいになると、テイラーはハンターの隣に広げてあった毛布に双子を置き、小川が湾曲して深くなっているところまで行って、ローブとガウンを脱いで体を洗った。ヴィクトリアはテイラーの銃を持って川岸に立っていたが、テイラーが髪を洗って服を着ると、はじめて銃の撃ち方を知らないことを打ち明けた。テイラーは、新しい家に落ち着いたらすぐに教えると約束した。

それからヴィクトリアが髪を洗った。途中でデイヴィッドが彼女とテイラーの様子を見に来た。ふたりがあとどれくらいぐずぐずするつもりか、ハンターからたしかめてくるようにいわれたらしい。ヴィクトリアはハンターに聞こえるように、急ぐつもりはないからと声を張りあげた。

テイラーは毛布の上に座ると、銃を膝の上に置いて髪を拭きはじめた。ヴィクトリアが水浴びしているすぐそばの川岸に目が吸い寄せられたのはそのときだった。茂みのなかでなにかが動いている。ヴィクトリアは思う存分水浴を楽しんでいて、周囲に無頓着だ。いまは泡立てた髪をすすいでいる。デイヴィッドは退屈して、妹たちのところに遊びに行ってしまった。

別の動きがテイラーの目をとらえた。目を凝らしたが、なにも見えない。風で木の葉がそよいだだけだろうと思った瞬間、目が見えた。黄色い目だ。それから、体が見えた。猫のたぐい——ヤマネコだが、見たことがないほど大きい。

テイラーが昔読んだ本に、猫は水に入らないとあった。濡れるのが怖いのだ。だが、そのヤマネコはそんなことは知らないようだった。テイラーはそろそろと立ちあがって銃をかまえた。ヤマネコがさらに前に出る。いまにも飛びかかりそうだ。ヴィクトリアに危険を知らせようとしたとき、ぴたりと口をふさがれた。

「声を立てるな。動くんじゃない」

ハンターの声が耳元でした。テイラーはぴたりと動きを止めた。うなずきもしなかった。ハンターがなにを気にしているのかわかる。ヴィクトリアが頭をあげたら、ハンターのライフルとヤマネコのあいだに立ちふさがる形になってしまう。

テイラーもハンターも、もうヴィクトリアでなく、化け物のようなヤマネコに集中していた。

ヴィクトリアは楽しそうだった。またゆっくりと仰向けになって、水のなかに体を沈めている。それから起きあがり、テイラーを見てほほえみかけたが、ハンターに気づいてはっとすると、水中で胸を隠した。

ヴィクトリアはそこで、ふたりが背後の川岸を見ていることに気づいた。ハンターがライフルをかまえて、照準器の向こうで目をすがめている。ヴィクトリアは後ろを見ることができずに、助けを求めるようにテイラーに視線を戻した。テイラーが「かがんで」と声を出さずに口を動かすのを見て、ヴィクトリアは膝から力が抜けるのを感じながら、そろそろと水のなかに戻った。

その瞬間、ヤマネコが高くジャンプした。ハンターがつづけざまに発砲する。一発目で仕留めたかどうかわからなかった。ヤマネコの体は、ヴィクトリアからほんの数フィート離れた場所に落ちた。

ヴィクトリアはぱっと立ちあがって、水中に沈んでいく動物を見つめた。それから耳をつんざくような悲鳴をあげて、後ろに卒倒した。ハンターが駆けつけて彼女を水中から引っぱりあげた。ヴィクトリアは早口に泣きわめき、ハンターに抱きあげられると死にものぐるいでしがみついた。テイラーは毛布で体を覆ってやった。

子どもたちが何事かと走ってきたので、テイラーは彼らを幌馬車に連れ戻した。ヴィクトリアはむせび泣いていて、落ち着くまではしばらくそっとしてやったほうがよさそうだった。さぞかしぞっとしただろう。テイラーはエプロンにピストルをしまいこもうとして、両手が震えていることに気づいた。彼女がなにがあったか説明するあいだ、双子は目を丸くし、黙りこんで聞き入った。ジョージーがヤマネコの死体を見に行きたがったが、テイラーは許さなかった。彼女は双子に服を着せ、髪を梳かしてやった。そして靴の紐を結び終わったところで、アリーが甲高い悲鳴をあげた。人形が見当たらない。

テイラーの神経はすでにすり切れそうだったが、どうにか気持ちを落ち着かせて、双子を並べて座らせると、ここを動かないでといい聞かせた。そして小川に向かおうとしたとき、ぼくが行くと息子が声をかけてきた。

「あなたはここにいて、ダニエル」テイラーはいった。「すぐに戻るわ。アリー、そんなに大騒ぎしないで。お人形なら取ってくるから」

「ぼく、きょうはデイヴィッドだよ」息子がいった。「忘れたの？」

テイラーはもうお手上げだった。「どちらにするか決めるまで、ダニエル・デイヴィッドって呼びましょうか」彼女は提案した。「それなら忘れないわ」

「ふたつとも呼ぶの？」息子はおかしそうにいった。

「ええ」テイラーはいった。「ふたつともよ」

「でも、ダニエル・デイヴィッドよりデイヴィッド・ダニエルのほうがいいってぼくがいったら？」

また質問の仕切りなおしだ。テイラーはぶつぶついっている息子を残して、小川に戻った。人形は水際の岩の上にあった。テイラーは手を伸ばそうとして、さっとあとずさった。茶色い斑点のあるヘビがすぐ横の岩でとぐろを巻き、ガラガラと音を立ててにらみつけている。テイラーはハンターを呼ぼうとしたが、背後からアリーの泣き声が聞こえて、大事なのは人形を拾いあげてアリーを泣きやませることだと思いなおした。いつもハンターが自分やヴィクトリアや子どもたちの面倒を見てくれるとはかぎらない。ルーカスもそばにいないかもしれない。そうなったら、いやでも自分ひとりの力で立ち向かわなくてはならないのだ。

テイラーは、エプロンから銃を取りだした。殺さなくてすむようにヘビが逃げてくれたらいいのにと思ったが、すぐに考えが変わった。さっきダニエルに人形を取りに行かせていたら、どうなったかしら?

テイラーは銃をかまえて、一発でヘビを殺した。ヘビは勢いで飛ばされて水のなかに落ちた。

ハンターはヴィクトリアに夢中でキスをしていたが、銃声を聞いて現実に引き戻された。ヴィクトリアをおろしてライフルをつかみ、音のしたほうに向かおうとした。

「テイラー!」彼は叫んだ。

「いまいましいヘビがいただけよ、ハンター」テイラーの声がした。

ヴィクトリアも行こうとしたが、ハンターは彼女の腕をつかんで引き止めた。なにがあったかわかるまでこのままじっとしていろというつもりだった。ヴィクトリアはうつむいて、胸を隠していた毛布を引っぱりあげた。

「テイラーはヘビを殺したのね」彼女はささやき、ハンターをちらりと見た。

「いいや、〝いまいましいヘビ〟を殺したんだ」ハンターは訂正した。

ヴィクトリアはうなずいた。「わたしなら大騒ぎしていたでしょうね。テイラーは違った。どうしてキスしたの?」

ハンターは即座にもっともらしい嘘をついた。「きみを泣きやませるためだ」

「そう……」ヴィクトリアはため息をついた。

ハンターは彼女を見つめずにはいられなかった。たまらなく魅力的だ。こんなきれいなグリーンの瞳は見たことがない。髪の毛は燃えるような赤茶色で、鼻筋にはそばかすが散っている。そのそばかすにキスしたくてたまらなかった。

だが、そんなことを考えるなんてどうかしている。彼女がどんな女性で、自分がどんな男か、忘れたのはいっときだった。まっとうなレディと混血男。ありえない組み合わせだ。「一日じゅう突っ立っているつもりか？」

ぶっきらぼうにいわれて、ヴィクトリアはかっとした。「あなたがその手を離さなかったらどこにも行けないでしょう」

ハンターは即座に手を離して、野営地に向かって歩きはじめた。ヴィクトリアはかなり距離を置いて彼のあとにつづいた。

出発の準備が整ったのは三十分後だった。アリーはまだ機嫌が悪くて、朝食にはほとんど手をつけなかった。濡れた人形でなく、乾いた人形がほしいのだ。いくらいい聞かせても聞く耳を持たないので、テイラーはとうとう人形を馬車の幌にピンで留めて、お日さまに当てればすぐに乾くからとアリーにいい聞かせた。それでも機嫌がなおらないので、人形は昼寝するということにしなければならなかった。

ジョージーは助けにならなかった。自分の人形をアリーに見せつけていじめている。まだ昼にもなっていなかったが、テイラーはもう丸一日たったように疲れていた。

このまま行けば、リデンプションへの到着は夕方になる。そう思うと、テイラーは不安になった。リデンプションの住民に会わなくてはならないし、適当な宿も探さなくてはならない。

そのうえ、ルーカスがもうリデンプションにいてみんなの到着を待っているかもしれないとハンターから聞かされて、なおさら心配に拍車がかかった。そんなことができるとはとても思えなかったが、ハンターの話では、シカゴでの仕事がすぐに片づき、シンシナティからスーシティまで列車に乗り、それからミズーリ川を定期的に行き来する川船のどれかに飛び乗れば可能だという。

「それでも、わたしたちより数日遅れているはずよ」テイラーは反論した。

ハンターはかぶりを振った。「ルーカスは馬車で来るわけじゃない。それに、きみと違って、スーシティで買い物に時間もかけない。ルーカスは馬で、幌馬車では通れない近道を通ってくる。となると、先にリデンプションに着いている可能性は大いにあるんだ」

テイラーは、そうならないことを祈った。まずは腰を落ち着けて、それからルーカスと対面したい。ルーカスが怒りくるうことはわかっていた。その怒りと向き合うことを考えると、どうしても落ち着かなくなってしまう。

ハンターは幌馬車に馬をつなぎながらにやにやしていた。人に気をもませておもしろがっているのだ。仕返しをしなくては気がすまない。テイラーはハンターが二台目の幌馬車の手綱を取るのを待って、ジョージーを彼に渡した。ハンターが、おしゃべりを押しつけられた理由はお見通しだといわんばかりの目で見返すと、テイラーは肩をすくめ、さらにアリーを渡した。

ジョージーはハンターの左側に体をねじこみ、アリーは右側に座った。まだ手負いの動物のように泣きわめいている。

ハンターはアリーを見おろした。「まだ当分泣くつもりか？」

アリーがこくりとうなずいたのがおかしくて、ハンターは周囲の木立に響きわたるほど大笑いした。テイラーは気がつくとつられてほほえんでいた。見ると、ヴィクトリアもほほえんでいる。

あとは、ダニエル・デイヴィッドを待つだけだった。二台の幌馬車のあいだで、どちらに乗るか決めかねている。テイラーにどうしてそんなに迷うのか訊かれた彼は、妹たちから離れたくないが、女性ふたりを幌馬車に乗せて知らんぷりしているのはまずいと思うと答えた。

だが、ハンターがさっさとこっちの馬車に乗れというと、ダニエルは素直に従った。自分のためにだれかが決断してくれることがうれしかったのだろう。

めざす渓谷におりる最後の丘では、ハンターの幌馬車が先頭に立った。ダニエル・デイヴィッドは幌馬車の後ろに座り、後方にいるテイラーを一時間近く見つめたまま、五分おきに手を振り、テイラーが手を振り返すとにこにこしていたが、しまいにたゆまぬ見張りに飽きて座席によじのぼり、アリーの隣に座った。

昼の二時をまわったころ、一行は最後の緩やかなくだりに差しかかった。もうリデンプションがはっきりと見える。雪をいただいた山々に囲まれた丘陵地帯のなかにある町だ。周囲は、母なる自然の恵みにあふれていた。テイラーは丘の斜面に、絵筆を振って虹色の絵の具を散らすさまを思い浮かべた。

絵の具がなくなるころ、リデンプションに到着した。テイラーの第一印象は――失望といってよかった。ヴィクトリアも町の眺めに唖然《あぜん》としている。ルーカスが、この町には建物が十二、三軒程度しかないといっていたとおりだ。もちろんそのことについては心構えをしていたが、ここまで見苦しいとは思わなかった。どの建物も、茶色くて薄汚い。

ハンターは先頭に立って町の中心に向かった。舗装されていない表通りの両側には、板でできた歩道がある。町じゅうの建物がすべて木造だったので、テイラーはきれいに色を塗ったところを想像しようとした。

「見て、雑貨店があるわ」テイラーはヴィクトリアにいった。

「真向かいに酒場もあるわね」ヴィクトリアの声には、少し咎めるような響きがあった。「こんなに静まりかえってなければよかったんだけれど」

ふたりはまっすぐ前を向いて、住民の男たちからじろじろ見られていることに気づかないふりをした。

男たちはあちこちにいた。戸口にたたずみ、窓辺にたむろし、馬のつなぎ柱にもたれている。もちろんみんな顔は違うが、表情は似たり寄ったりだった。そろいもそろって、ぽかんとしている。

女が来たという噂《うわさ》は、鉄砲水並みの速度で広まった。幌馬車が雑貨店の前に着くころには、ふたりを見ようと町じゅうが集まっていた。総勢十九名。

当てずっぽうではなかった。ヴィクトリアが、念のために数えた人数だ。

テイラーはどうすればいいのかわからなかった。笑顔で挨拶する？　そこまでしたらやりすぎかしら？　はじめの一歩で間違えたくない。

男たちはじりじりと近づいてきて、なかには口笛を吹いてはやし立てるものも出はじめた。ハンターは杭《くい》に手綱を輪にしてかけると、テイラーを助けおろした。

「どうしてみんな黙っているの？」

「目の前にあるものが信じられないんだ」ハンターは答えた。

テイラーはため息をつくと、しっかりするようにと自分にいい聞かせてボンネットを脱いだ。

それから騒ぎがはじまった。だれもがテイラーを見ようと寄ってくる。ハンターは手を振って野次馬をさがらせると、テイラーを抱きあげて地面におろし、男たちに向きなおった。「ロスの妻だ」

チェックのシャツにバギーパンツといういでたちの男が前に出た。白いものが混じった伸び放題のひげに巨大な鼻、焦茶色の瞳の持ち主だ。男は眉をひそめてテイラーを見ると、さらに前に出た。「べっぴんにお目にかかるのは何年ぶりかのう……どんなもんかも忘れとったわい」

「こんなべっぴんは見たことがねえ」別の男が叫んだ。「ブラウリーのばあさんたちは、もうとっくの昔に女とは思えなくなっちまったしな」

「もっとさがるんだ、クリーヴィス」ハンターはいった。「このふたりに空気を吸わせてやれ」

「ちょっとにおいを嗅いでみたかっただけだ」クリーヴィスがいった。

テイラーは頬がほてるのを感じながら、肩をそびやかしてハンターの脇をすり抜けた。クリーヴィスといわれた男の前を通ると、彼は深々と息を吸いこみ、それから有頂天になっていった。「バラだ……。バラみたいなにおいがするぜ、みんな」

「こいつはたまげた」

テイラーはその言いまわしにほほえまずにはいられなかった。彼女は男たちのあいだを通り抜けてハンターの幌馬車の後ろに行くと、垂れ布を少しめくってなかを見た。

ジョージーはぱっちりと目を覚ましていた。おまるを使ったばかりらしく、ダニエル・デイヴィッドにブルマーをはかせてもらっている。テイラーはデイヴィッドにかわってブルマーをはかせると、ジョージーを抱きあげた。

ジョージーは下におりたがったが、町の男たち全員にじっと見られていることに気づくと、テイラーの首に両腕を巻きつけて、首の付け根に顔をうずめた。

ハンターは、さっきからヴィクトリアを助けおろそうとしていた。だが、手を貸そうとするたびにヴィクトリアは首を振る。

「一日じゅうそこにいるわけにはいかないだろう」ハンターは険しい声でいった。「だれにも手出しはさせない」

「そんなこと、いわれるまでもないわ」ヴィクトリアは小声でいい返した。「それに、自分の身くらい自分で守るわよ。怖くなんかない」

「ほんとうかどうか、証明してみたらどうだ」

ヴィクトリアは意を決してボンネットを幌のなかに放ると、ハンターに助けおろしてもらった。

　テイラーは男たちから質問責めにされて戸惑っていたが、彼らがジョージーをこれ以上怯《おび》えさせないためにひそひそ声でしゃべっているのだとわかると、落ち着きを取り戻した。

「どちらまで行くんで、ロスの奥さん？」分厚い眼鏡をかけた男が尋ねた。

「いま目的地に着いたばかりよ」テイラーは答えた。「ここに住むつもりなの」

「赤毛の娘っ子は結婚してるのかい？」

　その質問をしたのは、そばかす顔の若者だった。テイラーはヴィクトリア本人が答えるかもしれないと思って振り返ったが、ヴィクトリアはそれどころではなかった。ハンターの腕をがっちりとつかんでいて、ハンターがその手を剝《は》がそうとしている。

「以前は結婚してたわ」テイラーは説明した。「数カ月前にご主人を亡くしたばかりなの」

　気の毒そうな顔をした者はひとりもいなかった。ヴィクトリアは幌馬車をまわりこんでテイラーのところに来るまでに、三人から結婚を申しこまれた。

「いまはまだ喪に服しているんです」彼女は全員にいった。「それに、子どもも産まれますから」

　そのどちらも、男たちにとってはどうでもいいことだった。ヴィクトリアの名前も知らないのに、彼らはなおも結婚してくれと懇願した。産まれる赤ん坊も手元に置いてかまわないという者さえいた。

　ヴィクトリアは失礼な男を蹴飛ばそうかと思ったが、テイラーは笑った。ジョージーがようやく周囲を探検する気になったので、テイラーは木の板でできた歩道の踏み段に近づいて娘をおろしてやった。ジョージーはすぐさま雑貨店に駆けこんだ。

テイラーは体を起こして、さっとあとずさった。厚手の灰色の長袖シャツにブルーのオーバーオール姿の男が、ほかの男たちをかき分けてきて目の前に立ちはだかった。少なくとも六フィート半はありそうな、肩幅がとんでもなく広くて筋骨隆々とした大男だ。茶色の髪は長く、ひげは伸び放題で、見るからに恐ろしい。その男が、テイラーの鼻先に新聞を突きつけてめちゃくちゃに振りまわした。

テイラーは新聞をぴしゃりとたたいて振り払った。「なにかしら?」

「あんた、新聞を読むかね?」

「え?」

男が質問を繰り返す声が、テイラーの耳のなかでがんがん鳴り響いた。

「わたしが字を読めるかという意味なら、答えはイエスだけれど」

男が喜びの雄叫《おたけ》びをあげたので、テイラーは危うく踏み段から転げ落ちそうになった。

ヴィクトリアは大男を慎重に避けて雑貨店に入った。数人の男があとを追いかけた。

ダニエル・デイヴィッドが幌馬車からおりて、急いで母親のそばに行った。テイラーは男たちに息子を紹介した。

ハンターは彼女を見ていた。ダニエル・デイヴィッドを自分の息子だといっている。だれかが異論を唱えかけると、テイラーはきっとにらみつけてその口を封じた。

「ダニエル・デイヴィッドは、わたしの息子よ」彼女は繰り返した。「わたしはこの子の母親で、ルーカス・ロスが父親なの」

テイラーは、いいたいことがあるなら相手になるとばかりに男たちを見まわした。口を開く者はひとりもいない。さらに何人かがうなずいて同意を示したので、テイラーは満足した。ハンターはほほえんだ。テイラーは息子に向きなおると、背中をそっとたたいて、雑貨店でペパーミント・キャンディを売っていないか見てくるようにいった。

「でも、アリーが……」

「わたしが連れてくるわ」テイラーは約束した。

ダニエル・デイヴィッドは店に駆けこみ、テイラーは幌馬車に戻った。アリーはまだぐっすり眠っている。テイラーが垂れ幕を閉めてハンターを見ると、彼は察しよくうなずいた。テイラーは見張り役を引き受けてくれた彼に笑顔を見せて雑貨店に入った。

大男が新聞を脇に挟んであとからついてきた。ヴィクトリアが店の主人と話している。彼女はテイラーを店主に紹介した。フランク・マイケルズというその男は大喜びで、テイラーと握手したまま、しばらく手を上下に振って歓迎した。年齢は、おおよそ五十前後。片方のレンズにひびが入った眼鏡をかけ、なで肩で、指が節くれ立っている。とりわけ引きつけられたのは、ぬくもりにあふれたはしばみ色の瞳だった。笑顔も温かい。フランクは、お目にかかれたのは光栄の至りだと何度も繰り返した。

ジョージーが店の奥に行ってほどなく、アリーが店の入口に現れた。ハンターの脚にもたれて、男たちを見ている。

「ずいぶんとすばしっこいお子さんで」フランクはいった。「もう表に出てくるってことは、稲妻のように走れるんでしょうなあ」

アリーはテイラーを見つけて駆け寄った。人形を抱いている。マイケルズがしゃがんで声をかけようとすると、アリーはたちまちテイラーのスカートの後ろに隠れた。それからジョージーが角をまわって飛びだしてきたので、マイケルズは驚いてふたりを見比べた。

「これはこれは、双子のお子さんでしたか……」

「ちょっといいかね、ロスの奥さん」

大男の声が後ろから聞こえた。テイラーは振り向きざまに、彼が目の前で振りまわしていた新聞をよけた。

「こいつを読めるか?」

「ええ、もちろん」テイラーは苛立ちを悟られないように応じた。「新聞なら、何年も前から読んでいるわ」

「おいおい、ロリー、この方はついさっき到着なさったばかりなんだぞ。ひと休みさせてあげたらどうだ。新聞なんぞでわずらわせるんじゃない」マイケルズはテイラーのかわりに文句をいうと、小さくうめきながら体を起こし、両手で腰をさすった。

「子だくさんで結構なことですなあ、ロスの奥さん」

「ありがとう、マイケルズさん」

「フランクと呼んでください」

「でしたら、わたしのことはテイラーと呼んでいただかないと」

「ええ、ええ、喜んで」フランクは応じた。

ロリーはまだ引っこまないつもりだった。「ロスの奥さんがいいといったんだ、フランク。この耳ではっきり聞いたぞ」

テイラーにはなんのことやらわからなかったが、なにをいいといったのか問いただす前にロリーにがっちりと手をつかまれ、出口に引っぱられた。外に出るには、ハンターの前を通りすぎなければならない。ロリーは立ち止まると、ハンターにちらりと目をやってつぶやいた。「ハンター」うなずいて挨拶した。

ハンターも眉をひそめてうなずくと、ぶっきらぼうにいった。「ロリー」

ロリーはそのまま進むと、歩道の踏み段の手前で立ち止まり、声を張りあげた。「だれか、木箱を持ってこい。この方が新聞を読めるそうだ」

とたんに拍手が巻き起こったので、テイラーはぎょっとした。どこからともなく木箱が現れて板道に置かれたので、テイラーはそれを見て、それからロリーという大男を見あげた。

ロリーは彼女に新聞を渡すと、抱きあげて木箱の上に立たせた。別の男が、雑貨店から揺り椅子を引きずってくる。ロリーはその男にうなずき、椅子に腰をおろした。

「ママ、なにしてるの?」ジョージーが尋ねた。

テイラーは娘を見おろすと、肩をすくめてささやいた。「わたしにもさっぱりわからないわ」

「ママはおれたちに新聞を読んでくれるんだ」ロリーはジョージーに説明して、テイラーに手を振った。「はじめてもらおう」

テイラーはハンターがどう思っているのかと彼を見た。ハンターは店を出たところで、退屈そうにしている。

テイラーは新聞を開いた。《ローズウッド・ヘラルド》とある。見たことも聞いたこともない町の名前だ。それから、日付に気づいた。

「二週間前の日付だけれど……」

「それでも、おれたちにとっては最新の情報なんだ」ロリーがいう。

「おれたちゃ、山のなかにある鉱山集落からいろんな新聞を手に入れている」別の男がいった。「だが、みんながいちばん気に入ってるのは《ローズウッド・ヘラルド》でな。そうだろ、ロリー?」

「そうらしい」ロリーがうなずいた。

テイラーは最初に感じたことをたしかめたくてうずうずしていた。ここではだれひとり字が読めないのかしら? でも、この人たちの気持ちを傷つけたくない。きっと思い違いだ。文明が進んだこの時代なら、ひとりくらいは字が読める人がいるはず。

そこで、遠まわしにたしかめることにした。「わたしの前は、どなたが新聞を読んでくださっていたの?」

だれもがロリーを見た。「そうさな、フランクがたいてい読んでくれてたんだが、眼鏡にひびが入っちまってな。まだなおしてもらってないんだ」

「それから、アールが読んだろ」だれかがいった。

ロリーはうなずいた。「アールはみんなの受けがいまひとつだった。読んでいる最中にごほごほしやがる」

「ヘンリーが一度読んだことがあったぞ」フランクが戸口からいった。

「あいつはつっかえてばかりで、聞いていていらいらしてくるんだ」ロリーがいった。「よっぽど撃ち殺してやろうかと思った」

「実際撃ち殺したじゃないか」フランクがいった。

テイラーは目を剝《む》いた。ロリーが説明した。「あれは違う理由だ。さあ、読んでもらおう」

彼はふたたびテイラーに声をかけた。

テイラーは男たちを見渡した。みな期待に満ちた表情で待ちかまえている。テイラーはできることをするしかないと、腹をくくって新聞を読みはじめた。

新聞は、すべての欄を読まされた。印刷してあることは一言一句、そのまま読まなくてはならない。紙が四枚もあったので、ぜんぶ読み終わるのに四十五分もかかった。ロリーから《デンヴァー・ポスト》まで手渡されなかったのは幸運だった。そうなったら、ぜんぶ読み終わるのに何時間もかかっただろう。少しでもおかしなことが書いてあれば、みんながひとしきり笑うので中断されるし、悪い情報なら長い議論がはじまるからだ。

聴衆は大いに喜んでくれた。テイラーが最後の記事を読み終わって新聞をたたむと、全員が拍手し、ありがとうと声をかけてくれた。くわえて、それまで見かけなかっただれかが、いい声だとほめてくれた。

テイラーが気づいたことがふたつあった。ひとつは、この町の男たちが外の世界の出来事に好奇心旺盛なことだ。彼らが自分たちのささやかな世界に満足しておらず、周辺でなにが起きているか知りたがっているのは明らかだった。時事問題を熱っぽく議論する様子からして、政府のすることにも大いに関心を持っている。そして、ふたつ目はロリーのことだった。ほかの住民はロリーを避けている。ロリーひとりが椅子に座っているし、住民たちが彼を見るまなざしからして、ロリーは恐れられているらしい。それでも、テイラーには害のない人間に思えた。

テイラーは木箱から飛びおり、新聞をロリーに渡した。「どうぞ、ロリーさん。これでよろしければ、失礼させていただくわ、夜までにしなくてはならないことが山ほどあるの」

ロリーは立ちあがった。「それじゃ、日曜にまた会えるか?」

「日曜?」

「新聞を読んでもらうためだ」ロリーは説明した。「金曜か土曜に、ハリソンが新聞を持ってくる。日曜にあんたが読んでくれるのを、みんなで待っているからな」

「喜んで。日曜に読ませていただくわ」テイラーは応じた。

ロリーはひょいと頭をさげた。「この礼をしたいんだが、ロスの奥さん」彼は男たちをじろりとみまわした。「当然のことだ」

だれもがうんうんとうなずいた。ロリーは、親切だとか、礼儀正しいとか思われたくないのだろうとテイラーは思った。

「なにか、困っていることはないかね？」ロリーが尋ねた。

「実は住む場所を探しているの、ロリーさん」テイラーは答えた。「この町に、空き家はないかしら？　虫のいい考えかもしれないけれど、しばらく暮らせるような芝土の空き家があればと思って……。ご存じ？」

ロリーはにこにこして、通りに集まっている聴衆に声をかけた。

「うちがほしいそうだ。文句のあるやつはいるか？」

ロリーはしばらく待つと、テイラーに向きなおった。「決まりだ」

「なにが決まりなの？」

「あんたの家さ」ロリーはいった。「みんなで、明日からあんたの家を建てる」

テイラーはぽかんとした。ロリーは揺り椅子を持って雑貨店に戻りながら、今日のうちに場所を決めておいたほうがいいといった。

どうやら、からかっているのではなさそうだった。テイラーがそこまでしてもらわなくてもというと、ロリーは少しもかまわないといった。ほかのみんなも同じ考えらしい。男のひとりがいうには、テイラーをこの町にずっといさせるには、家を用意するしかないからだという。

「ロスと一緒に、山のなかに行ってほしくないんだ」真面目そうな若者がいった。

フランク・マイケルズは店の外で、テイラーが新聞を読むのに聞き入っていた。新聞に書いてあることはもう読んで知っていたが、テイラーの声の響きが好きだった。「ひとまず今夜は、キャラハンの家に泊まったらいい」彼はいった。「しっかりした、いい家だ」

「床が木の家だぜ」だれかがいった。

「キャラハンなら、夏まで戻らないからな」フランクがいった。

「わたしたちが使って、気を悪くなさらないかしら?」テイラーは尋ねた。

「あそこはキャラハンの家じゃない」ロリーが説明した。「やつが気に入っているだけだ。元の所有者はやつが追いだした。あの場所はいま、ルイスが元の所有者から預かっている」

そばかす顔のビリーという若者がすすみでた。「キャラハンは町に戻ってくると、その家で寝起きするんだ。どうやってなかに入りこむのか、だれにもわからない。あの家にはしゃれた窓が四つあるが、どれも割られたことがないから、そこから入っていないことはたしかだ。それに、ドアには鍵がふたつついてる。キャラハンは、年寄りのいかれたマウンテンマンで——」彼はうなずいていった。「——あんたなら、ばったり出くわしたくないと思うような男だ」

「本物のマウンテンマンなの?」テイラーはささやくようにいった。

「そこに泊まるなら、まずロスが首を縦に振らないことにはな。ロスはどこだね?」フランクが尋ねた。

「重要な用事で、いまはここにいないの」テイラーは答えた。「ほんとうにマウンテンマンなの?」

「だれが？」

「キャラハンよ」

「ああ、本物のマウンテンマンだとも」ロリーはうなずいた。

「ルイスさんは、交渉すればその家を売ってくださるかしら？」テイラーは尋ねた。

「売るつもりでいるのはたしかだ」フランクは説明した。「所有者だった夫婦は、ルイスに代理人を頼んでいる。ルイスが書類を保管していて、家が売れたらルイスが分け前を取り、残りをその夫婦がいるセントルイスに送ることになっているんだ。まさか、あの家を買おうと思ってるんじゃないだろうな？」

「ルイスは、この町の弁護士なんだ」ビリーがいった。

テイラーは意外に思った。この規模の町に法律的な業務に関わる人間がいるのは驚きだった。だが、それからフランクがいったところによると、ルイスは正式に法律学校を出たわけではないという。彼は数冊本を読み、ヴァージニアシティに住んでいたときに名のある弁護士についてまわって、リデンプションに移ってから自分の看板を掲げた。どうやら、アメリカでは弁護士という職業に免状はいらないらしい。

「ルイスさんの事務所は、開いている時間が決まっているのかしら？」

男たちはそれを聞いてどっと大笑いした。笑い声がやむと、フランクが説明した。ルイスは事務所をかまえていない。馬小屋を経営していて、馬の世話で忙しくないときに法律的な問題を片づけるのだという。

「なぜルイスさんが新聞を読んでくださらないの？」テイラーは尋ねた。

「やつは自分が読むのと引き替えに、しこたま金を巻きあげようとするんだ」ロリーがいった。「フランク、あの家なら泊まっても大丈夫だろう。この方がロスと結婚しているとわかれば、キャラハンも放っておくはずだ。ロスともめたくないだろうからな」

ヴィクトリアが双子を連れて雑貨店に戻ってきた。

「デイヴィッド・ダニエルはどこ？」テイラーが尋ねた。

「ハンターと一緒に、馬の世話をしているわ」

「あの子の名は、ダニエル・デイヴィッドかと思ったが」フランクがいった。「わたしの思い違いかね」

テイラーはかぶりを振った。「いいえ、どちらの名前にするかあの子が自分で決めるまでは、どちらでもかまわないことにしているの。ロリーさん、ルイスさんの馬小屋がどこにあるか教えていただけるかしら？」

「いいとも」

テイラーはヴィクトリアに向きなおって、彼女がいないあいだにわかったことをかいつまんで話した。

「その家には、木の床があるの？」ヴィクトリアが尋ねた。

ロリーがそうだというと、ヴィクトリアはそのささやかな事実に有頂天になった。

一時間後、テイラーは下見もせずに、二階建てでしゃれたガラス窓が四つある木の床の家の所有者におさまった。彼女とヴィクトリアはまた、自営農地法《ホームステッド》に従い、百六十エーカーの土地の取得を申請する書類の作成を依頼したが、ルイスはふたりとも申請は認められないと思っているようだった。ヴィクトリアはイギリスの国民だから、アメリカではまだ土地を所有できない。テイラーに関しては、結婚相手のルーカスがすでに土地の取得を申請している可能性があるので、新たに申請できるかわからないというのがルイスの言い分だ。

法律を解釈する段になるとルイスはてんで当てにならないことにテイラーが気づくまでに、いくらも時間はかからなかった。家の所有権を移すのにルーカスの署名が必要なことは彼女でもわかることなのに、ルイスはテイラーの署名だけで譲渡手続きを完了したつもりでいる。べらべらとしゃべって法律的な問題をごまかし、自分の無知を隠しているのは一目瞭然だった。ルーカスが署名できるように彼女が書類を持ち帰ることで話がつくと、ルイスは家の手付金として二十ドルを彼女から受け取り、新居が決まったことを祝福した。テイラーはなにも確定していないことを心もとなく思いながらも、ひとまずルイスと握手した。

馬小屋の外で、ハンターがヴィクトリアと子どもたちと一緒に待っていた。テイラーが彼に書類を見せて、自分がしたことを話すと、彼は異も唱えず、まったく奇妙な反応をした。目に涙を浮かべて大笑いしたのだ。

ハンターとヴィクトリアとダニエル・デイヴィッドは通りの真ん中を歩いた。テイラーと双子はそのあとにつづいたが、途中でジョージーの靴紐がほどけてしまい、ぴょんぴょん跳びはねるジョージーをなだめてきちんと結びなおすころには、前にいた三人はもう雑貨店に着いていた。

だれもが日が暮れる前に家を見たがっていた。ハンターはヴィクトリアとダニエル・デイヴィッドを順々に幌馬車に乗せると、振り向いてテイラーを待った。

テイラーは双子の手をつかんで早く行こうとした。行く手の空が美しい夕焼けに染まっている。赤く縁取られた鮮やかなオレンジの夕陽を、テイラーは息をのんで見あげた。

ジョージーの言葉が彼女を現実に引き戻した。「あの人よ、ママ」

「あの人って?」テイラーは夕焼け空から目を離さずに尋ねた。

「あのおじさん」アリーがいう。

テイラーはぴたりと立ち止まった。見間違えるわけがない。アリーがあのおじさんと呼んだ男が、通りの真ん中に立っていた。この距離では表情まで見えないが、たぶんしかめ面だ。

「まずいわ……」

テイラーは踵を返して逃げだそうとしたが、すぐに思いなおした。ルーカスを恐れることはない。たしかに怒られるだろうけれど、しばらくすれば、これまでの判断が正しかったことをきっとわかってもらえる。あとは、その前に殺されないことを祈るだけ。

彼女は肩をそびやかして、ふたたび歩きはじめた。近づけば近づくほど不安になる。ルーカスは鹿革の服を着ていた。腰に引っかけたガンベルトの左右に銃を差し、両手を脇に垂らしている。テイラーは不意に、決闘か撃ち合いの場に向かっているような奇妙な錯覚を覚えた。ルーカスのほうが有利だ。ほんとうに、気をしっかり持たなくては。彼が無敵のガンマンのように見えるのは、夕陽のせい。彼の背後から、金色の光が差している。まるで、たったいま太陽から抜けだしてきたようだった。

ようやく彼の表情が見えるところまで来た。ああ、これ以上ないくらい怒っている。瞳も氷のように冷たい。

テイラーは、なんと声をかけたらいいのかわからなかった。向こうにいるハンターが、それ見たことかといわんばかりにほくそ笑んでいるのが見える。その足を蹴飛ばせるほど近くにいたらよかったのに。彼女はなおも進み、ルーカスの数フィート手前で立ち止まった。

ふたりは長いあいだ見つめ合った。テイラーは、ルーカスが埃《ほこり》まみれなのに気づいた。ひげも伸びている。そのせいで、よけいに迫力があった。それに、なんて素敵なのだろう。またルーカスに会えたのがうれしくて、泣きたいくらいだった。ルーカスは、男性に望むあらゆる資質を兼ね備えている。そして彼女は、どきりとする事実に気づいていた。ルーカスが、マウンテンマンそのものに見える。

「ママ？」ジョージーの呼ぶ声がした。

テイラーははっとして、大きく息を吸いこむと、笑顔を貼りつけて双子にいった。

「パパにご挨拶なさい」

17

「われわれの意志と運命は、それぞれ反対の方向に向かっている」

――ウィリアム・シェイクスピア『ハムレット』より

「正気か？」

ルーカスが低い、しわがれた声でいった。必死で怒りを抑えているせいで、喉が痛くなっている。吠えなくては気がすまない。テイラーがまだ生きているのを見て、安堵で体が震えた。それと同時に、こんなとんでもない危険を冒した彼女が腹立たしくて、怒りで体が燃えるように熱くなっていた。とにかく無事だったと自分にいい聞かせるのは、これで十回目だ。テイラーは生きてこの町にたどり着いた。追いつこうと馬を飛ばしながら、テイラーと子どもたちを心配するあまり、何度死ぬような苦しみを味わったことか。

テイラーは、こんなに怒ったルーカスを見たことがなかった。気がつくと体が震えていた。怖いのではない。ただ……緊張しているのだ。ルーカスと対決しなくてはならないことはわかっていた。彼には今後のことを理解してもらう必要がある。

「あなたが怒るのはわかっていたわ」テイラーは口を切った。「でも、そうやって想像するのと、実際にあなたの怒りを目の当たりにするのとでは大違いね。できたら、もう少し冷静になってもらえたらいいんだけれど」

「まず、質問に答えるんだ」

テイラーはひるまないように自分を叱咤《しった》した。「わかったわ」彼女は穏やかな口調を保とうとした。「わたしはたしかに正気よ。アリーとジョージーとダニエル・デイヴィッドがあなたを父親と呼ぶのは、当然の権利だわ」

テイラーは肩をそびやかして、一歩前に出た。「両親の手助けなしでもやっていけるくらい成長して強くなるまで、あの子たちにはわたしたちふたりしかいない」

テイラーはわざと質問を取り違えているのだろうとルーカスは思った。彼はテイラーが父親の務めがどうのとひとしきり説明するのを無視すると、いちばん知りたいことに話を戻した。

「なんでこの町に来た？　いったいなにを考えていたんだ？」

「みんな、あなたのそばにいたがったの」

ルーカスは信じなかった。「おれはシカゴにいたんだ。そのことは知っていたはずだろう、テイラー？」

「ええ、知っていたわ」

ルーカスはうなずいた。「それなのに、おれのそばにいたいがために、逆方向にはるばる千マイルも旅をしたわけだ。そういうことだな？」

「千マイルもあったなんて思えないけれど」

ルーカスは目をつぶって十まで数えると、一からやりなおした。「ここに来ることはいつ決めたんだ?」

テイラーは、ここでほんとうのことを告げる気になれなかった。ルーカスはいまにも爆発したくてうずうずしているようだけれど、売り言葉に買い言葉というわけにはいかない。ここは町の真ん中で、こうしているいまも野次馬がどんどん集まっている。でも、ふたりのやりとりを聞かれるとは思えなかった。ルーカスは怒ると、声が低くなる。その癖が、いまではありがたかった。

「ここで話すのはやめましょう」テイラーはルーカスにいった。「ふたりきりになったら、どんな質問にも答えるわ」

「明日連れて帰るからな」ルーカスがいった。

テイラーはかぶりを振った。自分はどこにも行かない。

ルーカスはうなずいた。夜が明けしだい出発する。

ルーカスは早く疑問をはっきりさせたかったが、少し冷静になって、ここがそんな話し合いをする場所ではないことにようやく気づいた。

「あのね、パパ。あのね……」ジョージーが彼のズボンを引っぱり、〝あのね〟を何度か繰り返していた。小声でしゃべっている。彼のまねをしているのだ。

彼はジョージーを抱きあげると、大きなブルーの瞳をのぞきこみ、彼女がいつの日か心優しい男をとりこにすることを悟った……ちょうど、母親がそうだったように。

「なんだ?」ルーカスは尋ねた。

「ママが、〝いまいましいヘビ〟を撃ち殺したの」

ルーカスはテイラーをちらりと見た。「ほう?」

テイラーは肩をすくめた。「子どもの話は大げさだから」

「抱っこ!」アリーが両腕を差しのべてせがんだ。ルーカスはアリーも抱きあげ、頬にしっかりとキスされて驚いた。アリーはひげを撫でてきゃっきゃっと笑うと、人形が濡れてさんざん泣いた出来事を話して聞かせた。ルーカスはその一言一句に聞き入り、しまいにアリーが肩をすくめて得意そうにほほえむと、テイラーがほかになにをしたのか尋ねた。

双子はかわりばんこに母親のことを話した。テイラーはふたりの記憶の良さに仰天すると同時に恥ずかしくなった。裸のまま泣いていたヴィクトリアにハンターがキスしたことまで話したと知ったら、ヴィクトリアもそう思っただろう。

テイラーは、ダニエル・デイヴィッドとハンターとヴィクトリアが待っている幌馬車に向かって、そろそろと歩きだした。それから死んだネコをママが見せてくれなかったとジョージーがいうのが聞こえて、即座に歩みを早めた。

ルーカスがあとからついてきて、ダニエル・デイヴィッドの前で双子をおろした。ダニエル・デイヴィッドはたちまちはにかんで、ポケットに両手を突っこんで地面を見つめた。ルーカスの両脚には双子がひとりずつしがみついていたが、彼はかまわずダニエル・デイヴィッドを抱きあげてしっかりと抱きしめた。

ダニエル・デイヴィッドもルーカスに抱きついた。ルーカスがなにかささやくと、ダニエル・デイヴィッドはにっこりしてうなずいた。それからルーカスは息子を片腕で抱きなおして、ハンターに向きなおった。

「借りができたな」

ハンターは大きくうなずいた。「よくわかってるじゃないか」

フランク・マイケルズがルーカスの名を呼んで歩道の踏み段をおりてきた。それまで遠巻きに見守っていた野次馬も加わり、ルーカスはほどなく、結婚を口々に祝う友人たちに取り囲まれた。

テイラーとヴィクトリアも野次馬に囲まれていた。ロリーは髪の毛に触ってもいいかとふたりに尋ねたが、ルーカスがその言葉を聞きつけて、その手を引っこめろといった。

ロリーはさっとルーカスに向きなおった。彼はルーカスが妻にキスしなかったことに気づいていった。ということは、ふたりの夫婦関係に波風が立っているんじゃないか？　もしそうなら、ルイスに離婚の手続きをさせて、数カ月のうちにテイラーに結婚を申し込める。

「離婚などありえない」ルーカスはきっぱりと、テイラーを見ていった。

彼は夜遅い時間になるまで、テイラーと口をきかなかった。一行が町を出るのに二時間かかった。だれもがうちに泊まったらどうだと声をかけてくる。ルーカスがことわると、ハンターに声がかかった。こちらも、答えはノーだ。テイラーはもっと礼儀正しくて、申し出てくれた住民に礼をいい、双子は幌馬車のなかで寝るのに慣れていて、いまのように落ち着かない状況では毎日の日課のとおりにすることが重要だからと説明した。双子はくたびれていて、たっぷり眠らせなくてはならない。そういうと、だれもがしまいには納得した。

たしかにダニエル・デイヴィッドも含めて日課のとおりにすることは重要だったが、町にとどまらなかったほんとうの理由は、ルーカスのことがあるからだった。いつまでも妻を無視するつもりではないだろうし、彼と対決するときにまた野次馬を集めたくない。ルーカスがすっかりへそを曲げていたので、家を買ったことはまだ話さないことにした。話すのは明日引っ越すときでいい。

愛と信頼。そのふたつの言葉がテイラーの頭のなかでこだまし、それとともに疑問が湧きあがった。ふたつとも必要？　それとも、どちらかひとつで充分なの？　答えはわかっていたが、彼女は頑《かたく》なにその理由を無視しようとした。過去のことを、ルーカスにどこまで話すべきかしら？

……ルーカスには、包み隠さず話さなくてはならない。そう思うと恐ろしくなった。気を取りなおして、子どもたちの世話に取りかかった。忙しくしていれば、気がかりなことを考えずにすむ。

一行は、リデンプションのすぐ南にある草地に野営した。片側に澄んだ小川が流れ、三方を木立に囲まれた場所だ。

夕食がすんで子どもたちが片方の幌馬車で眠ってしまうと、ヴィクトリアとテイラーはまた水浴びすることにした。ハンターは小川が少し深くなっている場所にふたりを連れていき、なにかあったら呼ぶようにいってその場を離れた。

ヴィクトリアは少しびくびくしていた。月明かりで足元は見えるが、向こう岸が見えるほど明るくはない。ヴィクトリアはまた危険な野獣がいないかと、対岸の暗がりに目を凝らした。テイラーも同じくらい不安に駆られていたが、まったく違う理由からだった。ルーカスのことが胸に引っかかっていた。罠にはめるつもりではなかったことをわかってもらうには、なんといえばいいのかしら?

ルーカスは夕食がすむとすぐに姿を消し、一時間後に戻ってきた。テイラーとヴィクトリアは、ハンターがたき火の前に広げてくれた毛布の上に座っていた。ハンターはふたりの向かいに座り、たき火の勢いが弱まらないように、ときどき小枝を放りこんだ。

テイラーもヴィクトリアも男性がいる手前、普段着のドレスを着ていたが、テイラーは下着をつけていなかった。幌馬車に戻れば、どうせナイトガウンに着替えることになる。

ルーカスとハンターは低い声で話していた。ヴィクトリアはテイラーにいった。「ルーカスはまだ怒っているようね」小声でいった。

「いずれわかってくれるわ」テイラーはささやきかえした。「わたしがなにも求めていないとわかれば、冷静になってくれるはずよ」

「わたしたちがここにいるのが許せないみたい。ハンターに、明日連れて帰るといっているのが聞こえたわ」

「そういうわけにはいかない」

「ルーカスは自分の意見を押しとおすかしら？」

「いいえ、もちろんそんなことはできないわ」テイラーはいっとき間を置いて、話題を変えた。「あの人が、何時間もわたしと口をきいていないことに気づいた？」

「ええ、気づいてたわ。あなた、ルーカスを愛してるの？」

テイラーはルーカスに目をやった。木の幹にもたれて、膝に手を置き、ハンターの話に耳を傾けている。むっつりした表情からして、おもしろくない話らしい。

「愛してるわ……」テイラーはなおもルーカスを見つめていたが、やがて無理やり目をそらした。「わたしったら、ほんとうにどうしてしまったのかしら」

ヴィクトリアは、ハンターにちらちらと目をやっていた。そうせずにはいられない。ハンターの腕に抱かれたときのときめきを思い出してしまう。そして、あのキス……。

ヴィクトリアは思い出を頭から振り払った。ハンターは明日出発する。「『人は見た目どおりであるべきだ』……」

「ウィリアム？」テイラーが尋ねた。

「ええ」ヴィクトリアは答えた。「『オセロ』の台詞よ。ハンターが厳しくて、冷酷で、恐ろしい人ならよかったのに」

「それが、あの人の第一印象だったの？」

「ええ」ヴィクトリアはささやいた。「それなのに、優しくて、思いやりのあるいい人だとわかってしまった」

まるで、ハンターにだまされたといわんばかりだった。テイラーは同情した。ヴィクトリアの気持ちならわかる。

「ジョージーがルーカスに、ハンターがあなたにキスしたことをしゃべってたわ」

ヴィクトリアはぎょっとした。テイラーはさらにいった。「そのとき、あなたが裸だったことも」

「ああ、どうしよう」ヴィクトリアは真っ赤になった。

テイラーはほほえんだ。「キスしてほしかったの？」

ヴィクトリアは首を横に振りかけてうなずいた。「あの人、もうじき行ってしまうの」

「たしかなの？」

「ええ、どうして捨てられるような気がするのかしら？　こんなのっておかしいわよね？　あの人のことは、ほとんど知らないのに」

「ハンターのことならよく知ってるはずよ」テイラーはいった。「スーシティを出てからここに来るまで、起きているあいだはずっと一緒だったじゃない。あの人に恋をしたのよ」

「もうじき行ってしまうの」ヴィクトリアはふたたび繰り返した。「でも、どうだっていいことよね。わたしたちってお粗末なふたり組じゃない？　ふたりとも、ちっとも懲りてないわ」

「おばあさまが、ほしいものはいつも手に入るとはかぎらないとおっしゃっていたわ。そのことを忘れていたみたい」

テイラーはため息をついて、ヴィクトリアに目を戻した。「もう眠ったほうがいいわ。体を休めないと」

「今日、赤ちゃんが動いたの。日に日に元気になってる」

「あなたも強いわ」テイラーはいった。「これまで大変だったのに、ひとことも弱音を吐かなかった」

「それほど大変じゃなかったわ。ハンターがゆっくり進んでくれたもの。それに、ほら、午後は幌馬車の横を歩くようにって、あの人にいわれていたから」

「そういえば、何度か幌馬車から引きずりおろされてたわね」

ヴィクトリアは肩をすくめた。「いまならわかるわ。わたしのためを思ってそうしていたのよ」

「どうして行ってしまうのか、話してくれた？」

「もう、あの人の話はしたくない」ヴィクトリアはハンターを見て顔をしかめると、テイラーに向きなおった。「ルーカスは今夜あなたと話をするつもりかしら？」

「たぶん。でも、怖くてたまらないわ」テイラーは正直にいった。「正直なところ、ルーカスになにを話したらいいのかわからないの。なだめるだけではまずいでしょう？」

「とにかく、真実を話しなさいよ」ヴィクトリアはいった。「愛しているなら、ルーカスを信頼しないと」

「信頼ならしているわよ」いうは易《やす》く行なうは難《かた》しだとテイラーは思った。

ヴィクトリアはかぶりを振った。「それはどうかしら。あなたは、ルーカスが子どもたちを守ってくれるとは思っているけれど、彼のことを心から信頼しているようには見えない」

「どうしてそこまでする必要があるの？」テイラーは思わず声を大きくして、すぐにささやき声に戻った。「あの人は結婚生活を望んでいないの。わたしが愛していると知ったら、どうすると思う？」

テイラーは、ヴィクトリアの答えを待たずにつづけた。「罠にはめられたと思うはずよ」彼女はルーカスをにらんで、どうしてあんなに面倒な人なのだろうと思った。

『男というのは嘘つきなもの。片方の足は水のなかに、もう一方は岸にと、どちらか一方にはつけられないものです』ウィリアムの言葉よ」

「そのとおりだわ」テイラーはつぶやいた。

ヴィクトリアはほうっとため息をついた。「わたしだって、そんなことをいえる立場じゃないんだけれど」彼女はいった。「でも、話し合いでルーカスに責められる一方で、うまくいい返せなかったら、ウィリアムの台詞を使うといいわ」

テイラーは真顔になった。「どの台詞がいいと思う？」

ヴィクトリアは下唇を嚙んでじっと考えこんでいたが、しばらくしていった。「そうだわ、『偽りの争いのなかに、本物の勇気はない』」

テイラーはその台詞を繰り返して、うなずいた。ルーカスの怒りがなおもおさまらなかったときに使えるように、ヴィクトリアはさらにいくつか教えてくれた。

彼女がしきりとあくびしていたので、テイラーは手を貸して立たせた。ふたりとも、ルーカスとハンターをわざと無視した。

ヴィクトリアは幌馬車に行こうとして立ち止まった。「どうしてルーカスがあんなに馬を飛ばしてきたのか考えた？　ハンターは、なにかの記録が更新されたはずだといっていたわ。結婚生活を望んでいない男性にしては、とんでもなく急いで来たように思えるけれど」

ヴィクトリアはおやすみなさいとささやくと、たき火を避けて幌馬車に向かった。ハンターのほうは見なかった。礼儀正しくさよならを告げようとしたら、きっと醜態をさらすことになる。今夜は上品ぶることはできない。あまりにも傷ついているから。どうしてこんなにもあの人に惹かれるようになってしまったのかしら？

ヴィクトリアは幌馬車の後ろの垂れ幕を持ちあげると、木箱を踏み台にしてよじのぼった。ドレスのいちばん上のボタンをはずす前から、涙がこぼれていた。

テイラーはそわそわして寝る気になれなかった。かといって、たき火のそばに戻ってこれ以上ルーカスに無視されるつもりもない。そんなふうにあしらわれるのはもううんざりだったから、かわりに散歩することにした。しばらくひとりきりになって、気持ちを落ち着けたい。彼と対決することを思うと、神経がすり切れてしまいそうだった。ルーカスに、なにもかも説明しなくてはならない。彼には、真実を知る権利があるのだから。でも、それはつまり、マルコムについて打ち明けることを意味する。そんなことができる強さと勇気があるとは思えなかった。彼女は夫から目をそらして、足早に小川に向かった。

ルーカスとハンターは、テイラーが立ち去るのを見守った。最初に口を開いたのはハンターだった。「テイラーににらみつけられて火がついたんじゃないか？」

「ヴィクトリアも同じ目でおまえを見ていた」ルーカスはいった。「彼女の前から姿を消すつもりなのか？」

「そうするしかないだろう」ハンターは答えた。「シカゴでなにがあった？」

ハンターはヴィクトリアの話をしたくないらしい。

「コールダーは弟のところに隠れていた」

「そこから、おびきだしたんだな」

「そのときはつかまえられなかった。賞金稼ぎどもに足を引っぱられてな。だが、コールダーは行方をくらますのに精いっぱいで、荷物をまとめる間もなかった」

「金《きん》を置いていったのか」

ルーカスはうなずいた。「トラヴィスに電報を打って、在処《ありか》を知らせた。コールダーはおれにぶんどられたと思っているはずだ」

「またあとを追うのか？」

「その必要はない」ルーカスは説明した。「やつはおれを捜すはずだ。かわりに当局は、コールダーの弟を連行した。そいつの話によると、コールダーは人生をぶち壊しにしたおれを恨んでいたらしい。この借りはかならず返すといっていたそうだ。信じられるか、ハンター？おれのせいで出世の道が閉ざされ、金《きん》も失ったから、復讐するだと？八人の男を目の前で殺すように命じたことは、都合よく棚にあげやがって」

「コールダーが殺すように命じたのは九人だ」ハンターがいった。「おまえも死ぬはずだった。そうだろう?」

「ああ」

「そしておまえは、いまだに自分ひとりが生きのびた意味を突きとめようとしているんだな?」

ルーカスは組んでいた脚を戻して立ちあがった。「テイラーめ、うじうじしすぎだ」彼は小川に向かいながらいった。「わざわざここに来た理由を、ぜひとも知りたいものだな。どうせ、頭をかきむしりたくなるくらいとんでもない理由なんだろうが」


テイラーは川べりで夜の音に聞き入っていた。今夜はコオロギが盛んに鳴いている。びりびりと鼓膜を震わせるが、不思議と気持ちが落ち着く音だ。ときどきフクロウの鳴く声がする。その声に安らぎを感じながら、月明かりに照らされた対岸の木々のまだらな影に見とれていたとき、その岸のほうから茂みを踏みしだく音がした。巨大なヤマネコがヴィクトリアに飛びかかろうとしていた光景を思い出して、テイラーは身震いした。狼の遠吠えが聞こえる。それも近い。テイラーは身をひるがえして幌馬車に戻ろうとした。

その行く手に、ルーカスがいた。すぐ目の前の木の下で、低く垂れた枝に片腕を掛けてこちらを見ている。

彼は物音ひとつ立てずにそこにいた。どれくらいそこにいたのだろう。テイラーは、もう夜の音を怖いとは思わなかった。ふたたび気持ちは落ち着き、それとともに勇気も湧いてきた。両手を後ろに組んで、ルーカスを見あげた。まだひげを剃《そ》っていないせいで、いっそう荒々しく見える。不意に彼にキスして、その無精ひげを肌に感じてみたくなった。

「ここに来るまで、さんざん考えた」ルーカスが口を開いた。穏やかで、機嫌がいいといってもいい口調だ。「それで、いくつかわかったことがある。聞きたいか?」

「ええ、どうぞ」

ルーカスが手招きしたので、テイラーは一歩近づいた。

「きみとレディ・ステイプルトンは、なにもかもはじめから計算ずくだったんだろう? おれも計画の一部だといったとき、きみは嘘をついていたわけじゃなかった」

「なにもかも計算していたわけでは――」

ルーカスはしまいまでいわせなかった。「おれは、取引をしたその日から手玉に取られていた。そうじゃないのか?」

テイラーはかぶりを振った。「故意にそんなことは――」

ルーカスはまたもやさえぎった。「いいや、きみは故意にそうした。おれに尋ねて、ノーといわれるのが怖かったのか?」

「なにを尋ねるの?」

「父親になるかどうか」

ルーカスは自分で自分の問いに答えた。「そうするのが習慣になりつつある。「もちろん、怖かったんだ。おれのことを少しも信頼していなかったから。そうだろう?」

質問を投げかけるたびに、ルーカスの声は少しずつ険しくなっていった。

「どうなんだ？」

「わたし自身、答えを探しているところよ」テイラーは答えた。「こんな話をするくらいなら、もう幌馬車に戻ったほうがいいんじゃないかしら。なにもかもお見通しだもの。そうでしょう？」

「テイラー、どうしてはるばるリデンプションまで妻と三人の子どもたちを追いかける羽目になったのか、おれはそこのところが知りたいんだ」

テイラーはうつむいた。「あなたに話さなくてはならないことが山ほどあるの」彼女はささやいた。「ただ、なにから話したらいいのかわからなくて……」それには、勇気も必要だった。

ルーカスはかぶりを振った。「いいや、そんなやり方ではだめだ。おれが質問をして、きみが答える。訊きたいことが山ほどあるんだ。それから、いいかげんな答えはなしだからな、テイラー。もうおれの我慢も限界だ」

「わかった。なにもかも話すわ」涙が湧きあがった。「それと、真実を知ったら、あなたを止めないと約束するわ」

「おれがなにをするというんだ？」

「あなたはどこかに行ってしまう」

ルーカスは木の幹にもたれた。「おれがそんなことをすると思うか？」

テイラーはため息をついて首を振った。「いいえ……あなたはどこにも行かない。とても高潔な人だから。でも、そうしたいはずよ。あなたがそう思っても責めはしないわ、ルーカス」

テイラーの声は悲しみに満ちていた。ルーカスは彼女を抱き寄せて慰めたい衝動を抑えた。いまテイラーに触れたら、どの質問にも答えを得られないまま夜が終わってしまう。すべての質問に答えてもらうまでは寝床に入らないと決めていた。

「おれと結婚したとき、双子を育てることはわかっていたのか?」

「ええ」

「レディ・ステイプルトンも知っていた?」

「ええ」

「ジョージーとアリーのことを、いつおれに話すつもりだった?」

「いつはじめて話すつもりだったかということ?」

「そうだ」

テイラーは息を吸いこんだ。ルーカスはかっとするに決まっているけれど、真実を話すと約束した以上は守らなくてはならない。「あなたにはいっさい知らせないことにしていたわ。ほら、あなたとはボストンで別れるはずだったでしょう? わたしは双子を連れてボストンを離れることになっていた」

「それからどこに?」

「西部のどこかの町に行くつもりだった」

テイラーは、自分の無知と愚かさに首を振った。たしかにいろいろと計算ずくだったわ、ルーカス」「わたしは家政婦と料理人を雇って、バートルスミス夫人に引きつづき子守になってもらえないか相談するつもりだった。バートルスミス夫人がだめなら、ふさわしい女性をだれか雇って……。とにかく、双子と一緒に行方をくらますつもりだったの。双子の父親のジョージが亡くなったことを知っているのはおばあさまとわたしだけで、ほかの家族には双子の父親のことは知らせていなかった」

ルーカスはその情報をじっくり考えた。「つまり、きみがおれと結婚したのは、ただ相続財産を守るためだったわけか？」

「いいえ、あなたと結婚したのは、双子を守るためよ」

「テイラー、おれは双子といっさい関わらないはずだった。それなら、どうやってふたりを守るというんだ？」

彼の声には怒りと苛立ちがありありと表れていた。テイラーは本能的に一歩さがった。

「あなたは、万が一問題が生じたときのために必要な人だった」テイラーはいった。「はじめは、わたしですら完全には理解していなかった。でも、おばあさまはわかっていたの。おばあさまはわたしに、あなたと結婚するようにいったわ。あなたのことをなにからなにまで調べあげていた。おばあさまの部屋には、帽子の箱くらいもある台帳があったわ。あなたについての情報を徹底的に集めて、双子たちを守るために助けが必要なときは、手を差しのべてくれる人だと確信したの」

情報と聞いて、ルーカスは体をこわばらせた。「その情報には、きみも目を通したのか？」

不安を隠しきれずに尋ねたが、すぐに慌てる必要はないと思いなおした。テイラーの祖母は軍隊時代の記録を入手していないはずだ。もし入手していたら、孫娘をルーカス・ロスと結婚させるわけがない。それに、トラヴィスとその仲間たちが、肝心のところを曖昧にぼかしてくれた可能性もある。戦争が終わるころにはガンマン兼賞金稼ぎになっていたが、それでも軍隊と一切の縁が切れるわけではない。後日、戦争での〝武勲〟とやらを認められて、勲章を授与されたが、こちらにしてみれば人殺しは人殺しだ。立派な勲章をもらおうと、その事実は変わらない。勲章はしまいこんで、二度と見ないようにした。それは、もう忘れようと決めた人生の形見だった。

テイラーはルーカスの反応を誤解して、怒ったのだろうと思った。無理もない。祖母は彼の個人的な領域に足を踏み入れたのだ。たとえまっとうな理由があっても許されることではない。

「いいえ、わたしは台帳を読まなかった。おばあさまを信頼していたから。おばあさまは、あなたは高潔で勇敢な人だといったわ。ひときわ光を放つ人だって。わたしはその言葉を信じたの」

ルーカスはふたたび、肩の力を抜いて木の幹にもたれた。テイラーは両の手を組んで視線を落とした。

「はじめてリデンプションの話をしてくれたときのことを憶えてる?」

「ああ」ルーカスは答えた。「きみに根掘り葉掘り訊かれて、妙なことを訊くものだと思った。まさか、その町に来たがっているとは思わなかった」

「あなたは、まる一日歩いてもだれにも会わないようなところだといったわ。それで、そこなら双子は安全だと思ったの。女だって夢を見るのよ」テイラーはうなずいてつづけた。「ずっと昔から、大自然のなかで暮らす日を夢見ていたわ。でも、現実にはそういうわけにはいかない。だから、夢を追いかけるのは双子がある程度大きくなるまで待つことにしたの。でも、状況が変わってしまった」

「おれの力を借りて、双子を捜さなくてはならなかった」

「ええ」テイラーはつづけた。「それに、おばあさまが亡くなってしまった。遺言書には、双子の名前が明記してあったわ。マルコムがふたりを捜さないと信じたかった。だって、本来なら気にするはずがないでしょう？　双子は父親に育てられていて、マルコムがほしがるようなお金もないはずだから」

「レディ・ステイプルトンは双子のそれぞれにかなりの遺産を遺した。だからマルコムがふたりの居場所を突きとめようとしている。そういうことだな？」

「マルコムはいま、双子の法的な後見人なの。シンシナティにいるときに電報を二通受け取ったわ。あなたはもうシカゴに出発したあとだった」テイラーは電報が届いたことを隠していたと思われないように付けくわえた。

「なんの知らせだった？」テイラーがなかなかつづきを話さないので、ルーカスは先を促した。

「一通はボストンの銀行家からで、マルコムが遺言状の無効を申し立てたという電報だった。裁判所が判断をくだすまで、遺産には手をつけることができなくなるという……。そしてもう一通は、マルコムからだった。双子の養育権が認められたので、武装した男をよこして双子をイギリスに連れ帰ると……」

ルーカスはテイラーが怯えているのを感じ取ってまたもや彼女を抱き寄せたくなった。だが、彼女が素直なうちにすべてを聞きださなくてはならない。「そのままつづけてくれないか、テイラー。なにもかも知りたい」

テイラーはもうルーカスを見ることができなくて、顔をそむけて夜の闇を見つめた。家族の秘密を打ち明けるのはつらいものだが、姉が味わわされた辱めはとても説明できるものではなかった。あれほど不道徳で、罪深い行為は……。

テイラーは両のこぶしを握りしめて、勇気を振り絞れるように神に祈った。口を開いた彼女の声は悲しみに満ちていた。「わたしは子どものころからマルコムを避けていたわ。ある日、姉のマリアンから気をつけるようにいわれたの。マルコムがどういうことをする男か……。姉は、悪魔からわたしを守ってくれた」

テイラーは振り返ってルーカスを見た。彼の表情に嫌悪の兆《きざ》しは少しも見当たらなかった。まだわかっていない。

「その日以来、わたしは寝室のドアの前に小型の簞笥《たんす》を動かして、防壁を作って寝るようになった」テイラーはいった。「枕の下にナイフも忍ばせたわ」

ルーカスは目を閉じた。テイラーの声にひそむ苦悩に彼ものみこまれていた。幼い彼女が、大人の胸の悪くなるような欲望から身を守ろうとしている光景がまぶたに浮かんで、怒りに体が震えた。青天の霹靂《へきれき》というわけではない。一緒に過ごすうちに何度かほのめかされて、おおよその見当はついていた。しかし、テイラーの口からはっきり聞かされると、やはり衝撃だった。

「マルコムから、一度でもそんなことを――」

テイラーは最後までいわせなかった。泣きだす前に罪深い行為のすべてを話してしまいたくて、早口につづけた。

「もちろん、その箪笥はマルコムをある程度は防いだわ。でもある夜、マルコムはわたしの部屋に入ってきたの。マルコムがベッドの端に座るまで、わたしは目を覚まさなかった。あのときの恐ろしさといったら……。それから枕の下のナイフを探りあてて、マルコムが口をふさごうとしたときに斬りつけたの」

テイラーは震えながら息を吸いこんだ。「マルコムはわたしが武器を持っているとは知らなかった。知っていたら、武器をつかんで取りあげていたはずだわ。わたしが斬りつけたせいで、マルコムは片目が見えなくなるところだった」彼女はつづけた。「耳をつんざくような悲鳴をあげて、そこらじゅう血だらけになったわ」

「それから、どうした?」ルーカスはできるかぎり穏やかにいった。体のなかでは怒りの炎が燃えさかっていて、わめき散らしたい衝動を抑えるので精いっぱいだった。

「わたしは逃げだして、おばあさまのベッドの下に隠れたの。その夜外出していたおばあさまが帰ってくるまで、眠れなかったことを憶えてる。マルコムがおばあさまにけがのことをなんと言い訳したのか、いまだにわからないわ」

「なぜレディ・ステイプルトンに打ち明けなかったんだ？」

「そんなこと、できるわけないわ！」テイラーは叫んだ。「あのときは、自分が汚くなった気がしてたまらなかった。その手のことは、わが家では口にしてはならなかったから。昔、膝をすりむいておばあさまに見せようとしたら、ぎょっとされたことがあるの。足首をちらりと見せるだけでも恥ずかしいことだったのに、むきだしの足を見せたものだから……。すり傷は、料理番に洗ってもらったわ」

ルーカスはあきれて首を振ったが、テイラーは気づかなかった。彼女は両手を見つめて、昔に思いを馳せていた。「わたしはレディとなるようにしつけられたの。レディは、そんな不道徳なことを口にしないものよ。ほんとうのことを話せば、おばあさまはびっくりして死んでしまったかもしれない」

ルーカスは違う意見だった。「それは思い違いだ、テイラー。レディ・ステイプルトンはたしかにそんなことは聞きたくなかったかもしれない。だが、そんなことが二度と起きないように、なんらかの手段を講じてくださったはずだ」

いまならルーカスが正しいとわかる。祖母は庇護《ひご》者として孫娘を守り、息子に怒りの矛先を向けただろう。「子どもは、大人のようには考えないの」テイラーはいった。「少なくとも、わたしはそうだった」

「マリアンはどうした？」

「マリアンは、わたしにしか打ち明けなかった。マルコムが部屋に来たことを認めたくなかったんでしょう。あのころは、そんな生活がいつまでつづくのかわからなかった。そのうち、マリアンはジョージと結婚したわ。そして双子が生まれると、イギリスから離れようとそれは躍起になって――」

「マルコムのせいか」

「ええ」テイラーはうなずいた。「マリアンは娘たちをマルコムのそばに近づけようとしなかったし、ジョージは祖国に帰りたがっていた。アメリカで娘を育てたがっていたの」

テイラーはさらに一歩ルーカスから離れた。「さあ、これでなにもかも話したわ」挑むようにいった。

「そしていまが、おれが真実を知ってどこかに行ってしまうはずなのに、とても高潔な人間だからそんなことはしないという、まさにそのときなわけだ」

テイラーはうなずいた。

ルーカスはかぶりを振った。「おれはどこにも行かない。こっちに来るんだ、テイラー。きみを抱きしめたい」

テイラーはルーカスのほうに踏みだしながらも首を振っていた。彼の手が触れると、テイラーはわっと泣きだした。ルーカスは彼女を抱きしめ、思う存分泣かせた。慰めはしなかった。いまは泣くほうが大事だ。これまで彼女は分不相応な重荷を背負わされてきたが、ようやくその荷をおろすときが来た。もうひとりではない。テイラーが話を聞けるほど落ち着いたら、すぐにでもそういってやるつもりだった。

テイラーは泣きながらしゃべりつづけた。あなたに心配はかけない、辺境で安全な居場所が見つかった以上、そうしたければほんとうに旅立ってもかまわないと。

ルーカスはなにもいわなかった。テイラーが落ち着きを取り戻すのにどれくらいかかっただろう。彼がハンカチを持っていなかったので、テイラーはシャツで涙を拭った。

テイラーはルーカスにもたれて、まだ残っている問題を考えていた。マルコムははるばるリデンプションまで人をよこすかしら？　考えあぐねて、ルーカスに尋ねた。

「報酬をはずめば来るだろう」

「山のなかに隠れることだってできるわ」テイラーはささやいた。

「よく聞くんだ」ルーカスは穏やかな口調になるように気をつけていった。テイラーがまた取り乱しかけている。体がこわばっているし、声も震えているが、なんとか気持ちを落ち着けてほしかった。「現状では、きみのほうが有利だ」

「マルコムは、あの子たちの後見人なのよ！」

「イギリスではたしかにそうだが」ルーカスはいった。「ここでは違う」

テイラーは体を離して彼を見あげた。「どういうこと？」

「マルコムがしたのと、そっくり同じことをするんだ」ルーカスはいった。「こちらの裁判所に、養育権を申し立てる。ふたりの父親はアメリカ人で、彼が娘たちをこの国で育てようとしていたのは明らかだ。父親が死んだとき、一家はボストンで暮らしていた」

テイラーはまだ心配だった。「当局は、イギリスでの決定を尊重するんじゃないかしら?」

「おれたちが正式に申し立てればそのかぎりではないはずだ」ルーカスはきっぱりといった。

「ルイスには頼まないで」テイラーはいった。「あの人、法律をまるで理解していないの」

「どうしてそんなに早くわかった?」

「今日の午後、別件で法律的なことを相談したのよ」

具体的なことを訊かれる前に、テイラーは話題を変えた。「感謝するわ、ルーカス。あなたの人生をひっくり返したことはわかってるけれど——」

ルーカスは最後までいわせなかった。「まだ感謝するのは早いぞ、テイラー。まずはおれの話を聞いてからだ。そのうえで、感謝するかどうか決めたらいい」

テイラーはうなずいた。マルコムと裁判で争うのをルーカスが助けてくれるとわかって、心底ほっとしていた。口元がほころばないようにするのがやっとだ。ルーカスは真剣で、その声には棘《とげ》さえ感じられたが、テイラーは気にしなかった。

「喜んで聞かせてもらうわ」そのあとで、もう一度感謝しよう。

「これからのことだが」ルーカスはいった。「きみは男を振りまわす女だ。それはわかっているか?」

テイラーがかぶりを振ったので、ルーカスは眉をひそめた。「ここ数週間、おれはきみに振りまわされっぱなしだった。いまだに、きみが三人の子どもたちと身ごもった女性を引っぱってこの国を横断したのが信じられないくらいだ」

ついてきたのよ」

テイラーはすぐに反論した。「ヴィクトリアは引っぱっていないわ。あの人は自分の意志で

「きみはいつも、みんながなにをどうすればいいのかわかったつもりでいるのか？」

ルーカスは彼女の欠点をずばりと指摘した。「そう思うこともあるわ。でも、わたしは——」

「人の話をさえぎるんじゃない」ルーカスは嚙みつくようにいった。「よく聞くんだ。きみは、おれがどうすればいいのかわかっていない。そうだな？」

テイラーはすばやくうなずいた。

「ルイスのところには、離婚の相談をしに行ったのか？」

テイラーは目を丸くした。「そんな、もちろん違うわ。どうしてそう思ったの？」

「法律的なことを相談したといったじゃないか。そんなことをいわれて、ほかにどう思うというんだ？」

「わたしは離婚したくない」テイラーはささやいた。

「当たり前だ」ルーカスはぴしりといった。「もうひとつ答えてもらおう。シンシナティを離れると決めたのは、電報を受け取る前か、あとか？」

「出発の仕度をしているところに電報が届いたの」

テイラーはなぜそんなことを訊かれるのかわからなかった。ただ、そのことがルーカスにとってとても重要なことらしいのはわかる。

ルーカスの心臓は割れんばかりに脈打っていた。テイラーを追って夜も昼も馬を飛ばしてい

る最中、ずっと心をむしばんでいた質問をわざと避けていた。テイラーを見れば見るほど、言葉が引っこんでしまう。その言葉が外に出ようと疼いていた。

疎外された人生はもううんざりだった。家がほしい、家族がほしい、なによりテイラーがほしい。テイラーなしでは生きていたくなかった。彼女は、自分には手が届かない、間違いなくふさわしくないと思いこんできたあらゆるものの象徴だった。そのテイラーがいまここに、ほんの数フィート足らずのところにいる。あとは手を伸ばすだけで、なにもかも自分のものになるのだ。

だが、そうするには、納得のいく理由が必要だ。夫に負い目があるような妻はいらない。必要なのは、感謝の気持ちでなく、愛だった。

「なぜおれから逃げた?」

テイラーはぱっとルーカスに目を戻した。そして、彼の表情に頼りなさを認めて驚いた。

「そんなふうに思っていたの? あなたから、わたしが逃げたと? あの山はあなたのうちよ。わたしは、できるだけあなたに近いところにいたかったの。あなたにいっても、ここに連れてきてくれないことはわかっていたわ。レディが気に入るような場所ではないといっていたもの。でも、あなたの心はこの場所にある。あなたの住む場所はここなの。ああルーカス、わからないかしら。わたしはわが家に帰ってきたのよ」

ルーカスがその言葉をそのまま受け取ってくれているのか、テイラーにはわからなかった。まだ警戒するような表情を浮かべている。そこからは、なにも読みとれなかった。

「わたしは、あなたからたくさんのものを奪ってしまった」うしろめたくて、声が震えた。「あなたは孤高と自由を大切にする人なのに、わたしは泥棒のようにそのふたつを盗んでしまった。あなたは自分の人生を台なしにしたのよ。あなたが、わたしひとりに子どもたちを育てさせないことはわかっていた。あなたは、とても高潔な人だから。あなたの夢をことごとく奪うのは、本意ではなかった」

「おれの意にそぐわないことをきみがさせていたと、本気で思っているのか?」

「あなたには選択の余地はなかった」テイラーは声を絞りだした。「男性は、自分の夢を追うべきだわ」

「だから、ここに来たのか」

テイラーはうなずいた。「そうすれば、ダニエル・ブーンとその妻のように生きられるんじゃないかと思ったの。ダニエルは、ときには何年も妻の元に帰らなかったけれど、わたしが読んだすべての物語には、ダニエルは帰るたびに妻に肉を持ち帰ったと書いてあったわ。妻はそれでとても満足だったと」

「ほんとうにそんな生活をするつもりだったのか?」ルーカスはあきれていった。

テイラーは不意に、ばかみたいな気分になった。「最初は、そうすることがいちばん理にかなっているように思えたのよ」正直にいった。「でも、わたしもここに来るまでにじっくり考えたの。人間として、少しは成長もしたんじゃないかしら。興味深いことを学んだのよ」彼女はつづけた。「本に書いてあることは、かならずしも信用できるとはかぎらない。そこに書いてあるからと言って、真実とはいえないんだって」

テイラーがほほえみを浮かべたので、ルーカスはおやと思った。まるで、これからびっくりさせることがあるといわんばかりだ。

「猫は水を嫌うといわれているわ。本で読んだけれど、濡れるのが怖いんですって。でも、ヴィクトリアに飛びかかろうとしたヤマネコは、そんなことは知らないみたいだった。それで思ったんだけれど、もしダニエル・ブーンの奥さんが夫のことをほんとうに愛していたなら、ダニエルが家を離れたときにうれしくなかったと思うの。きっと、みじめな気持ちだったと思うわ。わたしも、あなたがシカゴに行ってしまったときにそんな気持ちになったもの。あなたのことを考えずにはいられなかった」

「おれを見るんだ」ルーカスはいった。「いまいったことを、もう一度いってくれないか」

――そして、おれに命を吹きこんでくれ。

「あなたがいなくて、とてもみじめだった！」テイラーは叫んだ。

ルーカスは、こんなに魔法のように効き目のある言葉は聞いたことがないと思った。彼の笑い声は夜のしじまを切り裂いた。胸がすくとはこのことだ。ルーカス・ロスはふたたび完全な男になり、自由になった。

テイラーは笑われて肩を落としていた。ルーカスは彼女に手を伸ばし、テイラーはあとずさったが、ルーカスのほうが速かった。彼はテイラーの手をしっかりとつかみ、テイラーが引き抜こうとしても離さなかった。

ふたりは向かい合っていた。テイラーはしまいにルーカスの手を引きはがすのをやめて、眉をひそめて彼を見あげた。

「聞いてほしいことがある」ルーカスはテイラーの体が胸にしっかりと押しつけられるまで、ゆっくりと時間をかけて引き寄せた。

テイラーはささやいた。「なにかしら?」

テイラーは茂みになにかひそんでいないかと、ちらりと左側を見た。右側は、ルーカスの顎に邪魔されて見えない。

ルーカスは手を離して、テイラーのウエストに両腕をまわした。言葉にして説明するつもりはなかった。テイラーはもう完全に自分のものだった。二度と離しはしない。妻を幸せにして、彼女が望み、求めるものすべてを与えよう。テイラーが夫の過去を知る必要はない。肝心なのは未来だ。テイラーとの未来。

彼はテイラーの首に手をかけ、頭をかがめてかすめるようにキスをした。甘くて、ふっくらとした唇だ。リンゴのような味がする。

テイラーは伸びあがって、ルーカスの頬を撫でた。無精ひげが唇と指先をくすぐる。唇を噛まれ、からかうようにキスされて、こんなにも触れてほしかったことにはじめて気づいた。

そのことに、ルーカスにとって、過去は重要ではない。彼は不快な顔も、いやそうな顔も見せなかった。自分がこれほどほっとしているのが意外だった。ルーカスにどう思われるかが、こんなにも重要になっている。

ああ、愛している。「ルーカス、寝床に連れていって」

誘われて、ルーカスはいっそう彼女がほしくなった。何週間も離れていたのだ。頭のなかには、テイラーをふたたびこの腕に抱くことしかなかった。テイラーのすべてをまたわがものにしたい。彼女に締めつけられたい。どれほど愛しているのか感じさせてほしい。

ルーカスはテイラーの唇をふさぐと、舌をからませた。彼女の肩を撫で、背中に手をまわし、抱きあげて、その体にいきり立ったものを押しつけた。

キスは貪《むさぼ》るように激しくなり、ルーカスが唇を引きはがしたときには、ふたりとも肩でぜいぜいと息をついていた。ルーカスは自制心が見る間になくなっていくのを感じた。彼は野営地に戻ろうと、テイラーを両腕で抱きあげた。ふたりきりで愛を交わしたい。

彼はなめらかな肌に触れて立ち止まった。「下着はどうした？」

テイラーは彼の首筋に熱っぽいキスの雨を降らせていた。「つけてないの」

ルーカスは彼女を取り落としそうになったが、気をとりなおして大股にどんどん歩いた。だが、二台目の幌馬車に入ろうとして、ヴィクトリアもここで寝ていることを思い出した。

テイラーは彼ほど慌てなかった。「今夜は子どもたちと一緒に寝ているわ」

ルーカスはテイラーを幌馬車に乗せると、つづいて自分もなかに入った。寝床はすでに用意してあった。ふたりが寝るのに充分な広さの分厚いマットと毛布が幌馬車の床に敷いてある。

ルーカスが幌の垂れ布をおろすと、なかは真っ暗になった。テイラーがヘアピンをぜんぶ取ってしまう前に、ルーカスは裸になった。テイラーが寝床にひざまずく。ルーカスは彼女の隣に横たわると、横向きになり、彼女の太腿の内側から付け根まで、ゆっくりと撫であげた。それから指先で彼女の柔らかな部分をかすめて、じっくりと愛撫をはじめた。

テイラーは頭をのけぞらせて目を閉じ、屈服のうめき声を漏らした。彼の指がゆっくり入ってくると、彼女は本能的に反応し、さらなる歓びを求めて、原初のリズムで腰をゆっくりと動かしはじめた。

ルーカスはテイラーのドレスを脱がせたが、テイラーはどうやって脱いだのかも憶えていなかった。体を離す間ももどかしい。ふたりはひざまずいたまま向かい合っていた。ルーカスはふたたび唇をふさぎ、舌をからませて、めまいのするようなキスをじっくりと交わした。彼の両手が乳房を愛撫し、腰骨のところまで滑りおりた。

テイラーは彼の胸に両手を這《は》わせて、羽根のように軽く愛撫した。その手が下に動いてさらに大胆になるにつれルーカスは呼吸を速め、しまいに硬くなったものを両手で包みこまれて、歓びのうなり声を漏らした。それだけでどうかしてしまいそうだった。

自制心の最後のひとかけがなくなろうとしていた。ルーカスはテイラーの唇をふさいだまま、その手を引きはがすと、彼女の体を抱いてそっと寝床に横たえた。そして、しっかりと抱きしめたまま仰向けになった。

テイラーの首に手をかけ、ふたたびキスをしたまま、彼女の両脚のあいだに太腿を割りこませた。手を伸ばし、テイラーの温かく濡れた襞《ひだ》のなかに滑りこませ、彼女が身をよじるまで責めさいなんでから、腰を支えてゆっくりと下におろした。

テイラーは両膝をつき、ルーカスにまたがったまま、そろそろと彼のものを受け入れた。体の奥底に集まっていた温かなものが、快感となってはじけ飛ぶ。もう慎重に動いてはいられなかった。彼女はルーカスをぎゅっと締めつけたまま、みずから動きだした。

ふたりがたがいに与え合う歓びは、じきに耐えがたいほど高まった。ためらいはいっさいない。最初にのぼりつめたのはルーカスだった。彼が体を弓なりにしてみずからを解き放つと、それが引き金となってテイラーも絶頂に達した。彼女はすすり泣くようにルーカスの名を呼び、彼の上に崩れ落ちた。

ふたりがゆらゆらと漂いながら現実に戻るまでに、しばらくかかった。ルーカスはテイラーの呼吸が落ち着くまで彼女のなかにとどまり、しっかりと抱きしめた。

「こんなことがきるなんて……」

「こんなことって？」ルーカスは尋ねた。

「いましたようなことよ」

テイラーが恥ずかしそうにいったので、ルーカスは笑った。「さっきまでのきみは、獰猛《どうもう》なヤマネコそのものだった」

テイラーは満足げなため息を漏らして目を閉じた。「よかったわ」

「そのようだな」ルーカスは応じた。「証拠に、きみの爪痕がある」

ルーカスはいかにも得意げだったが、テイラーはへとへとでなにもいい返せなかった。

ルーカスはわたしを好きになりかけていると、テイラーは思った。いずれ、妻が訳知り顔で仕切るのをやめて、辺境でもちゃんとやっていけることを証明できたら、もしかしたら〝好き〟が〝愛〟に変わるかもしれない。ルーカスにさっき「みじめだった」といったけれど、彼にもそんな気持ちを味わってもらいたかった。

うとうとしかけたころ、ルーカスはごろりと横になり、毛布をふたりの体にかけた。そして、テイラーを両腕に抱いて目を閉じた。

「テイラー?」

「うん?」

「おれたちの息子や娘は、きみがしつけられたようには育てない。あの子たちはだれかに遠慮して口を閉じたりしないし、自分の体を恥じることもない。だれかの魔の手が迫ったら、しっかり悲鳴をあげるはずだ」

18

「パンを食べたいなら、粉が挽かれるのを待たなくてはならない」
――ウィリアム・シェイクスピア『トロイラスとクレシダ』より

ルーカスを愛するのはたやすい。けれども、気むずかしい男性とうまくやっていくのはまったく別の問題だった。テイラーは、なにをいってもルーカスが一歩も引かないのを見てはじめて、彼がいかに頑固な男か思い知った。問題は、どこに住むか――もっとも、具体的な案があったのは彼女のほうだけだ。ルーカスはもっと大きな町に行くといって、テイラーの言い分にまったく耳を貸そうとしなかったが、この町にとどまるという彼女の覚悟は固かった。

テイラーはまず、時間を味方にした。ヴィクトリアは長旅で疲れてしまっているから、どこかに行くにしてもまず体を休めなくてはならない。ヴィクトリアは幌馬車から降りたところでテイラーがルーカスにそういうのを聞きつけて、慌てて寝床に戻った。

ハンターは山に旅立つ仕度をしていたが、ヴィクトリアの具合が悪いと聞いたとたんに、すぐには旅立てない理由を次々と並べ立てた。

ロリーと三人の男たちがのしのしと野営地に現れたのはそのときだった。

「この話し合いのつづきは、またあとで」テイラーはルーカスにささやいて、笑顔で来客に向きなおった。

「話し合いなんかしていない」ルーカスはいった。「ヴィクトリアの具合がよくなりしだい、出発するからな」

ジョージーとアリーが、ふたりして彼を引っぱっていた。ルーカスはかがんで、ふたりの言葉に耳を傾けた。

ハンターは、朝食を作るのに使った火を始末していた。ダニエルが手伝っている。

「ロス、ハンター」ロリーがふたりを呼んで会釈した。彼はテイラーの前で立ち止まってお辞儀した。「おはよう、奥さん。家を手に入れたそうだな。おれたちも一緒に行って、修繕するところがあったら手伝おうと思うんだが。妙な生き物が入りこんでいないか、たしかめてやる。あんたのとこのこわっぱたちが踏みつけることがないようにな」

ロリーの話に、ルーカスは立ちあがった。アリーは彼の脚の陰に隠れてロリーを見あげたが、ジョージーはもっと大胆で、大男の足元まで行き、ズボンを引っぱった。

ジョージーはロリーを見あげてふらつき、よろよろとあとずさると、両腕をあげて待った。

ロリーはテイラーを見た。「どうしてほしいんだ?」

テイラーが口を開く前にジョージーがいった。「抱っこ」

ロリーはぎょっとした。「子どもは抱いたことがないんだ。やってみてもかまわねえか、奥さん」

「もちろんよ、ロリーさん」テイラーは応じた。

「ロリーと呼んでくれ」彼はかがんで、両腕を伸ばしたままそろそろとジョージーを抱きあげた。「羽根みたいに軽いな」

「テイラー、さっきのロリーの話だが、どういう意味だ？」ルーカスはしびれを切らしかけていた。

　ロリーが進みでた。「奥さんが家を買ったんだ。もうおろしてもいいか？　けがをさせたくないんでな」

　テイラーはジョージーを受け取った。ロリーと一緒に来た男たちはジョージーに笑いかけると、揃って帰っていった。

「昼過ぎに引っ越しの手伝いに来るからな、奥さん」ロリーは振り向きざまにいった。

　テイラーはジョージーをおろすと、アリーと一緒にハンターを手伝うようにいった。それから、ルーカスに向きなおった。「昨日、家を買ったの。それでルイスさんのところに出向いたのよ」それから、急いで付け足した。「まだ見に行っていないんだけれど、きっといい家よ。木の床で、ガラスの窓があるんですって」

　リデンプションに、ガラスの窓がある家は一軒しかない。ルーカスは思わず悪態をついた。

「キャラハンのところか……ルイスはきみに、いかれたマウンテンマンの家を売りつけたのか？」

　食ってかかるようにいわれて、テイラーは慌ててなだめにかかった。「その人の家じゃないそうよ。それに、近いうちにこの街を出るにしても、今夜寝る場所が必要でしょう」

「いいや」

「ルーカス、どうかわかって」

ルーカスは一歩踏みだした。「わかっているとも。キャラハンはいかれた男だ、テイラー。目を覚ましたらやつがテーブルに座っていて、朝食をくれといわれるぞ。やつのにおいで鼻もひん曲がるだろう。二十年間、体を洗ったことのないようなにおいだ。しかも、満足するまで出ていかないときている」彼はうなずいてつづけた。「キッチンに出した食べ物の半分は持っていかれるそうだ」

テイラーは不安を隠して尋ねた。「危険な人なの？」

ルーカスは一瞬嘘をつこうかと思ったが、考えなおした。「いいや」正直にいった。「人を傷つけるようなまねはしない。だが、やつのそばに十分でもいてみろ、こっちが殺したくなる。冗談じゃない。草地に野営しよう」

ヴィクトリアはいい合いを聞きつけて、幌馬車の後ろからのぞき見ていた。そしてルーカスが勝ちそうだと思ったとき、テイラーが方針を変えた。

「ヴィクトリアの具合が悪いの」彼女はいった。「ちゃんとしたベッドで寝ないと……。弟さんたちの家にみんなを連れていって、ヴィクトリアが元気になるまでいさせてもらうことはできないの？」

ルーカスも、できることならぜひともそうしたかった。「牧場は、馬でゆうに一日はかかるところにある。幌馬車で道を探しながら進むのでは、四日はかかるだろう」

「ルイスの話では、キャラハンはたいてい、真夏になるまで山からおりてこないという話だったわ」

「そのころには、おれたちも都会で暮らしている」

「それじゃ、ひと晩その家で過ごすのはかまわないのね」

ルーカスはしまいに妥協したが、ヴィクトリアのためにそうするのであって、その家に泊まるのはひと晩だけだと釘を刺すことは忘れなかった。

彼はこう締めくくった。「ヴィクトリアの具合がよくなったら、明日出発する」

その家は、テイラーにいわせれば宮殿のようだった。玄関の両側には大きなガラスの窓があり、二階にもひとつ同じような窓がある。居間は広々としていて、右手には長い木のテーブルがあり、その両側の長椅子には合わせて十人弱の大人が余裕で座れそうだった。テーブルの向こうの壁際には黒い鉄のストーブがあり、その先には食器棚とカウンターのあるこぢんまりしたアルコーヴがある。

ドアの向かいには、小さな石造りの暖炉があった。部屋の左手にはマットレス付きのベッドがあるが、ロリーによれば日干しずみだという。部屋のいちばん奥にはドアがあり、別の寝室につづいていた。壁際にベッドと木箱が置いてある、これもガラス窓付きの部屋だ。

暖炉をはさんだドアの反対側には、屋根裏につづく階段があった。テイラーは子どもたちを連れて、彼らが寝ることになる場所を見に行った。気がかりといえば、双子のどちらかが手すりを乗り越えないかということぐらいだ。ハンターはふたりともそんなことはしないだけの分別はあると請け合ったが、そうこうしているあいだに、ジョージーが手すりのあいだに頭を挟んでしまった。ルーカスはヴィクトリアに近づこうとしないハンターにかわって彼女を抱いて運んでいるところだったが、ジョージーが泣きだすのを見てヴィクトリアを長椅子のひとつにおろし、娘を手すりから引っぱりだそうと階段をのぼった。

テイラーとルーカスのふたりから一階の奥の部屋で寝たらどうかといわれて、ヴィクトリアは涙目になった。

「明日にはよくなりそうか?」ルーカスが尋ねた。

ヴィクトリアは答えを求めてテイラーを見た。ハンターも見ている。テイラーが短く首を横に振ったので、ヴィクトリアはすぐさま手を額に当てて答えた。「そうなるといいけれど、この調子ではどうかしら」

ハンターがかっとして、食ってかかった。「具合が悪いのかそうじゃないのか、どっちなんだ?」

ヴィクトリアは色を失って、ハンターが足音を荒らげて近づいてくるのを目を丸くし、喉に手をやって見つめた。

ハンターは彼女の目の前に立って、険しいまなざしで見おろした。

「きみのことが気になって出発できない」嚙みつくようにいった。「答えるんだ、ほんとうに具合が悪いのか？」

ヴィクトリアはその質問を無視して、その前に彼がいったことに飛びついた。「わたしのことで気をもんでいたの？」息も絶え絶えにいった。エメラルド色にきらめく瞳に、涙が浮かんでいる。

「いちいち深読みするんじゃない」ハンターはいった。「おれがなにを感じ、行動に移すかは、まったく別の問題だ。きみは、こんなところにいる筋合いはまったくない」

「どうして？」

「きみはレディだから」ハンターはつぶやいた。「しかも、身ごもっている」

ヴィクトリアは立ちあがった。ふくらんだおなかが彼の体をかすめたが、テーブルが邪魔して後ろにはさがれなかった。ハンターは意地で後ろにさがらなかった。

「わたしには、行きたいところに行く権利があるわ」ヴィクトリアはいった。

「いいや、それは違う」ハンターはあとに引きたくなくていい返した。

「どうして？」

「身ごもっているからだ」

ハンターにしてみればこれ以上ないほどもっともな言い分だったが、ヴィクトリアにはばかばかしいとしか思えなかった。腹が立つやら恥ずかしいやらで、顔が赤くなる。よくもまあ偉そうに、これはいい、あれはだめだなどといえたものね？

「『偽りの争いのなかに、本物の勇気はない』というわ、ハンターさん」彼女はいった。「ウィリアムの言葉よ」

「どういう意味だ?」ハンターの声はいちだんと大きくなった。「きみとおさらばできたらせいせいするだろう、ヴィクトリア。きみが夫の喪に服しながら、その男がいったしゃれた言葉を聞かされるのはもううんざりだ。その男はもう死んだんだ。きみは違う。すんだことは乗り越えて、前を向いたらどうだ?」

ヴィクトリアはあっけにとられた。ハンターは、シェイクスピアをわたしの夫だと思っていたの? なにもいえなかったのは、彼の思い違いのせいではなかった。ハンターは怒っていて、見るからに嫉妬《しっと》している。

ふたりのまわりでは、友人たちがせわしなく行き来していた。ルーカスはテイラーがひと晩過ごすのにこれだけは必要だといったものを運んで幌馬車と家のあいだを行き来し、子どもたちはロリーたちが裏庭を掃除するのを見物し、テイラーはロフトにあがって、ルーカスが運びこむマットと毛布で寝床を作っている。

ヴィクトリアはずっとハンターを見あげていたせいで、首が痛くなっていた。「どこにも行ってほしくない」

ハンターは彼女に触れずにはいられなくて、両手で肩をそっとつかんだ。体を揺さぶって目を覚ましてやりたい。これだけいっても、ヴィクトリアはここにとどまって当然といわんばかりに振る舞っている。

ヴィクトリアの頰を伝う涙をハンターは親指で拭った。彼女にわかってもらう必要がある。

「おれの祖母は、クロー族だ」

「わたしの祖母はアイルランド人よ」

ハンターはもっとはっきりいうことにした。ヴィクトリアは、彼のせいで偏見の目で見られることをまだわかっていない。

「おれは混血だ」ハンターは低い声でささやいた。

「わたしもよ」ヴィクトリアは即座にいった。

ハンターはかっとした。「ばかをいえ！」

ヴィクトリアはたじろがずに、彼の胸を指で突いた。「わたしは半分アイルランド人で半分フランス人だわ。なにが違うというの？　同じことでしょう」

ヴィクトリアがいっても聞かないので、ハンターは説得をあきらめた。「もう行く」

ヴィクトリアは彼のベルトのバックルをつかんだ。「たぶん、あなたを愛してはいないと思うわ」

「そう願いたい」

ヴィクトリアは立ちあがってつま先立ちになった。ハンターは頭をかがめ、ヴィクトリアの唇をふさぎ、ウエストに両腕をまわした。長く激しいキスをし、われに返って唇を離すと、ヴィクトリアは息を切らし、夢見るような表情を浮かべて彼を見あげていた。

もう一度キスしたいが、そんなことをするわけにはいかない。ハンターは両手を脇にだらりと垂らした。ヴィクトリアといると、到底ありえないことが可能になるような気がしてくる。

「手を離すんだ」彼はいった。

「赤ちゃんが産まれたら行ってもいいわ」ヴィクトリアが同時にいった。

「おれにああしろこうしろと指図できる女はいない」

ヴィクトリアは長椅子に座りなおして、うつむいた。「それなら行けばいいわ。わたしにはあなたも、ほかのだれも必要ない。ひとりでちゃんとやっていけるから」

ハンターは鼻を鳴らした。「亡くなった夫がいるじゃないか」

ヴィクトリアの答えをじっと待つつもりはなかった。どうせまた、しゃれ男の美辞麗句を聞かされるのが落ちだ。そうなったら、今度こそ癇癪の歯止めがきかなくなってしまう。

玄関まで行ったところで、ヴィクトリアのささやく声がした。「実は、結婚したことなんてないの。わたしのような女は放っておいて、さっさと行ったほうがいいわ」

ハンターは立ち止まった。振り向かずに尋ねた。「それなら、ウィリアムというのは？」

「ウィリアム・シェイクスピアという、有名な劇作家よ。何世紀も前に生きていた人」

ハンターはひとこともいわずに立ちつくしていたが、しまいに外に出た。ヴィクトリアは立ちあがって寝室に駆けこんだ。ドアを閉める前からすすり泣いていた。

ハンターは家の前の空き地のなかほどまで来て立ち止まると、いましがた聞いたことをたっぷり五分間は考えた。

ルーカスは薪割りをするつもりで、脱いだシャツを幌馬車にしまおうとして、大股に家から出てきたハンターに気づいた。なにやらぶつぶつとつぶやいていたが、立ち止まって、じっと考えこんでいる。ルーカスには、なにが起こっているのか手に取るようにわかった。

ジョージーがそばを走り抜けようとしたので、腕をつかんで抱きあげた。

「ハンターの邪魔をするんじゃない」ハンターに聞こえないようにひそひそ声でいい聞かせた。

それから、今度はダニエル・デイヴィッドがそばを通り抜けようとしたので、また腕をつかんで引っぱった。

「ハンターをそっとしておくんだ」ルーカスは息子にいった。

「なにしてるの?」ダニエル・デイヴィッドが尋ねた。

ルーカスはほほえんだ。「悪あがきしているんだ。じきに、なるようにしかならないとあきらめがつく」ルーカスはハンターから目を離さずにいった。「母さんがなにをしてるか見てきたらどうだ?」

ジョージーを下におろすと、ダニエル・デイヴィッドはすぐに妹の手をつかんで家に戻った。

ハンターはとうとう腹をくくった。彼は向きを変えて、ルーカスに近づいた。

「もうしばらくここにいることにする」

「おまえがいてくれると助かる」

ハンターはうなずいた。なぜ気が変わったのか友人から訊かれなかったので、ほっとして急いで話題を変えた。「コールダーはほんとうに、近々ここに現れるのか?」

「おれが金《きん》を盗《と》ったと思っているなら、来るだろう」ルーカスは答えた。

「スーシティまで来たところでつかまるんじゃないか」

「そうかもしれない」

「ヴィクトリアは赤ん坊が産まれるまでどこにも動かさないほうがいい。ここまでの長旅がこたえているんだ。体を休めないと」

「つまり、もうしばらくこの家にいろというのか？」

「ほかにやりようがないだろう」

　ルーカスはもちろんヴィクトリアのことを気にかけていたが、テイラーと子どもたちのことも心配していた。辺鄙《へんぴ》な田舎は、彼らのいるところではない。どうして安全ではないのか、彼は十以上もの理由を考えていた。たとえば、ヘビを踏んだり、小川で溺《おぼ》れたり、クマに襲われたりするかもしれない。数えあげればきりがなかった。

　だが、ハンターは正しい。赤ん坊が産まれるまで、みんなでこの家にいなくてはならないだろう。

　ハンターはそれから、階段の修理に必要なものを買いに町に出かけた。

　夕食のとき、ルーカスはテイラーに話した。ハンターはヴィクトリアの赤ん坊が産まれるまでここにいる。ヴィクトリアはぽろぽろと涙を流し、席を立って自分の部屋に戻った。

「どうしたの？」ダニエル・デイヴィッドが尋ねた。

「うれしくて泣いているのよ」テイラーは説明した。

ルーカスはヴィクトリアの奇妙な反応を見てかぶりを振ると、妻に目を転じた。今夜のテイラーは、後れ毛が背中にこぼれ、料理したせいで顔がほてっていて、ちょっとした見ものだった。夜じゅう見ていても飽きないだろう。

テイラーは彼に目をやるどころではなかった。ジョージーがアリーの皿の塩漬け豚肉にわざとビスケットを押しつけて騒ぎを引き起こしたせいで、片方に説教しながら片方をなだめようとしている。

アリーがまたわめこうと大きく息を吸いこんだところで、ルーカスはまた口を開いた。「ヴィクトリアの赤ん坊が産まれるまでは、おれたちもここにいる。町を離れるのはそれからだ」

テイラーが満面の笑みを浮かべたので、ルーカスは即座に、ここに住むのはしばらくのあいだだけだと釘を刺した。「それでおれの気が変わったと思うなよ。子どもたちはここでは育てない」

「ええ、もちろん」テイラーは応じた。

ルーカスは、その言葉が聞こえないようにつづけた。「子どもたちにとっても、きみにとっても、ここは危険すぎる。それに、こんな未開の環境できみのようにやわな女性が生きていくのは無理だ。秋になったら、都会に引っ越そう」

「でも、あなたは都会が嫌いでしょう」

「慣れの問題だ」

テイラーは怒りを抑えた。「どこに住むか、心当たりはあるの？」

「東部に戻る」

テイラーはルーカスの説明を待った。そしてしばらく待ったあげく、それ以上はなにも話さないつもりだと悟った。

「わたしはやわじゃないわ、ルーカス」

ルーカスは聞く耳を持たなかった。「秋になったらここを出よう。ずっと住もうとは考えないことだ」

テイラーはわかったわとだけいった。

翌朝、テイラーは黄色と白のチェックのカーテンを吊した。彼女はルーカスに、目隠しのためよといったが、それは人里離れた場所に住んでいることを思えばばかげた理由だった。そう、いずれこの町を離れることはわかっている。ルーカスから百回はいわれたから。でも、だからといって、当面のあいだ不自由に甘んじていいということにはならない。

その夜、ルーカスはテーブルクロスに気づいた。食器棚には皿もきちんと重ねて並べてある。彼らのベッドには新しいシーツが掛けられ、炉棚の上には野の花をあふれんばかりに活けたガラスの花瓶も置いてあった。どんどんぬくもりのある住まいらしくなってくる。

ロリーにいわれて、フランクの店から揺り椅子も買った。ただし、日曜の午後に新聞を読みあげるときは彼に貸しだすという条件付きだ。テイラーはふたつ返事で同意したが、フランクの意見は違った。ロリーはテイラーにそんなことをいえる筋合いはない。その椅子を作った本人だからといって、いつでも借りていいはずはないだろう。どのみち、店に売ったことには変わりないのに。

ロリーはあれこれと指図されることが嫌いだった。だが彼がフランクの襟をつかんでさんざん揺さぶろうとしたとき、テイラーが割って入った。

「あなたがこの見事な揺り椅子を作ったの、ロリー?」

感心したようにいわれて、ロリーはテイラーに向きなおった。〝見事な揺り椅子〟と、はっきりいわれたのだ。ロリーはフランクをつかんでいたことを忘れてテイラーにうなずいた。

「どう思う?」ほめられてうれしがっていると思われないように尋ねた。

テイラーは揺り椅子に腰をおろして、磨きあげられた木の肌に指先を滑らせた。ロリーはアリーが人形を引きずって歩くようにフランクを引きずったまま、テイラーを見つめた。

「ものはしっかりしている」彼の声はもう不機嫌そうではなかった。

「素晴らしい出来だわ」テイラーはいった。「こんなによくできた椅子は、イギリスでも見たことがないくらいよ」それはお世辞だった。「あなたって、本物の職人なのね、ロリー」

ロリーはフランクを離してさっとテイラーに近づいた。「釘は一本も使っていない」彼はいった。「おれは釘なんかでごまかさないんだ」

彼はテイラーを立たせて、造りがよくわかるように椅子をひっくり返した。

フランクはロリーの怒りから早くも立ちなおっていた。長年の付き合いで、ロリーにぽいと放られたり、揺さぶられたり、突き飛ばされたりするのには慣れっこになっている。もう怖くもない。友人と思っている相手は殺さないとわかっているからだ。このあたりで、友人はなかなか見つからない。フランクはロリーの我慢の限界を知っていた。だから、テイラーのほめ言葉がこわもての大男を恥じらう少年に変えてしまっても笑わなかった。

ロリーはテイラーに、手先の器用さには以前から自信があった、それで商売をしようかと思っているといった。椅子は自分の家で作っている。それはあそこだといって、彼は町外れにある建物を指さした。

「裏の小屋に、揺り椅子を二十脚作れるほど材料をためてある」彼はいった。「しっかりした椅子を作るのにかかる時間は、きっかり二週間だ」

テイラーは、ヴィクトリアの赤ん坊のために揺りかごを作れないかと提案した。もちろん相応の金は払うし、時間もまだひと夏ある。

ロリーはひげを撫でると、考えさせてくれといった。

その夜遅く、だれもが寝静まってから、ルーカスはテイラーを起こして愛を交わした。テイラーは疲れきっていたので、そんなことができるとは思えなかったが、彼の温かい愛撫と熱いキスですぐに燃えあがり、ルーカスと同じくらいくるおしく求めた。歓喜の瞬間には、ルーカスがその叫び声を唇で受け止めてくれた。

ルーカスはテイラーの上に倒れこみ、テイラーが苦しそうにうめくと、ごろりと横になって彼女を抱き寄せた。テイラーは愛の言葉を口にしないようにしていた。ルーカスの重荷になりたくないし、愛されているしるしを求めているとも思われたくない。けれども、彼の愛がほしくてたまらないのはたしかだった。どんなに自分にいい聞かせても、あきらめきれない。

彼女は、ルーカスが眠ってしまうまで待った。「愛してるわ、ルーカス」そっとささやいた。

疲れていたが、眠りは訪れなかった。ルーカスに憎まれなかっただけでも感謝すべきだと自分にいい聞かせた。彼の人生を一変させてしまったのだ。ルーカスには選択の余地がなかった。あんなに結婚を忌み嫌っていたのに、いまでは妻と三人の子どもたちを背負わされている。

テイラーはしばらくそのことで鬱々《うつうつ》としていたが、やがて自分自身がいやでたまらなくなった。ルーカスも、よくこんな妻に嫌気がささないものだ。自分はヴィクトリアほど器量よしではないし、愛嬌もまったくない。おまけに偉ぶって、偏屈で、頑固ときている。以前は、そんなところを長所だと考えるようにしていたものだ。人生について知っていることは、すべて祖母から学んだ。祖母はつねにレディらしく、自分を律することを教えてくれた。愚痴をこぼしたり、わがままをいったりしてはならない。そして、与えられたものは最大限に生かすこと。泣き言をいう人間は、だれにも好かれない。もしどうしても泣きたくなったら、だれにも見られたり聞かれたりしないように、ひとりきりになれる場所を探すこと。レディは、朝目覚めたときから夜目を閉じるまでレディでいなくてはならない。

テイラーはつねにレディらしく振る舞うことに疲れ、うんざりしていた。ひどい重圧に押しつぶされそうで、困ったことがあるたびに、わめき散らしたい、ルーカスを蹴飛ばして目を覚ましてやりたいという衝動は日増しに強まっていた。

ルーカスは自分だけでなく、妻にも夢をあきらめさせようとしている。そのことをいっても、ルーカスはずっといいつづけてきたことをまた繰り返すだけだろう。きみはそれほど強くない。まったく、〝やわな女性〟だなんて。ルーカスから聞かされる言葉で、あれほど失礼な言葉はないのではないだろうか。

その言葉が間違っていることを証明するつもりだった。そう、それがいい。ルーカスに、あなたとまったく同じくらい強いのだといったところで、なんの意味もない。言葉はただの言葉だ。身をもって示さなくてはわかってもらえない。テイラーは自分を憐《あわ》れむのはやめて、来たるべき夏に心を向けた。やわな女でないことを証明するのに、三カ月ある。

ルーカスが対等に見てくれるようになったら、ほんとうの妻として扱い、希望や不安や過去を分かち合おうとしてくれるはずだ。ルーカスは従軍していた。彼の過去について確実に知っていることはそれしかない。戦争の前やあとで、ルーカスはどうしていたのかしら？　子ども時代はどんなふうだったの？　そんな質問をぶつけたことはあるけれど、ひとつも答えてもらえなかった。ルーカスは妻に対して、すっかり心を閉ざしている。彼女は、追いかけていた男をルーカスがシカゴでつかまえたかどうかも知らなかった。なんという名前だったかしら？　思い出せない。

愛と信頼は切り離せない。テイラーはそのふたつを望みながら眠りに落ちた。

19

「暗闇の王子は紳士だ」

――ウィリアム・シェイクスピア『リア王』より

翌朝、テイラーは計画を実行に移した。完璧な妻、完璧な母親、そして辺境の完璧な住民になる。彼女はふだんより一時間早く起きだすと、ほかの家族の気配がする前に朝食の仕度をすませた。ルーカスは彼女がせっせと働いているのを見てもなにもいわなかった。

朝食がすんで子どもたちがヴィクトリアと一緒に外に行くと、ルーカスはテイラーにしばらく家を離れると告げた。「通りがかりの男からフランクが聞いたんだが、今週から来週いっぱい、ローズウッドで連邦判事が訴訟事件を審理するそうだ。急げば、養育権を申し立てる書類を用意してすぐに審理してもらえるかもしれない」

「わたしも一緒に行けないかしら?」

ルーカスはかぶりを振った。「その必要はないだろう」

テイラーは自分が出向いて証言し、書類に署名する必要があるはずだと思ったが、ルーカスにはなにもいわなかった。判事はローズウッドからヴァージニアシティに行くことになっていて、必要ならそこに連れていくとルーカスが請け合ってくれたからだ。

テイラーはルーカスの仕度を手伝い、彼について外に出た。ハンターがすでに馬に鞍《くら》をつけていた。彼は手綱を渡すと、ルーカスとテイラーがふたりきりになれるようにその場を離れた。

「気をつけて」

彼女から命令口調でいわれるのはわかっていたが、それでもそんな言葉がうれしくてたまらないのは意外だった。テイラーが気をもんでくれるのをなんとも思えなくなる日が来るとは思えない。彼女の愛が、彼を満たしていた。

「気をつけるさ」ルーカスは別れのキスをした。胸にもたれたテイラーに、彼はいった。「双子の養育権が認められたら、ダニエル・デイヴィッドがどうやったらおれたちの正式な息子になるのか調べよう」

その素晴らしい提案に、テイラーは目に涙を浮かべた。ルーカスはそれから子どもたちを呼んで何日か留守にすることを説明すると、ひとりひとりにキスして、母さんの言うことをよく聞くんだぞと、とりわけジョージーの目を見ていった。

ルーカスが出発するとアリーが泣きだし、次いでジョージーが泣きだした。テイラーはふたりをなだめようとしなかった。泣いて当然だ。テイラーはルーカスが早く戻りますようにと祈って仕事に戻った。

彼がいないあいだ、テイラーは夏に育つキャベツと豆、カブ、タマネギの菜園を作った。途中でロリーが立ち寄り、意外なものを置いていった。最初に買った椅子とそっくり同じ、ふたつ目の揺り椅子だ。ひと月前から取りかかっていたが、いままで仕上げる時間がなかったという。テイラーが揺り椅子に座っているときにヴィクトリアもそんな椅子に座りたいのではないかという、ロリーの気づかいだった。テイラーは大喜びで出来映えをほめ、どんなにいっても彼がお金を受け取ろうとしないのであきらめると、話題を変えて、菜園についての助言を求めた。

しまいに、ロリーは菜園の仕事を手伝ってくれた。すでに蒔《ま》いてあったタマネギの種は、ぜんぶ掘りださなくてはならなかった。そのままでは深すぎて芽を出せないというのがその理由だ。日の出から日の入りまで働いて、菜園にすべての種を蒔き、苗を植え終わるまで丸二日かかった。

ロリーは菜園の周囲に金網をめぐらしてくれたが、ウサギよけにはならないといった。ロリーでも、ウサギの食害を防ぐ手だてまではわからないらしい。

夕食が終わると、ヴィクトリアとハンターは外に出かけ、テイラーは子どもたちを寝かしつけにかかった。ただ寝かしつけるだけなら簡単なはずなのに、双子のどちらもいうことを聞いてくれないので、ふたりを寝かせるには少なくとも一時間はかかった。

ふたりがようやく寝てしまうと、テイラーはダニエル・デイヴィッドに目を向けた。寝る前に物語を語り聞かせるのは、ふたりだけの特別な時間になっていた。唯一の問題は、ダニエル・ブーンとデイヴィー・クロケットの話が尽きてきたことぐらいだ。テイラーはしばらく前から息子をただダニエルと呼んでいた。ダニエルが一度も訂正しないので、その名前に気持ちは傾いているようだったが、ダニエルとデイヴィッドのどちらにするのかと尋ねると、息子は首を振ってまだ決めていないと答えた。

テイラーはダニエルのまわりに毛布をたくしこんでやると、その隣で眠りこんでしまい、しばらくしてハンターに揺り起こされた。ヴィクトリアに頼まれてハンターが様子を見に来たのだ。テイラーはよろよろと立ちあがった。ハンターは彼女が転ばないように、腕を支えて階段をおりた。

「いつまでこんなことをつづけるつもりだ？」ハンターが尋ねた。

テイラーは揺り椅子にどさりと座ると、のろのろと髪をほどきはじめた。

「こんなことって？」テイラーは尋ねた。

「働きすぎだぞ」

「そのとおりよ、テイラー」ヴィクトリアがいった。

「今夜は少し疲れているだけよ」テイラーはいった。「それぞれの曜日にすることに慣れたら、もっと要領がよくなってそれほど疲れなくなるはずだわ。いまはなにもかも倍の時間がかかるけれど、それは、まだこつをつかんでいないからなの。石鹼を作るのだって一日しかかからないはずなのに、わたしがやると三日かかるのよ」

「つまり、何曜日になにをするか決めているということ？」ヴィクトリアは戸惑ってハンターを見たが、彼はヴィクトリアを見もしないでテイラーに眉をひそめていた。

「ええ、そうよ」テイラーは答えた。「開拓地で暮らす女性は、何曜日になにをするか決めておくものなの。月曜は洗濯で、火曜はアイロンかけ。水曜はパンやお菓子を焼く日で――」

「まったく……」ハンターはつぶやいた。「そんなたわごとを、どこで耳にしたんだ？」

テイラーは頭ごなしに否定されてむっとした。「リヴィングストン夫人の旅行記で読んだの。わたしには、とても理にかなったことに思えるけど」

ヴィクトリアは長椅子に座って、両手を膝の上で組んだ。「このままではいずれ倒れてしまうわ」彼女はいった。「菜園を作って、トランクケースぜんぶの荷ほどきをして、洗濯をして、あと三年は不自由しないくらい石鹸を作って」

「でも、あれだけ作っておけば当分作らなくてすむでしょう」テイラーはすぐさまいい返した。

ヴィクトリアはハンターに向きなおった。「テイラーは、明日はろうそくを作るつもりでいるの。どうしてそんなものが必要なのかしら。ランタンが充分にあるのに」

ハンターはテイラーから目をそらさなかった。「いったい、なにを証明しようとしているんだ？」

テイラーは疲れきっていて、嘘をついたりごまかしたりすることができなかった。「わたしがやわでないことよ」

ハンターはあっけにとられるのと同時に、思わずほほえみそうになった。今夜のテイラーは、やわな女性にしか見えない。なにしろ、生きているのがやっとというありさまだ。血の気のない顔で、目の下には隈《くま》もある。

「やわだと、だれにいわれたんだ?」ハンターは尋ねたが、答えはもうわかっていた。

ヴィクトリアが答えた。「きっとルーカスね」

テイラーはうなずいた。「わたしがここでやっていけることをわかってもらいたいの」

「そうなれば、この町を離れずにすむ」ヴィクトリアがいった。

「そのとおりよ」

「そんなことをしても――」ハンターが口を開いた。

テイラーは彼をさえぎった。「あなたたちふたりとも、ルーカスにはこのことをいわないでもらえるかしら。わたしが強い女で、決意も変わらなくて、そして……幸せでいることを、自分の目でたしかめてもらいたいの。さあ、差しつかえなければ眠らせてもらうわ。長い一日だった」

「なんでわざわざ寝るんだ?」ハンターがいった。「あと一時間もすれば起きるんだろう」

この一週間というもの、テイラー自身もその質問を何度も胸のなかで繰り返してきた。枕に頭をのせたらすぐに日がのぼりはじめるような気がする。

「皮肉をいうことはないでしょう」

テイラーはそうつぶやくと、ヴィクトリアの部屋に行って体を洗い、ナイトガウンに着替えた。玄関のドアが閉まる音がしたので、また居間に戻った。

ヴィクトリアが気をきかせて、テイラーのためにベッドの上掛けをめくっていた。かすかに頬を赤らめているところからして、またハンターにキスされたのだろう。

「ハンターとはどうなってるの?」テイラーは尋ねた。「うまくいってる?」

「まずベッドに入って。くたくたじゃないの」ヴィクトリアがいった。

テイラーは素直に従った。ヴィクトリアが上掛けをたくしこんでくれたのがうれしかった。たまにはだれかに世話を焼かれるのもいいものだ。テイラーはベッドの上をぽんぽんとたたいて、ヴィクトリアが座れるように足をどけた。

それから、ほんとうなら訊くべきではないような質問にヴィクトリアは答えてくれた。

「ハンターは、毎晩おやすみのキスをしてくれるわ」ヴィクトリアはささやいた。「ときには一度ですまないこともある。わたしの体が大きくて、不格好になったのに気づいていないらしいの」

「あなたは不格好どころか、輝いているわ。ハンターの目にもそう見えるのよ」

「でもまだ、赤ちゃんが産まれたらすぐにここを出るといっているわ」

「考えなおすかもしれないでしょう」

ヴィクトリアはうなずいたが、彼女の表情は違った。

「テイラー、わたしにできることはない?」

「それじゃ教えて」テイラーはいった。「ジョージーとアリーをどう扱えばいいのかしら。包み隠さず正直に、思うところを聞かせてちょうだい。ふたりとも、人の話は聞ける年ごろだし、簡単な決まりごとなら守れるはずでしょう?」

わね？」

ヴィクトリアはほほえんだ。「わたしはダニエルと双子を愛してる。そのことはわかってる

「もちろんよ」テイラーはいった。

「ダニエルはほんとうに愛らしい子どもだわ。日に日に自己主張が強くなって、頑固になりつつあるけれど、説明すればわかってくれる。でも、双子は……」

「双子は？」

ヴィクトリアはため息をついた。「あの子たちは、小さな暴君ね」

テイラーもまったく同じ気持ちだったが、母親として弁護しなくてはならない気がした。

「いつも暴君というわけではないの。ルーカスやハンターのいうことは聞くのよ。あの人たちにテーブルからおりるようにいわれたら、ジョージーはすぐにそうするわ。取り立てて脅したり、頼みこんだりしているわけじゃないのに。ジョージーはふたりを怖がってない。怖がっていたら、あんなふうになれなれしくしないはずだもの」

テイラーの困惑ぶりに、ヴィクトリアはほほえんだ。「そんなに悩むことじゃないわ」

「あの子たちのせいで、お酒に走ってしまいそう」

ヴィクトリアは笑った。「わたしは専門家ではないけれど、ひとつ思い当たることがあるの。だめなものは〝だめ〟というようにするのよ。それも、きっぱりと。二歳の子ども相手に理屈を説明して、駆け引きするなんて無理よ」

「いつもそのことを忘れてしまうの」テイラーはいった。「たしかに、理屈をいってわからせ

ようとしているわ」

「それに、機嫌もとろうとしている」ヴィクトリアはいった。「ふたりとも、ある程度の決まりごとはもう理解できる年よ。とても利口だもの」彼女はため息をついてつづけた。「そして、愛さずにはいられない。あの大きなブルーの瞳で、涙をぽろぽろこぼしながら見あげられたら、〝だめ〟というのはむずかしいわ」

テイラーもその気持ちはわかった。毅然《きぜん》としたままでいるのはむずかしい。

「ほんとうに利口よね。あなたのいうとおりよ、ヴィクトリア。これからは、もっとはっきりいうようにするわ。そうしないと、手がつけられなくなってしまうもの」

ヴィクトリアが寝室に行くと、くよくよ悩みながら眠った。真実は、どんな母親でも――まったく経験のない、無能な母親でさえ、なかなか認められないものだ。

かわいいわが子は、悪たれだ。

つぎの日の夜、キャラハンが忍びこんできた。寝返りを打って目を開けたテイラーは、恐怖で息が止まりそうになった。年老いたマウンテンマンがキッチンのテーブルに座って、昨日のビスケットをふたついっぺんに口に押しこんでいる。

悲鳴が喉元までこみあげ、心臓も止まってしまったような気がした。それから、彼のにおいがして、恐怖では死なないとわかった。においで死んでしまう。スカンクを思わせるひどい悪臭だ。

テイラーは、こんなひどいにおいは嗅いだことがないと思った。目に涙が浮かび、胃がせりあがってくる。でも、いま悲鳴をあげるわけにはいかない。その前に息を吸いこまなくてはならないが、その勇気がなかった。鼻と口を上掛けでぴっちりと覆い、とてもまともとは思えない男の様子をうかがいながら、わずかな空気を吸いこんだ。

キャラハン。男の名前は憶えている。ルーカスの警告も。鼻がひん曲がるにおいだとルーカスがいっていたとおりだ。でも、危険な人ではないともいっていた。どうか、その言葉も当たっていますように。

見た目は、いかにも危険で粗暴な男だった。大柄のようだけれど、テーブルに体をかがめているので、はっきりとはわからない。焦茶色の鹿革のズボンとシャツ、履き口に毛皮があしらわれた黒いブーツというでたちだ。茶色の髪はぼうぼうに伸びている。もともとその色なのか、それとも体のほかの部分と同じように汚らしいだけで、長年洗われなかったためにその色になってしまったのか。

その男が、顔をあげて彼女を見た。テイラーは見つめ返した。もう、少しも怖くなかった。助けが必要になったら、大声を出せばいい。外で星空を見ながら寝ているハンターが、すぐに駆けつけてくれる。

キャラハンは正気をなくした男ではなかった。瞳が澄んでいる。テイラーはその目に好奇心とよくわからないなにかを見てとって、ふつふつと怒りが湧きあがるのを感じた。金色がかった茶色の瞳が、紛れもなくきらめいている。

「きゃあきゃあわめくつもりか？」

キャラハンがいかにもおもしろそうに、耳障りな声で尋ねた。テイラーがかぶりを振ると、キャラハンは真っ白な歯を剝きだしにしてにんまりし、それから食べかけのビスケットに注意を戻した。ビスケットをひとつ口に放りこんでいった。「塩が足りねえ」

テイラーはようやく冷静さを取り戻すと、ベッドから飛びだして揺り椅子に掛けてあったローブをつかみ、手早く羽織った。

拳銃は炉棚に置いてある。うちから出ていくようにいったら相手が豹変《ひょうへん》しないともかぎらないので、暖炉のほうにじりじりと動いた。

「なぜわたしがわめくと思うの？」

「たいていはそうする」キャラハンは肩をすくめた。

「それから、どうなるの？」

「その家の男に放りだされる。だが、それで終わると思ったら間違いだ。おれはまた家のなかに戻る。そうとも、いつだってそうする」

「いつ山に戻るの？」

テイラーは炉棚の銃に手を伸ばしたが、そこではじめて、弾がぜんぶ抜かれて銃の向こうにきちんと並べてあることに気づいた。キャラハンは思ったよりずっと利口な男だ。

テイラーは思わずほほえんでいた。

「準備ができたら出ていく」

「キャラハン、あなたは本物なんでしょう？」

「ほん……？」

「本物のマウンテンマンなのね？」

テイラーは玄関のドアを開けるつもりでテーブルをまわりこんだ。新鮮な空気を入れなければ、いますぐ気絶してしまうかもしれない。

「朝めしを食い終わるまで、旦那は呼ばねえでくれるとありがたいんだが」

「だれも呼ばないつもりよ」テイラーはいった。「空気を入れ換えたいの。それだけ」

テイラーはドアとふたつの窓を開けたが、においはたいして変わらなかった。彼女は戸口にもたれて侵入者を見つめた。まるで取り憑かれたかのように食べている。

「朝になったらコーヒーが飲みてえ」キャラハンはいった。「それと、ちゃんとした朝めしもな」

キャラハンはちらちらとテイラーに目をやって、彼女の反応をうかがっていた。テイラーは相変わらずほほえんでいる。

「もう騒ぎ立ててもかまわねえ。食い終わった」キャラハンは長椅子を音を立てて押しやり、立ちあがった。

「マウンテンマンとして生きてきたあなたなら、話の種になるような経験をたくさんしているんでしょうね」

「山ほどな」

「ダニエル・ブーンとデイヴィー・クロケットを知ってる?」

「おれはそこまでもの知らずじゃねえ」キャラハンは嚙《か》みつくようにいった。「もちろん、そいつらの話は聞いたことがあるとも。もう死んでいることも知ってる。ここらの山の人間じゃねえこともな」彼はうなずいた。「おれたちの山にはおれたちの物語があるんだ。たとえば、トム・ハワードや、スパーキー・ドーソン、モンタナ——」

いきなりヴィクトリアの悲鳴が響きわたって、テイラーは飛びあがった。キャラハンとの会話に夢中で、ヴィクトリアの部屋のドアが開いたことに気づかなかった。ヴィクトリアは見覚えのない男の背中を見たとたんに、リデンプションじゅうの住民が目を覚ますような金切り声をあげた。

玄関から飛びこんできたハンターを、テイラーは危ういところでよけた。ハンターは銃をかまえてどなった。「キャラハン!」

「よう、ハンター」キャラハンはハンターに挨拶した。

テイラーは急いでヴィクトリアに駆け寄った。ヴィクトリアは息を吸うのがやっとのありさまで、いまにも気絶しそうだ。

「あの人ならなにもしないわ」テイラーはヴィクトリアにささやいた。「部屋に戻ってドアを閉めたら、においもたいして気にならないわよ」

「それで目が覚めたの」ヴィクトリアがまた苦しそうにあえぎだしたので、テイラーはローブの端で彼女の顔の下半分を覆った。「しっかり押さえて、少しずつ息を吸うのよ」

ヴィクトリアはすぐにいわれたとおりにした。まだ恐怖に目を見開いている。テイラーは彼女を戸口に寄りかからせると、自分の銃を取りに行った。子どもたちが手すりのあいだから下をのぞきこんでいたので、笑顔で見返した。

それから、炉棚に置いてある銃を取りあげて、すばやく弾を込めた。ハンターが殺すぞとキャラハンに凄《すご》んでいる。

「十秒数え終わるまでにこの家から出るんだ」彼は命令した。「またおれの前に姿を見せてみろ。今度こそ殺すぞ」

「キャラハンはどこにも行かないわよ」

テイラーはハンターの注意を引くのに、その言葉を繰り返さなくてはならなかった。ハンターは聞き違えたのかと思った。

「なんだって?」

「キャラハンはどこにも行かないわ」テイラーはハンターを見てほほえんだ。あっけにとられた顔がおかしくてたまらない。「キャラハンの話では、何度追いだされてもまた戻ってくるそうよ」

キャラハンはテーブルをバシンとたたいて笑いだしたが、テイラーに銃を向けられて黙りこんだ。

「撃つのか?」

「いいえ」テイラーは答えた。「でも、わたしが行っていいというまで行かないで」

キャラハンはハンターに向きなおると、不安そうに尋ねた。「正気か？」

ハンターはうなずいた。「それはたしかだ」

「テイラーは働きすぎで疲れていて、まともに考えられないのよ」ヴィクトリアは叫んだが、口を布で押さえているのでくぐもって聞こえた。「テイラー、どうしたっていうの？」

「どうしたのかしらね」テイラーは笑って、屋根裏に声をかけた。「ダニエル？」

「なに、母さん？」

「わたしたちがいま、なにをつかまえたかわかる？」

「なんなの？」

「本物の、生きたマウンテンマンよ」

ダニエルの顔がぱっと輝くのを見て、テイラーはこれからしなくてはならないことは充分に報われると思った。

「ハンター、浴槽を運んできて」

キャラハンは、ダニエルとテイラーの夢そのものだった。

ルーカスは三週間留守にしたあげく、金曜の午後に戻った。うちの前で彼を出迎えたハンターは、すぐに問題があったことを悟った。馬の脇腹に泡汗が浮いている。ルーカスはよほどのことがないかぎり馬を急がせない。

「テイラーたちは？」

「なかにいる」ハンターは答えた。「みんな元気だ。なにがあった？」

「判事は同意して、書類に署名してくれた」

ルーカスはそれ以上は説明しなかった。留守中にだれかが双子を捜しに来るかもしれなかったので、ハンターにはマルコムのことをなにもかも話してある。

「そいつはよかった」ハンターはルーカスが話すのを待った。

「ローズウッドからサウスクリークまで、ふたりの男を追跡した。ふたりとも雇われガンマンで、キャメロンに立ち寄って、リデンプションまでいちばん早い行き方を尋ねていた。おれは近道をしてきたから、ふたりより一日早く着いたはずだ」

「ゆうべの雨で、もっと遅くなる」ハンターがいった。

「あの野郎、双子を奪い返すためにガンマンをよこしやがった」

「テイラーには話すのか？　それとも、よけいな心配をさせないで、おれたちだけでやるか？」

ルーカスは妻に怖い思いをさせたくなかったが、話さなくてはならないことはわかっていた。「テイラーにも警戒してもらう必要がある。夕食のあとで、おれが話そう」

「町に行って、フランクと話したほうがいい」ハンターがいった。

「そうだな」

ルーカスはそういいながら、家のほうに目をやった。黄色い鹿革の服に身を包んだ見知らぬ男が、建物をまわりこんで玄関に向かっている。黄昏時《たそがれ》のうえに離れているのでよく見えないが、男の顔にはどことなく見覚えがあるような気がした。

「よう」男が挨拶した。

ルーカスはぎょっとした。「キャラハン……」彼はキャラハンが家のなかに姿を消すのを見守った。何度も出入りしていたように振る舞っている。

ルーカスはふたたびキャラハンを呼んだ。今度は怒鳴り声で。

ハンターが笑いだした。「やつだとわからなかっただろう？」

ルーカスは首を振った。「あいつめ、いったいどうしたんだ？」

「テイラーさ」ハンターは答えた。「馬の世話はおれがやる。早く行けよ」

ルーカスが帰ってきたとキャラハンがみんなに知らせたのだろう。玄関のドアがバタンと開いて、テイラーが走りでてきた。あとから子どもたちも走ってくる。ヴィクトリアはほっとした様子で戸口にたたずんでいた。

テイラーは、ルーカスが子どもたちにただいまというのを待って、キスしようと進みでた。

「おかえりなさい」彼女はささやいた。「あの件は……」

ルーカスはうなずくと、いきなりテイラーを抱き寄せて思いきりキスをした。だが三人の子どもたちがいっせいに話しかけてきたので、「あとで」とささやいてしぶしぶテイラーの体を離し、三人のなかでいちばんうるさい子どもに向きなおった。

「なんだ、ジョージー？」

「あのね、パパ」

「どうした？」

「うちのなかに男の人がいるの」

「そうらしいな」彼はテイラーをちらりと見た。

「あの人、毎晩お話を聞かせてくれるんだよ」ダニエルが横からいった。「本物のマウンテンマンたちの話さ。ここからすぐ近くで暮らしてた人もいるんだ。キャラハンが、いつか会えるかもしれないって」

「ママのせいで山に帰れないって。あの人、そういってた」アリーがいう。

テイラーは家に戻ろうとした。ルーカスはその腕をつかんで引き戻した。

「なんで山に帰さないんだ？」

「ダニエルがまだ名前を決めていないの」テイラーは説明した。「キャラハンは外で寝ているわ、ルーカス。少しも厄介じゃないわよ。どうしてあなたがあの人を好きになれないかわかったわ。キャラハンから聞いたけれど、あの人は長年あなたの目の上のこぶだったそうね」

「外で寝ているなら、なんで夜のうちにいなくならないんだ？」ルーカスはいらいらしていったが、答えはもうわかっていた。温かい食事にありつけるうえに、たいした人気者になっているからだ。

「母さんがあの人に、ぼくが名前を決める前にいなくなったら、あとを追いかけて引きずってでも連れて帰るっていったんだ」

「それで、いつ出ていくんだ？」ルーカスは怒りをこらえて尋ねた。キャラハンを毛嫌いしていることをダニエルに気づかれたくない。

「もうすぐよ」テイラーはルーカスが歯を食いしばるのを見て、怒っているのが見え見えだと思った。「キャラハンはもうじき出ていくわ」

「夕食ができたぞ」キャラハンが戸口から叫んだので、ルーカスはハンターを見た。ハンターはさっとそっぽを向いたが、彼がにやついているのをルーカスは見逃さなかった。

「なかに入りましょうか」テイラーがいった。

ルーカスは彼女に手をつかまれて眉をひそめた。まるで、合衆国大統領と夕食をともにするかのようにいそいそと振る舞っている。

ルーカスはテイラーに引っぱられて家に入った。ドアを閉めたときにハンターの笑い声が聞こえたのは空耳ではなかった。

その夜、ルーカスはずっと怒りをこらえなくてはならなかった。キャラハンが妻と息子に語る荒唐《こうとう》無稽《むけい》な話に、彼は何度か口を挟んだ。

「そうじゃないだろう」彼はキャラハンに嚙みついた。「どうせ話すなら、正確に話したらどうだ？」

そんなふうにいわれても、キャラハンはつぎからつぎへと突飛な物語を語りつづけた。ルーカスがそこまで怒る理由がテイラーにはわからなかったが、キャラハンはなにもかも心得ているようだった。そして彼がクロクマの話をはじめると、ルーカスはなんの話か察したらしく、あきらめたように両手をあげ、足音を荒らげて家を出た。

テイラーはわけがわからなくて、席をはずしてルーカスを追い、小川に行く途中で彼をつかまえた。

「やつは泥棒だぞ、テイラー」ルーカスは質問する前に答えをいう癖がある。

「もっと若いときはそうだったかもしれない。でも、わたしたちからは盗まないわ」

「ほかのことはたいがい大目に見てやってもいいが、おれのものはおれのものだ」

「あなたのナイフのようにね」テイラーはいった。「シンシナティでベッド脇のテーブルにナイフを置いたのは、あなたが双子を捜すのをあきらめないという意味だったんでしょう」

「ああ」ルーカスはうなずいた。「さあ、こっちに来るんだ」

テイラーはルーカスの腕のなかに入って彼を抱きしめた。ルーカスはテイラーの頭に顎《あご》を載せた。

「明日、男がふたり来る」彼はいった。「きみの叔父が差し向けた連中だ」

ルーカスはテイラーをしっかりと抱きしめたまま、ハンターとふたりでなにをするか説明すると、そのふたりがこの町に二度と寄りつかないようにすると約束した。ふたりがガンマンであることはいわなかった。

テイラーはそのときから、双子がかならず目の届くところにいるようにした。天気も幸いして、翌日の午前中はほとんど雨降りで、午後も半分は雨だったので、双子はうちのなかにいるしかなかった。

ルーカスは日暮れに戻ってきた。彼はテイラーに、ふたりの男は町を去った、もう戻らないといった。

翌日の日曜、テイラーが町の住民たちに新聞を読み聞かせに行ったときに、フランクがその詳細を聞かせてくれた。

「ふたりとも、ルーカスとハンターがどういう男か知っていてな」フランクはいった。「だから、ふたりに立ち向かうつもりはこれっぽっちもなかった。それに、これがよくしゃべるんだが、双子を連れ帰ったら、あんたの叔父からたんまりもらえることになっていたらしい」

「ルーカスとわたしは、もうあの子たちの正式な養い親なのよ」テイラーは思わず声を荒らげた。

フランクは慌てて彼女をなだめた。「みんなわかっているとも。だれかが双子を捜しに来ても、わたしたちが黙っちゃいない。心配しなくても大丈夫だ、テイラー」

その会話を聞いていたロリーが、テイラーを外に連れだした。「あんたに、ちょっとした贈り物があるんだ」ロリーは小さな声でいった。「できあがったばかりでな」テイラーは、揺りかごができたのだろうと思った。

一時間後、ロリーはテイラーの家まで贈り物を運んできた。テイラーは大笑いし、笑ったのはうれしくてたまらなかったからだとロリーに請け合った。それから、うちのなかで三番目の揺り椅子を置く場所を決めた。

テイラーはお金を払うといいはったが、ロリーはまたもや贈り物だからといって譲らなかった。三脚の揺り椅子は、暖炉の前に半円形に並べてある。ロリーはすぐには帰ろうとしなかった。双子は屋根裏で昼寝し、ヴィクトリアはハンターと外で何事かいい合いをしていて、ルーカスは息子を狩りに連れだしている。

テイラーはしばらくゆっくりしていけばいいと声をかけた。ロリーは揺り椅子のひとつに腰をおろしたが、テイラーが冷たい飲み物をすすめるとことわった。

「なにかわたしに訊きたいことでもあるの？」

ロリーはうなずいた。「どう切りだそうか考えているんだが……」

ロリーが用件を切りだすのに、さらに二十分以上かかった。並んで揺り椅子に揺られながら、テイラーは彼が心を決めるのを待ち、ロリーはもじもじと思い悩んだ。

しまいにロリーはいった。読み方を習いたい。

テイラーは驚くのと同時に喜んだ。ロリーは恥ずかしがって、だれかに知られないかとしきりと気にしていた。この年になって学ぼうとしていることをくすくす笑うようなやつがいたら、息の根を止めたっていいだろう？

テイラーは笑う人はひとりもいないと請け合ったが、ロリーが信じないので、しまいに秘密を守ることを約束した。このことはだれにも、ルーカスにも話さない。

「ダニエルがちょうど読み方を学ぶ年ごろでしょう」彼女はいった。「あなたとダニエルのあいだにわたしが座って――」

だが、ロリーは悪戦苦闘するところをだれにも――七歳の子どもにも見られたくなかった。

彼の提案はこうだった。夜は息子に教えて、自分には食事のために店を閉める昼時に教えてくれないか。テイラーは毎日双子が昼寝する一時から二時のあいだなら抜けだすのは簡単だから、そのあいだに一緒に勉強したらどうかといった。

ふたりはその翌日から勉強をはじめた。テイラーはみんなに、散歩したいから町まで出かけてフランクに挨拶してくると説明した。嘘はつきたくなかったので、毎日雑貨店の正面入口から入ってそそくさと通路を通り抜けながらフランクに挨拶し、裏口から出て、一時間後に今度は裏口から店を通り抜けてうちに帰った。フランクはきっと、どうかしてしまったと思っただろう。店を通り抜けるときはいつも、天気がいいから散歩したいのと言い訳し、そのたびにフランクはおかしな人だといわんばかりに見返してきた。

ロリーに読み方を教えるのは挑戦でもあり、喜びでもあった。ロリーが勉強熱心で、とても呑みこみが早かったからだ。テイラーにとって、その時間は息抜きできるひとときでもあった。そのときだけは座っていられる。

ロリーは彼女の力添えに感謝していたが、ルーカスは彼女がすることを少しも認めようとしなかった。テイラーが取り組んでいる厳しい日課にも気づいていないように見える。それどころか、ルーカスは日増しによそよそしくなり、内に閉じこもっていった。テイラーは、彼が背負いこんだものの重さにとうとう気づいたのだろうと思って心配になった。彼女は毎朝、今日も辛抱できますようにと祈り、うめきながらベッドから出た。

キャラハンは旅立つ準備をしていた。彼は山の呼び声が聞こえるとみんなにいった。テイラーには世話になったが、もうたっぷりしゃべったし知り合いにも会いに行った、ここらでひとりきりの生活に戻りたい。彼はダニエルに、神の楽園を見おろす山の頂に立つと、自由で安らかな気持ちになれるのだといった。

テイラーはキャラハンがいなくなるのを寂しく思ったが、彼の旅立ちが迫っていることは承知していた。それに、彼がいるとルーカスがいらいらしてしまう。ルーカスは夕食後にキャラハンの話を聞かされるのをいやがっていた。キャラハンの話は、たいていモンタナという名のマウンテンマンを中心に繰り広げられたが、ルーカスはその名を聞いただけで家から出ていった。それを見て、キャラハンは膝《ひざ》をたたいて笑っていた。

テイラーは疲労の極みにあった。しじゅう気を張って頭を悩まし、強い女を演じているせいで、いまにも爆発しそうだった。うまくいかないことがあると、バケツをつかんでだれにともなく水汲みに行くといい、川岸の秘密の場所に行って、ためこんだものをぜんぶ吐きだすまでわあわあ泣きじゃくる。ときにはそんな水汲みに日に三度も行くことがあった。

ルーカスはそれと知らずにテイラーを追いつめていた。彼は毎晩、秋にはこの町を離れると念を押したが、それはつまり、妻には辺境で生きていける技能と体力がないということだ。だからテイラーは、つぎの日はもう少しがんばり、もう少し長く働いた。つぎの日も、またそのつぎの日も……。

ルーカスの判で押したような行動に、テイラーは意地で応じた。彼に妻として接してもらいたい。夢や希望、悩み、そして過去について話してほしい。彼の過去と自分の過去のささやかな共通点を分かち合いたくて、ひそかに聞きだそうとしたこともある。けれども、どんなに当たり障りのない質問をしても、ルーカスの答えはただの一語だけだった。自分のなかのある部分を隠そうとしているとしか思えない。テイラーにはその理由がわからなかった。

それ以外にも、すんなりとうまくいくことはなにひとつなかった。双子とは一週間以上も意地の張り合いをつづけている。ヴィクトリアは進歩していると請け合ってくれたが、テイラーには自信がなかった。アリーかジョージーがいけないことをすると、テイラーは子どもがいうことを聞くと約束するまで屋根裏につづく階段に座らせた。ジョージーが最初の数回は少しもこたえていない様子だったので、テイラーは彼女を無視し、ほかのみんなにもジョージーと口をきかないようにいい含めた。そんなふうに仲間はずれにされたら楽しいことはひとつもないとジョージーが気づくのに、たいして時間はかからなかった。金曜にはそのお仕置きをいやがるようになり、しまいにはキッチンのテーブルに来てアリーの食べ物をいじるいたずらはしないようになった。

アリーははるかに厄介だった。階段に座るのは苦ではなさそうだし、泣くのも楽しんでいる。耳をつんざくような声でアリーが泣きだすと、テイラーは歯を食いしばってアリーを無視し、金切り声もまったく気にしないふりをした。アリーは思ったよりずっと頑固で、テイラーが外に行くと泣き止み、戻ってくるとたちまち泣きだした。どうやらだれかに聞かせるのが目的らしい。

土曜の朝、テイラーは別のやり方を思いついた。彼女はアリーを屋根裏に連れていき、好きなだけ泣いてもかまわないけれど、だれにも聞こえないわよといった。アリーの泣き声は外にいる馬が怯《おび》えるくらいやかましいから嘘に決まっているが、アリーはその言葉を信じてたちまち戦意をなくした。だれかに見て、聞いてもらえなければ、意地の張り合いをしても仕方がない。

もちろん、双子はいつも暴君というわけではなかった。ふだんは愛らしくて、かわいげのある子どもなのだ。毎晩入浴が終わると、ふたりはテイラーの膝の上に乗って、その日一日したことをかわりばんこにしゃべった。起きているあいだはいつもテイラーが一緒にいるのだが、そのことは忘れてしまっているらしい。テイラーはできるかぎりほめ、優しい言葉をかけて、すんなり辺境の暮らしになじんでいるふたりを見て驚きを新たにした。

ダニエルは新しい家がすっかり気に入っていた。彼は子犬のようにルーカスにつきまとい、ルーカスの話す一言一句に熱心に聞き入った。ふたりは一緒に長い時間を過ごした。ルーカスはどんなに忙しいときでも、かならずダニエルと過ごす時間をとり、息子に注意を向けるようにしていた。

テイラーは、彼がいつか妻のためにも時間をとり、注意を向けてくれるという望みにしがみついていた。厳しい日課をいつまでもつづけるのは到底無理だ。そして土曜の午後、テイラーの緊張の糸はぷつんと切れた。皮肉なことに、彼女を爆発させたのは、なんの罪もない最愛の息子だった。彼は、とうとう名前を決めたと彼女にいいに来た。

ダニエルのそばで、キャラハンが両手を後ろで組んで立っていた。彼が体を前後に揺らして得意そうな顔をしていたので、テイラーは興味を引かれた。キャラハンは人をからかうのが好きな男だが、今度はどういうゲームなのだろう。瞳も紛れもなくきらめいている。

ダニエルは宣言した。だれもがモンタナと呼ぶ、荒々しく勇敢なマウンテンマンにちなんだ名前がほしい。

テイラー自身、その勇猛果敢なマウンテンマンについて、キャラハンからうっとりするような物語をいくつも聞かされていたから、息子がその名を選んだ理由は理解できたが、それでもふさわしい名前とは思えなかった。ほんとうに、アメリカの準州にちなんだ名前がいいのかしら？

「だれもがモンタナっていう名前で呼んでいたけど、本人の前ではそう呼ばなかった。その名前が嫌いだったんだって、母さん。キャラハンがそういってた」

テイラーはうなずいて、息子が肝心の名前をいうのを待った。ダニエルはどきどきして口ごもっていたが、テイラーは急《せ》かさなかった。記念すべき瞬間だ。

ダニエルは大きく息を吸いこむと、背筋を伸ばして新しい名前をいった。ルーカス・マイケル・ロス。

テイラーは椅子に座らなくてはならなかった。ダニエルは母親がどれほど取り乱し、打ちのめされているのか気づいていない。彼はすでに、ルーカスにまつわるお気に入りの物語をしゃべりだしていた。

「ルーカスは冬のさなかに四十人の開拓者を引き連れて渓谷を抜けたんだ。インディアンたちは少しも邪魔しなかった。それは、それは……」

テイラーの息子が息を吸いこんでいるあいだ、キャラハンは喜んで説明を補った。「インディアンたちがルーカスを恐れて、一目置いていたからだ」

息子がうなずいた。「モンタナっていう名前を本名にするわけにはいかないんだ。マウンテンマンには、みんなあだ名があるんだよ。キャラハンは〝クマ〟って呼ばれてる。そうだよね?」

「そのとおり」キャラハンがうなずく。

「ロリーが父さんの話を聞かせてくれたんだよ、母さん。父さんはロリーのあとを――」

「おい、母さんは話を聞いちゃいないようだぞ。そんなおったまげた顔をして、知らなかったのか、ええ?」

テイラーがうなずくと、キャラハンはげらげらと笑いだした。テイラーは彼を無視した。頭に浮かんだのは、ボストンのホテルのロビーでルーカスが男たちに取り巻かれていたときのことだった。そういえば、だれもがルーカスの肩をたたいて、熱心に握手を求めていた。あのときは、戦争に関わることかと思ったことを憶えている。

ああ、自分はマウンテンマンと結婚していたのだ。それも、アメリカではだれもが知っているほど有名なマウンテンマンと。だれもが――当人の妻以外は。

「キャラハンは、ぼくたちふたりをルーカスって呼ぶのはややこしいっていうんだ」息子はつづけた。「それで、大きくなるまで父さんのミドルネームを使ったらどうかって。ぼくはマイケルだよ、母さん……母さんさえよければ」

テイラーは息子の喜びを台なしにしたくなかったので、無理やりほほえみを浮かべた。「それなら、マイケルにしたらいいわ」

ほどなくキャラハンは旅立ち、マイケルはみんなに自分の新しい名前を知らせようと外に出て行った。ルーカスは狩りに出かけてしまったから、新しい名前を知らせるのはもうしばらく待たなくてはならない。

テイラーは長いあいだテーブルから動かなかった。ヴィクトリアとハンターは、双子を川遊びに連れだしている。彼らが一時間以上たって戻ってきたとき、テイラーはまだテーブルに座っていた。

ヴィクトリアが夕食用にとろりとしたシチューを仕込んで、あと一時間でできるわといった。彼女はテイラーが心配で、ちょくちょく目をやっていた。顔が赤いし、体も震えている。熱があるのかしらと声をかけると、テイラーはかぶりを振って立ちあがった。「熱じゃない」ヴィクトリアにささやいた。「怒っているの」彼女はエプロンをつけると、ピストルをポケットに入れて玄関に向かった。

「どこに行くの?」ヴィクトリアは尋ねた。

「菜園の様子を見てくるわ」テイラーは答えた。「それから、町に行ってくるから。しばらくひとりになりたいの」

テイラーはあくまで冷静に話しているつもりだったが、ヴィクトリアはそうは思わなかった。「喉が痛いの? 声が変よ」

テイラーは答えなかった。ドアを閉めると、ヴィクトリアがいつごろ戻るつもりなのか尋ねる声が聞こえた。夕食までには帰ってほしいといっている。

テイラーは、それまでには戻るといい返した。

銃で武装した彼女は、菜園の周囲を歩きまわりながら、芽を出した野菜がウサギにかじられているのを見てぶつぶつこぼし、心のなかで自分のみじめな人生を大声で呪った。

ルーカスはテイラーを見たとたん、なにかがおかしいことに気づいた。テイラーが菜園の反対側からこちらを見ているが、これまで見たこともない表情を浮かべている。打ちひしがれた表情だ。

テイラーはルーカスが近づこうとすると、片手をあげて彼を制した。

「わたし、やめるわ」大声でいったので、ルーカスは目を見開いた。テイラーはうなずいた。

「聞こえた、ルーカス？　もうやめるといったの」

ルーカスは短くうなずいた。「そろそろ潮時だ」

彼の反応に、テイラーはますますかっとした。「しくじるとわかっていたのね？　少しも驚いてないようだけれど」

「ああ、驚いてない」ルーカスはいった。「この数週間、身を粉にして働いているきみの変わりようを見てきた」彼は心配のあまり、きつい口調でいった。「すっかり痩《や》せて、目の下に隈もできているじゃないか。死んでしまう前に正気に戻ってよかった」

思いきりどなりたい。テイラーはその衝動を抑えなかった。自制心がなんだというのだろう。自由になるために開拓地に来たのだから、かまうことはない。

「わたしの働きぶりを見て、ここにとどまるのは無理だと思ったということ？」

「テイラー、声が大きいぞ」ルーカスはあっけにとられた。

テイラーはいちいち同意しなかった。「わたしに向かってやわな女だといわないで、ルーカス。さもないと、あなたが死ぬほどわめき散らしてやる」

「ここはきみのいるところじゃない」ルーカスは見る間にテイラーと同じくらいかっとしていた。やつれた妻を見れば見るほど腹が立ってくる。自分が夫のすべてになってしまったことがまだわからないのか？　彼女になにかあったらどうすればいいのだろう。そういう責任を感じないのだろうか。子どもたちは彼女に頼りきっている。それは夫である自分も同じだ。テイラーがちゃんとわが身を大切にするように説き伏せなくてはならない。

「もう手をこまぬいているのはうんざりだ」ルーカスはいった。「おれはきみを舞踏室から連れだしたが、かならずそこに連れ戻してやる。きみはやはり、ダイヤモンドを身につけて……」

ルーカスは口をつぐんだ。テイラーがエプロンから銃を抜き、さっと向きを変えて発砲した。弾は太ったウサギを金網に吹っ飛ばした。

テイラーは銃をしまうと、腕組みをし、ルーカスをにらみつけた。「もうやめるわ」またどなった。「あなた、息子がどういう名前を選んだか知ってる？　ルーカス・マイケル・ロスという名前がいいそうよ。呼び名はマイケル。あなたはどう思う、モンタナ？」

ルーカスは一歩踏みだし、テイラーは一歩さがった。「ぜんぶ尾ひれのついた話だ」彼はいった。「その話はしたくない。おれはそんな男じゃないんだ。追跡がうまい男にすぎない」

ルーカスが話をわざと取り違《ちが》えていることにテイラーは気づいていた。彼は警戒するような表情を浮かべて、その話を切りあげたがっている。テイラーは応じなかった。「アメリカじゅうだれもがあなたのことを知っているわ。あなたの妻を除くだれもが」

ルーカスはなにもいわなかった。テイラーは裏切られたような気持ちだった。しばらくひとりきりになって、これからどうするか考える必要がある。

「もう、あなたのお荷物にはならないから」テイラーはそういうと、スカートをつかんで、町につづく道に向かった。「あなたさえかまわなければ、これで失礼するわ」

「かまわないとも」ルーカスはつぶやいた。「だがこれだけはいっておく。きみが行ってしまっても、おれはかならずあとをつけて、引きずって帰る。おれのものは、ずっとおれのものだ」

テイラーは立ち止まった。ルーカスの声が動揺していたので、怪訝《けげん》に思って振り向いた。彼の目が怯えている。なぜだかわからなかったが、テイラーは反射的に彼を落ち着かせようとした。「町に行くの。一時間もすれば戻るわ」

ルーカスがほっとしたのを彼女は見逃さなかった。町に行く道すがら彼の反応を考え、いつの間にか走っていたことに気づいて速度を緩めた。偏屈な夫に腹が立って、冷静に考えられない。辺境でもやっていける根性と体力があることを証明するという計画は、完全に裏目に出てしまった。

ルーカスはれっきとした、それも伝説的なマウンテンマンだった。ほんとうに腹が立つ。ルーカスは妻がダニエル・ブーンやデイヴィー・クロケットに夢中になっていることを知っていたし、妻が息子に語る物語も聞いていた。妻がそのふたりをどんなふうに思っているか知っていたはずなのに、そんな男のひとりと結婚したことを告げようともしなかった。

考えているうちに、怒りの炎がふたたびめらめらと燃えあがった。もちろん、話すわけがない。そうなれば自分の過去について妻に話すことになる。隠しておきたいことを妻に知られてしまう。

テイラーは耐えられなくなってさっと両手をあげた。「もういや」そして、わっと泣きだした。いつも雑貨店を通り抜けていたので、泣きながら店の戸口をくぐり、いつものようにフランクに手を振った。そして裏口に出てようやく、どんなにおかしなことをしていたか気づいた。

うちには一時間で戻ると約束したが、テイラーはもう気にしなかった。リデンプションの町はずれの丘にのぼり、腰に手を当てて町を見おろすと、胸の内をすっかり吐きだすような大声で叫んだ。気持ちいい。あんまり気持ちがよかったので、喉が痛くなるまで叫びつづけた。正気を失ったように見えるのはわかっていたが、テイラーは気にしなかった。ここならだれにも聞こえないし、見られることもない。たとえ見られたところでなんだというのだろう。いまは自由だ。思いきりぶちまけたければ、そうすればいい。

テイラーは満足のため息をついて、腰をおろした。そして、ルーカスのことをじっくりと考えた。菜園を出てきたときのルーカスの反応がずっと引っかかっていた。あのときの彼はたしかに、妻が別れを告げたものと思っていた。落ち着いて考えれば、そんなことをいうはずがないとわかりそうなものなのに。わからないのは、あのときルーカスの瞳に浮かんだ感情だった。間違いない。彼は怯えて、取り乱していた。

わけがわからない。本気で、妻が夫と子どもたちの元から去ると思ったのかしら？　それとも、子どもたちを押しつけられると思ってあんなにぎょっとしたの？　テイラーはかぶりを振った。ルーカスなら、妻が子どもたちを捨てるようなことはないとわかっているはず。どうして妻が出ていくと思うの？　愛しているといったのに。それもなにかの気の迷いだと思われたのかしら？

ルーカスはまともに考えられる状態ではなかったのだ。でも、そんなふうになるなんて彼らしくない。いつも冷静な人なのに。それに、声も荒らげていた。あの一度もどなったことのない人が。けっして感情的にはならない人が。

少なくとも、きょうまではそうだった。

理由はひとつしかない。そう思ったとたん、それまでわからなかったことが不意にはっきりした。

ルーカスはわたしを愛している。

テイラーはじんとした。ひとしきり泣いてようやく涙が止まると、今度は不安になった。愛しているなら、どうしてそういってくれないの？

テイラーはスカートのへりで顔を拭って立ちあがった。愛はややこしいものではないはずでしょう？　たぶん、ルーカスは妻を愛していることにまだ気づいていないのだ。それならわかる。ほかにつじつまの合う理由を思いつけないので、彼女はそう思うことにした。

となると、じっくりと腰を据えてかからなくてはならない。そんな粘り強さが自分にあるかどうか、それが不安だった。ルーカスはいずれ、なにもかも悟るだろう。ただ、あの鈍感男がようやく気づく前に、こちらが力尽きて死んでしまうようなことがなければいいのだけれど。ルーカスを愛したら、死んでしまうかもしれない。そう思って、テイラーは口元をほころばせた。

そろそろうちに帰る時間だった。テイラーはスカートの後ろについた草を払い落として丘をくだりはじめた。途中でふと、一年前はなにをしていたかと考えて、リヴィングストン夫人の旅行記を読みふけっていたことを思い出した。あのころはなんと無知だったのだろう。リヴィングストン夫人は辺境での暮らしをなにひとつ知らなかった。月曜は洗濯の日ではないし、女性は自分の能力を証明するために倒れるまで働く必要もない。

短い人生で、日々の仕事に追われている暇はない。いずれは無理のない、緩やかな日課に落ち着くだろう。もうだれにも証明する必要はない。夫とともに長生きして、子どもたちが大きくなってそれぞれの夢を追いかけるのを見られたらそれでよかった。

ルーカスを心から愛しているけれど、彼にいわれて夢をあきらめるつもりはなかった。これからもこの場所にいる。それで決まり。

もう日が暮れようとしていた。テイラーは美しい夕焼けを堪能すると、歩みを早めて町に戻った。時間のことをすっかり忘れていた。ヴィクトリアに一時間で戻るといったのに、もう二時間以上はたっている。

彼女は雑貨店を通り抜けながらフランクに挨拶すると、急いで表通りに出た。

そして、叔父のマルコムと鉢合わせした。

ふたりは危うくぶつかるところだった。テイラーはマルコムに気づいて凍りついたが、マルコムは少しも驚いた様子を見せずに彼女の肘の上をがっちりとつかむと、店の出口から引き離した。

テイラーは腕を引き抜こうとしたが、マルコムは彼女を壁に乱暴に押しつけた。後頭部が板壁にぶつかって激痛が走ったが、テイラーは悲鳴をあげなかった。そんなことをしてマルコムを喜ばせたくない。

マルコムは相変わらず醜かった。最後に見たときから変わったところといえば、腹のまわりにたっぷりと肉がついたことぐらいだ。頭の髪は薄くなりかけていて、かわりにもみあげの白髪が増えている。黒いスーツに白いシャツというでたちで、シャツの襟《えり》と胸元には染みがついていた。ウィスキーをこぼした跡だ。そう、マルコムは記憶にあるとおり、頭の先からつま先まで見るに堪えない男だった。

「その手を離して」テイラーは嫌悪をあらわにしていった。

「叔父に向かって、もっとましな挨拶はないのか？」マルコムは猫なで声でいった。

マルコムの顔がすぐ目の前にあった。テイラーはわざと額からまぶたに走る傷跡を見つめた。しまいにマルコムは彼女がどこを見ているのか気づいて、右手をあげた。そしてテイラーを思いきり平手打ちしたちょうどそのとき、フランクが様子を見に外に出てきた。フランクは声をあげてテイラーに駆け寄った。

マルコムはフランクを押しのけると、テイラーを店のなかに引きずりこんだ。ドアを乱暴に閉め、鍵をかけて、テイラーの体をカウンターに押しつける。

「こんな神に見捨てられた場所なら、わたしに見つからずにすむと思ったのか？」

テイラーは答えなかった。「わたしを見て驚いたろう？」

「ええ」テイラーは答えた。「あなたが双子を連れ戻すために人をよこしたのは知っていたけれど、本人が来るとは思わなかった」

「あのふたりは、わたしが連れて帰る」マルコムは上着のポケットをたたいた。「わたしのものだと証明する書類もある」

「あのふたりはだれのものでもないわ」テイラーは声を荒らげた。「あなたの持っている書類は、ここではなんの意味もない。ここはイギリスではないのよ」

マルコムはテイラーをにらみつけると、裏口に駆け寄ってドアを閉め、だれも入ってこられないようにかんぬきを掛けた。

「ここで待つ」

テイラーは正面の窓から外を見た。フランクの姿が見えない。ルーカスを呼びに行ったのだろう。「わたしにこんな手間をかけさせて、殺してやってもいいぐらいだ。ぜんぶおまえの思いつきなんだろう?」

テイラーは腕組みをして、マルコムが彼女をにらみながら通路をいらいらと歩きまわるのを見守った。

「なにがわたしの思いつきだというの?」

「遺書を書きかえただろう」

テイラーはかぶりを振った。「おばあさまはなんと遺書に書かれたのか、わたしにはおっしゃらなかった。それを知ったのはあなたと同じ、おばあさまが亡くなったときよ」

マルコムは信じられるかとばかりに鼻を鳴らした。「双子はかならず連れ帰る。マリアンの娘たちにひと財産残すように言葉巧みに吹きこんだのがおまえでなかったとしても、そんなことはどうでもいい。とにかくおまえという邪魔が入ったせいで、いまはロンドンじゅうの金貸しからせっつかれているんだ」

「あなたの借金は、ぜんぶおばあさまが清算したはずよ」テイラーはいった。「それなのに、また借金で首がまわらなくなっているというの?」

マルコムはその質問が気に入らなくて、脅すように一歩踏みだした。テイラーはなにがあってもいいように、エプロンのポケットに手を滑りこませた。

「必要とあれば、おまえなどすぐに始末できる」マルコムは凄んだ。

「それならやってみなさいよ。お金は夫のものになるだけ」テイラーは平然といい返した。

マルコムはにやりとした。「いまごろ死んでいるはずだ。今度雇った連中は腰抜けじゃない。ちゃんと考えて、ガンマンを四人雇った」

テイラーは不安を隠していい返した。「たった四人？」

マルコムがふたたび彼女を叩こうと手をあげたとき、店の表から物音がした。マルコムは窓に駆け寄って外を見たが、だれも見えなかったのだろう、肩をすくめて振り向いた。

クジャクのように気取って歩きながら、マルコムはテイラーに近づいた。

「なにもかもおまえのせいだ」彼は憎々しげにいった。「この件でだれかが命を落としたとしても、それはおまえの責任だからな。わたしは、もらうべき金はすべて手に入れたいんだ。あの間抜けなばあさんが慈善団体に遺した分は取り戻せないが、おまえと双子に渡った分は取り返せる」

「でも、どうやって？」テイラーはマルコムに答える時間を与えなかった。「当ててみましょうか。あなたにはなんの責任もないけれど、わたしはやはり死ななくてはならない。そうなんでしょう？」

「おまえのせいで、やむをえずこうしているだけだ」

「ガンマンを雇う金はどこから出てきたの？」

「娘だ」マルコムはいった。「自分の宝石を売ってくれた。娘には、遺産の半分をやることになっている。ジェインがよろしくといっていたぞ」彼はくっくっと笑った。

「このあたりでは、人を殺せば縛り首になるのよ」

マルコムは上着のボタンをはずして内ポケットに手を差し入れた。テイラーは銃に手をかけていたが、外には出さなかった。必要にせまられないかぎり殺したくない。

マルコムは、銃をウエストバンドと脂肪のあいだに突っこんでいた。だが武器には手を伸ばさずに、ハンカチを取りだして額の汗を拭きはじめた。

「くそ暑いな」マルコムはつぶやいた。

「テイラー！」ルーカスの声が響きわたり、窓ガラスがびりびり震えた。

マルコムは窓に駆け寄ると、撃たれないように脇からそろそろと外をうかがった。

「だれが呼んでるんだ？」低い声で尋ねた。

テイラーはほっとして答えた。「ルーカスよ」

「ばかな！」

「間違いないわ。答えてほしい？」

「その口を閉じてろ。考えごとの邪魔だ」マルコムはもう一度外をうかがうと、壁に体をぴったりとつけてテイラーを見た。「わたしの雇った連中がまだ到着していないんだろう。ああ、そうに決まっている。やつらはいま、ここに向かっているところだ。到着するまで、おまえをさんざんやきもきさせてやる。さあ、返事をするんだ。まだおまえが生きていることがわかるようにな」

「あなたに協力すると思う？」テイラーはあきれた。「ほんとうに鈍い人ね。もう袋のネズミじゃないの。あなたはもう追いつめられているのよ。あきらめたほうがいいわ。いまのうちに外に出たらどう？」

「返事をするんだ！」マルコムはわめいた。

テイラーはことわるつもりだったが、そのときまたルーカスの呼ぶ声がした。きっと心配している。妻を愛する男なら、ルーカスも例外ではないはず。

「ここよ、ルーカス！」彼女は叫んだ。

「無事か？」ルーカスの声は震えていた。

「ええ」テイラーは叫び返した。「ぴんぴんしてるわ」

かなり間があって、ふたたびルーカスの声がした。「いま行く」

マルコムは、慌てて銃を引き抜こうとした。もうテイラーのほうを見もしない。

「その場にとどまるようにいうんだ」彼はテイラーに命令した。

「なかに入ってくる必要はないわ」テイラーは銃を取りだして構えた。

ルーカスはどうしたらいいのか迷っていた。恐怖と怒りが体のなかを荒れくるっている。ドアを蹴破ってマルコムを素手で殺してやりたかった。町に来るあいだじゅう、テイラーがもう死んでいるのではないかという思いを頭から締めださなくてはならなかった。テイラーが返事をして生きているとわかったときには、膝から力が抜けて心臓が破裂しそうな気がした。

「ルーカス、通りの真ん中にいてはだめ！」テイラーが叫んだ。

マルコムはふたたび窓の外をうかがっていた。銃を持っているが、その手はおろしたままだ。狙いをつけていない。彼がまだ生きながらえている理由はそれだけだった。

「いま行く」ルーカスがふたたび叫んだ。

「そこまでする必要はないわ」

テイラーの声は、怯えているようには聞こえなかった。「なぜだ?」ルーカスは問いただそうとしたが、つぎのテイラーのひとことでなにもかもはっきりした。

「エプロンをつけているから」

マルコムは、撃鉄を起こす音を聞いてはじめてその意味を理解した。彼はそろそろと向きを変えながら、武器を持ちあげた。

テイラーはその手から銃をはじき飛ばした。マルコムは痛みに悲鳴をあげ、壁にぶつかった。正面のドアが粉々に砕け散った。ルーカスが肩からぶつかったのだ。それから裏口のドアが床に倒れて、ロリーがのしのしと入ってきた。

ルーカスはテイラーの無事をたしかめると、マルコムに向きなおり、襟首をつかんで持ちあげ、顎にこぶしをたたきこんで勢いよく放った。マルコムは窓ガラスを突き破って歩道にどさりと落ちた。

ルーカスはマルコムを殺したかったが、テイラーが許さなかった。テイラーは、マルコムをイギリスに送り返せば法が裁いてくれると最初は思った。貧しい暮らしに甘んじなければならないなら、それだけでも充分な罰になる。マルコムは落ちぶれた破産者だ。けれども、彼の嗜《し》好《こう》は変わらない。マルコムがロンドンの街をうろつくかぎり、子どもたちは安全とはいえない。

そして、子どもたちのことはなによりも優先しなくてはならない。いつも、かならず。テイラーはマルコムを一生牢屋に閉じこめてもらいかった。ルーカスはしまいにテイラーに同意した。マルコムの黒い心臓に弾を撃ちこむだけでは少しもおもしろくない。それでは苦しまずに死んでしまうからだ。

町じゅうがフランクの店の外に集まり、捕らえられた男をどうするかいい合った。マルコムは地面にへたりこみ、テイラーの弾に少しばかり切り裂かれた手を押さえて、泣きながら悪態をついている。

ロリーは即刻縛り首にしたがったが、ルーカスがそうはさせなかった。彼はテイラーの肩をしっかりと抱いていたが、その手は震えていた。テイラーは彼の目を見て、もしかしたら妻を愛していることに気づいたのかもしれないと思った。あまり気分がよくないように見える。

クリーヴィスとエディが進みでて、ローズウッドの保安官事務所にマルコムを連れていこうと申しでた。ルーカスはそうしてもらうことにした。

「マルコムが雇った四人のガンマンはどうなったの?」テイラーは尋ねた。

ルーカスは不意打ちを仕掛けようとしたふたりを殺し、三人目は尻に弾を撃ちこんで追い払っていたが、テイラーにはなにも話さなかった。

ガンマンたちは小川のそばで待ち伏せしていたが、ハンターが発砲して彼らの注意を引きつけているあいだに側面にまわりこんだ。ルーカスの神経はとっくにすり減っていた。そこは、テイラーが町から戻ってくるときにいつも横切る場所だったからだ。予定どおりにうちに戻っていたら、殺されていたかもしれない。

だが、テイラーはなかなか戻らなかった。彼女はいつも時間に遅れる。そんな癖があったことをルーカスは神に感謝し、そのことで二度と彼女を責めないと誓った。

「ルーカス、マルコムがよこした四人はどうなったの？」テイラーはふたたび尋ねた。

「おれは三人しか知らない」

「おれは四人見た」

ハンターの声が後ろからして、テイラーは振り返ってほほえんだ。

彼女はマルコムのほうを見ようとしなかった。名前を二度呼ばれたが、テイラーは二回とも無視した。

「もう帰りたいわ」彼女はルーカスにいった。「フランク？　ガラスを注文したら、支払いはルーカスにつけておいてちょうだい」

ルーカスは彼女を離してハンターと低い声で話していた。内容までは聞こえない。テイラーは不意に、マルコムから離れて、きれいな空気を吸いたくてたまらなくなった。彼女はルーカスを待たずにみんなに別れを告げると、家に向かって歩きだした。道が曲がっているところで、ルーカスが追いついた。

テイラーはフランクの店でマルコムからいわれたことを話した。「あの人は物心ついてから一度として、責任というものを取ったことがないの。なにかしでかしても、されたほうの人間がうしろめたくなるように仕向けるのがとてもうまかった」

「ええ。マリアンのときも？」ルーカスは尋ねた。

「マリアンは、自分のほうが悪いことをしたように思っていたわ。マルコムは収監されるかしら？」

「マルコムは計画的殺人で告訴される」ルーカスはいった。「だから、収監されるはずだ。テイラー？」

「なに？」

「なんでもない」ルーカスの声は震えていた。まだ感情を抑えることができない。テイラーがあの男と店のなかにいるとわかるまで、あれほど怖いと思ったことはなかった。あんな思いは二度と味わいたくない。まだ胃がむかむかして、神経がいまにもはじけ飛びそうなほど張りつめている。

「ルーカス、そんなににらまないで」

「もうあんな思いはこりごりだ。いいな、テイラー。もう二度とあんな怖い思いはしたくない」

「どうして怖いと思ったの？」テイラーは息を詰めて答えを待った。

「そんなことを訊くもんじゃない」

これだから困る。ふたりはそのまま無言で歩いた。しばらくして、テイラーがまた口を開いた。

「散歩に出かけたときに、心に決めたの。わたしを愛してくれない男性とは夫婦でいたくないって」

「きみが結婚した相手は違うだろう」ルーカスは怒りをあらわにした。

「ええ、わかってる」テイラーは期待に胸をふくらませた。

「おれに愛想を尽かしたことがあるのか?」

その質問より、ルーカスの声が震えていることにテイラーは胸を打たれた。彼は、見るも痛々しいほど苦しんでいる。そして、妻の答えで打ちのめされることを恐れていた。

「わたしは、いつも、いつまでもあなたを愛しているわ」テイラーはささやくと、ルーカスの手をつかんでしっかりと握りしめた。「よくもそんなことが訊けるわね。あなたになにかいわれたり、なにかされたりして、わたしの心が離れると思った? まったく、ルーカス、あなたのせいでどうかしてしまいそうだわ。わたしの愛は条件付きでも一時的なものでもない。永遠よ」

「それなら、おれの過去についてあれこれ訊くのはやめるんだ」ルーカスはいった。「そっとしておいてくれないか、テイラー。もう気をもむのはうんざりなんだ。きみに知られたら……」

ルーカスはそれ以上つづけられずに、テイラーの手を離して歩みを速めた。

「なにを知られたらまずいの?」テイラーは尋ねた。

ルーカスは首を振った。テイラーはあきらめない。「答えて」テイラーは声を張りあげていった。

ルーカスは振り返った。「知ってのとおり、おれは庶子だ」

「あなたが生まれた経緯は知っているわ」テイラーはいった。「おばあさまとあなたからその話は聞いたし、たしかウィリアム・メリットもその話をしていたはずよ。そんなことは、いまも昔もどうだっていいことでしょう」

「どうしてどうだっていいことなんだ？　いったい、いつになったら気がつくんだ？　おれは……」ルーカスは不意に口をつぐむと、かぶりを振ってつぶやいた。「おれはきみにふさわしくない男だ。だが、どんなにふさわしくなくても、きみをあきらめるつもりはない。おれのしてきたことを洗いざらい知ったら、きっと顔も見たくなくなるだろう。おれはきみと出会った日に生まれ変わったんだ。過去は忘れてくれ。それから、この話をするのはこれが最後だ。いいな？」

ルーカスは答えを待たずに前を向いて歩きはじめた。

テイラーはようやく真実を悟った。ルーカスは不安なのだ。そのことがわかるまでに、どうしてこんなに時間がかかったのだろう。ルーカスは過去を恥じていて、子ども時代や軍隊時代のことを知られたら愛想を尽かされると思っているのだ。その不安の根底には、庶子として生まれた引け目がある。そのことがどれほどいまの彼に影響をおよぼしているのか、子ども時代の彼がどんな日々を過ごしていたのか、いまのいままで考えたこともなかった。

ルーカスは、腹違いの兄であるウィリアム・メリットを決して名前では呼ばずに、〝あいつ〟と呼んでいた。庶子《バスタード》ではないのに、ルーカスは〝あの野郎《バスタード》〟と呼んでいこともある。また、彼女の叔父マルコムも庶子《バスタード》ではないのに、ルーカスは〝あの野郎《バスタード》〟と呼んでいたた。そのわけがようやくわかった。ルーカスにとって〝バスタード〟というのは、このうえなく軽蔑《けいべつ》の念のこもった、不名誉で、心を傷つける罵《のの》り言葉なのだ。

彼のそんな弱みを目の当たりにして、テイラーはルーカスがいっそういとおしくなった。胸がいっぱいで、ルーカスの腕のなかに飛びこむことしか考えられない。彼の胸のなかで泣きながら、愛されている喜びを噛みしめたかった。

そのためにはまず、ルーカスに振り向いてもらわなくてはならない。それから、彼は十二分にふさわしい男性で、まさに夢見たとおりの人なのだとわかってもらおう。

テイラーは呼びかけたが、彼は無視した。二度目は大声で呼んだが、まるで聞こえないふりをしている。

テイラーはため息をついて銃を取りだすと、彼のすぐ目の前にある小石をはじき飛ばした。

ルーカスはぱっと振り向いた。「いったい、なにを考えてるんだ?」

「あなたに振り向いてもらおうと思って」

ルーカスはかぶりを振った。冷静になるまでは立ち止まって話したくない。テイラーはもう、夫の弱みを充分目の当たりにしたはずだ。

「銃をしまえ。いろいろと忙しいんだ。おれは出ていくからな、ちくしょう」

テイラーはほほえんだ。「いいわよ」そして、大声でいい返した。「でも、いっておくわ。そんなことをしても、あとをつけてうちに連れ戻すから。愛してるわ、ルーカス。あなたはわたしのすべてよ」

ルーカスは前を向いた。テイラーは彼から少し離れた木の幹を撃って、樹皮のかけらを飛ばした。

それから銃をエプロンにしまい、スカートをつかんでルーカスに駆け寄った。そして、むせび泣きながら彼の腕のなかに飛びこんだ。

ルーカスは感極まって震えていた。どんなに愛しているか伝えずにはいられない。彼はテイラーの日焼けした顔にくまなくキスの雨を降らせ、ずっと胸のなかにしまいこんでいた愛の言葉を洗いざらい吐きだした。まず、きみにふさわしい男だと証明したい。きみが望み、なおかつ似合いの生活を約束しよう。立派な家に落ち着いてきみをベルベットとダイヤモンドで着飾らせてから、愛しているといおう。

テイラーはこれほど美しくてばかばかしい夢は聞いたことがないと思った。自分はもう楽園で暮らしているし、そこを離れたいとも思わない。

キスはいっそう熱っぽくなり、ふたりはさらに激しく求め合った。テイラーは彼を家のほうに引っぱろうとしたが、ルーカスは首を振り、松林のなかの人目につかない場所に彼女を連れていった。愛の営みはひたむきで、ふたりはわれを忘れて燃えあがった。

ふたりは小川で体を洗うと、ふたたび愛を交わした。行為が終わってからもキスをし、愛撫を交わしながら服を着たので、当たり前のことにひどく時間がかかってしまった。

テイラーはまだ家に戻りたくなかった。でも、そろそろ戻らなければヴィクトリアが心配してしまう。ルーカスは、遅くなることはハンターが知っているといった。

彼は緑の絨毯《じゅうたん》の上に仰向けに寝そべり、ほうっと満足げなため息をついた。

「どうしてわたしたちが遅くなることをハンターが知っているの？」

「おれがそういったから」

「でも、あなたはあんなに急いで帰ってたじゃない」

ルーカスはにやりとした。「急いだのは、きみにせっつかれたからだ」

テイラーは彼の隣に腰をおろして星空を見あげた。「わたしのまわりは贅沢《ぜいたく》なものであふれているわ」彼女はささやいた。「星々がわたしのダイヤモンドで、いまはエメラルドの絨毯に座っている」

「本気でここにとどまるつもりなのか？」

「ええ、もちろん」

「大変だぞ。投げだしてしまいたくなるときもある」

「そうでしょうね」

「そのときはどうする？」

「大声でわめくわ」

ルーカスは笑った。「今日みたいに」

「ええ」

「きみはやわじゃない」

テイラーはうれしくて、かがんで彼にキスした。

「いつそうだと思ったの?」

「ウサギさ」

テイラーはルーカスが笑い終わって説明してくれるのを待たなくてはならなかった。

「菜園を心配しているところが、やわじゃないと思った」それと、自分のものを守ろうとして銃を抜いたところが。

「わたしのものは、ずっとわたしのものなの」

以前に彼女にいったことをそのまま返されて、ルーカスはうなずいた。「そのとおりだ」

彼はテイラーの首に手をかけて引き寄せ、ふたたび長いキスをした。テイラーがしまいに唇を離すと、またもや満足げにため息を漏らした。

テイラーは彼の隣に横たわると、星空を見あげて将来を思った。ルーカスは過去を思った。

ふたりとも長いあいだ口をきかなかった。夜は魔法に満ちている。テイラーは清々しい山の空気を吸いこんで目を閉じた。こんなに満ち足りて安らかな気持ちになったのははじめてだった。

「……毎晩、星空を見あげて眠ったものだ。この世で星が見えるのは自分だけだと思うことにして……星空は自分だけのものだと……。そのころは、自分のものといえるものはなにひとつなかった。正式な名前すらも……」

ルーカスは子ども時代のことを一時間近く語りつづけた。テイラーは口を挟まず、質問もせずに、ただ耳を傾けた。ハンターと彼がいたずらをしでかしたくだりではほほえみ、つらい体験を聞かされたときは涙を浮かべた。

戦争の話を聞かされたのは、うちに向かって歩きはじめたときだった。ルーカスが重い口を開いて語ったのは、テイラーにとっては聞くに堪えない話だった。そして、ジョン・コールダーという男が彼と八人の仲間にしたことを聞いたテイラーは、彼らの無念を思って涙を流した。

「おれは運がよかった」ルーカスはいった。「命拾いした理由はわからない。ほかの仲間たちには帰りを待っている家族がいて、おれにはだれもいなかったのにだ。ハンターは、生きのびたのには理由がある、それはいずれわかるはずだといった。きみが力を貸してくれたんだ、いとしい人。おれが残されたのは、きみと子どもたちのためなんだ」

テイラーは彼が不思議そうに話すのを聞いてほほえんだ。ルーカスはそれからコールダーの話に戻ったが、彼がその男を〝あの野郎〟と呼ぶのを聞いて、テイラーは庶子として産まれた赤ん坊に咎《とが》はないことをやんわりと指摘した。その赤ん坊はみずからそうなることを選んだのではないし、なにかひどい悪事をしでかしたわけでもない。コールダーはどんなにあしざまにいってもいい男だけれど、〝あの野郎《バスタード》〟だけは使ってはいけない。

「コールダーが逮捕されたら教えてもらえるかしら?」

「ああ」

「裁きを受けてしかるべき男ね。その人があなたの仲間になにをしたのか、世間に知らしめないと」

そのことはルーカスも承知していた。仲間たちの声を代弁して、裁判で証言しなくてはならない。

ルーカスは戦争の話をもうひとつすると、今度は弟たちの話をはじめた。彼らが牧場を造りあげたこと。その土地の美しいこと。テイラーは彼の弟たちにいつ会いに行けるのかと尋ねた。

ルーカスは家族全員を連れて、できるだけ早いうちに山の向こうに連れていくと約束した。彼はまた、末の弟のケルシーをうちに連れて帰ってもいいかもしれないといった。ケルシーはまだ母親がいたほうがいい年ごろだし、ダニエル――というよりマイケルにも、年の近い叔父と知り合うきっかけを作ってやったほうがいい。テイラーは大賛成だった。

ルーカスは、テイラーがなぜロリーと長時間一緒にいるのか知りたがったが、テイラーは答えをいわなかった。ルーカスは妬《や》いてるんじゃないといいながらもテイラーにしつこく食いさがり、しまいに少しばかりの情報を聞きだした。なんでも、ふたりで特別な計画を進めているらしい。その内容については、しばらく待たなければならないという話だった。

ルーカスが引きだした結論はこうだった。ヴィクトリアの赤ん坊の揺りかごを作ってもらえるようにロリーを説き伏せて、その仕事を手伝っているのだろう。

三週間後、ルーカスはその予想が間違っていたことを思い知らされた。ロリーがまたもや、かならず喜んでもらえると思いこんで贈り物を届けに来たのだ。それは、四つ目の揺り椅子だった。

ルーカスはロリーにいらないといったが、ロリーが頑として譲らなかったので、しまいに折れて揺り椅子を受け取り、ほかの三脚と一緒に並べた。

「ほかになにか作れないのか？」ルーカスはいった。

「おれは揺り椅子が好きなんだ」ロリーは答えた。

その夜、子どもたちが眠ってしまうと、大人四人はそれぞれ揺り椅子に座った。最初に笑いだしたのはテイラーだった。それからヴィクトリア。ハンターとルーカスが加わるのに、たいして時間はかからなかった。

四人があんまり大笑いしていたので、子どもたちが目を覚ましてしまった。テイラーは涙を拭いながら、こんなに椅子があって幸せだから笑ったのよと子どもたちに説明した。

「揺りかごを作ろうか？」ハンターがヴィクトリアにいった。

「もうひと部屋建て増そうか？」ルーカスがのんびりいった。「ロリーのところの椅子の材料が早く底をつかないと、うちがどんどん手狭になる」

その言葉に、だれもがまた笑った。双子はルーカスの膝の上におさまり、わからないながらも一緒に笑った。

双子の兄はテイラーの膝に座って、びっくりした目で両親を見ている。

「ただ楽しいから笑ってるだけよ、ダニエル」テイラーがいった。

「もうダニエルじゃなくてマイケルだよ、母さん。間違えないでよ」

息子が生意気な口をきいたので、テイラーはまた大笑いして彼をぎゅっと抱きしめた。「間違えないようにするわ、マイケル」

彼女はおやすみのキスをして、息子を寝かしつけに屋根裏にあがった。ルーカスが双子を運んだ。

ヴィクトリアは立ちあがると、ハンターの手をとって外に出た。ふたりが見つめ合うまなざしを見て、テイラーは結婚式が近いことを悟った。

彼女は椅子にもたれて目を閉じ、夜の音に耳をすませた。双子が父親を困らせている。ルーカスが人形をちゃんと上掛けの下に寝かさなかったので、アリーが怒りだした。ジョージーがそれに加わって、眠れない理由を並べ立てている。ルーカスはしまいに、息子が大好きな物語のなかからひとつ選んで語って聞かせることで、ようやく双子を落ち着かせた。

ルーカスのほうが自分よりはるかにがまん強いとテイラーは思った。でも、完璧ではない。汚い言葉を使わないように頼まなくては。なにしろつい先日、テーブルに着いたジョージーが、頬杖をついてこういったのだ。「夕めしはなに、ママ?」

とにかく言葉には気をつけてもらおう。

とりとめもなく考えごとをつづけるうちに眠くなってきたので、テイラーはいまのうちに祈りを捧げることにした。いまの幸せを神に感謝し、祖母におやすみなさいとささやく。

ルーカスが孫娘の理想の男性であることを祖母は知っていた。祖母なら、ルーカスに関することをなにもかも調べあげていたはずだ。

わたしのことで素敵な思い出話を聞かせてちょうだい——祖母の言葉は忘れていない。子どもたちには、ひいおばあさまの話をたくさん聞かせよう。でも、いちばん話すのが楽しみなのは、そのひいおばあさまが孫娘に送った素晴らしい贈り物にまつわる物語だ。白馬の王子とどうやって出会って結婚したか、彼女は子どもたちに語るつもりだった。

訳者あとがき

本書は著者がはじめて執筆した西部もので、一九九四年に発表された単発の作品です。時代設定は既刊の〈クレイボーン兄弟シリーズ〉と同じく南北戦争後の一八六〇年代で、後半の舞台もやはりモンタナ準州の小さな町。登場人物がクレイボーン兄弟と直接関わる場面こそありませんが、弱い者（＝幼い子どもたち）を守りながらたくましく生き抜いていく主人公たちの物語は、もうひとつのクレイボーン兄弟ものといって差しつかえないでしょう。

冒頭では、面くらった方がいらしたかもしれません。なにしろ、テイラーとルーカスの慌ただしい結婚式（便宜上の結婚をするための、形ばかりの儀式）の描写がそっくり省略されて、その後の舞踏会でいきなりテイラーが、彼を「夫よ」と紹介するのですから。テイラーは祖母から指示された筋書きに従うのが精いっぱいで、夫である彼の名前さえ思い出せない始末。読む側は彼女と同じように、戸惑いながらも前を向いて進むことになります。

たがいに相手をほとんど知らずに結婚したとはいえ、ふたりが惹かれ合うのにそれほど時間はかかりませんでした。美しくしとやかなイギリス貴族のレディなのに、アメリカ西部おたくで開拓地での生活を夢見るテイラーは、芯が強く、お節介で、愛情にあふれた女性です。さらに言うなら、射撃の腕も一流で、驚くほど行動力があり、大立ちまわりも演じるという格好の良さ。

かたやルーカスは抜きんでたハンサムで、弱者と見れば助けずにはいられない性格。庶子という恵まれない生いたちと、南北戦争時代のつらい記憶を引きずっていて、必要とあらば非情なガンマンにもなりますが、誠実で頼りがいのある男性として描かれています。便宜上の結婚でいずれは別れるのだからと、テイラーに手出しせずにただただじっとがまんする前半は、本人にとってはいささか気の毒な展開ではありますが、その律儀さがまたたまりません。

テイラーの結婚相手にそんなルーカスを選んだのは、テイラーの祖母であるレディ・ステイプルトンでした。はじめはあくまでその場しのぎの結婚だったはずが、物語が進むにつれ、愛する孫娘の幸せを願うレディ・ステイプルトンの深い深い読みが隠されていたことがしだいに明らかになっていきます。つぎつぎと降りかかる困難を、テイラーがあるときは独力で、あるときはルーカスや友人たちの助けで切り抜け、ルーカスとも理解し合って幸せをつかむ展開は、最後まで目が離せません。

本書の後半には、ルーカスの友人ハンターと、テイラーに劣らずエキセントリックなシェイクスピアおたくのヴィクトリアのロマンスも盛りこまれています。先住民族と白人との混血であるハンターに物怖じせず、公平に接するヴィクトリアもまた、ガーウッドのヒロインらしい女性といえるでしょう。

本文中の訳註でごく簡単に触れましたが、ルーカスやハンターがそうだとされているマウンテンマンとは、自由と孤独を愛し、ひとところに縛られずに気ままに生きる猟師、探検家、道案内人の総称で、手元の資料を見るかぎりでは、鹿革の服に身を包んだ長髪ひげもじゃの男というのがアメリカでの一般的なイメージのようです。ときには先住民族とも取り引きしながら彼らが切り開いた道は、のちに移民が西部に移動する際の通り道になったとか。テイラーが憧れているダニエル・ブーンはまさにマウンテンマンのイメージそのものですが、もうひとりのデイヴィー・クロケットは、十代のころに家を出てマウンテンマンとして生きるすべを身につけたものの、その後は軍人・政治家としてのキャリアが長く、最後はご存じのとおり、メキシコからの独立を目ざすテキサス義勇軍に加わってアラモの砦で戦死していますから、正確にはマウンテンマンから国民的英雄になった人物といったほうがいいかもしれません。

ガーウッドの西部開拓時代ものは、他のヒストリカルやコンテンポラリーとかなり違って、ロマンスだけでなく、家族の絆にも重点が置かれているのが特徴です。著者の次作はコンテンポラリーのサスペンス、"*Fire and Ice*"ですが、またこのような温もりのある作品にも期待したいところ。いずれまた、著者らしい作品をお届けするのを楽しみにしております。

二〇一二年　五月

モンタナの風をつかまえて

著者　ジュリー・ガーウッド

訳者　細田利江子《ほそだりえこ》

2012年6月20日　初版第1刷発行

発行人　鈴木徹也

発行所　ヴィレッジブックス
〒108-0072 東京都港区白金2-7-16
電話 048-430-1110（受注センター）
03-6408-2322（販売及び乱丁・落丁に関するお問い合わせ）
03-6408-2323（編集内容に関するお問い合わせ）
http://www.villagebooks.co.jp

印刷所　中央精版印刷株式会社

ブックデザイン　鈴木成一デザイン室＋草苅睦子（albireo）

 ISBN978-4-86332-387-2 Printed in Japan

西部開拓時代を舞台に描かれる クレイボーン兄弟 三部作!!

細田利江子＝訳

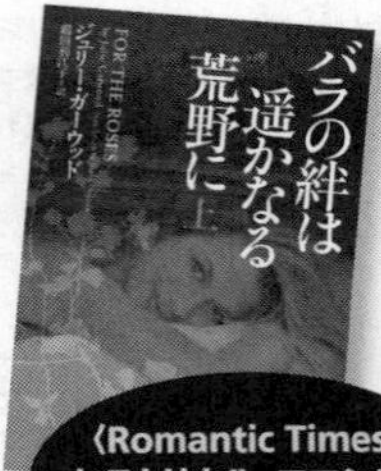

バラの絆は遥かなる荒野に 上下

路地裏に捨てられていた青い瞳の赤ん坊と、
彼女の命を救った四人の少年——19年後、
"兄妹"が暮らすモンタナの牧場に、かつて誘拐された
英国貴族の娘を探す弁護士が訪ねてくるのだが……。

各861円（税込）
ISBN〈上〉978-4-86332-174-8〈下〉978-4-86332-175-5

〈Romantic Times〉ヒストリカル・ロマンス・オブ・ザ・イヤー受賞

バラに捧げる三つの誓い

モンタナで暮らすクレイボーン四兄弟、
全員がいまだ独り身の生活に浸かっている。
だが、そんな彼らに訪れた恋の気配は
思わぬ波乱を巻き起こすことに——

861円（税込） ISBN978-4-86332-317-9

バラが導く月夜の祈り

三男コールはある日、身に覚えのない留置場で目覚め、
連邦保安官として凶悪事件を追うことになる。
目撃者として出会った美女に惹かれるも、
不穏な影が迫り……。

882円（税込） ISBN978-4-86332-335-3